Robert Stone

Das Jerusalem-Syndrom

Aus dem Amerikanischen von
Dirk van Gunsteren

Paul Zsolnay Verlag

Die Originalausgabe erschien erstmals 1998
unter dem Titel *Damascus Gate* bei
Houghton Mifflin, Boston, New York.

1 2 3 4 5   04 03 02 01 00

ISBN 3-552-04968-1
© Robert Stone 1998
Alle Rechte der deutschsprachigen Ausgabe:
© Paul Zsolnay Verlag Wien 2000
Satz: Satz für Satz: Barbara Reischmann, Leutkirch
Druck und Bindung: Friedrich Pustet, Regensburg
Printed in Germany

Für Candida

Rätselhaftigkeit und Flüchtigkeit allenthalben;
werden wir dich nie finden?

Herman Melville: *Clarel*

TEIL EINS

1

Jerusalem, 1992

An diesem Morgen wurde Lucas von Glockengeläut geweckt, das von der Dormitio-Kirche am Hinnom-Tal erklang. Beim ersten Licht des Tages hatte er den Muezzin von Silwan gehört, der beharrlich behauptet hatte, Beten sei besser als Schlafen. In dieser Stadt gab es keinen Mangel an Gotteshäusern.

Er stieg aus dem Bett und ging in die Küche, um einen türkischen Kaffee zu kochen. Während er am Fenster stand und seinen Kaffee trank, rumpelte der erste Zug des Tages zwischen den Hügeln hindurch in Richtung Tel Aviv. Er bewegte sich mit gemessener Langsamkeit, ein Zug aus der Kolonialzeit, fünf Wagen mit so gut wie leeren Abteilen und staubigen Fenstern. Der verklingende Rhythmus der Räder rief Lucas seine eigene Einsamkeit ins Bewußtsein.

Als der Zug verschwunden war, sah er den alten Mann, der in einem der osmanischen Häuser an der Bahnstrecke lebte, im frühmorgendlichen Schatten seinen Kohl bewässern. Die Kohlköpfe hoben sich sattgrün und saftig von der mit Kalksteinkieseln übersäten Erde ab, die sie irgendwie hervorbrachte. Der alte Mann trug eine spitze schwarze Kappe. Er hatte die hohen Backenknochen und derben Gesichtszüge eines slawischen Bauern. Sein Anblick beschwor vor Lucas' innerem Auge endlose Felder im Sommerlicht herauf, an denen Züge vorbeifuhren, lange Reihen grauer Güterwaggons, die sich vom fernen Horizont abhoben. Einmal hatte Lucas von ihm geträumt.

Sein Frühstück bestand aus Grapefruit und Toast und der Lektüre der *Jerusalem Post*. Ein Grenzpolizist war im Lager Nuseirat im Gazastreifen niedergestochen worden, doch die Verletzung war nicht lebensgefährlich. Drei Palästinenser waren von Einsatzgruppen des Schin Bet erschossen worden, einer in Rafah, zwei in Gaza. Haredim hatten in Jerusalem gegen eine archäologische Grabung der Hebräischen Universität

in der Nähe des Dungtors demonstriert; man war dort auf alte
jüdische Friedhöfe gestoßen. Jesse Jackson drohte, einen Boy-
kott der Baseball-Liga zu organisieren. In Indien kämpften
Hindus und Moslems um einen Tempel, der vermutlich älter
war als beide Religionen. Und in einem Artikel über Jugo-
slawien stieß er auf den Begriff »ethnische Säuberung«. Dieser
vielsagende Ausdruck war ihm im Verlauf des Winters schon
ein- oder zweimal begegnet.

Es gab auch einen ganzseitigen Artikel über die vielen Pilger
aus aller Welt, die das Land zu Passah und dem christlichen
Osterfest besuchten. Lucas stellte überrascht fest, daß die Feiertage für ihn ganz unvermittelt kamen.

Er zog sich an und trat mit einer zweiten Tasse Kaffee auf
seinen winzigen Balkon. Der Himmel wölbte sich unschuldig
blau; in der Frühlingssonne dufteten die Kiefern, und die Mauern der Häuser von Emek Refaim erglänzten. Seit Wochen
schon schob er die Arbeit an einem Artikel über den Sinai vor
sich her, den er für Condé Nast schreiben sollte. Der Abgabe-
termin war am vergangenen Freitag verstrichen, und in Kürze
würde man ihn anrufen und nach dem Artikel fragen. Doch
das schöne Wetter verführte ihn dazu, auch heute nicht zu
arbeiten. Als er schließlich zu seinem Schreibtisch ging und
einen Blick auf den Terminkalender warf, fand er die Bestätigung: Es war der Ostersonntag der römischen Kirche und der
sechzehnte Tag des Nissan. Passah hatte gestern begonnen. Er
folgte einem plötzlichen Impuls und beschloß, zur Grabeskirche zu gehen.

Auf der Bethlehem Road war kaum Verkehr. Obwohl in Lucas' Nachbarschaft eher ältere Leute wohnten, war das deutsche Viertel das weltlichste der Stadt, und es herrschte nie eine
Atmosphäre der Frömmigkeit. Alte Paare machten einen Spaziergang in der Frühlingssonne. Am Tag zuvor hatte er ein paar
junge Familien, die wohl Campingausflüge in die Wüste von
Galiläa planten, ihre Volvos beladen sehen. Doch als er die fast
menschenleere Straße entlangging, vorbei an den Terrassen
der Cinemathek und den dicken Mauern um das St. Andrew's
Hospiz mit seiner hübschen blauen Fahne, konnte er die
Schwere der Stadt jenseits des Tals spüren. Unterhalb der Alt-
stadtmauer parkten an die hundert Reisebusse. Weiter ent-

fernt, am Jaffator, sah er die schwankenden Umrisse berittener Polizisten, die eine dichtgedrängte Menge farbenfroh gekleideter Pilger zusammenhielten. Am anderen Ende der Befestigungen mühte sich eine Schar Gläubiger im Gänsemarsch den Hang hinauf zum Zionstor.

Er ging hinab in den Schatten des Tals, über die Brücke am Sultansteich und vorbei an dem Koranvers, der in die Einfassung des osmanischen Brunnens gemeißelt war. »Allah erschuf alle Tiere aus Wasser«, stand da. Dann machte er sich, überragt von den gewaltigen Mauern, an den Aufstieg zum Zionsberg.

Unterwegs war er umringt von orthodoxen Juden in Schwarz, die zur Klagemauer wollten. Einige von ihnen versuchten sich beim Aufstieg zu unterhalten und stolperten am Wegrand dahin, um Schritt zu halten. Außer den Haredim waren einige deutsche Katholiken auf dem Weg, denn die Dormitio-Kirche, die über ihnen aufragte, war eine deutsche Gründung. Diese Pilger gehörten nicht zu jener Generation von Deutschen, die wieder schlank und rank waren; viele hatten rote Gesichter, waren übergewichtig, zu warm angezogen und schwitzten stark. Dennoch schienen sie glücklich zu sein. Die meisten Männer sahen schlicht und anständig aus; sie trugen Anstecknadeln einer karitativen Bruderschaft und hielten Meßbücher in den Händen. Einige der Frauen hatten Engelsgesichter. Wenn sie sechzig waren, rechnete Lucas, dann waren sie 1932 geboren und bei Kriegsende dreizehn gewesen. Er hatte die Angewohnheit, das Alter von Deutschen zu schätzen, von den Israelis übernommen.

Die Pilger gingen frohgemut bergauf. Der Wind brachte einen Hauch von Salbei und Jasmin mit, und die vertrockneten Wildblumen, auf die sie traten, verströmten ihren Duft. Man hörte Hebräisch, Jiddisch und Deutsch. Die gewaltigen Mauern ließen jeden kleiner erscheinen und beschämten alle Königreiche. Als sie sich der Brücke näherten, begannen die Glocken wieder zu läuten.

Als er sich in die Schlange vor dem Tor einreihte, dachte Lucas an eine Prophezeiung im Midrasch, von der jemand ihm erzählt hatte. Am Jüngsten Tag würden Menschenmassen versuchen, über das Hinnom-Tal in die Heilige Stadt zu gelangen.

Die Christen würden über eine Brücke aus Stein gehen, doch sie würde einstürzen und sie in den Tod reißen. Die Moslems würden über eine Brücke aus Holz gehen und das gleiche Schicksal erleiden. Und dann würden die Juden das Tal auf einer Brücke aus Gaze überqueren, umstrahlt von der Herrlichkeit Gottes. Und ich? fragte Lucas sich nicht zum erstenmal.

Der obere Teil des Weges war asphaltiert und wurde mit Hilfe der Spenden kanadischer Juden instand gehalten. An seinem Ende trennten sich die fügsamen Kinder des bösen Edom und die frommen Männer Israels in gnädiger gegenseitiger Nichtbeachtung. Die Deutschen gingen zu ihrer häßlichen riesigen Kirche, die Juden begaben sich zum Kothel. Lucas folgte der Armenian Patriarchate Road in Richtung Norden. Er begegnete weiteren Haredim, die das Getümmel des Osterfestes hinter sich ließen und unterwegs zur Klagemauer waren. Vor der Kirche des heiligen Jakob waren armenische Meßdiener im Teenageralter dabei, sich für die Sonntagsprozession herzurichten.

Wenn Feiertage wie jetzt zusammenfielen, taten Juden wie Armenier auf der belebten Straße, als wären die jeweils anderen unsichtbar, und doch gab es nie eine Rempelei. Während er, der Paria, sich unter gemurmelten Entschuldigungen durch die Menge drängte, kam ihm plötzlich der Gedanke, daß er vielleicht der einzige war, der die Angehörigen beider Glaubensgemeinschaften sehen konnte und daß er dort, wo nur das Unsichtbare zählte, bloß ein Komparse war, der nebensächliche Beobachtungen machen durfte und sich im übrigen aus allem herauszuhalten hatte.

Er ging durch einen Bogen, unter dem ein Kachelbrenner seine Ware verkaufte, und blieb stehen, um die Plakate neben dem Laden zu betrachten. Sie waren allesamt in Armenisch und zeigten den neuen Präsidenten der Republik Armenien. Außerdem gab es Bilder von Guerillakämpfern mit Gewehren und Patronengurten sowie schwarz umrandete Fotos junger Märtyrer, die weit entfernt, im Krieg gegen Aserbeidschan, gefallen waren. Es war die Märtyrersaison in einem erstklassigen Märtyrerjahr.

Auf dem Kopfsteinpflaster der ansteigenden Hauptstraße im christlichen Viertel drängte sich eine buntgemischte Pilgermenge. Eine Gruppe Japaner folgte einem japanischen Mönch in Sandalen, der einen grünen Wimpel schwenkte. Einige Indianer aus Mittelamerika, allesamt von gleicher Größe und Statur, starrten mit gnädigem Unverständnis in die unaufrichtig lächelnden Gesichter von Nippeshändlern. Lucas sah sizilianische Bauern und Iren aus Boston, Filipinos, noch mehr Deutsche, bretonische Frauen in Tracht, Spanier, Brasilianer, Quebecer.

Palästinensische Straßenhändler machten durch Zischen auf sich aufmerksam und boten sich als Fremdenführer an. Lucas bemerkte, daß der Rolladen der Caravan Bar, seiner Lieblingskneipe in der Altstadt, herabgelassen war, und erinnerte sich, etwas von Drohungen gehört zu haben. Er nahm die Abkürzung durch den neuen Basar und bemerkte ein weiteres Geschäft, das geschlossen war. Über einem der Läden für Stickereien befand sich ein Lagerraum, in dem man nicht nur Messing- und Wasserpfeifen hatte kaufen können, sondern auch hervorragendes Haschisch, um es in diesen Pfeifen zu rauchen. Jetzt waren sowohl der Laden als auch der Lagerraum leer und verlassen. Seit dem Beginn der Intifada kaufte Lucas sein Haschisch dort, wo es die schlanken, ranken deutschen Hippies kauften: an einem Kiosk in der Nähe des arabischen Busbahnhofs an der Saladin Street. Lucas war aufgefallen, daß die Polizei nie etwas dagegen zu unternehmen schien, wahrscheinlich weil der Verkäufer einer ihrer Informanten war.

Auf dem Platz vor der Grabeskirche traf er wieder auf die Menge der Pilger. Grenzpolizisten mit grünen Baretts und schußbereiten Gewehren waren an allen Straßen, die zur Kirche führten, sowie auf den Dächern der umliegenden Häuser postiert. Der japanische Mönch versuchte den allgemeinen Lärm zu übertönen und seine Schäflein zusammenzuhalten.

Die japanischen Gruppen bestanden größtenteils aus Frauen mittleren Alters, die dunkle Pullover und Khakihüte trugen, wie sie früher bei Kibbuzniks beliebt gewesen waren. Der Mönch, stellte Lucas sich vor, erzählte ihnen die Geschichte von Konstantin und seiner Mutter, der heiligen Helena, und wie sie das Heilige Grab und das wahre Kreuz gefunden hatte. Die japanischen Frauen hatten etwas Mütterliches, und Lucas hatte den Eindruck, daß die Geschichte ihnen gefiel. Warum auch nicht? Immerhin ging es darin um eine fromme Mutter, einen pflichtbewußten Sohn und ein Wunder. Ihm kam der Gedanke, daß dieser Franziskaner und seine Gruppe möglicherweise aus Nagasaki stammten. In Nagasaki lebten mehr Christen als in allen anderen japanischen Städten, und im Krieg hatten die Japaner gedacht, dies sei der Grund, warum die Stadt von amerikanischen Bombenangriffen verschont geblieben war.

Im rußgeschwärzten, von Weihrauchduft erfüllten Inneren der Kirche ging er, dicht gefolgt von der japanischen Pilgergruppe, durch die Rotunde zu der unscheinbaren Franziskanerkapelle gegenüber dem Atrium. Ein griesgrämiger italienischer Mönch stand am Eingang der Kapelle und sah jeden, der ihm zulächelte, tadelnd an.

Drinnen schlugen einige Amerikaner traurig die Klampfen und begleiteten ihren trübseligen Gesang: gesellschaftskritische, anbiedernde Liedchen aus der Liturgie jenes Collegekaffs, aus dem sie stammten. Wie viele andere Pilger waren sie irritiert von der unnachahmlichen Gruselatmosphäre des Heiligen Grabes, eines grimmig-grellen, theopathischen türkischen Bades, wo von allen schimmligen Wänden die Heiligen ihrer Kindheit starrten wie schwachsinnige Gespenster. Lucas war nicht wiedergeboren und nur einmal getauft worden. Er tauchte seine Hand in das Weihwasserbecken und bekreuzigte sich.

»Dunkel ist das Leben, ist der Tod«, dachte er. Etwas anderes fiel ihm nicht ein. Die Worte stammten aus Mahlers *Lied von der Erde*, doch er fand, daß sie auch als eine Art Gebet durchgehen konnten.

»Still ist mein Herz und harret seiner Stunde!«

Er besaß noch eine alte, mittlerweile fast unspielbare Platte, auf der seine Mutter dieses Lied auf deutsch sang. Jedenfalls brachte er die Worte dar, welchem Gott auch immer, zu welchem Zweck auch immer. Dann drängte er sich an der japanischen Gruppe vorbei, durchquerte abermals die düstere Anastasis und stieg die ausgetretenen Stufen zur Jakobskapelle hinauf, um die armenische Liturgie zu hören. Die mochte er am liebsten.

Nach einer Weile traf die armenische Prozession ein und hielt am Eingang inne, damit der Patriarch den Salbungsstein küssen konnte. Dann traten, angeführt von Mönchen mit spitzen Kapuzen und kerzentragenden Jungen, die armenischen Gläubigen der Stadt in die Kapelle, und die Messe begann. Lucas hielt sich wie immer im Hintergrund.

Eine Zeitlang sah er zu, wie sich die Gläubigen mit glänzenden Augen in den Gottesdienst versenkten. In ihren Gebeten war die Nacht immer finster und jeder weit entfernt von der Heimat. Und dann – weil für andere Menschen Ostern war, weil die armenische Liturgie so erhebend war, weil es nicht schaden konnte – senkte er den Kopf und betete das Jesus-Gebet. Es war etwas, das er sich hier angewöhnt hatte – das Mantra der Ostkirchen, ein bißchen wie das buddhistische *Nam myoho renge kyo*, aber mit mehr berdjajewschem Schwung.

»Herr Jesus Christus, Sohn Gottes, hab Erbarmen mit mir Sünder.«

Wenn man es richtig betete, richtig wiederholte, den inneren Blick auf das Herz richtete und ruhig und bewußt atmete, hatte das Gebet angeblich eine wohltuende Wirkung.

Während er sich in diese sinnentleerten hesychastischen Wiederholungen vertiefte und über seine alberne Achtung vor der Religion nachdachte, von der er gehofft hatte, in Jerusalem geheilt zu werden, schreckte ihn ein furchtbares Gebrüll auf, das aus der Richtung der Rotunde kam, gefolgt von einem Kreischen, das mißtönend durch die lärmerfüllten Gewölbe hallte und die Pilger mitten in ihrer Seligkeit erstarren ließ. Selbst die Armenier verstummten für einen Augenblick, und ein paar Kinder gingen zur linken Seite der Empore, um zu sehen, was da los war. Lucas spähte über die Balustrade.

»*Antichrist!*«

Unten, in der kerzenerleuchteten Anastasis, wütete ein Madschnun, ein Verrückter. Er hatte einen Schmerbauch, trug eine Brille, rannte mit ausgebreiteten Armen und baumelnden Händen umher und schien ein Besucher aus dem Westen zu sein. Aufgeregt, mit kurzen Beinen und trippelnden Vogel-schrittchen, umkreiste er das Heilige Grab. Die Gläubigen wichen vor ihm zurück. Der Mann rannte schreiend unter dem Bogen der Jungfrau hindurch und an der Wand des Katho-likons entlang, brachte die an Ketten aufgehängten Ewigen Lichter zum Schwingen und Klirren und ruderte mit den Ar-men, als versuchte er, sich in die Luft zu erheben, als wollte er sich aufschwingen und durch die Kuppel fliegen wie eine Kircheneule. Sein Gesicht war rund und gerötet, und seine hervorquellenden Augen waren von einem kränklichen Blau. Ein paar griechisch-orthodoxe Meßdiener in schwarzen Kutten versuchten, ihn einzufangen.

Mit bemerkenswerter Behendigkeit gelang es dem Verrückten, seinen Verfolgern in Richtung des Heiligen Grabes auszuweichen. Ein Opferkerzentisch fiel um, und die Leute fuhren vor den Flammen zurück. Der Mann führte die Griechen in einem komischen Rundkursrennen um das Heilige Grab an. Schließlich schlug er einen Haken und steuerte auf die Marienkapelle zu. Die dort versammelten Katholiken hielten entsetzt den Atem an und schrien dann auf. Der Bruder an der Tür der Kapelle trat vor und wollte sie schließen.

Der Madschnun begann, auf deutsch zu schreien. Lucas hatte den Eindruck, daß es um Blasphemie ging, um Heiden und Räuber. Schließlich stieß der Mann mechanisch irgendwelche Flüche aus. »Verdammter Scheiß ... Gott im Himmel ... Jesusmaria ...« Echos rasten wie verrückt durch die Unzahl der miteinander verbundenen Gewölbe, aus denen die Kirche bestand. Als die Griechen ihn endlich zu fassen bekamen, verfiel der Mann ins Englische.

»Eine Räuberhöhle!« kreischte der verrückte Deutsche. »Unzucht!« schrie er eine spröde junge katholische Frau in einer weißen Mantilla an. »Strangulierung! Blut!«

Einige der griechisch-orthodoxen Verfolger traten die brennenden Kerzen aus, während die anderen ihren Gefangenen zum Portal und ins Licht der Frühlingssonne zerrten. Israelische Polizisten erwarteten ihn schon und machten ein Gesicht, als hätten sie derlei schon oft erlebt. Die Armenier beteten noch inniger.

Die Pilger, die nach dem Gottesdienst auf den Platz vor der Kirche strömten, diskutierten erregt den unerhörten Vorfall. Die Soldaten und Grenzpolizisten an den Straßen zum Jaffator wirkten wachsamer und entschlossener als sonst. Sie waren auf einen schwereren Zwischenfall gefaßt und hofften auf den Befehl, die Touristenscharen aus der Altstadt zu treiben, doch die christlichen Pilger durften gehen, wohin sie wollten – eine Demonstration von Normalität und öffentlicher Ordnung.

Bald ließ sich Lucas von der Menge in die von Gewölben überdachten Souks zwischen dem Damaskustor und dem Haram al-Sharif, dem Tempelberg, schieben. Er bewegte sich inzwischen mit Selbstvertrauen in der Altstadt, auch wenn er dieses Selbstvertrauen zuweilen in Zweifel zog. Sein Erscheinungsbild, glaubte er, war mehr oder weniger das eines Ausländers, was im moslemischen Viertel von Vorteil war. An einem Kiosk im Souk Khan al-Sultan kaufte er sich eine englischsprachige Ausgabe der PLO-Zeitung *Al-Jihar*. Wenn er sie sichtbar in der Hand trug, würde sie ihn vielleicht vor einem Überfall bewahren. Außerdem wollte er sich auf dem laufenden halten.

Das Damaskustor mit seinen osmanischen Türmen und Gängen und den Befestigungen aus der Kreuzfahrerzeit war sein Lieblingsort in dieser Stadt. Wie ein Tourist fand er Gefallen am Gedränge der Menschen, dem Plärren der arabischen Musikkassetten und den berauschenden Düften, die von den offenen Säcken voller Gewürze aufstiegen, welche in Schubkarren neben den Läden der Händler aufgetürmt waren. Die Palästinenser nannten das Tor Bab al-Amud, das »Tor der Säule«, doch Lucas ließ sich den englischen Namen und die Anspielung auf eine Reise ins Mysterium, ins innere Licht, in die unvermittelte Verwandlung, auf der Zunge zergehen. Er setzte sich, trank ein Sprite und nahm das Geschehen am Tor in sich auf. Dann ging er aufs Geratewohl weiter, auf der Suche nach einem stärkeren Getränk.

Sowohl sein Stammlokal in der Christian Quarter Road als auch der Dachgarten im Souk waren ohne Angabe von Gründen geschlossen. Die einzige Bar, die geöffnet hatte, war eine schmierige Touristenfalle am Rand des christlichen Viertels, deren Kundschaft aus Wandervögeln und anderen Rucksacktouristen aus den billigen Hotels in Ost-Jerusalem bestand. Wie in vielen Bars auf der palästinensischen Seite waren auch hier christliche Heiligenbilder aufgehängt, damit die Aufpasser der Hamas die Betreiber nicht irrtümlich für schlechte Moslems hielten.

Nahe dem Eingang saßen drei Skandinavierinnen mit kurzgeschorenen Haaren und tranken Mineralwasser. Lucas war erstaunt, hinter der Bar am Ende des Raums einen Palästinenser mittleren Alters namens Charles Habib zu sehen, der im Caravan Barkeeper gewesen war. Er bestellte ein kaltes Heineken, das Charles ihm in einem gekühlten Glas servierte.

»Ich komme gerade aus der Kirche«, sagte Lucas zu ihm. »Da ist ein Madschnun herumgerannt.«

Charles war griechisch-katholisch und stammte aus Nazareth. Er war auf dem Umweg über South Bend, Indiana, nach Jerusalem gekommen.

»Hier gibt's jede Menge Madschnunim«, sagte er. »Mehr als genug.«

»Wahrscheinlich«, sagte Lucas, »befiehlt Gott ihnen, hierherzukommen.«

Charles sah ihn nicht sehr freundlich an.

»Ich meine«, fügte Lucas hinzu, »sie haben jedenfalls diesen Eindruck.«

»Am schlimmsten sind die Protestanten«, sagte Charles. »Die sollten lieber in Amerika bleiben und fernsehen.« Er hielt inne und musterte Lucas. »Sind Sie Protestant?«

»Nein«, sagte Lucas. Er fühlte sich unbehaglich unter Charles' kritischem Blick. »Katholisch.«

»Jede Religion hat ihre Madschnunim«, bemerkte Charles.

Überraschenderweise galt das als etwas ganz Neues in einer Stadt, in der man schreiende Kinder dem Gott Moloch geopfert hatte und das Blut in Strömen den Rinnstein entlanggeflossen war. Es schien, als bringe der Vollmond zur Tagundnachtgleiche mit jedem Jahr seltsamere Dinge hervor, Dinge, die gewöhnlich irgendwie pfingstlich waren – spontane Ergüsse aus allen möglichen Ländern der Erde. Einst waren Protestanten züchtige amerikanische Lehrerinnen oder fromme, gütige Patriarchen gewesen. Doch das war vorbei. Es gab mittlerweile eine regelrechte Osterparade, bei der es von eigenartigen Kopfbedeckungen nur so wimmelte. Englischsprechende Irre, die sich riesige Schilder umgehängt hatten, brüllten mit leerem Blick in Megaphone. Ganze Kompanien kostümierter Latinos erschienen, überströmt mit echtem und imitiertem Blut, auf der Via Dolorosa, während ihre Frauen und Freundinnen in Zungen sangen oder sich krampfartig zuckend auf dem Boden wälzten.

Was Religion und Gottesdienst betraf, hielt man in Jerusalem auf Anstand. Einmal warf ein empörter Bürger an Ostern eine Flasche nach ein paar Salsa tanzenden Gestalten, die aus einem Cecil-B.-DeMille-Film hätten stammen können; es entstand Unruhe, und schließlich setzte die Armee Tränengas ein. In diesem Augenblick öffnete der beleidigte Himmel seine Schleusen, und es begann das melancholische, allen altgedienten Studenten der Hoffnungen und Träume des zwanzigsten Jahrhunderts wohlbekannte Büßerdrama »Tränengas im Regen«. Die Via Dolorosa wurde wieder einmal zu einer Straße der Schmerzen. Die schmalen Gassen und ihre Bewohner waren gründlich kontaminiert, und in den Hospizen und Hotels der Stadt ging in dieser Nacht so manches nasse Handtuch von Hand zu Hand.

»Jede Religion«, bestätigte Lucas. Er war überrascht, Charles in so einem heruntergekommenen und möglicherweise von Drogensüchtigen frequentierten Laden zu sehen. Es weckte seine Neugier. Von Zeit zu Zeit hatte Lucas erwogen, ihn als Informanten zu gewinnen. In verwegenen Stunden hatte er sich vorgestellt, eine Story zu schreiben, um die sich die anderen bislang einfach nicht gekümmert hatten.

Im Verlauf der Intifada waren Gerüchte aufgetaucht, einige der Schebab – der jungen palästinensischen Aktivisten, die in Ost-Jerusalem Steuern für den Kampf eintrieben – hätten gewisse finanzielle Absprachen mit einigen Gangstern von der israelischen Seite getroffen. Es war eine Geschichte wie jene, die man sich über die offizielle Korruption in den besetzten Gebieten erzählte. Etwas Ähnliches hatte man im Jahr zuvor aus Belfast gehört: irgendeine Art geheimer Komplizenschaft zwischen den Schutzgelderpressern der IRA und der protestantischen Untergrundbewegung auf der anderen Seite der Stadt.

Nachforschungen zu einem Thema wie diesem waren vermutlich ziemlich gefährlich, aber es war eine Geschichte, die Lucas gefiel. Er mochte Geschichten, in denen sich der Wahnsinn und die Doppelzüngigkeit beider Parteien in einem angeblich kompromißlos geführten Heiligen Krieg offenbarten. Er fand sie beruhigend und sah in ihnen eine Bestätigung der Universalität des menschlichen Geistes. Mit verzweifelter Entschlossenheit hatte er sich abgewandt von Blut und Boden, von uralter Treue und zeitlosem Glauben.

Seit er vor einem Jahr seinen bequemen und recht prestigeträchtigen Zeitungsjob aufgegeben hatte, war sein Leben schwieriger geworden. Er war ständig gezwungen, sich zu erklären. Seine Visitenkarten machten auf neue Bekannte den Eindruck, als seien sie irgendwie unvollständig. Manchmal fühlte er sich wie ein Dilettant. Hinzu kam, daß er als freier Journalist weniger sparsam geworden war und daß seine Disziplin nachgelassen und sein Ehrgeiz zugenommen hatte. Ohne die Grenzen, die das Zeitungsformat ihm gesetzt hatte, gingen seine Geschichten immer weiter – das war ganz natürlich, weil das Leben eben immer weiterging und nichts von Formaten oder Zeitungen wissen wollte und weil die Meinung, als Leser einer Tageszeitung sei man informiert, ohnehin bloß eine schöne Illusion war. Eine edle Illusion, die aufrichtig und sorgsam genährt wurde. Doch wenn es um eine Geschichte ging, konnte man auch andere Wege beschreiten. Und obwohl die ganze Welt hier zusammenkam, gab es in Jerusalem noch immer mehr Leute, die gern redeten, als Leute, die gern zuhörten.

»In letzter Zeit ist es ganz schön schwierig, in dieser Stadt was zu trinken zu kriegen«, sagte er zu Charles.

Der verzog das Gesicht und öffnete eine Flasche Bier für sich selbst. Dann warf er einen Blick in Richtung Straße und stieß schnell mit Lucas an.

»Angeblich gibt es mehr Drogen als sonst«, sagte Lucas – ein unüberlegter Vorstoß. Charles schuldete Lucas ein paar kleine Gefallen, die hauptsächlich abgelaufene Visa seiner Verwandten betrafen, und es gab eine stillschweigende Übereinkunft, der zufolge Lucas den Barmann unter Wahrung strikter Diskretion gelegentlich als Quelle benutzen durfte.

»Das stimmt«, sagte Charles.

»Ich glaube, da wartet die eine oder andere Überraschung. Ich glaube, ich werde was darüber schreiben.«

Charles bedachte ihn mit einem langen, düsteren Blick und sah sich um. »Sie irren sich.«

»Ich irre mich?«

»Sie irren sich. Denn Sie und ich wissen, was alle wissen, und darum ist es keine Überraschung.«

»Was ist keine Überraschung?«

»Erstens«, sagte Charles, »keine Überraschung. Zweitens können Sie nicht darüber schreiben.«

»Tja ...« sagte Lucas.

»Sie können nicht. Was glauben Sie, wer Sie sind? Wen haben Sie schon hinter sich?«

Das war eine sehr berechtigte Frage, fand Lucas.

»Sagen Sie«, fragte Charles, »kennen Sie Woody Allen?«

»Nicht persönlich.«

»Woody ist ein guter Mensch«, erklärte Charles. »Und zwar, weil er leidet.«

»Ist das wahr?«

»Woody kam nach Palästina«, sagte Charles und nahm einen genießerischen Schluck von seinem Bier. »Er ist ja selbst Jude. Aber er sah die Besatzungssoldaten und erhob seine Stimme. Er erhob seine Stimme gegen die Knüppel und die Gewehre. Und was passierte? Die amerikanischen Zeitungen sind über ihn hergefallen. Sie haben sich auf die Seite seiner Frau geschlagen.«

Lucas tat, als dächte er über den Fall Woody Allen nach.

Mit einem Schulterzucken deutete Charles an, daß das alles für sich selbst sprach. »Also«, sagte er zu Lucas, »vergessen Sie's. Schreiben Sie über Woody.«

»Ach, hören Sie doch auf«, sagte Lucas. »Woody Allen ist nie hiergewesen.« Von dem kalten Bier bekam er ein Ziehen in den Schläfen.

»Ist er doch«, beharrte Charles. »Viele haben ihn gesehen.«

Sie ließen das Thema fallen.

»Schreiben Sie doch was über die Madschnunim«, schlug Charles vor.

»Das werde ich vielleicht auch. Kann ich sie herbringen?«

»Klar. Vergessen Sie nicht, viel Geld auszugeben.«

»Vielleicht gehe ich für eine Zeitlang woandershin«, sagte Lucas und staunte über diesen plötzlichen Anfall von Vertraulichkeit.

»Wenn Sie zurückkommen, werde ich nicht mehr hiersein«, sagte Charles leise. »Nicht mehr lange, und ich bin der letzte Habib aus Nazareth in dieser Gegend. Und dann adieu.«

»*Au revoir*«, sagte Lucas und ging hinaus. Er schlenderte die Via Dolorosa entlang, vorbei an der St.-Annen-Kirche am Bethesda-Teich. Das war ein Ort, den er heute nicht betreten würde. Er wagte es nicht, aus verschiedenen Gründen. Am Löwentor ging er an wartenden Taxis und Scheruts vorbei. Jenseits der Jericho Road kamen weitere Pilger vom Ölberg. Mit einemmal fühlte Lucas sich ausgepumpt. Die Kraft, die ihn hinaus in den Ostermorgen getrieben hatte, war erschöpft.

Einer der Taxifahrer sprach ihn an und verhandelte mit ihm über den Preis für die Fahrt zum Hotel Intercontinental auf dem Ölberg. Lucas wollte auf die Stadt hinabsehen. Als sie dort ankamen, schien das Hotel geschlossen: Die Fenster waren dunkel und verschmiert. Er stieg trotzdem aus, ging über die Straße und blickte auf Jerusalem. Von dort, wo er stand, konnte er auf den Tempelberg und die Dächer der Altstadt sehen. Wieder begannen Glocken zu läuten, sie erklangen aus allen Richtungen, und das Geläut wurde vom unaufhörlichen Wind verweht.

Die leuchtenden Zwiebelkuppeln der Maria-Magdalenen-Kirche waren unter ihm, als er den steilen Kiesweg hinunterging. Er bog um die Ecke, ging an der Kirchenmauer entlang und tauchte hinter der nächsten Ecke in ein Getümmel von Menschen ein. Gläubige strömten aus den Gartentoren vor der Kirche. Zwei kleine russische Nonnen verabschiedeten sich mit Verbeugungen von ihnen. Neben dem Kirchenportal stand ein Pope im Ornat, rauchte eine Zigarette und unterhielt sich mit zwei Arabern in unbequemen Sonntagsanzügen.

Etwa die Hälfte der Gläubigen waren Palästinenser, doch es gab auch zahlreiche Russen – hauptsächlich Frauen. Viele waren auf jene eindeutig mitteleuropäische Art aufgedonnert, die israelische Frauen eines bestimmten Alters bei besonderen Gelegenheiten an den Tag legten: die Hüte größer, als man es gewohnt war, modische Stiefel und ein bißchen Pelz, ganz gleich, wie das Wetter war. Lucas war überzeugt, daß die meisten von ihnen einen israelischen Paß besaßen. Und obwohl sie auf dem Weg zur Jericho Road angeregt plauderten, umgab sie etwas wie eine schuldbewußte Wachsamkeit. Eine oder zwei der Russinnen schienen Lucas' Blick zu spüren, drehten sich um und sahen, daß er keiner von ihnen war.

Sie würden sich wundern, dachte Lucas, wenn sie wüßten, wieviel er und sie gemeinsam hatten. Samen des Lichts, ausgestreut in der Finsternis. Wessen? Welche?

Eine junge Frau, kaum älter als ein Teenager, ging neben ihm. Ihre Blicke begegneten sich, und er lächelte sie an. Sie hatte einen gehetzten Blick und lange dunkle Wimpern. Dann sagte sie etwas auf russisch, und er konnte nur den Kopf schütteln und weiterlächeln. Befangen blieb sie zurück und ließ ihn weitergehen. Wenn alles in die Luft fliegt, dachte Lucas, werden wir immer noch hier stehen, zum Ölberg aufsehen und uns fragen, in welche Richtung wir rennen sollen.

Kürzlich, während einer Fahrt durch den Gazastreifen, hatte er eine hitzige Diskussion mit einem Kollegen gehabt, einem Franzosen, der sich leidenschaftlich für die Palästinenser einsetzte. Wie immer hatte Lucas versucht, beiden Seiten gerecht zu werden. Der Franzose hatte seine Argumente beiseite gewischt und ihm gesagt, er sei eben bloß ein Amerikaner. Und Israel sei nichts als eine amerikanische Kolonie, amerikanischer als Amerika.

Zu diesem Zeitpunkt waren sie tief im Gazastreifen gewesen und zwischen den entsetzlichen Slums des Lagers Bureidsch, die sich endlos in die Wüste erstreckten, und denen des Lagers Nuseirat, die auf der Meerseite lagen, dahingefahren. Den ganzen Tag über hatten sie wütende und verzweifelte Gesichter gesehen. Sie waren allein gewesen.

»Wenn es jetzt losgehen würde«, hatte Lucas den Franzosen herausfordernd gefragt, »wohin würden Sie dann fliehen? Wenn dies alles in die Luft fliegen würde?«

Der Franzose hatte indigniert erwidert, an so etwas denke er nicht einmal, und das hatte Lucas wütend gemacht. Als könnte man an etwas anderes denken.

»Ich schlage vor, Sie fliehen in Richtung Mekka«, hatte er gesagt. »Ich werde in Richtung Fink's fliehen.«

Fink's war eine Bar in der King George Street in Jerusalem, wo man wußte, wie ein guter Martini gemixt wurde.

Oberhalb des Gartens von Gethsemane verließ er die Russen und bog zu den riesigen jüdischen Friedhöfen im Kidron-Tal ab. Zwischen den weißen Grabmalen standen schwarzgekleidete Gestalten, manche allein, andere zu zweit oder dritt. Es waren religiöse Juden, die an den Gräbern ihrer Vorfahren Psalmen beteten. Lucas folgte einem mit Kalksteinen gepflasterten Weg, der von den hellenistischen Gräbern auf dem Hügelkamm zur Jericho Road hinunterführte. Bald war er ein Dutzend Grabreihen über einer Gruppe von drei Männern. Zwei von ihnen waren schon älter und trugen breitkrempige Hüte und riesige Mäntel. Der dritte war jünger und trug eine dunkle Hose und eine marineblaue Windjacke. Eine schwarze und goldfarbene Kippa war mit Klammern an seinem Haar festgesteckt, und an einem Schulterriemen hing ein automatisches Gewehr.

Während er die Gruppe betrachtete, wandte der junge Mann mit dem Gewehr langsam den Kopf, als hätte er Lucas' Anwesenheit gespürt, und als er ihn sah, drehte er sich um. Er runzelte die Stirn. Die beiden anderen Männer waren in ihr Gebet versunken und wiegten sich vor und zurück. Lucas ging weiter, verfolgt vom unverwandten Starren des jungen Mannes. Er war verwirrt, dachte Lucas, abgelenkt.

Auf dem Weg, den er gekommen war, schlenderte er durch das Löwentor. Wieder schlug der österliche Trubel über ihm zusammen, und er bog in die Tarik al-Wad ein, wo es ruhiger war. Er ging auf einen Laden zu, in dem Fruchtsaft verkauft wurde, denn er hatte plötzlich Lust auf etwas Kühles, Süßes. Der alte Besitzer und sein behinderter, pockennarbiger Sohn sahen ihm stirnrunzelnd entgegen.

»*Tamerhindi?*« fragte Lucas. Er trat an die Theke und sah, daß in einer Ecke des Ladens, die von der Straße nicht zu sehen war, ein Madschnun mit einem westlich geschnittenen Anzug und einem bis zum Kragen zugeknöpften weißen Hemd saß, auf dessen Gesicht ein eigenartiges Lächeln lag. Er hatte eine entfernte Ähnlichkeit mit Jerry Lewis, und sein Wahn verlieh ihm die fröhliche Debilität eines Jerry-Lewis-Irren.

Der jüngere der beiden Händler reichte Lucas einen kleinen Pappbecher mit Tamarindensaft. Der Madschnun sah heiter zu. Lucas nahm den Becher und setzte sich auf einen unlackierten Stuhl, von dem aus er die von Bogen überwölbte Straße sehen konnte.

In diesem Augenblick ging ein dicklicher junger Mullah vorbei, ein Lehrer an einer der Koranschulen am Bab al-Nazir, wahrscheinlich ein Aufpasser der Hamas. Sein Gesicht hatte etwas still Beseeltes, doch als er Lucas sah, veränderte es sich. Glühende Augen, finsterer Blick – dann Ausdruckslosigkeit, Annullierung. Lucas saß auf seinem Stuhl und ignorierte den anderen ebenfalls.

Er hatte sich auf eine Runde Jerusalem-Poker eingelassen, jenes Spiel, das er schon früher am Morgen, im armenischen Viertel, beobachtet hatte und bei dem es um die gegenseitige feindselige Nichtwahrnehmung ging. Er hatte dabei kaum eine Chance: Sein mangelnder Glauben und seine nur verschwommen umrissene Identität bewirkten, daß man ihn leicht verschwinden lassen konnte. Sein Freund Charles hatte ihn ganz richtig darauf hingewiesen, daß niemand hinter ihm stand. Er trank den kleinen Becher mit süßem Nektar aus und dachte nach.

Für den Fall, daß er Charles' Warnung beherzigte und die Schmiergeld-und-Schmuggel-Geschichte beerdigte, hatte er noch eine zweite in Reserve: eine Menschenrechtssache in Gaza. Es war ein Ort, den er sehr ungern aufsuchte. Im Gegensatz zu Judäa hatte Gaza weder Ruinen noch schöne Landschaft zu bieten, und die einzigen Altertümer waren die trostlosen Baracken, in denen, unbeachtet und übergangen von der Welt, vielleicht noch immer Samson die Mühle drehen mußte, geblendet, in Ketten, bewacht von gelangweilten, unglücklichen, kettenrauchenden jungen Männern mit grünen Baretten und umgehängten Sturmgewehren. Gazas einziger Rohstoff war üble Geschichte auf einer metaphysischen Ebene; es war ein Riß im Balken, der im Auge des Allmächtigen saß, es bot sich jeder möglichen Vergeltung dar und war in großem Stil von Gott verlassen. Vor langer Zeit hatte Jeremia Heulen und Wehklagen als die hierorts angemessenste öffentliche Betätigung empfohlen, und die Einwohner hatten nie Gelegenheit bekommen, es zu verlernen.

Gaza bestand aus Daten, welche die Bezugspunkte des menschlichen Urteilsvermögens in Frage stellten, es war der Punkt, an dem der metabolische Zusammenbruch des sachkundigen Engagements einsetzte. Für reisende Journalisten war der unerlöste Mensch, die Sache an sich, schon immer die größte Attraktion gewesen. Und siebenhunderttausend starke, unerlöste Menschen gaben noch immer eine gute Geschichte ab.

Eine Frau, die Lucas kannte und die für die International Children's Foundation arbeitete, hatte ihm einen Tip über israelische Schläger gegeben. Diese nahmen sich besonders Jugendliche und Kinder vor, die sie im Verdacht hatten, in der

Nähe jüdischer Siedlungen mit Steinen zu werfen. Dabei gingen diese Israelis mit großer Brutalität und unter Nichtachtung aller Regeln vor, die beide Seiten normalerweise einhielten. Zwei Mitarbeiter der Foundation und ein Angestellter der UN Relief and Works Agency, die versucht hatten, den Kindern zu helfen, waren ebenso angegriffen worden.

Die Schläger überfielen die mutmaßlichen Übeltäter frühmorgens in ihren Häusern, schlugen sie bewußtlos und brachen ihnen meist einige Knochen. Mindestens einer der Bande sprach Arabisch, und ihr Anführer hatte den Kriegsnamen Abu Baraka, Vater der Gnade, angenommen. Angeblich stammte er aus Nordamerika und diente in der israelischen Armee.

Nuala Rice, Lucas' Informantin bei der Children's Foundation, war eine eigenartige Frau. Sie kam aus Irland, war eine katastrophenerprobte Veteranin von Beirut, Somalia und dem Sudan und schien ihre Zeit damit zu verbringen, gute Werke zu tun und die verschiedensten erotischen und nichterotischen Intrigen zu schmieden. Lucas war ein bißchen verliebt in Nuala, doch ihre Beziehung hatte von Anfang an auf der unausgesprochenen Erkenntnis beruht, daß er nicht ihr Typ war.

Und ebensowenig, stellte er nach und nach fest, war er der Typ des freien Reporters. Es war so schwer, die Story richtig hinzukriegen, ohne Auftrag oder Rubrik, ohne eine schützende Begrenzung der Wortzahl. Niemand stand hinter einem. Und man vertrat niemanden, nichts als den eigenen Anspruch auf Wahrhaftigkeit in einer Welt der Trugbilder, der schwarz glänzenden Spiegel und der von den Kämpfern aufgewirbelten Staubwolken.

Er dachte noch immer darüber nach, als der Mullah auf der mit Kopfsteinen gepflasterten Straße zurückkehrte. Der Madschnun trat aus dem Laden, lächelte sein Jerry-Lewis-Lächeln und küßte den Mullah. Es war ein biblischer Kuß, fand Lucas. Der Mullah strahlte und warf Lucas einen Blick zu, um zu sehen, ob der Fremde diesen Akt der Liebe, der Barmherzigkeit, bemerkt hatte. In Jerusalem war man sich seiner selbst so bewußt – so viele konkurrierende Moralisten lebten auf so engem Raum, daß jede kleine Segnung sogleich festgehalten werden mußte.

Kaum hatte Lucas sich erhoben, da ließen die Besitzer des Ladens eilends die Rolläden herunter. Lucas ging die alte Straße entlang in Richtung des Tempelbergs. Das Bab al-Nazir, das Tor der Wache, war eine Schatzkammer islamischer Geschichte. Einmal hatte ein Kollege ihn geführt, der mameluckische Tür- und Fensterstürze von osmanischen und omaijadische Gewölbe von aijubidischen unterscheiden konnte.

Das einzige Gebäude, an das er sich von seinem letzten Ausflug erinnern konnte, war ein uraltes Haus mit fünf Fenstern und einem großen Torbogen aus rosigem Stein, dem verwirrendsten und einladendsten Eingang, den Lucas in dieser Stadt gesehen hatte. Es stand in der Nähe des Tors zum Haram und war nach Auskunft des Kollegen einst ein Gästehaus für Sufis gewesen. Als Lucas daran vorbeiging, sah er, daß das Tor des Hauses geöffnet war, und trat kurz entschlossen ein. Drinnen fand er einen Durchgang mit einem verzierten Gewölbe, gestützt von Säulen, die aus der Zeit vor den Kreuzzügen zu stammen schienen. Lucas zog die Schuhe aus und nahm sie in die Hand.

Der Durchgang führte zu einem staubigen Innenhof, wo Bäume in großen Kübeln wuchsen. Ringsum waren Fenster mit filigran durchbrochenen Läden. Jenseits dieses Hofes befand sich noch ein zweiter, größerer Hof, umgeben von flachen Dächern einstöckiger Gebäude, auf denen Spaliere und Pflanzkästen mit Ringelblumen standen.

Als er sich umdrehte und wieder zurück zur Straße gehen wollte, versperrte ein Kind ihm den Weg. Es war ein etwa fünfjähriges Mädchen in einem prachtvollen geblümten Samtkleid, das aussah, als hätte es einst einer kleinen Prinzessin gehört, in einem kalten Land, in einem weit entfernten christlichen Kinderzimmer. Das Mädchen hatte eine sehr dunkle Haut, so dunkel wie die einer Westafrikanerin, und sein krauses Haar war zu zwei Zöpfen geflochten.

»Hallo«, sagte Lucas zu dem kleinen Mädchen.

Das Kind stand reglos da und musterte ihn streng. Seine Augen waren riesig und unergründlich. Über einer Augenbraue erschienen zwei mißbilligende Falten. Als Lucas einen Schritt vortrat, floh das Mädchen barfuß über den Hof und wurde mit jedem Schritt schneller. Lucas bemerkte, daß am anderen Ende des Hofs einige schlanke Gestalten aufgetaucht waren. Hochgewachsene schwarze Männer mit weißen Turbanen starrten ihn an. Einige standen in dem Hof, durch den er eben gegangen war, andere auf den niedrigen Dächern mit den Ringelblumen. Von irgendwo drinnen hörte er die trällernde Stimme einer Frau.

Lucas kam der Gedanke, er könnte eingedrungen sein, wo er nicht willkommen war. Er war froh, daß er seine Schuhe ausgezogen hatte. Auf der anderen Seite des Hofs vor ihm war ein Durchgang, der vielleicht wieder auf eine Straße führte. Doch der Durchgang endete an einer ockerfarbenen Wand. Die Umrisse eines vermauerten Tors waren noch schwach zu erkennen.

Er kehrte um und machte sich so schnell, wie es auf Strümpfen ging, auf den Rückweg durch den Hof, den er soeben verlassen hatte. Die hochgewachsenen Männer mit den Turbanen standen reglos genau da, wo sie zuvor gestanden hatten. Im Vorbeigehen nickte Lucas ihnen freundlich zu. Ihre Gesichter blieben vollkommen ausdruckslos – sie wirkten einfach wachsam, sie waren weder eine Bedrohung noch boten sie ihm Hilfe an. Ohne sich umzusehen, ging er weiter in den ersten Hof und trat wieder in die Säulenhalle. Das Tor zur Straße war nun geschlossen, und die Halle lag in kühlem Halbdunkel. Auf der Straße schien es eigenartig still zu sein. Dann ertönte vom Tempelberg ganz in der Nähe der Ruf zum Gebet, und die lautsprecherverstärkten Verse hallten zwischen den Säulen wider.

Lucas war fasziniert von dem Gewölbe. Es war eine schön kannelierte Halbkuppel mit zarten Rippen, die an Metaphysisches denken ließen. Er konnte sich gut vorstellen, daß sie das Werk von Derwischen war; sie schien unglaublich alt zu sein. Und wie typisch für diese Stadt, dachte er, daß sie so gut verborgen war, in einer unbelebten Straße, hinter einem morschen Tor.

Er war in den Anblick der Gewölbebogen versunken und schreckte hoch, als er irgendwo eine Tür schlagen hörte. Barfüßige Schritte näherten sich vom ersten Geschoß. Instinktiv wich Lucas zurück in den Schatten einer Säule.

Eine junge Araberin trat in die Halle. Sie hüllte sich in einen Umhang und verschwand hinter einem Wirbel von Stoff. Er sah zu, wie sie zum Tor ging und es öffnete, so daß sie vom Tageslicht beleuchtet wurde.

Ihr Kopf war noch unbedeckt, und Lucas stellte überrascht fest, daß sie eine kurze Afrofrisur hatte. Ihre Augen waren schön und mit Kajal geschminkt. Sie lehnte sich an den Torpfosten und zog sich die Sandalen an. Die braune Haut ihrer Knöchel und Füße war mit einem Blumenmuster bemalt, und unter der Dschallaba schien sie eine Khakihose zu tragen. Lucas drückte sich noch tiefer in den Schatten der Säule. Er hatte das Gefühl, daß die paar Wochen Arabischunterricht, die er im Aelia Capitolina YMCA genossen hatte, für die Darlegung, die erforderlich sein würde, um sein exzentrisches Versteckspiel zu erklären, nicht ausreichen würden.

Die Frau nestelte an einer Sandale herum und begann zu singen.

»*Something cool*«, sang sie zu Lucas' Überraschung, »*I'd like to order something cool.*«

Sie verminderte die Quinte sehr hübsch, und Lucas, der zufällig wußte, wie die nächste Zeile lautete, hätte fast mitgesungen. Die Versuchung war fast unwiderstehlich. Doch er sah schweigend zu, wie sie die andere Sandale anzog, die Kapuze ihres Umhangs aufsetzte und hinauseilte. Lucas blieb im zeitlosen Dämmerlicht zurück.

Als er auf die Straße trat, war sie verschwunden. Er rieb sich über die Stirn. Wer konnte wissen, zu welchem verborgenen Aspekt der Stadt sie gehörte? Jerusalem war voller Geheimnisse.

2 Die Praxis des Gynäkologen lag in der Graetz Street, einer hübschen, von Johannisbrotbäumen und Araukarien gesäumten Straße im deutschen Viertel. Sein Name war Kleinholz. Als junger Mann hatte er am Grand Concourse in der Bronx praktiziert und der kommunistischen Partei nahegestanden. Sonia verkörperte für ihn die alten Zeiten.

»Ich kann mich so gut an deinen Vater erinnern«, sagte er, während er das erbetene Rezept ausstellte. »Was für ein gutaussehender Kerl!«

»Er war attraktiv«, stimmte sie ihm zu. »Mom mußte immer ein Auge auf ihn haben.« Sie hatte das Gefühl, Kleinholz hätte ihren Vater nicht so bedenkenlos einen gutaussehenden Kerl genannt, wenn er, ihr Vater, weiß gewesen wäre. Doch sie hatte es aufgegeben, auf diese Dinge zu achten, und im Augenblick konnte Dr. Kleinholz nichts falsch machen. Sie nahm das Rezept mit einer stummen Dankesgeste entgegen und unterdrückte den starken Impuls, nachzusehen, wie viele Schmerztabletten er ihr verschrieben hatte. Sie waren gegen Menstruationsbeschwerden, aber Sonia benutzte sie manchmal auch, um innere Ausgeglichenheit und Seelenfrieden zu erreichen, und gab sie gelegentlich ihrem Freund Berger.

»Bist du noch mal in unserem alten Viertel gewesen?« fragte Dr. Kleinholz. Sie hatte nur das erste Jahr ihres Lebens in der Bronx verbracht. Danach hatten die Barneses praktisch wie auf der Flucht gelebt: Sie waren von Stadt zu Stadt und von Job zu Job gezogen und immer nur so lange geblieben, bis das FBI oder irgendein Eiferer sie entdeckt und begonnen hatte, Ärger zu machen. Sie hatten sich an Arbeiterstädte gehalten: Youngstown, Detroit, Duluth, Oakland, Tacoma. Im Verlauf dieser Reisen waren sie in den sechziger Jahren Zeugen des Verschwindens der Arbeiterklasse und des Aufstiegs und Niedergangs der Neuen Linken gewesen.

»Einmal«, sagte sie. »Da wohnen jetzt hauptsächlich Hispanos. In dem, was davon übrig ist.«

»Es war wunderschön«, sagte Dr. Kleinholz und lachte traurig. »Ich hoffe, du hast es nicht vergessen.«

Nicht ganz. Sie erinnerte sich jedenfalls, daß man ihr gesagt hatte, es sei damals eines der wenigen Viertel außerhalb von Greenwich Village gewesen, wo ein gemischtrassiges Paar wie ihre Eltern sich habe wohl fühlen können. Der Vermieter sei ein Linker gewesen. Der alte mexikanische Hausmeister sei in Spanien verwundet worden.

»Ja, es war schön«, sagte sie.

Beinahe alle alten Linken waren nostalgisch. Wenn alles so schön gewesen war, dachte sie manchmal, wogegen hatten sie dann eigentlich revoltiert?

Kleinholz nickte und erhob sich, um ihr die Hand zu schütteln. Israel war voller Nostalgiker, und der Doktor war einer von ihnen. Mit der Brille auf der Nasenspitze, dem weißen Kittel und dem Stethoskop sah er aus wie ein Hausarzt in einem Film aus den dreißiger Jahren.

»Entschuldige, ich muß diese Frage einfach stellen«, sagte Dr. Kleinholz. »Was sind das für Muster auf deinen Füßen?«

Sie lachte. »Das sind Hennamalereien. In Baidhabo habe ich mir das von den somalischen Frauen abgeguckt. Es hat nichts weiter zu bedeuten.«

»Gut«, sagte Dr. Kleinholz. »Ich hatte gefürchtet, es wären Tätowierungen.«

»Nein«, sagte sie. »Bloß Henna.«

Im Emek Refaim war eine Apotheke, in der sie das Rezept einlöste. Er hatte ihr zwanzig Tabletten verschrieben. Sie kaufte außerdem ein paar Kolotomiebeutel, Verbandwatte und einige Dosen eines Tonikums, denn sie wollte noch einen Krankenbesuch machen.

Ihre Wohnung war nur einige Häuserblocks entfernt, in Rehavia. Dort duschte sie und zog die Kleider an, die sie im arabischen Teil der Stadt trug: Hemd und Hose und darüber einen nubischen Umhang und ein Kopftuch. Jenseits der Grenze machte sie das unsichtbar. Auf der israelischen Seite starrten palästinensische Arbeiter ihr manchmal nach und fragten sich, was ein arabisches Mädchen hier, allein unter Juden, zu suchen hatte.

Sie nahm den Bus zum Jaffator. Es waren noch immer viele

Osterpilger unterwegs. Sonia ließ sie hinter sich, als sie durch die stillen Innenhöfe des armenischen Klosters und in die Tarik al-Zat ging. Im Souk Khan al-Sultan kaufte sie Rosinenbrötchen, Süßigkeiten und Obst.

Sonias Ziel war die Tarik Bab al-Nazir, eine uralte schmale Gasse, die zum Nazirtor führte, einem Eingang zu den heiligen Stätten der Moslems, den Gläubige wie Ungläubige benutzen durften. Ihr Freund Berger lebte in einer winzigen Wohnung mit Blick auf die Innenhöfe des Ribat al-Mansuri, eines heruntergekommenen Palais, das ein aijubidischer Sultan vor siebenhundert Jahren für Sufi-Pilger gebaut hatte. Seitdem war es ein Gefängnis, eine Ruine und eine Mietskaserne gewesen.

In den Jahren vor 1967 hatte ein Sufi-Scheich in dieser Wohnung gewohnt, ein Amerikaner jüdischer Herkunft namens Abdullah Walter. Als bedeutender Konvertit hatte Walter sich der Protektion al-Husseinis, des Großmuftis persönlich, erfreut.

Nach dem Sechs-Tage-Krieg hatte das Haus den Besitzer gewechselt. Walter war nach Kalifornien gezogen und dort gestorben und hatte Berger al-Tarik, seinen Freund und Schüler, zurückgelassen. Die Stadtverwaltung hatte die Hälfte des Gebäudes abgerissen und die Fenster vermauert, die auf den Tempelberg gingen. Der gegenwärtige Eigentümer war ein armenisch-unierter Kachelbrenner, der seinen Laden in der Via Dolorosa hatte.

Kleine, weißgekleidete schwarze Kinder beobachteten sie, als sie mit ihrem Korb durch den alten Portiko und in den Innenhof ging. Die sudanesischen Wächter des Tempelbergs hatten einst in einem Gebäude gegenüber gewohnt, und darum lebten in diesem Viertel noch immer viele Schwarze. Manchmal stellte Sonia sich vor, daß hier immer schon Schwarze gelebt hatten, schon in uralten Zeiten, und daß die kuschitischen Soldaten des Pharaos ihre Vorfahren gewesen waren.

Heute hatte sie Kugelschreiber für die Kinder mitgebracht.

»Na, Jungs«, sagte sie, als ein paar kleine Jungen auf sie zugerannt kamen, »was läuft?«

Es waren vier Kinder, und jedes bekam einen Kugelschreiber, bevor sie hinaufging.

Die Wohnung war abgedunkelt, und es roch nach Räucherwerk. Berger al-Tarik ruhte, einige Kissen im Rücken, auf einem Diwan. Neben ihm lag, mit dem Buchrücken nach oben, ein Simenon: *Maigret en vacances*.

Sie stellte den Korb in der Ecke ab, neben dem Spülbecken und der Kochplatte.

»Der Osterhase ist da«, sagte sie, »und hat ein paar Sachen mitgebracht, die du brauchen könntest. Kannst du was essen?«

»In den nächsten zwei Tagen wohl nicht«, sagte Berger. »Und was danach ist, weiß ich nicht.« Er versuchte erfolglos, sich zu erheben. »Darf ich fragen«, sagte er steif, »ob der Osterhase vielleicht ein paar Kolotomiebeutel mitgebracht hat?«

»Klar hat er.«

Sie sah ihm zu, während er sich eine der einheimischen Zigaretten ansteckte, die ihm so gut schmeckten. Die Rücken seiner langen, schlanken Hände waren gesprenkelt und wunderschön geädert.

»Was für ein trauriges Ende«, sagte er fröhlich. »Was für ein Jammer.«

»Du mußt irgendwohin, wo du besser versorgt bist.«

»Ich wollte immer hier sterben«, sagte er. »Jetzt will ich es nicht mehr.«

»Hast du genug Geld, um zu reisen?«

Er gab keine Antwort und wedelte den Rauch fort. Sie nahm ihm die Zigarette aus der Hand und zog daran.

»Ich kann Geld auftreiben«, sagte sie. »Ich hab Gigs in Tel Aviv. Was Regelmäßiges.«

Sie holte die Tabletten hervor, schüttelte einige für ihren eigenen Gebrauch heraus und reichte ihm das Fläschchen.

»Hast du Schmerzen? Sag schon.«

Er lachte und nahm das Tablettenfläschchen. »Ich habe Schmerzen. Und das ist etwas, wofür mir jedes Talent fehlt.«

Sie nahm ein paar Tabletten und spülte sie mit einem Schluck aus seiner Mineralwasserflasche herunter.

»Was hast du als nächstes vor, mein Schatz?« fragte er. Sie hatten sich ein paar Tage nicht gesehen.

Sie blies die Backen auf und stieß die Luft aus. »Ich weiß nicht, Berger.«

»Was würdest du am liebsten tun?«

»Am liebsten würde ich zurück nach Kuba gehen. Danach habe ich mich immer gesehnt.«

»Würden die dich denn wieder reinlassen?«

»Vielleicht. Wahrscheinlich.«

»Aber es würde nicht lange gutgehen.«

»Eigentlich«, sagte sie, »wollte ich im Gazastreifen arbeiten, aber da sind sie so religiös geworden. Das geht mir ein bißchen auf die Nerven.«

»Ich hab dich im Stich gelassen«, sagte Berger.

»Du sollst kein Mitleid mit mir haben. Auch nicht mit dir selbst. Das sind die Regeln, aus denen sich alles andere ergibt, stimmt's?«ʹ

»Man ist immer blind für irgend etwas.«

»Das verstehe ich«, sagte sie.

Sie hatte Berger im Jahr vor der Intifada kennengelernt, als die Altstadt wie ein fliegender Teppich gewesen war. Nach Kairo hatte man mit dem Taxi fahren können. Alle waren Freunde gewesen, oder jedenfalls hatte es bei flüchtigem Hinsehen so geschienen. Jerusalem war östlich von Suez gewesen, ein Sesam-öffne-dich voller unglaublicher Schätze, wo das Beste zugleich das Schlechteste gewesen war. Erst in Jerusalem hatte sie diese Zeilen von Kipling verstanden.

Für sie war es ein bemerkenswert arbeitsarmes Jahr gewesen. Sie hatte einen Job als Garderobenfrau in einem Restaurant in der Upper East Side gehabt und gesungen, wann immer sie einen Gig kriegen konnte. Es war das dicke Ende der achtziger Jahre gewesen. Sie hatte einige Sufis kennengelernt, und die hatten sie irgendwie an Berger weitergereicht. Gemeinsam hatten sie sich auf die Suche nach dem Unerschaffenen Licht gemacht.

»Ja«, sagte er, »das weiß ich.«

Alles mußte einmal enden, und für Berger endete es schlecht. Bei den Schebab galt er als Perverser, weil er sich früher für arabische Jungen interessiert hatte. Der Gush Emunim hatte ein begehrliches Auge auf die Medresse geworfen und übte Druck auf den Armenier aus, der mit dem Gedanken spielte, das Gebäude an ihn zu verkaufen und sich mit seinen Verwandten in Fresno niederzulassen. Der Gush hatte herausgefunden, daß Berger, ein Österreicher, der einzige Bewohner war.

Dann war er krank geworden. Auf der arabischen Seite hatte

er nicht den richtigen Arzt finden können, und bei dem Gedanken, zu einem israelischen Arzt zu gehen, hatte er ein Gefühl, das er als »Befangenheit« bezeichnete. Es war eine Befangenheit, wie sie wohl jeder Landsmann von Adolf Eichmann empfunden hätte. Schließlich war er zum französischen Hospital in Kairo gefahren. Sonia hatte die amerikanischen Konsulate in beiden Teilen der Stadt gebeten, ihr einige Ärzte zu empfehlen, doch Berger hatte weiterhin Bedenken gehabt.

»In ein paar Tagen fahre ich nach Tel Aviv«, sagte sie. »Vielleicht ergibt sich was. Kommst du zurecht?«

»Ja, es wird schon gehen.«

Sie sah ihn mit großen Augen an. »Mein armer Kleiner«, sagte sie ironisch. »Es wird wohl gehen müssen, hm?«

Sie lachten.

»Ich gehe durch dieselbe Tür hinaus, durch die ich hereingekommen bin«, sagte er. »Und das zu schaffen, wird mich alles kosten, was ich in meinem Leben gelernt habe.«

»Dann brauch es auf«, sagte sie. »Du kannst von Glück sagen, daß du es hast.«

Was ihr an Berger am meisten gefiel, war die Tatsache, daß sie alles aussprechen konnte, was sie dachte. Er sah sie an und schüttelte den Kopf.

»Wie war das noch mal?« fragte er. »*I have talked the talk. And now I must walk the walk.*«

»So geht das Lied.«

Er ließ einen grünen Vorhang herab, der den Alkoven mit dem Diwan vom Rest der Wohnung abteilte, und machte sich daran, den Kolotomiebeutel zu wechseln.

»Bist du noch guter Hoffnung?« fragte er. Ihre kleine Gruppe hatte ihren eigenen Jargon entwickelt.

Sie hatte die mit einem filigranen Gitterwerk versehene Tür zum kleinen, sonnigen Innenhof geöffnet und den Sessel dorthin gerückt. Aus der trockenen Erde in der Mitte des Hofes wuchs ein Olivenbaum, und auf den lose verlegten Steinplatten standen zwei Töpfe mit durstig wirkenden Orangenbäumchen. Der Himmel leuchtete in einem satten Nachmittagsblau.

Das Licht, die grünen Bäume, das herrliche Wetter – Sonia seufzte. Für den Augenblick war sie zufrieden.

»Ja«, sagte sie. »Guter Hoffnung.«

3 Im Gemeindezentrum spielten mehr als hundert junge orthodoxe Männer Tischtennis, mit flatternden Hemdschößen und Schläfenlocken. Ihre Augen blitzten vor Freude, Triumph oder Wut. Sie waren allesamt gute Spieler, manche waren sogar sehr gut. Ihre Spiele waren schnell und kräftezehrend. Die meisten sprachen Englisch, und hin und wieder rief einer »Herrgott!« oder »Ja!«, wie irgendein amerikanischer Jugendlicher, der einen guten Schlag gelandet hat.

Der Weg zum Wartezimmer von Pinchas Obermanns Praxis führte durch den Tischtennissaal. Das war eine der Eigenarten des Komplexes, der sich in einem Hochhaus in den wuchernden nördlichen Vororten von Jerusalem befand.

Im Wartezimmer saßen zwei Männer. Der eine war etwa dreißig und trug ausgewaschene schwarze Jeans, ein schwarzes Hemd und eine beige Windjacke. Obwohl es bereits nach zehn Uhr abends war, hatte er angesichts der flackernden Neonröhren in Obermanns Praxis eine Ray-Ban-Sonnenbrille aufgesetzt. An seinem Stuhl lehnte ein Klarinettenkasten.

Der andere war älter, hatte Übergewicht und hängende Schultern und wirkte melancholisch. Er trug eine Khakihose, ein weißes Hemd mit einer karierten Krawatte und ein Tweedjackett.

Der junge Mann musterte den älteren mit unverhohlenem Interesse und ließ ihn keinen Moment aus den Augen. Der Ältere tat, als läse er die *Jerusalem Post*. Die Blicke des anderen machten ihn nervös.

Nachdem sie eine Weile gewartet hatten, ertönte eine Stimme aus Dr. Obermanns Sprechzimmer.

»Melker!«

Die Stimme klang gebieterisch. Sie drang durch die geschlossene Tür und ließ weder an Fürsorglichkeit noch an Heilung denken. Dr. Obermann verzichtete auf vieles, unter anderem auf eine Sprechstundenhilfe. Der junge Mann warf dem älteren einen letzten Blick zu, nahm sein Instrument und schlenderte hinein.

Dr. Obermann hatte einen roten Bart, kurzgeschorene Haare und war von untersetzter Statur. Er trug einen Rollkragenpullover, eine Hose ohne Bügelfalten und eine Armeebrille.

»Mr. Melker«, sagte er und erhob sich, um dem jungen Mann die Hand zu schütteln. »Oder soll ich Sie Raziel nennen? Oder soll ich Sie Zachariah nennen? Wie soll ich Sie nennen?«

»Wenn man Sie hört, könnte man meinen, ich sei eine mehrfach gespaltene Persönlichkeit«, sagte Melker. »Nennen Sie mich Razz.«

»Razz«, wiederholte der Arzt tonlos. »Wie ich sehe, haben Sie Ihre Klarinette mitgebracht.«

»Soll ich Ihnen was vorspielen?«

»Diese große Freude werde ich mir vorerst versagen«, erwiderte Dr. Obermann, »bis ein geigneterer Augenblick gekommen ist. Wie geht's Ihrem Affen? Sitzt er Ihnen noch im Nacken?«

»Ich bin so rein wie die Augenlider des Morgens«, sagte Razz. »Ich bin glücklich.«

Obermann sah ihn ausdruckslos an.

»Nehmen Sie die Sonnenbrille ab und erzählen Sie mir von Ihrem spirituellen Leben«, sagte er.

»Sie haben vielleicht Nerven, Obie«, sagte Razz Melker und setzte die Sonnenbrille ab. »Wollen Sie meine Augen sehen?« Er sagte es ohne Feindseligkeit. »Glauben Sie, wenn ich noch drücken würde, könnte ich mir eine solche Brille leisten? Oder solche Klamotten? Wollen Sie sich meine Venen ansehen?« Er schüttelte nachsichtig den Kopf. »Bei all diesen Bälle dreschenden kleinen Bochern da draußen fällt es mir übrigens ein bißchen schwer, über spirituelles Leben zu sprechen.«

»Glauben Sie, diese Leute haben keins?«

»Aber nein«, beeilte sich Razz zu sagen, »sie beschämen uns alle. Keine Frage.«

»Ich freue mich, daß Sie keine Drogen mehr nehmen«, sagte Dr. Obermann. »Das ist wichtig. Und daß Sie glücklich sind, ist auch gut.«

»Hin und wieder vielleicht mal ein Joint. Aber das ist auch schon alles.« Er lächelte sein rosig schattiertes Böse-Jungen-

Lächeln und streckte die langen, in Jeans steckenden Beine aus. Er trug Stiefel aus afrikanischem Eidechsenleder.

Obermann sah ihn schweigend an.

»Wollen Sie was über mein spirituelles Leben hören? Ich hab eins, noch immer. Ist das in Ordnung?«

»Kommt darauf an«, sagte Obermann.

Während sie dem Klacken der Tischtennisbälle lauschten, sah Razz sich zufrieden um. Mit entblößten, blinzelnden Augen wirkte er kurzsichtig. An den Wänden hingen Plakate des Palazzo Grassi, des British Museum und des Metropolitan Museum of Art. Die vorherrschenden Motive waren antike oder primitive Kunstwerke.

»Ihr Patient da draußen«, sagte Razz, »dieser ältere Typ. Soll ich Ihnen was über ihn verraten?«

»Kümmern Sie sich um Ihre eigenen Angelegenheiten«, sagte Obermann.

»Er ist zu den Gojim übergelaufen, stimmt's? Er ist ein christlicher Konvertit. Oder war's jedenfalls.«

Obermann erwiderte seinen Blick einen Moment lang, nahm dann die Brille ab und rieb sich die Augen.

»Sie kennen ihn«, sagte er dann. »Sie haben irgendwo von ihm gehört.«

»Ich versichere Ihnen, Mann, ich hab den Typen noch nie im meinem Leben gesehen.«

»Haben Sie bitte die Güte, mich nicht mit ›Mann‹ anzusprechen«, sagte Dr. Obermann.

»Entschuldigung«, sagte Razz. »Ich dachte, Sie wollten was über mein spirituelles Leben hören. Ich glaube, ich spiele auch ganz gut.«

»In diesen Clubs in Tel Aviv werden viele Drogen gehandelt«, sagte Obermann.

»Das ist eine profunde Wahrheit, Sir. Aber wie ich ja schon sagte, lasse ich die Finger davon.«

»Das ist gut«, sagte Obermann.

»Ich werde nicht noch mal eine Naloxon-Behandlung mitmachen«, erklärte Razz. »Herrgott, alles, was Burroughs über Schlafkuren geschrieben hat, ist wahr. Sie sind echter Mumpitz.«

»Ihr Vater möchte, daß Sie wieder nach Michigan kommen.«

»Ich weiß.«

»Er macht sich Sorgen um Sie.« Er hatte die Brille auf die Stirn geschoben und stellte ein Rezept für ein schwaches Beruhigungsmittel aus, das zur Nachbehandlung der Naloxon-Therapie gehörte. Dann schrieb er ein kurzes Attest, das Melkers weitere Freistellung vom Militärdienst sichern würde. »Außerdem hat er den Eindruck, daß Sie keinen sehr großen Beitrag zum Aufbau des jüdischen Staates leisten.«

»Da irrt er sich vielleicht. Auf jeden Fall ist sein Beitrag groß genug für uns beide.«

Dr. Obermann musterte ihn kalt.

»Sagen Sie ihm, ich liebe ihn«, sagte Razz.

»Wie geht's Sonia?« fragte der Arzt. »Nimmt sie ebenfalls keine Drogen mehr?«

»Ach, kommen Sie, Doc, sie ist kein Junkie. Sie ist eine Sufi-Frau, eine echte. Ab und zu wirft sie mal was ein.«

»Das sollte sie nicht tun«, sagte Obermann.

»Sie mögen sie, stimmt's?«

»Ich mag sie sehr«, sagte Obermann.

»Das weiß ich. Ich hab's ihr gesagt.« Er hielt inne, um die Reaktion des Arztes zu beobachten. »Sie sollten sie singen hören.«

»Ja«, sagte Obermann, »das sollte ich. Sind Sie intim miteinander?«

Razz lachte und schüttelte den Kopf. »Nein. Soll ich was für Sie arrangieren?«

»Das ist selbstverständlich ausgeschlossen.«

»Wie läuft's mit dem Buch?« bohrte Melker weiter. »Mit dem Ding über religiösen Wahn?«

Obermann zuckte abwehrend die Schultern.

»Komme ich auch darin vor?« fragte Melker. »Und was ist mit dem alten Knacker da draußen? Kommt er drin vor? Sollte er eigentlich.«

»Rufen Sie mich an, wenn Sie irgendwelche mentalen Störungen beobachten«, sagte Obermann.

Melker lachte und beugte sich vertraulich vor.

»Aber Doc«, sagte er. »Alle mentalen Vorgänge sind Störungen. Sie stören den ursprünglichen Rhythmus des Universums. Durch statisches Rauschen. Durch psychische Entropie. Die Weisen –«

»Hinaus!« befahl Dr. Obermann. Melker stand auf und nahm das Rezept und das Attest. Als er an der Tür war, fragte ihn der Arzt: »Woher wußten Sie das? Über den Mann da draußen?«

Melker drehte sich um und sagte, ohne zu lächeln: »Er ist ebenfalls Musiker, oder? Und ich wette, ein guter. Sieht aus wie ein Bassist. Nein. Cello?«

»Ihnen ist irgend etwas aufgefallen«, sagte Obermann. »Wahrscheinlich hat er Hornhaut an den Fingerspitzen. Oder so was Ähnliches.«

»Hat er aber nicht«, sagte Melker. »Es stimmt, nicht? Er ist ein musikalischer Konvertit.«

»Warum«, fragte Obermann, »sollte er in meinem Buch vorkommen?«

»Ich sehe die Wurzeln seiner Seele«, sagte Melker.

»Blödsinn.«

»Wenn ich es Ihnen doch sage.«

Obermann starrte ihn an. »Und was genau sehen Sie da?«

»Ich habe Ihnen doch erklärt, was und wie ich sehe«, antwortete Melker. »Ich glaube, Sie verstehen, was ich meine.«

Der Arzt erhob sich und stellte sich in professorale Positur. »Was ich vielleicht verstehe und was ich zu glauben imstande bin, sind zwei –«

Melker unterbrach ihn. »Wie heißt er?«

»Das kann ich Ihnen nicht sagen. Das darf ich nicht.«

»Schade«, sagte Melker. »Und wie lautet Ihre Diagnose? Schizo? Manisch-depressiv wahrscheinlich. Behalten Sie ihn im Auge.«

»Das werde ich. Aber warum?«

»Warum? Weil er vom König kommt, darum. Weil er den Streitwagen fährt. Wissen Sie, wenn Sie mir nicht ausweichen würden, wenn Sie keine Angst vor mir hätten, könnte ich Ihnen das eine oder andere über diese Dinge verraten.«

»Ich habe keine Angst vor Ihnen«, sagte der Arzt. »Aber Ihr Vater bezahlt mich nicht dafür, daß ich Ihr Kumpel bin.«

Bei der Tür, die zu der Plaza vor dem Hochhaus führte, blieb Raziel stehen, um den Tischtennisspielern zuzusehen. *Homo ludens*, dachte er. In jedem Auge Gottes Bild. Ihre jugendliche Energie und Leidenschaft waren tröstlich und wirkten jetzt, mitten in der Nacht, belebend. Sie belebten auch die Toten.

Seine Anwesenheit war ziemlich vielen Spielern unbehaglich – er erschien ihnen so gottlos und spöttisch. Sie wären erstaunt gewesen, wenn sie gewußt hätten, daß er einst einer von ihnen gewesen war, mit schwarzem Anzug, Schläfenlocken und Zizith unter dem Hemd, deren Fransen ihn immer an die sechshundertdreizehn Mizwot erinnern sollten.

Als er genug gesehen hatte, trat Melker hinaus in den Wüstenwind und ging über die leere, mit Steinplatten ausgelegte Plaza zur Haltestelle des Linienbusses. Außer der Schoarma-Bude neben den Toiletten waren alle Geschäfte in diesem vorstädtischen kleinen Einkaufszentrum geschlossen. Er nahm seine Klarinette und begann die *Rhapsody in Blue* zu spielen, erst sehnsuchtsvoll melancholisch, dann explosiv – makellos, wie ihm schien. Lange Zeit war weit und breit niemand, der ihn hörte. Die Lichter in der Schoarma-Bude gingen aus. Er stand da und spielte: Raziel, der Phantom-Straßenmusikant in einer steinernen Stadt des Labyrinths. Doch bevor der Bus kam, gesellte sich Dr. Obermanns älterer Patient zu ihm.

»Bravo«, sagte der Mann schüchtern. »Wunderbar.«

»Wirklich?« fragte Razz und legte Klarinette und Mundstück wieder in den Koffer. »Danke.« Er spürte die ungezielte seelische Kraft des Mannes.

»Ja, Sie sind sehr gut.« Der Mann schien sich sein Lächeln abzuringen. »Sie sind sicher ein Profi.«

»Und Sie?« fragte Melker.

»Ich?« Der Mann hüstelte verlegen. »O nein.«

»In Amerika«, sagte Melker, »haben Therapeuten einen Hinterausgang, damit wir Verrückten uns nicht begegnen.«

Der musikalische Konvertit verfiel über diese Bemerkung anscheinend in tiefes Nachdenken. Als der Bus kam, schien er noch immer in Gedanken versunken.

»Ich war mir sicher, daß Sie Künstler sind«, sagte Melker zu dem älteren Mann, als sie nebeneinander im Bus saßen. »Doktor Obie reserviert die späten Abendstunden für Leute aus der Unterhaltungsbranche. Ich dachte, Sie wären Musiker wie ich.«

»Nein, nein«, murmelte der Mann. »Wirklich nicht.«

41

»Was sind Sie dann?«

Der andere starrte ihn an und tat, als wäre er über diese Zudringlichkeit überrascht.

»Ich bin Adam De Kuff«, sagte er. »Und Sie?«

»Ich bin Raziel Melker. Man nennt mich Razz.« Er sah De Kuff durch seine Sonnenbrille in die Augen. »Sie sind aus New Orleans.«

De Kuff machte ein besorgtes Gesicht, lächelte aber. »Woher wissen Sie das?«

Melker lächelte zurück. »Es gibt in New Orleans ein Krankenhaus, das De Kuff heißt. Ein jüdisches Krankenhaus. Und einen Konzertsaal, stimmt's? De Kuff ist dort ein angesehener Name. Ein erstklassiger Name.«

»Jedenfalls«, sagte der Mann steif, »muß ich mich mit ihm abfinden. Es ist der einzige, den ich habe.«

»Ist es ein holländischer Name?«

»Angeblich früher mal – de Kuif. Und davor spanisch: de Cuervo oder de Corvo. Auf den Westindischen Inseln ist er dann ins Holländische übertragen worden beziehungsweise ins Inselholländische. Und in Louisiana ist einfach De Kuff daraus geworden.«

»Wenn ich einen anderen Verrückten kennenlerne«, erklärte Razz, »macht mich das immer ein bißchen verrückter.«

Adam De Kuff rückte ein wenig von ihm ab, doch die Fahrt war lang, und bald begannen sie wieder eine Unterhaltung. Der Bus war fast leer. Er fuhr vom Flughafen zur Innenstadt, wobei er der Ramallah Road folgte und gelegentlich abbog, um Passagiere in neuen Siedlungen wie der, wo Obermann seine Praxis hatte, aufzunehmen, durch Neveh Yaacov und Pisgat Ze'ev, vorbei am Franzosenhügel und am Munitionshügel, durch Schechunat ha-Bucharim und Mea Schearim bis zum Unabhängigkeitspark. Die Straßen waren zu dieser späten Stunde beinahe menschenleer und in chemisches Licht getaucht. Der Fahrer war ein mürrischer rotblonder Russe.

»Obermann ist viel jünger, als er aussieht«, sagte Razz zu De Kuff. »Er wirkt wie ein alter Mann, weil er eine alte Seele hat.« Er hatte unbewußt ein wenig von De Kuffs gepflegtem Südstaatenakzent übernommen.

De Kuff lächelte traurig. »Haben wir die nicht alle?«

»Hat er Ihnen geholfen?« fragte Razz. »Verzeihen Sie mir meine Frage, aber ich glaube, wir haben vielleicht einiges gemeinsam.«

»Er ist sehr schroff. Ein typischer Israeli wahrscheinlich. Aber ich mag ihn.«

Gemeinsam fuhren sie bis zur Endstation, und ihr Gespräch dauerte, wie sich zeigen sollte, die ganze Nacht. In De Kuffs bequem ausgestatteter Hotelsuite sprachen sie über tantrischen Buddhismus und das tibetanische Totenbuch, über Kundalini-Yoga und die Schriften von Meister Eckhart. Als der moslemische Ruf zum Gebet erklang, saßen sie in Polstersesseln an dem Fenster, das nach Osten ging, und warteten auf das erste Tageslicht über dem Zionsberg. Der Koffer mit De Kuffs Cello lehnte an einem Schrank.

Irgendwann in den frühen Morgenstunden hatte Razz nach Adams Hand gegriffen, doch der hatte sie hastig zurückgezogen.

»Was denken Sie, Adam?« hatte Razz gefragt. »Daß ich Sie anmachen will? Entspannen Sie sich. Ich will Ihnen bloß aus der Hand lesen.«

De Kuff hatte steif dagesessen und ihn gewähren lassen.

»Waren Sie gestern in der Kirche?« fragte Razz, als er Adams Hand studiert hatte. De Kuff legte seine freie Hand an die Stirn. Es war, als hätte er vergessen, von Melkers Frage überrascht zu sein.

»Ich war in einer Kirche. Ich gehe nicht in *die* Kirche. Nicht mehr.«

»Ja, die ziehen nur eine Show ab«, sagte Melker. Er musterte wieder De Kuffs Hand und fügte hinzu: »Sie müssen sehr einsam sein.«

Der ältere Mann wurde krebsrot und begann zu schwitzen. »Sehen Sie das auch dort? Tja, ich habe gelernt, mit der Einsamkeit zu leben. Aber weder Einsamkeit noch Gesellschaft entsprechen mir.« Über das Tal hinweg drang der zweite Ruf des Muezzins zu ihnen. De Kuff schloß seine traurigen Elefantenaugen. »Ich beneide sie um ihre Gebete. Ja, ich beneide die Araber. Schockiert Sie das? Ich beneide jeden, der imstande ist zu beten.«

»Ich weiß, warum Sie nicht beten können«, sagte Melker. »Ich kann mir vorstellen, was passiert, wenn Sie's tun.«

»Aber wie?«

»Haben Sie es Obermann erzählt?«

»Ja. Ich habe es versucht.«

»Obie ist gut. Aber ich glaube, er ist noch nicht bereit für Sie.«

»Und dabei bin ich doch bestimmt bloß einer von vielen unglücklichen Menschen«, sagte De Kuff und lächelte. Plötzlich schien ihn eine Art kultivierter Unbekümmertheit zu überkommen. Als er Raziels Gesicht sah, verblaßte das Lächeln.

»Wie gefällt es Ihnen, Christ zu sein?« fragte Raziel.

»Ich weiß nicht«, antwortete De Kuff. Er sah zerknirscht aus. »Ich hatte das Gefühl, ich müßte es tun.«

»Ich auch«, sagte Razz. »Ich war ein Jude für Jesus.« Er rückte im Sessel herum, umfaßte sein Knie und streckte sich. »Und eigentlich bin ich das immer noch. Man muß den Kerl einfach lieben.«

De Kuff starrte ihn verwirrt an.

»Ich glaube, ich kenne die Wurzeln Ihrer Seele«, sagte Razz. »Glauben Sie mir das?« Der andere sah ihm in die Augen. »Meinen Sie, ich könnte verrückt sein – weil Sie mich bei einem Psychiater kennengelernt haben?« fragte er.

»Hin und wieder kommt mir der Gedanke«, antwortete De Kuff.

»Sie sind hingegangen und haben sich taufen lassen«, sagte Razz. »Sie waren Katholik. Ihre Mutter ist Halbjüdin.«

»Ich fürchte, ich bin sehr müde«, sagte De Kuff. »Ich würde gern zu Bett gehen.«

»Möchten Sie schlafen?« fragte Raziel.

De Kuff sah ihn ängstlich an. Raziel stand auf und trat hinter De Kuffs Sessel. Er legte die Hände an den Nacken des stämmigen Manns und drehte sie gegeneinander. Für einen Augenblick schien De Kuff das Bewußtsein zu verlieren. Dann verkrampfte er sich und versuchte aufzustehen.

Raziel hielt ihn an den Schultern fest und drückte ihn sanft, aber bestimmt in den Sessel.

»Das hab ich von einem Kundalini-Yogi gelernt. Es funktioniert immer. Kundalini-Yogis schlafen nicht viel, aber wenn sie es tun, dann sehr gut. Nehmen Sie ein Bad – danach werden Sie bis Mittag schlafen.«

»Ich habe Schwierigkeiten zu schlafen«, sagte De Kuff und stand verlegen auf.

»Natürlich.« Raziel klopfte seinem neuen Freund auf die hängenden Schultern. »Jemand hat Sie geweckt. Wer weiß, wann?«

4 Mister Stanley's lag hinter dem Hotel Best, im ersten
Stock eines Betongebäudes mit Blechverblendungen und
verspiegelten Fenstern, das sich zur Straße hin in elegant ge-
schwungenem Art déco präsentierte. Es war sehr spät, als sie
ankam, kurz nach drei Uhr morgens an einem Wochentag. Der
Taxifahrer, der sie vom Busbahnhof hinfuhr, erzählte ihr, er sei
aus Buchara. Er sprach gutes Englisch und fragte sie nach Los
Angeles, doch das war eine Stadt, die Sonia nicht gut kannte.
Auf ihre Fragen nach Buchara und den jüdischen Trommlern,
die es dort gab, ging er nicht ein.

Die Straße, an der Mister Stanley's lag, war nur zwei Blocks
lang. Es war die zweite Straße vor dem Strand. Hier waren die
Hintertüren und Lieferanteneingänge der jetzt dunklen und
geschlossenen Hotels, Postkartenläden und Snackbars.

Die leere, schmutzige Straße war feucht von dem leisen Nie-
selregen, und als sie aus dem Taxi stieg, fröstelte Sonia in der
unvertrauten salzigen Kühle. Sie war zu einer Jerusalemerin
geworden und hatte sich an das trockene Klima der Hügel gewöhnt. Für die Fahrt nach Tel Aviv hatte sie ihr bürgerliches
Boheme-Ensemble angezogen: Jeansrock, Sandalen, schwarzes
Oberteil und Türkishalsband, teure schwarze Lederjacke. Als
sie über die Straße ging, hörte sie leises Gelächter aus den
Schatten.

Sie freute sich nicht auf diese Begegnung, aber Stanley traf
keine telefonischen Absprachen und hielt es für eine Frage der
Ehre, tagsüber nicht erreichbar zu sein.

Das Gitter am Hauseingang war heruntergelassen, und sie
mußte eine Weile daran rütteln, bis jemand kam, um ihr zu
öffnen. Ein unrasierter junger Mann, der den Eindruck machte,
als habe er geschlafen, sah sie ausdruckslos durch das Gitter an.
Sie sprach ihn in ihrem gebrochenen Hebräisch an und stellte
fest, daß er Palästinenser war. Nach kurzem Zögern schob er
das Gitter hoch und trat zur Seite.

Plötzlich erklang Rap-Musik. Sie ging hinauf und sah in
dem finsteren Loch am Ende der Treppe die zuckenden Blitze

des Stroboskoplichts tanzen. Ein Durchgang führte zur schwarz und blau gehaltenen Tanzfläche, auf der, unwirklich im blinkenden Licht, Mister Stanley persönlich zu Lock N Lodes hämmernden Maschinengewehrversen eine Art sibirischen Cake walk tanzte und sie angrinste.

»Yo, Sonia! Genossin! Herzchen!«

Zwei weitere junge Araber saßen an die Wand gelehnt auf dem Boden und sahen Stanley zu. Sie wirkten gehörig beeindruckt, wie zwei Schuhputzer in einem Fred-Astaire-Film, die Mister Freds Kunst bewunderten. Sonia beschirmte mit der Hand die Augen gegen das Gleißen des Stroboskoplichts.

»Eines Tages«, sagte sie zu Stanley, »werde ich hier einen epileptischen Anfall kriegen.«

Er kam auf sie zu, um sie zu küssen, und schüttelte in gespielter Verwirrung den Kopf über die derben Verse, die aus den Lautsprechern drangen.

»Hör mal! Was heißt das, Sonia? Was sagt er?«

Auf seinen Handgelenken und Handrücken waren selbstgemachte Gefängnistätowierungen. Kettenglieder, Netze und Spinnweben waren auf der gefleckten Haut ineinander verschlungen. Sie fragte sich unwillkürlich, was die Beamten von der Einwanderungsbehörde in Lod wohl gesagt hatten. Wahrscheinlich hat er auf dem Flug von Moskau Handschuhe getragen, dachte sie. Wegen der Tätowierungen hatte die Armee ihn nicht eingezogen.

»Jetzt. Das gerade. Was hat gesagt?«

»*Be chillin', muvvafucka, take off my rhyme*«, sagte Sonia. »So was in der Art.«

Stanley wiederholte es mit guter Intonation. »Was heißt?«

»Es ist eine Todesdrohung.« Sie mußte lauter sprechen, damit er sie verstand. »An jeden, der versucht, ihm einen Reim zu klauen.« Sie zuckte ungeduldig die Schultern.

»*Al-riiight!*« sagte Mister Stanley. »*Chillin' muvvafucka!*« Er streckte die Arme aus wie Flügel, mit lockeren Handgelenken, und machte ein paar Tanzschritte. »Was ist? Gefällt dir nicht?«

»Doch, doch«, sagte sie, »gefällt mir. Könntest du mal dieses Licht chillen?« fügte sie hinzu. »Das macht mich ganz epileptisch, wenn du verstehst, was ich meine.«

Er küßte sie nachsichtig und sagte etwas auf arabisch. Als das Stroboskoplicht erloschen und die Musik verklungen war, trat eine hochgewachsene, dunkle, auffallend schöne junge Frau in das Scheinwerferlicht auf der Tanzfläche. Stanley führte die beiden Frauen zu einem Tisch. Einer der jungen Araber brachte ein Tablett mit einer Flasche Perrier, einer Flasche Stolichnaya sowie Tellern mit Gurkenscheiben, Oliven, Fladenbrot und Kaviar.

Die Frau hieß Maria Clara. Als Sonia sie auf spanisch ansprach, antwortete sie mit recht vornehmer Aussprache, sie sei aus Kolumbien, aus der Provinz Antioquia, nicht weit von Medellín. Ihr Gesicht war tragisch und patrizisch. Sonia nahm an, daß sie eine Rolle in Stanleys Geschäften mit dem kolumbianischen Kokainkartell spielte.

»Du solltest Sonia singen hören«, sagte Stanley auf englisch zu Maria Clara. »Raubt den Atem. Bald machen wir eine Platte.«

Stanleys Angebot war eine hübsche Phantasie, die auf seinen periodisch unternommenen Versuchen beruhte, in eine der örtlichen Plattenvertriebsgesellschaften einzusteigen. Damals, im Arbat, hatte er Raubpressungen von amerikanischen R&B-Platten verkauft, und jetzt, als Besitzer von Mister Stanley's, sah er sich als Impresario. Stanley und seine ehrgeizigen Pläne waren zu einer besorgniserregenden Konstante in Sonias Leben geworden. Damals, als sie ihn kennengelernt hatte, war sie zwölf Jahre lang nicht aufgetreten. Im vergangenen Frühjahr hatte sie mit einem alten Freund von der Quäker-Schule einen Abend in Tel Aviv verbracht, und sie waren zu Mister Stanley's gegangen, um die Szene zu testen. Die Szene war irgendwie osteuropäisch gewesen, aber Sonia und ihr Freund, ein Botschaftssekretär in Ankara, hatten beide einen eindeutig afroamerikanischen Eindruck gemacht und waren darum mit großer Gebärde willkommen geheißen worden. In Stanleys Augen hatten sie seinem Club Authentizität oder jedenfalls ein wenig Atmosphäre verliehen.

Sie war in jener Nacht ausgelassen und betrunken gewesen und hatte sich überreden lassen, ein paar Gershwin-Songs zu singen – *Our Love Is Here to Stay* und *How Long Has this Been Going On?* Es war wie ein Rausch gewesen. Und seitdem wollte Stanley, daß sie wiederkam. Außerdem wollte er sie als Geliebte – wohl nicht so sehr fürs Bett, sondern vielmehr als Frau an seiner Seite. Damit sie ihm Authentizität oder jedenfalls ein wenig Atmosphäre verlieh.

Sie trank ein großzügig bemessenes Glas Stoli und aß ein Stück Fladenbrot mit Kaviar. Das hob ihre Stimmung.

»Wirklich gut, Stanley. Ich weiß das zu schätzen.«

Stanley gab eine Darbietung als liebeskranker Pierrot zum besten. Er legte die tätowierten Hände an die Brust und zog die Mundwinkel hinunter. »Sonia«, sagte er klagend, »du fehlst mir. Warum du kommst nicht öfter?«

Seine Augen waren hellblau, und die Haut unter ihnen war dunkel, so daß sein Blick immer aus den Schatten zu kommen schien.

»Ich will zurückkommen«, sagte sie. »Ich hoffe, daß du mir einen Gig geben kannst.«

»Aber natürlich«, sagte er erfreut und nahm ihre Hand. »Wann du willst. Heute abend. Diese junge Frau ist eine wunderbare Sänger«, sagte er zu seinem Gast. »Große Stimme. Macht einem Schauer auf dem Rücken.«

Maria Clara nickte feierlich.

»Ab nächster Woche bin ich frei«, sagte Sonia. Sie wollte noch ein paar Tage Zeit haben, um sich auf diese Sache vorzubereiten. »Wann soll ich anfangen?«

»Du sollst anfangen, wenn du anfangen kannst. Nächstes Wochenende?«

»Gut«, sagte sie, »das paßt mir. Dieselben Bedingungen wie früher?«

Das würde bedeuten, daß Stanley ihr für sieben Tage mit zwei Auftritten pro Abend fünftausend Dollar zahlte. Er hatte ihr diesen Vorschlag gemacht, und sie hatte ihn zunächst für einen Witz gehalten. Doch es war kein Witz gewesen; er verfügte über viel Geld, und ihre Stimme gefiel ihm tatsächlich. Die Gage machte es leichter, mit ihm zu tun zu haben, wenigstens für ein paar Wochen.

»Dieselben Bedingungen«, sagte Stanley.

Durch seine Hände gingen nicht nur große Geldsummen, sondern auch gewaltige Mengen aller möglichen Drogen, und wenn man mit Stanley zu tun hatte, bedeutete das, daß man nichts davon nehmen durfte. Sonia war überzeugt, daß er für die vereinbarte Gage nicht mehr erwartete als ihren Gesang. Für Drogen dagegen würde er vielleicht gewisse Gegenleistungen fleischlicher oder anderer Natur erwarten. Er wußte, daß sie für die International Children's Foundation im Gazastreifen gearbeitet und nicht nur einen UN-Ausweis, sondern auch Zugang zu UN-Fahrzeugen hatte.

»Du hast in Tel Aviv was, wo du bleiben kannst? Wenn nicht, wir finden etwas.«

»Ich hab schon was arrangiert«, sagte sie. Das war nicht ganz wahr. Sie kannte nicht weit vom Strand eine Pension, die zwei Spartakisten aus Berlin gehörte, Bekannten ihrer Eltern.

»Vielleicht fährst du bald mal nach Gaza?« fragte Stanley. »In einem von diesen kleinen weißen Autos?«

Sie wußte, daß er Drogen dorthin schmuggelte. Er behauptete, gute Verbindungen zu haben, sowohl zu Armee und Zivilverwaltung als auch zur örtlichen Schebab. Die weiß-blauen UN-Fahrzeuge, die zwischen dem Hill of Evil Counsel und den besetzten Gebieten pendelten, übten eine praktisch orientierte Faszination auf ihn aus.

»Wahrscheinlich nicht, Stanley. Ich glaube, ich bin dort nicht mehr so gern gesehen.«

»Tja«, sagte er, »wenn du doch fährst, wir können vielleicht was machen. Ich habe Freunde dort.« Deutlicher würde er nicht werden. Er nahm ihre Hand. »Warte, Sonia. Einen Moment. Ich habe etwas für dich.«

»Schon gut, Stan«, sagte sie. »Ich muß gehen.«

In Wirklichkeit warteten draußen nur leere Straßen. Bis fünf Uhr würde es weder Busse noch Scheruts nach Jerusalem geben. Er verschwand in einem Hinterzimmer und ließ Sonia beklommen in Maria Claras Gesellschaft zurück.

»Sie sind schön«, sagte die kühle, traurige Kolumbianerin. Sie war so ernst wie eine Tangotänzerin. »Sie müssen noch ein wenig bleiben.«

»Danke«, sagte Sonia.

»Sie erinnern mich an Kuba. Sie sehen aus wie eine Kubanerin. Und wenn Sie sprechen, klingen Sie wie eine.«

»Ich bin geschmeichelt«, sagte Sonia. »Aber für eine Kubanerin bin ich zu unbeholfen.«

An Stanley hatte sie sich mehr oder weniger gewöhnt, doch bei Maria Clara war sie mit einemmal auf der Hut.

Mittlerweile war Stanley zurückgekommen. »Weißt du was?« fragte er. »Dein alter Freund hat angerufen. Der mit Klarinette.«

»Razz Melker? Wie geht's ihm?« Sie wollte fragen, ob er von den Drogen losgekommen sei, fand aber, daß das in dieser Gesellschaft eine möglicherweise unpassende Frage war.

»Er ist in Zefat. Ist Fremdenführer. Jetzt will er arbeiten. Will herkommen und spielen für uns.«

»Laß ihn dir nicht entgehen, Stan. Er ist ein unentdeckter Sidney Bechet. Eines Tages wird er berühmt sein.« Sie fragte sich, wie es sein würde, Raziel wiederzusehen. Versuchungen.

Stanley nickte. »Ich sage ihm: Wenn du Arbeit willst, kannst du haben.«

Sie verabschiedete sich, ohne nach einem Taxi zu telefonieren, und ging auf dem in Mustern gepflasterten Bürgersteig der Hayarkon Street auf der Rückseite des Hotels am Strand entlang in Richtung Süden. Am Horizont sammelte sich das unruhige Tageslicht – eine Masse aus turbulenten Wolken und blaßgrauem Licht. Die kalten Farben von Meer und Himmel gaben ihr das verwirrende Gefühl, an einem anderen Ort zu sein.

Nach ein, zwei Kilometern sah sie eine Gruppe älterer Männer in Badehosen zum Meer rennen. Sie riefen ihr etwas zu, warfen sich in die silbrig behaarte Brust und bewegten sich betont männlich. Einer schwenkte eine Flasche israelischen Wodka. Sie blieb stehen und sah zu, wie sie im Gegenlicht zum Wasser liefen, um ihr morgendliches Bad zu nehmen.

Sonia hatte eine Schwäche für diese Pioniere. Sie hatte einmal einen Abend in einer Bar in der Trumpeldor Street verbracht, wo man alte zionistische Kampflieder, die Internationale, Piaf und polnische Walzer spielte; es hatte sie an die Welt ihrer Eltern erinnert. Man lebte durch die Hoffnung. Sie dagegen hatte begonnen, Hoffnung als etwas zu betrachten, das der Vergangenheit angehörte.

An der Herbert Samuel Street stand ein freies Taxi. Sie stieg ein und ließ sich zum Busbahnhof fahren, wo sie den ersten Bus nahm. Er war voll besetzt mit Beamten, die zur Arbeit fuhren. Als er durch die roten und braunen Hügel Judäas fuhr, empfand sie ein Gefühl der Erleichterung, als kehrte sie nach Hause zurück.

Unwillkürlich fragte sie sich, wer wohl wußte, welche Welt die wirkliche war – die boomende Plastikstadt, die ironischerweise genau wie alle anderen Städte war, oder die Stadt auf dem Hügel, in der sie sich niedergelassen hatte. Auf jeden Fall wußte sie, wohin sie gehörte.

5 An einem Abend traf Lucas sich mit einem Mann, der sich Basil Thomas nannte und behauptete, ein ehemaliger KGB-Offizier zu sein. Er arbeitete in Israel als eine Art journalistischer Handlanger, der gelegentlich unter wechselnden Namen und in verschiedenen Sprachen eigene Artikel schrieb, gewöhnlich jedoch anderen freien Journalisten Tips gab und ihnen seine Hilfe anbot. Lucas hatte Thomas durch einen polnischen Journalisten namens Janusz Zimmer kennengelernt, der jeden kannte, überall gewesen war und Tausende von Informanten in aller Welt hatte. Das Treffen mit Basil Thomas fand bei Fink's statt. Sie saßen an einem Tisch in dem winzigen Lokal, und Thomas, der trotz des milden Wetters einen riesigen Ledermantel trug, trank seinen Scotch so schnell, wie ihn der ungarische Ober bringen konnte.

Der Ober war eines der Dinge, die Lucas bei Fink's am besten gefielen. Er schien aus einem während des Zweiten Weltkriegs gedrehten Warner-Brothers-Film zu stammen und hatte große Ähnlichkeit mit mindestens drei von Warners mitteleuropäischen Nebendarstellern jener Zeit. Im Lauf der Zeit war Lucas zu seiner Freude mit einer verwirrenden Vielzahl von höflichen Anreden bedacht worden: Mister, Monsieur, mein Herr, Gospodin und Effendi.

Was Lucas bei Fink's am wenigsten gefiel, war die Tuchfühlung mit den anderen Gästen, zu der die Beengtheit des Lokals zwang. Er hatte jedoch festgestellt, daß der Raum sich, je nach eigener Stimmung und konsumierter Alkoholmenge, auszudehnen oder zusammenzuziehen schien.

Basil Thomas hatte seine Stimmbänder geölt und pries seinen einzigartigen Zugang zu den geheimsten Archiven der sowjetischen Geheimdienste.

»Wenn ich sage, alles, was Sie wollen, dann meine ich alles, was Sie wollen. Alger Hiss. Die Rosenbergs. Waren sie's, oder waren sie's nicht – wenn Sie verstehen, was ich meine.« Als geschickter Verkäufer schien er auf irgendeinen verlockenden, unaussprechlichen Aspekt des Falls hinzuweisen.

Dennoch war Thomas für Lucas eine Enttäuschung. Bei seiner Verabredung mit dem Russen hatte er sich einen Mann vorgestellt, der einen gewissen totalitären Chic besaß.

»Sie haben Unterlagen über Hiss und die Rosenbergs?«

»Nicht nur das. Ich habe Unterlagen darüber, was *desinformatsija* war und was nicht. Ich hab die Masaryk-Story. Die Slánský-Story. Die Story über Noel Field. Über Raoul Wallenberg. Über Whittaker Chambers. Ich habe das Rohmaterial für Ihr nächstes Buch.«

»Dann war Hiss also tatsächlich ein Spion?« fragte Lucas.

»Tut mir leid«, sagte Thomas munter, »bei den fraglichen Unterlagen handelt es sich selbstverständlich um streng geheime Dossiers.« Lucas nahm an, daß er diese gesetzte Formulierung auf seinen Reisen aufgeschnappt hatte. »Das ist der Stoff, aus dem man Legenden macht. Die Story des Jahrhunderts.«

Lucas warf einen Blick auf die kräftigen Hände und großen Knöchel seines Gastes und konnte sich gut vorstellen, daß dieser in irgendeiner verfallenden Balkan-Hauptstadt Schädel eingeschlagen hatte. Ein bodenständiger, lächelnder Folterer. Vielleicht war er aber auch bloß ein freundlicher Trickbetrüger.

»Janusz sagt, Sie wissen, in welchem Keller die Leichen liegen«, sagte Lucas. »So hat er sich jedenfalls ausgedrückt.«

»Janusz, Janusz, Janusz«, wiederholte Basil Thomas mißmutig. »Unter uns gesagt«, fuhr er dann vertraulich fort, »glaube ich manchmal, daß Janusz ein Scharlatan ist. Ich habe gewisse Zweifel an ihm.«

»Das Jahrhundert ist vorbei«, sagte Lucas nach kurzem Schweigen. Er hatte mit dem anderen Schritt halten wollen und war nun unabsichtlich betrunken und absichtlich unfreundlich. »Vielleicht interessiert das alles niemanden.«

»Wie können Sie so was sagen?« Thomas schien ehrlich schockiert. »Das ist Geschichte.« Er sah heimlichtuerisch über seine Schulter, obgleich alle Anwesenden – der alte Barkeeper, der ungarische Ober und zwei Amerikanerinnen mittleren Alters am Nebentisch – offensichtlich jedes Wort hören konnten und wollten. »Geschichte«, wiederholte er ehrfürchtig. »Wie meinen Sie das: Vielleicht interessiert das alles niemanden?«

»Na ja, Sie wissen schon«, sagte Lucas. »Leser sind unbeständig. Mit der Zeit verlieren sie das Interesse.«

»Verlieren das Interesse?« Der mutmaßliche ehemalige Agent starrte ihn an, als versuchte er zu entscheiden, ob es sich lohnte, Lucas zu überreden. »Meinen Sie das im Ernst?«

»Jeder schätzt die Bedeutung seiner eigenen Zeit zu hoch ein«, sagte Lucas. »Aber die Zeiten ändern sich.«

»Hören Sie, Mister«, sagte Thomas. »Wissen ist Macht.«

»Tatsächlich?«

»Haben Sie das noch nie gehört? Wenn mir die Vergangenheit gehört, gehört mir die Erde, auf der Sie stehen. Dann bestimme ich, was Ihre Kinder in der Schule lernen.«

Lucas hatte keine Kinder, war aber dennoch beeindruckt. Er wußte nicht, ob diese gründliche Analyse für oder gegen Thomas' Glaubwürdigkeit sprach.

»Da haben Sie wohl recht.«

»Und ob. Und genau das biete ich Ihnen an.«

»Ich glaube«, sagte Lucas, »das ist nicht das richtige für mich.«

»Es ist Ihnen egal, ob Sie die Vergangenheit verlieren oder nicht?«

»Ich verliere die Gegenwart«, gestand Lucas. »Das beunruhigt mich mehr.«

»Die Gegenwart?« fragte Thomas verächtlich. »Die Gegenwart ist Chaos.« Er wendete sich ab und seufzte. »Na ja, ich kann mein Wissen auch anderswo anbieten.« Verstohlen sah er sich um und suchte bereits nach einem Anderswo.

»Außerdem bin ich nicht sicher, ob ich es mir leisten kann«, sagte Lucas.

Basil Thomas erwartete offenbar gute Bezahlung.

Thomas' Miene hellte sich auf. »Wie wär's mit der Wahrheit über Avram Linds Entlassung aus dem Kabinett?« schlug er vor. »Wie und warum übernimmt Yossi Zhidov seinen Posten? Was ist Lind bereit zu tun, um wieder ins Kabinett zu kommen? Ich habe ein paar vertrauliche Informationen darüber.«

Lucas zuckte die Schultern. Er verfolgte die israelische Innenpolitik nicht sonderlich aufmerksam.

»Ich fürchte um Ihren Platz in der Geschichte«, sagte Thomas. »Sie haben die Gelegenheit, sich einen Namen zu machen, aber Sie wollen sie nicht ergreifen. Na gut«, sagte der massige Mann, als Lucas weiterhin kein Interesse zeigte. »Ich hab da noch was. Schon mal was von Pinchas Obermann gehört?«

Lucas hatte von ihm gehört, konnte sich aber nicht erinnern, in welchem Zusammenhang.

»Der Arzt. Der Arzt, der den Ausländer behandelt hat, der die Moscheen niederbrennen wollte. Er ist Spezialist für das Jerusalem-Syndrom.«

»Und was ist das Jerusalem-Syndrom?«

»Die Leute kommen hierher und kriegen Aufträge von Gott. Gute Christen wie Sie selbst, nur daß sie verrückt sind.«

Diesmal sagte Lucas: »Ich betrachte mich nicht als Christen.«

»Wie auch immer«, sagte Thomas. »Obermann glaubt jedenfalls, daß er noch mehr große Stories hat. Er will ein Buch schreiben und sucht einen Koautor. Sein Englisch ist mittelmäßig, und er sucht einen Amerikaner. Für den amerikanischen Markt.«

Dr. Obermann habe seine Praxis in einem der nördlichen Vororte, erklärte Thomas, doch er verbringe viele Abende in der Bixx Bar in der Innenstadt und sei bereit, potentielle Mitarbeiter zu bewirten.

»Hat er Verbindungen zum Schabak?« fragte Lucas. »Schabak« war der allgemeine Spitzname für den israelischen Inlandsgeheimdienst Schin Bet.

Thomas zuckte die Schultern und lächelte. »Das kann ich für Sie rausfinden«, sagte er, obgleich es schien, als wisse er es bereits.

»Tja«, sagte Lucas, »das Jahrtausend geht zu Ende, und die Stadt ist voller Madschnunim. Ich werde im Bixx nach ihm fragen.«

»Vergessen Sie nicht, woher Sie diese Information haben«, sagte Thomas und war im nächsten Augenblick draußen, in den Schatten des ausgehenden Jahrtausends, verschwunden.

Nachdem er gegangen war, senkte sich die gewohnte Stille über die Bar. Der Barkeeper, ein melancholischer alter Mann,

dessen buschige Augenbrauen und englische Garderobe an S.J.
Perelman erinnerten, sah starr geradeaus und polierte Gläser.
Der Ober stand, eine Serviette über dem Arm, da und lächelte
hintergründig. Lucas trank aus, zahlte und ging hinaus. Über
der King George Street und den chassidischen Straßenmusikern
an der Ecke Ben Yehuda lag ein frühlingshafter Jasminduft.

Einen Mann wie Obermann hätte er eher in einer stillen
Institutsbibliothek erwartet. Das Bixx war ein Lokal für Journalisten und andere Sünder und lag in der Nähe des alten Man-
delbaumtors, jenseits des Russenplatzes – auf der einen Seite
die Mysterien von Mea Schearim, auf der anderen der stille,
angespannte palästinensische Teil der Stadt. Auf dem Weg
dorthin wurde Lucas ein wenig nüchterner.

Drinnen war Reggae-Nacht – nichts als Rauch, Schweiß und
Bier. Auf dem kleinen Podium bearbeitete eine fünfköpfige
Rastagruppe die Werke von Jimmy Cliff. Es war voll; Lucas
sah fast jungfräuliche Wikingerinnen, Äthiopier mit Malcolm-
X-Mützen, rumänische Taschendiebe und Amerikaner vom
»Juniors-Abroad«-Hilfsdienst mit Kibbuznik-Hüten. Ein jeglicher tanzte nach seiner Art. Am Schwarzen Brett hingen Visitenkarten von Mun-Missionaren, »Mitspieler-gesucht«-Zettel
von Musikgruppen und Nachrichten, die durchreisende Au-
stralier für einander hinterlassen hatten. Über der Bar hing ein
großes Heineken-Schild.

Der Geschäftsführer, den Lucas flüchtig kannte, war ein
amerikanischer Hipster, der sich gewählt ausdrückte und als
One-Name Michael bekannt war.

»Ich suche Dr. Pinchas Obermann«, sagte Lucas und übertönte den Lärm. »Kennen Sie ihn?«

»Klar«, sagte Michael. »Wollen Sie sich deprogrammieren
lassen? Sie sehen eigentlich nicht so aus.«

»Macht er das denn?«

»Da drüben«, sagte Michael und zeigte auf einen Tisch am
Ende der Bar, wo ein rotbärtiger Mann in ein Gespräch mit einer
jungen, engelsgesichtigen Blondine vertieft war. Janusz Zimmer, der in allen Dingen erfahrene Pole, saß ebenfalls am Tisch.

Lucas ging zu ihnen und stellte sich Obermann vor.

»Mr. Lucas?« Dr. Obermann streckte ihm eine rundliche
Hand hin. Er war etwa in Lucas' Alter, bärenhaft, jungenhaft,

mit Augenbrauen, die Humor verrieten, und wasserblauen Augen. Seine Gestalt war die eines Chassiden; man konnte ihn sich leicht mit Zizith und in einem feierlich schwarzen Anzug vorstellen und war ein wenig überrascht, daß er keine Kippa auf dem Kopf hatte. Doch er trug ein Armeehemd, einen Pullover mit Lederflicken auf den Ärmeln und eine billige Brille. Die Frau stellte er als Linda Ericksen vor. Wie sich herausstellte, kannte Dr. Obermann Lucas' Freundin Tsililla Sturm aus der »Peace-Now«-Bewegung, was die Atmosphäre sogleich gelöster machte. »Linda«, sagte Obermann zu Lucas, »hält nichts von Gush Shalom. Sie hat sich den Revisionisten zugewandt und ist eine Jabotinskyistin geworden.«

»Das phantasiert er«, sagte Linda. »Dabei bin ich nicht mal Jüdin. Aber ich habe über die Siedlerbewegung im Westjordanland und im Gazastreifen recherchiert, und darum macht es ihm Spaß, mich aufzuziehen.« Außerdem, sagte sie, habe sie in letzter Zeit als Freiwillige für die Israelische Menschenrechtskoalition gearbeitet.

»Hat Thomas Sie geschickt?« fragte Janusz Zimmer. »Schlauer Bursche«, sagte er, ohne eine Antwort abzuwarten. »Er erwartet wahrscheinlich eine Beteiligung. Er hat auch Pinchas und Linda zusammengebracht. Er lebt von seinen Verbindungen.« Zimmer machte immer einen etwas betrunkenen Eindruck, doch Lucas, der die Gläser zählte, bemerkte, daß er gar nicht sehr viel trank. Er war auf sehr wachsame Art betrunken. Lucas erwähnte es mit keinem Wort, aber auch Zimmer lebte von seinen Verbindungen.

»Thomas hat mir eine Auswahl vorgelegt«, sagte Lucas zu ihm. »Kabinettsintrigen, ›Im Inneren des KGB‹ oder Dr. Obermann und religiöser Wahn. Ich glaube, religiöser Wahn liegt mir am meisten. War es interessant bei den Siedlern?« fragte er Linda. »Meistens mißtrauen sie der Presse.«

»Und den Amerikanern«, sagte Linda. »Vielleicht weil so viele von ihnen ehemalige Amerikaner sind. Aber ich glaube, ich habe ihr Vertrauen gewonnen.«

»Wissen sie denn, daß Sie für die Menschenrechtskoalition arbeiten?« fragte Lucas.

»Die Siedler mögen Linda, weil sie die Frau eines protestantischen Geistlichen aus dem Mittleren Westen ist«, sagte

Dr. Obermann. »Sie hoffen, in ihr eine Freundin gefunden zu haben. Und vielleicht haben sie ja recht.«

Linda gab ihm einen liebevollen Klaps auf den Unterarm. Entweder hatten sie eine Affäre, dachte Lucas, oder Mrs. Ericksen versuchte, diesen Eindruck zu erwecken.

»Pinchas dämonisiert die Siedler gern. Das tun ja viele Israelis. Aber ich finde, es sind sehr anständige Leute.«

Obermann verdrehte die Augen. Linda sprach weiter mit Lucas, während Zimmer sie nicht aus den Augen ließ.

»Die meisten Siedler glauben das gleiche wie ich: Solange die Palästinenser hier sind, sollten ihre Rechte geschützt werden.«

»Man beachte die Formulierung: ›Solange sie hier sind‹«, sagte Obermann. »Als könnte man sie verschwinden lassen.« Er stand auf und ging zur Theke, um eine Runde Bier zu bestellen.

Die Reggae-Band spielte das Jimmy-Cliff-Stück von den babylonischen Siegern, die von den gefangenen Kindern Israels Fröhlichkeit und Gesang forderten. Die Rasta-Version lehnte sich eng an den Psalm 137 an.

Als Obermann mit den Bieren an den Tisch zurückkehrte, brachte Lucas sein Interesse an der Arbeit des Arztes zum Ausdruck und sagte, er sei bereit, eine Zusammenarbeit zu erwägen. Er erwähnte nicht, daß er fast pleite und ausgesprochen unterbeschäftigt war. Das Projekt erschien ihm interessant und relativ sicher, und es sagte ihm zu. Die ungeklärte Frage – das potentielle Problem – war Obermann.

Der Arzt schilderte ihm den hypothetischen Fall eines idealtypischen Jerusalem-Syndrom-Patienten.

»Ein junger Mann mit dürftigen Aussichten hört eine übernatürliche Stimme.« Obermann hatte einen leichten deutschen Akzent. »Nach dem Willen des Allmächtigen soll er nach Jerusalem gehen. Sobald er angekommen ist, wird ihm seine Mission enthüllt werden. Oft steht sie im Zusammenhang mit der Wiederkehr Christi.«

»Sind diese Leute immer Ausländer?«

»Die Ausländer fallen irgendwann der Polizei auf. Sie enden schließlich auf der Straße.«

»Wie sind Sie auf dieses Projekt gekommen?«

»Ich habe Ludlum behandelt«, sagte Obermann. »Ich habe damals meinen Militärdienst abgeleistet und wurde der Grenzpolizei zugeteilt. Haben Sie von ihm gehört?«

Jeder hatte von ihm gehört. Willie Ludlum war Schafhirt in Neuseeland gewesen. Nachts bei seinen Schafen, unter dem Kreuz des Südens, hatte er Anweisungen bekommen, die dazu geführt hatten, daß er die Al-Aksa-Moschee in der Altstadt in Brand gesteckt hatte, worauf empörte Gläubige von Fes bis Zamboanga auf die Straßen gegangen waren.

»Er war traurig«, sagte Linda Ericksen betrübt.

»Willie war auf eine stille Art verrückt«, sagte Dr. Obermann. »Er war eine Seltenheit: ein Schizophrener mit guten Manieren.«

»Glaubte er nicht, er sei der Schlüssel zur Geschichte der Menschheit?« fragte Lucas. »Ich dachte, das glauben sie alle.«

»Willie litt nicht nur an religiösem Wahn, sondern war auch verliebt«, erklärte Obermann. »Er hatte sich in ein Mädchen aus dem Kibbuz verliebt, in dem er untergekommen war, und wahrscheinlich war es das, was ihn gewalttätig gemacht hat. Aber er glaubte nicht, er sei Jesus oder der Messias. Er dachte, wenn er die Al-Aksa-Moschee niederbrennen würde, könnte der Tempel wiedererrichtet werden. Das ist natürlich ein geläufiges Thema.«

»Wie viele solcher Leute gibt es eigentlich?«

»Ach«, sagte Dr. Obermann, »das kommt darauf an. Alle Christen sind gehalten, an die Wiederkehr Christi und das Neue Jerusalem zu glauben. Im religiösen Zionismus ist das Kommen des Messias ein grundlegender Glaubensartikel. In gewisser Weise findet man also bei allen Christen und religiösen Zionisten den Ansatz eines Jerusalem-Syndroms. Von einem streng rationalistischen Standpunkt aus betrachtet. Aber das macht sie natürlich noch nicht zu Wahnsinnigen.«

»Es sei denn, sie nehmen die Sache persönlich«, warf Lucas ein.

»Wenn sie glauben, daß sie persönlich betroffen sind, gibt es oft Probleme«, sagte Dr. Obermann. »Besonders wenn sie hier sind.«

»Andererseits«, sagte Lucas, »wenn sie hier sind ... fällt es ihnen leicht, persönlich betroffen zu sein.«

»Sind Sie Jude, Mr. Lucas?« fragte Linda freundlich. Sie selbst machte einen extrem nichtjüdischen Eindruck: eine muntere Vorort-Soubrette.

»Ja.« Obermann lachte leise. »Das wollte ich auch gerade fragen.«

Zu seinem Entsetzen begann Lucas zu stottern. Seit mindestens einem Monat hatte ihm niemand mehr diese Frage gestellt. Sein Repertoire von verstaubten Antworten und schlagfertigen Ausflüchten hatte ihm in letzter Zeit nicht viel genützt.

»Auf einer Skala von eins bis zehn«, schlug Linda spielerisch vor.

»Fünf?« sagte Lucas vorsichtig.

»Wie wär's mit einer Skala von ja bis nein?« fragte Janusz Zimmer.

»Ich stamme aus einer gemischten Familie«, sagte Lucas mit unsicherer Gespreiztheit. Er dachte, auf diese Weise klinge er vielleicht ein bißchen wie Wittgenstein. Was sich da gemischt hatte, war in Wirklichkeit keine Familie gewesen, sondern eher eine Affäre.

»Ah«, sagte Obermann. »Tja, das darf man nicht vergessen, wenn man in Jerusalem ist.« Er zählte mit Daumen und Zeigefinger der rechten Hand die Finger der linken ab. »Erstens: Wirkliche Dinge passieren tatsächlich, also haben wir Wirklichkeit. Zweitens: Die Wahrnehmung der Menschen ist weitgehend konditioniert, also haben wir Psychologie. Drittens haben wir den Kreuzpunkt dieser beiden Elemente. Viertens, fünftens – wer weiß? Vielleicht andere Dimensionen. Mysterien.«

»Was ist mit Ihnen?« fragte Lucas Linda. »Was treibt Sie hierher?«

»Als ich herkam, war ich die Frau eines armen Pfarrers«, antwortete sie.

»Eines Missionars eigentlich«, bemerkte Obermann trocken.

»Ja, eine Art Missionar. Aber ich habe mich den vergleichenden Religionswissenschaften zugewandt. Ich habe an der Hebräischen Universität an einer Dissertation gearbeitet.«

»Über was?« fragte Lucas.

»Ach, über das paulinische Christentum und seine Korrumpierung von Jesu ursprünglicher Lehre. Das Jerusalem-

Syndrom kommt übrigens auch darin vor, als eine zeitgenössische Parallele dazu. Die Arbeit hat den Titel ›Auferstehen in Kraft‹.«

»Oh«, sagte Lucas. Irgendein alter Text fiel ihm beinahe ein und hing irgendwo im Dämmerlicht seiner Erinnerung. Er versuchte es: »›Es wird gesät verweslich‹«, begann er, »›und wird auferstehen in Herrlichkeit.‹« Das klang richtig. »›Es wird gesät in Schwachheit und wird ... auferstehen in Kraft.‹«

»So«, sagte Dr. Obermann, »dann stammen Sie also aus einer religiösen Familie?«

»Na ja«, sagte Lucas leichthin, »ich hab im Hauptfach Religionswissenschaften studiert, in Columbia.« Als er merkte, daß sie damit nicht zufrieden waren, fuhr er fort: »Katholisch. Mein Vater war ein nichtpraktizierender Jude. Meine Mutter war eine sentimentale Katholikin. Nicht wirklich religiös, aber ...« Er zuckte die Schultern. »Jedenfalls bin ich katholisch erzogen worden.«

»Und jetzt?« fragte Obermann.

»Und jetzt nichts«, sagte Lucas. »Kommen Sie oft hierher?« fragte er den Arzt.

»Jeder kommt hierher«, sagte Linda.

»Jeder kommt hierher«, wiederholte Obermann. »Sogar die Enthaltsamen und die Eunuchen.«

»Sollte ich dann«, fragte Lucas, »öfter hierherkommen?«

»Wissen Sie was?« sagte Linda. »Sie sollten mal mit meinem Mann sprechen, solange er noch im Land ist.« Im selben Augenblick wurde sie von einem jungen Äthiopier mit einem Ohrring unterbrochen, der sie zum Tanzen aufforderte, indem er sie am Ellbogen von ihrem Stuhl zog. Auf der Tanzfläche, wo die beiden zu den Klängen von *The Harder They Come* tanzten, sahen sie aus wie ein kriegerischer junger Othello und seine bläßliche, aber eindeutig ehebrecherische Desdemona.

»Ihr Mann war ein christlicher Fundamentalist«, erklärte Obermann. »Sie beide. Jetzt arbeitet er für eine Gruppe, die sich ›Das Haus des Galiläers‹ nennt. Christliche Zionisten mit guten Beziehungen zu den Rechten und jeder Menge Geld.«

»Und sie?«

»Offiziell«, sagte Zimmer, »studiert sie an der Universität. Und inzwischen ist sie von ihrem Mann getrennt.«

»Sie ist eine Enthusiastin«, sagte Obermann. »Sie neigt dazu, sich bekehren zu lassen. Ich wäre nicht überrascht, wenn sie sich dem katholischen Glauben, der Wahrsagerei oder der lesbischen Gartengestaltung zuwenden würde.«

»Ist sie Ihre Patientin?«

»Sie war nie wirklich meine Patientin. Linda leidet nicht an irgendeiner Art von Störung. Sie ist eine Suchende. Als ihre Ehe in die Brüche ging, sind wir uns nähergekommen.«

»Obermann ist bloß zynisch«, erklärte Zimmer. »Er hat Linda zu sich bekehrt.«

In diesem Augenblick beugte sich ein Mann mit Raubvogelgesicht und kahlrasiertem Kopf zu ihnen hinunter und schrie Lucas an: »Sie sind der Restauranttyp! Ich erinnere mich an Sie! Wann machen wir das nächste Interview?«

Der Mann mit dem Raubvogelgesicht hieß Ian Fotheringill. Er war ein alternder Skinhead aus Glasgow, der in der Fremdenlegion und diversen afrikanischen Söldnertruppen gedient und sich dann auf die Haute Cuisine verlegt hatte. Jetzt arbeitete er in einem der großen Kettenhotels. Lucas hatte ihn einmal für seine Zeitung interviewt. Vermutlich hatte Fotheringill den Eindruck gewonnen, Lucas sei ein international renommierter Restaurantkritiker, der ihm den Weg zu Prominenz und dem Londoner Bistro seiner Träume ebnen könne.

»Ich kann eine koschere Sauce l'ancienne machen«, sagte er zu dem Psychiater. »Ich bin der einzige Koch in ganz Israel, der das kann.«

»Aha«, sagte Obermann.

»Man nennt ihn auch Ian den Hethiter«, sagte Zimmer mit einem blitzschnellen Augenzwinkern.

Fotheringill begann zu erzählen, wie ihn ein amerikanischer Gast in einem Ferienhotel einmal bezichtigt hatte, Schweineschmalz in seinem Strudel zu verwenden.

»Schweineschmalz im Strudel!« rief er, die Augen gen Himmel gewandt. »Wo soll ich in Cäsarea Scheiß-Schweineschmalz herkriegen?«

Linda kehrte von ihrem Tanz mit dem Äthiopier zurück. Fotheringill starrte sie an, als wäre sie eine Charlotte russe, und führte sie gleich wieder auf die Tanzfläche.

»Sie sollten wirklich mal mit ihrem Mann sprechen«, sagte Obermann zu Lucas. »Das ›Haus des Galiläers‹ ist ein sehr interessanter Ort. Viele Pilger gehen dorthin, Opfer des Syndroms. Vor allem wegen der Linsensuppe.«

»Ich liebe Linsensuppe«, sagte Lucas.

Obermann musterte ihn kritisch.

»Dann haben Sie also Interesse?« fragte er. »In Buchlänge?«

Lucas hatte das Gefühl, daß er ohne große Schwierigkeiten einen Vorschuß würde herausholen können. »Ich werde darüber nachdenken«, sagte er.

»Meine Notizen stehen Ihnen zur Verfügung«, sagte Obermann. »Oder vielmehr: Sie werden Ihnen zur Verfügung stehen, wenn wir zu einer Vereinbarung gekommen sind. Haben Sie schon einmal ein Buch geschrieben?«

»Ja, habe ich. Über die amerikanische Invasion in Grenada.«

»Ein vollkommen anderes Thema.«

»Nicht ganz«, sagte Janusz Zimmer. »In Grenada gab es eine metaphysische Dimension. Einige der Beteiligten glaubten, sie hätten gute Beziehungen zu höheren Mächten.«

»Sie meinen Reagan?« fragte Lucas.

»Ich dachte eigentlich nicht an Reagan. Aber auf ihn und Nancy würde es wohl auch zutreffen.«

»Waren Sie während der Invasion in Grenada?« fragte Lucas.

»Kurz davor«, antwortete Zimmer. »Und gleich danach.«

»Janusz ist ein Unglücksbote«, sagte Obermann. »Wo immer er auftaucht, gibt es bald etwas zu berichten.«

»Wenn ich mich recht erinnere, gab es auf der Insel irgendwelche Sekten«, sagte Zimmer.

»Ja, allerdings«, erwiderte Lucas.

»Hier gibt es ebenfalls Sekten«, sagte Obermann. »Und das sind nicht bloß ein paar verirrte Seelen, sondern organisierte, mächtige Gruppen.«

»Um so besser«, sagte Lucas. »Für die Story, meine ich.«

Zimmer beugte sich vor und bemühte sich, den Lärm der Band zu übertönen.

»Man sollte vorsichtig sein«, sagte er.

Lucas dachte über die Warnung des Polen nach, als seine Aufmerksamkeit von einer jungen Frau auf der Tanzfläche abgelenkt wurde, die jetzt mit dem Äthiopier tanzte. Ihre Haut hatte jene Milchkaffeefarbe, die man sonst nur bei Südamerikanerinnen fand, und ihr schwarzes Haar war zu einem kurzen Afro geschnitten und teilweise unter einem javanischen Tuch verborgen. Sie trug ein rotbraunes Kleid und ein koptisches Kreuz um den Hals, hatte lange Beine und Birkenstock-Sandalen, und ihre Füße und Knöchel waren mit dunkelroten geometrischen Mustern verziert. Lucas hatte irgendwo gehört, daß die Beduinenfrauen sich mit solchen Mustern bemalten, aber gesehen hatte er sie noch nie. Er dachte sofort an die ungewöhnlich modern wirkende junge Araberin, die er vor einem Monat in der Medresse gesehen hatte. Er war sicher, daß es dieselbe Frau war.

»Wer ist sie?« fragte er Obermann. »Kennen Sie sie?«

»Sonia Barnes«, sagte Obermann. Nach einem kurzen, verärgerten Seitenblick betrachtete er sie eingehender. »Sie war mal mit einem meiner Patienten zusammen.«

»Ich habe sie in der Stadt gesehen«, sagte Lucas.

»Sie ist ein weiblicher Derwisch«, sagte Zimmer zu Lucas. »Sie gehört in Ihre Geschichte.«

»Stimmt«, sagte Obermann.

Die Frau namens Sonia und Linda Ericksen waren die beiden einzigen Frauen auf der Tanzfläche. Als sie sich begegneten, berührten sie sich an den Händen. Lindas Begrüßung war ohne jede Wärme, und Sonias Lächeln schien ein wenig traurig und boshaft.

»Hübsch, wie sie sich dreht«, sagte Lucas. »Ist sie wirklich ein weiblicher Derwisch?«

»Glauben Sie, ich erfinde so was?« fragte Zimmer. »Sie ist eine praktizierende Sufi.«

»Mrs. Ericksen scheint sie zu kennen.«

»Hier kennt jeder jeden«, sagte Zimmer. »Sonia singt in Tel Aviv in einer Bar namens Mister Stanley's. Fahren Sie doch mal hin und sehen sie sich an. Sie kann Ihnen einiges über die Abdullah-Walter-Sekte erzählen. Und über Heinz Berger.«

Lucas machte sich Notizen.

»Tanzen Sie mit ihr«, schlug Obermann vor.

»Ich kann nicht. Sie ist zu gut.«

»Sie sollten sie mal singen hören«, sagte Zimmer. »Wie ein Engel.«

Plötzlich richtete sich Fotheringills Aufmerksamkeit wieder auf Lucas. Das ungeduldige Gesicht des Kochs schob sich in sein Gesichtsfeld.

»Wie war das mit dem Gedicht?« wollte der Schotte wissen. Lucas starrte ihn verständnislos an.

»Das Gedicht über die *Rillons*!« setzte Fotheringill nach.

»Das Gedicht über die *Rillettes*!« Lucas konnte sich dunkel erinnern, daß er in betrunkenem Zustand versucht hatte, Fotheringill von seinen Qualitäten als Restaurantkritiker zu überzeugen, indem er ein witziges Gedicht von Richard Wilbur über *Rillons* und *Rillettes de Tours* zitiert hatte. Früher hatte er für jede Gelegenheit das passende Gedicht parat gehabt.

»Ach, das«, sagte Lucas. »Wollen mal sehen ...«

Fotheringills Hartnäckigkeit war beunruhigend. Man konnte sich gut vorstellen, wie er über ein gottverlassenes Moor stapfte und gefallenen Rittern die Glieder abschlug, um an ihre Rüstungen zu kommen, während die Krähen über ihm ein schauerliches Klagelied sangen.

»›*Rillettes, Rillons*‹«, begann Lucas. »Nein: ›*Rillons, Rillettes*, sie schmecken gleich ... und doch ...‹«

Sein Gedächtnis ließ ihn im Stich.

»Und doch?« wollte Fotheringill wissen. »Und doch was?«

»Ich glaube, ich hab's vergessen.«

»Mist! Mir gefällt dieses ›und doch‹ nicht! Weil es nämlich um zwei völlig verschiedene Sachen geht!«

Es gelang Lucas, sich Zentimeter um Zentimeter von dem Tisch zu entfernen, an dem Fotheringill nun einen leidenschaftlichen, erbitterten Vortrag über das Thema Pasteten hielt. Er hatte die nötigen Informationen notiert. Sonia tanzte wieder, als er hinausging.

An der Ben Yehuda Street nahm er sich ein Taxi und fuhr nach Hause. Er stolperte in der Wohnung umher und hörte den Anrufbeantworter ab. Das Band war voller hebräischer und französischer Nachrichten für seine Mitbewohnerin und zeitweilige Geliebte Tsililla Sturm, doch die letzte war für ihn, und sie kam von Nuala.

»Hallo, Christopher«, sagte Nualas frische Dubliner Stimme. »Ich hab was für dich über Abu, und ich glaube, wir haben das richtige Mittel für ihn gefunden. Also sei ein braver Junge und ruf mich morgen an.«

»Verdammt, Nuala«, sagte Lucas zum Anrufbeantworter. »Was soll ich tun? Wer soll ich sein?«

Er hatte den Verdacht, daß sie ihn lasch und überzivilisiert fand, zu blaß und katholisch. Ihre Vorliebe galt den Militanten, den dunklen, glutäugigen *enragés* und *cabrones*.

Er murmelte unglücklich vor sich hin, stellte den Anrufbeantworter ab und ging zu Bett.

6 Nuala traf sich mit ihm auf einem Bergrücken in Talpiot, in einem Café nicht weit von S. J. Agnons Haus. Jenseits des Tals lag der Hill of Evil Counsel, wo die UN-Organisationen ihre Büros hatten. Nach Süden hin fiel das braune Land nach Bethlehem ab. Lucas war als erster da und konnte seine Freundin den Berg hinaufsteigen sehen: mit gesenktem Kopf, die Hände in den Taschen ihrer Strickjacke vergraben und den Blick zu Boden gerichtet. Sie trug ein schwarzes Oberteil und eine verwaschene, dunkelrote afghanische Hose. Als sie, oben angekommen, die Strickjacke auszog, sah sie einen Augenblick lang aus wie ein Model auf dem Weg zu einem Fototermin.

Sie kam näher, und Lucas bemerkte, daß die Haut rings um das eine Auge dunkel verfärbt war. Sie setzte sich an seinen Tisch und lächelte matt.

»Hallo, Christopher.«

»Hallo, Nuala. Was ist mit deinem Auge passiert?«

»Abu hat mir eins übergezogen. Wie findest du das?«

»Das nenne ich einen Coup. Hast du ihn erkannt?«

»Er hatte eine Kafiye vor dem Gesicht, wie die Schebab. Sie waren allesamt maskiert.«

»Bist du sicher, daß es kein Palästinenser war? Es wäre doch möglich, daß es dabei um interne –«

»Quatsch«, unterbrach sie ihn. »Ich hab mit jeder Gruppe im Gazastreifen gesprochen. Ich hab mich mit Majoub beraten.« Majoub war ein palästinensischer Aktivist und Menschenrechtsanwalt in Gaza. »Er ist in der Armee.«

»Woher weißt du, daß er nicht bloß ein Siedler ist?«

»Du kannst einem wirklich auf die Nerven gehen«, sagte sie. »Weil er mitten in der Nacht weitab von allen jüdischen Siedlungen auftaucht. Weil er über wüstentaugliche Fahrzeuge und vielleicht sogar Boote verfügt. Und außerdem merke ich es an der Reaktion der Leute von der Armee. Sie glauben, daß er einer von ihnen ist.«

»Wie hast du ihn dazu gebracht, dich zu schlagen?«

»Oh, vielen herzlichen Dank für dein Mitgefühl. Er hat mich geschlagen, weil wir ihn ertappt haben. An dem Tag sind in Deir al-Balah Steine geflogen, und wir haben damit gerechnet, daß er abends dort auftauchen würde. Also haben wir uns hinter der Schule auf die Lauer gelegt. Es war eine helle Mondnacht. Und wir hatten recht: Gegen elf kommt ein Jeep mit übermaltem Nummernschild, und fünf Typen steigen aus. Einer ist ein palästinensischer Jugendlicher in Zivil, die anderen tragen Armeeuniformen. Sie schicken den Palästinenser ins Lager, und der kommt kurz darauf mit zwei Jungen zurück, worauf zwei der Soldaten mit Gewehr im Anschlag in Stellung gehen und die anderen beiden sich die Jungen greifen. Einer von ihnen hat einen dicken Knüppel. Wir springen aus der Deckung, und The Rose macht ein Blitzlichtfoto.«

The Rose war der Spitzname einer kanadischen UN-Mitarbeiterin, die mit Nuala in der International Children's Foundation arbeitete.

»Und dann ist nur noch Gegrunze und Geschrei, und er zieht mir eins über. Nennt mich eine verdammte Schlampe. Auf englisch. Oder amerikanisch. The Rose haben sie die Kamera abgenommen. Also hab ich ihm gesagt: ›Wir behalten dich im Auge‹, worauf er mir noch eins übergezogen hat. Die anderen beiden mußten ihn von mir wegzerren. Und dann sind sie losgerast. Ihren palästinensischen Spitzel haben sie zurückgelassen – er ist ihnen die Straße entlang nachgerannt.«

»Und du hast das alles gemeldet?«

»Klar hab ich das«, sagte sie. »Der Armee, der Verwaltung und Majoub. Heute war ich drüben bei der United Nations Relief and Works Agency und bei der Israelischen Menschenrechtskoalition.«

»Und was haben die gesagt?«

»Ich hab mit Ernest von der Menschenrechtskoalition gesprochen – die werden tun, was sie können. Vielleicht gibt es ein paar Fragen in der Knesset. Sie werden eine Presseerklärung aufsetzen, und ich habe eine für die Children's Foundation geschrieben. Die UNWRA kann nicht viel tun. Amerika müßte was unternehmen.«

»Und das ist der Punkt, an dem ich ins Spiel komme, stimmt's?«

»Du könntest was für ein Magazin schreiben. Ich weiß, daß du das könntest. Für die Sonntagsbeilage der *New York Times*, zum Beispiel. Für die hast du schon öfter was geschrieben.«

»Es gibt hier noch andere amerikanische Korrespondenten«, sagte Lucas. »Und die haben mehr Einfluß und bessere Verbindungen.«

»Aber nicht soviel Biß«, sagte Nuala.

Was für eine seltsame Bemerkung, dachte Lucas. Kann es sein, daß sie mich doch mag? Bisher hatte er bei ihr nie den Hauch einer Chance gehabt.

»Außerdem«, fuhr Nuala fort, »haben die anderen dringendere Stories und enge Abgabetermine. Während du anscheinend jede Menge Zeit hast.«

Das klang schon nicht mehr so erfreulich.

»Ich weiß nicht«, sagte er. »Ich bin schon fast entschlossen, was über das Jerusalem-Syndrom zu schreiben. Du weißt schon: religiöser Wahn und so weiter.«

»Oh«, seufzte Nuala, »hör mir auf mit diesem Blödsinn.«

»Es ist eine ziemlich interessante Story«, sagte Lucas. »Irgendwie zeitlos.«

»Aber Menschen sind nicht zeitlos«, sagte Nuala.

»Sind sie doch.«

»Ich nicht. Und du auch nicht.«

Sie standen auf und gingen einen Weg auf dem aufgeweichten Hügelkamm entlang. Früher war die Grüne Linie hier verlaufen. Ein verrosteter Schützenpanzer stand an der Stelle, wo 1948 der Vormarsch der gepanzerten Einheiten der Arabischen Legion zum Stehen gebracht worden war. Ein kühler Wind wehte über den Höhenzug, und Nuala zog ihre Strickjacke wieder an. Lucas fiel ein, daß Agnon hier oben gelebt hatte und daß sein bester Roman *The Winds of Talpiot* hieß.

»Und?« sagte Nuala. »Was macht dein Liebesleben?«

»Nicht viel«, antwortete Lucas. »Und deins?«

»Du Armer«, sagte Nuala. »Meins ist ein einziges Durcheinander.«

»Erzähl mir davon.«

»Nein. Du würdest mich auslachen.«

»Ich doch nicht.«

Lucas, der sie sehr mochte, war sich schmerzlich bewußt,

daß er nie imstande gewesen war, jene Bedrohlichkeit auszustrahlen, die sie von ihren Liebhabern zu erwarten schien. Im Libanon war sie angeblich die Geliebte eines drusischen Milizchefs gewesen. In Eritrea hatte die Großzügigkeit ihres guten Freundes, eines aufständischen Armeeobersten, es ihr ermöglicht, die Hungernden mit Hilfsgütern zu versorgen. Es kursierten Geschichten über sie, in denen Schmuggler, Fedajin und Kommandeure der Golani-Regimenter eine Rolle spielten. Lucas, der ein geregeltes und sorgsam reflektiertes Leben führte, war nichts für sie.

»Ach«, sagte sie, »das weiß ich doch. Du bist ein guter, sanfter Mensch. Ich würde dir am liebsten mein ganzes Leid klagen.«

»Ich wollte, du würdest mich nicht gut und sanft nennen«, sagte Lucas. »Da komme ich mir so geschlechtslos vor.« Er stellte einen Fuß auf den verrosteten Kotflügel eines Mannschaftstransporters der Arabischen Legion und stützte sich auf sein Knie. »Wie ein Waschlappen.«

Ihr Verhältnis zum Staat Israel und seiner Armee war einzigartig, fand er. Es schien dem Begriff »Haßliebe« eine besondere Dimension zu geben. Aber sie besaß ein Talent für Sprachen und kannte sich in dieser Region so gut aus wie nur wenige andere.

Nuala lachte ihr nettes irisches Lachen. »Tut mir leid, Christopher. Ich weiß, daß du ein Mordskerl bist. Die Mädels liegen dir zu Füßen, wirklich.«

»Danke, Kumpel.«

»Hier«, sagte sie, noch immer lachend, »nimm was davon.« Sie hielt ihm einen Plastikbeutel mit etwas hin, das wie winzige, rötlichdunkelgrüne Zederntriebe aussah. Als er den Beutel nicht nahm, griff sie hinein und steckte eine Prise in den Mund. »Nun nimm schon. Das macht dich noch männlicher, als du ohnehin schon bist.«

Er nahm den Beutel und musterte den Inhalt.

»Das ist Khat«, sagte sie. »Die ideale Morgendröhnung. Wenn du's einmal probiert hast, wirst du nie mehr darauf verzichten wollen.«

Lucas steckte den Beutel ein.

»Hör zu«, sagte er, »ich werde mit Ernest reden und herausfinden, was die Menschenrechtskoalition über Abu Baraka weiß. Vielleicht kann ich was in Bewegung setzen. Aber ich glaube, mein Weg geht in die andere Richtung. Ich meine, die Sache mit dem Jerusalem-Syndrom liegt mir wahrscheinlich mehr.«

»Da hast du wohl recht«, sagte sie. »Du bist religiös.«

»Ich bin nicht religiös«, sagte er wütend. »Aber es ist eine gute Story.«

»Quatsch. Natürlich bist du religiös. Du bist der größte Katholik, den ich je gesehen habe. Und das Jerusalem-Syndrom ist ein alter Hut.«

Sie gingen weiter und wandten dem Wind von Talpiot den Rücken.

»Du hast unrecht, Nuala«, sagte Lucas. »Du kannst Religion langweilig finden, aber sie ist kein alter Hut. Hier ist Religion etwas, was jetzt passiert, jeden Tag.«

Er fand, daß das stimmte, auch wenn er es schon oft gesagt hatte. Auch in anderen Städten gab es Altertümer und Ruinen, doch in Jerusalem gehörten sie nicht zur Vergangenheit, sondern zu diesem Augenblick, ja sogar zur Zukunft.

»Was für ein Fluch«, sagte Nuala. »Religion.«

Wenn sie Religion so verabscheute, wie kam es dann, daß sie sich in diesem Teil der Welt so wohl fühlte? Schließlich wurden die Leidenschaften in dieser Stadt von Religion und religiöser Identität genährt, und von diesen Leidenschaften wiederum nährte sich Nuala.

»Kann schon sein«, sagte er. »Warum gehst du mit deiner Greuelgeschichte nicht zu Janusz Zimmer? Solche Sachen liegen ihm.«

»Ich hab ihn ja gefragt«, sagte sie. »Er behauptet, interessiert zu sein.«

In dieser Stadt, wie in vielen Städten, war die Ausübung des Journalistenberufs erschwert durch die zahlreichen, einander überschneidenden Affären, die die Vertreter der internationalen Presse miteinander hatten. Nuala und Janusz, der beinahe doppelt so alt war wie sie, hatten eine kurze, leidenschaftliche Liaison gehabt, die anscheinend schlecht geendet hatte und über die die keiner von beiden sprechen wollte. Nualas augenblickliches Interesse galt einer palästinensischen Widerstandsgruppe im Gazastreifen, wo sie arbeitete.

Er begleitete sie bis zur Bushaltestelle am Fuß des Hügels, wartete mit ihr auf den Bus und gab ihr zum Abschied einen Kuß. Dann machte er sich auf den Weg in die Stadt. Nach einer Stunde betrat er fußlahm und deprimiert das Büro der Israelischen Menschenrechtskoalition am Amnon Square. Hinter dem Schreibtisch saß sein Freund Ernest Gross, ein Südafrikaner aus Durban, dessen offenes Gesicht und athletische, braungebrannte Erscheinung an einen Surfer erinnerten. Dennoch gehörte er zu jenen Männern, die plötzliche, kaum unterdrückte Anfälle von Wut bekamen, was seltsam war, denn immerhin ging es bei seiner Arbeit um wohlwollende Hilfe, Fairness und Vermittlung. Aber vielleicht war es dann auch wieder nicht so seltsam.

»Hallo, Ernest«, sagte Lucas. »Heute schon ein paar Morddrohungen gekriegt?«

Die Menschenrechtskoalition erhielt manchmal Morddrohungen, und in den vergangenen Monaten hatte es eine regelrechte Flut davon gegeben. Die Mitarbeiter hatten kürzlich an einer großen »Peace-Now«-Demonstration teilgenommen.

»Heute noch nicht«, sagte Gross. »Gestern hab ich eine von einem Psychiater bekommen.«

»Du hast eine Morddrohung von einem Psychiater bekommen? Willst du mich auf den Arm nehmen?«

Ernest wühlte in den Papieren auf seinem Schreibtisch, suchte jedoch vergebens.

»Tja, das verdammte Ding ist anscheinend verschwunden. Aber da stand ungefähr folgendes: ›Ich bin Psychiater und sehe Euren jämmerlichen Selbsthaß, und ich werde Euch töten.‹«

»Du lieber Himmel. Hat er eine Rechnung beigelegt?«

»So was gibt's in keinem anderen Land, stimmt's?« sagte Gross. »Also, was kann ich für dich tun?«

Lucas erzählte ihm Nualas Geschichte und fragte ihn, was die Menschenrechtskoalition über Abu Baraka wußte.

»Nuala hat eine Menge Chuzpe«, sagte Ernest. »Sie sollte lieber vorsichtig sein.«

»Hat sie denn recht? Glaubst du, dieser Typ ist bei der Armee? Und tut die Armee das, was Nuala behauptet?«

»Ah«, sagte Ernest, »da ist er ja.« Er hatte den Drohbrief gefunden und befestigte ihn mit einem Reißnagel am Schwarzen Brett, neben den Pressemitteilungen von Amnesty International und den Flugblättern der »Peace-Now«-Bewegung. »Ob Nuala recht hat? Na ja, Nuala ist sonderbar. Ich weiß nicht immer, auf welcher Seite sie steht, und ich weiß nicht, ob sie es weiß. Aber sie ist ein wichtiger Mann, sozusagen. Und ich glaube, in diesem Fall hat sie recht.«

»Sie will, daß ich eine Story über diesen Typen schreibe.«

»Na prima«, sagte Ernest. »Dann tu's doch.«

»Ich hasse den Gazastreifen.«

»Das tun alle. Die Palästinenser, die Soldaten – alle außer den Siedlern, die behaupten, daß sie ihn lieben. Und Nuala natürlich.«

»Die Strände sehen tatsächlich nicht schlecht aus.«

»Die Strände sind großartig«, sagte Ernest. »Die Siedler haben ein Hotel namens Florida Beach Club. Skandinavische Schönheiten kommen dorthin, um das Strandleben zu genießen, hab ich gehört. Sie tollen umher wie die Lämmchen, und einen Steinwurf weit entfernt leben siebenhunderttausend Menschen unter jämmerlichsten Bedingungen. Rings um den Strand stehen Stacheldrahtzäune und Wachtürme mit Maschinengewehren.«

»Ist noch ein anderer an dieser Gazageschichte dran?« fragte Lucas. »Ich hab Nuala gesagt, sie soll damit zu Janusz Zimmer gehen.«

»Soviel ich weiß, haben Janusz und sie ihre Beziehung beendet«, sagte Ernest. »Aber vielleicht geht er der Sache nach.«

»Das war eine seltsame Affäre.«

»Nualas Affären sind immer seltsam«, sagte Ernest. »Jedenfalls wäre es gut, wenn wir für diese Geschichte nicht auf ausländische Journalisten zurückgreifen müßten. *Ha'olam Hazeh* ist schon an der Sache dran.« *Ha'olam Hazeh* war eine linksgerichtete Zeitschrift aus Tel Aviv. »Es ist immer wieder schön, wenn eine von unseren Zeitungen so etwas aufgreift. Damit es nicht aussieht, als brauchten wir den Rest der Welt, um uns darauf aufmerksam zu machen.«

»Das finde ich auch«, sagte Lucas.

»Nuala und ihre UN-Freunde sind allesamt im Gazastreifen gewesen«, sagte Ernest. »Sie sind in Deir Yassin gewesen und überall sonst, wo Juden den Knüppel rausgeholt haben. Ich würde gern wissen, ob sie auch mal in Yad Vashem waren.«

»Ich hab sie nie gefragt«, sagte Lucas. An der Wand neben Ernests Schreibtisch hing ein amerikanischer Feministinnenkalender mit Bildern von international berühmten Vorkämpferinnen für die Frauensache und in roter Schrift erläuterten Daten der Frauengeschichte. Lucas beugte sich vor und betrachtete ein beeindruckendes Foto von Amelia Earhart. »Ehrlich gesagt bin ich selbst auch noch nie dort gewesen.«

»Nein? Jedenfalls, wir sprechen mit denen von der Armee, und sehr oft sprechen die dann auch mit uns. Ich glaube, ich weiß einigermaßen gut, was in den besetzten Gebieten los ist.«

»Und was ist da los?«

»Es gibt ungeschriebene Gesetze. Der Schin Bet operiert dort, nimmt Strafaktionen vor und führt Verhöre durch. Sie haben uns inoffiziell mitgeteilt, daß sie sich berechtigt fühlen, bei diesen Verhören maßvolle Gewalt anzuwenden. Das war der Ausdruck, den sie gebraucht haben: maßvolle Gewalt. Das hat für verschiedene Menschen natürlich verschiedene Bedeutungen. Für einen Jungen aus Haifa bedeutet das etwas anderes als für einen Jungen aus dem Irak.«

»Richtig.«

»Sie fühlen sich auch berechtigt, Leute zu töten, von denen sie glauben, daß sie Juden getötet haben. Oder einen ihrer Informanten. Es geht dabei um Respekt, verstehst du? Sie haben arabischsprechende Agenten, die sich erst mal da draußen bewähren müssen: Sie tun, als wären sie Palästinenser, hängen irgendwo am Markt herum, sprechen mit diesem und jenem. Wenn sie glauben, daß ein Dorf oder Lager kurz vor der Explosion steht, provozieren sie manchmal so lange, bis es kracht, und schlagen dann mit aller Kraft zu. Im letzten Jahr haben sie eine Zeitlang täglich sechs Aufrührer umgebracht, und es war schwer zu glauben, daß das ein Zufall war. Jeden Tag sechs.«

»Ich verstehe.«

»Der Schin Bet hat verschiedene Abteilungen. Manchmal weiß die linke Hand nicht, was die rechte tut.«

»Klingt ein bißchen nach Kabbala«, sagte Lucas.

»Finde ich auch. Und außer dem Mossad und dem Schabak

gibt es noch andere Organisationen. Manchmal läßt man sie gewähren, manchmal nicht.«

»Gefährliche Arbeit«, sagte Lucas.

»Das sage ich Nuala auch immer. Ihren Freunden ebenfalls.«

»Tja«, sagte Lucas, »ich hoffe, sie sind vorsichtig. Bei ihrem letzten Ausflug hat sie sich ein blaues Auge eingehandelt.«

»Ich bin sicher, daß ein israelischer Soldat sie in die Mangel genommen hat«, sagte Ernest. »Aber es ist schon auffallend, wie oft Nuala verletzt wird. Sie kriegt immer was ab.«

»Willst du damit andeuten, daß ihr das gefällt?«

»Natürlich gefällt ihr das«, sagte Ernest. Lucas und er lächelten, ohne sich anzusehen. »Jedenfalls«, fuhr Ernest fort, »solltest du auch vorsichtig sein.«

Auf dem Heimweg ins deutsche Viertel kaute er ein wenig von dem Khat. Das Zeug gab ihm einen kleinen Kick, munterte ihn aber nicht auf. Er nahm an, daß Nuala es beim Sex verwendete. Dieser Gedanke machte ihn scharf, doch zugleich fühlte er sich ausgeschlossen.

Zu Hause setzte er sich vor den Fernseher und sah CNN. Christiane Amanpour berichtete aus Somalia. Ihre kühle, klassenlose englische Stimme schien den Ereignissen, die sie kommentierte, eine Ordnung und Faßlichkeit zu verleihen, die ihnen eigentlich fehlte.

Das Khat machte es unmöglich zu schlafen, und darum kaute er noch etwas mehr, um die schwarze Verzweiflung zu vertreiben, die in der Stille des Nachmittags lauerte, im Gurren der Tauben, in dieser Stimme der Feiglinge. Schließlich wurde ihm übel. Seine Gedanken drehten sich im Kreis. In einigen Tagen würde Tsililla aus London zurückkommen. Es lief nicht gut zwischen ihnen, und bis zur Trennung würde es nicht mehr lange dauern. Er fand es beängstigend, wie überdrüssig er der Dinge war; es hatte etwas Zerstörerisches – eine Welle aus Wut und Erschöpfung, die ihn, so schien es, ins Nichts schleudern konnte. Am schlimmsten war die Einsamkeit.

Es gab Zeiten, in denen Lucas sich an seiner Einzigartigkeit freuen konnte: Er war ein Mann ohne Geschichte, der gegen die überlieferten Verblendungen immun war und viele Ebenen sehen konnte. Zu anderen Zeiten jedoch hätte er alles darum gegeben, wenn er sich hätte erklären können, wenn er hätte

76

sagen können, er sei Jude oder Grieche, Nichtjude oder etwas anderes, der Sohn einer bedeutenden Stadt. Doch es blieb ihm nichts anderes übrig, als sich als Amerikaner und somit als Sklaven der Möglichkeit zu bezeichnen. Nicht immer war er imstande, sich bei Bedarf aus dem Stegreif selbst zu erfinden und zusammenzusetzen.

Und manchmal erschien ihm seine ganze Umgebung fremd und feindselig, getrieben von einer Wut, die er nicht begriff, trunken von Hoffnungen, die er sich nicht vorstellen konnte. Also mußte er sich durchfragen, mußte immer wieder Besessene mit wild rollenden Augen fragen, wovon sie träumten und wie sie sich selbst und ihre Feinde einschätzten, und mit freundlicher Miene zuhören, wenn sie ihn wegen seiner Unwissenheit mit Hohn und Verachtung überschütteten und ihm erklärten, was doch nur allzu offensichtlich war. Wenn er schrieb, dann für einen Leser wie er selbst: für einen Bastard, der keinen Bund geschlossen und kein Versprechen erhalten hatte und für den es nur die Gewißheit gab, daß der Himmel schwieg und ringsum Finsternis herrschte. Manchmal mußte er sich der schlichten Tatsache stellen, daß er nichts und niemanden hatte, und konnte nur versuchen, sich an die Zeit zu erinnern, da ihm dies Kraft gegeben und ihn mit einem perversen Stolz erfüllt hatte. Und manchmal kehrte dieses Gefühl dann zu ihm zurück.

7 Adam De Kuff und der junge Mann, der sich Raziel nannte, brachen von Jerusalem auf, um durch das Land zu reisen. Sie taten alles gemeinsam. Manchmal verfiel De Kuff in tagelanges Schweigen. Dann sprach Raziel leise mit ihm und sorgte dafür, daß er die kleinen Dinge tat, die nötig waren. De Kuff begann zu glauben, daß der Jüngere all seine Gedanken kannte. Raziel bestärkte ihn darin.

Sie fuhren mit dem Bus oder per Anhalter oder gingen einfach zu Fuß. Sie suchten heilige Orte auf, Orte der Macht. Sie aßen wenig und wahllos, sie achteten nicht darauf, ob etwas koscher war oder nicht, und hielten den Sabbat nicht ein. Sie reisten von der Machpela-Höhle nach Karmel, von der Tempelmauer zum Jezreel-Tal. Sie sahen die heiligen Stätten der ersten christlichen Märtyrer und die Grabmale der Könige. Sie stiegen auf den Berg Gerizim, um das samaritische Passahfest zu feiern, und besuchten in Haifa das Baha'i-Heiligtum.

Auch wenn De Kuff oft gar nichts sagte, redete er doch zu anderen Zeiten unermüdlich und steigerte sich in einen Erregungszustand hinein, der den ganzen Tag und die ganze Nacht anhalten konnte. Raziel schaffte es, mit ihm Schritt zu halten, spornte seinen Redefluß an und stellte De Kuffs Assoziationen seine eigenen gegenüber, bis die Ekstase des anderen schließlich in Erschöpfung und Verzweiflung ausklang. De Kuffs Energie mochte verbraucht sein, doch Raziel blieb gelassen und scharfsichtig, bereit für mehr, bereit für alles. De Kuff fand das beängstigend. Manchmal befahl er Raziel unter Tränen, ihn allein zu lassen. Doch Raziel verließ ihn nie.

Sie sprachen über Musik und Geschichte. Sie erzählten einander ihre Lebensgeschichten. Raziel war in einem reichen Vorort im Mittleren Westen der USA aufgewachsen. Sein Vater war Unternehmensanwalt, der dann Diplomat und schließlich Politiker geworden war. Raziel hatte das Berklee College of Music in Boston besucht, das Studium aber abgebrochen und in Kalifornien, in Marin County, gelebt. Er hatte mehrere Instrumente gelernt, hatte komponiert und in einer Rockgruppe gespielt, die eine Platte veröffentlicht hatte, sich aber schließlich in San Francisco dem experimentellen Jazz zugewandt. Er war Jeschiwa-Schüler und Zen-Mönch in Tassajara gewesen und hatte in einer christlich-jüdischen Gemeinschaft gelebt. Er gestand auch seine Drogenprobleme.

De Kuff war auf die St. Paul's School und dann nach Yale gegangen. Im Vorstudium hatte er von Geschichte auf Musik umgesattelt und in diesem Fach den Abschluß gemacht. Er spielte im New Orleans Symphony Orchestra und in einigen Kammerorchestern. Er hatte das große Vermögen geerbt, das Generationen von De Kuffs in New Orleans angehäuft hatten, und besaß ein Haus im Garden District, in dem er seit dem Tod seiner Mutter allein lebte. Außerdem war er der Besitzer einer Wohnung in New York und einer eleganten Sommerresidenz bei Pass Christian, Mississippi.

Beide waren zu dem Schluß gekommen, daß der Musik metaphysische Prinzipien zugrunde lagen, die von den Dingen des alltäglichen Lebens überlagert und verborgen wurden. Nach einiger Zeit wandten sie sich in ihren Gesprächen von der Musik ab und wieder den Themen zu, über die sie schon in der Nacht gesprochen hatten, in der sie sich begegnet waren: das Gebet und die Verheißung der Erlösung, das Ende der Diaspora und die Wurzeln der Seele.

Sie sprachen über Zen, den Theravada-Buddhismus und den Heiligen Geist, über die Bodhisattwas, die Sefirot und die Dreieinigkeit, über Pico della Mirandola, Theresia von Ávila, Philo Judaeus und Abulafia Meir, über Adam Kadmon, den *Sohar* und die Empfindsamkeit von Diamanten, über die Allgegenwart Gottes und die Bedeutung des Tikkun, über Kali und Matronit unter dem unheilverheißenden Zeichen des Mondes.

Sie hatten beide versucht, mit Hilfe des Christentums die Kluft zwischen zwei Bergen zu überbrücken. Raziel brachte ein Bild ins Spiel, auf dem sie beide in die Tiefe stürzten und Yeshu mit ihnen, kopfüber, das Kreuz taumelnd und kreiselnd, antiaerodynamisch. Das Christentum hatte bei ihnen ebenso versagt wie Christus, der sein Grab inmitten der Verderbten gegraben hatte. Dennoch waren sie sich einig, daß seine Wurzeln bis zum Anbeginn der Schöpfung reichten und daß dieser

Baum erneut Sprossen treiben würde. Sie waren sich einig, daß jeder Mensch eine Vielzahl von Seelen in sich trug.

Einmal gingen sie zum Katharinenkloster auf dem Sinai und stiegen bei Sonnenaufgang die Büßertreppe zum Dschebel Musa hinauf. De Kuff machte den ismaelitischen Schrein zu seinem Tempel und betete in der Gebetsnische. Vor ihnen, in Richtung Mekka, lag der Golf von Akaba, und im Westen leuchtete der Golf von Suez – zwei türkisgrün schimmernde Widerscheine hinter blutroten Bergen. Während die Dunkelheit ringsumher milchig wurde, eilte De Kuff hustend und keuchend die letzten Stufen hinauf und versuchte, schneller zu sein als die Sonne.

Das Licht erfüllte das Universum bis in den hintersten Winkel, und die Sonne stieg auf wie eine Opfergabe, und weil dies der rechte Zeitpunkt zu sein schien, erklärte Raziel Adam De Kuff die Bedeutung seines Namens: Der hebräische Buchstabe Kof symbolisiere ein Paradoxon – das Zajin strebe nach unten, das Resch schwebe darüber –, und darum müsse die Seele, die dieser Buchstabe repräsentiere, mitten in dem vergehenden Licht, nach dem sie immerfort strebe, Leere und Finsternis erfahren. Das Kof sei ein Sinnbild des sich herabsenkenden göttlichen Geistes und berge das Geheimnis Evas in sich. In der Gematrie betrage sein Wert neunzehn. Das Kof, dessen Wert neunzehn sei, werde gefolgt vom Zade, dessen Wert achtzehn sei und das Geheimnis Adams in sich berge. Die Kombination von beiden laute Zaddik, und dieses heilige Wort habe sich auf De Kuff herabgesenkt. Der Zaddik, der Gerechte, habe die Aufgabe, die Funken, die bei der Vertreibung in die Diaspora verlorengegangen seien, zu bergen und zu bewahren. Ein Mann, der unter diesem Zeichen lebe, sei gezwungen, durch Finsternis und Tod zu gehen und das Unerschaffene Licht zu suchen. Das Kof sei das Zeichen des Lebens im Tod, des Paradoxons der Erlösung.

Es sei ganz gut, sagte Raziel, daß er ihm das alles jetzt erkläre – sie standen im Licht des neuen Tages, und De Kuff war hochgestimmt. Und wenn dies wirklich der Berg war, auf dem Moses die Gesetzestafeln empfangen hatte, dann um so besser.

Zusammen mit dem Namen Adam, erklärte Raziel, deute es auf die Schrift hin: »Er macht der Finsternis ein Ende.« Das

Geheimnis des Kof sei gebündeltes Licht. Sein Name Adam De Kuff sei ein Medium der Erkenntnis.

»Das ist zu hoch für mich«, sagte De Kuff.

Raziel lachte. Er sagte Adam, beim Kof schwinge auch die Konnotation »Affe« mit – ein weiteres Paradoxon. Aber vielleicht, dachte Raziel, der versierte Deuter, mußte der Mann, der im Land der leblosen Hüllen wandelte und das Licht versammelte, auch eine Art Clown sein.

De Kuffs erste Reaktion war Zorn.

»Warum sollte ich dir trauen?« fragte er. »Du sagst selbst, daß du Drogen genommen hast. Du führst mich auf einen Berggipfel. Sehr schön, natürlich, aber als Ort der Inspiration eher konventionell.«

Vielleicht bereue er, den Illusionen erlegen zu sein, die ihn zur christlichen Taufe bewegt hätten, die ihn dazu gebracht hätten, in der Kirche von St. Vincent Ferrer in der Lexington Avenue vorzutreten und sich mit Wasser begießen und die Hand auflegen zu lassen. Er, De Kuff, der Sohn sephardischer Juden, in einem Haus, das nach einem spanischen Inquisitor benannt war! Doch als Christ habe er sich zu einem jansenistischen Einzelgänger entwickelt, der heilige Stätten als Glaubenshindernisse betrachte, weil ihre Wirkung, ebenso wie die von Wundern, auf Leichtgläubigkeit und Täuschung beruhe.

»Du bist der Affe«, sagte er zu Raziel. »Du bist derjenige, der mich mit Gedanken quält.«

Wieder lachte Raziel. »Nein, Mann. Du. Du bist der Affe.«

Auch wenn ihm das zu hoch war, begann Adam De Kuff mit diesem Tag, alles zu glauben, was Raziel ihm über ihn sagte, und es erfüllte ihn nicht nur mit Schrecken, sondern auch mit Verzückung. Raziel versicherte ihm, daß diese finstere Welt bald von Licht erfüllt sein werde. Es werde ein innerer Tagesanbruch sein, eine langsam zunehmende Helligkeit.

De Kuff gestand, daß er sich immer schon über die Verworrenheit seines Geistes, die Wahllosigkeit seiner Gedanken gewundert habe. Die Ärzte hätten seinen Zustand als bipolare Störung bezeichnet und ihn mit psychotropen Medikamenten bis hin zu Lithium behandelt. Doch er selbst habe immer mehr über die Seelen spekuliert, deren Wesenheit sich mit seiner eigenen verbunden habe – über seine Gilgulim, wie sie in der jüdischen Mystik genannt würden. Raziel riet ihm, sich auf extreme Ereignisse gefaßt zu machen. Alles deute darauf hin, daß er auserwählt sei, ein Werkzeug der Erlösung zu sein.

Einmal, als sie bei einem Spaziergang in der Oase Subeita die abendliche Kühle genossen, überkam De Kuff eine ausgelassene Stimmung.

»Was ist mein Problem?« rief er mit Straßenhändlerstimme und spielte einen imaginären Vorfahren, einen Immigranten, eine Art Tewje – er, der von blassen Hidalgos, *hombres muy formales*, abstammte.

Und Raziel, der den Scherz zunächst mitzumachen schien, antwortete: »Dein Problem ist, daß dein Antlitz zu hell ist. Dein Problem ist, daß du zu wissend bist, um der zu sein, der du bist. Die Zahl deines Namens könnte Cherubim beschwören. Du bist der zurückgekehrte Sohn Davids, das ist dein Problem.«

Das waren die Worte, mit denen Raziel es ihm schließlich enthüllte.

Seit Wochen waren sie unterwegs, als wollten sie zeigen, daß des Menschen Sohn nicht habe, wo er sein Haupt hinlege. De Kuff ruhte nicht und schlief nicht. Er hatte aufgehört, seine Medikamente zu nehmen.

Schließlich brachte Raziel sie bei seiner alten Freundin Gigi Prinzer unter, einer Künstlerin, die in Zefat lebte. Ihr Haus stand im Künstlerviertel. Von dort brachen De Kuff und Raziel jeden Tag auf und gingen zwischen den Gräbern der Heiligen umher.

Sie waren in der Nähe der Synagoge von Isaak Luria dem Löwen, an der Stelle, wo Elias ihm die tiefere Bedeutung der Thora offenbart hatte. Nicht weit entfernt lag Meron, wo Simon Bar Yochai, dem man den *Sohar* zuschrieb, begraben war.

Überwältigt von der Heiligkeit, die über diesen Hügeln lag, brach De Kuff wiederholt in Tränen aus. Die vorbeigehenden Frommen sahen es mit Wohlwollen.

»Du bringst mich noch um den Verstand«, sagte De Kuff zu Raziel. »Ich kann das Gewicht dieses Ortes nicht ertragen.«

»Wenn du es nicht vollbringen könntest«, erklärte Raziel, »würde es nicht von dir erbeten werden.«

»Erbeten?« rief De Kuff aus. »Ich kann mich nicht erinnern, gebeten worden zu sein. Wer soll es erbeten haben?«

»Ich glaube, es ist so: Nimm es an oder stirb«, sagte Raziel.
»Nimm es an oder geh unter. Und dann müssen wir weiter
warten. Wie bei Christus. Wie bei Sabbatai.«

»Aber wie du weißt, kann ich nicht beten«, wandte De Kuff
ein.

»Du kannst nicht beten. Du brauchst nicht zu beten. Es steht
alles geschrieben.«

»Bist du da sicher?«

Raziel versicherte ihm, das sei der Grund gewesen, warum
er eine Zeitlang Katholik gewesen sei. »Moschiach wartet vor
den Toren Roms, verachtet, unter Aussätzigen. Willst du den
Rest hören?«

»O Gott«, sagte De Kuff. Er zog ein Taschentuch hervor und
fuhr sich damit über das Gesicht.

In Zefat konnte De Kuff nur dasitzen und weinen, als strebte
seine geborgte Seele nach den Bergen, die er im Norden sehen
konnte, als wollte er vor der Heiligkeit der ringsum begrabe-
nen Weisen fliehen, vor der Tyrannei seines Schicksals und des
ewigen Gottes. Er wurde überallhin verfolgt. Und jetzt hatte
ihn abermals etwas gepackt, etwas Unerbittliches. Jonas.

Gigi Prinzer schlug sich als Malerin mäßig anspruchsvoller
religiöser Bilder für die aufgeschlosseneren Frommen durch.
Sie waren in Wüstenfarben gehalten – ein bißchen Zefat, ein
bißchen Santa Fe. In Santa Fe hatte es Gigi gefallen, und sie
wünschte sich oft dorthin zurück. Weil sie sich in Raziel verliebt hatte, nahm sie die beiden nun bei sich auf.

De Kuff verfügte über ausreichende Mittel für sie beide,
doch Raziel wollte sich keine Gelegenheit entgehen lassen, das
Wissen über seine Erkenntnis zu verbreiten und Diskussio-
nen zu provozieren, die er dominieren konnte. In sportlicher
Tweedjacke und englischer Buchmachermütze sprach er am
Busbahnhof oder vor der Informationsstelle Touristen an. Sein
Auftreten und seine Kleidung versprachen eine alternative
Führung durch Zefat, und genau das bekamen seine Kunden.
Während seine Konkurrenten *bubba masses* – unbedeutende
Anekdoten – anboten, war Raziels Stärke die vergleichende
Religionswissenschaft. Binnen kurzem hatte man ihn im Ver-
dacht, ein Mormone oder ein Jude für Jesus zu sein. Die zu-
ständigen Vernehmungsbeamten und Provokateure mußten

jedoch feststellen, daß er, was seine Kenntnisse von Midrasch, Mischna und Gemara betraf, den besten von ihnen ebenbürtig war.

»Wer bist du?« fragten die Haredim mit gewohntem israelischem Takt. »Was machst du hier?«

»Ich bin ein Kind des Universums«, sagte Raziel dann. »Ich habe das Recht, hier zu sein.«

»Dann bist du also Jude?« fragten sie.

»Eskimo.«

Wenn er die von ihm geführte Gruppe für empfänglich hielt, präsentierte er ihr einige originelle Gedanken. Die außerordentlichen Parallelen zwischen hinduistischen Schriften und der Kabbala. Die Tatsache, daß Abulafias *Licht des Verstandes*, in dem er zur Unterstützung der Meditation gewisse Atemtechniken empfahl, große Ähnlichkeit mit den Lehren des Hatha Yoga aufwiesen. Daß die kabbalistische Doktrin vom Ayin, dem unerforschlichen Element, in dem die Unendlichkeit existiert, eine hinduistische Entsprechung im Konzept des Nischkala Schiwa, des entrückten Absoluten, hatte. Daß es im Hinduismus viele solcher Parallelen gebe und daß man andere im Sufismus und in der christlichen Mystik von Meister Eckhart und Jakob Böhme finde.

Manche Besucher ließen sich von Raziels Führungen erbauen und inspirieren. Aber es gab auch Beschwerden. Hin und wieder schätzte Raziel in seiner Begeisterung das Publikum falsch ein. Konservative Kunden, die schimmernde Perlen herzerwärmender Weisheit der alten Heiligen – oder wenigstens etwas Traditionelleres – erwartet hatten, brachen die Führung entrüstet ab. Die Chassidim, die in Zefat stark vertreten waren, erfuhren von Raziels Theorien und waren nicht erbaut.

Die beiden gaben auch gelegentlich Konzerte, bei denen Raziel De Kuff auf dem Klavier begleitete. De Kuff spielte sowohl Cello als auch Laute und Chitarone und kannte sephardische Melodien, deren Tiefe über die Stille hinausging. Manche Geistliche gingen so weit, sich bei der Polizei zu beschweren, die es jedoch ablehnte einzuschreiten. Raziel wurde einige Male tätlich angegriffen, doch er war hart im Nehmen und konnte ein bißchen Karate.

Gelegentlich brachte er von einer Führung einen oder mehrere Gäste mit, die dann mit Tee oder einer Mahlzeit bewirtet wurden – man gab ihnen höflich zu verstehen, daß dies nicht im Preis der Führung inbegriffen sei. Gewöhnlich waren es junge Menschen, Juden wie Nichtjuden. Manche beschlossen nach ein paar Tagen, weiterzureisen, andere blieben wochenlang.

Ein junger Deutscher, der in Tibet gewesen war und in London Yoga unterrichtete, nahm an Raziels Kundalini-Meditationen teil. Gemeinsam unterwiesen sie De Kuff. Raziel glaubte, diese Meditationen seien ein Mittel, um Kavannah, die Einstimmung auf das Übernatürliche, zu erreichen, und könnten schließlich zur Devekut, zur Verbindung mit dem Göttlichen, führen.

Die Kundalini-Meditationen waren anstrengend und brachten De Kuff noch mehr aus dem Gleichgewicht. In den Tiefen der Stille entstanden oft Bilder in seinem Kopf, die ihn ängstigten. Andere waren inspirierend. Raziel legte großen Wert darauf, daß De Kuff ihm immer erzählte, was er gesehen hatte.

In einigen von De Kuffs Berichten erkannte Raziel Elemente von Satapatha Brahmana, von Visionen Kalis und Schiwas jenseits aller Attribute. Raziel versicherte ihm, das sei ein gutes Zeichen, denn für all das gebe es Entsprechungen im *Sohar*.

Einmal berichtete De Kuff, er habe in der Meditation eine Schlange gesehen, die ihren eigenen Schwanz verschlungen habe, und Raziel sagte ihm, das sei der Uroboros gewesen, der im *Sohar* das Wort *bereschit*, das erste Wort der Genesis, symbolisiere. Sabbatai Zwi, der selbsternannte Messias aus Smyrna, habe es zu seinem Symbol erkoren.

Von da an nannte er De Kuff »Rev« – er sprach das Wort manchmal mit einem leicht ironischen Unterton aus – und versicherte ihm, es gebe keinen Zweifel an der Tatsache, daß er auserwählt sei.

»Komisch, daß wir das durch einen Deutschen herausgefunden haben«, sagte Gigi und meinte den Mann, der in Tibet gewesen war.

»Nein, nein«, widersprach Raziel, »das ist ganz passend. Es steht alles geschrieben.«

»Ein Deutscher?« sagte Gigi. »Aber warum?«

»Verlange von mir nicht, daß ich dir das Gleichgewicht des Tikkun erkläre. Nimm ihn einfach an.«

Gigi sah De Kuff ratsuchend an, auch wenn er ihr bisher nicht viel Rat gegeben hatte.

»So sei es«, sagte er.

Immer mehr Menschen kamen und gingen. Ein paar holländische Mädchen, die Haschisch rauchten, blieben für kurze Zeit, waren aber nur an einem Ort zum Schlafen interessiert. Eine junge amerikanische Jüdin tauchte auf, die auf der Flucht vor ihrem gewalttätigen palästinensischen Freund war und sich schämte, nach Hause zurückzukehren. Gigi zeigte sich einverstanden, ihnen Zimmer zu vermieten, solange sie sich rar machten und von der Galerie fernhielten. Eine Finnin, die sich als Reporterin erwies, kam, machte sich Notizen und verschwand wieder.

Einmal, als De Kuff weinend dasaß, trat Raziel von hinten an ihn heran.

»Tust du dir leid? Ich sollte dich in meine Führungen einbeziehen.«

»Manchmal habe ich das Gefühl, daß du mich haßt«, sagte De Kuff. »Daß du dich über mich lustig machst. Das gibt mir zu denken.«

Raziel hockte sich neben ihm hin.

»Vergib mir, Rev. Ich bin ungeduldig. Wir sind beide verrückt. Ist es nicht seltsam, wie die Dinge sich entwickeln?«

»Ich will zurück nach Jerusalem«, erklärte De Kuff.

»Warte auf das Licht«, sagte Raziel.

An diesem Abend blieb De Kuff lange auf und las.

An den Wänden hingen Bilder und Zeichnungen, die Gigi in Perugia gemalt hatte, vor ihrer Zeit in Santa Fe: pastorale umbrische Szenen in sinnlichen braunen und gelben Formen, warm und attraktiv und ein wenig wie Gigi selbst.

Auch der lesende De Kuff war in eine italienische Atmosphäre eingetaucht. Er studierte seine eigenen Aufzeichnungen und Tagebücher aus der Zeit, als er durch Italien gereist war. Vor sich auf dem Bett hatte er das Manuskript eines Essays, den er über die hermetischen Elemente in den Bildern Botticellis geschrieben hatte. Sein Blick fiel auf einen Abschnitt über die »Verkündigung Mariae«, die er in den Uffizien gesehen hatte:

»Die Flügel des Engels scheinen zu beben – es ist eine der großen Illustrationen spiritueller Immanenz in der westlichen Kunst. Hier ist ein geflügelter, flüchtiger Augenblick festgehalten, ein ›temporaler‹ Augenblick, der in einen ›kosmischen‹ übergeht. Die Zeit geht über in die Ewigkeit. Das Numinose transformiert die Materie.«

Beim Lesen dieser Zeilen erschauerte er vor Sehnsucht nach dem Menschen, der er einst gewesen war: ein unschuldiger Enthusiast, verantwortlich nur für sich selbst. Zwei Jahre zuvor war er in den Schoß der katholischen Kirche aufgenommen worden, und er hatte geglaubt, Frieden gefunden zu haben. Wie wenig hatte er damals über das Numinose gewußt.

»Ein Kunstliebhaber«, sagte er laut. Er legte den Essay beiseite und schloß die Augen.

Später, vor Sonnenaufgang, erwachte er in großer Freude. Sein Zimmer war von Licht erfüllt. Er stieg auf das Dach und sah die Sterne. Über den Bergkämmen verglühten Meteore. Der Tagesanbruch zeigte sich als ein schmaler Streifen am Horizont. Beim Frühstück verkündete De Kuff: »Wir fahren zurück in die Stadt.«

»Ja?« fragte Raziel.

»So muß es sein. Wir werden eine Zeitlang in der Stadt bleiben – nur ich werde wissen, wie lange. Wir werden zum Berg Hermon gehen, damit erfüllt ist, daß wir von Dan nach Gilead gegangen sind. Wir werden in die Stadt zurückkehren. Dann wird alles enthüllt sein. Brauchst du Belege aus den Schriften?«

»Nein«, sagte Raziel. »Ich brauche nur dein Wort. Du bist mein ein und alles, Rev. Das ist kein Scherz. *Nunc dimittis.*«

»Wie war es?« fragte Raziel seinen Meister später, in Gigis Garten. Von den Bergen wehte eine frische Brise und brachte Kiefernduft mit.

»Licht«, sagte De Kuff. »Ich habe eine selige Gewißheit gespürt.« Er schwieg einen Augenblick und fuhr fort: »Ich glaube, wir werden Erscheinungen haben.«

»Aber was hast du gesehen?«

»Irgendwann«, sagte De Kuff, »werde ich es dir sagen.«

»Du kannst es mir nicht vorenthalten«, sagte Raziel. »Ich habe dich erkannt. Ich muß wissen, was du gesehen hast.«

»Bring uns in die Stadt. Vielleicht wirst du es eines Tages erfahren.«

»Du mußt mir etwas sagen. Einen Teil. Auch ich muß glauben. Ich habe dir mein Leben geschenkt, Rev. Auch ich muß glauben und weitermachen.«

»Fünf Dinge sind wahr«, sagte De Kuff. »Fünf Wahrheiten bestimmen das Universum. Die erste Wahrheit ist, daß alles Thora ist. Alles, was war, und alles, was sein wird. Die äußeren Umstände ändern sich, doch sie sind bedeutungslos. Alles Wesentliche ist in feurigen Lettern geschrieben. Die zweite Wahrheit ist, daß der verheißene Augenblick nahe ist. Und darum werden wir zuerst nach Jerusalem gehen. Die Welt, auf die wir gewartet haben, ist im Begriff, geboren zu werden.«

Raziel war beeindruckt. Er ging ins Haus, um Gigi zu sagen, daß sie weiterziehen würden.

»Es ist an der Zeit«, sagte er. »Wir sind eine Last für dich. Und wir werden unbeweglich.«

»Ich kann nicht mitkommen«, sagte sie. »Alles, was ich besitze, ist hier. Und es haben sich Kunden aus dem Ausland angemeldet. Sie wissen nichts von ...« Mit einer Handbewegung deutete sie De Kuffs theurgische Verwirrung an.

»Wir werden in enger Verbindung bleiben«, sagte Raziel. »Vertrau uns. Du wirst immer zu uns gehören.«

Sie zuckte die Schultern und wandte den Blick ab.

»In der Zwischenzeit werde ich wohl nach Tel Aviv gehen und ein paar Gigs spielen«, sagte er. »Morgen treffe ich mich mit Stanley. Er sucht fast immer Musiker.«

»Ich mache mir immer Sorgen um dich, wenn du dich mit Stanley triffst«, sagte Gigi.

»Ich auch«, sagte Raziel. »Aber das Licht des Auges ist stärker als Drogen.«

»Denkt daran«, sagte De Kuff zu ihnen, »daß wir nur einander haben.«

»Das ist die gute Nachricht, stimmt's?« sagte Raziel und stand auf. »Und auch die schlechte«, fügte er hinzu.

»Was ist mit den Führungen?« fragte Gigi. »Was soll ich sagen, wenn jemand anruft?«

»Sag ihnen, die Führungen sind beendet«, riet De Kuff,

erhob sich, ging in sein Zimmer und schloß die Tür. Gigi seufzte; sie und Raziel sahen einander an.

»Was wird geschehen?« fragte sie ihn.

»Wir werden's erleben. Hör dir das an, Gigi.« Er stand auf und schlug ein Neues Testament in einer Taschenausgabe auf, das aus seiner Juden-für-Jesus-Phase stammte. »›Darum sollt ihr nicht sorgen und sagen: Was werden wir essen? Was werden wir trinken? Womit werden wir uns kleiden? Nach solchem allen trachten die Heiden.‹«

Gigi verzog das Gesicht und knabberte an ihrem Daumennagel. »Komisch, daß du diesen weiten Weg auf dich genommen hast«, sagte sie. »Komisch, daß du ausgerechnet hierhergekommen bist, um ein Christ zu sein.«

»Ich bin kein Christ, Gigi. Ich habe die Finsternis gesehen – ich habe sie wirklich gesehen. Ich glaube an das Licht.«

»Ich bin nie religiös gewesen«, sagte sie. »Und nun habe ich den Verstand verloren. Ganz zu schweigen von meinem Geschäft.«

Der junge Mann lachte. »Du bist Künstlerin geworden. Das war kein Zufall. Du brauchst kein Geschäft. Wozu? Um hierzubleiben und für die Touristen *getch* zu spielen? Und was bringt dir dein Verstand?«

»Die Kraft versagt immer. Das hat er selbst gesagt. Sie hat jedesmal versagt.«

»Die Kraft«, sagte Raziel. »Was ist die Kraft? Wir. Wir sind die Kraft.« Er lachte, und das machte ihr angst. »Es ist ein Spiel.«

»Ein Spiel«, sagte Gigi. »Wie schrecklich.«

Als Raziel nach oben gegangen war, um zu lesen, klopfte Gigi an De Kuffs Tür und trat ein. Er saß auf dem Bett.

»Ich finde ihn beängstigend«, sagte sie. »Immer lacht er. Und dann seine christlichen Bibeln.«

»Menschen wie er geben uns keine Gewißheit«, sagte De Kuff. »Und manchmal sind sie beängstigend.«

»Ich wollte, ich hätte ihn nie kennengelernt. Und du?«

»Zu spät.«

8 Lucas' Mitbewohnerin und zeitweilige Geliebte Tsililla Sturm traf früh am Morgen aus London ein. Sie hatte einen amerikanischen Regisseur interviewt, der dort einen Film drehte. Als sie in der rosigen Stille des Frühlingsmorgens aus dem Taxi stieg, sah sie schmerzerfüllt und blaß aus. Lucas saß am Balkonfenster und ging zur Wohnungstür, um ihr zu öffnen. Er hatte Obermanns Aufzeichnungen über den Reverend Theodore Earl Ericksen gelesen.

»Ich konnte nicht anrufen«, sagte sie. »Bist du allein? Ich kann auch in ein Hotel gehen.«

»Quatsch«, sagte Lucas ungeduldig. Er war ein wenig erbittert darüber, daß ihre Beziehung zu Ende ging. »Natürlich bin ich allein. Glaubst du, ich würde jemand anders hier einziehen lassen?«

»Ich dachte, du hast vielleicht Besuch. Warum nicht?«

Etwa ein Jahr lang, bis zum vergangenen Winter, waren Lucas und Tsililla ein Paar gewesen. Es war eine sehr reflektierte, ja geradezu qualvoll analysierte Beziehung gewesen. Tsililla war in einem tolstoianisch-freudianisch orientierten sozialistischen Kibbuz in Galiläa aufgewachsen und von frühester Kindheit an mit so vielen Antworten auf die Fragen des Lebens ausgestattet worden, daß sie in nutzlosen Gewißheiten ertrank.

Lucas neigte ebenfalls zur Selbstbeobachtung. Sie hatten sich erschöpft. Teil ihres gegenwärtigen Arrangements war unter anderem, daß sie einander freigegeben hatten, und diese Freiheit fand Lucas besonders bedrückend. Kaum hatte ihre Beziehung begonnen schiefzugehen, da hatte er Impotenz festgestellt, und die weigerte sich, ihn freizugeben. Zum erstenmal in seinem Leben machte er sich Sorgen über das Alter und darüber, ob er seine Manneskraft wohl jemals wiedererlangen würde.

An der Wand von Tsilillas Arbeitszimmer hing das Bild eines bekannten New Yorker Schriftstellers, der zwei hübsche junge

Soldatinnen in den Armen hielt. Die eine war die errötende zwanzigjährige Tsililla, die andere ihre damals beste Freundin, Kampf- und Kibbuzgenossin Gigi Prinzer. Der Schriftsteller hatte sich auf einer Lesereise befunden und die beiden an ihrem Posten im Negev kennengelernt. Er hatte sich in sie verliebt, und es war den dreien gelungen, aus einem fröhlichen Schnappschuß eine grauenhafte Dreiecksbeziehung zu machen. Nach ausgiebiger sexueller und seelischer Ausbeutung, bei der jeder gegen jeden gekämpft hatte, waren die drei Beteiligten schließlich psychisch implodiert.

Der Schriftsteller war nach Hause zu seiner Frau und dem Hohngelächter seines grausamen Psychoanalytikers gefahren. Er hatte eine Schreibblockade und steckte tief in einer Midlifecrisis. In Gigis und Tsilillas Gesellschaft hatte er Material gesammelt und unerhörte Einsichten gewonnen, doch nun war er außerstande, auch nur eine einzige Zeile zu Papier zu bringen. Tsililla hatte einen düsteren Roman geschrieben, der gut aufgenommen und lieblos ins Französische übersetzt worden war.

Mit diesem Roman hatte sie das Schreiben zu ihrem Beruf gemacht, auch wenn sie sich schließlich lieber der Filmkritik als der Schriftstellerei zuwandte. Gigi war zu Tsilillas erbittertster Feindin geworden. Sie hatte die Art Student's League of New York und die École des Beaux Arts besucht und war anschließend Friedensaktivistin und kommerziell erfolgreiche Malerin mit einem weißgekalkten Studio in Zefat geworden. Lucas dachte oft, daß nur Tsililla ein so schreckliches Souvenir wie dieses Foto aufbewahren würde.

»Soll ich meine Sachen aus dem Schlafzimmer räumen?« fragte Lucas. Diese Geste brachte ihm nur einen geringschätzigen Blick ein, den er dennoch genoß. Ihr langes, blasses Gesicht mit den hohen Backenknochen und dem großen, sinnlichen Mund erfüllte ihn immer mit Verlangen.

Er war sehr versucht, sie nach ihrer Reise zu fragen, und hatte den Verdacht, daß es ihr wieder einmal gelungen war, sich zu verlieben. Tsililla hatte eine permanente Affäre mit der großen *beau monde* des Geistes und der Seele und gab sich ihr bereitwillig hin. In Zeiten der Eifersucht betrachtete Lucas sie als dummes kleines Groupie, als Snob, und an diesem Morgen war er nicht sehr mitfühlend. Doch Tsililla war ermüdet von der Flugreise und irgendwelchen Mißgeschicken, und in diesem Zustand erschien sie ihm besonders begehrenswert. Zu seiner Überraschung kam sie zu dem Sessel, in den er sich hatte sinken lassen, und küßte ihn auf die Wange. Ohne es eigentlich zu wollen, streichelte er ihre Hand.

»Geh ins Bett, Schätzchen«, sagte er. »Später sieht alles ganz anders aus.«

Sie ließ die Schlafzimmertür offen, legte ihre Kleider wie immer in einem Haufen ans Fußende des Bettes und schlüpfte unter die Decke. Daß sie bei Tagesanbruch zu Bett ging, war nichts Ungewöhnliches.

»Was hast du heute vor?« fragte sie ihn. Sie hatte sich die Tagesdecke über den Kopf gezogen.

»Ich muß runter nach Ein Gedi, zu einer Konferenz. Mit einem christlichen Prediger sprechen. Über Religion und so weiter.«

»Du solltest dort ein Schlammbad nehmen«, sagte sie. »Schmier dir was auf deine kahle Stelle.«

Noch irgendwo anders hin? dachte er. Er starrte wütend in ihre Richtung, aber sie hatte sich unter die Decken verkrochen und kehrte ihm den Rücken zu.

»Es wirkt«, sagte sie nach kurzem Schweigen.

»Danke für den Tip, Tsililla.«

»Fahr nach Massada.«

»Meinst du? Warum?«

»Du solltest es einfach tun. Ich bin mit meiner Klasse hingefahren. Du warst noch nie dort.«

Die Ruine der Zitadelle auf dem Gipfel von Massada bezeichnete den Ort, wo im ersten Jahrhundert jüdische Zeloten, Rebellen gegen die römische Herrschaft, angeblich lieber Selbstmord begangen hatten, als sich den Römern zu ergeben. Es war eine bedeutende Touristenattraktion.

»Massada ist ein riesengroßer Mumpitz«, sagte er. »Nur Pfadfinder glauben diese Geschichte.«

Sie war verärgert oder eingeschlafen, denn sie reagierte nicht. Doch dann kam ihm der Gedanke, er könnte tatsächlich hinfahren und vielleicht sogar eine Nacht im Tal verbringen. Immerhin war Begeisterung sein augenblickliches Thema.

Im Badezimmer benutzte er den an Scherengelenken aufgehängten Spiegel neben Tsilillas Waschbecken, um die kahle Stelle zu begutachten. Kein Zweifel, sie wurde größer und leuchtete im Licht der Frühlingssonne.

Er richtete sich auf und betrachtete sich in dem größeren Spiegel an der Wand. Vermutlich ließ Israel ihn schneller altern. Kürzlich hatten Kollegen überrascht reagiert, als er gesagt hatte, er sei zu jung gewesen, um aus Vietnam zu berichten. Die aberwitzige Aktion in Grenada – das war sein Krieg gewesen. Der Golfkrieg war buchstäblich an ihm vorbeigegangen. Über seinen Kopf hinweg.

Lucas war groß, breitschultrig, mit schmalen Lippen und einem langen Kinn. Eine seiner Freundinnen hatte einmal über ihn, über sein Gesicht, gelacht, mit der Begründung, er mache oft den Eindruck, als werde er gleich etwas Komisches sagen. Er fand es schwer zu glauben, daß der schmale Mund und das gereckte Kinn von einem bevorstehenden Witz künden könnten. Außerdem zog sich sein Haaransatz zurück, so daß die Stirn einen größeren Anteil an seinem Gesicht bekam und die Augen seine Pläne preisgaben.

Er war nicht eitel, aber sein Erscheinungsbild entmutigte ihn. Lucas hatte sich seit geraumer Zeit nicht mehr mit seinem Erscheinungsbild beschäftigt.

Bevor er aufbrach, warf er einen letzten Blick in Obermanns Ericksen-Dossier. Das Treffen sollte erst am späten Nachmittag stattfinden – ihm blieb also genug Zeit, sich vorzubereiten.

Das Dossier begann mit einem offenbar von der ehemaligen Mrs. Ericksen verfaßten Lebenslauf des Reverend. Ericksen war als Primitive Baptist im Osten von Colorado aufgewachsen, hatte in Kalifornien ein Predigerseminar besucht und ein paar Arbeitergemeinden in Industrievororten von Los Angeles betreut. Dann war er für drei Jahre als Missionar nach Guatemala gegangen, wo er Linda geheiratet hatte. Unmittelbar darauf waren die beiden in Israel aufgetaucht, wo sie für eine Reihe von christlichen Institutionen gearbeitet hatten: als evangelische Missionare unter christlichen Arabern in Ramallah, in einem lose an das Kibbuzmodell angelehnten Lager für christliche Jugendgruppen, die Israel besuchten, und als Führer für Kirchenrundfahrten. Schließlich hatte Ericksen – etwa zu der Zeit, als seine Ehe mit Linda zu scheitern begann – das »Haus des Galiläers« und dessen gute Linsensuppe übernommen.

Während des Telefongesprächs mit Ericksen hatte Lucas vorgeschlagen, bei einem der Ausflüge, die das Haus organisierte, am Ufer des Toten Meeres zu der Gruppe zu stoßen, und Ericksen war einverstanden gewesen. Dem Lebenslauf waren zahlreiche schwärmerische Broschüren beigefügt, in denen die Bedeutung Qumrans und der Essener betont wurde, unter Verweis auf den »Lehrer der Gerechtigkeit«. Dieser Aspekt, der in den offiziellen Verlautbarungen des Hauses nur angedeutet wurde, erschien Lucas diffus unorthodox, wenn auch nicht ganz zur Madschnun-Kategorie gehörig. Er ließ auf einen New-Age-Gnostizismus schließen, der mehr als die gute alte Gottesdienstekstase anstrebte.

Spät am Morgen packte er, ohne Tsililla zu wecken, seine Notizen ein und ging hinaus. Für die Fahrt nahm er die passende Lektüre mit: Flavius Iosephus' *Über den Jüdischen Krieg* sowie eine moderne Darstellung derselben Ereignisse von einem britischen Historiker.

Sein alter Renault parkte am Rand der Auffahrt des Gebäudes. Als optimistische Vorsichtsmaßnahme hatte Lucas an beiden Seiten des Wagens große Schilder mit der Aufschrift PRESSE in Englisch, Russisch, Hebräisch und Arabisch angebracht, die er bei einem palästinensischen Straßenhändler am Damaskustor gekauft hatte. Er hatte keine Ahnung, warum das Wort auch auf russisch dort stand, fand aber, ein wenig Verwirrung könne nicht schaden. Er war immer bestrebt, ein Maximum an Vielschichtigkeit auf ein Land zu projizieren, dessen Einwohner weder die Zeit noch die Bereitschaft besaßen, sich lange mit Differenzierungen und Vielschichtigkeiten zu befassen. Die Fahrt nach Ein Gedi würde durch den sichersten Teil der besetzten Gebiete führen, aber Schwierigkeiten waren nie auszuschließen.

An der Abzweigung bei Jericho konnten die israelischen Kennzeichen des Wagens irgendwelche Steinewerfer provozieren, und das Presseschild, das die Schebab besänftigen sollte, erregte manchmal den Zorn militanter Siedler. Wagen mit solchen Schildern wurden gelegentlich von Bewaffneten angehalten, welche die darin sitzenden ausländischen Pressevertreter verhörten und beleidigten, weil sie sie als Araberfreunde betrachteten. Lucas hatte festgestellt, daß diese militanten Siedler anscheinend immer Amerikaner waren, die ihre wütendste Verachtung für amerikanische Journalisten aufsparten.

Die größte Gefahr jedoch drohte, wie Lucas wußte, nicht von Fedajin, dem Dschihad oder empörten Jabotinsky-Anhängern, sondern von den ganz normalen israelischen Autofahrern, die im allgemeinen die Aggressivität, den Fatalismus und die Lebenserwartung eines Rockers aus Westtexas besaßen. Ihr willkürlicher Furor ließ sich weder besänftigen noch voraussehen.

Die Stadt hatte sich weit nach Osten ausgebreitet. Ordentlich ausgerichtete, häßliche Wohnblocks erstreckten sich bis in die Hügel von Judäa, und es dauerte fast eine halbe Stunde, bis er die offene Wüste erreicht hatte. Mit einemmal waren da die steinigen Schluchten, wo die Raben Elia versorgt haben mochten. Schwarze Beduinenzelte standen an den schuppigen Abhängen; dämonisch wirkende Ziegen knabberten an den Pflanzen rechts und links der Straße. Armeeposten mit Sandsäcken und Stacheldraht standen im Abstand von wenigen Kilometern auf den Hügelkämmen. Lucas bog um eine Kurve und sah unter sich die grüne Oase Jericho und südlich davon das blasse Blau des Toten Meeres. Jenseits der breiten Wasserfläche, im Königreich Jordanien, erhob sich am Horizont das Kalksteinmassiv des Berges Nebo. Dort hatte Moses endlich das Gelobte Land sehen dürfen und war gestorben. Das war, dachte Lucas und sah blinzelnd in die dunstige Ferne, in mancherlei Hinsicht ein ideales Ende.

Um die Zeit totzuschlagen, riskierte er einen langen Umweg durch Jericho. Er folgte der Hauptstraße bis in die Stadt und hielt am Busbahnhof, wo palästinensische Straßenhändler unter den wachsamen Augen der Grenzsoldaten Obst, Limonade und allerlei Kleinkram verkauften. Die Luft war dick und roch nach saftiger Vegetation, und die Luftfeuchtigkeit ließ ihn schwitzen und weckte einen unbestimmten Appetit. Er kaufte zwei große Flaschen Mineralwasser und trank eine gierig aus. Im Tiefland schien selbst der Durst eine andere Qualität zu haben. Ein Mann im Beduinengewand, dunkel wie ein Aschanti, verkaufte ihm einen kleinen Bund Bananen. In einigen umliegenden Dörfern lebten Menschen afrikanischer Abstammung, Nachfahren von Sklaven, wie es hieß.

Die Stadt war ruhig. Er trank eine Tasse Kaffee in dem Café beim Palast des Hischam und fuhr dann weiter nach Süden, auf der schnurgeraden Straße unterhalb der Klippen, die das Jordan-Tal überragten. Vor dem Kurhotel, wo Reverend Ericksen und seine Kollegen tagten, stand ein Halbkreis von Masten, an denen die sonnengebleichten Fahnen der Touristennationen hingen. Die Auffahrt war ein trostloser Sandweg zwischen Gebüschen und dornigen Bäumen und führte zu zwei beigen Gebäuden. Neben ihnen erstreckte sich eine graue Marsch bis zu den schmutzigweißen Schaumkronen des Toten Meers.

Ein mißmutiger junger Mann gab ihm betont gleichgültig Informationen: Die christliche Gruppe habe einen Ausflug zu dem Qumran-Höhlen gemacht und werde erst am Nachmittag zurückkehren. Lucas hinterließ eine Nachricht für Ericksen. Bis zu dessen Rückkehr hatte er mehrere Möglichkeiten, sich die Zeit zu vertreiben. Er konnte ebenfalls zu den Höhlen fahren und versuchen, mit ektoplasmischen Essenern zu kommunizieren. Er konnte in einem der hoteleigenen Busse an einem Ausflug nach Massada teilnehmen, der gegen Mittag geplant war. Oder er konnte das volle Schwitz-und-Spritz-Gesundheitsprogramm buchen, im Schlammbad liegen, mit Schwefelwasser duschen und sich bauchoben auf dem Toten Meer treiben lassen. Nach anfänglicher Unschlüssigkeit dachte er an Tsililla und entschied sich für Massada.

Unterwegs las er Iosephus – von Eleazar und den Zeloten, die den Römern bis zuletzt Widerstand geleistet hatten, von der Bresche, die die Römer schließlich geschlagen hatten, vom Selbstmord der eingeschlossenen Juden. Aus irgendeinem Grund war der Bus zur Festung heute bis auf einige Briten und Amerikaner hauptsächlich mit Italienern besetzt. Der Führer sprach nur Englisch und erzählte den Gästen unterwegs von der Allenby-Brücke, den Kibbuzim am Toten Meer und dem Naturschutzgebiet bei Ein Gedi. Wie Lucas geahnt hatte, wurde das Thema Identität bereits recht früh angesprochen. Der Führer erklärte in einem historischen Exkurs die Weltsicht des Königs Herodes.

»Herodes war Jude«, sagte der Führer, ein dünner, barsch

wirkender Mann von etwa Mitte Fünfzig, der eine karierte Jagdmütze trug. »Aber im Grunde seines Herzens war er ein Goj.«

Lucas zuckte innerlich zusammen und erinnerte sich an einen uralten Schwarzweißfilm, den er als Kind im Fernsehen gesehen hatte. Darin war der indianische Bösewicht von den guten Indianern, Verbündeten der Amerikaner, aufgenommen worden, hatte sich jedoch schon bald wieder den bösen Indianern zugewandt, die in diesem Fall Huronen waren.

»Er ist als Hurone geboren«, hatte der weiße Held – John Wayne, wenn er sich recht erinnerte – mit begründetem Mißtrauen über den Verräter gesagt, »und wenn mich nicht alles täuscht, ist er immer noch einer.«

Als Halbblut und Pfadfinder von zweifelhafter Loyalität betrachtete Lucas stirnrunzelnd die riesige rote Steilwand, die über dem Parkplatz aufragte. Während der Führer die Touristen zur Seilbahn geleitete, zog Lucas die Karte hervor, die der Veranstalter verteilt hatte, und machte sich auf die Suche nach dem Schlangenpfad, der zum Gipfel führte. Er nahm einen weichen, khakifarbenen Sonnenhut, die Bücher in seinem Tagesrucksack, ein paar Bananen und den Rest des Wassers mit, das er in Jericho gekauft hatte.

Während des Aufstiegs legte er häufig Pausen ein; er war nicht in Form, und die Sonne stand hoch. Unter dem sengenden Himmel schien seine Haut auszudorren. Auf halbem Weg fand er Schatten unter einem Überhang und lehnte sich an die Felswand, um zu verschnaufen und sich den Schweiß aus den Augen zu wischen. Israelische Teenager mit Rucksäcken eilten fast im Dauerlauf an ihm vorbei in Richtung Gipfel. Jenseits des Tals flimmerte die Wildnis von Moab.

Als er schließlich das Plateau erreicht hatte, spürte er Einsamkeit und Groll. Noch ein Schicksalsberg, dachte er, noch eine Verherrlichung von Blut und nationaler Verbundenheit. Er folgte dem Rundweg und fand Trost in den Ruinen des Palastes von Herodes, in der säkularen Heiterkeit der kannelierten Säulen und der Mosaiken im Tepidarium. Wenn er einen Platz in Massada gehabt hätte, dachte Lucas, dann unter denen, die lieber ins Bad gingen, als sich an Religionskriegen zu beteiligen. Und wenn er gezwungen gewesen wäre, Partei zu ergreifen, dann hätte er am Ende wohl auf beiden Seiten gestanden, abwechselnd vielleicht, wie Iosephus. Sicher hätte er bei der Zehnten Legion eine Heimat finden können – bei den Bastarden, dem Abschaum des Imperiums, wo er zweifellos in Gesellschaft verwirrter Mischlinge, Söldner und Antipatrioten wie er selbst gewesen wäre. Er gehörte zum spätimperialen, entwurzelten, kosmopolitischen Aspekt der Dinge.

Seine Gruppe hatte den Rundgang über das Gelände beendet und war mit der Seilbahn hinuntergefahren. Lucas folgte der Beschreibung seines Reiseführers von der herodianischen Synagoge durch das Zelotenviertel zur byzantinischen Kirche. Er schritt die Mauern von Wachturm zu Wachturm ab und fand es tatsächlich nicht schwer, die demotischen Flüche und die Schreie der abgeschlachteten Familien zu hören, die blutbeschmierten Schwerter zu sehen, die in den blauen Himmel gereckt wurden.

Er fand eine schattige Bank an der Ostmauer und setzte sich, um in dem Buch des britischen Historikers zu lesen. Was Massada und die von diesem Ort symbolisierte grimmige Kompromißlosigkeit betraf, so erwies sich der Gelehrte als Skeptiker. Die erhebenden Geschichten über diesen legendären Aufstand ließen sich in einer Zeile von Ira Gershwin zusammenfassen: Es muß nicht unbedingt so gewesen sein.

Der Historiker glaubte, Iosephus, der wie die meisten klassischen Geschichtsschreiber auch ein Dramaturg gewesen sei, habe Eleazars Rede an seine Leute erfunden, und zwar angelehnt an griechisch-römische Vorbilder. In Wirklichkeit hätten einige der Zeloten ihre Familien und sich selbst umgebracht, andere seien im Kampf gefallen oder hätten versucht zu fliehen und seien getötet oder versklavt worden, und manchen sei es gelungen, sich zu verstecken.

Auch seien die Zeloten keine selbstlosen Patrioten gewesen. Sie seien zu Banditen und Mördern geworden, hätten das umliegende Land terrorisiert und mehr Juden als Heiden getötet. Lucas hatte dergleichen schon früher gelesen, aber hier, an diesem atmosphärischen Ort, erleichterte ihn dieser Gedanke. Die Menschen waren, wie sie eben waren. Die grundlegenden Dinge änderten sich nicht. Und die offizielle Geschichte von Massada gehörte zu den Militärparaden, der staatlichen Propaganda und jener Art von heroischer Ikonographie, die ihren Ausdruck in Hollywoodfilmen fand: Kirk Douglas mit zusammengebissenen Zähnen. Oder war das ein anderer Film gewesen? Er würde diesen Gedankengang an Tsililla ausprobieren.

Ist es besser zu wissen, daß die alten Geschichten, die uns bisher getragen haben, Lügen sind? fragte er sich. Macht uns das freier? Er fuhr mit der Seilbahn hinunter, eingesperrt in geschmeidige Technik, und sah zu, wie sich ihm der Talboden mit dem Parkplatz entgegenhob. Jenseits der Busse, an der Stelle, wo früher Sodom mit seinen Verwerflichkeiten gestanden hatte, lagen die Gebäude einer Pottaschefabrik.

Der Bus, der ihn von Ein Gedi hierhergebracht hatte, war fort, und so wartete Lucas auf den nächsten. Nach zehn Minuten kam ein Bus voller Soldaten mit automatischen Waffen. Lucas stieg ein und setzte sich neben den Fahrer.

Wie sich herausstellte, hatten die Soldaten, deren Dienst für heute beendet war, vor zu baden, und der Bus bog in die Zufahrt zum Kurhotel ein. Dort gab es einen Parkplatz mit einem Schild, auf dem in drei Sprachen KEINE BUSSE stand. Der Fahrer steuerte sogleich darauf zu. Ein Angestellter, ein kleiner Mann mit Strohhut und runder Sonnenbrille, kam herbeigerannt, um den Bus umzuleiten. Zur allgemeinen Freude der Soldaten fuhr der Fahrer im Bogen um den Mann herum. Als der Bus einparkte, rannte ihm der Angestellte nach und baute sich mit ausgebreiteten Armen und anklagend hochgezogenen Schultern in einer Geste von beinahe kosmischem Pathos vor dem Kühler auf. Es war die Geste eines Mannes, der alle Torheiten gesehen hat und nun die Welt herausfordert, die letzte Bastion seines Glaubens an die Vernunft zu zerstören. Der Fahrer lachte nur höhnisch und fuhr um den Mann herum. Dann wandte er sich an Lucas und wies auf den erregten Angestellten.

»Sotsialist«, sagte er verächtlich.

9 Zum Zeitvertreib ging Lucas für den Rest des Nachmittags ins Bad. Es gab Duschen und ein Salzwasser-Hallenbad und einen Kleinbus, der die Badenden zum Strand fuhr. Lucas war überrascht, wie viele deutsche Schilder es hier gab – über einigen Türen und den Blocks von Spinden im Umkleideraum waren sie die einzigen Informationsquellen. Gab es hier so viele deutsche Touristen und nahm man so viel Rücksicht auf sie? Diese Schilder in einem Bad, in Umkleideräumen und neben Reihen von Duschen zu sehen hatte etwas Beunruhigendes.

Am Strand schmierte Lucas sich mit übelriechendem Schlamm ein und vergaß nicht, etwas davon auf seine kahle Stelle zu streichen. Dann glitt er durch den Matsch in das ölige Wasser und ließ sich eine Weile darauf treiben. Ein Bad im Toten Meer, fand Lucas, ähnelte mit seiner kalten, klebrigen Nässe vielen anderen unangenehmen Erfahrungen, die später zu Trophäen wurden.

Er duschte, trocknete sich ab und ging dann in die Cafeteria, die passabel eingerichtet war und Glaswände hatte, so daß man in alle Richtungen sehen konnte. Die Sonne war bereits hinter der Steilwand im Westen untergegangen, und ein immer länger werdender Schatten legte sich über das verblassende blaue Wasser. Er nahm sich zwei Flaschen Bier aus dem Kühlschrank und setzte sich an einen Tisch mit Aussicht auf das Tote Meer.

Im Lauf des Nachmittags füllte sich die Cafeteria mit Gästen. Als er sein erstes Bier halb ausgetrunken hatte, wurde Lucas bewußt, daß die Leute an den Nachbartischen Deutsch sprachen. Er merkte jedoch sogleich, daß sie keine Deutschen waren – nicht wirklich jedenfalls. Es waren *Jeckes* – ältere deutschstämmige Israelis –, die wegen des mineralhaltigen Wassers und der Hydrotherapie hier waren. Sie tranken gesittet Kaffee und aßen Kuchen, betrachteten die anderen Gäste mit eisigem, herablassendem Lächeln, fielen einander ins Wort und bedienten sich selbstbewußt einer Sprache, die in diesem Land normalerweise nur halblaut gebraucht wurde. Fast alle waren über Siebzig, doch sie wirkten hellwach, sehnig und energisch. Die Männer bevorzugten kurzärmlige weiße Hemden, die Frauen bohemehafte, weitmaschige Schals, die sie um die Schultern gelegt hatten. Einige von ihnen starrten ihn an und versuchten wohl, seine Geschichte zu erraten. In Israel, hatte Lucas festgestellt, kam es manchmal vor, daß jemand, der lange genug über einen Fremden gerätselt hatte, einfach hinging und ihn nach seiner Lebensgeschichte fragte. An diesem Nachmittag sprach ihn niemand an.

Der Klang ihrer Stimmen erinnerte ihn an die Spaziergänge, die er als Junge von der Upper West Side zu den Cloisters gemacht hatte. Im Fort Tryon Park hatte es eine Bude gegeben, wo man ausgezeichnete gegrillte Frankfurter Würstchen mit heißem Senf hatte essen können. Für Lucas war es die beste Hot-dog-Bude in ganz New York gewesen, und bei jedem Wetter hatten dort deutsch-jüdische Flüchtlinge aus Washington Heights gestanden. Besonders gut konnte Lucas sich an die Winter erinnern, wenn die Kunden draußen gesessen hatten, die Gesichter der bleichen Sonne über den Jersey Palisades zugewandt – die Männer mit verwegen aufgesetzten breitkrempigen Hüten und pelzbesetzten Mänteln, die Frauen in Tweedstoffen und mit schachtelförmigen Filzhüten. Sie hatten keine Kneifer getragen, und doch hatte Lucas sie so in Erinnerung.

Gegen sechs Uhr kaufte er sich ein drittes Bier und setzte sich an einen Tisch am anderen Ende des Raums, an der Westseite, von wo aus man die dunkler werdenden Steilwände sehen konnte. Hier saßen die Touristen, die Gojim, und es schien Lucas, daß er das auch mit geschlossenen Augen gemerkt hätte und ohne auf die Sprache zu achten, in der die Unterhaltungen geführt wurden. Das Lachen hatte etwas Harmloses, Argloses, und es fehlte die Ironie.

Als er gelernt hatte, daß es so etwas wie Juden und Nichtjuden gab – ein Wissen, das seine Mutter, der dieser Umstand einige Unannehmlichkeiten bereitet hatte, nur äußerst widerwillig preisgegeben hatte –, war es eine Zeitlang Lucas' liebster Zeitvertreib gewesen, ein sehr privates Spiel zu spielen, bei dem es darum ging, wer was war. Nach einer schmerzlichen Erfahrung in der katholischen Schule, die er besucht hatte, war diese Frage eine Zeitlang zur Obsession geworden. Doch natürlich hatte er das überwunden.

Der Zwischenfall in der Schule war auf seine Art vernichtend gewesen. In der vierten Klasse war bei einem Stoopballspiel vor der Schule in Yorkville das Thema Wohnviertel aufgekommen. Diese waren durch die katholischen Pfarrbezirke definiert. Als das Spiel zu Ende war, wurde Lucas, der an diesem Nachmittag vier Home Runs geworfen hatte, vom Anführer der Verlierermannschaft angesprochen, einem Jungen namens Kevin English. English war sprachlich nicht sehr geschickt, und Lucas hatte ihn einmal damit aufgezogen, daß er »habbich« gesagt hatte.

»Und wo wohnst du?« fragte English ihn. »In welchem Pfarrbezirk?«

»St. Joseph's«, antwortete Lucas. »In Morningside Heights.«

»Das ist in Harlem.«

»Nein. Das ist bei der Columbia University.«

»Dann wohnen da lauter Scheißjuden«, sagte English.

»Mein Vater ist Jude.«

Englishs Reaktion verblüffte ihn.

»Ein Jude? Ein Scheißjude?«

Lucas bezweifelte Freuds Doktrin von der Verdrängung. Er hatte den Eindruck, daß er sich an alles erinnerte – und das mochte ein Fluch oder ein Segen sein. Dennoch wußte er nicht mehr, welcher Impuls – Witz? Trotz? Vertraulichkeit? – ihn getrieben hatte, das zu sagen. Doch er hatte – das wußte er noch – im selben Augenblick gemerkt, daß er sich damit in ein neues, kaltes Land des Herzens versetzt hatte, aus dem er nie zurückkehren würde.

Eine Woche danach spielten sie wieder Stoopball, und Lucas gelang ein gut gezielter Wurf genau in den Winkel zwischen Boden und Mauer. Der Ball flog nicht nur hoch, sondern auch weit – über das Spielfeld hinaus, hätte es ein genau begrenztes Spielfeld gegeben. Sie hatten jedoch nur improvisierte Bases – die spitzen Zaunlatten, die sie »die Speere« nannten, den Kanaldeckel und die Stahltür des Aufzugs, den man vom Schulhof aus betreten konnte. Lucas hatte also Punkte gemacht, ebenso wie die drei Läufer an den Bases. Als sie sich, dem damals gängigen Ritual entsprechend, nüchtern die Hände schüttelten, beschimpfte English, der als Fänger am ersten Base gestanden hatte, den strahlenden Lucas mit den Worten: »Du verdammter Scheißjude! Du erbärmlicher Judenwichser!«

Die ganze Woche hatte Lucas gewußt, daß da noch etwas kommen würde. Nur einer von Englishs Speichelleckern machte mit. Aber der Angriff war so heftig, so bösartig und giftig, daß Lucas ihn nie vergessen konnte. Er und English gingen aufeinander los, und er, Lucas, zog den kürzeren, was ihn überraschte, denn immerhin war er im Recht.

Der Kampf wurde von Bruder Nicholas unterbrochen, dem Leiter der Grundschule, einem strengen Frankokanadier, der auf die Straße gerannt kam. Bruder Nicholas nahm an, daß es bei dem Streit um Stoopball ging, und verfügte, die Sache werde am Wochenende mit einem »Smoker« geregelt werden. Ein Smoker war ein Boxkampf nach amtlichen Regeln, bei dem die Jungen, die unter der Woche Internatsschüler waren, ihre Streitigkeiten austrugen.

Am Tag des Boxkampfs hatte Lucas ein ungutes Gefühl. Irgendwie hatte er etwas verloren – er hatte es eingetauscht gegen etwas, das er nicht kannte.

Der Smoker fand in einer mit Bändern abgeteilten Ecke der Turnhalle statt. Die Gegner hatten nackte Oberkörper und trugen Boxhandschuhe. Lucas bemühte all seine Phantasie, um das Ereignis mit dem Symbolgehalt von Sportveranstaltungen und Filmen, von Turnieren, Duellen und Showdowns auszustatten. Doch es war kein einziger Freund da. Alle seine Freunde waren Tagesschüler, und die Internatsschüler – Englishs Kumpane – waren harte Burschen und zumeist von irgendwelchen sozialen Einrichtungen hierher überwiesen worden. Lucas war in diesem Halbjahr Internatsschüler, weil seine Mutter auf Tournee war. Er ahnte, daß der Kampf schlecht für ihn ausgehen würde, und so war es dann auch. Er lernte ein paar neue Beleidigungen, die sich später als nützlich erwiesen, und hatte das Recht auf seiner Seite, was ein zweifelhafter Vorteil war, aber letztlich erfüllten ihn die Prügel, die er von English bezog – er schlug Lucas immer wieder auf ein Ohr, so daß er eine Woche lang halb taub war –, mit Scham und dem Gefühl, sie verdient zu haben.

Später am Abend sagte Bruder Nicholas ein paar freundliche Worte zu ihm, während er Jod auf die Wunden tupfte und sein geschwollenes Gesicht mit Eis kühlte. Er hatte einige Kopfnüsse verteilt und dem Spott über den »Scheißjuden« ein Ende gemacht.

»Und?« fragte Bruder Nicholas mit gallischem Takt. »Ist bei euch zu Hause jemand Jude?«

»Mein Vater«, antwortete Lucas. »Aber er ist eigentlich nicht richtig bei uns zu Hause.«

Bruder Nicholas wurde nachdenklich.

»Wir alle«, erklärte er und betupfte Lucas' Augenbraue mit einem Wattebausch, »müssen unsere Demütigungen dem Heiligen Geist als Opfer darbringen.« Bruder Nicholas war davon überzeugt, man müsse dem Heiligen Geist Demütigungen als Opfer darbringen, was diesen anscheinend erfreute oder besänftigte.

Lucas war auf sich allein gestellt, bis seine Mutter am nächsten Wochenende erschöpft, heiser und migränegeplagt von der Tournee zurückkehrte. Tagelang verriet er ihr nichts von dem Zwischenfall, aber es gab Freunde und Vertraute, die allesamt zum Tratschen neigten, und so tat er es schließlich doch.

Sie machte sich Vorwürfe. »Warum hab ich es dir nur gesagt? In deinem Alter?« Das war bei einem ihrer Besuche der King Cole Bar im St. Regis – es war ein Abschiedsgeschenk für ihn –, als sie beim dritten Highball philosophisch wurde.

Dann begann seine Mutter so bitterlich zu weinen und umarmte ihn so heftig, daß er sich dagegen auflehnte und aus reiner Bosheit eine der für ihn neuen Obszönitäten sagte, die er bei dem Kampf gelernt hatte.

»Dieser English ist ein Schwanzlutscher, Mom.«

Das schockierte sie so, daß sie sofort aufhörte zu klagen. Für eine mehr oder weniger ausgehaltene Frau war Lucas' Mutter erstaunlich prüde.

Etwas später begann sie ihm zu erklären, wie extrem beschränkt Antisemiten waren.

»Ich meine«, sagte sie, »die Leute, die keine Juden mögen« – das war die drastischste Formulierung, die ihre Wohlerzogenheit ihr gestattete –, »sind dumpfe, ungebildete Spießer. Kein anständiger, ehrenwerter Mensch und gewiß kein gebildeter Mensch kann so empfinden. Nur die schäbigsten, gemeinsten

Proleten, die dümmsten, gröbsten, niedrigsten der Niedrigen können so etwas denken.«

Und was meinst du, dachte Lucas sogleich, mit was für Leuten ich dort eingesperrt bin? Er sprach es nicht aus – es war einer seiner ungespielten starken Trümpfe. Sie hatte jedoch den gleichen Gedanken.

»Ich muß dich von dieser schrecklichen Schule abmelden«, sagte sie.

Sie mochte ein Snob sein, doch sie blieb immer das fromme irische Mädchen, und wenn es um Erziehung ging, gab es für sie nichts Besseres als die heilige Mutter Kirche. Sie beschwor Lucas' Vater, seinem Sohn einen Wechsel auf eine Jesuitenschule zu ermöglichen, wo die Lehrer allesamt Astronomen, Dichter und Veteranen der belgischen Résistance und die Schüler kosmopolitisch, diskret und manchmal sogar Halbjuden waren.

Doch während die Bezugspunkte seiner Welt deutlicher hervortraten und sein Wissen über die Zusammenhänge zunahm, achtete er jahrelang an bestimmten öffentlichen Orten (beispielsweise in dunklen Kinos in der Upper West Side) auf die Reaktionen des unsichtbaren Publikums ringsum und versuchte, aus den nichtigsten Hinweisen – Reaktionen auf Wochenschaumeldungen, auf fromme Szenen aus neutestamentarischen Epen, auf Handlungselemente, die er selbst kaum verstand – Rückschlüsse darauf zu ziehen, ob die Leute in seiner Umgebung Juden waren oder nicht. Praktisch betrachtet machte es für ihn keinen Unterschied; so oder so hatte er weder Trost noch Bestätigung zu erwarten.

Manchmal wandte er in der changierenden Dunkelheit den Kopf und beobachtete seine Mutter und ihre Reaktionen auf das Geschehen auf der Leinwand. Ihre Reflexe, ihr Sinn für Humor, ihr Repertoire von Gesten und Gesichtsausdrücken waren – rückblickend natürlich – eindeutig nichtjüdisch. Mit seinem Vater ging Lucas nie ins Kino. Doch nichts von alledem mäßigte den christlichen Eifer, der mit seinem Eintritt in die Adoleszenz erwachte.

Als er von seinem Bier aufblickte, sah er einen gutaussehenden, gut gekleideten jungen Mann, offensichtlich Amerikaner, auf sich zukommen. Er trug einen Safarianzug in teuer wirkenden Erdfarben, war groß und hatte eine beneidenswert athletische Statur, und seine bronzefarbene Haut war von der Sonne leicht gerötet. Seine Nickelbrille mit runden, getönten Gläsern brachte die feingeschnittenen Backenknochen zur Geltung. Die deutschen Juden verfolgten seinen Auftritt mit finsterer Aufmerksamkeit. Erst im allerletzten Augenblick wurde Lucas bewußt, daß dies Reverend Ericksen sein mußte.

Ein zweiter Mann folgte Ericksen mit einigen Schritten Abstand. Er war jung, hatte aber ein gerissenes, ungesund gerötetes Gesicht, als leide er an Schuppenflechte und Sonnenbrand zugleich. Er trug eine schmutzige weiße Mütze mit grünem Schirm, Khakishorts, knöchellange schwarze Socken und staubige schwarze Straßenschuhe und wirkte so unpräsentabel, wie Ericksen kühl und gepflegt war.

Lucas erhob sich.

»Mr. Ericksen?«

Ericksens Händedruck erwies sich als die unter welterfahrenen Amerikanern verbreitete sanfte Variante, die den Knochenbrecher von früher, diesen Ausdruck hemdsärmeliger Ehrlichkeit, abgelöst hatte. Er setzte sich auf den Stuhl gegenüber von Lucas. Sein Begleiter hieß Dr. Gordon Lestrade. Lestrade war Engländer und streckte seine Hand aus, als handle es sich bei dieser Geste um eine erbärmlich lachhafte Sitte. Lucas erklärte sein Anliegen: ein Artikel über das Jerusalem-Syndrom. Ericksen machte ein gedankenvoll besorgtes Gesicht. Dr. Lestrade grinste schief.

»Jedes Jahr kommen Hunderttausende Christen aus aller Welt in das Land Israel, Mr. Lucas«, sagte Ericksen. »Sie kommen und fahren wieder nach Hause, für den Rest ihres Lebens inspiriert. Einige wenige sind in irgendeiner Weise gestört.«

Lucas hatte den Eindruck, daß diese Antwort vorgefertigt war, und beschloß, mit einer ebenso vorgefertigten Schablone zu parieren. »Aber religiöser Wahn ist etwas Faszinierendes. Und er verrät etwas über das Wesen des Glaubens.«

»Die Medien stellen religiöse Menschen dar, als wären sie Angehörige einer Randgruppe«, erklärte Ericksen. »Im Fernsehen, im Kino ist ein religiöser Mensch immer ein schlechter Mensch. Manchmal ein Moralapostel, meistens aber ein Krimineller – ein Verrückter oder Mörder.«

»Mir geht es nicht um das, was sichtbar ist«, sagte Lucas.

Daß er im Hauptfach Religionswissenschaften studiert hatte, erwähnte er lieber nicht. Es schien die Leute nur zu ärgern.

»Na gut«, sagte Ericksen. »Wie kann ich Ihnen helfen?«

»Ich würde gern mit dem ›Haus des Galiläers‹ beginnen. Wie Sie dorthin gekommen sind. Wozu das Haus dient.«

»Ursprünglich war es ein protestantisches Hospiz«, sagte Ericksen. »Protestanten sind hier lange Zeit wie Parias behandelt worden.«

»Und jetzt?«

»Wir beherbergen noch immer den einen oder anderen Pilger, aber der Schwerpunkt unserer Tätigkeit hat sich auf die Forschung verlagert. Biblische Archäologie. Dr. Lestrades Fachgebiet.«

»Arbeiten Sie hier draußen?« fragte Lucas, an Lestrade gewandt.

Lestrade sah Ericksen an. Sein Gesicht war noch immer zu einem eigenartigen, unangenehmen Lächeln verzogen, das, wie Lucas vermutete, entweder unwillkürlich oder pathologisch war.

»Nicht mehr sehr viel«, sagte Ericksen. »Wir bringen Pilger nach Massada und Qumran und zum Berg der Versuchung.«

»Ich dachte, Sie hätten ein besonderes Interesse an den Essenern.«

»Im Augenblick arbeiten wir hauptsächlich in Jerusalem«, sagte Ericksen. »Im Bereich des Tempelbergs. Sie sollten uns einmal in unserem Haus in der Stadt besuchen. Es ist in New Katamon.«

»Ja«, sagte Lucas, »ich weiß.«

»Wenn Sie wollen, können Sie uns morgen begleiten. Wir bringen unsere Besucher zum Dschebel Quruntul.«

Lucas hatte keine Ahnung, was das war.

Der eigenartige Dr. Lestrade kam ihm zu Hilfe. »Zum Berg der Versuchung«, erklärte er. »Sie kennen die Geschichte wahrscheinlich nicht.«

»Doch, doch, ich kenne sie«, erwiderte Lucas.

Er wollte das Angebot gerade ablehnen, als er sich instinktiv eines Besseren besann. Die Vorstellung, eine Nacht in der Wüste zu verbringen, gefiel ihm, und er war neugierig, was der Reverend den Pilgern auf dem Berg der Versuchung sagen würde.

»Wir brechen um halb sechs auf«, sagte Ericksen. »Paßt Ihnen das? Wir haben jede Menge Platz im Bus.«

»Ich bin dabei«, sagte Lucas. »Aber ich habe einen eigenen Wagen.«

Es herrschte nicht viel Betrieb. Die Cafeteria schloß um sieben, die Busse fuhren zurück in die Stadt, und außer den Teilnehmern an Ericksens Tour gab es nur wenige Gäste. Ein Flügel des Hotels war für sie reserviert, und als Lucas im Garten auf und ab schlenderte, konnte er ihre plaudernden Stimmen hören. Doch nach neun Uhr senkten sich eine so vollkommene Ruhe und Finsternis über die Wüste, daß das Leben selbst zum Stillstand gekommen zu sein schien.

Als er auf den unsichtbaren schwefligen See zuging, ertönte plötzlich das Brummen eines Hubschraubers, und Lucas sah, wie die Scheinwerfer der Patrouille etwa eineinhalb Kilometer vom Ufer entfernt das bewegte Wasser abtasteten. Dann drehte die Maschine in Richtung Kap Costigan ab, und es herrschte wieder Dunkelheit. Lucas ging zurück zum Hotel. Neben einer der Plastiksäulen vor der Eingangstür traf er auf Dr. Lestrade, der von Kopf bis Fuß in Handtücher gehüllt war.

»Sie begleiten uns also, Lucas?«

So vermummt und mit seinem kryptischen Lächeln wirkte Lestrade wie die Statue einer kanaanitischen Gottheit – ein Eindruck, den die schwarz gefaßte Brille eigentümlicherweise noch verstärkte.

»Ja, sieht so aus.«

»Wissen Sie wirklich, was es mit dem Berg der Versuchung auf sich hat?«

»Natürlich«, sagte Lucas. »Ich bin schließlich schon mal in einem Kunstmuseum gewesen.«

»Sie sind amerikanischer Jude, stimmt's?«

»Stimmt«, sagte Lucas.

»Und? Spüren Sie eine besondere Affinität? Haben Sie das Gefühl, heimgekehrt zu sein?«

»Dr. Lestrade«, sagte Lucas, »wollen Sie mich auf den Arm nehmen?«

»Nein«, sagte Lestrade. »Diese Frage stelle ich immer. Gute Nacht.« Und damit war er verschwunden, als wäre er der Geist, an den er erinnerte.

10 Als Lucas früh am nächsten Morgen aufstand, waren die Pilger vom »Haus des Galiläers« bereits beim Bus. Die meisten wirkten ultraamerikanisch. Es wimmelte von weißen Sportschuhen, hellgrünen Hosen und karierten Bermudas. Fromme Israelbesucher waren immer hoffnungslos hinter der Zeit zurück und suchten den eigenen nationalen Stereotypen gerecht zu werden. Während Lucas zwischen ihnen umherging und als Frühstück das überreife Obst aß, das er gestern gekauft hatte, hörte er auch kanadische und antipodische Stimmen – Anhänger aus Ländern, in denen der weltweit operierende Zirkus des »Hauses des Galiläers« Gastspiele gab.

Lestrade schlenderte herbei. »Entschuldigen Sie«, sagte er, »könnte ich bei Ihnen mitfahren?«

Lucas war einverstanden. Er nahm an, daß der Archäologe sich nach einem Gespräch auf gehobenem Niveau sehnte. Es würde eine lange Fahrt werden, dachte Lucas.

Sie folgten dem Bus aus der Hotelauffahrt hinaus und auf die Straße nach Jerusalem und Jericho.

»Ihre Pilger scheinen das Programm zu genießen«, sagte Lucas.

»Ja, es ist schon ein Völkchen.«

Das war nicht zu leugnen, dachte Lucas, obgleich es seinen Patriotismus verletzte.

»Sind es denn immer solche?«

»Mir kommt es jedenfalls so vor«, sagte Lestrade. »Ihnen vielleicht nicht.«

»Man sagt, daß es Klischees nur in der Kunst gibt, nicht im wirklichen Leben.«

»Ach, wenn wir unserem Nächsten doch nur ins innerste Herz sehen könnten, wie?«

Was Lucas ein paar Kilometer lang verstummen ließ.

»Sind Sie Geistlicher, Dr. Lestrade?« fragte er schließlich.

»Um Gottes willen, nein. Ich bin Archäologe.«

»Spezialist für biblische Stätten?«

»Seit neuestem.«

»Und was ist Ihre Aufgabe im ›Haus des Galiläers‹?«

»Ich bin wissenschaftlicher Berater.«

»Sie suchen nach der Arche Noah?« fragte Lucas. »So etwas in der Art?«

»Die Arche Noah«, wiederholte Lestrade. »Nicht schlecht. Nein, ich bin kein Mitglied des HdG. Meiner bescheidenen Meinung nach bin ich ein Mann harter Fakten. Ein echter Archäologe. Ich halte kleine Vorträge über Qumran und die Essener.«

Bevor Lucas sich entschuldigen konnte, fuhr Lestrade fort.

»Das hier ist das Heilige Land, wie man so sagt.« Er sprach die Worte mit leisem Spott aus. »Es gibt echte biblische Stätten. Ich meine, *irgend etwas* ist hier geschehen, nicht? Etwas, das wir noch immer zu enträtseln versuchen.«

»Haben Sie irgendwelche neuen Erkenntnisse gewonnen?«

»Oh, Sie würden sich wundern. Für wen, sagten Sie, arbeiten Sie?«

»Ich war mal Redakteur bei *Harper's Magazine*. Im Augenblick arbeite ich an einem Buch.«

»Ach je«, sagte Lestrade. »Ich auch.«

»Aber in meinem geht es um religiöse Sekten. Ich bin kein Archäologe. Und vielleicht schreibe ich hin und wieder nebenbei einen kleinen Artikel.«

»Tja, als Mitarbeiter des Hauses neigt man zur Spezialisierung. Wir haben auf dem Ölberg und bei den Höhlen von Qumran gegraben. Auch auf dem Tempelberg natürlich.«

»Ich dachte, das sei verboten.«

»Nicht ganz und gar. Nicht für uns.«

»Und gibt es neue Funde?«

»Das Haus interessiert sich sehr für den zweiten Tempel und das Allerheiligste. Für die Dimensionen und so weiter. Irgendwo ist das alles aufgezeichnet.«

»Im Talmud, meinen Sie.«

»Nicht nur dort.«

»Wo denn noch?«

»Tut mir leid«, sagte Lestrade. »Mehr darf ich nicht sagen. Für die Öffentlichkeitsarbeit ist jemand anders zuständig. Den sollten Sie fragen.«

Auf der Straße nach Jericho erging sich Dr. Lestrade in Erinnerungen an seine Abenteuer im Dienst der Bildung des Pilgervölkchens.

»Da war mal eine ... das war in einer byzantinischen Kirche in der Nähe von Bodrum, in der Türkei. An der Wand ein riesiges Mosaik: Christus Pantokrator, der König der Könige. Mit starrem Blick und erhobenem Arm, in seiner Macht und Herrlichkeit, gekommen zu richten die Lebenden und die Toten. Christus, der allmächtige Herrscher. Und eine der Frauen fragt: ›Dr. Lestrade‹« – er verfiel in ein unmoduliertes, nasales Yankee-Englisch –, »›wie alt ist diese Kirche hier?‹ – ›Sie stammt aus dem siebten Jahrhundert‹, sage ich. ›Tatsächlich?‹ sagt sie. ›Vor oder nach Christi Geburt?‹ Ha, ha.«

»Sie trug Jesus in ihrem Herzen«, vermutete Lucas.

»Sie hätte genausogut eine Scheiß-Buddhistin sein können. Den Unterschied hätte sie gar nicht bemerkt.«

Wie sich herausstellte, hatte Dr. Lestrade jahrelang studiert, mit dem Ziel, Benediktiner zu werden. Nach dem Abschluß seines Studiums in Cambridge hatte er sich im letzten Augenblick anders entschlossen. »Im Grunde ist das nichts für mich«, erklärte er.

Sie folgten dem Bus mit Reverend Ericksen und dem Völkchen. Nach ein paar Kilometern auf der Straße nach Jerusalem bogen sie nach Dschebel Q000000untul ab. An der Kreuzung stand ein verfallenes Haus, in dem einst ein Café gewesen war. Zwei kleine Kinder saßen zwischen Aloen, Ranken und Abfall im verwilderten Garten. Als Lucas um die Kurve bog, hob eines eine Scherbe auf und warf sie in Richtung des Wagens.

Sie verloren den Bus für eine Weile aus den Augen, doch nach einigem Suchen entdeckte Lucas ihn auf dem Parkplatz vor dem Kloster auf halber Höhe des Berges.

»Danke«, sagte Lestrade und schlenderte zum Bus, dessen Fahrer den Motor laufen ließ, damit die Klimaanlage arbeitete. »Bis hierhin und nicht weiter. Ich kenne den Vortrag, und die Aussicht habe ich ebenfalls genossen.«

Lucas ging durch die dunkle Kapelle des Klosters mit ihrer Phalanx ostkirchlicher Heiliger an den Wänden. Dahinter und jenseits eines ummauerten Gartens war ein Portal, an dem ein zwielichtig wirkender orthodoxer Mönch stand und unbescheiden die Hand ausstreckte.

Lucas zahlte sechs Schekel und betrat den mit Kalkstein gepflasterten Weg zum Gipfel. Während er die Stufen erstieg, ging ihm im Rhythmus seines Keuchens und mit der Penetranz eines Ohrwurms das Vaterunser durch den Kopf. Ihm war flau von dem überreifen Obst.

Reverend Ericksen und seine Gruppe standen auf einer Erhebung am östlichen Rand des Gipfels. Ericksen war auf einen Felsen gestiegen und überragte seine Zuhörer; sein Arm beschrieb einen weiten Bogen. Tatsächlich war die Aussicht in alle Richtungen spektakulär. Im Tal glänzte das silbrige Band des Jordan, jenseits davon lag das Land Moab, im Norden war Galiläa und im Süden das Tote Meer. Im Westen konnte man die Außenbezirke von Jerusalem und die Gebäude auf dem Ölberg erkennen.

Ericksen zitierte mit einer Stimme so frisch und klar wie Quellwasser aus dem Lukasevangelium. Jesus in der Wüste: Nachdem die vierzig Tage des Fastens vorüber waren, begegnete Jesus dem Satan, der gerade einen seiner berühmten Spaziergänge machte. Aus irgendeinem Grund bat Satan Jesus, ihn zu begleiten.

»Und der Teufel führte ihn hinauf auf einen hohen Berg und zeigte ihm alle Reiche der ganzen Welt in einem Augenblick und sprach zu ihm: Alle diese Macht will ich dir geben und ihre Herrlichkeit; denn sie ist mir übergeben, und ich gebe sie, welchem ich will.«

Ein Schauer überlief Lucas, und ihm schwindelte. Das Licht war grell, und sein Magen rebellierte. Ericksen holte Luft und fuhr fort zu zitieren. Lucas entfernte sich von der Gruppe und folgte einem wackligen Wegweiser, der zur Westflanke des Hügels zeigte. Auf einem Ziegenpfad stolperte er zu einem uralten Gebäude, in dem sich offenbar die Toiletten befanden.

Die Toiletten auf dem Berg der Versuchung waren eigenartig. Neben dem Haus stand ein Wassertank, doch im übrigen hatte es große Ähnlichkeit mit dem Hauptgebäude am Fuß des Berges. Drinnen glaubte Lucas Schemen an den Wänden ausmachen zu können, die älter waren als die englischen und arabischen Graffiti, die darüber gekritzelt waren. Die Bauchschmerzen beeinträchtigten anscheinend seine Wahrnehmung. Die Gestalten an den Wänden schienen leise zu schwanken.

Ein böser, trostloser Einfall schoß ihm durch den Kopf und war gleich darauf wieder verschwunden. An der Wand gegenüber von dort, wo er hockte, sah er eine ockerfarbene geflügelte Gestalt – Schuppen, dachte er, geschuppte Schwingen und Klauen. Es erinnerte ihn vor allem an Duccios »Versuchung«, die er in der Frick Collection gesehen hatte. Dort hing das Bild an einer Stelle, wo es schwer zu übersehen war, und er verband mit diesem Gemälde weniger etwas Religiöses als vielmehr verflossene Liebe, Kater, Kopfschmerzen und verregnete New Yorker Nachmittage. Christus schwebte unter einem metaphysischen goldenen Himmel und wies den geschuppten Dämon, der ihm die Welt anbot, zurück.

Das einzige Licht in der Toilette fiel durch die offene Tür. Als Lucas sich die Hände wusch, überkam ihn erneut eine Erinnerung: Er war in der stinkenden Latrine der Armenschule, wo man ihn als Juden beschimpft hatte. Er erinnerte sich, wie er sich nach dem Kampf mit English gewaschen hatte, wie er das Blut von Mund und Nase gewischt hatte, an den salzigen Geschmack des Blutes. Und in diesem Augenblick erinnerte er sich auch an das blasse Kindergesicht im schmutzigen Spiegel. Es war eine böse und ungewohnte Erinnerung. Sie beunruhigte ihn. Er trat hinaus in das schmerzhaft grelle Tageslicht und atmete den süßen Duft der Wüstenkräuter ein: Lorbeer, Tamariske.

Er drehte sich um, musterte das Haus, in dem er gewesen war, und berührte die Mauer. Unmöglich zu sagen, wie alt sie war. Wenn sie aus altem Stein gebaut waren, konnten Grenzstationen aus der Kolonialzeit schon nach wenigen Jahrzehnten aussehen, als wären sie biblischen Alters. Doch irgend etwas an diesem Haus erfüllte ihn mit Abscheu – ein vom Teufel heimgesuchter Klosterlokus aus Luthers oder seinen eigenen Alpträumen, wo schmutzige Einsamkeit, kindische Maßlosigkeit und schamlose Lüsternheit auf der Lauer lagen. Doch schlimmer waren der Gestank seiner Kindheit und das Bild seiner selbst als Opfer.

Er schlenderte wieder auf den Gipfel des Dschebel und wartete auf eine Gelegenheit, allein mit Ericksen zu sprechen. Immer wieder dachte er an die Versuchung Christi, an den eigenartigen Bibeltext und seine Mysterien. Jesus hatte Steine in Brot verwandeln sollen. Die Macht des Satans war ihm angeboten worden. Der Satan hatte ihn herausgefordert, sich von den Zinnen des Tempels zu stürzen und die Engel anzurufen, ihn zu retten.

»Satan muß ziemlich neugierig auf Jesus gewesen sein«, war die Vermutung, die er dem Pastor gegenüber äußerte. »Schließlich war er selbst ein Engel gewesen, und Jesus war ein Mensch. Ein Mensch, der Hunger hatte und zu Boden stürzen konnte.«

Ericksen lachte nachsichtig. »Die ganze Welt befand sich in Satans Gewalt«, sagte er. »Sie war kurz davor, erlöst zu werden.«

»Dann wollte der Teufel also einen Handel anbieten?« fragte Lucas.

»Ja. Vielleicht.«

»Wenn die Welt erlöst ist«, sagte Lucas, »warum ist sie dann, wie sie ist? Die Erlösung ist mir ein so großes Rätsel wie der Sündenfall«, sagte er und war selbst überrascht über seinen Eifer – als könnte dieser Kleinstadtschwätzer ihm den Sinn des Lebens enthüllen. »Ich meine, wo ist Gott?«

»Satan wußte, daß sie noch einmal aufeinandertreffen würden«, sagte Ericksen. »Und das werden sie auch. Satan«, vertraute er Lucas an, »hat viele Namen, und seine Macht war niemals größer als heute. Darum ist der große Kampf nahe.«

»Tatsächlich?«

»Der Messias der Juden kehrt zurück. Er wird den Kampf gegen das Böse anführen. Und dann wird man Satans wahren Namen Asasel kennen. Seine Mächte werden gegen die des Herrn kämpfen. Wenn der Kampf vorüber ist, wird alles Lebende verwandelt sein.«

»Ich stelle diese Frage nur ungern«, sagte Lucas, »aber wer wird der Sieger sein?«

»Der Herr wird der Sieger sein, und Asasel wird wie zuvor in den Tiefen der Erde gefangen sein.«

»Wie zuvor?«

»Asasel war in der Erde gefangen«, erklärte Reverend Ericksen. »Doch es gelang ihm, nach Amerika zu entkommen, wo er auf die Menschen gewartet hat. Wir Amerikaner haben seine

Macht über die ganze Erde verbreitet. Und jetzt schulden wir Israel unsere Hilfe im Kampf gegen ihn.«

»Ich dachte, alle Menschen sollten zu Christen werden«, sagte Lucas. »So hieß es doch immer.«

»Nach dem Sieg«, entgegnete Ericksen, »wird Israel Jesus Christus als den von David angekündigten Messias anerkennen. Aber zuvor wird es Kampf und Anstrengungen geben.«

»Dann bringen Sie die Leute also hierher –« begann Lucas.

Der Reverend vollendete den Satz für ihn. »Um ihnen den Ort einer großen Versuchung zu zeigen. Die erste Versuchung war, als Asasel Moses töten wollte. Die zweite, als er an Jesus Christus herantrat. Und die dritte wird bald kommen, wenn er seine Kräfte sammelt und der Messias zurückkehren wird, um gegen ihn zu kämpfen.«

»Dann sind wir Amerikaner also für eine Menge verantwortlich«, sagte Lucas.

»Wir werden es hier wiedergutmachen und dem Land Israel helfen«, antwortete Ericksen. »Tja, wenn ich noch irgend etwas für Sie persönlich tun kann, lassen Sie es mich wissen. Für alles andere haben wir einen PR-Mann, sage ich immer.«

Auf dem Parkplatz kam Lucas an Dr. Lestrade vorbei, der ihn fragte, wie ihm die Aussicht und der geistliche Zuspruch gefallen habe.

»Ich hätte es nicht missen mögen«, antwortete Lucas, »und bin froh, daß ich mitgekommen bin.«

Dr. Lestrade schien verwirrt, sagte jedoch nichts.

Auf dem Rückweg nach Jerusalem hielt Lucas an einem Armeeunterstand und nahm zwei bewaffnete Soldaten mit, die eine Mitfahrgelegenheit nach Jerusalem suchten. Der eine war blond und wirkte kaum älter als ein Teenager, der andere war ein ergrauender Sergeant mit einem harten Gesicht.

Lucas erfuhr, daß der blonde Soldat im T-Shirt-Laden seines Onkels in Islamorada, Florida, gearbeitet hatte.

»Man konnte sich alles auf ein T-Shirt drucken lassen – ›Shit‹, ›Fuck‹, alles. Solange man dafür bezahlt hat. Schmutzige Worte kosteten allerdings mehr.«

Doch am liebsten hätte sich der Soldat ein Boot gebaut und wäre damit über Mittelmeer und Atlantik zurückgesegelt zu den Florida Keys.

»Doch nicht etwa, um wieder in dem T-Shirt-Laden zu arbeiten?« fragte Lucas.

»Nein, das war ein Scheiß. Langweilig. Blöde. Aber ich mag das Meer.«

Lucas ließ ihn ziemlich weit vom Meer entfernt aussteigen, an einem Kommandoposten bei einer Siedlung namens Kfar Silber. Der alte Sergeant war düster und schweigsam. Lucas hätte ihn gern gefragt, woher er stammte, doch in dieser Hinsicht war Israel wie der Wilde Westen: Eine solche Frage galt als unhöflich und konnte eine Lawine von Erinnerungen an Kummer, Schrecken und Kompromisse lostreten.

Irgendwann zog der Sergeant eine Packung Zigaretten aus der Tasche und bot Lucas eine an. Als Lucas ablehnte, steckte er sich eine in den Mund.

»Stört es Sie?«

»Nicht im geringsten«, sagte Lucas.

»Amerikaner?«

»Ja.«

»Jude?«

Lucas zögerte. Der Sergeant war dabei, seine Zigarette anzuzünden, und hielt inne.

»Nein«, sagte Lucas. Nein, danke, heute nicht.

»Presse?« fragte der Sergeant. Lucas fielen die Schilder an den Seiten des Wagens ein. »Wo waren Sie?«

»In Ein Gedi«, sagte Lucas. »Zum Baden.«

»Und? Hat's Ihnen gefallen?«

»Ja«, sagte Lucas. »Ich glaube, es tut mir gut.«

»Klar tut es Ihnen gut«, sagte der Sergeant.

Gemeinsam fuhren sie bis nach Jerusalem.

11 Sonia stand wieder im Rampenlicht der Bühne von Mister Stanley's und erlebte einen Augenblick äußerster Verwirrung. Wer sind wir? Was für ein Laden ist das hier?

Der Laden war voller Russen. Die Musiker hinter ihr waren ein Bassist und ein Klavierspieler, der erstere ein Absolvent des Kiewer Instituts. Der Klavierspieler beherrschte jedes bekannte Instrument und war Razz Melker, ehemaliger Junkie, Jeschiwa-Schüler und Jude für Jesus, inzwischen Jude für jemand ähnliches oben in Zefat. Auf jeden Fall war er ein alter Freund aus Junkie-Zeiten und ein wunderbarer Begleitmusiker, der Gedanken lesen und Seelen ergründen konnte. Zur Feier des Tages waren alle auf der Bühne nüchtern und gewaschen. Das Publikum war laut und betrunken.

Als die Scheinwerfer so eingestellt waren, wie sie es am liebsten hatte, sagte sie zu dem Klavierspieler: »Alef, bitte, Razz.« Und Razz, ein Mysteriker, der glaubte, daß Alef das Urwasser und den ersten Lichtstrahl beschwor, schlug den Akkord an, mit dem alles begann. Sie wußte nicht, ob sie es immer noch draufhatte, wußte nicht, ob das alternde Instrument es heute abend freundlicherweise bringen würde, und sie nahm die Schultern zurück und fing an, mit einem alten Fran-Landesman-Song: *Spring Can Really Hang You Up the Most.*

Es lief gut, das Publikum wurde ruhiger, und am Ende der ersten Strophe kamen ein paar Aaahs und Ooohs, und das war auch schön. Sie spürte, wie sie sich zurücklehnten und begannen, den Abend zu genießen. Gut, dachte sie, wenn sie sich nur benehmen. Und der Applaus war reichlich und, wie sie hoffte, nicht ganz unfachmännisch. Denn auch in Rußland gab es Hipster, und viele von ihnen waren nach Israel gekommen. Außerdem waren noch andere Leute im Publikum, darunter ein paar Freunde.

»Und da wir schon mal beim Frühling sind, Genossen«, sagte sie – das Wort »Genossen« brachte immer einen Lacher –, »heißt das nächste Lied *Spring Will Be a Little Late This Year.*«

Der Titel bekam Applaus. Manchmal sang sie fast unbekannte Songs, weil sie fand, daß ihre Auftritte, auch wenn sie künstlerisch nicht herausragend sein mochten, wenigstens einen gewissen musikologischen Wert haben sollten. Doch heute abend hatte sie den richtigen Ton mehr oder weniger getroffen, und das Publikum wußte, was ihm gefiel. Sie sang *Spring* als Hommage an Leslie Uggams. Es lief gut.

Sonias erster Auftritt war im Village gewesen, in einer kleinen Bar namens Dogberry's, wo sie einen Anteil am Umsatz bekommen hatte. Nachdem sie den ganzen Abend die Mäntel und Hüte betuchter Franzosen entgegengenommen und ausgegeben hatte, hastete sie aus der U-Bahn-Station Sheridan Square und die Grove Street hinunter und zwängte sich in das schwarze Kleid, das in ihrer winzigen Garderobe hing. Oben war die Bar, in der sie auftrat, und unten war eine Pianobar für Schwule, und jedesmal wenn ein Gast zum Pinkeln ging und die Tür zum Korridor öffnete, hörte man von unten Ethel-Merman-Imitationen.

Ihr Sufi-Meister in New York war musikalisch und brachte ihr das Singen wieder nahe. Seit ihrer Ausbildung waren Jahre vergangen, und sie mußte sich alles wieder aneignen, so gut sie konnte. Als Kind hatte sie alle möglichen Sängerinnen gehört. Die weißen flößten ihr weniger Ehrfurcht ein, und so nahm sie sich einige von ihnen als Vorbilder. Zuerst Marian Harris und Ruth Etting. Dann June Christy, Anita O'Day und besonders Julie London, in die sie sich aus der Ferne verliebt hatte. Und vor allem Annie Ross von Hendricks, Lambert and Ross, wenn sie Basie sang oder *Twisted*. Die großen Soul-Sängerinnen waren ihre Idole, doch sie spürte, daß das über ihre Fähigkeiten ging. Manchmal jedoch versuchte sie zu klingen wie Chaka Khan. Und hin und wieder, wenn sie einen Schwips hatte und glaubte, daß niemand es hören und kaum jemand es sehen würde, versuchte sie sich an Miss Sarah Vaughan – doch das wagte sie nur als kalte, präzise Imitation, als Zeremonie und Verherrlichung. Nach und nach betrachtete sie sich als weiße Sängerin, der für Jazz die Intensität fehlte, die aber witzig und vielseitig genug für das Varieté war.

Sie beendete den ersten Set mit *How Long Has This Been*

Going On? im Stil von Miss Sarah und bekam ziemlich stürmischen Beifall.

»Danke, Genossen. Danke für den langen, donnernden Applaus.«

Es gab eine multikulturelle Fülle von Zeichen der Wertschätzung: Schekel, Dollar und Blumen flogen auf die Bühne. Gelegentlich gab es einen Verehrer, der ihr einen in ein Papiertaschentuch gewickelten minderwertigen Diamanten zuwarf. Sie hob nur ein paar Rosen auf und warf Kußhände ins Publikum.

Auf dem Weg zum Tisch von Freunden sprach ein Mann sie an. Er hatte dunkle Augen und ein offenes, gebräuntes Gesicht und schien eine eigenartige Erregung zu unterdrücken.

»Das war die beste Sarah Vaughan, die ich je gesehen habe«, sagte er. »Seit ich Sarah Vaughan gesehen habe.«

Sie schenkte ihm ein freundliches professionelles Lächeln und sagte: »Vielen Dank.«

»Mein Name ist Chris Lucas«, sagte er. »Ich habe Ihren Namen von Janusz Zimmer. Er hat Sie mir als Sufi-Schülerin empfohlen, und ich würde mich gern ein bißchen mit Ihnen unterhalten.« Als sie nicht reagierte, fügte er hinzu: »Es ist interessant. Daß Sie hier arbeiten, meine ich. Und einen Glauben studieren.«

Sonia war nicht darauf erpicht, sich mit einem Bekannten von Janusz zu unterhalten. »Tut mir leid«, sagte sie freundlich. »Ich bin mit Freunden verabredet.«

»Es dauert nur ein oder zwei Minuten.«

Sie führte eine kurze Pantomime vor – komisch, ich kann dich nicht hören und du mich anscheinend ebenfalls nicht – und ließ ihn stehen. Sie wollte sich zu ihren NGO-Freundinnen setzen.

Einer der Gründe, warum Stanley Sonia so gern in seinem Club auftreten sah, war die Tatsache, daß diese Auftritte ihre Kolleginnen von den Nichtregierungsorganisationen anlockten, die in dieser Gegend gute Werke taten. Es war ein Grüppchen auffallend ausländischer Frauen aus den angenehmeren Ländern dieser Welt; mit den meisten von ihnen hatte Sonia in Somalia und im Sudan zusammengearbeitet. Sie konnten aus Dänemark, Schweden, Finnland, Kanada oder Irland stammen:

blonde, boreale Wesen, deren Großmütter und Großtanten als Missionarinnen in heiße Länder gegangen waren und die nun im selben Weinberg arbeiteten, bescheiden und strikt unparteiisch, ernüchtert, aber darum nicht weniger engagiert.

An diesem Abend saßen zwei NGO-Frauen an Sonias Tisch: eine Dänin mittleren Alters namens Inge Rikker und Helen Henderson, eine hellblonde, breit lächelnde junge Rodeokönigin. Helen Henderson war eine ehemalige »Rose of Saskatoon«, eine Schönheitskönigin, und so nannte jeder sie nur The Rose. Beide waren für eine UN-Organisation im Gazastreifen tätig. Sonia hatte noch eine dritte erwartet, ihre irische Freundin Nuala Rice, die für ein Hilfswerk arbeitete, das sich International Children's Organisation nannte.

Inge und The Rose applaudierten laut. Sonia beugte sich zu ihnen hinunter und umarmte sie.

»Hallo, ihr beiden. Wo ist Nuala?«

»Hinten bei Stanley.«

Sonia setzte sich und schenkte sich aus der Flasche auf dem Tisch ein Glas Mineralwasser ein.

»Habt ihr irgendwelche neuen Abenteuer erlebt?« fragte sie Inge und Helen. Beide arbeiteten im Lager Khan Yunis im Gazastreifen.

»Wir jagen noch immer Abu Baraka«, sagte Inge.

»Abu und seine Heinzelmännchen«, sagte Helen. »Vor ein paar Nächten hätten wir ihn fast erwischt.«

»Wer ist das?« fragte Sonia.

Helen sah sie mit einem leicht tadelnden Stirnrunzeln an. »Du hast noch nie von Abu Baraka gehört? Wahrscheinlich hast du die ganze Zeit meditiert, was?«

»Jetzt hör schon auf«, sagte Sonia. »Ich bin seit Monaten nicht mehr da unten gewesen.«

Also erzählten sie ihr von Abu Baraka, dem Rächer von Gaza.

»›Vater der Gnade‹ nennt er sich. Und in der *Jerusalem Post* steht nie auch nur eine Zeile über ihn.« Inge zeigte ihnen das freudlose Lächeln, in dem sich zwanzig unbewältigte Jahre neuerer afrikanischer Geschichte widerspiegelten. »In amerikanischen Zeitungen übrigens auch nicht.«

Sonia hatte das Gefühl, daß die beiden etwas mit ihr vorhatten. »Habt ihr euch bei der Armee beschwert?« fragte sie.

»Die Armee weiß nicht, wer er ist«, sagte Inge. »Offiziell je-denfalls.«

»Und inoffiziell?«

»Inoffiziell«, sagte The Rose, »ist es ihnen scheißegal. Sie sagen: ›Bringen Sie uns Beweise.‹«

»Hat er Leute umgebracht?«

»Wissen wir nicht. Wenn ja, dann gibt es keine Berichte dar-über. Er schlägt seine Opfer zum Krüppel.«

»Er läßt es immer so aussehen, als wären die Täter Palästi-nenser«, sagte Inge. »Aber unser palästinensischer Anwalt sagt, daß das keinen Sinn ergibt. Aber wie auch immer – wir haben keine Beweise.«

»Und wenn ihr welche hättet? Was könnt ihr schon tun?«

»Das Schwein zur Rede stellen«, sagte The Rose. »Das ist je-denfalls meine Strategie.«

Inge und Sonia wechselten Blicke. The Rose war fünfund-zwanzig. Sie hatte in der Karibik gearbeitet und fuhr gern auf Nebenstraßen durch die besetzten Gebiete, in einem Jeep Laredo mit einem Aufkleber, auf dem STUDY ARSE ME stand, eine Aufforderung, die weder die palästinensische Schebab noch die Soldaten der israelischen Armee brauchten. Sie selbst hielt den Satz für eine jamaikanische Beschimpfung. Beson-dere Bedeutung hatte er bekommen, als sie bei ihrer Ankunft angekündigt hatte, sie werde bei der Arbeit ihre extrem en-gen, ausgewaschenen kurzen Jeans tragen, bis man sie darüber aufgeklärt hatte, daß eine solche Aufmachung eine schwere Beleidigung des sittlichen Empfindens sei. Die Moslems in Ja-maika, hatte sie erklärt, hätten nie etwas dagegen einzuwenden gehabt.

In diesem Augenblick trat ein nach Parfüm duftender junger Mann mit französischem Akzent und goldenem Halskettchen an den Tisch und entführte The Rose zur Tanzfläche, wo sie zur Musik von Abba tanzten. Inge sah ihr mit mütterlicher Geduld nach.

»Furchtlos«, sagte sie.

»Man muß sie einfach lieben«, sagte Sonia, die allerdings ihre Zweifel hatte.

»Ihr Vater ist angeblich General. Ein Kriegsheld.«

»Im Ernst?« fragte Sonia.

»Deiner nicht«, sagte Inge, und Sonia merkte, daß sie getrunken hatte.

»Mein Vater war kein General«, sagte sie zu ihrer Freundin. »Nicht mal Oberst.«

»Was denn dann?«

»Ein Dichter. Ein wirklich guter, aber ziemlich unbekannt.«

Inge hörte nicht auf zu lächeln. »Zurück zu Abu Baraka«, sagte sie. »The Rose sollte sich lieber nicht mit ihm einlassen. Letzte Woche hat er Nuala ein ziemliches Ding verpaßt. Es war Nacht, und er hatte sein Gesicht geschwärzt. Er oder einer seiner Leute.«

»Eines Tages wird er wahrscheinlich jemanden umbringen«, sagte Sonia.

»Wir arbeiten mit der Israelischen Menschenrechtskoalition zusammen«, sagte Inge.

»Auf eins kann man sich immer verlassen: Wenn getötet wird, erwischt es immer den falschen. Das ist die erste Regel bei Rassenunruhen. Es sind immer die falschen, auf beiden Seiten. Tja« – Sonia sah auf ihre Uhr –, »ich muß gleich wieder auf die Bühne. Ich will nur schnell noch Nuala hallo sagen.«

Inge hielt sie am Arm fest.

»Aber wenn wir diesen Mann – oder vielmehr: diese Männer – zu fassen kriegen würden, könnten wir die Sache an die große Glocke hängen. Du und ich und die israelischen Menschenrechtsorganisationen. Ich bin Dänin, du bist Jüdin. Vielleicht würde man uns zuhören.«

»Ich weiß nicht, Inge.«

»Irgend jemand hat mal gesagt«, erklärte Inge, »daß man, wenn man hier arbeiten will, ein Zentrum haben muß. Wenn man das nicht hat, kann man diese Arbeit nicht machen.«

»Ich glaube, das war ich«, sagte Sonia. »Ich hab das gesagt.«

»Es klingt so.«

Sonia verabschiedete sich und ging hinter die Bühne. In einem kleinen, hellerleuchteten Zimmer fand sie Nuala und Stanley, der mit dem Lächeln eines heiligen Narren auf einem Stuhl saß, die Arme auf der Rückenlehne verschränkt. Nuala wirkte überdreht und erregt und saß mit dem Rücken zum Spiegel auf dem Schminktisch. Als sie Sonia sah, breitete sie die Arme aus.

»Bravo«, sagte sie. »Du bist wunderbar. Ich hab dich gesehen.«

Sie umarmten sich; Sonia hatte das Gefühl, daß Nuala mit ihren Gedanken woanders war. Sie war groß und gelenkig und hatte schwarzes Haar und eine blasse, sommersprossige Haut. Ihre Augen waren sehr blau, und ihr Blick war von der Art, die man als durchbohrend bezeichnete. Sie war Anfang Dreißig, und in den Augenwinkeln hatte sie ein paar Fältchen vom Leben unter dem Äquatorhimmel. Heute war dort eine abklingende Prellung zu sehen, eine noch immer leicht geschwollene, dunkel angelaufene Stelle über ihrer zarten, schneeweißen Wange.

»Bravo, bravo!« sagte auch Stanley und strahlte Sonia an.

»Was brütet ihr denn hier aus?« Sie verzog das Gesicht beim Anblick von Nualas blauem Auge.

»Ich dachte, es sei ein Gewehrkolben, aber wahrscheinlich war es seine Faust.«

»Maria Clara läßt dich grüßen«, sagte Stanley zu Sonia. »Sie kommt morgen aus Südamerika zurück.«

Sonia, die mit Maria Clara nichts zu tun haben wollte, ignorierte ihn. »Laß uns nach dem nächsten Set ein bißchen reden«, sagte sie zu Nuala. »Ich will alles ganz genau wissen.«

»Haben wir dir gefehlt, Sonia?« fragte Nuala. »Du hast uns jedenfalls gefehlt. Aber ich kann nicht rauskommen. Da ist einer im Publikum, dem ich nicht über den Weg laufen will.«

»Wer?«

»Ach, der Typ, der dich vorhin angesprochen hat. Ein amerikanischer Reporter. Nett, aber ich will nicht, daß er mich sieht.«

»Tja«, sagte Sonia. »Natürlich habt ihr mir gefehlt.« Sie hielt inne und fragte: »Was will er eigentlich, dieser Reporter?«

»Er weiß nicht, was er will. Er ist im Grunde so was wie eine verirrte Seele. Will was über Religion schreiben. Wir würden es besser finden, wenn er was über die Vorfälle im Streifen schreiben würde.«

»Er sah ganz interessant aus.« Sonia lachte. »Ich hab ihn trotzdem abblitzen lassen.«

»Er ist nett«, sagte Nuala schulterzuckend und lächelnd. »Ich wette, er würde dir gefallen. Und ich glaube, er spricht deine Sprache.«

123

Auf der Bühne dachte Sonia: Was ist mit meinem Zentrum? Niemand zu Hause. Jerusalem war kein Ort, wo man sich einfach treiben ließ. Man brauchte dort entweder eine Arbeit oder ein paar schöne Illusionen.

Sie begann den zweiten Set mit einem Lieber-Stoller-Song: *Is That All There Is?* Es war eines von Razz' Lieblingsstücken. Dann sang sie *As Tears Go By* und ihre Gershwin-Favoriten und schloß mit *But Not for Me* im Stil von Miss Vaughan. Sie ließ los und gab sich ganz hin. Der Meister in Manhattan hatte ihr geraten, das Singen zu einer Übung und den Geist der Musik zu ihrer Gewißheit zu machen, ihn sein Tarik finden zu lassen, so daß er sich erheben konnte wie die metaphorische Schlange. Sich von ihm in ein Instrument verwandeln zu lassen, so daß das Zeug ungehindert aufsteigen konnte, im Resonanzkasten Volumen bekam und durch die Maske hinausströmte. Nützliche Bilder. Es schien gut zu laufen, denn das Publikum applaudierte heftig.

Nuala versteckte sich immer noch im Hinterzimmer. Inge und The Rose wurden auf der Tanzfläche von ein paar Marokkanern umtanzt.

»Inge sagt, du kommst zurück«, sagte Nuala.

»Wohin zurück?«

»In den Gazastreifen – wohin sonst?«

»Da könnte sie sich irren.«

»Niemals«, sagte Nuala Rice. »Inge irrt sich nie.«

»Ich wäre keine Hilfe.«

»Ausgerechnet du? Quatsch! Jedenfalls brauchen wir dich.«

»Jeder ist zu ersetzen«, sagte Sonia. »Und ich besonders.«

»Vergiß deine Sorgen. Komm wieder zu uns.«

Das war die Zauberformel, dachte Sonia. Manche Leute strebten danach, die ganze Welt an ihren Sorgen teilhaben zu lassen. Andere mußten ihre Sorgen im großen Reservoir menschlichen Elends ertränken.

»Weißt du was?« sagte sie. »Wahrscheinlich komme ich irgendwann tatsächlich wieder zurück.«

12 Auch den letzten Set brachte sie gut – sanft und leise. Für die Russen sang sie gegen Ende zwei *Porgy*-Songs, einen von Gershwin und einen von Jimmy McHugh. Kurz vor dem letzten Stück zwinkerte und nickte Razz ihr zu, zum Zeichen, daß er mit ihr reden wollte. Sie fragte sich, ob das bedeutete, daß sie sich mit ihrer Annahme, er sei clean, getäuscht hatte, oder ob er ein altes Feuer wieder aufflackern lassen wollte. Sie schlossen mit *My Man*, einem Song, der für dieses Publikum wahrscheinlich der Inbegriff von Soul war.

Danach wurde die Jukebox angeschaltet, und die Leute standen auf, um zu tanzen. Es herrschte Mangel an Frauen, und so zog Sonia sich mit Razz Melker hinter die Bühne zurück.

»Alles in Ordnung, Razz?« fragte sie ihn. »Wieder gesund?«

»Ich bin clean, Sonia.« Sein Lächeln wurde noch breiter, und seine bernsteinbraunen Augen leuchteten. »Das Leben ist ein Wunder.«

»Dann halt dich lieber von Stanley fern.«

Sie wollte weitergehen, doch Razz hielt sie auf.

»Sonia?« sagte er zögernd. »Ich wollte dich um etwas bitten. Um einen Gefallen.«

»Nur zu«, sagte sie.

»Wir wollen Zefat verlassen. Wir wollen wieder in die Stadt.«

»Doch nicht etwa hierher?«

»Ich meine *die Stadt*. Das große J.«

»Na ja«, sagte sie. »Gut.«

»Es gibt einen Mann, den du unbedingt kennenlernen mußt, Sonia. Ich schwöre es dir.«

»Aha«, sagte sie vorsichtig. »Und ist das ein christlicher Mann oder ein jüdischer Mann oder –«

»Mehr als das.«

»Donnerwetter«, sagte sie leichthin. »Dann ist es der, auf den wir alle gewartet haben, stimmt's?«

»Vielleicht«, sagte Razz. »Ich bin ein Spieler.«

125

»Was kann ich für dich tun?«

»Wir sind ein paar Leute. Er hat viele Bücher. Könntest du uns beim Umzug helfen?«

»Du meinst, ich soll euch eine Mitfahrgelegenheit besorgen? Unter Körpereinsatz?«

»He«, sagte Razz, »nichts Unanständiges. Du bist meine Schwester.«

Sie lachte. »Ich würde gern nach Zefat fahren«, sagte sie. »Und ich würde euch mit Freuden meinen Wagen anbieten, wenn ich einen hätte. Ich hab meinen illegal verkauft und weiß noch immer nicht, ob sie mich ohne ihn wieder aus dem Land lassen werden. Wo werdet ihr wohnen?«

Er zuckte unbekümmert die Schultern, und sie ging wieder in den Club.

Ein paar Verehrer drängten sich um sie, aber da sie alle gleichzeitig sprachen und sich gegenseitig behinderten, gelang es ihr, sich ihnen mit einem freundlichen Lächeln zu entziehen. Auf dem Weg zu dem Tisch, wo ihre NGO-Freundinnen saßen, wurde sie abermals von dem Mann abgefangen, der sie zuvor angesprochen hatte.

»Sie könnten mir wirklich helfen«, sagte er mit traurigem Lächeln. »Ich wollte, Sie würden mit mir sprechen. Ich mag Ihre Art sehr gern.«

Er hatte getrunken. Wer es angesichts von Stanleys Preisen schaffte, sich hier zu betrinken, mußte über gewisse Mittel verfügen. Doch er schien ein ernsthafter Jazzfan zu sein und sah aus wie einer, der es sich nicht leisten konnte, seinem Vergnügen zu leben.

»Oh, danke«, sagte sie. »Tut mir leid wegen vorhin. Ich war in Eile. Wie geht's Janusz?«

»Ich glaube, er wartet auf den nächsten Krieg.«

»Ja«, sagte sie, »Janusz liebt den Krieg. Ich habe ihn in Somalia kennengelernt. In Vietnam war er auch und hat von der vietnamesischen Seite berichtet. In Eritrea ist er mit den kubanischen Bombern mitgeflogen und hat darüber geschrieben. Und eines Tages ist er in Baidhabo aufgetaucht.«

»Ein interessanter Mann«, sagte Lucas. »Was tut er hier?«

»Er lebt hier. Er ist Jude.«

»Hat er hier seine Wurzeln gefunden?«

»Ich hatte nie den Eindruck, daß Janusz irgendwelche Wurzeln hat«, sagte Sonia. »Worüber, sagten Sie, schreiben Sie?«

»Über religiöse Begeisterung. Ich habe gehört, daß Sie Sufi sind.«

»Dann sind Sie also einer von denen, die hinter religiösen Idioten her sind? Das ist doch ein uralter Hut.«

»Ich bin jedenfalls keiner von denen, die alles runtermachen«, sagte Lucas, »und Offensichtliches interessiert mich nicht. Ich war früher selbst religiös.«

»Tatsächlich?«

»Tatsächlich«, sagte Lucas. »Darf ich Sie zu einem Drink einladen?«

»Ich trinke nicht gern«, sagte Sonia. »Aber vielleicht möchten die Damen hier etwas trinken. Na, wie wär's, meine Damen?« Plötzlich war Lucas umringt von nordisch wirkenden Frauen, die aussahen, als könnten sie einiges vertragen. Sie nickten eilig. Es würde ein teurer Abend werden.

Lucas beugte sich zu Sonia, um die Musik zu übertönen. Die Jukebox spielte Count Basies *Lafayette*.

»Sie verwirren mich«, sagte er. »Ich meine, was tun Sie eigentlich hier?«

»Warum sollte ich nicht hier sein? Ich bin Jüdin.«

»Sind Sie das?«

»Was soll das heißen, bin ich das? Finden Sie, daß ich ein bißchen zu dunkel bin, um Jüdin zu sein? Denken Sie das?«

»Nein. Ich finde es nur eigenartig, daß jemand nach Israel kommt, um islamische Mystik zu studieren. Sie leben doch in Jerusalem, nicht?«

»Ja.«

»Fahren Sie heute nacht noch zurück?«

»Mit dem Bus um halb drei.«

»Tun Sie das nicht«, sagte Lucas. »Ich nehme Sie mit.«

Nach kurzem Zögern sagte sie: »Das wäre nicht schlecht. Vielen Dank.«

»Um diese Uhrzeit ist der Busbahnhof einfach deprimierend«, sagte Lucas.

Draußen hatte sich die Nachmitternachtsszene an den Tischen vor dem Café Orion gegenüber von Mister Stanley's niedergelassen. Das Publikum des Café Orion hätte man als halbseiden bezeichnen können. Als Lucas und Sonia vorübergingen, hielten die Gäste in ihren angeregten, mit vielen Zischlauten durchsetzten Gesprächen inne und musterten die beiden. Die in der ersten Reihe bevorzugten pastellfarbene Futteralkleider, und viele hatten kräftige, behaarte Handgelenke.

»Es ist nicht schwer, eine Visumsverlängerung zu bekommen«, sagte Sonia. »Und Berger al-Tarik lebt in Jerusalem.«

»Und er ist ein Sufi-Meister?«

»Er ist der letzte. Sie sollten ihn kennenlernen.«

»Das würde ich gern.«

Sie musterte ihn einen Augenblick lang. »Ich könnte Sie mit einigen sehr interessanten Leuten bekannt machen. Wenn Sie mir einen Gefallen tun.«

»Und der wäre?«

»Fahren Sie mich morgen noch einmal. Fahren Sie mich nach Zefat und helfen Sie mir, ein paar Freunde nach Jerusalem zu bringen. Mit ihren Büchern und Sachen.«

»Tja«, sagte Lucas, »das könnte ich tun. Na gut, abgemacht.«

»Unser Klavierspieler möchte nach Jerusalem umziehen. Er gehört zu einer religiösen Gruppe in Zefat. Die Leute könnten Sie interessieren.«

»Gut«, sagte Lucas.

Auf der Fahrt nach Jerusalem überfuhren sie einen Schakal. Sein Todesschrei verfolgte sie.

»Ich finde das entsetzlich«, sagte Lucas. »Ich werde davon träumen.«

»Ich auch«, sagte sie. »Ich bin hip.«

Sie fuhren eine Zeitlang dahin. Dann sagte Lucas: »Es war mein Ernst, als ich gesagt habe, daß mir Ihre Stimme gefallen hat. Ich hoffe, Sie denken nicht, daß ich Ihnen nur schmeicheln wollte.«

»Das muß ich Ihnen wohl glauben«, sagte sie. »Oder?«

Etwas später sagte sie: »Ich will nicht, daß mein Name in der Zeitung steht.«

»Kann ich nicht schreiben, daß Sie eine wirklich gute Jazzsängerin sind?«

»Nein.«

»Ich schreibe aber gar nicht für eine Zeitung«, sagte er.

Sie erzählte ihm von den Sufis in der New Yorker East Side, von Dogberry's und den Gigs, die sie dort gehabt hatte.

»Glauben Sie an Gott?« fragte er sie.

»Du lieber Himmel«, sagte sie. »Was für eine Frage.«

»Tja, tut mir leid. Aber wir sprachen ja von religiöser Begeisterung.«

»Also gut, Chris. Ich stelle es mir so vor: Irgendwo dort draußen ist nicht nichts, sondern etwas. Eine Wesenheit.«

»Und das ist alles?«

»Das ist alles. Und mehr als genug.«

»Hm«, sagte Lucas. »Das gefällt mir.« Es war ein vertrauter Gedanke, aber sie hatte ihn schön ausgedrückt. Er spürte ein leises Kribbeln der Sympathie.

»Waren Ihre Eltern religiös?« fragte er.

»Meine Eltern waren Mitglieder der amerikanischen kommunistischen Partei. Sie waren Atheisten.«

Lucas warf ihr einen Blick zu und hatte das Gefühl, daß er unverhofft einen Teil ihrer Lebensgeschichte enthüllt hatte. Sie war ein Kind verschiedener Rassen, ein Kind zweier alter Linker. Die Geschichte stand ihr ins Gesicht geschrieben.

»Aber auch das ist ein Glaube«, sagte er.

»Klar. Kommunisten glauben, daß die Dinge ein Wesen haben. Und daß der einzelne ein Teil des Prozesses ist. Sie glauben an eine bessere Welt.«

»Eine, in der sie die Befehle erteilen.«

Sie sah ihn unverwandt an. Die Starre ihres Blicks wurde durch eine Andeutung von Humor gemildert. Wie intelligent und schön sie ist, dachte Lucas. Er gestattete sich zu glauben, daß sie ihn mochte.

»Und Sie, Chris? Was ist Ihre Geschichte?«

»Mein Vater war Professor an der Columbia University. Er stammte ursprünglich aus Österreich. Meine Mutter war Sängerin. Wahrscheinlich mag ich deswegen Gesang.«

»War Ihr Vater der jüdische Elternteil?«

»Ja. Und bei Ihnen?«

»Meine Mutter.«

»Dann sind Sie im grünen Bereich. Mich dagegen haben die Alten in ihrer Weisheit ausgeschlossen.«

»Kümmert Sie das?« fragte sie. »Sind *Sie* religiös?«

»Ich bin katholisch erzogen worden.«

»Dann sind Sie immer noch Katholik, stimmt's?«

Lucas zuckte die Schultern.

»Wissen Sie was?« sagte Sonia und schrieb eine Adresse auf einen halbierten Bogen UNRWA-Briefpapier. »Sie holen mich morgen früh an dieser Adresse ab, und wir fahren nach Zefat. Unterwegs können Sie so viele Fragen stellen, wie Sie wollen.«

»Okay«, sagte Lucas.

»Ich hoffe, Sie haben nichts dagegen, ein paar Kartons zu tragen. Waren Sie schon mal in Zefat?«

»Nein, nie.«

»Es wird Ihnen gefallen – Sie werden sehen.«

Als sie zu Berger ging, herrschte in den Souks im östlichen Teil der Stadt bereits rege Geschäftigkeit. Am Damaskustor luden Männer mit Schubkarren Schafhälften aus einem Kühlwagen. Sie starrten Sonia nach. Über dem Kleid, in dem sie aufgetreten war, trug sie die sich bauschende Dschallaba. Normalerweise hätte sie in Tel Aviv, bei Freunden ihrer Mutter, übernachtet, aber Berger war allein und lag im Sterben und brauchte sie.

Sie stieg die steinerne Treppe zu seiner Wohnung hinauf und kramte die Schlüssel hervor. Als sie eintrat, war Berger wach. Es roch nach seiner Krankheit. Er spähte um den Vorhang herum, der das Bett verhüllte.

»Du hast mit dem Jungen aus Amerika gesprochen.« Die Schmerzmittel hatten seine Zunge gelöst.

»Raziel? Ja, vorhin. Wir sind zusammen aufgetreten. Er lebt jetzt in Zefat.«

»Zefat«, wiederholte Berger verträumt.

Bsss, dachte sie. Er lag wirklich im Sterben. Fliegen summten auf der gekachelten Platte des Tischs neben seinem Bett.

»Verlaß dich auf mich«, sagte sie. »Ich werde dich nicht allein sterben lassen.«

»Ich glaube, ich will heim«, sagte Berger. »Ich will Deutsch hören. Deutsch ohne Tränen.«

»Du wirst heimkehren, Berger. Mach dir keine Sorgen.«

Der Schmerz ließ nach, und er entspannte sich. Wenn er lächelte, konnte sie die Schädelknochen sehen.

»Ich denke an die Seen. An solche Dinge eben. Was ich noch einmal sehen will. Heil und leb wohl.«

»Ja, mein Lieber«, sagte sie. Ihr fiel ein, daß sie schon sehr viele hatte sterben sehen. Der Tod mußte gut sein, dachte sie. Er kam zu jedem. In Baidhabo hatte sie Kinder wie kleine Sterne vergehen sehen.

»Wenn ich fort bin«, sagte Berger mit plötzlicher, benebelter Munterkeit, »wird jemand kommen.«

»Wer wird das sein? Der Mahdi?«

»Über diese Dinge macht man keine Witze«, sagte er.

»Was denn sonst?« fragte sie.

Er grinste wie ein Joker, doch das Grinsen verblaßte.

»Wenn ich fort bin«, sagte er, »solltest du auch nach Zefat gehen.«

»Ich dachte, du willst nicht, daß ich Raziel sehe. Außerdem gefällt es mir in Zefat nicht.«

»Du solltest unter Juden sein.«

Sie lachte. »Sollte ich das? Na ja, wahrscheinlich werde ich immer unter Juden sein. Auf die eine oder andere Art.«

Später, als es hell war, schob sie den Sessel an die offene Balkontür und sah zu, wie die Schatten im Innenhof kürzer wurden. Die schlanken Zweige der Olivenbäume wiegten sich in einer leisen Brise. So verging eine Stunde oder mehr. Als alle Schatten aus dem Hof verschwunden waren, stand sie auf und kochte Kaffee. Berger hatte nur israelischen Nescafé.

Eine Zedernholzdose mit einem reichlichen Vorrat an Schmerztabletten stand auf dem Schränkchen im Schlafalkoven. Sonia nahm an, daß Berger in Kürze etwas Stärkeres brauchen würde. Sie gab Orangensaftpulver in ein Glas und füllte es mit Wasser aus dem Krug, der in dem kleinen Kühlschrank stand. Dann setzte sie sich mit dem Glas und einer Tablette neben ihn auf das Bett. Berger zuckte im Schlaf und knirschte mit den Zähnen. Als er erwachte, sah er sie stumpf an und versuchte, mit steifem Unterkiefer zu sprechen. Sie brachte ihn dazu, den Mund zu öffnen, schob die Tablette hinein und hielt das Glas an seine Lippen. Er trank und begann zu keuchen, als bekäme er keine Luft.

»Schlaf weiter. Schlaf einfach weiter.«

Bevor er sich umdrehte, flüsterte er ihr etwas zu. »Kundry«, glaubte sie zu verstehen. Sie würde ihn fragen müssen, um zu erfahren, was er gesagt hatte und ob er sich daran erinnerte.

»Bin ich das, Berger? Bin ich Kundry?«

Dann wären sie Kundry und Amfortas. Was für eine Überraschung, dachte sie. Wie deutsch dieser Schädel unter der Haut eines Sufis war. Die Vorstellung, Kundry zu sein, beschwor die Erinnerung an einen Karfreitag im Lincoln Center herauf, wo sie mit einem schwedischen Verleger, einem Alkoholiker und ehemaligen Maoisten, verabredet gewesen war. James Levine hatte dirigiert. Der Schwede hatte abwechselnd geschlafen und geweint. Er hatte die Lehren des großen Vorsitzenden offenbar vergessen und war zu einem Weichei geworden, zu einem rückfälligen, schluchzenden Wagnerianer.

Sie zog die Decke über Bergers Schulter zurecht, beugte sich hinab und legte die Stirn darauf. Berger roch genauso wie der Hund, den die Kinder in Jericho gesteinigt hatten.

»Bin ich Kundry, Berger? *Moi?*«

Sie lachte in sich hinein. Kundry. Sie verschloß die Türen und zog die Dschallaba und das Kleid und den Schmuck, in dem sie auftrat, aus. Dann blickte sie über die Altstadt, atmete den Namen des fernen Gottes, der gerade von den Minaretten aus angerufen wurde, schloß die Läden und legte sich schlafen.

13 Am Damaskustor herrschte geschäftiges Treiben, als Lucas sie am Nachmittag abholte. Während er wartete, wurde er immer wieder von Sammeltaxifahrern angehupt, die wollten, daß er seinen Wagen anderswo parkte.

»Haben Sie schon gefrühstückt?« fragte er sie.

»Ich habe Kaffee getrunken. Heiß und süß. Der wird mich auf den Beinen halten. Wie geht's Ihnen?«

»Ganz gut. Ich habe einen Kater.«

»Pech«, sagte sie. »Aber das überrascht mich nicht. Weiß der Himmel, was Stanley aus diesen Flaschen ausschenkt.«

Er sagte ihr noch einmal, wie sehr ihr Gesang ihm gefallen habe. Sie wischte das Kompliment beiseite.

»Wie ist es«, fragte er sie, als sie auf der Küstenstraße nach Norden fuhren, »in Jerusalem den Weg des Sufis zu gehen?«

»Es gibt nicht viele echte Sufis in Jerusalem«, sagte sie. »Im Gazastreifen leben ein paar Bektaschis.« Sie erzählte ihm von Abdullah Walter und Berger al-Tarik.

Sie bogen auf eine landeinwärts führende Straße ab, um dem dreifachen Staugürtel um Haifa auszuweichen. Die Hügel rechts und links der Straße waren aufgeforstet. Von Zeit zu Zeit kamen sie an den Ruinen arabischer Dörfer vorbei. Es gab neue Ansiedlungen mit zehnstöckigen Gebäuden und zentralen Plätzen, die von modernen Häusern mit Kuppeldächern umgeben waren. Auf einigen Plätzen waren die Bäume mit Lichtern geschmückt.

»Warum leben Sie dann in Jerusalem?« fragte er.

»Weil es heilig ist«, sagte sie. Er wußte nicht, ob das ein Witz sein sollte. »Und außerdem gilt meine Genehmigung für Jerusalem. Aber wenn Berger nach Zürich oder in eine andere Stadt gezogen wäre, wäre ich auch dorthin gegangen.«

»Zu teuer. Warum sind Sie Sufi geworden?«

»Aus Angst«, sagte sie. »Aus Wut. So was in der Art.«

»Ich kenne gar nichts anderes als Angst und Wut«, sagte Lucas.

Nach einer Weile sagte sie: »Sie sind halb drin, halb draußen, stimmt's?«

»Wo drin, wo draußen?«

Sie schwieg.

»Sehen Sie das denn so?« fragte er.

»Ich fühle mich ganz und gar drin«, sagte sie. »Schlicht und ergreifend. In jeder Hinsicht.«

Das gefiel ihm, und er lachte. »So wie Sie sollte jeder sein.«

»Tatsächlich?« fragte sie kühl. »Wie ich? Du lieber Himmel!«

»Na ja«, sagte er, »Sie wissen schon, was ich meine.«

Bald wurde das Gelände hügeliger. Die Zäune der Kibbuzim durchschnitten die Landschaft. Hier und da boten sich weite Ausblicke. Nach nicht einmal einer Stunde fuhren sie durch hohe grüne Hügel, auf denen Zypressenwäldchen standen. In der Entfernung ragten Gipfel auf, und der Himmel schien höher und blauer als an der Küste. Gerippte Zirruswolken zogen dahin.

»Schön«, sagte Lucas. »Ich war noch nie hier oben.«

»Ja«, sagte sie. »Galiläa ist schön.«

Er fragte sie nach ihren europäischen Freundinnen, und sie erklärte ihm, es seien Frauen, die sie bei ihrer Arbeit für die UN im Sudan, in Somalia und im Gazastreifen kennengelernt habe.

»Ich bin auf eine Quäker-Schule gegangen«, sagte sie. »Also habe ich nach dem College für das American Friends Serving Committee gearbeitet. Und dann habe ich zehn Jahre in Kuba gelebt.«

»Wie war es da?«

»Ich war auf dem Land. Es war ein schönes Leben. Ein einfaches, freundliches, nützliches Leben.«

Sie sagte das mit solchem Ernst, daß Lucas sich einen Augenblick lang nach einem solchen Leben sehnte.

»Warum sind Sie von dort weggegangen?«

Sie zuckte die Schultern und wollte es nicht erklären. Da er beschlossen hatte, daß er ihr gefallen wollte, zögerte er nachzufragen. Andererseits war hier eine Story.

»Hat die Politik Sie gestört?«

»Ich bin keine Antikommunistin. Das werde ich auch nie sein. Meine Eltern waren gute Menschen.«

»Aber Sie haben Kuba und das alles hinter sich gelassen.«

»Irgendwann bin ich gegangen. Zurück nach New York.«

Und habe mich der Religion zugewendet, dachte Lucas, sagte aber nichts. In diesem Augenblick gestattete er sich zu glauben, daß er sie verstand. Sie war jemand, der die Nähe zu einem Glauben brauchte. Sein Verständnis, sein Gefühl, daß sie in dieser Hinsicht wie er war, erfüllte ihn mit Zuneigung. Außerdem hatte ihr Gesang ihm wirklich gefallen.

»Haben Sie in New York Gesang studiert?«

»Ich habe schon immer gesungen. Ich habe ein paar Kurse bei Ann Warren in Philadelphia belegt und dann an der Juilliard School studiert. Aber eigentlich habe ich immer gesungen, weil es mir Spaß macht.«

Zefat stand auf zwei Hügeln, die terrassierte Felder überragten und einen Blick auf die Gipfel des Libanon boten. Die Straßen waren schmal und mit runden Steinen gepflastert und lagen ehrfürchtig unter der tiefblauen Kuppel des Himmels.

»Was für ein schönes Licht«, sagte Lucas.

»Ja, es ist ein ganz besonderes Licht. Es läßt alle Angst und Wut verschwinden.«

Das war mehr oder weniger das, was er gedacht hatte. Er folgte der Hauptstraße, die sich um den größeren Hügel wand, auf dem die Ruine einer Kreuzritterburg standen. Von der anderen Seite des Hügels war die Aussicht noch beeindruckender. Man konnte das bläuliche Schimmern des Sees Genezareth und die Berggipfel dahinter sehen.

»Hier ist es gut«, sagte sie. »Parken Sie hier.«

Sie waren am oberen Ende einer schmalen Straße, die ins Handwerkerviertel führte.

»Wollen Sie mitkommen?« fragte sie.

»Klar.«

Das Kopfsteinpflaster war sauber, die Mauern waren frisch gekalkt. Eine hübsche Gasse, dachte Lucas, die durch etwas Schmutz allerdings gewonnen hätte. Zu beiden Seiten waren Galerien, die erbauliche oder religiöse Kunst anboten: Menora aus Messing, Ölgemälde in brueghelscher Manier, die alte Männer mit Gebetsumhängen oder tanzende, das Leben feiernde Chassidim zeigten. Die Gasse war so schmal, daß die

Galerien automatische Scheinwerfer hatten, die beim Nahen eines Passanten die Bilder beleuchteten.

An der nächsten Biegung stand eine Frau und wartete, die Hände besorgt vor der Brust gefaltet. Sie war groß und blond, und Lucas hatte das Gefühl, daß er sie bereits vor einiger Zeit an einem ganz anderen Ort gesehen hatte.

»Zu Mr. De Kuff?« fragte sie auf englisch, ängstlich, wie es schien.

Sonia bestätigte ihr, daß sie zu De Kuff wollten. Mit einemmal fiel Lucas ein, daß die Frau die zweite Soldatin auf dem Foto von Tsililla und dem amerikanischen Schriftsteller gewesen war.

Sie führte sie ins Haus, durch einen Raum, in dem dunkle, wuchtige Landschaftsbilder ohne religiöse Anklänge hingen. Doch standen in einer Ecke eines jeden Bildes ockerfarbene hebräische Buchstaben oder Buchstabenfolgen. Sie waren sehr sorgfältig ausgeführt. Auf einem war ein Gimel, bei dem das obere Ende des Waw wie die Saiten einer Laute aussahen und das Jod am unteren Ende perfekt proportioniert war. Auf einem anderen entdeckte er ein Zajin, auf einem anderen ein He.

Hinter einem Paravent am Ende der Galerie führte eine steinerne Wendeltreppe zu einem fensterlosen Raum, der nur einen langen Tisch und Kartons voller Bücher enthielt.

Neben den Kartons standen zwei Männer und warteten. Der eine war dunkelhaarig und schlank, mit Sonnenbrille und Lederjacke, und Lucas erkannte in ihm einen der Musiker aus Sonias Begleitband. Der andere war etwa sechzig und hatte eine schlechte Haltung und runde Schultern. Sein grauer Flanellanzug war einst elegant gewesen.

»Sonia«, sagte der Jüngere, »du bist einfach großartig. Das werde ich dir nie vergessen.«

»Ist schon okay«, sagte sie. »Ich habe sozusagen seinen Wagen konfisziert. Das ist Christopher Lucas. Er schreibt über Religion. Christopher, Razz.«

»Hat mir gefallen, wie Sie gespielt haben«, sagte Lucas.

»Gut«, sagte der junge Mann. »Danke.« Er trat lächelnd beiseite, um den anderen Mann vorzustellen. »Sonia, Christopher – das ist Adam De Kuff, unser Lehrer.«

Da er nicht wußte, was das Protokoll verlangte, machte Lucas eine kleine Verbeugung und legte nach Moslemart die rechte Hand aufs Herz. In Zefat erschien diese Geste kaum angemessen, doch er hatte sie sich angewöhnt, denn er fand, sie brachte zum Ausdruck, daß er guten Willens war.

»Ich danke Ihnen beiden«, sagte De Kuff zu Lucas und Sonia. »Das ist sehr freundlich, sehr hilfsbereit von Ihnen.«

Er hatte eine angenehme, kultivierte Südstaatenstimme. Lucas sah zu Sonia und konnte in ihrem Gesicht keine Spur der Reserviertheit und Überheblichkeit entdecken, mit der sie ihn gestern hatte abblitzen lassen.

»Wie Sie sehen, haben wir viele Bücher«, sagte De Kuff, »und wir würden gern so viele wie möglich mitnehmen.«

Lucas ging zurück zum Wagen und parkte ihn vor Gigis Galerie auf dem kopfsteingepflasterten Bürgersteig. Das war etwas, was man in Israel andauernd tat, doch in Zefat hatte Lucas selbst bei einer so profanen Übertretung das unbestimmte Gefühl, einen Verstoß gegen kosmische Gesetze zu begehen.

Die nächste halbe Stunde verbrachten sie damit, Kartons voller Bücher die Treppe hinunterzutragen und in den Kofferraum von Lucas' Renault zu laden. Die letzten Gepäckstücke waren drei Segeltuchkoffer.

»Gut«, sagte Lucas. »Wer will mitfahren?«

»Nur Mr. De Kuff und ich«, sagte Razz.

Sie fuhren, trotz Verbots, die bucklige Straße wieder hinauf und kamen an chassidischen Frauen mit Kopftüchern vorbei, die ihren Nachmittagsspaziergang machten. An der Ecke Jerusalem Street stand eine Gruppe bärtiger, schwarzgekleideter Männer. Einer von ihnen schien sie zu erkennen und stieß die anderen an. Sie drehten sich um und starrten ihnen unverhohlen feindselig nach.

»Die scheinen uns nicht zu mögen«, sagte Lucas.

»Das ist die Bürgerwehr«, sagte Raziel. »Die Moralpolizei. Die sollten froh sein, daß wir wegziehen.«

Doch die Männer, die er als Bürgerwehr bezeichnet hatte, machten keinen frohen Eindruck. Einer oder zwei traten auf die Straße und blickten dem Renault nach.

»Warum haben sie uns im Visier?« fragte Sonia. »Weil wir Chillonim sind, stimmt's?« Chillonim war das Wort, mit dem die Orthodoxen nichtreligiöse Juden bezeichneten. »Sie haben doch gar nichts mit uns zu tun.«

»Natürlich nicht«, sagte De Kuff. »Und sie haben nichts gegen Sie. Nur gegen uns, Raziel und mich.«

»Warum?« fragte Sonia.

»Es gibt eine Menge Gründe«, sagte Razz. »Es gibt hier Leute, die ich aus Brooklyn kenne. Da habe ich eine Zeitlang gelebt. Sie halten mich für einen Abtrünnigen. Außerdem haben ihnen unsere Zefat-Führungen nicht gefallen.«

»Warum nicht?« fragte Lucas.

Razz schenkte ihm ein freudloses Lächeln.

»Wir hatten ein bißchen vergleichende Religionswissenschaft im Programm.«

»Wie zum Beispiel?«

»Wie zum Beispiel, daß Form sich nicht so sehr vom Nichts unterscheidet«, sagte De Kuff.

»Hinduistische Parallelen«, erklärte Raziel.

»Hinduistische Parallelen haben ihnen nicht gefallen?« sagte Sonia lachend.

»Es gab Beschwerden«, sagte Raziel. »Irgend jemand hat uns die Aufpasser auf den Hals gehetzt.«

»Die Chassidim sagen, alles ist Thora«, sagte De Kuff. »Wir sind der gleichen Meinung.«

Der religiös interessierte Reporter in Lucas wollte ihn fragen, inwiefern alles Thora sei, aber bevor er die Frage höflich formulieren konnte, bogen sie in die Hauptstraße ein, die den Berg Kanaan hinunterführte, und vor ihnen erstreckten sich terrassierte Hügel bis zum weit entfernten Seeufer.

»Donnerwetter«, rief er. »Was für eine Aussicht.«

»In Zefat, heißt es«, sagte Raziel, »kann man von Dan bis Gilead sehen.«

»Ja«, sagte sein dicker, melancholischer Freund, »vom einen Ende der Welt zum anderen.«

Sonia saß auf dem Beifahrersitz, sah Lucas an und lächelte. Sein Herz schlug höher. Er war glücklich, etwas mit ihr zu teilen, und sei es den Unsinn eines Fremden. Hier und jetzt schien es ein liebenswerter Unsinn und möglicherweise sogar mehr als das zu sein. Es klang angenehm sinnträchtig, und er nahm sich vor, Sonia bei Gelegenheit zu fragen, was es ihrer Meinung nach bedeutete.

»Ist es ein Segen?« fragte er De Kuff. »So viel zu sehen?«

De Kuff antwortete ihm in irgendeiner biblischen Sprache.

»Soll ich übersetzen?« fragte Raziel freundlich. »Oder soll ich es übergehen?«

»Übersetzen Sie nur.«

»Es ist Aramäisch. Ein Kommentar zur Genesis.« In seiner verwaschenen Sprechweise klang diese ehrerbietige Einleitung eigenartig. Razz hatte etwas von einem Junkie, fand Lucas, der einige Junkies kennengelernt hatte. »Als es hieß: ›Es werde Licht‹, war das Licht das Augenlicht. Und der erste Adam konnte die ganze Schöpfung sehen.«

»Aber das beantwortet nicht ganz meine Frage.«

»Dann denken Sie darüber nach«, sagte Razz, »wenn Sie mal Zeit haben.«

Lucas warf Sonia einen Blick zu und stellte fest, daß sie sich über Raziels Keckheit amüsierte. Er fühlte sich eifersüchtig und dumm – es war ein unangenehmes Gefühl, das eher zu einem Jugendlichen paßte.

»Denken Sie darüber nach, oder lassen Sie es bleiben«, sagte De Kuff. Dann schien er einzuschlafen.

»Religiöse Parabeln hab ich noch nie verstanden«, sagte Lucas. »Diese großen, tiefschürfenden Geschichten sind mir zu hoch. Buddhistische Koans. Die Geschichten der Chassidim. Für mich ist das alles zu nebulös.«

»Das glaube ich Ihnen nicht«, sagte Sonia. »Warum sind Sie dann hierhergekommen? Warum schreiben Sie über Religion?«

»Um auf dem laufenden zu bleiben«, sagte Lucas. »Um die Frühwarnung zu hören.«

»Die Frühwarnung vor was?« fragte Razz.

»Vor dem Ende der Welt?« schlug Lucas vor. Es war eine Eingebung.

»Es heißt, daß wir nach Anzeichen Ausschau halten sollen«, sagte Razz. »Haben Sie welche gesehen?«

»Ich denke, daß Sie vielleicht etwas gesehen haben, das mir entgangen ist.«

»Ich halte es für wahrscheinlich«, sagte Raziel.

»Was?« fragte Sonia ihn. »Das Ende der Welt?«

»Daß wir etwas sehen, das Christopher entgangen ist. Das ist schließlich unsere Aufgabe. Nichts anderes tun wir.«

»Gut«, sagte Lucas. »Meine Aufgabe ist, zuzuhören und zu versuchen, es aufzuschreiben.«

»Ich wette, Sie haben im Hauptfach Religionswissenschaft studiert«, sagte Raziel.

»Sehr gut«, antwortete Lucas.

»Welche?« fragte De Kuff.

»Schon gut«, erklärte Raziel. »Er hat nur einen Witz gemacht.«

»Ich weiß«, sagte Lucas.

Sie nahmen den Weg über Tiberias und fuhren durch die Ebene beim Kinneret. Wo der See Genezareth in den Jordan mündete, kamen sie durch Bananenhaine, die zu dem Kibbuz gehörten, in dem Tsililla aufgewachsen war. Dann waren sie in der Wüste, vorbei an Bet Schean, auf der Straße nach Jericho.

»Eigentlich«, sagte Lucas, »bin ich ein ehemaliger Katholik.«

»Interessant«, entgegnete Raziel. »Auf mich machen Sie eher den Eindruck, als wären Sie Jude.«

Bei dem Versuch, sich vorzustellen, wodurch er auf Razz den Eindruck eines Juden machte, wurde Lucas nur wütender – und dabei war er gerade eben noch so guter Stimmung gewesen.

»Nicht ganz«, erklärte er.

Sonia warf ihm einen Seitenblick zu. »Nur auf der Durchreise, hm?«

»Genau«, sagte Lucas. »Der rasende Reporter.«

14 Einige Wochen später saß Sonia an einem kühlen regne-
rischen Morgen in dem kleinen Verkaufsraum von Bergers Vermieter Mardikian, dem armenisch-unierten Kachelbrenner. Der Laden befand sich in einer Seitenstraße der Via
Dolorosa, doch Mardikian lebte und arbeitete nicht weit vom
Damaskustor in einem Haus mit einem winzigen Garten und
einer Weinlaube auf dem Dach. Kacheln mit Darstellungen
von Heiligen und Propheten und den Bewohnern des Paradieses hingen in Reihen an den gekalkten Wänden. Der Armenier
und sein Bruder bemalten sie in einer Werkstatt hinter dem
Haus mit Farben, die an persische Miniaturen erinnerten.

Er war ein Mann in den Siebzigern mit einer stämmigen
Statur und einem kahlen, braunen Gewölbe von einem Schädel, der von buschigen Augenbrauen gleichsam gestützt
wurde. Aus bestimmten Blickwinkeln wirkte er ausgesprochen
brutal, auch wenn seine Stimme sehr sanft war. Sie tranken
türkischen Kaffee. Von Zeit zu Zeit hatte Sonia ihm Grüße von
alten jüdischen Kunden im Westteil der Stadt ausgerichtet.

Sonia war gekommen, um Mardikian von Bergers Tod zu
unterrichten und sich sein Beileid aussprechen zu lassen. Als
die Formalitäten erledigt waren, äußerte sie den Wunsch, das
Arrangement bezüglich der Wohnung beizubehalten. Sie nahm
an, daß De Kuffs Bereitschaft, deutlich mehr als den üblichen
Preis zu zahlen, auf Mardikian nicht ohne Wirkung bleiben
würde.

Ihre Freunde, erklärte sie dem alten Kachelbrenner, seien
Gelehrte und Sufis wie Abdullah Walter. Sie glaubte sich zu
erinnern, daß Walter Jude gewesen und später konvertiert
war, im moslemischen Viertel aber großes Ansehen genossen
hatte.

»Jeder Fremde wird genau beobachtet«, sagte Mardikian mit
einem entmutigenden Seufzer. »Auf jeden Stein erheben sie
Anspruch.«

»Wer?«

»Alle. Wir können unser Eigentum kaum noch unser eigen nennen, Mademoiselle.«

Es gefiel Mardikian, Sonia mit altmodischer Höflichkeit anzusprechen. Er gestattete sich ein kleines Lächeln.

»Ich weiß, die Menschen in Amerika sind, was sie sein wollen«, sagte er. »Aber hier ist das anders, Mademoiselle. Hier, in der Alten Welt, können wir es uns nicht aussuchen. Hier sind wir das, was wir sind.«

»Ich weiß, was Sie meinen«, sagte Sonia. »Würden Sie mir die Wohnung vermieten? Ich bin hier bekannt.«

»Ihre jüdischen Freunde sollten sich etwas im jüdischen Teil der Stadt suchen.« Wie die meisten Menschen in Jerusalem glaubte Mardikian, daß es für jeden einen Platz gab, an den er gehörte.

»Sie wollen aber in der Altstadt sein, und der jüdische Teil ist nichts für sie. Einige der religiösen Institutionen könnten eine unfreundliche Haltung einnehmen.«

»Aber warum?«

»Sie haben ihre eigene Interpretation der Thora. Der Schriften.«

»Und das betrachtet man als Mangel an Respekt?«

»Es könnte mißverstanden werden.«

Mardikians Instinkte waren eindeutig: Jeder fürchtete Mißverständnisse.

»Aber es sind solide, ruhige Leute«, beharrte sie. »Sie respektieren alle Religionen. Sie folgen der Tradition von Abdullah Walter.« Das Problem bestand darin, Mardikian davon zu überzeugen, daß ihr Vorschlag nicht Teil eines Plans militanter Juden war, die ein weiteres Haus in der Altstadt besetzen wollten.

»Monsieur Walter wurde von den Moslems bewundert«, sagte Mardikian. »Aber nur die Alten erinnern sich noch an ihn. Und die Zeiten haben sich geändert.«

»Ich kann für sie bürgen«, sagte sie. »Sie kennen mich, Monsieur Mardikian. Die Schebab kennt mich.«

Er sah sie nachdenklich an, bis sie sich zu fragen begann, welchen Status sie in der Altstadt eigentlich wirklich hatte und als was man sie hier betrachtete.

Schließlich erklärte er sich bereit, ihr die Wohnung zu vermieten und De Kuff und Raziel fürs erste dort bleiben zu lassen. Die Miete war erheblich höher als das, was Berger gezahlt hatte, aber Sonia beschloß, keine Einwände zu machen. Soviel sie wußte, war De Kuff reich und durchaus in der Lage, sie zu bezahlen.

»Es tut mir leid zu hören, daß Monsieur Berger verstorben ist«, sagte Mardikian nochmals. Er sprach Bergers Namen französisch aus, so daß man an die Folies-Bergère dachte.

»Wie kompliziert das alles ist«, sagte Sonia, als die Verhandlungen abgeschlossen waren. Beide lächelten unglücklich. Mardikian bot ihr mehr Kaffee an, doch sie lehnte ab.

»Ich glaube«, sagte Mardikian, »jede neue Generation hat es schwerer als die vorhergehende.«

»Wir dachten immer, es würde umgekehrt sein.«

»Als ich so jung war wie Sie, Mademoiselle«, sagte Mardikian, »hatte ich auch diese Hoffnung.«

Es war nett von ihm, sie als jung zu bezeichnen, dachte Sonia, doch es fiel ihr schwer, sich ihn als Opfer zerstörter Illusionen vorzustellen.

Als er das Kaffeetablett beiseite gestellt hatte und im Begriff schien, das Gespräch zu beenden, hatte sie plötzlich einen Gedanken.

»Was, glauben Sie, wird mit dieser Stadt geschehen?« fragte sie ihn.

Der alte Mann hob das Kinn und schloß die Augen.

»Wie ist das Leben hier für Sie?« Sie meinte: »für die Armenier«. Es war eine Frage, wie ihre Mutter sie gestellt haben könnte: peinlich in ihrer Direktheit und moralisch korrekt. Ihre Mutter hätte nach den armenischen *Menschen* gefragt, so wie sie von den jüdischen *Menschen* und den schwarzen *Menschen* und den Sowjet*menschen* gesprochen hatte.

Sonia bereute die Frage, kaum daß sie sie ausgesprochen hatte. In Jerusalem zeugte so etwas von einer Unaufrichtigkeit, die durch keine noch so sehr zur Schau gestellte Offenheit gemildert werden konnte. Es klang immer aufdringlich und geheuchelt.

»Mir geht es gut, Mademoiselle«, sagte Mardikian. »Wir Armenier? Wir regeln alte Streitigkeiten, und dann tauchen neue auf. Aber so ist das Leben, *n'est-ce pas?* Aber Gott sei Dank ist alles in Ordnung.«

»Gut«, sagte Sonia. *Baruch Hashem* und amen, dachte sie.

Ihr fiel ein, daß sie in diesem Jahr nicht zur Gedenkfeier der Armenier gegangen war, zu der Prozession am 24. März, mit der an die Massaker durch die Türken erinnert wurde. Gewöhnlich war sie hingegangen oder hatte sich vielmehr, eine imaginäre Kerze in der Hand, dem Marsch angeschlossen.

Als sie auf dem Weg zu Bergers Wohnung durch das Portal des Ribat al-Mansuri trat, vernahm sie klassische Musik. Ein afrikanischer Junge im Innenhof hörte sie ebenfalls und blieb reglos stehen, mit leicht angespanntem Gesicht, als nähme er einen eigenartigen Geruch wahr. Sie ging die Treppe hinauf und stieß auf De Kuff und Raziel, die auf der kleinen Terrasse ein Duett spielten. Die Musik war barock, mit orientalischen Ausschmückungen, und De Kuff hielt sein Cello wie eine Oud. Auf dem Boden neben ihnen lagen Bergers alte Violine und das antike nordafrikanische Tamburin. Raziel spielte Blockflöte und blickte hinunter auf den Innenhof, wo die schwarzen Kinder einen Fußball gegen eine Wand schossen. In dem Stück Himmel, das man von hier aus sehen konnte, zogen Wolken auf. Die Blätter des Notizblocks, der neben Raziel lag, flatterten in einer leichten Brise.

Raziel ließ die Flöte sinken.

»Ich wußte gar nicht, daß diese Leute hier leben«, sagte er.

»Schon seit Jahrhunderten«, sagte Sonia.

Anstatt das Instrument wieder anzusetzen, begann er zu singen. Er sang sehr gut, in einem hohen Tenor, den er den erforderlichen Exotika – Contralto, pseudoorientalischer Scat – anzupassen verstand. Dann schlug er das Tamburin und begann ein Lied in einer Sprache, die wie Spanisch klang, die Sonia jedoch als Ladino erkannte. Es war so süß wie Nougat.

»*Yo no digo esta canción, sino a quien conmigo va.*«

»Ich singe dieses Lied nur dem«, übersetzte sie, »der mit mir geht.« Es ließ sie erschauern.

»Du verstehst es?« fragte Raziel sie.

»Ja, mehr oder weniger. Ich wußte nicht, daß du Ladino kannst.«

»Nur Lieder.«

»Sie sind schön.«

Er rückte die Kissen, auf denen er saß, zurecht und machte ihr Platz.

»Es sind Sufi-Lieder. Es sind dieselben.«

»Der Geist«, sagte sie, »scheint derselbe zu sein.«

»Sonia«, sagte Raziel, »der Glaube ist wie ein Schwamm. Man kann die Flüssigkeit herausdrücken, aber die Struktur verändert sich nie. Alles ist Thora. Dieser Mann« – er legte seine Hand in die De Kuffs – »ist ein Scheich, wie al-Tarik es war. Al-Ghazali wurde sowohl Christ als auch Jude genannt. Berger al-Tarik ist zurückgekehrt. Er gibt deinen Geist an diesen Mann weiter. Der Sufi, der Kabbalist, der Sadhu, Franz von Assisi – es ist alles dasselbe. Sie alle haben sich dem Ein-Sof geweiht. Die spanischen Kabbalisten haben die Dreieinigkeit aus der Kabbala abgeleitet. Al-Ghazali kannte die Kabbala. Und du bist als Jüdin geboren, und darum solltest du diese Botschaft von deinem eigenen Volk bekommen.«

»Daran kann ich glauben«, sagte sie. »Ich möchte daran glauben.«

»Du glaubst daran. Du hast immer daran geglaubt. Alles, an was du in der Vergangenheit geglaubt hast, ist wahr«, erklärte er. »Alles, woran du in puncto menschliches Leid, Gerechtigkeit und Ende der Diaspora geglaubt hast – es war alles wahr, und es wird wahr bleiben. Hörst du mich, Sonia?«

»Ich höre dich.«

»Die Dinge, an die du in der Vergangenheit geglaubt hast – hör nie auf, an sie zu glauben. Du wirst bald erleben, daß sie Wirklichkeit werden. Fragst du dich: ›Wie kann dieser kranke alte Mann solche Dinge geschehen lassen?‹«

»Natürlich«, sagte sie.

»Natürlich fragst du dich das. Ich will es dir sagen: Sein Kommen hat alles verändert. Die Welt, die wir kennen, wird in der Geschichte versinken. Ich verspreche dir, du wirst sie nicht wiedererkennen. Der Grund, warum du an diese neue Welt geglaubt hast, Sonia, ist, daß du in Wirklichkeit *wußtest*, daß sie kommen würde.«

»Ich habe es immer gespürt«, sagte sie.

»Und du hattest recht. Du wußtest es. Jetzt wirst du erleben, wie es Wirklichkeit wird. Seine Anwesenheit hier ist genug. Du und ich und andere werden es geschehen lassen.«

Sie sah De Kuff an.

»Stimmt das?« fragte sie ihn.

De Kuff beugte sich vor und küßte sie sanft. »Glaub nur, was du weißt«, sagte er.

Lucas und Janusz Zimmer saßen bei einem Drink in der Kellerbar des American Colony Hotel. Zimmer war einer der wenigen Juden in Jerusalem, die das American Colony Hotel und die Cafés in Ost-Jerusalem besuchten. Seine fremdländische Art, sein Selbstvertrauen oder die Kombination von beidem schienen ihn immer zu beschützen.

»Sie machen also die Story über das Jerusalem-Syndrom«, sagte Zimmer. »Eine ausgezeichnete Wahl.«

»Sie klingen wie ein Ober.«

»Meinen Sie, ich hätte noch nie als Ober gearbeitet? Ich habe als Ober gearbeitet, das kann ich Ihnen versichern.«

»Und Sie?« fragte Lucas. »Was ist mit diesen Armeesoldaten und ihren Lynchausflügen in den Gazastreifen? Wollen Sie was darüber schreiben?«

»Tja«, sagte Zimmer, »wenn Sie es nicht wollen, sollte ich das vielleicht machen.«

Lucas verspürte Schuldgefühle, weil er nicht die brutale Story aufgriff. »Wahrscheinlich sollte ich die Gaza-Story machen.«

»Warum?«

»Warum? Weil die Syndromstory die sicherere ist. Und wenn man anfängt, die sicheren Stories zu nehmen, heißt das, daß die Luft raus ist. Zeit, nach Hause zu fahren und Reiseberichte für Airline-Zeitschriften zu schreiben.«

»Amerikanischer Machismo«, sagte Zimmer. »Und glauben Sie bloß nicht, daß eine religiöse Geschichte sicherer ist. Sie könnten eine unangenehme Überraschung erleben.«

»Na ja, Ernest Gross von der Menschenrechtskoalition sagt, ein israelisches Blatt sollte die Gaza-Story bringen. Zur Ehrenrettung des Landes.«

»Ach ja«, sagte Zimmer. »Ernest ist ein Zaddik.«

Lucas hatte den Eindruck, daß in Zimmers Stimme Verachtung mitschwang, war sich jedoch nicht sicher.

»Sie haben in Vietnam gearbeitet, stimmt's?« fragte er.

»Ich habe in Vietnam gearbeitet. Und vergessen Sie nicht, daß ich auf der anderen Seite war. Ich war einer von denen, für die all diese gezielten Beschüsse und Hubschrauber und B-52-Bomber bestimmt waren.«

»Warum waren die Vietnamesen so gut?« fragte Lucas. »Warum haben sie so gut gekämpft? Waren sie von einem Glauben beseelt?«

»Nein«, sagte Zimmer. »Sie wollten einfach nicht sehen, wie komisch das alles war. Ihnen fehlte der amerikanische Sinn für Humor. Nein, jetzt mal im Ernst«, fuhr er fort, »sie waren eigentlich alle zwangsverpflichtet. Aber sie und ihre Armee waren in ihren Augen nie etwas Getrenntes. Und sie hatten kein bequemes amerikanisches Leben zu verlieren. Gute Soldaten.«

»Waren Sie mal wieder dort?«

»Zweimal. Wenn man die kommunistischen Toten heute nach Saigon – oder auch nach Hanoi – bringen würde, würden sie ein zweites Mal sterben. Das gegenwärtige Regime da unten ist noch korrupter als das letzte.«

»Woher wissen Sie das? Waren Sie damals in Saigon?«

»Manchmal. Vergessen Sie nicht, daß die Internationale Kontrollkommission eine Zeitlang auch mit Polen besetzt war. Die haben mir die nötigen Dokumente besorgt. Ich habe die Fleischtöpfe gesehen. Und die Tunnel draußen bei Cu Chi. Erstaunlich. Ich nehme an, das war vor Ihrer Zeit.«

»Knapp«, sagte Lucas.

»Schon komisch«, sagte Zimmer, »daß wir die Welt von verschiedenen Seiten gesehen haben. Ich konnte nie ohne größeren Kampf in den Westen reisen. Aber überall dort, wo der sogenannte Sozialismus herrschte, war ich willkommen.«

»Fehlt Ihnen das?«

»Ich bin für die polnische Nachrichtenagentur durch ganz Afrika gereist«, sagte Zimmer. »Es gibt keinen Aspekt des afrikanischen Sozialismus, den ich nicht kennengelernt habe.«

»Das war keine Antwort.«

»Ach, kommen Sie schon«, sagte Zimmer verärgert. »Es war so grauenhaft, daß es jeder Beschreibung spottet. Alpha-Männchen, kannibalische Potentaten, Ganoven mit Sonnenbrillen, die so taten, als wären sie vom KGB. Natürlich schrieb ich darüber mit Anerkennung und Begeisterung. Auf Ihrer

147

Seite waren ja auch nicht die großen Menschenfreunde. Auf Ihrer Seite war Mobutu.«

»Ich frage mich, was Sonia Barnes davon gehalten hätte«, sagte Lucas.

»In den schlimmsten Gegenden wäre sie auf der Stelle getötet worden. Nein, nicht auf der Stelle. Die hätten sie vorher noch vergewaltigt und gefoltert. Aber sie war klug genug, nach Kuba zu gehen. Kuba war anders.«

»Tatsächlich?«

»Klar. Sogar die hartgesottensten Antikommunisten hatten Sympathien für Kuba. Sogar ich.«

»Aber Sie waren kein Antikommunist, Janusz«, sagte Lucas. »Oder doch?«

»Anfangs nicht. Ich war in der Partei.«

»Und dann?«

Zimmer gab keine Antwort.

»Ich war mal Katholik«, sagte Lucas. »Ich habe geglaubt. Ich habe alles geglaubt.«

Zimmer musterte ihn.

»Sie können einem wirklich auf die Nerven gehen, Zimmer«, sagte Lucas. »Ich versuche, mich mit Ihnen über Philosophie zu unterhalten, und Sie kommen mir mit gesundem Menschenverstand.«

»Tja«, sagte Zimmer, »ich bin aus Polen, wo man den Glauben mit Panzern und Galgen und Gas und Schützengräben stärkt. Was Glauben betrifft, bin ich wählerisch.«

»Klingt vernünftig.«

»Ich mache Ihnen einen Vorschlag«, sagte Zimmer und erhob sich. »Sie halten mich über das Syndrom auf dem laufenden und ich Sie über die Sache im Gazastreifen.«

15 Sylvia Chin war eine sehr junge, kühle und attraktive Beamtin des amerikanischen Konsulats in West-Jerusalem. Es gab zwei amerikanische Konsulate in der Stadt, die, wie es in Journalistenkreisen hieß, über die Frage der Nahostpolitik tief zerstritten waren. Das eine Konsulat befand sich in der Saladin Street, die früher zum Königreich Jordanien gehört hatte. Die Beamten dort hatten hauptsächlich mit Palästinensern zu tun und galten als proisraelisch. Das andere Konsulat lag in der Neustadt, wurde von Israelis aufgesucht und war angeblich auf seiten der Palästinenser.

Sylvia war Kalifornierin chinesischer Abstammung. Ihr Valley-Girl-Tonfall hatte in Stanford die nötige Appretur bekommen, und zu ihren Pflichten als Konsulatsbeamtin gehörte unter anderem die Bergung zahlreicher geistig verwirrter Amerikaner aus verschiedenen zwielichtigen spirituellen Vereinigungen. Sie kannte sich sehr gut mit den Opfern religiöser Begeisterung in dieser Stadt und mit Sekten im allgemeinen aus, hielt sich jedoch mit Beurteilungen zurück und äußerte sich so vorsichtig, als wäre sie Anwältin. Zugleich war ihr Lucas, in dem sie einen wahren Bewunderer erkannte, wirklich sympathisch.

»Meistens geht es um einzelne Personen«, sagte sie zu ihm. »Manchmal rufen uns Angehörige an. Manchmal machen sie was Verrücktes, und wir werden von der Polizei benachrichtigt. Ein paar sind einfach verschwunden.«

»Was ist mit den Gruppen?«

»Darüber kann ich nichts sagen. Es gibt alle möglichen Gruppen.«

»Mich interessieren die eigenartigen. Oder interessanten. Oder ausgefallenen.«

»Na gut«, sagte Sylvia. »Kennen Sie das ›Haus des Galiläers‹?«

»Ich kenne einen ihrer Prediger, aber ich bin nie dort gewesen.«

149

»Gehen Sie mal hin. Da haben Sie was zu lachen.«

»Irgendwelche Kommentare? Ohne Quellenangabe. Wir werden Sie als ›westliche Diplomatenkreise‹ bezeichnen.«

Sylvia schüttelte den Kopf.

»›Kenner der Szene‹?«

Sie überlegte. »Wenn Sie auf irgendwelche Neuigkeiten stoßen«, sagte sie, »könnten Sie sie uns mitteilen. Okay?«

Ihr Vorschlag klang nach dem alten Kuhhandel, fand Lucas. Er verspürte eine unbestimmte Sehnsucht nach dem Kalten Krieg. Wem ging es nicht so?

»Aber natürlich.« Der Gedanke an eine Verabredung mit Sylvia war ihm äußerst angenehm.

»Es sind christliche Ultrazionisten«, teilte die Konsulatsbeamtin ihm mit. »Stehen der israelischen Rechten nahe. Schon komisch, denn einige ihrer Anführer waren mal echte Antisemiten. Aber jetzt sind sie hier, und es scheint ihnen zu gefallen.«

»Ihre Masche ist ›Tuet Buße, das Ende ist nahe‹, stimmt's?«

»Genau«, sagte sie. »So eine Weltuntergangstruppe. Die schwerreichen Geldgeber sitzen zu Hause.«

»Und sind sie legitim?«

»Tja, was ist legitim?« fragte sie mit einem Gesichtsausdruck fröhlicher, falscher Naivität. »Wie war das mit der Gewissensfreiheit?« Der Ausdruck verschwand aus ihrem Gesicht. »Sie werden mich nicht namentlich nennen?«

»Natürlich nicht«, sagte Lucas. »Sie können auf mich zählen.«

»Bei religiösen Gruppierungen stellt sich hier immer die Frage, ob sie politische Verbindungen haben. In Israel oder in den USA oder in irgendeinem anderen Land. Ganz gleich, ob sie christlich, jüdisch, moslemisch oder sonstwas sind.«

»Und das ›Haus des Galiläers‹?«

»Das ›Haus des Galiläers‹ erfreut sich der Sympathie gewisser israelischer Kreise. Und der Sympathie gewisser amerikanischer Kreise, die Sympathien für diese gewissen israelischen Kreise haben. Und es bekommt Unterstützung von protestantischen Sekten.«

»In dieser Branche«, sagte Lucas, »heißt es immer, daß Geben seliger ist als Nehmen.«

»Genau«, sagte Sylvia. »Und sie geben. Sie spenden. Sie bitten die Reichen nicht um Geld – sie spenden es. Für Wahlkämpfe oder was weiß ich. Das sind Investitionen. Ihr Geld stammt aus Kabelrechten und Firmen für Direktwerbung.«

»Interessant«, sagte Lucas. Er fragte sie, ob sie schon einmal von einem jungen Mann namens Ralph oder Raziel oder Razz Melker gehört habe.

Sylvia wußte sofort, wen er meinte. »Ralph Melker ist eine Strafe Gottes. Seine Akte treibt einem die Tränen in die Augen.«

»Ja?«

»Zuerst kriegt eine Kongreßabgeordnete einen wütenden Brief, in dem steht, daß Raziels Gruppe sich in Zefat alte Synagogen unter den Nagel reißt. Der Verfasser regt sich darüber auf, daß sie sich Juden für Jesus oder so nennen. Es gibt Leute, die tun so was: Sie sehen hier etwas, das ihnen nicht paßt, und schreiben an ihren Kongreßabgeordneten in Washington.«

»Warum nicht?« sagte Lucas. »Es ist schließlich ihr Geld.«

»Die Kongreßabgeordnete leitet den Brief an die Botschaft weiter, und die schickt ihn an uns. Kommentarlos.«

»Natürlich.«

»Und tatsächlich stellt sich heraus, daß Ralph ein ehemaliger Jude für Jesus ist. Außerdem hat er eine Drogenvergangenheit. Ich meine, Musiker und schwerer Drogenkonsument. Dann stellt sich heraus, daß Ralphs Vater *ebenfalls* Abgeordneter und *außerdem* ehemaliger Botschafter ist. Ein aktiver Politiker, ein Demokrat aus Michigan. Die Familie hat Ralph hierhergeschickt, damit er wieder auf die Reihe kommt – die denken, er liest hier die Thora, arbeitet in den Weingärten und singt abends Volkslieder am offenen Feuer. Also landet all dieses Zeug in einer Akte. Als Hintergrundinformation, für den Fall, daß jemand von uns sich auf irgendeiner Ebene mit ihm befassen muß.«

»Wie sieht's mit einem älteren Mann namens Adam De Kuff aus?«

Das erforderte einen kurzen Ausflug durch diplomatische Korridore. Sylvia kehrte schulterzuckend zurück.

»*Bubkes*.« In Los Angeles hatte sie einige jiddische Ausdrücke in ihr Repertoire aufgenommen, und es machte ihr Spaß, sie hier, in Israel, zu gebrauchen. »Aber es gibt ein paar

Leute, die für das zuständig sind, was sie ›Sektenbeobachtung‹ nennen. Fragen Sie mal Superintendent Smith im Polizeipräsidium. Er ist der Spezialist für Propheten und Messiasse.«

Sylvia war zwar hilfsbereit, ließ Lucas aber kein Konsulatstelefon benutzen, auch nicht für ein Ortsgespräch.

»Das wird nicht gern gesehen«, sagte sie. »Und vergessen Sie nicht: Die Publikumsapparate werden alle abgehört.«

Im Juni zog Lucas schließlich aus Tsillillas Wohnung aus. Er hatte sie seit ihrer Rückkehr aus London nur selten gesehen. Sie hatte sich eine Zeitlang auf ein Gestüt bei Tiberias zurückgezogen, angeblich um zu reiten und an einem Drehbuch zu arbeiten. Immer wieder verabredeten sie sich, um über alles zu sprechen. Als ein kanadischer Journalist, den Lucas kannte, in eine andere Stadt versetzt wurde, hütete Lucas seine Wohnung. Sie lag in der Innenstadt, nicht weit vom Zion Square, im achten Stock eines abweisend wirkenden Gebäudes, in dem hauptsächlich Juweliere wohnten. Es galt als sehr sicher.

Während er sich in Tsillillas Wohnung oft für lange Zeit verkrochen hatte, nutzte er nun jede Gelegenheit, die Innenstadt zu verlassen. Eines Tages bot er sich an, ein paar von De Kuffs Sachen in die Wohnung in der Altstadt zu bringen. Sonia hatte ihm den Schlüssel gegeben.

Sonias Wohnung in Rehavia, im obersten Stock eines überwachsenen osmanischen Hauses, von dem die Farbe blätterte, war nicht weit von Tsillillas Wohnung und hatte, zumindest von außen, auch Ähnlichkeit mit ihr. Drinnen war sie mit *Santería*-Figuren, kubanischen Filmplakaten und Erinnerungsfotos von Kolleginnen und Kollegen in verschiedenen Krisenregionen dekoriert. Auf den Fotos sah man junge Weiße mit vielen Zähnen und leichter Khakikleidung in Landschaften, die entweder braun und verdorrt oder von übermäßig leuchtenden Farben und saftigen grünen Pflanzen erfüllt waren.

In ihrem Wohnzimmer waren De Kuffs Habseligkeiten gestapelt, hauptsächlich Bücher und gebundene Dissertationen. Seit Bergers Tod war Sonia damit beschäftigt, seine Bücher umzuräumen, um Platz für De Kuffs Bücher zu schaffen. Berger war nach stundenlangem Koma in der Universitätsklinik gestorben. Während seiner letzten Tage in dieser Wohnung waren Raziel und De Kuff meist hiergewesen; es war, als wären die drei in einen gemeinsamen inneren Raum eingetreten.

Viele von Bergers Büchern, Tagebüchern und Zeitschriften blieben in seiner Wohnung in der Altstadt. Er hatte in Deutsch geschrieben, was De Kuff lesen konnte, Sonia dagegen nicht. Sonia hatte Bergers einzigen Besitz von weltlichem Wert geerbt: einige alte persische Manuskripte, seine kleine Sammlung islamischer Kunst – kufische Reiberdrucke und Kalligraphien – und seine Möbel. Außerdem stellte sich heraus, daß auf einem Auslandskonto in Amman mehrere tausend Dollar lagen.

Sonia hatte sich schließlich an das Büro der Waqf, der islamischen Stiftung, gewandt und darum gebeten, Berger auf einem moslemischen Friedhof beerdigen zu dürfen. Die Waqf hatte nicht die Rückgabe der Wohnung verlangt, die vermutlich ihr gehörte, wußte aber noch nichts von Adam De Kuff und seinen Anhängern.

Lucas lud ein halbes Dutzend Pappkartons in seinen Wagen und fuhr zum östlichen Ausgang des Löwentors – weiter würde er mit dem Wagen nicht kommen. Während er parkte, dachte er daran, daß seine gelben israelischen Nummernschilder eines Tages noch dafür sorgen würden, daß sein Wagen in Brand gesteckt würde.

Als er die erste Ladung Bücher die uralte Treppe hinauftrug, bemerkte er Raziel, der auf der Terrasse saß und ihm zusah. Ohne ihn zu begrüßen, ging Lucas wieder hinunter und holte den nächsten Karton.

Als er alle Kartons in die Wohnung getragen hatte, ging er auf die Terrasse, wo Raziel auf dem Diwan saß und ihm zulächelte.

»Ich hätte Ihnen helfen sollen«, sagte Raziel. »Tut mir leid. Wir haben die ganze Nacht meditiert.«

»Kein Problem«, sagte Lucas. Raziel trug am Hals ein eigenartiges Schmuckstück, das Lucas noch nie gesehen hatte. »Was ist das da?«

»Oh.« Raziel nahm es ab und reichte es Lucas. »Das ist ein Uroboros. Die Schlange, die ihren eigenen Schwanz verschlingt. Ein äthiopischer Silberschmied am Mahane-Yehuda-Markt hat ihn für uns gemacht.«

»In allen Versionen der Geschichte, die ich kenne, ist die

Schlange der Bösewicht«, sagte Lucas. »Nur bei den Gnostikern nicht.«

Er sah förmlich, wie der Jeschiwa-Schüler Raziel zu einer Disputation ansetzte.

»Der Uroboros wird einige Male im *Sohar* erwähnt, im ›Buch der Herrlichkeit‹. Dort bezieht sich das Wort auf *bereschit*, ›am Anfang‹. Genauer eigentlich: ›im Anfang‹.«

Lucas zog sein Notizbuch hervor. »Was dagegen, wenn ich mir das notiere?«

»Nur zu«, sagte Raziel. »Schreiben Sie: Es bedeutet: ›In meinem Anfang ist mein Ende.‹«

Lucas schrieb es auf. Das ist stark, dachte er, während er es niederschrieb. Er hatte das Gefühl, daß Raziel nicht zu unterschätzen war. Der Gedanke machte ihm eine leise Angst.

»Kennen Sie sich mit Kundalini-Yoga aus?« fragte Raziel.

»Ich habe davon gehört.«

»Die Kräfte, mit denen wir arbeiten, sind ähnlich. Vielleicht sind es die gleichen. Sie lassen keine Halbheiten und keine Spielereien zu.«

»Aber Kundalini ist eine Schlangengöttin«, sagte Lucas. »Das klingt nicht gerade koscher.«

»Kundalini ist nur eine Metapher, Christopher. Die zugrundeliegenden Kräfte sind immer die gleichen. Die Weisen haben das äußere Antlitz der Welt mit der Haut einer Schlange verglichen.«

Lucas schrieb in sein Notizbuch: *Kundalini*.

»Entschuldigen Sie meine Frage«, sagte Raziel, »aber ist Ihr Vater Carl Lucas von der Columbia University?«

»Er ist vor drei Jahren gestorben.«

»Das tut mir leid.«

»Hat Sonia Ihnen das erzählt?«

»Keineswegs«, sagte Raziel.

»Ist Ihnen eine intellektuelle Ähnlichkeit aufgefallen?«

Raziel lächelte. »Gibt es denn eine?«

»Ja«, sagte Lucas. »Aber ich bin ein Epigone. Ein Sohn zur linken Hand, ein Zwerg.«

»Nein, sind Sie nicht.«

»Und Sie? Ist Ihr Vater der Abgeordnete?«

»Ja. Ein Freund des Präsidenten. Vorsitzender des Komitees

für Unterricht und Erziehung. Ich weiß also, was es bedeutet, der Sohn eines … eines solchen Vaters zu sein.«

»Ich verstehe.«

»Und Ihre Mutter hat gesungen«, sagte Raziel.

»Komisch«, sagte Lucas. »Normalerweise stelle ich die Fragen. Aber Sie scheinen mehr über mich zu wissen als ich über Sie. Ja, meine Mutter war Gail Hynes, eine ziemlich bekannte Sängerin. Sie hat damit ganz gut verdient. Mein Vater war stolz auf sie. Leider war er schon verheiratet.«

»Ich habe sie gehört.«

»Sie wollen mich auf den Arm nehmen«, sagte Lucas.

»Sie hat Lieder gesungen, stimmt's? Bei Decca gibt es eine berühmte Aufnahme von ihr, mit Liedern von Mahler und Brahms.«

»Ja, das stimmt.«

»*Das Lied von der Erde*«, sagte Raziel. »*Kindertotenlieder*. Sie war wunderbar. So gut wie Ferrier. Sie sind sicher sehr stolz auf sie.«

»Ja«, sagte Lucas verblüfft. »Ja, das bin ich. Vielen Dank.«

»Ich nehme an, ihr Verhältnis mit dem Professor hat ihrer Karriere geschadet. Weil sie weniger reisen konnte und so weiter.«

Lucas konnte nur nicken. »Sie ist jung gestorben«, brachte er nach kurzem Zögern heraus. »Wie Ferrier.«

»Kannte sie die Freunde Ihres Vaters?«

»Tja«, sagte Lucas, »die waren ziemlich eingebildet. Bourgeois. Deutsch.« Er mußte unwillkürlich lachen. »Einmal hat er sie im Superchief nach Los Angeles mitgenommen, damit sie seine Freunde kennenlernte. Die Frankfurter Schule. Theodor Adorno und Herbert Marcuse und Thomas Mann. Jedenfalls hat sie ihn begleitet, als er sie besucht hat.«

»Und wie war das?« fragte Raziel.

»Sie dachte, Adorno wäre der Typ, der im Film Charlie Chan spielte«, sagte Lucas. »Sie hat ihn gefragt: ›Tut es eigentlich weh, wenn sie Sie auf chinesisch zurechtmachen?‹«

»Ich würde zu gern wissen, was ihm dabei durch den Kopf gegangen ist.«

»Ich würde sagen, er war ratlos. Danach hat sie anscheinend immer wieder versucht, das Gespräch auf orientalisches

Make-up zu lenken. Zum Beispiel, indem sie erzählte, wie sie am Lyric Theater in Chicago in *Madame Butterfly* gesungen hat. Sie hat ein bißchen getrunken. Eigentlich sogar eine ganze Menge. Sie war eine Quartalstrinkerin. Davon nahm sie zu, und um wieder abzunehmen, nahm sie Speed, und das hat ihre Stimme ruiniert.«

»Was hat sie über Marcuse gesagt?« fragte Raziel.

»Sie meinen, was sie von der repressiven Toleranz hielt?« antwortete Lucas. »Sie hielt Marcuse für Otto Kruger.«

Raziel sah ihn ausdruckslos an.

»Otto Kruger war einer der Schauspieler in *Mord, mein Liebling.*«

»Sie scheinen Musik zu mögen«, sagte Raziel zu Lucas. »Ihre Mutter hat gesungen. Warum haben Sie nie ein Instrument gelernt? Hatten Sie Angst davor?«

»Ich freue mich, daß Sie sich das Werk meiner Mutter so genau angehört haben«, sagte Lucas. »Bitte fragen Sie mich nicht, ob ich Angst vor etwas habe. Wo ist übrigens Sonia?«

»Tut mir leid«, sagte Raziel, »es könnte sein, daß sie noch schläft. Sie hat mit uns meditiert.« Er nickte in Richtung einer mit Läden verschlossenen Doppeltür.

»Glauben Sie, ich könnte mit ihr sprechen?«

»Sonia?« rief Raziel.

Es ertönte eine leise Antwort. Lucas ging zur Tür und klopfte an den Laden.

»Herein«, sagte sie.

»Ich bin's«, sagte Lucas.

»Ja«, sagte sie. »Ich habe Sie gehört.«

Er trat ein. Sie hatte sich in eine Dschallaba gehüllt.

»Warum sind sie hier?« fragte er sie leise. »Warum haben Sie sie hier einziehen lassen?«

»Weil Berger es mir gesagt hat«, erwiderte sie. Ihre Augen leuchteten. »Berger war ein hervorragender Kenner der Kabbala. Er hielt sie für eine sufistische Lehre. Gegen Ende nannte er De Kuff al-Arif. Das war der Name, mit dem er Abdullah Walter angesprochen hat.«

»Wissen Sie, was ich glaube?« sagte Lucas. »Ich glaube, daß Sie glauben.«

Sie lachte, hübsch, wie er fand. Es war schön, daß sie so glücklich war und daß ihre traurigen Augen blitzten.

»Ich glaube an die Gläubigen«, sagte sie. »Weil es zu allen Zeiten nur die Bruderschaft derer gibt, die nach der Wahrheit streben. Und die Schwesternschaft natürlich.«

»Hat Berger das gesagt?«

»Ja, das hat er gesagt. Raziel und De Kuff sagen es auch. Glauben Sie das nicht?«

»Dort, wo ich herkomme, sagt man: ›Herr, ich glaube; hilf meinem Unglauben.‹«

Die Doppeltür wurde geöffnet, und Raziel trat ein. Er hat Angst, mich mit ihr allein zu lassen, dachte Lucas verärgert und wütend.

»Dann komme ich also in Ihrem Projekt vor?« fragte sie. »In Ihrer Story?«

»Na klar.«

»Und wenn ich langweilig bin?«

»Das Risiko gehe ich ein«, sagte Lucas. »Ich langweile mich nicht so schnell.«

»Ich hoffe, daß es auch zu Ihrem Projekt gehört, die Schriften zu studieren, Christopher«, sagte Raziel. Die Vertraulichkeit und der ermahnende Ton verärgerten Lucas noch mehr.

»Tja, den Arabischkurs beim YMCA habe ich aufgegeben. Jetzt bin ich an der Hebräischen Universität eingeschrieben. Allerdings habe ich nicht das Gefühl, daß es viel bringt.«

»Nein?«

»Ich bin nicht gut in Sprachen.«

Er hatte einen Kurs für klassisches Hebräisch belegt und außerdem einen, der – mit Anklängen an den Broadway – »Traditionen« hieß. Dieser war ihm von Obermann empfohlen worden. Er wurde von einem alten litauischen Holocaust-Überlebenden namens Adler geleitet und zielte in erster Linie auf junge Gaststudenten aus den USA oder Kanada ab, die eine Einführung in jüdische Gebräuche und Traditionen brauchten. Es nahmen auch eine Reihe Nichtjuden teil: ein paar pensionierte Geistliche aus Kalifornien, zwei Männer aus dem Mittleren Westen und einige reisende Berufsstudenten.

Das Seminar bot eine Übersicht über den jüdischen Glauben von den Hasmonäern über Hillel und Philo, Maimonides und

Nachmanides bis hin zu Buber und Heschel. Es vermittelte Wissen über den Einfluß des Neoplatonismus im zweiten Jahrhundert und moderne, zeitgenössische Auslegungen, die auf rationaleren Gedankengängen beruhten. Adlers Leidenschaft – die er vergeblich zu verbergen suchte – war jedoch die Lurianische Kabbala. In der modernistischen kritischen Tradition schrieb er den *Sohar* Moses de León zu.

Zu Lucas' Überraschung hatte Adler ihn angesprochen, vielleicht weil er eine spontane persönliche Zuneigung zu ihm gefaßt hatte, vielleicht aber auch, weil Adler von Lucas' Vater gehört hatte und stolz war, den Sohn eines solchen Gelehrten zum Schüler zu haben. Sie hatten sich gut verstanden, und Adler hatte ihm zwei Bücher empfohlen, die nicht auf der Leseliste standen. Das eine war eine Übersetzung von Teilen des *Sohar*, das andere stammte von einem chassidischen Rabbi und befaßte sich mit Gematrie und den heiligen Bedeutungen der hebräischen Buchstaben. Adler war der Meinung, daß die Beschäftigung mit diesen Dingen eine gute Methode war, um sich diese alten Zeichen zu merken und sie in sich aufzunehmen.

Raziel lächelte. »Adler – ein Mitnag.«

»Keineswegs«, sagte Lucas.

»Aber ein guter Mann«, fügte Raziel hinzu.

In der Stille, die nun eintrat, hörten sie die Spatzen in den alten Mauern zwitschern.

»All diese Altstadthäuser sind voller Sperlinge«, sagte Raziel, und es war, als spräche er einen Bann. »Ich mag sie. Die Sperlinge.«

»Warum?«

»Weil wir hier alle Sperlinge sind.«

Lucas kam zu dem Schluß, daß es an der Zeit war, sich Notizen zu machen. Er holte sein Büchlein hervor und schrieb: *Sperlinge*. Für sich allein wirkte das Wort bedeutungslos, und so steckte er das Buch wieder ein.

»Wo ist eigentlich Mr. De Kuff?« fragte er schließlich. »Kann ich mit ihm sprechen?«

»Er hat den ganzen Tag in Kavannah verbracht«, sagte Raziel. »Als Vorbereitung auf die Devekut.« Er sah Lucas leicht amüsiert an. »Sie wollten was sagen? Na los, sagen Sie's, nur keine Schüchternheit. Sie haben ein Recht darauf, es ist schließlich Ihre Sprache. Kavannah.« Er sprach das Wort sorgfältig aus und ließ den Konsonanten am Wortanfang knacken.

Lucas merkte, daß er die Lippen anscheinend stumm mitbewegt hatte, und ärgerte sich. Aber er wiederholte die Worte laut, angeleitet von Raziel. »Kavannah. Devekut.« Er konnte die Buchstaben, aus denen die Worte zusammengesetzt waren, fast vor sich sehen.

»Sehr gut, Mann«, sagte Raziel. »Man könnte Sie glatt für einen Juden halten.«

Sonia lachte vergnügt.

Um sich zu revanchieren, sagte Lucas zu Raziel: »Ich habe gehört, daß Sie eine Zeitlang Drogenprobleme hatten.«

Raziel verstummte.

»Ich hab's ihm erzählt«, gestand Sonia. »Ich hab ihm auch von mir erzählt.«

»Ich war ein gewöhnlicher Junkie«, sagte Raziel.

»Und ein Jude für Jesus?«

»Was ist mit Ihnen?« fragte Raziel. »Wofür waren Sie? Wofür sind Sie jetzt? Was, wenn ich Sie frage, warum Sie trinken?«

Immer lächelnd, schrieb Lucas und ignorierte die unverschämten Gegenfragen, so gut er konnte. *Gönnerhaft überheblich, aber wahrscheinlich einfach nur durchgeknallt.*

»Gehen Sie nicht zu Obermann«, sagte Raziel eindringlich. »Kommen Sie zu uns. Sie kennt Ihren Tikkun.« Lucas sah, daß er Sonia meinte. Er wollte erklären, daß er nicht Obermanns Patient war, sondern mit ihm zusammenarbeitete, doch er war so erstaunt darüber, daß Sonia angeblich seinen Tikkun kannte, daß er nichts sagte. Raziel betrachtete ihn mit dem glühenden Blick eines Liebhabers, eines Verführers.

»Stimmt das?« Er sah Sonia an. »Wirklich?«

Im Seminar hatte er gelernt, daß der Tikkun auf ein Urereignis am Anbeginn aller Zeit zurückging. Nach der Doktrin des Mystikers Isaak Luria hatte sich der Allmächtige im ersten und größten Mysterium aus der Schöpfung zurückgezogen und Seinen verwaisten, verstoßenen Kreaturen Emanationen Seiner selbst hinterlassen. Die Kraft dieser Emanationen war so groß, daß das Sein sie nicht zu fassen vermochte. Von Anfang an war es der Zweck des Universums gewesen, den Tikkun

– die kosmische Harmonie und Gerechtigkeit – wiederherzustellen, eine Aufgabe, die irgendwie der Menschheit zugefallen war. Und jeder Mensch, glaubten einige Kabbalisten, war ein Mikrokosmos, eine Abfolge von Seelen, und mühte sich mit seinem eigenen Tikkun durch einen Prozeß von Inkarnationen, der Parzufim genannt wurde.

»Ja«, sagte Sonia. »Ich glaube schon.«

Quatsch, dachte Lucas. Doch er fühlte sich ihr nahe.

»Wenn Sie meinen Tikkun kennen«, fragte er, »dann sagen Sie mir, was ich tun muß, um ihn wieder in Ordnung zu bringen?«

»Was Sie tun sollten, um gerettet zu werden?« fragte Raziel lächelnd. Es war die Frage, die der reiche junge Mann im Lukasevangelium Jesus gestellt hatte. Obgleich er selbst nie reich gewesen war, hatte sich Lucas oft mit diesem Mann identifiziert.

»Öffnen Sie Ihr Herz«, sagte Sonia. Unwillkürlich starrte er sie an. Sagte sie das zu ihm im besonderen? Oder war das einer von diesen New-Age-Sprüchen? Er war dabei, sich in sie zu verlieben.

Absurderweise schrieb er es auf. Der Gebetsruf erklang. *Es gibt zu allen Zeiten nur die Bruderschaft derer, die nach der Wahrheit streben.* Das stand im Koran. Er war sich überdeutlich bewußt, daß Raziel ihn beobachtete.

»Sie zitieren aus dem Neuen Testament«, sagte Lucas zu ihm. »Darf ich daraus schließen, daß Sie noch immer eine Art Christ sind?«

»Das Christentum ist nicht der Glaube an die Erlösung. Vielleicht war es das einmal. Im Talmud heißt es: ›Am Vorabend des Passahfestes hängten sie Yeshu.‹ Das ist alles. Doch in der Kabbala finden sich zahllose Hinweise auf ihn. Und er war nur einer von vielen.«

»Das ist, scheint mir, eine recht unkonventionelle Auslegung«, bemerkte Lucas.

»Als Junge waren Sie fromm. Stimmt's, Sonia? Ich rate nur«, sagte Raziel zu Lucas. »Aber sie weiß es.«

»Ja«, sagte sie. »Ja, ich glaube, er war fromm. Er stand uns schon immer nahe.«

»Sie standen uns schon immer nahe. Jede Seele, die in Ihnen

wohnt, ist ein Teil unserer Gemeinschaft. Sie sind ein bißchen wie der Rev. Die Verbindung von Hülle und Licht verwirrt Sie und macht Sie unglücklich. Jede Seite bindet die Kraft der anderen – sie verschmelzen. Sie sind einer der Menschen, die die Sonne aufgehen hören.«

Wie schmeichelhaft, dachte Lucas. Und unwillkürlich auch: Wie angenehm! Etwas Besonderes zu sein. Teil einer schönen und mysteriösen Entwicklung zu sein. Auserwählt zu sein. Insgeheim fand er den Gedanken nicht abwegig, und das Kind in ihm wollte daran glauben – hier, in Jerusalem, zwischen diesen zeitlosen Mauern. Es war so verführerisch. Und es war erstaunlich, wieviel Autorität dieser junge Raziel ausstrahlen konnte.

»Sagen Sie mir: Was bedeutet Mr. De Kuff für Sie?« fragte Lucas. »Oder« – an Sonia gewandt – »für Sie?«

»Haben Sie mal Marx gelesen?« fragte Raziel. »*Der achtzehnte Brumaire des Louis Napoleon?*«

Tatsächlich hatte Lucas das gelesen. Er hatte nicht gedacht, daß ihn jemals jemand danach fragen würde. »Zufällig ja«, sagte er. »Hat er darin nicht geschrieben, daß die Geschichte sich immer wiederholt? Zuerst geschieht sie als Tragödie und dann noch einmal als Farce.«

»Das Leben ist tragisch und absurd«, sagte Raziel. »Es treten immer wieder die gleichen Figuren auf. Das ist das Geheimnis der Thora. Maimonides selbst hat gesagt, daß der Messias stets auf neue wiederkehren wird, bis der Glaube stark genug ist.«

»Und Sie sagen, daß De Kuff dort ...« Er zeigte in Richtung des anderen Raums.

»Wer war Yeshu?« fragte Raziel. »Wer war Sabbatai?«

»Sie waren falsche Messiasse«, antwortete Lucas. Gegen alle Vernunft hatte er das Gefühl, Gott zu lästern.

»Sie waren nicht falsch. Die Menschen waren falsch. Und darum wurde der Tikkun nicht wiederhergestellt. Darum war es nicht ›wie im Himmel, so auf Erden‹.«

»Und wir verraten immer unsere Messiasse?«

»Die Erbsünde ist das Mysterium der Schöpfung«, sagte Raziel lächelnd. »Wir verändern uns, wir versagen, aber die Thora bleibt und verändert höchstens ihre äußere Gestalt. Die Möglichkeit, den Tikkun wiederherzustellen, kommt immer wieder.«

»Tja«, sagte Lucas, »ich glaube, man könnte sagen, daß Marx

ein großes Interesse daran hatte, den Tikkun wiederherzustellen, nicht?«

»Das könnte man sagen. Von Einstein könnte man dasselbe sagen. Oder von Ihnen. Oder von Sonia und mir.«

»Alle streben nach dem Tikkun?«

»Vielleicht«, sagte Raziel, »strebt den Tikkun nach uns.«

Marx, Einstein, schrieb Lucas in sein Notizbuch. *Wir streben nach Tikkun, Tikkun strebt nach uns. Ihm, mir, Sonia B. Verraten immer unsere Messiasse.*

»Sehen Sie denn nicht, daß es wahr ist, Chris?« fragte Sonia ihn.

»Er sieht es«, sagte Raziel zu ihr. »Und seien Sie nicht beleidigt«, fuhr er, an Lucas gewandt, fort. »Wir alle hier sind Mutanten. De Kuff ist zum katholischen Glauben übergetreten und jeden Morgen zur Kommunion gegangen. Ich war ein Jude für Jesus. Sonia ist Sufi und war Kommunistin.«

»Und«, fragte Lucas, der sich keine Notizen mehr machte, »kennen wir die tatsächliche Thora?«

»Nur ihre äußere Gestalt«, sagte Sonia.

»Nur ihre äußere Gestalt«, sagte Raziel.

»Und ich?« fragte Lucas. (Was ist mit mir?) »Gehöre ich auch dazu?«

»Ja«, sagte Sonia. »Sie haben schon immer dazugehört. Seit wir auf dem Sinai gestanden haben.«

Echter Wahn, schrieb Lucas. Noch immer wollte er Sonia gefallen.

»Seien Sie nicht ungeduldig, Chris«, sagte sie. »Vergessen Sie nicht, wo Sie sind. Daß Sie in Jerusalem sind. Was hier geschieht, ist nicht so wie anderswo. Manchmal verändert das, was hier geschieht, die Welt.«

»Tja«, sagte er, »ich sollte mich jetzt besser auf den Weg machen. Die Musik hat mir gefallen. Das Gespräch ebenfalls.« Er ging, etwas unsicher, die Treppe hinunter.

»Er ist einer von uns«, sagte Raziel. »Er hat einen Anteil an dem, was geschehen wird.«

Sonia sah Lucas nach, als er aus dem Innenhof auf die Straße trat.

»Ruh dich etwas aus«, sagte Raziel zu ihr. Gehorsam ging sie in ihr früheres Zimmer.

Er klopfte an die Tür zu De Kuffs Raum und trat ein. Der alte Mann schien zu schlafen, doch gleich darauf sah Raziel, daß er wach war und litt. Raziel betrachtete ihn und dachte über die Tiefe von De Kuffs Einsamkeit und seinen verzweifelten Wunsch zu beten nach. Wann immer er einen Gedanken De Kuffs las, sprach er ihn aus und erntete Überraschung. Wenn es auch eine Manipulation war, so diente sie doch einem denkbar guten Zweck.

»Wenn ich doch nur etwas tun könnte«, sagte De Kuff und wischte sich die Tränen aus den Augen. In letzter Zeit hatte er einen Hang zum Weinen entwickelt, den er anscheinend nicht zu beherrschen vermochte. Niemand konnte leugnen, daß er ein Schmerzensmann war.

»Du ringst«, sagte Raziel. »Du leidest. Der Rest ist für uns.« Er machte eine Faust und öffnete sie – die Geste, mit der er das ganze Universum bezeichnete.

»Aber ich kann es nicht«, sagte De Kuff. »Oft kann ich einfach nicht glauben, was du mir sagst.«

»Du mußt es glauben«, sagte Raziel. »Wenn du aufhörst zu glauben, sind wir verloren.«

Der Gedanke, er könnte De Kuff, er könnte die Erlösung und seinen Anteil daran verlieren, machte ihm schreckliche Angst. Vor langer Zeit, als Junge, hatte er um die Erhaltung seines Lebens mit einer solchen Distanziertheit gebetet, daß seine Eltern den Verdacht hatten, er habe suizidale Tendenzen. Sie hatten ihn zu einem Kinderpsychologen geschickt, und der Psychologe hatte ihm gesagt, er solle seine Träume aufschreiben.

Einmal war bei einem Gespräch zwischen Raziel und dem Psychologen dieses Traumbuch zur Sprache gekommen.

»Ich führe dieses Traumtagebuch nicht, weil Sie es mir gesagt haben«, hatte Ralph Melker voller Wut gesagt.

»Warum dann?« hatte der Psychologe gefragt.

»Um meine Träume zu untersuchen«, hatte Ralph triumphierend geantwortet. »Um zu sehen, wer ich bin.«

Er hatte sich, obgleich er kaum mehr als ein rudimentäres Wissen von Gematrie besaß, für Dinge interessiert, die ihn nichts angingen, und gelesen, daß Hayyim Vital, ein Kabbalist aus dem sechzehnten Jahrhundert, das gleiche getan hatte, in der Hoffnung, in seinen Träumen die Wurzeln seiner Seele zu erkennen. Der Psychologe war mit seinem Latein ziemlich am Ende gewesen: Ralphs Vater war Politiker – eigentlich hatte die Familie keinen sehr religiösen Eindruck gemacht.

»Werde ich je imstande sein zu beten?« fragte De Kuff Raziel.

»Du bist zu nahe. Dein ganzes Leben ist Gebet.«

»Ich glaube, ich möchte wieder zur Mauer gehen, zum Kothel.«

»Eines Tages wirst du das tun«, sagte Raziel. »Und sie werden dir folgen.« Es war schwer, den alten Mann aufzurichten, wenn er selbst so verzweifelt war. »Du wirst durch das goldene Tor einziehen, und ich werde bei dir sein.«

Doch Raziel konnte sich nicht vorstellen, wie es wirklich sein würde. Die prophetischen Sätze wirkten formelhaft wie Klischees. Allgemeines Frohlocken. Musik, wie man sie noch nie gehört. Die Spießer sollen hip werden, und was hügelig ist, soll eben werden.

Im tiefsten Herzen glaubte Raziel. Er hatte sich so abgemüht. Er hatte so lange die schreckliche Stille ertragen und auf das leiseste Flüstern in seinem Innern gelauscht. Einmal hatte ein weiser Chassid ihm gesagt: Wenn die Zeit am schwersten ist, warte – warte auf den ganzen Text, das ganze Alef-bet, warte auf das Ende. Der letzte Buchstabe – Taw – war Liebe. Liebe war Verstehen. Er hatte De Kuffs Leben übernommen und sein eigenes aufgegeben. Nun würden sie auf das Taw warten müssen.

16 An diesem Abend starrte Lucas in seiner neuen Wohnung auf seine dürftigen Notizen. Er fühlte sich erschüttert, verängstigt und allein, verfolgt von unvernünftigen Sehnsüchten, und konnte sich vorstellen, daß sie Teil seines Wesens waren, ererbt und genährt über eine gewaltige Zeitspanne.

Andererseits: Wenn er sich mitreißen ließ, wäre das nur gut für die *Story*, das Projekt. Er würde über vieles schreiben können. Und wenn es eine Gefahr gab, dann lag sie in der Größe dieser Sache.

Von Ralph Melker hatte er ein ziemlich klares Bild. Als Junge ein bißchen zu sensibel, ein bißchen zu intelligent und außerdem religiös. Lucas empfand unwillkürlich Sympathie für ihn.

Ein vielversprechender Junge, ein Gläubiger – und dann entdeckt er die Musik. Aber mit der Musik entdeckt er auch die Drogen. Und von dort muß er seinen eigenen Weg zurückfinden und in gewisser Weise sein eigener Messias sein.

Seit seiner Zeit an der Columbia kannte Lucas sich mit Junkies aus. Er hatte ein paarmal Junk probiert; einige seiner Freunde waren daran hängengeblieben. Das Aufhören war mörderisch, jeder Tag ein neuer Kampf.

In dieser schrecklichen Zeit hatte Raziel, wie viele andere, der Gnade bedurft. Und dann hatte er sie gefunden, am oberen Ende der Zwölf Stufen, so schön, wie die Dichter sie zu beschreiben gewagt hatten. Die Gnade war ein Gemälde von Botticelli, sie stammte von Kore, von Persephone ab, war aber eigentlich christianisiert. Die Gnade war erstaunlich, unbeschreiblich, unverdient, weiblich und mit christlicher Verehrung so lange geglättet und poliert worden, bis sie jener Barmherzigkeit glich, die Shakespeare dem verständnislosen Shylock, dem Sklaven des Gesetzes, glaubte erklären zu müssen. Man mochte sie als Schechina betrachten, als Gegenwart Gottes, doch die Schechina konnte niemals nur für einen einzelnen dasein – im Gegensatz zur Gnade, die einem ganz allein gehören konnte, wie Mama. Und Abhängigkeit war so christlich, so schwach und süß.

So hatte sich die Gnade über den jungen Raziel gesenkt, hatte ihm seine Musik zurückgegeben, ihn aufgerichtet und ihn den Zelten Israels entfremdet. Aber Raziel hatte immer schon mehr gewollt: Er wollte ein Abtrünniger, ein Messias und obendrein ein Mingus sein. Und wenn es in Pontiac Park einen Jungen gab, der das draufhatte, dann war es Ralph Arthur Melker. Ein unglaublicher Musiker.

Es war seltsam, dachte Lucas, daß Messiasse irgendwie immer wieder ausgerechnet unter den Juden auftauchten, einem Volk, das durch Verfolgung, Vertreibung und Vernichtung so überaus vorsichtig und kritisch geworden war. (Und was ist mit mir?) Und doch war nach sechstausend Jahren tiefgründiger Spekulation und wetteifernden Humors ein Wunder in Israel immer noch mehr wert als ein Aphorismus.

Und wie schlau, wie vorausschauend von Raziel, die Erwähltheit eines anderen zu entdecken, eines verirrten, demütigen Menschen, eines ängstlichen, verwundeten Suchenden wie Adam De Kuff, und sein Johannes der Täufer zu sein.

Nur ihre äußere Gestalt, hörte er Sonia sagen. Ja, die *Story*, das Projekt, lief gut. Doch während er Raziels begeisterten, coolen Junkie-Gedankengängen zugehört hatte, war ihm der Verdacht gekommen, daß er, Lucas, auf Schwierigkeiten stoßen würde. Und zwar, weil er war, was er war. Weil er hier in Jerusalem war, wo der Wind aus Judäa den Allmächtigen pries, wo jede leise Brise mit Gebeten beladen war und ein Fluch auf jeder Kreuzung ruhte. Wo die Steine nicht einfach Steine waren, sondern auf den Herzen lagen oder beweint oder anstelle von Brot gegeben wurden. Lucas hatte selbstbewußt, aber irrtümlich angenommen, er sei darüber hinaus, mußte jedoch feststellen, daß dies in Wirklichkeit ein Teil seiner selbst, seines Wesens war. Raziel hatte recht: Es war der Grund, warum er hierhergekommen war. Er litt selbst am Jerusalem-Syndrom. In ihm gab es einen Willie Ludlum, einen heiligen Narren. Raziel hatte es ausgesprochen: Er war ein Sperling wie die anderen.

Mit einemmal wurde Lucas bewußt, daß Raziel sie alle gerufen hatte. Vielleicht war er wirklich nur durchgeknallt, aber er war auch ein Mann, der Wunder wirken konnte. Er hatte etwas Wiedergeborenes an sich.

Lucas mixte sich einen Drink und sah »Sperling« in der Konkordanz seiner Bibel nach. Mehr konnte er nicht tun, denn alle seine Nachschlagewerke waren infolge seines Exils verstreut, und im Gegensatz zu seinen älteren Kommilitonen an der Hebräischen Universität kannte er kaum den Unterschied zwischen Tannaim und Amoraim, zwischen Mischna und Gemara. Auf dem Heimweg hatte er zum erstenmal bemerkt, daß die Stadt voll von diesen kecken Vögeln war.

In der Bibel kamen Sperlinge nur an drei Stellen vor. Zwei davon befanden sich im Alten Testament, in den Psalmen. Die erste war in Psalm 84, wo das glückliche Tier im lebendigen Gott ein Haus gefunden hatte. Der zweite Sperling jedoch, in Psalm 102, war verloren und schrecklich einsam. Sein Herz war geschlagen und verdorrt wie Gras. Er wachte und klagte auf dem Dach, so unglücklich wie die Eule in der Einöde und das Käuzchen in den Trümmern.

Der dritte Sperling war der im Lukas- und im Matthäusevangelium, das Fünf-für-zwei-Pfennige-Tier, das nicht auf die Erde fiel und um das man sich keine Sorgen zu machen brauchte, weil der himmlische Vater für es sorgte. Der, auf den alle ihre Hoffnung setzten.

Gedichtfragmente fielen ihm ein: *Cape Ann* von T. S. Eliot, dem Judenhasser.

> O *vide, vide, vide, vide* – hör den Singsperling,
> Sumpfsperling, Fuchssperling, Vespersperling
> Am Morgen und am Abend ...

Er brauchte nur an Vespersperlinge zu denken, an den Schatten ihres Namens, und schon hörte er, wie sie an einem Sommerabend in einem Wäldchen zwitscherten. Es war ein süßer Lockruf, der Ruf zum Gebet.

Später am Abend ging er zu Fink's, um sich wieder einmal auf engem Raum zu betrinken. Es war nicht viel los – der Barkeeper wirkte heute besonders niedergedrückt, und der Ober seufzte oft und sang leise ungarische Lieder.

»Was fällt diesem Burschen eigentlich ein«, fragte Lucas sich laut, aber diskret, »mich einen verdammten Sperling zu nennen?« Bei Fink's waren Selbstgespräche nichts Ungewöhnliches.

Der Barkeeper zuckte die Schultern und sah englischer und perelmanesker aus denn je. Der Ober murmelte und faltete Servietten. Der drusische Moderator der Abendnachrichten und einige Kollegen saßen an einem Ecktisch und steckten die Köpfe zusammen.

»›Es waltet eine besondere Vorsehung über den Fall eines Sperlings‹«, zitierte Lucas. Das war natürlich nicht die Bibel, sondern Shakespeare. »›Nicht im geringsten!‹« erklärte er. »›Ich trotze allen Vorbedeutungen.‹«

»Nicht schlecht«, sagte der melancholische Barkeeper.

17 Eines Sommermorgens begleitete Lucas Dr. Obermann bei seiner Visite in der psychiatrischen Klinik bei Schaul Petak, in der Leute behandelt wurden, die an religiösem Wahn litten. Die Klinik lag knapp außerhalb von West-Jerusalem. Es war ein nüchtern wirkendes Gebäude im israelischen sozialistisch-realistischen Stil, einer architektonischen Formgebung, die allen religiösen, philosophischen, poetischen oder sonstwie gearteten Spekulationen entgegenzuwirken schien.

Sie begegneten einigen berühmten Gestalten aus der Schrift. Noah war da und warf bedenkliche Blicke auf den smogverhangenen Himmel. Samson war da, ungefesselt, aber streng überwacht und in einer Einzelzelle. Er verzog über Lucas' philisterhaften Mangel an Körperkraft höhnisch das Gesicht. Johannes der Täufer war mehrmals vertreten und hatte seinen Fellbikini gegen ein Anstaltsnachthemd eingetauscht. Es gab wiedergekehrte Jesusse, allesamt enttäuscht über ihren Empfang, und einige jüdische Messiasse, von denen einer in einem anderen Leben General George Patton gewesen war.

»Morgens ist normalerweise ihre beste Zeit«, sagte Obermann. »Nicht für sie, sondern für den, der ihr Leiden studieren will. Sie sind natürlich medikamentös ruhiggestellt. Samson beispielsweise bekommt Haldol in hoher Dosierung und will trotzdem immer den Tempel Dagons zum Einsturz bringen.«

»Glauben Sie, er hat den Film gesehen?« fragte Lucas. »Mit Victor Mature?«

Dr. Obermann erachtete diese Frage als unter seiner Würde.

»Die Sache mit Verrückten ist die, daß sie wie alle anderen Leute sind«, erklärte er Lucas. »Manche sind von Natur aus interessant, witzig und phantasievoll. Andere sind langweilig und monoton – sie reden und reden immer das gleiche. Ich versichere Ihnen, es gibt auf der Welt nichts Langweiligeres als einen elaboriert wahnhaften paranoiden Schizophrenen, der ungebildet und dumm ist und alles wörtlich nimmt.«

»Offenbar hegen Sie keine sentimentalen Gefühle für Ihre Patienten«, bemerkte Lucas.

»Ich?« fragte Obermann. »Sentimentale Gefühle? Wirklich nicht. Dazu habe ich viel zu viele gesehen.«

»Ich verstehe«, sagte Lucas.

»Aber das kann ich Ihnen sagen«, fuhr der Arzt fort. »Wir können die Verrückten nicht für die Probleme der Welt verantwortlich machen. Die meiste Schuld am menschlichen Elend haben die nominell Normalen.«

An diese Erkenntnis dachte Lucas, als er unterwegs zum »Haus des Galiläers« war. Es lag in New Katamon und war früher die Villa eines reichen arabischen Kaufmanns gewesen. Durch ein massives Tor, in das Koranverse geschnitzt waren, trat man in einen Garten voller Obstbäume. Der Originalschlüssel hing zweifellos an einer Wohnzimmerwand in Abu Dhabi oder Detroit und wurde bei passender Gelegenheit stolz präsentiert. Wenn die Familie Pech gehabt oder schlecht gewirtschaftet hatte, hing der Schlüssel jetzt in einer Baracke bei Gaza oder Beirut.

Entlang der Gartenmauer gab es eine Reihe kleiner Steinhäuser. Ihre Türen standen offen, und als Lucas durch den Garten zum Büro der Organisation ging, blieb er kurz stehen und sah ins Innere. Gewiß waren hier früher die Dienstboten des Kaufmanns untergebracht gewesen, doch alle Spuren etwaiger arabischer Bewohner waren getilgt. Der nahöstliche Einrichtungsstil war durch einen anderen ersetzt worden, der eine weder israelische noch amerikanische Atmosphäre erzeugte, sondern eher an die britische Kolonialzeit denken ließ. Das »Haus des Galiläers« war erst seit weniger als zwanzig Jahren im Besitz der Villa, doch die Bewohner hatten anscheinend – und sicher ohne besondere Absicht – jedes transportable Relikt der britischen Herrschaft hierhergeschafft, das seit den Tagen Ismail Paschas in der Levante zurückgeblieben war.

Der winzige Raum, den Lucas sah, wirkte, als würde er vom Besitzer einer indischen Hill Station bewohnt, der Heimweh nach seinem Häuschen am Lake Windermere hatte. Es gab Holztäfelungen und mit Trauerweiden bemalte Teller, bequem gepolsterte Sofas, Eichentische mit Zierdeckchen aus irischen Spitzen, ein Bett mit einer walisischen Tagesdecke und Drucke,

170

die Hochlandrinder und tapfere Leuchtturmwärterfrauen darstellten. An den gegenüberliegenden burgunderfarbenen Wänden des halbdunklen, nur durch ein Fenster erhellten Raumes hingen einige von Peters' Ansichten von Jerusalem und Holman Hunts »Der Sündenbock«.

Am Eingang des Haupthauses läutete Lucas. Er nahm an, daß ein arabischer Diener ihm öffnen würde, doch statt dessen erschien eine junge Frau, offenbar Amerikanerin. Sie war groß, blond und von jungfräulicher Züchtigkeit. Ihre Schönheit wurde nur durch die leicht ekzemische Röte ihres Gesichts gemindert. Sie schüttelten sich die Hände, und sie stellte sich als Jennifer vor.

Jennifer führte ihn in ein Büro mit dicken Wänden, das mit schönen türkischen Teppichen und skandinavischen Möbeln ausgestattet war. Der Raum war einst sicher das Kontor des Effendis gewesen. Er bekam wenig Tageslicht und wurde daher von schlanken Deckenleuchten erhellt. Am einen Ende stand ein maßstabsgetreues Modell eines uralten Bauwerks. Die Präsentation erinnerte an die Vitrinen mit ägyptischen Tempeln im Metropolitan Museum in New York.

Ein Mann in einem häßlichen braunen Sommeranzug und einer Krawatte in der Farbe einer vertrockneten Brokkolipizza saß am Ende eines langen Mahagonitisches. Am anderen Ende thronte wie seine Prinzgemahlin eine Frau in einem gelben Hosenanzug. Sie hatte ein langes Pferdegesicht, kurze, dunkle Haare und vorstehende Zähne.

Der Mann erhob sich. »Hallo, mein Lieber.«

Lucas dachte, er müsse diesen Mann kennen, merkte aber gleich, daß dem nicht so war. Die Frau stand ebenfalls auf.

»Willkommen im ›Haus des Galiläers‹«, sagte sie im Tonfall einer Stewardess. Lucas hatte stark das Gefühl, daß dies früher ihr Beruf gewesen war.

»Ich bin Dr. Otis Corey Butler«, erklärte der Mann. Er war gepflegt und braungebrannt und hatte ein entschlossenes, waches schottisch-irisches Gesicht. Er hätte ebensogut Farmer in Carolina sein können. Gutaussehend. Die Krawatte allerdings war ein Makel. »Und das ist meine Frau Darletta, von der ich mit Stolz sagen kann, daß sie ebenfalls Dr. Butler ist.«

Lucas stellte sich den Dres. Butler vor.

171

»Dr. Ericksen hat mir empfohlen, mich an Sie zu wenden«, sagte er. »Ich recherchiere über religiöse Gruppen in Jerusalem.«

»Dr. Ericksen ist nicht mehr für uns tätig«, erwiderte Darletta. »Für wen, sagten Sie, arbeiten Sie?«

»Ich schreibe eine Story für das *New York Times Magazine*.« Tatsächlich hatte er vor einigen Monaten ein recht unverbindliches Gespräch mit jemandem von der Redaktion gehabt. »Und ich möchte ein Buch über dieses Thema machen.«

»Ich werde Ihnen unsere Pressemappe geben«, sagte Dr. Otis Corey Butler. »Darin finden Sie unsere Geschichte und besonders die relevanten Bibelzitate. Einiges in dieser Mappe kommt frisch aus der Presse und enthält Projektinformationen, über die noch nie berichtet worden ist. Ich bin sicher, sie wird Ihnen eine große Hilfe sein. Da ist«, fügte er hinzu, »praktisch alles drin.«

Er kam Lucas vor wie ein Verkäufer, der es gewöhnt war, daß Journalisten seine Pressemappe nahmen und, wenn nötig, wörtlich abschrieben. Zweifellos hielt er sich für einen Mann des Wortes.

»Setzen Sie sich doch, Chris«, sagte Darletta, als er die Mappe im Stehen durchblätterte.

Lucas' Blick fiel auf ein Projekt, bei dem es um die Erhaltung des Aramäischen als gesprochene Sprache ging. Anscheinend gab es irgendwo im Irak ein paar Dörfer, wo noch Aramäisch gesprochen wurde.

»Das ist interessant«, sagte er. »Aramäisch als gesprochene Sprache.«

»Wir finanzieren Lehrer, die die Kinder auf aramäisch unterrichten«, erklärte Darletta. »Wir haben das Programm sogar während des Golfkriegs aufrechterhalten können.«

»Aramäisch«, warf Dr. Otis Corey Butler ein, »war die Sprache, die unser Herr Jesus gesprochen hat.«

»Ja«, fügte Dr. Darletta hinzu, »die Worte unseres Herrn waren aramäisch.«

»Sind Sie jüdischer Abstammung?« fragte Dr. Otis Corey Butler. »Oder anderer?«

»Jüdischer und anderer«, sagte Lucas. »Ist der Fonds für die Erhaltung des Aramäischen gut ausgestattet?«

Die beiden sahen ihn ausdruckslos an.

»Ich meine«, erklärte Lucas, »bekommen Sie eine Menge Spenden dafür?«

»Das Projekt«, sagte Dr. Otis Corey Butler, »trägt sich selbst.« Die Herzlichkeit in seiner Stimme hatte ein wenig nachgelassen.

»Und Sie sammeln Spenden mit Hilfe von Anzeigen in Kirchenblättern?« fragte Lucas. »Und durch Direktwerbung?«

Die Dres. Butler wirkten jetzt regelrecht beunruhigt.

»Ja«, sagte Darletta. »Das tun wir.«

»Die Spenden sind steuerlich absetzbar, nicht?«

»Selbstverständlich«, sagte Dr. Otis Corey Butler. »Wir sind eine religiöse Organisation. Wir müssen diese irakischen Kinder ja auch kleiden und ernähren. Sie leben in großer Armut.«

Lucas blätterte weiter in der Mappe. Es stand eine Menge über den Berg Gottes darin und über die Stufen, auf denen Jesus selbst gewandelt war. Ein amerikanischer Astronaut war sie emporgestiegen und hatte erklärt, das sei aufregender gewesen als sein Spaziergang auf dem Mond.

Dr. Otis Corey Butler räusperte sich.

»Wie haben Sie das gemeint, als Sie sagten: ›Jüdischer und anderer Abstammung‹?« fragte Darletta.

Lucas überflog die Projektbeschreibungen und stieß auf eine, in der es um die Überreste des zweiten Tempels und damit auch um den ersten Tempel, den Tempel Salomos, ging. Es gab eine Menge Material über Qumran und einiges über Sprachforschung, aber das zentrale Projekt des HdG schien die Wiederrichtung des Tempels auf dem Tempelberg zu sein. Es hatte irgend etwas mit der Wiederkunft Christi zu tun. Man konnte diese Pressemappe lesen und, angelehnt an ihre schwärmerische Diktion, eine rührselige Geschichte schreiben, ohne den Gedanken, der dahinterstand, zu streifen.

»Ich habe damit gemeint, daß ich gemischter Abstammung bin«, sagte Lucas. »Verstehe ich das richtig?« fragte er. »Ihre Organisation will auf dem Tempelberg den Tempel des Herodes wiederaufbauen?«

»Der Tempel war der Tempel des Herrn«, sagte Darletta in einem Ton, als bestehe sie darauf, daß er vor dem Start seinen Gurt anlege. »Nicht der Tempel des Herodes.«

Wo war ich die ganze Zeit? fragte Lucas sich. Das »Haus des Galiläers« war schon Jahre bevor er nach Jerusalem gekommen war, hier gewesen, mit farbigen Broschüren und einer herrschaftlichen Villa, und er hatte es nicht gemerkt. Es war die ideale Geschichte für einen Mann seiner Herkunft, für einen heimatlosen Mischling, der im Hauptfach Religionswissenschaften studiert hatte.

»Ich wußte, daß es eine jüdische Organisation gibt, die den Tempel wiederaufbauen will«, sagte er. »Die sind in der Altstadt – ich bin dort gewesen. Aber ich hatte keine Ahnung, daß es ein christliches Gegenstück dazu gibt.«

Im jüdischen Viertel hatte ein amerikanischer Rabbi namens Gold einen schicken Ausstellungsraum, wo man im Namen seines Onkels Jack oder seiner Tante Minnie ein Fenster, einen Flügel oder eine Menora für den neuen Tempel stiften konnte. Daß es auch eine christliche Organisation gab und daß das »Haus des Galiläers« diesen Zweck verfolgte, war ihm neu. Er würde Sylvia Chin noch ein bißchen ausfragen müssen. Keine der Informationen über Willie Ludlum enthielt irgendwelche Hinweise auf die Pläne des HdG. Lucas beschloß, die Sache hinter sich zu bringen und diese peinliche Verbindung anzusprechen.

»Dieser Mann aus Neuseeland«, sagte er, »Ludlum. Der den Anschlag auf den Haram begangen hat. Er war bei Ihnen gewesen, stimmt's?«

Dr. Otis Corey Butler machte ein gleichmütiges, Darletta ein verärgertes Gesicht.

»Ludlum war geistesgestört«, sagte Dr. O. C. Butler. »Seine Wahnvorstellungen waren persönlicher Art.«

»Glauben Sie, die Regierung würde uns hier dulden«, fragte Darletta, »wenn man der Ansicht wäre, daß wir für Anschläge auf heilige Stätten verantwortlich sind?«

Die Antwort auf diese Frage kam Lucas mit überraschender und ungewöhnlicher Klarheit: Es kam darauf an, welche Regierung. Und welche heiligen Stätten.

»Ludlum war völlig verrückt«, sagte Dr. Otis Corey Butler. »Aber als er zu uns kam, konnten wir ihn doch nicht auf die Straße setzen.«

»Und man sah es ihm auch nicht an«, sagte Darletta verdrossen. »Er war still. Schrieb immer in sein Tagebuch. Und war zu allen Leuten höflich.«

»Als er verwirrt schien, haben wir Kontakt mit der neuseeländischen Botschaft aufgenommen«, sagte Otis Butler. »Aber in Neuseeland gab es keine Angehörigen, und er hatte kein Gesetz gebrochen. Schließlich nahm ein Kibbuz ihn auf, einer von denen, die Christen offenstehen.«

»Ich werde jetzt einfach mal den Advocatus diaboli spielen«, sagte Lucas. »Die Zerstörung der Moscheen würde es ermöglichen, den Tempel wiederzuerrichten. Hat es nicht den Anschein, als hätte Ludlum das umgesetzt, was er hier gehört hat, und wäre dabei einen Schritt zu weit gegangen? Oder«, fuhr Lucas fort, »als wäre er ein bißchen zu früh dran gewesen? Es gibt natürlich auch eine Reihe jüdischer Extremisten, die zur Zerstörung der Moscheen aufgerufen haben.«

»Mr. Lucas, Mr. Lucas«, erklärte Otis Butler, »Sie wissen doch sicher, daß alle großen jüdisch-christlichen Doktrinen durch negative Kräfte pervertiert worden sind. Satan hat versucht, sogar Christus zu verführen.«

»Das mag sein«, sagte Lucas.

»Wir und Rabbi Gold kennen einander. Wir sind beide gegen Extremisten. Wir wirken gemeinsam an Wiederaufbaumaßnahmen mit. Wir lehnen Konfrontation ab. In unserer Broschüre werden Sie eine Erklärung von Rabbi Gold finden, in der er deutlich macht, daß Christen sich an der Wiedererrichtung des Tempels werden beteiligen können und daß sie dort ihre Opfer werden darbringen dürfen. Der Tempelvorplatz wird für Christen zugänglich sein, doch das Allerheiligste wird den jüdischen Geistlichen vorbehalten sein. Das akzeptieren wir ohne Wenn und Aber. Nur die Götzendiener und die Verderbten werden nicht in das Haus Gottes eingelassen werden.«

»Und was ist mit den Moscheen?« fragte Lucas. »Was geschieht mit ihnen? Und was ist mit den Juden? Sollen sie am Ende nicht alle zum wahren Glauben bekehrt werden?«

»Äpfel und Birnen«, sagte Darletta Butler.

»Sie verwechseln Äpfel und Birnen«, sagte Otis Butler. »Unsere christliche Politik zielt auf die Auferstehung Israels am Ende aller Tage ab, wie es in der Heiligen Schrift steht. Und zwar im Römerbrief 3,9 und 9,3. Im Galaterbrief 10,4–7. Und in den Büchern Daniel, Hesekiel, Jeremia ...«

Lucas sah von Otis zu Darletta.

»Und im Brief an die Hebräer 8,12–14 und 21«, sagte sie mit einem Lächeln, das sie einst vielleicht bei der Vorführung der Schwimmweste aufgesetzt hatte. »Außerdem im Brief des Judas und in den Briefen an Timotheus und an die Thessalonicher.«

»Wir treten in die letzten Tage ein«, sagte Dr. Otis Corey Butler leise. »Wir treten in den Glauben ein. Wir wissen nicht, wie das Ende sein wird. Manche sind besorgt, ihre Verwandten und Freunde könnten auf einer Schnellstraße unterwegs sein, wenn es soweit ist. Sie stellen sich vor, daß Lastwagen durch die Luft fliegen werden. Wir sind lange genug im Heiligen Land, um wörtliche Auslegungen zu vermeiden. Nur der Herr weiß, was Er mit Seinen moslemischen Kindern und ihren Gebetshäusern tun wird. Nur Er weiß, wie er Seinen ewigen Bund mit Israel erneuern wird. Alle Gerechten werden einen Anteil daran haben. Unsere Waffen sind spiritueller Natur. Unsere Mittel sind Geduld, Brüderlichkeit und das Gebet. Wir wollen dem Licht der Welt den Weg bereiten.«

»Ich verstehe«, sagte Lucas. Er war beeindruckt und sogar ein wenig neidisch. Die Butlers gaben ihm das Gefühl, einfältig und naiv zu sein, als gäbe es in ihren Plänen einen Platz für ihn, wenn er nur etwas intelligenter und tatkräftiger wäre. Sie besaßen genug Humor und Distanz, um recht gut von Dingen zu leben, die er aus irgendwelchen Gründen ernst nehmen mußte.

»Steht nicht irgendwo geschrieben, daß ein Drittel der Menschheit getötet werden wird?« fragte er.

»Die Prophezeiungen sprechen von schrecklichem Leid«, sagte Dr. Otis Corey Butler zufrieden. »Und es wird bald soweit sein.«

Seine Frau lächelte. Lucas fragte sich, woran sie wohl dachte.

Vom »Haus des Galiläers« ging er zum Büro der Menschenrechtskoalition, um mit Ernest Gross zu sprechen. Linda Ericksen stand am Kopiergerät und sah blaß und zittrig aus.

»Alles in Ordnung?«

»Ach«, sagte sie, »hier waren ein paar selbstgerechte Schleimer und haben uns Horrorfilme gezeigt.«

Ernest hatte gerade einen Informationsaustausch mit einer Delegation der Internationalen Kirchenrates zum Thema Abu Baraka und den Morden in Gaza gehabt, von denen die UN, die NGO und seine eigene Organisation berichtet hatten. Auch ihn hatte das Treffen entnervt.

»Die kommen hierher, um ihr christliches Selbstwertgefühl zu polieren«, sagte Ernest zu Lucas und führte ihn in sein Büro. »Juden sind Schweine – das ist alles, was sie wissen wollen. Sie sehen mich an, als wollten sie sagen: ›Warum hast du dich nicht zu Jesus bekehrt?‹«

»Glaubst du, *die* gehen nach Yad Vashem?«

»Wen interessiert das schon?« sagte Ernest. »Ich will sie dort gar nicht haben.«

»Übrigens«, sagte Lucas, »es gibt da ein Phänomen namens *Burnout*. Besonders in deiner Branche. Vielleicht solltest du mal eine Pause machen.«

»Danke.«

Lucas dachte daran, daß er selbst ebenfalls noch nicht in Yad Vashem gewesen war. Dafür gab es viele Gründe, doch sie fügten sich nicht zu einer Erklärung zusammen.

Vor einigen Tagen hatte Ernest ein Video erhalten, auf dem einige uniformierte Israelis in Jabalia einen Palästinenser ins Rektum schossen. Pflichtgetreu hatte er den christlichen Menschenfreunden den Film gezeigt.

»Willst du ihn sehen?« fragte er Lucas.

»Wahrscheinlich sollte ich das.«

Es war ein eigenartiger Film. Eben noch hatte es so ausgesehen, als wäre der Kampf zwischen den beiden – dem Polizisten und dem Mann, der gleich erschossen werden würde – nichts weiter als eine harmlose, wenn auch heftige Balgerei. Sie wälzten sich auf dem Boden und lachten dabei – so schien es jedenfalls. Der Gesichtsausdruck des Mannes mochte eine Grimasse sein oder der verzweifelte Versuch, so zu tun, als wäre alles im Rahmen der Konventionen. Beide waren vollständig bekleidet.

Und dann ein unvermitteltes Zucken, und der Palästinenser wurde leichenblaß und lag mit aufgerissenem Mund da. Der

Schuß schien ihn auf der Stelle getötet zu haben, eine Gnade, für die Lucas dankbar war. Er hatte entsetzt zugesehen, doch die Sache war innerhalb von Sekunden vorüber, bevor das Bewußtsein sie richtig registriert hatte.

»Dumm von ihnen, sich filmen zu lassen«, sagte Lucas, als es vorbei war. »Wer hat den Film gemacht?«

»Das kann ich dir nicht sagen. Aber sie haben ihn uns gebracht.«

»Und ihr wißt, daß das Abus fröhliche Gesellen waren?«

»So nennen sie sich für die Palästinenser. Sie wollen sich einen Namen machen.« Er spulte das Band zurück. »Es sind ein paar Kopien davon im Umlauf. Die Spanier oder die Italiener bringen es vielleicht in den Nachrichten. Die Polizei wird keinen Kommentar abgeben. Inoffiziell werden sie sagen, daß es ein Unfall gewesen sein muß, daß die Leute diesen Typen einschüchtern wollten und es eben schiefgegangen ist. *Unsere* Leute bei der Polizei sagen, daß es Abu war.«

»Schade, daß das Gesicht des Schützen nicht zu erkennen ist«, sagte Lucas. »Es könnte natürlich wirklich ein Unfall gewesen sein.«

»Der Typ, den sie erschossen haben, hatte wahrscheinlich mit anderen das gleiche gemacht«, sagte Ernest. »Ein Spitzel. Aber vielleicht sah er unglücklicherweise bloß einem anderen verdammten Araber ähnlich. Ich meine: Wo ist da eigentlich die Grenze?«

Vor einiger Zeit, unter der vorherigen Regierung, hatte Lucas nach einem für die Bevölkerung von Gaza besonders blutig verlaufenen Tag Golda Meir zitiert. Diese hatte gesagt, sie könne den Arabern alles verzeihen, nur dies nicht: daß sie die Israelis ebenso grausam und brutal gemacht hätten, wie sie selbst es vermutlich seien. Man hatte auf diesen Satz recht oft Bezug genommen.

»Diese Bemerkung«, hatte Ernest gesagt, »bezeichnet den moralischen Tiefpunkt in der Geschichte des Zionismus.«

Bis dahin hatte Lucas Meirs Gedanken eher tiefsinnig und mitfühlend gefunden. Er lernte nicht jeden Tag hinzu. Später hatte ein israelischer Journalist Meirs Satz als »moralischen Kitsch« bezeichnet, und danach hatte man ihn seltener gehört. Wenn es, dachte Lucas, noch immer Zaddikim gab, Männer, die der Gerechtigkeit dienten, dann mußte Ernest einer von ihnen sein, genau wie Zimmer es gesagt hatte.

»Das da ist am hellichten Tag passiert, und die Männer waren in Uniform. Sie werden immer dreister. Sie wollen etwas in Gang setzen.« Er sah Lucas an. »Wirst du was darüber schreiben?«

»Ich habe was anderes vor. Etwas über Religion.«

Ernest sah ihn an, als habe er den Verstand verloren. »Du bist ein solcher Schöngeist. Andere Leute müssen für ihren Lebensunterhalt arbeiten.«

»Ich hab eine Story. Eine Story ohne Gewalt. Den Gazastreifen überlasse ich Nuala.«

»Sie soll aufpassen«, sagte Ernest. »Sie ist leichtsinnig.«

»Und wie«, sagte Linda Ericksen, ohne sich von dem Kopierer abzuwenden.

18 Adam De Kuff erwachte, als der eben aufgegangene Mond erstrahlte. Er trat ans Fenster und sah das silbrige Licht auf den Mauern des Haram. Die schimmernde Kuppel des Felsendoms reflektierte die schimmernde Kuppel des Himmels. Das Funkeln war von Duft erfüllt: Jasmin, Rosen.

»Er hüllt sich in Licht wie in ein Gewand«, zitierte De Kuff.

In den Lücken zwischen den verschiedenen Träumen hatte er die Löwen gesehen, die den Namen bewachten, und nicht Angst hatte ihn erfüllt, sondern Verzückung. Und jetzt diese Nacht, die Herrlichkeit des Himmels.

Er hatte Bergers Zimmer. Auf einem Schränkchen stand inmitten eines Durcheinanders ein Öllämpchen. Daneben lehnte ein fleckiger Spiegel in einem gesprungenen Holzrahmen an der Wand, und als De Kuff die Lampe angezündet hatte, war sein erster Impuls gewesen, sein Gesicht im Spiegel zu betrachten. So hochgestimmt er auch war – er wagte es kaum. Er erkannte am Klopfen seines Herzens, wie sein Gesicht aussah, wie es leuchtete.

Er zündete die Lampe trotzdem an und vermied den Anblick seines Spiegelbildes. Rings um den Spiegel standen die Kunstwerke und Gerätschaften seines täglichen Lebens. Die passenderweise fleischfarbenen Lithiumkarbonat-Tabletten, die er vor Jahren in dem elegant altmodischen Drugstore in der Madison Avenue gekauft hatte und die mittlerweile vielleicht tatsächlich hochgiftig waren. Sein Tagebuch, eine schwarz-weiß gefleckte Kinderkladde, die er im selben Drugstore und bei demselben lächelnden Verkäufer gekauft hatte. Und das, was er ironisch seine Sakramentalien nannte: Kippa, Tallith, Tefillin.

Er hatte Bergers Gebetskette geerbt. Daneben lagen ein Stück safranfarbener Stoff aus einem Tempel in Sri Lanka, ein Bündel Räucherstäbchen und, in Seide eingeschlagen, eine Kruzifix-Ikone, eine Kopie der von Dionysius dem Mönch gemalten Ikone aus dem Kloster Ferapont in Rußland. Er wickelte das Kruzifix aus und vermied den Anblick des leidenden Logos, wie er den seines Gesichts im Spiegel vermieden hatte. Er nahm die Tefillin und band sie in der Art der alten Minim, der verfluchten Gnostiker und Nazarener. In einem Traum hatte er gesehen, wie das zu geschehen hatte. Diese Art des Bindens wurde in der Mischna als Minnut verurteilt, als das geheime Zeichen Yeshus, das ihn als Hohepriester und Messias auswies.

Aus dem Augenwinkel konnte er im Spiegel den geschäftigen Rhythmus seiner Bewegungen sehen: so viel ungeduldiges Gezappel. Nach dem Gebet gestattete er sich, seine Maske aus Fleisch zu betrachten. Was glühte, war hauptsächlich sein Blut, doch es waren seine Augen und nicht die Lampe, die den Raum erhellten.

Und draußen die Nacht!

Es war zu groß für Gebete und Meditationen. Er saß mit aufgerissenen Augen da, die Knöchel an die Lippen gepreßt. Er war schon vor langer Zeit zu dem Schluß gekommen, daß das Schlimmste an dieser Verzückung die Einsamkeit war. Früher hatte er sich der Illusion hingegeben, sein Tagebuch sei sein Gefährte, doch jetzt, nach so vielen Leiden, war das vorbei.

Er zog sich hastig an, sein Herz weitete sich. Ekstase. Einen Augenblick lang blieb er vor Raziels Tür stehen und fragte sich, ob sein Freund schlief. Seit Tagen schon hatten sie kein Wort mehr gewechselt. Aber De Kuffs Sehnsucht trieb ihn hinaus auf die Straße.

Er trabte über das Kopfsteinpflaster, zog dabei sein teures Tweedjackett an und sah auf. Streifen schimmernden Himmels kreuzten sich zwischen den Dächern der dichtgedrängten Häuser. Unzählige Sterne. Er rannte durch einen kleinen Hof. Am Firmament breitete sich ein Leuchten aus. Raum war göttlich, eine Emanation. Isaac Newton hatte das ebenfalls geglaubt.

Aus den Schatten am Ende des Hofs rief ihm eine rauhe, wütende Stimme etwas auf arabisch nach. Der einzelnen Stimme folgten andere. Straßenhunde bellten. Hier und da hingen Haschischwolken in den Gassen der Stadt.

An einer Biegung in der Tarik al-Wad sah er das Licht eines Postens der Grenzpolizei und hörte militärisches Hebräisch aus dem Funkgerät knarzen. In einer Arkade schoben zwei

Männer den Rolladen ihres Ladens hoch. Ein junger Mann mit Down-Syndrom, der ein weißes Käppchen trug und im Licht einer nackten Glühbirne dastand, schrie ihn an und fuchtelte mit einem Besen.

Der Himmel war noch immer blauschwarz und mit Sternen übersät, als er sich dem Löwentor näherte. Die ersten Taxis warteten bereits, ebenso wie ein halbes Dutzend International-Harvester-Busse, deren gewaltige qualmende Motoren im Leerlauf liefen. Palästinensische Gesellschaften unterhielten Buslinien zwischen Orten in den besetzten Gebieten und der Stadt, die sie Al-Quds, die Heilige, nannten. De Kuff hielt sich in den Schatten, etwa hundert Meter vom Licht und Lärm des Tors entfernt.

Zum erstenmal seit er nach Jerusalem gekommen war, hatte er das Gefühl, daß der Geist Gottes nahe war. Das Allerheiligste des Tempels hatte sich dort befunden, wo jetzt der Haram war. De Kuff spürte, wie er aus der Andersartigkeit und Furchtbarkeit dieses Bauwerks Kraft schöpfte. Er fühlte sich von neuem auserwählt, er fühlte sich aus den Tiefen der sternenerleuchteten Nacht zum Berg Morija gerufen.

Er stand im Schatten der Bogen und sah einen schwachen Lichtschimmer im Franziskanerkloster der Geißelung. Das Licht bewirkte, daß er sich einbildete, einen Gregorianischen Choral zu hören. Wenig später war er sich sicher, daß es das *Regina caeli* der franziskanischen Mette war: *Ave Maria virgine sanctissima.*

Mit den imaginierten Kadenzen im Ohr ging er zu dem Tor, durch das man auf den Platz mit der St.-Annen-Kirche und dem Bethesda-Teich gelangte. Über dem Ölberg wurde der Himmel heller.

Im werdenden Licht sah De Kuff an der Wand des Seminars gegenüber dem Kloster eine Reihe liegender Gestalten. Es waren junge Leute, und die meisten schienen Fremde zu sein. Manche sahen abgerissen und mittellos aus, andere dagegen wirkten wie wohlhabende Touristen. Es mußten die Reste der Besucher des Nachtgottesdienstes am Heiligen Grab sein, die in den umliegenden Hotels keine Unterkunft mehr gefunden hatten. Einige schliefen, andere sahen in den Himmel, manche beobachteten ihn.

Er ging über den gepflasterten Platz vor der verschlossenen Kirche zum Rand des trockenen Beckens, das einst der Bethesda-Teich gewesen war. Während das Licht über dem Ölberg stärker wurde, glaubte De Kuff den Sonnenaufgang hören zu können: seine Rhythmen und Feinheiten, die Vermischung der Elemente, die er enthielt. Möglicherweise, dachte er, offenbarten sich ihm die Sefirot, die göttlichen Emanationen. Der Schweiß brach ihm aus. Trotz seiner Verwirrung war er dankbar.

Er setzte sich auf eine steinerne Stufe am Teich, zog das Tweedjackett aus, faltete es, das Futter nach außen, zusammen und legte es neben sich. Licht trieb vorbei, geriffelt wie Wasser und begleitet von harmonischen Klängen.

Der Teich hatte einst zum zweiten Tempel gehört; später hatte man ihn den Teich Israels genannt. Jedes Jahr, so glaubte man, stieg ein Engel herab und brachte mit seinem Flügel das Wasser in Wallung. Das Wasser war gut und heilkräftig. Hier, an diesem Teich, hatte Jesus einen Gelähmten geheilt.

In einem Tempel mit fünf Säulenreihen hatte man Serapis verehrt, den großen synkretistischen Gott des Ostens. Serapis war die Verschmelzung von Apis und Osiris und Äskulap, einem Sohn des Apoll. Seine Krone war ein Weizenscheffel, und er hielt, seinen schakalköpfigen Diener Anubis neben sich, den Stab mit den einander umschlingenden Schlangen.

De Kuff setzte sich mit gekreuzten Beinen auf die uralten Steine. Er war in rosiges Licht getaucht, hob die Hände hoch über den Kopf, ließ sie seitlich sinken und mit nach oben gekehrten Handflächen neben sich zur Ruhe kommen. Seine Arme waren kurz und schwach, doch seine Hände waren äußerst zart, beweglich und empfindsam. Es waren die Hände eines Musikers, eines Arztes.

Als vom Haram der Ruf zum Morgengebet erklang, schloß De Kuff die Augen, um den Glanz der Sefirot zu sehen. Seit sie in die Altstadt gezogen waren, hatten Raziel und er in den Klängen der moslemischen Gebete danach gesucht. Jetzt waren die Sefirot da, die Myriaden des *Sohar*, das Unerschaffene Licht.

Er wußte nicht, wie lange er in Kavannah verharrte. Als er sich schließlich umsah, hatten sich ein Dutzend Jugendliche um ihn versammelt. Sie waren entweder in eigene Meditationen versunken oder sahen ihn einfach an, als warteten sie darauf, daß er etwas sagte. Er stand auf, lächelte ihnen zu und nahm sein Jackett. Eine ernste, blonde junge Frau half ihm, es um die Schultern zu legen.

Ihm war schwindlig von der Meditation, und er war ein wenig unsicher auf den Beinen, doch sein Herz jubelte. Er war erfüllt von Liebe für diese Jugendlichen. Hatte er etwas zu ihnen gesagt? Sie sahen ihn besorgt an und traten zur Seite, um ihm Platz zu machen.

Er ging wieder in Richtung Straße und bemerkte, daß die St.-Annen-Kirche geöffnet und die Kerzen für die Frühmesse angezündet waren. Es war eine Kirche von großer Strenge. Der sparsame Schmuck und die massiven behauenen Steine gaben ihr etwas beinahe Modernes. Nach der Eroberung Jerusalems durch Saladin war sie als Moschee benutzt worden, und über dem Portal war noch immer ein Koranvers eingemeißelt. De Kuff betrat die Kirche und blieb unter ihrer großen Kuppel stehen. Er atmete den schwachen Duft von Weihrauch, Kerzenrauch und altem Stein ein.

Und plötzlich, in dieser Tempel-Moschee-Kirche neben dem Teich Israels, glaubte er zu wissen, was es bedeutete, wenn er sagte, alles sei Thora. Und was es bedeutete zu wissen, daß die Welt, die da kommen würde, schon da war. Das Mysterium der Thora war weit seltsamer, als sich irgend jemand vorstellen konnte. Es war der ewige Grund, warum es nicht nichts, sondern etwas gab. Es lag allem zugrunde, in Formen, die vielfältiger waren, als irgend jemand sich vorzustellen wagte. Dieses Wissen drückte ihn beinahe zu Boden.

Als er schwankend im Mittelgang stand, trat die blonde junge Frau erneut zu ihm.

»Bitte«, sagte sie, »werden Sie nachher kommen? Werden Sie nachher kommen und uns singen hören?«

»Wenn Sie es möchten«, sagte er. Sie lächelte schüchtern. Sie hatte wasserblaue Augen, wie van Eycks heilige Ursula.

Ihr Lächeln verschwand, als fürchte sie, ihn zu beleidigen. Er tätschelte ihre Hand und ging hinaus. Einige der Jugendlichen folgten ihm.

Er war zum katholischen Glauben konvertiert, in der Kirche

184

von St. Vincent Ferrer an der Lexington Avenue, einer Kirche, die sich bemühte, das zu erzeugen, was in der St.-Annen-Kirche jeder Stein verströmte. Er konnte sich noch an den Winternachmittag seiner Taufe und Aufnahme in die Gemeinde erinnern: die hysterische Verwirrung, das Knien in einer Kirche, die nach einem spanischen Inquisitor benannt war. Es war unklug gewesen, voreilig, eine unnötige Abkehr. Damals war er ohne Führung gewesen. Er hatte gedacht, es sei unmöglich, alles zu haben – ein falscher ökonomischer Ansatz. Damals hatte er an Enthaltsamkeit, Demütigungen und Kasteiungen geglaubt. Noch heute fand er das Leben ohne sie oft schwerer.

Nun konnte er aus eigenem Recht auftreten und in seiner Seele die hinfällig gewordenen Widersprüche zwischen Juden und Griechen, Männern und Frauen, Freien und Gefangenen miteinander versöhnen. Die Welt, die da kommen sollte, war in ihm, sie war in seiner Person verkörpert und allen Menschen zugänglich. Was machte es schon, wenn sie glaubten, sie hätten die Sefirot zu fassen bekommen und einen Teil davon in ihren Kirchen eingesperrt, damit sie sie anbeten konnten?

Er begann, Passagen aus dem *Sohar* zu intonieren. Die jungen Fremden, die am Bethesda-Teich den Sonnenaufgang hatten sehen wollen, scharten sich um ihn. Die Zeit war gekommen, dachte De Kuff, einen Teil der Wahrheit zu enthüllen.

19 Eines Abends trug Basil Thomas, der Mittelsmann und ehemalige KGB-Offizier, Lucas bei Fink's ein ausführliches Lamento über das Leben in Jerusalem vor.

»Wenn man ein weltlicher Typ ist«, klagte er, »kommt man sich vor wie ein Ausgestoßener. Man könnte genausogut irgendwo anders hingehen und Jude sein, wenn Sie verstehen, was ich meine.«

»Mich stört es nicht sehr.«

»Wie könnte es *Sie* schon stören?« fragte Thomas hochmütig.

Er wartete auch mit der Information auf, daß Dr. Obermann sich von der ehemaligen Frau von Reverend Ericksen, dem erfolglosen amerikanischen Missionar, getrennt habe. Linda Ericksen sei jetzt mit Janusz Zimmer zusammen.

»Was halten Sie von Zimmer?« fragte Lucas, nachdem sie sich eine Weile unterhalten hatten. »Ist er ein echter Einwanderer, oder ist Israel für ihn bloß ein Zwischenstopp?« Natürlich, dachte Lucas, gab es hier Hunderte, denen diese Frage ebensogut hätte gelten können.

»Er ist ein interessanter Mensch«, sagte Basil Thomas. Er sprach leise und ohne sein übliches Pathos. »Sehr gebildet. Ein begabter Journalist.« Lucas hatte den Eindruck, daß Thomas' Zurückhaltung auf politischer Vorsicht beruhte, fragte aber nicht nach. Dann sagte Basil Thomas: »Ayin.«

»Was ist ›Ayin‹?«

»Nichts«, sagte Thomas. »Fragen Sie Janusz.«

Lucas' nächstes Treffen mit Dr. Obermann fand im Atara statt, einem Café an der Ben Yehuda Street. Der Doktor schien bedrückt. Im Verlauf ihrer Unterhaltung kamen sie auf die Ericksens zu sprechen.

»Wenn wir einen unzufriedenen Galiläer brauchen«, sagte Obermann niedergeschlagen, »sollten Sie mit Ericksen sprechen. Ich habe gehört, daß er vorhat, das Land zu verlassen.«

»Und wie steht's mit ihr?«

»Linda ist bei Janusz Zimmer.«

»Oh«, sagte Lucas. »Das tut mir leid. Ich meine ... sie ist wohl ein ziemlich rastloser Mensch.«

Obermann machte eine geringschätzige Handbewegung. »Mit Zimmer wird sie ein abenteuerlicheres Leben führen«, sagte er. »Jedenfalls: wenn einer von uns mit Ericksen sprechen soll, dann werden Sie das sein müssen.«

»Glauben Sie, er wird mit mir sprechen wollen?«

»Versuchen Sie's«, sagte Obermann. »Er ist bei dem Archäologen eingezogen, Lestrade. Im österreichischen Hospiz. Ich habe die Nummer.«

Lucas schrieb sie sich auf und kaufte beim Kassierer des Atara ein paar Jetons. Im Hospiz ging niemand ans Telefon.

»Gehen Sie trotzdem hin«, sagte Obermann. »Ich würde es tun. Vielleicht können Sie ihn überrumpeln.«

Lucas ging zu Fuß zum Hospiz. Der Weg führte über das Damaskustor. Das österreichische Hospiz lag im moslemischen Viertel der Altstadt. In der Vorhalle hing ein riesiges Gipskruzifix an der getäfelten Wand. Lucas fragte sich unwillkürlich, ob in den späten dreißiger Jahren nicht vielleicht auch ein Bild des Führers hier gehangen hatte, in einem gewissen Abstand, der gegenseitigen Respekt demonstrierte.

Ericksen saß zwischen in Töpfen gepflanzten Schilfpalmen auf der Dachterrasse des benachbarten Gebäudes. Er war nicht mehr der Mann, der er auf dem Berg der Versuchung gewesen war. Seine Bräune war verblaßt, und weil er Gewicht verloren hatte, hatte sein Gesicht etwas von einem Totenschädel. Sein neuerdings vorstehender Adamsapfel verlieh ihm das Aussehen eines zwielichtigen amerikanischen Hinterwäldlers.

»Dr. Ericksen ...« begann Lucas, noch leicht außer Atem vom Treppensteigen.

»Ich bin kein Doktor«, sagte Ericksen. »Ich bin gar nichts.«

»Tut mir leid«, sagte Lucas. »Ich habe versucht, Sie telefonisch zu erreichen, aber es hat sich niemand gemeldet. Ich wollte mit Ihnen sprechen, bevor Sie abreisen.« Ericksen sah ihn nicht an. »Erinnern Sie sich an mich? Wir haben am Dschebel Quruntul miteinander gesprochen.«

Endlich wandte Ericksen langsam den Kopf und beschirmte mit der Hand die Augen.

»Ja, ich erinnere mich an Sie.«

»Tja, ich habe gehört, daß Sie das Land verlassen werden. Ich hatte gehofft, daß wir miteinander reden könnten.«

»Na gut«, sagte Ericksen.

»Haben Sie ein Angebot aus den USA?«

»Ich habe überhaupt kein Angebot. Ich werde die Kirchenarbeit aufgeben.«

Fast hätte Lucas Ericksen gefragt, ob er über diese Entscheidung sprechen wolle, hielt aber gerade noch rechtzeitig inne. Das war immer die falsche Frage.

»Warum?« fragte er statt dessen. »Ist diese Entscheidung eine Folge der Arbeit im ›Haus des Galiläers‹?«

Einen Augenblick lang sah Ericksen aus wie ein Mann, dem man ins Gesicht geschlagen hatte.

»Sie sind Reporter«, sagte er zu Lucas.

»Ich schreibe über religiöse Entwicklungen hier. Ich dachte, Sie könnten mir vielleicht helfen.«

»Für wen«, fragte Ericksen müde, »schreiben Sie?«

»Ich schreibe ein Buch«, sagte Lucas. »Über Religionen im Heiligen Land.« Es war ein Ausdruck, den er nicht oft verwendete.

»Sind Sie Jude?«

»Ich bin ein gestrauchelter Katholik«, sagte Lucas, »und teilweise jüdischer Abstammung. Ich habe keine Rechnungen zu begleichen.« Das klang, fand er, nicht schlecht.

»Was wollen Sie über das Haus wissen?«

»Jetzt, da Sie gehen – haben Sie das Gefühl, etwas Sinnvolles getan zu haben?«

»Selbst wenn sie ehrlich wären«, sagte Ericksen, »wäre nichts, was sie tun, sinnvoll.«

»Kann ich Sie zitieren?«

»Natürlich. Warum nicht?«

»Was machen die eigentlich?«

»Eine Menge Geld. Viele Christen geben ihnen Geld. Inzwischen auch Juden.«

»Haben Sie auch welches gekriegt?«

»Ja«, sagte Ericksen.

»Wofür ist das Geld?«

»Für verschiedene Sachen. In letzter Zeit hat Gordon Lestrade mit der Planung des zweiten Tempels begonnen. Für wen, sagten Sie, schreiben Sie?«

»Für die Welt«, sagte Lucas. »Mit der Planung des zweiten Tempels?«

»Ich glaube, Sie schreiben tatsächlich für die Welt«, sagte Ericksen und lachte. Lucas versuchte, in das Lachen einzustimmen.

»Sie wollen den Tempel des Herodes wiederaufbauen. Es gibt jüdische und christliche Bemühungen.«

»Warum christliche?«

Ericksen bedachte ihn mit einem Blick, aus dem Überraschung darüber sprach, wie wenig Lucas wußte.

»Amerikanische Fundamentalisten interessieren sich sehr für Israel und den Tempel. Der Wiederaufbau des Tempels wird ein Zeichen sein.«

»Ein Zeichen wofür?«

»Ach«, sagte Ericksen mit einem grimmigen Lächeln, »für die Welt, die da kommen soll.«

Lucas versuchte, sich an das zu erinnern, was er über Eschatologie und chiliastische Doktrinen wußte. Es war nicht mehr allzuviel.

»Eine Menge Christen glauben tatsächlich an diese Dinge. Aber die Leute im ›Haus‹ – Otis und Darletta – rühren bloß die Werbetrommel. Was die Juden betrifft ... Ich weiß es nicht. Vielleicht glauben sie daran.«

»An was?«

»Ich weiß nicht. An das Kommen des Messias wahrscheinlich. Wenn sie den Tempel wiederaufbauen, wird er kommen.«

»Wie im Film?«

»Wahrscheinlich«, sagte Ericksen. »Ich wußte gar nicht, daß diese religiösen Filme noch gemacht werden.«

»Und Lestrade?«

»Ich weiß nicht, was Lestrade glaubt. Früher war er mal Katholik wie Sie.«

»Und er ist für die Planung zuständig?«

»Er führt Touristen zu den Ausgrabungsstätten. Aber seine Hauptarbeit betrifft den Tempelberg. Er behauptet, daß er aufgrund seiner Forschungen den Tempel wiederaufbauen kann.«

»Er kann ihn rekonstruieren, meinen Sie?«

»Hören Sie«, sagte Ericksen, »der Wiederaufbau des Tempels ist der eigentliche Zweck des ›Hauses des Galiläers‹. Das behaupten sie jedenfalls.«

»Ich hatte Sie für Missionare gehalten.«

»Wenn wir missionieren würden«, sagte Ericksen lächelnd, »würden die Rabbis uns rausschmeißen. Die mögen uns sowieso nicht. Und die Moslems würden uns umbringen.«

»Dann haben Sie also keine Konvertiten gemacht?«

»Wir haben ein paar Christen zu unserer Art von Christentum bekehrt. Und wir haben eine Menge Geld eingenommen.«

»Sie klingen sehr desillusioniert«, sagte Lucas. »Sind Sie vom ›Haus des Galiläers‹ enttäuscht? Oder haben Sie den Glauben verloren?«

Ericksen sah ihn ausdruckslos an.

»Als Linda und ich hierherkamen«, sagte er, »glaubten wir beide sehr daran. Wir wollten Zeugen sein.«

»Aber ... etwas ist schiefgegangen.«

»Es gibt hier eine Macht«, sagte Ericksen. »Eine schreckliche Macht.«

»Aber«, fragte Lucas demütig, »es ist eine gute Macht, nicht? Wir sind gehalten, daran zu glauben.«

»Wir sind gehalten, an die Macht des Bösen zu glauben. Die meisten Menschen hier tun das. Und nicht nur hier. Es macht sie stärker.«

»Die Macht des Bösen? Sie meinen die Macht Gottes?«

»Sie können sie nennen, wie Sie wollen. Sie macht einen stärker, solange man nicht darüber nachdenkt. Sie hat mir Linda weggenommen. Sie hat ihren Körper zu etwas gemacht, das gefickt werden will. Als nächstes wird sie mich umbringen.«

»Entschuldigen Sie«, sagte Lucas, »ich möchte einen kleinen Sprung machen. Sprechen Sie von Gott? Vom jüdischen Gott?«

»Was ich auf dem Berg der Versuchung gesagt habe, war falsch«, erklärte Ericksen. »Asasel ist der jüdische Gott. Schon immer gewesen. Ich habe das nicht gewußt. Asasel, Gott, Jahwe, der Böse – er gehört den Juden.«

Der Reverend hatte große Ähnlichkeit mit seiner ehemaligen Frau, fand Lucas. Die Ähnlichkeit war in den Augen mit ihrer durchscheinenden Iris, in denen Ericksens Leidenschaft

190

sichtbar loderte, während die Leidenschaft seiner Frau verborgen war wie Asasel.

»Ich mag die Leute, die das Bild der Schlange tragen«, sagte Ericksen. »Die schwarze Frau und ihre Freunde beim Bethesda-Teich. Kennen Sie sie?«

»Ja«, sagte Lucas. »Ich mag sie auch.«

»Wissen Sie, warum sie das Bild der Schlange tragen?«

»Ich glaube nicht. Aber ich würde es gern von Ihnen hören.«

»Als der erste Adam vernichtet wurde, kam die Schlange, um uns von Asasel zu befreien«, sagte Ericksen. »Doch Asasel hetzte die Frauen gegen die Schlange auf. Christus war die wiedergekehrte Schlange. Die Schlange ist unsere einzige Hoffnung.« Er schob die Hand in den Ausschnitt seines Hemdes. An einer dünnen Kette hing ein winziger Uroboros, praktisch der gleiche wie der, den Raziel und Sonia trugen. »Sehen Sie – ich habe einen von diesen Anhängern. Möchten Sie auch einen?«

Lucas besaß wenig Talent, versuchte aber dennoch, die Schlange in sein Notizbuch zu zeichnen. Dann kam ihm der Gedanke, daß er vielleicht noch oft Gelegenheit dazu haben würde.

»Ich weiß nicht«, sagte er. »Ich glaube, darüber muß ich erst nachdenken.«

20 Am Tag nach De Kuffs paulinischer Expedition zum Bethesda-Teich besuchte Janusz Zimmer Sonia in ihrer Wohnung in Rehavia. Sie hatte den größten Teil ihrer Zeit im moslemischen Teil verbracht, in Bergers Wohnung. Sie und Zimmer waren alte Bekannte. Wenn sie nicht mit Raziel befreundet gewesen wäre, wenn sie nicht eine von Bergers Sufis geworden wäre, hätte vielleicht mehr daraus werden können.

Sonia wußte nicht, was Zimmer vorhatte. Eine Zeitlang sprachen sie über Orte in Afrika, die sie beide kannten. Nairobi. Mogadischu. Khartum.

»Wir sind beide alte Sozialisten, stimmt's?« fragte Zimmer. Er trank israelischen Brandy, den er mitgebracht hatte, und schien sentimental zu werden. Es war Nachmittag. Das Licht draußen wurde weicher, die Schatten unter den Eukalyptusbäumen wurden länger.

»Ja«, sagte sie. »Aber nicht die einzigen in der Stadt.«

»In Jerusalem gibt es nur sehr wenige«, sagte Zimmer. »Die meisten unserer alten Genossen leben in Tel Aviv.«

»Um ehrlich zu sein«, sagte Sonia, »ich habe immer gedacht, daß du dich verstellst. Ich habe nie geglaubt, daß du wirklich Marxist-Leninist warst.«

»Um ehrlich zu sein, haben Marx und Lenin mir die Augen geöffnet, als ich noch ein junger Mann war. Du darfst nicht vergessen, daß wir damals in Polen noch immer einen Bürgerkrieg gegen die reaktionären Kräfte führten. Die Amerikaner haben mit Fallschirmen Waffen für sie abgeworfen. Es gab Pogrome. Darum habe ich mich eine Zeitlang als Marxisten-Leninisten bezeichnet.«

»Und dann hast du deine Illusionen verloren.«

»Um es kurz zu machen: Ja, ich habe meine Illusionen verloren«, sagte Zimmer. »Du hattest natürlich das Glück, in Kuba zu sein. Wo alles ganz wunderbar ist.«

»Bitte sprich nicht schlecht über Kuba«, sagte sie. »Das tut mir weh.«

»Aber unter dem Strich ist es ein Polizeistaat, nicht?«

Sonia zuckte die Schultern.

»Und dann hast du dich dem Sufismus und so weiter zugewandt.«

»Mehr dem Sufismus«, sagte Sonia. »Und so weiter eigentlich weniger.«

»Und jetzt bist du bei diesen jüdischen Christen, bei diesen christlich-jüdischen Juden oder so. Stimmt das?«

»Sind das freundliche Fragen, Jan? Fragst du als Reporter? Oder soll ich Selbstkritik üben?«

»Wir tun einfach so, als wären wir noch in der Partei«, sagte Zimmer.

»Ich war nie in der Partei, Jan. Meine Eltern waren Mitglieder.«

»Wir tun einfach so, als wären wir noch in der Partei«, wiederholte Zimmer, als halte er es für sinnvoll, derlei Einwände einfach zu übergehen. »Übe Selbstkritik. Warum mußt du diesen Phantasiegebilden nachjagen?«

»Was ich glaube, ist meine Sache«, sagte Sonia. »Heutzutage.«

»Hat es was damit zu tun, daß wir in Jerusalem sind?« fragte Zimmer. »Weil das, was hier geschieht, nicht so ist wie anderswo? Und weil es manchmal die Welt verändert?«

Sie war überrascht und ein wenig gekränkt. »Hat Chris Lucas dir erzählt, daß ich das gesagt habe?«

»Ja«, sagte Zimmer. »Lucas und ich bleiben immer in Verbindung. Aber was du gesagt hast, stimmt, Sonia. Was hier geschieht, verändert manchmal tatsächlich die Welt. Diesmal wird es die Welt verändern.«

»Was meinst du damit, Jan?«

»Die Partei ... Als sie uns verloren hat, hat die Partei ihre Seele verloren. Ich meine damit die Juden – und du bist genauso Jüdin, wie ich Jude bin. Unsere Hoffnung, unsere Leidenschaft für Tikkun Olam, unser Mut, unsere Hingabe haben die kommunistische Partei zu dem gemacht, was sie war. Wir waren jedenfalls die Guten. Die Stalinisten, die Mörder, waren fast ausnahmslos Gojim. Ein paar Juden waren auch darunter, das ist wahr. Aber im Grunde waren sie allesamt Antisemiten.«

»Jan«, sagte Sonia, »willst du mir Geschichten erzählen?

Willst du auf mich eindreschen? Bittest du mich, dir zu helfen, die Partei wiederzubeleben, willst du mir sagen, daß ich eine bessere Jüdin sein soll, willst du mit mir ausgehen oder was?«

»Ich sage dir nur soviel, Sonia: Es gibt in diesem Land Organisationen, deren Aufgabe es ist, dafür zu sorgen, daß es ein noch besseres Land wird.«

»Darüber kann man sehr verschiedener Meinung sein.«

»Aber wir zwei stimmen vielleicht überein. Du könntest uns helfen. Früher hatten wir eine Rote Kapelle – jetzt haben wir eine Jüdische Kapelle: ein Netz, das so gut organisiert ist wie damals in Europa der Widerstand gegen die Nazis oder hier gegen die Briten. Ich will, daß du mitmachst oder wenigstens hilfst. Ich schulde es dir, dich zu fragen.«

Sonia sah ihn verwundert an. »Dann hast du den Traum von der perfekten Welt also noch immer nicht aufgegeben?«

»Nein«, sagte Zimmer. »Und ich werde ihn auch nicht aufgeben. Aber diese Welt wird nicht aus Moskau kommen. Vielleicht können wir sie hier schaffen.«

»Und was schlägst du vor?«

»Wenn du dich entschieden hast, wirst du mehr erfahren. Du weißt doch, wie das geht. Man erfährt, was man erfahren muß.«

»Ich glaube, ich bin Jüdin«, sagte Sonia. »Meine Mutter war jedenfalls Jüdin. Sie sagte immer, daß man nicht jüdisch zu sein brauchte, um Jude zu sein. Und daß ihrer Meinung nach eine Menge Leute Juden seien, die eigentlich keine Juden seien. Ich glaube, ich bin wie sie. Das hier ist mein Land, aber mein Land ist auch ein Land des Herzens. Ich glaube nicht an eine perfekte Welt, aber ich glaube an eine bessere.«

»Mein armes Kind«, sagte Zimmer. »Du bist eine Liberale geworden.«

»He, Jan«, sagte sie, »wie du weißt, bin ich keine Weiße. Und wenn ich in diesem Land für die Palästinenser eintrete, für eine verachtete Minderheit also, dann ist das vielleicht meine Art, eine gute Jüdin zu sein. Wenn der jüdische Untergrund das will, was ich glaube, daß er will, sage ich lieber: Nein, danke.«

»Laß mich dir einen freundschaftlichen Rat geben«, sagte Zimmer. »Halte dich vom Gazastreifen fern.«

»Du liebe Zeit«, sagte Sonia, »jetzt mach aber halblang, Jan.

Ich habe dort gearbeitet, und es könnte gut sein, daß ich wieder dort arbeite.«

»Dann ist es nicht zu ändern.«

»Ich will dir was sagen: Wir werden vergessen, daß diese Unterhaltung stattgefunden hat. Ich werde es keinem sagen. Damit wir Freunde bleiben können.«

»Das wäre sehr rücksichtsvoll«, sagte Janusz Zimmer. »Und ich hoffe sehr, daß wir Freunde bleiben können. Aber ich bin nicht so sicher.«

»Du weißt doch«, erwiderte Sonia, »man sagt, daß es nur eine einzige Wahrheit gibt.«

»Tatsächlich?« fragte Zimmer. »Und ist es deine oder meine?«

21 Wochenlang ging De Kuff zum Bethesda-Teich, sofern sein Gesundheitszustand es zuließ und sein Geist den zerbrechlichen Körper aufrechterhielt. Seit Jahren war der Bethesda-Teich ein Treffpunkt für alle möglichen seltsamen Pilger und Suchenden. Wer in den frühen Morgenstunden hier vorbeikam, konnte Dutzende von Fremden sehen, allein oder in Gruppen, die meist Visionen zu haben oder innere Qualen zu leiden schienen und Gebete murmelten. Manche wendeten sich während der Frühmesse der mittelalterlichen Kirche zu und knieten nieder, wenn drinnen die Wandlung erfolgte. Andere lasen in der Bibel, entweder stumm für sich selbst oder laut für eine Gruppe von Gefährten. Und viele saßen in der Lotosstellung da, die Handflächen nach oben gekehrt, und lauschten auf den Ruf des Muezzins im Haram, der erklärte, daß es nur einen Gott gebe und daß Allah gnädig und barmherzig sei.

Die Leute, die diesen Platz beaufsichtigten oder hier lebten oder arbeiteten, hatten sich an diese morgendlichen und abendlichen Versammlungen gewöhnt. Seit dem Morgen, an dem De Kuff erschienen war, an dem Wahrheiten des Universums enthüllt worden waren, hatten sich diese religiösen Wanderer ihm zugewandt. Auch ihre Zahl hatte zugenommen. Die wachsende Menge und das Erscheinen dieses charismatischen, häßlichen neuen Mannes erregten die Aufmerksamkeit verschiedener Gruppen in dieser Stadt der unendlich fein austarierten Gleichgewichte.

Die Scheichs des nahe gelegenen Haram und die Priester der benachbarten griechischen und lateinischen Kirchen waren sich der Veränderungen, die am Bethesda-Teich vor sich gingen, unangenehm bewußt. Gelegentlich marschierten Mitglieder kleiner, militanter jüdischer Gruppen, welche die Heiligkeit der gesamten Stadt verteidigen wollten, bewaffnet zur Via Dolorosa und beobachteten De Kuff. Die Polizei hatte ein Auge auf ihn, unternahm jedoch nichts, solange er und seine

196

Zuhörer nicht auf der Straße gingen. Wenn die verschiedenen Institutionen, denen Teile des Hofes gehörten, verhindern wollten, daß er predigte, würden sie gemeinsam auftreten und Beschwerde führen müssen. Und für die zerstrittenen Sekten war eine gemeinsame Aktion alles andere als einfach.

De Kuff war ein immer vertrauterer Anblick am Bethesda-Teich, und bestimmte exzentrische Pilger fanden sich jeden Morgen ein und warteten auf ihn.

Im Lauf des Sommers wurde die Menge derer, die De Kuff hören wollten, immer größer. Eines Morgens beschloß er, seine Zuhörer über das dritte Prinzip des Universums aufzuklären. Zwei Prinzipien hatte er bereits enthüllt. Sonia und Lucas befanden sich in der Menge. Raziel war in Bergers Wohnung geblieben, um im Innenhof Klarinette zu spielen.

»Warum gibt es nicht nichts, sondern etwas?« fragte De Kuff die Menge. Sie verstummte bei seinen Worten.

»Das, was im Kern des Universums ist, spricht Wörter«, erklärte De Kuff. »Der Wind nimmt die Wörter mit und verstreut sie, und sie nehmen Millionen und Abermillionen Formen an, wie Schneeflocken. Doch die wesentlichen Wörter bleiben unverändert, obgleich sie in der blinden Welt unendlich viele oberflächliche Bedeutungen haben.«

»Mir gefällt dieser New-Orleans-Akzent«, flüsterte Lucas Sonia zu. »So ungefähr muß Sidney Lanier geklungen haben.«

Doch Sonia war fasziniert.

»Wenn ich sage, alles ist Thora«, rief De Kuff, »dann sage ich, daß das Leben von einer unendlichen Vielfalt ist, der aber nur eine einzige Essenz zugrunde liegt. Diese Essenz ist in Lettern aus unvergänglichem Feuer geschrieben. Die Lettern, die Wörter wirbeln durcheinander wie Blätter im Wind, doch unter den vielfältigen Masken« – er lächelte triumphierend – »gibt es nur eine einzige Essenz, eine einzige Wahrheit.«

Lucas hatte den Eindruck, als scharte sich die Menge bei den Worten »eine einzige Wahrheit« dichter um De Kuff. Als wäre es ein kalter Morgen, als wäre den Zuhörern kalt, als würden sie von seinen Worten gewärmt. Besonders von den Worten »eine einzige Wahrheit«.

Es gab ein zweites Prinzip, an das De Kuff sie erinnern wollte.

»Jetzt wird die Vielgestaltigkeit ein Ende haben, und das Mysterium des Lebens wird gelöst werden. Das, was als unvergängliche Wörter begann, wird wieder zu unvergänglichen Wörtern werden. Das Ende aller Tage, die Welt, die da kommen wird, steht bevor. In der Welt, die da kommen wird, streift die Schlange ihre Haut ab, und Wolle und Leinen werden getrennt und alles andere. Keine Schatten mehr an der Wand einer Höhle. ›Wir sehen jetzt durch einen Spiegel wie in einem dunkeln Wort‹«, sagte er, »›dann aber …‹«

Er wartete auf eine Antwort, und einer der Zuhörer sagte: »›Von Angesicht zu Angesicht.‹«

»Von Angesicht zu Angesicht!« rief De Kuff begeistert. »Wenn alles Thora ist. Und der Messias kommt. Oder Jesus zurückkehrt. Oder der Mahdi. Und alle werden es wissen«, sagte er. »Und alle werden daran teilhaben. Und es wird keine Schatten mehr geben.«

»Das ist ziemlich abgehoben«, sagte Lucas.

»Nein«, sagte Sonia, »das ist ganz einfach.«

»Vielleicht ist es einfach, wenn man an die Dialektik glaubt, die dem zugrunde liegt«, sagte Lucas. Sonia war wieder unerreichbar weit entfernt.

Es gebe noch andere Dinge, sagte De Kuff, die jeder wissen müsse. Die Zeit sei gekommen, die Zeit sei erfüllt, eine neue Welt werde geboren, und die Geburtswehen hätten bereits eingesetzt.

Die Menge wurde erregt.

»Du liebe Zeit«, flüsterte Lucas.

Und es kam noch mehr. De Kuff sprach von Hagar in der Wüste. Hagar habe in der Wüste den Kern des Universums erkannt und geglaubt, sterben zu müssen.

»Kann ich den Herrn des Sehens sehen, kann ich den König sehen, ohne zu sterben?« hatte Hagar laut De Kuff gesagt.

Und dann sprach er über den Tod durch den Kuß. Weil die neue Welt geboren werde, weil gewisse Dinge ohne eine Art von Tod nicht zu sehen, zu verstehen, zu bezeugen seien, müsse jeder den Tod durch den Kuß sterben. Beim Tod durch den Kuß sterbe man für die Welt. Man müsse eine Art Tod im Leben erfahren. Es sei eine Art Tod, der das Leben nur um so reicher mache. Man sei dann lebendiger, bereiter für etwas anderes.

»Im Anfang«, sagte De Kuff, »ist das Ende. Im Ende ist der Anfang ist das Ende. Im Anfang ...«

Lucas sah, daß Sonia den Uroboros betastete, der an der Kette um ihren Hals hing.

»Er ist erschöpft«, sagte sie. »Er wird nie runterkommen.«

Und tatsächlich taumelte De Kuff mit verzücktem Gesicht, dem die Überanstrengung anzusehen war, über den Hof. Einige der entschlosseneren Anhänger wollten ihm folgen: eine alte Frau in Schwarz, ein paar weinende Russen, einige junge Europäer, die wie Hippies aussahen. Lucas glaubte, den deutschen Madschnun zu erkennen, der Ostern in der Grabeskirche randaliert hatte. Plötzlich blieb De Kuff stehen.

»Die Propheten starben den Tod durch den Kuß«, rief er. »Und ich werde ebenfalls den Tod durch den Kuß sterben. Ich und alle, die mir nachfolgen, werden für die Welt sterben. Und wo ich gewesen bin, wird die alte Welt verschwinden, und die Dinge werden die Inkarnation von Gottes Wort sein. Und das ist es, was wir meinen, wenn wir sagen, daß die Welt Thora werden wird.«

Die nichtjüdische Menge pries den Herrn, doch am Tor, das von der Einfriedung des Teiches zum Tarik führte, stand ein älterer, gutgekleideter Palästinenser mit zornrotem Gesicht und wollte sich von einigen Männern seines Alters losreißen, die versuchten, ihn zurückzuhalten. Aus einem der oberen Stockwerke eines benachbarten Hauses wurden hebräische Beleidigungen gerufen. Jemand warf einen Stein. De Kuff ging auf Sonia zu.

»Erinnerst du dich an das Lied, Sonia?« fragte er sie.

»Yo no digo esta canción, sino a quien conmigo va«, sagte sie. Sie sah Lucas an. Ihre Augen waren trocken, doch sie war offenbar den Tränen nahe. »Es bedeutet: ›Ich singe dieses Lied nur dem, der mit mir geht.‹«

De Kuff entfernte sich von ihnen; gefolgt von seinen Anhängern, trat er hinaus auf die Via Dolorosa. Es gab ein Gerangel zwischen seinen Jüngern und ein paar Leuten auf der Straße. Am Löwentor setzte sich ein Polizeijeep langsam in Bewegung. Lucas und Sonia bemühten sich, hinter De Kuff zu bleiben. Während sie ihm folgten, ging er durch die Tür des katholischen französischen Hospizes neben dem Bethesda-Teich.

»Er wird sich in große Schwierigkeiten bringen«, sagte Lucas. »Und dich ebenfalls.«

»Wir müssen ihn da rausholen«, sagte Sonia.

Die Menge bestand nun hauptsächlich aus Palästinensern, denn im moslemischen Viertel begann der Arbeitstag. Jungen schoben Karren voller Auberginen und Melonen über das Kopfsteinpflaster der Gassen. Passanten sahen die erregten Fremden, blieben stehen und fragten, was hier los sei. Lucas und Sonia gingen in das Hospiz und fanden De Kuff in einer Diskussion mit einer französischen Schwester von Notre-Dame.

Das Innere des Hospizes war durch und durch französisch. Lucas roch Blumenseife, Duftkissen und Möbelpolitur. Auf der Theke der Rezeption standen frische Blumen. Die ersten Gäste waren zum Frühstück heruntergekommen und unterhielten sich auf französisch. Der Rauch ihrer Gauloises mischte sich mit dem Duft von Kaffee und Croissants.

Der junge Palästinenser, der mit schläfrigem Blick hinter der Rezeption saß, hatte seine *Al-Jihar* beiseite gelegt und starrte De Kuff ungläubig an, während der alte Mann voller Höflichkeit und Ehrerbietung auf französisch mit der Nonne sprach.

Sie hatte graues Haar und trug ein Habit aus leichtem Baumwollstoff mit einer schwarzen Schürze und einer dunklen Haube. Als Lucas eintrat, musterte sie ihn über De Kuffs Schulter hinweg. Ihr Gesicht verriet Mißtrauen.

Mit deutlicher, fester Stimme teilte De Kuff ihr mit, daß er bei Gelegenheit ein Zimmer brauchen werde.

»Warum sind Sie hier?« fragte sie streng auf englisch. »Was wollen Sie von uns?«

Lucas glaubte zu verstehen, was hier geschah: Die französische Nonne hatte sie – oder jedenfalls De Kuff – als Juden erkannt. Der palästinensische Angestellte, ein Nichteuropäer, war sich nicht so sicher.

»Von Zeit zu Zeit ein Bett für eine Nacht, Schwester«, sagte De Kuff. »Nicht mehr.«

»Aber warum?«

»Damit ich in der Nähe des Teichs sein kann«, antwortete er. »Und in der Nähe der Kirche. Falls es nötig ist. Wenn die Zeit gekommen ist.«

»Ich wollte, ich könnte glauben, daß Sie nur ein Enthusiast

sind«, sagte die Nonne, »aber ich fürchte, Sie sind gekommen, um uns zu vertreiben.«

»Sie irren sich«, sagte De Kuff.

Als der junge Palästinenser hinter der Rezeption hervortrat, hielt sie ihn mit einer Handbewegung zurück und sagte zu De Kuff: »Wir sind seit über dreihundert Jahren hier. Unsere Rechte sind von allen Autoritäten anerkannt worden. Ihre Regierung hat Zusagen gegeben.«

»Sie irren sich«, sagte De Kuff freundlich. »Ich verstehe das. Sie halten mich für einen militanten Israeli. Aber ich war einst Katholik wie Sie. Ich kann Ihnen meine Taufurkunde zeigen.«

Er kramte danach und fand sie schließlich in den Mysterien seiner Jackettaschen. In einem mit einer goldenen Schnur verschlossenen Umschlag steckte eine hübsche, gefaltete Karte mit der Unterschrift des Priesters, der ihn getauft hatte.

Die Nonne nahm den Umschlag, setzte ihre Brille auf und mühte sich mit der Schnur ab.

»Ich muß hierbleiben«, sagte De Kuff. Er wurde erregter. »Sie müssen das verstehen. Ich muß in der Nähe von Bethesda sein. Ich brauche den Segen, der darauf ruht.«

Er ging mit schnellen Schritten in das Refektorium, wo die französischen Pilger frühstückten.

»Wenn ihr gesehen hättet, was ich heute morgen gesehen habe«, rief er, »würdet ihr den hochheiligen Gott für den Rest eures Lebens preisen. Ich habe Den gesehen, wegen Dem ihr gekommen seid.«

Die Pilger mit ihren Cafés au lait und Croissants starrten ihn an.

»Wer sind Sie?« fragte die Nonne Lucas. »Wer ist er?«

»Ich bin Journalist«, sagte Lucas.

Die Nonne wandte den Blick himmelwärts und fuhr sich mit der Hand über die Stirn.

»Journalist? Aber warum sind Sie hier?« fragte sie.

»Weil er unser Freund ist«, sagte Sonia, »und es ihm nicht gutgeht.« Die Nonne starrte Sonia und die Schlange an ihrem Hals an. »Er ist ein guter Mensch, der an alle Religionen glaubt.«

Die Schwester von Notre-Dame lachte bitter. »Was Sie nicht sagen. An alle?«

Sie wandte sich ab und folgte De Kuff in das Refektorium. »Was wollen Sie, Monsieur?« fragte sie langsam und deutlich, als könnte eine klare Sprache Ordnung schaffen. »Warum müssen Sie in der Nähe des Teichs sein? Oder in der Nähe der Kirche?«

»Um zu meditieren«, rief De Kuff. »Um zu beten. Um meine Freunde singen zu hören. Ich kann bezahlen.«

Die Nonne blies die Backen auf und seufzte. »Ich weiß nicht, was ich von Ihnen halten soll, Monsieur. Vielleicht sind Sie krank.« Sie wandte sich an Lucas. »Wenn er krank ist, müssen Sie ihn heimbringen.«

De Kuff setzte sich an den Refektoriumstisch und stützte den Kopf in die Hände. Sonia setzte sich neben ihn.

»Kommen Sie, Rev. Lassen Sie uns gehen.«

»Ich habe ihnen vom *mors osculi* erzählt«, sagte er. »Ich habe den Tod durch den Kuß proklamiert, weil ich dachte, sie würden Angst bekommen. Aber alle waren stark und voller Freude.«

»Ich weiß«, sagte sie. »Ich war auch da.«

»Ich werde mich gleich etwas hinlegen«, sagte De Kuff.

Die Nonne setzte sich ihnen gegenüber.

»Ich glaube, Sie sind tatsächlich krank, Monsieur. Wo wohnen Sie?« fragte sie Lucas auf englisch. »In einem Hotel?« Der Uroboros, den auch De Kuff trug, machte sie offensichtlich nicht sehr glücklich.

»Wenn ich mich nur einen Augenblick ausruhen dürfte«, sagte De Kuff. »Ich bin mit einemmal sehr müde.«

»Sie müssen das verstehen«, sagte sie freundlicher. »Die Situation ist sehr prekär. Es gibt die Intifada. Täglich kommt es zu Zwischenfällen. Es könnte gefährlich werden. Verstehen Sie?«

»Wir verstehen das«, sagte Lucas.

Die Nonne nestelte noch immer an der goldenen Schnur herum, mit der De Kuffs Taufurkunde umwickelt war.

»Sie haben sicher schon andere gesehen, denen es so ging wie ihm«, sagte Lucas.

»Ja«, sagte die Nonne. Sie musterte seinen Hemdausschnitt. »Viele.« Anscheinend war sie erleichtert, daß er keinen Uroboros-Anhänger trug. »Aber noch nie einen mit solchen Augen.«

»Er ist ein guter Mann«, sagte Sonia. »Er liebt die heiligen Stätten.«

»Es scheint so«, sagte die Nonne.

»Wir müssen ihn aus dem moslemischen Viertel raushollen«, sagte Lucas. »Die Leute denken nur noch in Territorien. Jemand wird ihn verletzen.«

»Na gut«, sagte Sonia. »Bring ihn für heute in meine Wohnung in Rehavia. Wir werden irgendwas für ihn finden.«

Die Schwester von Notre-Dame war aufgestanden und entfaltete die Taufurkunde, die De Kuff ihr gegeben hatte.

»St. Vincent Ferrer, New York, New York«, las sie laut. »*Ah*«, sagte sie, als wäre alles sogleich viel klarer, »*vous êtes américain!*«

22 In ihrer Wohnung in Rehavia, zwischen ihren Souvenirs von Hunger, Pest und Krieg, spielte Sonia für Lucas Meliseldas Lied auf der Gitarre und sang dazu auf spanisch und ladino.

Er war nach einer schlaflosen Nacht früh aufgestanden und zu ihr gegangen. Es war einer jener Jerusalemer Wüstentage, die bei Tagesanbruch von betauter Schönheit waren und einen den ganzen Nachmittag unter dem Hamsin stöhnen ließen.

»*Meliselda ahí encuentro*«, sang Sonia. »*La hija del Rey, luminosa.*«

Und das Ende jeder Strophe lautete: »Ich singe dieses Lied nur dem, der mit mir geht.«

Während er zuhörte, wurde ihm bewußt, wie unwahrscheinlich es war, daß er im Rahmen seines Lebens, wie er es sich vorstellte, eine Frau kennenlernen würde, zu der er sich mehr hingezogen fühlen und deren Person und Gesellschaft er mehr begehren würde. Er gestattete sich den Gedanken, daß ihre Leichtgläubigkeit, wie er es insgeheim nannte, etwas war, was überwunden werden konnte. Was den Glauben an Unmöglichkeiten betraf, hatte Sonia genug für sie beide.

»Ich habe die ganze Gruppe in einem Hospiz in Ein Karem untergebracht«, sagte sie. »Da kommen sie nicht so schnell in die Altstadt und in Schwierigkeiten.«

»Kommt er nicht mehr zum Teich?«

»Nur sonntags bei Sonnenaufgang«, sagte sie. »Er nimmt sich einen palästinensischen Mietwagen mit Fahrer. Kein Scherut, sondern eine Limousine. Und er bezahlt auch das Hospiz.«

»Ist wahrscheinlich sicherer«, sagte Lucas, »wenn die Leute denken, daß er reich ist.«

»Tja, das ist er auch. Das ist sehr praktisch. Und ich glaube, er ist dabei, den Fahrer zu bekehren.«

Lucas beschloß zu fragen, solange die Stimmung unbeschwert war. »Zu was? Ich meine, woran glaubt ihr denn eigentlich?«

»Na gut«, sagte sie. »Also woran glauben wir? Wir glauben daran, daß alles Thora ist. Das soll heißen . . .«

»Ich weiß, was das heißen soll, Sonia. Ich habe ihn selbst gehört. Man nennt das Platonismus.«

»Wir glauben, daß die Zeit für eine Veränderung gekommen ist. Daß eine neue Welt entsteht.«

»Das ist das, was auch deine Eltern geglaubt haben.«

»Das ist es, woran meine Eltern geglaubt haben. Und sieh mich an.«

»Sie wollten eine Revolution.«

»Wir auch.«

»Eine Revolution im übertragenen Sinne.«

»Nein, Mann«, sagte sie. »Genau dieselbe Revolution. Nur daß wir keine Waffen brauchen werden.«

»Warum nicht?«

»Weil wir glauben, daß unser Anfang in unserem Ende liegt. Daß wir aufhören müssen, so in der Welt zu leben, wie wir es tun. Wenn wir wollen, daß sie sich verändert, wird sie sich verändern.«

»Genau«, sagte Lucas. »Der Tod durch den Kuß. Ich wollte, es würde für mich nicht so nach vergifteter Limonade klingen. Was noch?«

»Ich glaube, ich kenne auch den Rest«, sagte Sonia. »Aber ich darf es nicht aussprechen. Erst wenn er es ausgesprochen hat.«

»Natürlich.«

»Tut mir leid, Chris. Tut mir leid, wenn ich mich anhöre, als würde ich Seifenblasen machen. So bin ich eben.«

»Ja«, sagte Lucas.

»Betrachte es mal so«, sagte sie. »Wir sind in Jerusalem. Was hier geschieht, beeinflußt das Wesen der ganzen Welt. Stimmt das etwa nicht? Bist du nicht auch erzogen worden, das zu glauben? Selbst wenn du als Christ erzogen worden bist, mußt du glauben, daß das, was hier geschieht, die menschliche Existenz definiert. Hast du nicht manchmal das Gefühl, daß das stimmt? Die Besonderheit der Geschichte unseres Volkes? Die Lehren, die aus unseren Erfahrungen erwachsen sind? Ich meine, denk mal darüber nach.«

»Das werde ich«, sagte Lucas. »Aber jetzt will ich dich was

205

fragen: Glaubst du wirklich, daß es irgendwo im Himmel jemanden gibt, der sich dafür interessiert, ob dieser oder jener kleine Scheißer Jude ist oder nicht? Der die eine Ansammlung von winzigen Figürchen hier unten auf der Erde mehr liebt als die andere Ansammlung von identisch aussehenden Figürchen? Der ihnen Hunderte von wirklich ausgefallenen und äußerst sinnlosen Vorschriften gibt? Irgendeine ... irgendeine ewige, unsterbliche, überdimensionale Nippesfigur mit Bart und Flügeln, die ihre kleinen Freunde, die Juden, einfach gern hat?« Er hielt die Hände an die Augen, als wären sie ein Fernglas, und betrachtete den spanischen Teppich. »Hurra, da sind sie ja! Jetzt mach mal einen Punkt. Das ist doch bloß ein himmlischer Türstopper, übriggeblieben von den Toren von Ninive – nur daß er nicht unter Sand begraben ist, sondern im Himmel sitzt. Vergiß es!«

»Geschichte ist Geschichte«, sagte Sonia. »Dieses Volk – unser Volk, Chris – hat bei der moralischen Entwicklung der Menschheit eine entscheidende Rolle gespielt.«

»Sonia, dem Universum ist es egal, ob einer Jude ist oder nicht. Das ist was für Paranoide, für Nazis. Für professionelle Juden und Antisemiten, für Leute, die jemanden brauchen, den sie hassen können. Es ist ein Hirngespinst, Sonia, das nur in den Köpfen von Leuten existiert, die so was brauchen. Von Frömmlern. Von Chauvinisten. Gottes Volk, die kosmische Heimmannschaft? Hör doch auf!«

»Tut mir leid«, sagte Sonia. »Ich glaube nicht, daß du das wirklich so siehst. Denn wenn es so wäre, was hättest du dann hier zu suchen? Was willst du hier?«

»Ein Buch schreiben.«

»Ich weiß nicht, wie verschieden wir sind«, sagte sie, »du und ich. Du versuchst so zu tun, als wärst du ganz zufrieden damit, an nichts zu glauben, aber das kaufe ich dir nicht ab. Ich habe mein Leben lang gelernt zu glauben. So zu glauben, daß es einen Unterschied macht. Du glaubst, daß ich verblendet bin. Ich dagegen glaube, daß man schon ziemlich verblendet sein muß, um so ungläubig zu sein, wie du es von dir behauptest.«

»Wenn ich nicht verblendet wäre«, sagte Lucas, »woran würde ich dann glauben?«

»An die Geschichte vielleicht? An dein eigenes inneres Bewußtsein?«

»Ich glaube, ich habe kein inneres Bewußtsein. Nur ein äußeres.«

»Tatsächlich? Keine inneren Reserven? Was machst du, wenn die Scheiße unerträglich wird?«

»Ich trinke. Ich werde verrückt.«

»Ich verstehe«, sagte sie. »Ich habe früher Drogen genommen.«

»Ich auch.«

»Chris«, sagte sie, »hör mir zu. Seit es so etwas wie Zivilisation gibt, waren es immer Juden, die für Veränderungen eingetreten sind.«

»Ach, Sonia«, sagte er lachend, »glaubst du, die Masche kenne ich nicht?«

Sie hob die Hand und ließ ihn nicht weitersprechen. »Tut mir leid. Das wirst du dir anhören müssen.« Sie ging auf ihn zu, zuckte dann aber die Schultern, verschränkte die Arme und wandte sich halb ab, als wäre das, was sie sagen wollte, dadurch keine Masche. Obwohl es das natürlich doch war. »Weil das Leben für die meisten Menschen beschissen ist, Chris. Und darum gab es Moses, darum gab es Habakuk, darum gab es Jesaja, Jesus, Sabbatai, Marx, Freud. Alle diese Leute haben gesagt: Sei einsichtig und handle nach deiner Einsicht, und die Dinge werden sich ändern. Und was sie gesagt haben, stimmte, Mann. Ihr Leben mag erfolglos gewesen sein, aber sie selbst waren nicht erfolglos.

Hundert Jahre bevor in Rom Giordano Bruno verbrannt wurde, verbrannte man in Mantua einen Juden namens Solomon Molcho. Er war ein Gnostiker, ein Sufi, ein Magus. Er sagte, wenn die Veränderung komme, werde der Drache ohne Waffen vernichtet werden und alles werde anders sein. Und auch wir glauben, daß es geschehen wird. Daß es geschieht.«

»›So hört' auch ich und glaube dran zum Teil‹«, sagte Lucas. »Nur daß ich es, glaube ich, nicht mehr glaube.«

»Soll das dein Ernst sein? Oder willst du mich mit ein bißchen Shakespeare abspeisen?«

»Ich weiß nicht«, sagte Lucas. »Hast du das alles von Raziel?«

»Raziel spricht nur für den Rev. Es geschieht alles in ihm.«

»*In* ihm?«

»Auf der Ebene der Emanationen. Durch die Seelen in ihm. Er ist derjenige, der die Kämpfe besteht. Mit Pharao. Mit dem Drachen. Ach«, sagte sie, »ich wollte, er würde den Mund halten und nicht ausgehen und diese Sachen machen. Aber er leidet so sehr, daß er es einfach nicht aushält.«

»Er wird verbrannt werden wie Molcho.«

»Vielleicht. Und dieses Zeug kommt nicht von Raziel. Die Sufis wußten es immer schon. Und die Juden wußten es in gewisser Weise auch, denn das ist es, was Thora ist. Es ist eine Formel, um die Vielheit der Dinge zu dem Einen zu verschmelzen. Uns wieder dorthin zu bringen, wohin wir gehören. Es ist vieles darin verborgen.«

»Wie kommt es, daß Raziel und der Rev mit einemmal ein Teil des großen Bildes sind?«

»So wie wir alle die wichtigen Dinge wissen, die wir wissen«, sagte Sonia. »Die alten Juden sagten, daß jeder Weise einen Maggid habe, einen spirituellen Berater aus einer anderen Welt. Aber ein Maggid ist nichts weiter als etwas aus deinem Unbewußten, aus der kollektiven Erinnerung, das dir etwas sagt, was du schon weißt.

Und so hat der arme alte De Kuff die Seelen, die in ihm wohnen, schließlich erkannt. Und Raziel hat *ihn* erkannt. Adam hat sich mit Händen und Füßen gewehrt, der arme Kerl. Zwischen den Welten zu stehen ist ein schreckliches Schicksal. Es ist wie ein Wahnsinn.«

»Glaubst du nicht, daß es tatsächlich Wahnsinn sein könnte?« fragte Lucas. »Einfach bloß Wahnsinn?«

»Nein, das glaube ich nicht. Weil ich es kenne. Weil ich es mein halbes Leben lang studiert habe. Berger hat ihn erkannt, bevor er starb. Ich erkenne ihn ebenfalls.«

»Na gut, na gut«, sagte Lucas und zuckte die Schultern. »Und wie geht's weiter? Was passiert als nächstes?«

Sonia lachte. »Ich weiß es nicht. Ich weiß es genausowenig wie du. Als nächstes passiert Veränderung. Und ich glaube, es wird wunderschön.«

Lucas ging durch den Raum und musterte ihre Sammlung von Fotos aus der dritten Welt. Glückliche, hoffnungsvolle

Gesichter zwischen den Verdammten dieser Erde. Auf einem Tisch hatte Sonia einige Bogen mit Kontaktabzügen an eine Lampe gelehnt. Es waren Hunderte Fotos, und auf jedem war ein dunkles, abgemagertes Kind.

»Was muß ich sein, damit mein Foto im Haus eines Maggids landet?«

»Tja«, sagte sie, »wenn du eins von diesen Kindern wärst, dann müßtest du tot sein, denn sie sind alle gestorben. Während der Hungersnot in Baidhoba.«

Lucas nahm einen der Bogen in die Hand und betrachtete die langen Gesichter mit den riesigen Augen. Ein Teil eines Gedichtes fiel ihm ein, und er sagte es für sie auf:

»Geht, lächelnde Seelen – eure neuen Gefäße zerbrechen,
Im Himmel werdet ihr eher singen als hier sprechen,
Und wer euch hier Bäche von Milch verspricht,
Bringt nur euch Verdruß,
Am Ziel eurer Reise wartet das Licht
Und Milch im Überfluß.«

»Milch im Überfluß«, wiederholte sie. »Wie soll ich das verstehen?«

»Es ist ein altes Gedicht. Von einem alten toten Weißen namens Richard Crashaw. *To the Infant Martyrs*. Es geht darin um ein anderes nahöstliches Mißverständnis.«

»Ich wollte, ich hätte es gekannt, als ich in Somalia war.«

»Nein, das wolltest du nicht, Sonia. Dann wärst du nämlich wie ich. Und anstatt Dinge zu tun und an Dinge zu glauben, würdest du nur Gedichte über Dinge kennen. Tja«, sagte er, »ich muß jetzt gehen. Ich treffe mich nachher mit dem Doc.«

»Warte, Chris. Setz dich. Na los, setz dich«, wiederholte sie, als er nur dastand und sie ansah. Sie saß am anderen Ende des Raums, die Arme um die Knie geschlungen, und sprach mit der gespielten Strenge einer altmodischen Volksschullehrerin.

»Warum haßt du dich so sehr? Was kannst du dir nicht verzeihen?«

»Ich weiß nicht«, sagte er. »Vielleicht bin ich so fertig, weil es eine beschissene Welt ist. Wie du ja gerade selbst gesagt hast. Willst du mir was über meinen Tikkun erzählen?«

»Er wird sich ändern«, sagte sie. »Wir werden frei sein. Denn dort, wo der Geist des Herrn ist, ist Freiheit.«

»Das gefällt mir«, sagte er.

»Tatsächlich?«

»Ja«, sagte Lucas. »Natürlich. Ich war schon immer religiös. Ich habe mir immer leid getan, und nicht nur ich habe mir leid getan. Und darum gefällt mir das. Ich bin schwach. Ich bin sentimental. Ich brauche einen Weihnachtsmann. Ja, ich könnte ein psalmensingender Idiot sein.« Er stand auf und wandte sich von ihr ab. »Ja, es gefällt mir. Es gefällt mir wirklich. Und du gefällst mir. Ich mag dich sehr.«

»Ja, ich weiß«, sagte sie, »denn ich kenne deinen Tikkun. Ich mag dich auch. Kommst du zurück?«

»Ja«, sagte Lucas. »Ich werde dich so lange aufziehen und beschimpfen, bis ich sicher bin, daß du deinen Glauben verloren hast.«

»Weil Unglück Gesellschaft will?«

»Weil du zu hip und schön und intelligent bist, um diesen Quatsch zu glauben. Das ist gefährlich. Und weil Unglück Gesellschaft will, und wenn ich diese hübschen Träume und Illusionen nicht haben kann, werde ich sie dir wegnehmen.«

»Aber Chris«, sagte sie lachend, »sie sind meine Freude. Sie machen mich glücklich.«

»Ich will aber nicht, daß du glücklich bist. Dazu bist du eine zu gute Sängerin. Ich will, daß du wie ich bist.«

23 Am Nachmittag ging er zum Café Atara, um sich mit Obermann zu treffen. Die Tische an der Ben Yehuda Street waren alle besetzt, und die Gäste hatten zusätzliche Stühle hinausgestellt, um die leichte Brise zu genießen. Lucas fand Obermann drinnen, an seinem üblichen kleinen Tisch, und erstattete Bericht über Reverend Ericksen und die Rückkehr der Schlange.

»Gnostisch«, sagte Obermann. »Jahwe ist der Demiurg, der die Welt beherrscht. Die Schlange ist Weisheit. Jesus ist gekommen, um die Welt von Jahwe zu befreien. Im Grunde griechischer Antisemitismus.«

»Er ist nicht bloß verbittert«, sagte Lucas. »Er hat den Verstand verloren.«

»Wahrscheinlich weil er dem Licht zu nahe gekommen ist«, sagte Obermann.

»Und weil seine Frau auf sieben verschiedene Arten gevögelt worden ist.«

Dr. Obermann war nicht beleidigt. Er machte ein nachdenkliches Gesicht. Immerhin war jetzt er der Betrogene.

»Anscheinend«, sagte er, »gibt es die Missionarsstellung tatsächlich.«

»Ich nehme an, das ist die Stellung, die sie im Predigerseminar beigebracht kriegen.«

»Sie meinen«, fragte Dr. Obermann, »daß amerikanische Missionare in unbefriedigenden Sexualpraktiken unterwiesen werden?«

»War nur ein kleiner Witz«, sagte Lucas. »Aber wer weiß?«

»Tja«, sagte Dr. Obermann, »Linda hat jedenfalls große Fortschritte gemacht. Übrigens habe ich Ihr Buch über Grenada gelesen.« Lucas sah, daß Obermann das Buch in Händen hielt, von dem er geglaubt hatte, es sei längst vergriffen. »Warum so überrascht? Ich hab's im Internet nachgesehen. Und ich kenne eine gute Versandbuchhandlung.«

Das Verteidigungsministerium? dachte Lucas. Oder den

211

Mossad? Er hatte drei Monate damit verbracht, ein Reportage-
buch über die Operation Urgent Fury zu schreiben, die amerikanische Invasion von Grenada, über die er für die *Baltimore
Sun* berichtet hatte. Das Buch hatte ihm kaum etwas einge-
bracht und war wenig besprochen worden, aber er hatte gute,
ehrliche Arbeit geleistet.

Als Schriftsteller litt Lucas an einer Kombination aus Träg-
heit und Perfektionismus, und darum hatte es zu lange gedau-
ert, dieses Buch zu schreiben. Als es erschien, waren die Ent-
hüllungen über die Unfähigkeit und Korruption in den Reihen
einiger Spezialeinheiten bereits weitgehend überholt.

Lucas war ein guter Zuhörer, ein vertrauenswürdiger Mann,
dem die Leute gern etwas erzählten. Leider waren die Miß-
stände, auf die seine Informanten ihn hingewiesen hatten, schon
wenige Monate nach der Operation Urgent Fury entweder erfolgreich vertuscht oder reumütig gebeichtet worden. Für die
Öffentlichkeit hatte man einige Exempel statuiert. Ausge-
suchte Sündenböcke hatten mit zitternder Stimme und unter
Zuhilfenahme zahlreicher militärischer Fachausdrücke irgendwelche obskuren Verfehlungen eingestanden und vor freundlich gesinnten Kongreßkomitees ein paar mannhafte Tränen
vergossen. Es hatte Versetzungen und vorzeitige Pensionie-
rungen gegeben. Einige von Lucas' Informanten waren aufge-
spürt und und heimlich bestraft worden.

Außerdem hatte der Verlag bemängelt, daß das Buch sich ein
wenig zu intensiv mit der Rolle der afrokaribischen Religionen in der neueren Geschichte der Insel befaßte. Aber Lucas
hatte sein Bestes getan. Sein Leben war bisher ein weitgehend
uneingelöstes Versprechen gewesen und hatte an Fehlstarts,
Selbstzweifeln und mangelndem Durchhaltevermögen gelit-
ten. Das Buch war das einzige, was er je zu Ende gebracht hatte.
Er war ziemlich stolz darauf.

»Es war bloß ein Taschenbuch«, sagte er zu Obermann. »Die
Sache ging ja damals durch alle Zeitungen. Es war eine Art
Schnellschuß.«

»Es ist ein gutes Buch«, sagte Obermann. »Ein kluges Buch.
Ich weiß nicht viel über die Karibik und die amerikanische Armee, aber ich glaube, was ich da gelesen habe.«

Über dieses Kompliment freute Lucas sich sehr.

»Ich fühle mich also ermutigt«, sagte Obermann. »Ich habe einen guten Mann gefunden. Und Sie sind ... noch immer überzeugt von dieser Story?«

»Am meisten interessiere ich mich für Raziel und De Kuff.«

»Und Sonia«, fügte Obermann hinzu. »Sie mögen sie.« Er goß etwas Sahne in seinen Kaffee.

»Ja«, sagte Lucas, »ich mag sie.« Die sommerliche Parade junger Touristinnen und Studentinnen zog am Atara vorbei. Die Stammgäste ignorierten sie und warfen nur den spektakuläreren jungen Frauen einen beiläufigen Blick zu. »Ich würde mich gerne auf De Kuff und seine Anhänger konzentrieren und einige andere Gruppierungen vernachlässigen. Sie sind einfach interessanter.«

»Das wäre eine Möglichkeit«, sagte Obermann.

»Andererseits«, sagte Lucas, »hat man es natürlich lieber mit einer Geschichte zu tun, die irgendwohin führt, wohingegen diese hier ... Die Leute darin treten auf und ab. Die Story verliert sich im Nichts.«

»Wo sind sie?« fragte Obermann. »Diese Anhänger von Raziel und De Kuff.«

»In einem Hospiz in Ein Karem. De Kuff zahlt. Er ist offenbar ziemlich reich.«

»Tragen sie immer noch diese Uroboros-Amulette?«

»Ja. Auch Sonia. Glauben Sie, es hat was mit dem zu tun, was Ericksen gesagt hat?«

»Ja«, sagte Obermann zwischen zwei Bissen Kuchen. »Irgendwie schon. Sie sind Ketzer – nach den Maßstäben des normativen Judaismus sogar sehr radikale Ketzer. Aber natürlich kommt der Uroboros tatsächlich im *Sohar* vor.«

»Ich bin mir über ihre theologischen Wurzeln nicht ganz im klaren. Offensichtlich ist es eine messianische Bewegung. Soviel ich weiß, verehren sie Sabbatai Zwi, Jacob Frank und Jesus.«

»Ja, das paßt. Wahrscheinlich betrachten sie diese Personen als eine einzige, mehrmals erschienene Seele, die jetzt in De Kuff inkarniert ist.«

»Wie ist diese Schlangengeschichte da hineingeraten?« fragte Lucas. »Die ist unheimlich.«

»Wenn der Allmächtige unsagbar und für uns unerreichbar

ist, bleibt eine göttliche Kraft latent. Doch sie kann nur durch eine entsprechende Kraft erweckt werden – das ist simple Chemie.«

»Von der ich –«

»Von der Sie schon in der Schule nichts verstanden haben. Macht nichts. Für die Hindus ist die Schlange Kundalini die Verkörperung von Schakti, der Gefährtin von Schiwa. Durch Schakti wird der immanente Schiwa zur Lebenskraft. Manche haben die Schlange in Adams Garten angebetet.«

»Keine Juden.«

»Bestimmte Juden«, sagte Obermann. »Ketzer. Minim. Der Gnostiker Elisha ben Abouya. Aber vergessen Sie nicht: In der Kabbala verkörpert die Schlange ebenfalls die Kraft, welche die Erste Macht Gottes erweckt. Sie sorgt dafür, daß die Zeit ihr Ende in der Ewigkeit findet. Eine heilige Schlange symbolisiert den Gott des Glaubens. Eine ewige, sich ewig erneuernde Schlange, die das Immanente in den Ersten Willen verwandelt. Gefällt Ihnen das?«

»Nicht schlecht«, sagte Lucas.

»In der Gematrie hat der Ausdruck ›heilige Schlange‹ denselben numerischen Wert wie ›Moschiach‹. De Kuff trägt die Schlange um den Hals. Raziel hat sie ihm umgehängt – vielleicht nicht für sich selbst, sondern für alle gegenwärtigen und vergangenen Moschiach. Eine ewige Heilskraft. Nicht nur *ein* Jesus. Nicht nur *eine* Seele. Viele Seelen.«

»Ich muß dieses Zeug irgendwann mal gelernt haben«, sagte Lucas.

»Das glaube ich nicht. Vielleicht sollten Sie darüber meditieren. Vielleicht auch nicht. Jedenfalls – das ist es, womit wir es hier zu tun haben.«

»Hört sich nicht so an, als würde es von allein wieder verschwinden.«

»Erst wenn die Juden verschwinden. Oder Gott sich noch weiter entfernt und die Pläne und Mätzchen, mit denen sie Ihn zurückholen wollen, einfach ignoriert. Es ist also doch etwas, selbst wenn diese Story sich im Nichts verliert.«

»Es klingt mehr nach einer Katastrophe, die darauf wartet, einzutreten.«

»Das Universum bewegt sich von Katastrophe zu Katastro-

214

phe. Diese Einsicht verdankten die Marxisten Wagner, der sie
der Physik verdankte.«

»Sagen Sie mir«, bat Lucas, »woher kommt all dieses Zeug?«

»Was ist über uns? Was ist unter uns? Was war vor Zeiten?
Was wird dereinst sein?« Obermann musterte Lucas fragend
von der Seite. »Wer solche Fragen stellt, für den wäre es besser,
nicht geboren zu sein – sagen die großen Weisen.«

»Und wie sehen wir es?«

»Der Mensch ist zu einem Bild erschaffen«, sagte Obermann. »Er nimmt das wahr, was ihm gleicht. Die Formen, die
er sieht, sind durch sein Wesen determiniert.« Er blickte Lucas
an. »Kommen Ihnen Zweifel? Sind Sie bei unserem Buch noch
dabei?«

»Ja«, sagte Lucas, »ich bin noch dabei.«

Lucas zahlte, wie es inzwischen seine Gewohnheit geworden
war, und dann gingen sie in Richtung Jaffa Road.

»Wußten Sie«, fragte Lucas, »daß De Kuff jeden Sonntag im
moslemischen Viertel predigt?«

»Vor der St.-Annen-Kirche? Am Bethesda-Teich?«

»Ich glaube schon. Wir haben ihn gleich nebenan gefunden.«

Obermann nickte zufrieden. »Das ist ein bekannter Treffpunkt. Der Tempel des Äskulap. Wieder Schlangen. Außerdem
der Teich Israels.«

Er legte Lucas eine Hand auf die Schulter und schlurfte in
Richtung der Haltestelle des Busses, mit dem er heim nach
Kfar Heschel fahren würde, einem neuen Vorort jenseits der
Grünen Linie. »Hören Sie, wir werden gemeinsam etwas
Gutes auf die Beine stellen. Etwas Würdiges. Ich habe Ihnen
übrigens einige Bücher geschickt, die Sie vermutlich nicht bei
Steimatzky oder an der Universität bekommen können. Seien
Sie so freundlich und gehen Sie sorgsam mit ihnen um.«

Auf dem Heimweg war Lucas aufgeregt. Es würde etwas
Würdiges sein, ja. Obermanns Bücher erwarteten ihn in der
unansehnlichen Portiersloge.

»Du lieber Himmel!« sagte der Portier, als hätte er – was
äußerst unwahrscheinlich war – irgend etwas tragen müssen.
»Was ist da drin?«

»Diamanten«, sagte Lucas.

Den ganzen Nachmittag und bis in den Abend hinein saß er auf dem kleinen Küchenbalkon, kaute Nualas Khat und las das Material, das Obermann ihm geschickt hatte. Jerusalem nahm sich darin aus wie ein Panoptikum von Kuriositäten. Da gab es Gojim wie Willie Ludlum, den religiösen Brandstifter, dessen leidenschaftliche, wahnhafte Gedanken Polizeiakten füllten, die länger waren als die Evangelien des Markus und Matthäus zusammengenommen. Es gab die »Hüter des Tors der Glückseligkeit«, die Mittel zur Wiedererrichtung des Tempel sammelten, indem sie reichen Amerikanern ganze Flügel davon widmeten, und die »Träger des Kainsmals«, eine Gruppe deutscher Hippies, die zu Reue und Wiedergutmachung entschlossen waren und deren Programm wie die Rache der Nazis an sich selbst klang. Da gab es die Hüter des »Hauses des Galiläers«, die Lucas bereits kennengelernt hatte, und die »Verlorenen und wiedergefundenen schwarzen Kinder von Zion«, die größtenteils aus Bakersfield, Kalifornien, stammten.

Manche waren von der Cheopspyramide inspiriert, andere vom »Wahren Grab« oder der »Wahren Lanze Christi«. Alle schienen sich einer blumigen Nomenklatur zu bedienen. Es gab Pyramidenkulte aus Oregon namens »Stumme Sucher der Eiche und der Ranke« und eine Gruppe von Panamaern, die sich als »Allerkeuscheste Athleten des Heiligen Grals« bezeichneten.

Es gab auch zahlreiche Soloauftritte von Männern und Frauen, die sich für Franz von Assisi oder Theresia von Ávila oder Peter den Einsiedler hielten. Unter den Juden jedoch, die allesamt recht konventionell wirkten, gab es keinen wie De Kuff oder Raziel.

Das Material war gut. Früh am nächsten Morgen rief er eine alte Freundin bei einem New Yorker Verlag an und erzählte ihr von dem Buch.

Im Verlauf dieses Gesprächs überraschte er sich selbst damit, daß er das Projekt besang wie ein Garten voller Nachtigallen, mit einer Zuversicht wie Elia auf dem Berg Karmel vor den vierhundertfünfzig Propheten des Baal – als hätte er nur den einen Wunsch, dieses Buch zu schreiben.

»Das hört sich ganz, ganz wunderbar an«, sagte seine alte Freundin, die mit jedem Jahr mehr klang wie das Boston

Athenaeum. »Ich bin sicher, daß ich die Verlagsleitung dafür interessieren kann.«

»Gut«, sagte Lucas, »dann bleiben wir in Verbindung.«

Vielleicht war es wirklich so einfach, dachte er. Als Gegenleistung für seine literarischen Fertigkeiten und seine amerikanische Mentalität bekam er Obermanns Schatzkästlein wahnhafter Gottsucher – und wer konnte wissen, was er selbst noch auftun würde?

24 Schlaflos und vor Morgengrauen nahm er sich am nächsten Tag Obermanns Material vor und begann sich Notizen zu machen. Dann frühstückte er in einem Café und machte wie jeden Morgen einen Spaziergang durch das Viertel rechts und links der Bahnstrecke, zwischen kleinen Gärten voller Oleander und Tamarisken.

Zu Hause kochte er sich einen türkischen Kaffee und warf einen Blick in die Zeitung. Unten auf Seite vier stand ein Artikel, den er zuvor übersehen hatte.

Amerikanischer Pfarrer stürzt von Stadtmauer

Am Turm des frühbyzantinischen Aquädukts zwischen dem Spafford Hospital und dem Bab al-Zahireh oder Herodestor in der alten Stadtmauer ereignete sich in den frühen Morgenstunden des Donnerstags ein ungewöhnlicher Unfall. Ein Mann, der später als Reverend Theodore Earl Ericksen, Pfarrer der Independent Evangelical Church in North America, identifiziert wurde, fiel offenbar von der Mauer, obgleich diese auf der Altstadtseite eine schulterhohe Brüstung aufweist. Mr. Ericksens Leiche wurde mehrere Meter vom Fuß der Mauer entfernt gefunden, am Rande des Geländes des Bethesda-Teiches in der Nähe des Herodestors, einem Anziehungspunkt für Christen und »New-Age«-Pilger in der Altstadt. Anwohner sagten aus, sie hätten in der Nacht mehrmals einen Mann auf der Mauerkrone gesehen. Wächter der nahe gelegenen Medresse, die einen Einbrecher vermuteten, der sich über die Dächer Zugang zu den Häusern verschaffen wollte, hatten Dächer und Mauer mehrmals ergebnislos abgesucht.

Ericksen (36) stammte aus Superior, Wisconsin, und lebte seit drei Jahren in Jerusalem. Er arbeitete für das »Haus des Galiläers«, eine christliche Forschungsgruppe, in New Katamon und hinterläßt eine Frau, die ebenfalls aus Superior stammt und für dieselbe Organisation tätig ist.

Die Polizei hat die Ermittlungen aufgenommen. Ein gerichtsmedizinischer Untersuchungsbericht wird in zwei Wochen vorliegen. Das Ministerium für Tourismus erklärte inzwischen, die Mauerteile am Turm des Aquädukts seien stabil und begehbar, und man plane nach diesem Unfall keine baulichen Veränderungen. Chaim Barak, ein Sprecher des Ministeriums, sagte, man könne Touristen eine Besichtigung der Mauer nur empfehlen. Allerdings rate man aus Sicherheitsgründen dazu, bei Tageslicht und in Gruppen zu gehen.

Anstatt noch einmal auszugehen, rief Lucas Obermann an.

»Ja, ich habe den Artikel gelesen«, sagte Obermann. »Er fühlte sich verraten.«

»Ich glaube auch, dieses Wort trifft es am besten«, sagte Lucas. »Wie sagten Sie noch? ›Dem Licht zu nahe gekommen‹.«

»Wie poetisch von mir. Ich muß sagen, ich bin bestürzt. Er hätte ein neues Leben anfangen können.«

»Glauben Sie, daß er überfallen wurde oder so?«

»Jedenfalls war es kein Unfall«, sagte Obermann. »Entweder ist er gesprungen, oder man hat ihn gestoßen.«

Anfangs war Lucas unbehaglich zumute, als er sich wieder den Büchern zuwandte, die er bei Steimatzky gekauft oder als Literatur zu dem Seminar aus den englischsprachigen Beständen der Hebräischen Universität ausgeliehen hatte.

Er hatte Adolphe Franck, er hatte Gershom Scholems Schriften über Isaak Lurias Kosmologie, er hatte Daniel Matts Übersetzung des *Sohar* und etwa ein Dutzend andere Bücher. Manche waren religiös, andere weltlich, manche waren alt, andere zeitgenössisch. Die meisten befaßten sich mit der jüdischen Religion, verschiedene aber auch mit der christlichen. Es gab ein paar Bücher über die christliche Kabbala in Spanien und das Werk von Pico della Mirandola. Er hatte seit Monaten darin geblättert und einige sogar ganz gelesen.

Lucas, ein Sammler entlegenen Wissens, war auf ein paar Dinge gestoßen, die er nicht gewußt hatte. Das Seminar bei Adler ermöglichte es ihm, die Formeln zu verstehen, nach denen Sabbatai Zwi und Jacob Frank vermittels der heiligen Schlange ihre eigene Göttlichkeit abgeleitet hatten; beide hatten das Symbol des Uroboros in ihre Signatur aufgenommen.

Der Name Gottes, las er, konnte durch Hinzufügen des hebräischen Buchstabens Schin zum Tetragrammaton in den Namen Jesus verwandelt werden. Der sephardische Kabbalist Abraham Abulafia war zu dem Schluß gekommen, er sei der Messias, und hatte nicht nur den Papst aufgesucht, um Seine

Heiligkeit von diesem Umstand zu unterrichten, sondern den Vatikan auch lebend wieder verlassen. Einige Mönche des Klosters San Jerónimo in Kastilien waren von der Inquisition verhaftet worden, weil sie während des Osterfestes im Heiligen Jahr 1500 einen Seder gefeiert hatten. Und fast alle großen spanischen Mystiker waren jüdischer Abstammung gewesen, auch Theresia von Ávila, Johannes vom Kreuz und Luis de León.

Lucas fand immer mehr Gefallen an den kabbalistischen Formulierungen, auch wenn sie in De Kuffs und Raziels wirren Predigten modifiziert waren. Irgendwann am Nachmittag stand er auf, um sich einen Drink zu genehmigen, aber anstatt weiterzutrinken, kehrte er zu Scholems *Zur Kabbala und ihrer Symbolik* zurück. Wie wahr das alles war, dachte er. Einer psychologisch so triftigen Erklärung der Dinge war er noch nie begegnet. Lucas fand sie erhabener und überzeugender als den thomistisch belasteten Katholizismus, der ihn seit seinem siebten Lebensjahr beengt hatte. Auch wenn es natürlich nie zur Debatte stehen konnte, was *wahr* war und was nicht – was für ein absurder Begriff!

Doch dann kam ihm die Erkenntnis, daß das Konzept des großen göttlichen Rückzugs und der heiligen Emanationen nicht wahrer als das Christentum seiner Mutter, sondern letztlich das gleiche war – eine innere Wesenheit, die jeder erdenklichen Art von Wahrheit zugrunde lag.

Er nahm Pascals *Gedanken* zur Hand, um etwas nachzulesen, das er halb vergessen hatte.

»Die Natur ist so beschaffen«, schrieb Pascal, »daß sie überall, sowohl im Menschen wie auch außerhalb des Menschen, auf einen verlorenen Gott und auf die Verderbnis der Natur hinweist.«

Jansenismus. Die Beweiskette, die von Port Royal zu Descartes führte. Der Gottesbeweis durch Ontologie. Er besagte, daß Gott, sofern man sich den Alten wirklich und wahrhaftig vorstellen konnte, tatsächlich existieren mußte. Der Beweis durch Ontologie wiederum bewirkte, daß Lucas das Bedürfnis nach einem Drink empfand – er brachte den nie ordinierten irischen Jesuiten in ihm zum Vorschein oder erinnerte ihn vielleicht daran, bei Tanzabenden der Gemeinde unter der Jacke eine Fla-

220

sche einzuschmuggeln. Also schenkte er sich ein Glas Glenlivet ein, setzte sich und sah zu, wie die Steine der Stadt im schwindenden Tageslicht nach und nach ihre Farbe veränderten.

Descartes am warmen Ofen – das war die Geschichte. Hier sitze ich, Descartes, am warmen Ofen – also muß es einen Gott geben. Ich träume Ihn, also muß es Ihn geben. Freuds Methode. Ich denke, also bin ich. Es gibt einen Prozeß, also muß ich ein Teil davon sein. Es konnte kein Zweifel bestehen, fand Lucas, daß Ontologie besser zu verkraften war, wenn man einen Drink zur Hand hatte, und das war wahrscheinlich der Grund, warum so viele Kleriker ein Alkoholproblem hatten.

Aber es gab doch tatsächlich einen Prozeß, oder etwa nicht? Es gab nicht nichts, sondern etwas. Und sofern der Prozeß nicht endete, wenn man selbst endete – und das war ja offensichtlich nicht der Fall –, wo endete er dann? War diese Gier nach dem Höchsten, diese Sehnsucht ohne jede Hoffnung auf Erlösung letztlich verdammt? Blieb dieser Durst ungelöscht? Der Gedanke an Durst führte zum Gedanken an einen Drink.

Dann erkannte er, daß die Vorstellung eines großen Schöpfers, der seine Schöpfung sich selbst überlassen hatte, einen tatsächlichen Sachverhalt widerspiegeln mußte. Daß die Emanationen von Krone, heiliger Weisheit und mütterlichem Verstehen, von Größe, Macht und Liebe, von strengem Gericht, Schönheit, Gnade und Beharrlichkeit, von Majestät, dem Königreich Gottes und seinen Fundamenten immer und offenbar vorhanden waren, daß sie einfach da waren. Sogar in ihm, in seiner tiefen Finsternis. Lucas hielt das Glas Whisky in der Hand und dachte: Wie amüsant, so etwas zu glauben, wie schön und befriedigend.

Außerdem fragte er sich, wieviel Phantasie er würde aufbieten müssen, um sich vorzustellen, daß all dies durch Geburtsrecht ihm gehörte, weil er Jude war – was er, wie er fand, durchaus beschließen konnte. Doch selbst wenn er beschloß, kein Jude zu sein – wie schön, das alles zu haben. Von beiden Seiten der Straße zu erben, sowohl die Schechina als auch die heilige Mutter Kirche und irische Haferflocken, den Segen *und* den Haferbrei.

Eines Sonntags waren seine Mutter und er auf dem Heimweg von der Kirche der Frau seines Vaters begegnet. Sie waren von St. Josephs in der La Salle Street gekommen, einer Kirche, die mitten in Harlem, zwischen Sozialwohnungsblöcken, lag und in die seine Mutter mit ihm ging, obwohl die St. Paul's Chapel in Columbia besser zu ihrem Snobismus gepaßt hätte. Und dort, auf dem Bürgersteig, hatten sie, seine Mutter mit weißem Strohhut und Sonntagshandschuhen und er mit Fliege und Anzug – eine blasse kleine Kopie der schwarzen Jungen, die in Ladenkirchen gingen –, mit einemmal Mrs. Lucas gegenübergestanden, der verrückten Frau des angesehenen Herrn Professors. Sie war eine dunkle Schönheit mit teutonischen Manieren gewesen, die, wie sogar seine Mutter hatte zugeben müssen, Ähnlichkeit mit der Schauspielerin Lilli Palmer gehabt hatte.

Es waren bittere Worte gefallen, die nicht zum Sonntag gepaßt hatten. Er erinnerte sich noch heute an die Formulierung *dieses unglückselige Kind*. Dideldadel dideldadel mein Mann dideldadel dideldadel *dieses unglückselige Kind*. Leider lebten sie alle in derselben Gegend, in der Upper West Side, diesem Querschnitt durch das Leben.

Als das Tageslicht schwand, senkte sich ein Gefühl der Einsamkeit über ihn, und nach einer Weile beschloß er auszugehen. Jeden Abend überkam ihn die gleiche düstere Rastlosigkeit. Er hatte keine Abenddämmerungsrituale, sondern verspürte nur den verzweifelten Drang, den Einbruch der Dunkelheit zu beschleunigen. Intellektuell wie sexuell war er impotent geworden. Die Nacht sollte rasch hereinbrechen und der Morgen bald dämmern. Und doch: Hier war er, der Sohn des Professor-Doktor-Vaters. Und er war in Jerusalem, an dem Ort, wo das Ding an sich lebte, wo das Unerschaffene Licht zu Hause war. Er ging ein wenig benommen durch die im Dämmerlicht liegende Stadt und hatte den osmanischen Brunnen im Hinnom-Tal erreicht, als ihm bewußt wurde, daß sein Weg ihn zur Klagemauer führte.

Auf dem beleuchteten Platz vor dem Kothel hatten sich Gruppen von Menschen eingefunden, die den Beginn des Sabbats feierten. Lucas hatte nicht daran gedacht, einen Hut mitzubringen, und bekam eine Kippa aus Papier von einem graubärtigen Armeegeistlichen, der beim Wachtposten am Kopf der Treppe stand, die zum Platz hinunterführte.

In dem Bereich zwischen dem Südende der Mauer und dem Dungtor tanzten bleiche chassidische Männer im Kreis. An der Mauer standen die Betenden in Viererreihen. Die Lichter ringsum waren warm und einladend. Der Sabbat, hieß es in einem Lied, kommt wie eine Braut. Lucas ging mit seiner Papierkippa zwischen den Feiernden umher und hatte das Gefühl, für sie unsichtbar zu sein. Im Grunde seines Herzens gehörte er zu dem, was die Kabbalisten als »die andere Seite« bezeichneten, zur dunklen Hülle der Dinge.

In der Mitte des Platzes angekommen, betrachtete er die Westmauer über die ehrerbietig geneigten Köpfe hinweg. Es war nicht schwer, sie schimmern zu sehen und sich vorzustellen, wie ihre heiligen geometrischen Formen sich in die Finsternis erhoben, welche die unteren von den oberen Welten trennte. Lucas hob den Blick zum Himmel. Für die Gläubigen schwebte über dieser Stelle die Schechina, die Gegenwart Gottes.

»Wir sind unfähig, nicht nach Wahrheit und Glück zu streben«, schrieb Pascal, »und unfähig, diese zu besitzen.« Und so leicht es war, die Sehnsucht der Seele zu erkennen, die gemeinsam erlittene Verbannung, die durch den Geist Gottes gemildert wurde, so leicht war es, sich das ängstliche Zurückweichen vor jener Welt vorzustellen, vor den leuchtenden Schwingen des Herrschers der himmlischen Heerscharen.

»Wehe den Verderbten«, hatte er am Nachmittag im *Sohar* gelesen, »denn ihr Sinnen und Trachten ist weit von Ihm. Sie haben sich nicht nur von Ihm entfernt, sondern sie hangen auch mit Macht an der anderen Seite.«

Lange stand er da und sah den anderen beim Beten zu. Er fühlte sich benommen, geschrumpft. Er ging zu einem der höhlenartigen Räume am Nordende des Platzes. Sie waren voller betender alter Männer. Ihre Stimmen hallten von den uralten Mauern wider.

Er ging wieder hinaus. Ein dunkelhäutiger junger Mann mit einer dicken Brille und einem Cowboyhut aus Stroh sprach ihn an.

»Entschuldigen Sie, sind Sie Jude?«

Lucas sah ihn an und schüttelte den Kopf. Der junge Mann, ein Soldat in der weltweiten Armee der Lubawitscher, wandte sich dem nächsten zu.

25 Im Gebetsbereich beim Wilson-Bogen an der Ecke der Westmauer standen Janusz Zimmer und Raziel Melker, Gebetbücher in den Händen, nebeneinander und nickten rhythmisch. Raziel trug eine Stoffkappe und einen schwarzen Mantel, unter dem die Fransen der Zizith hervorsahen. Zimmer trug eine Kippa und einen Mantel wie Melker.

»Ich glaube, wir haben jetzt eine Identität«, sagte Raziel zu Zimmer. »Ich weiß, daß ich beobachtet werde. Ich nehme an, mein Vater hat einen Sicherheitsdienst beauftragt. Wir wohnen in Bergers ehemaliger Wohnung.«

»Es ist gut, daß De Kuff öffentlich predigt. Wenn ihr eine Sekte sein wollt, braucht ihr Konvertiten. Die Straßen sind voller Suchender. Und Ausländer sind ideal, weil ihre Regierungen sie nach der Sache freikaufen werden.«

»Und die Baptisten oder was immer sie sind? Sind sie zufrieden?«

»Es sind keine Baptisten. Sie sind noch nicht mal eine Pfingstgemeinde. Sie sind bloß Geldschneider. Solange sie Geld kriegen, sind sie zufrieden. Was ist mit Sonia? Fährt sie in nächster Zeit in den Gazastreifen?«

»Ja, sie fährt tatsächlich nächste Woche dorthin.«

»Gut«, sagte Zimmer. »Wir werden versuchen, dafür zu sorgen, daß sie regelmäßig fährt. Wenn möglich mit Nuala Rice.«

»Warum?«

»Weil ich aus sicherer Quelle weiß, daß Nuala Sprengstoff in den Gazastreifen schmuggelt«, sagte Zimmer. »Wenn Sonia dabei ist, wird es so aussehen, als würden du und deine Freunde dahinterstecken. Da ihr ja so freundlich seid, den Kopf hinzuhalten, wenn ... es passiert ist.«

»Du überraschst mich«, sagte Raziel. »Ich hätte nicht gedacht, daß du dich auf solche Sachen einläßt.«

»Gut«, sagte Zimmer. »Wir überraschen uns gegenseitig.«

26 Lucas kehrte der Mauer den Rücken und ging in Richtung Ziontor. Kurz hinter dem Wachtposten am Rand des Platzes begegnete er Gordon Lestrade, dem Archäologen des »Hauses des Galiläers«. Mit seinem glatten, hellen Haar, dem akkuraten Seitenscheitel, dem Blazer und der Flanellhose wirkte er wie eine Gestalt aus der Vorkriegszeit. »Entschuldigen Sie«, sagte er mit starkem Cockney-Akzent zu Lucas, »sind Sie Jude?« Er grinste über seine Imitation des chassidischen Bekehrers.

»Sie können mit mir vorliebnehmen«, sagte Lucas, »bis ein echter Jude des Weges kommt.« Ihm wurde bewußt, daß er noch immer die Papierkippa trug, und er nahm sie ab und zerknüllte sie.

»Was tun Sie hier? Mal wieder auf der Suche nach dem Glauben Ihrer Vorväter?«

»Und Sie?« fragte Lucas.

»Ich komme Freitag abends oft hierher. Ich finde es bis zu einem gewissen Punkt erhebend.«

»Und an welchem Punkt hört es auf, erhebend zu sein?«

»Kommen Sie«, sagte Lestrade und faßte ihn am Ärmel, »ich will Ihnen etwas zeigen.«

Er führte Lucas zu einer Ecke des Platzes, wo Ausgrabungsarbeiten stattfanden. Sie kletterten über eine hölzerne Absperrung und standen auf der nackten Erde. Lestrade beugte sich zu den Steinen der Mauer hinunter. Auf einem war eine Inschrift, die mit einem Stück Plastikfolie abgedeckt war.

»Was ist das?« fragte Lucas. »Hebräisch?«

»Aramäisch«, antwortete Lestrade. Er hatte getrunken und war etwas unsicher auf den Beinen. »Es stammt aus dem Buch Jesaja. ›Ihr werdet's sehen, und euer Herz wird sich freuen, und euer Gebein soll grünen wie Gras.‹«

»Ist es sehr alt?«

»Frühbyzantinisch. Angeblich aus der Zeit Kaiser Julians, der den Juden wohlgesinnt war und sie ermunterte, einen neuen Tempel zu bauen. Offenbar hatte man damit begonnen, doch nach Julians Tod wurde er wieder zerstört. Das hier könnte zu dem Komplex gehört haben. Oha, da kommt Schlomo.«

Schlomo war ein Militärpolizist, der sie brüsk von der Ausgrabungsstelle fortwinkte. Wie sich herausstellte, nannte Lestrade alle israelischen Soldaten und Militärpolizisten »Schlomo«.

»Haben Sie etwas vor? Kommen Sie, trinken wir etwas.«

Lestrade hatte eine Wohnung in einem der christlichen Hospize in der Altstadt. Seine Einladung hatte einen herausfordernden Unterton, als wäre er sicher, daß Lucas zögern würde, diesen Teil der Stadt nach Einbruch der Dunkelheit zu betreten.

Lucas musterte ihn im Licht der Scheinwerfer rings um den Platz am Kothel. Auf den ersten Blick wirkte Lestrade solide, aufrichtig und vielleicht sogar ein bißchen draufgängerisch, doch in seinen Augen war eine betrunkene Schläue.

»Klar«, sagte Lucas. »Mit Vergnügen.«

Nachts waren die Straßen in der palästinensischen Altstadt jetzt, nach einem Jahr Intifada, für Ausländer tatsächlich gefährlicher, wenn auch nicht so sehr, daß Lucas Lestrade die Genugtuung gegeben hätte, seine Einladung abzulehnen. Als sie den Wachtposten am Platz passierten, zeigte Lestrade den Soldaten sein übliches sarkastisches Grinsen. Lucas war sich nicht sicher, ob das Grinsen unbeabsichtigt war oder nicht; jedenfalls verärgerte es die Israelis, und die Kontrolle durch die Polizisten fand in einer Atmosphäre potentieller Gewalttätigkeit statt.

Es war das erste Mal, daß Lucas israelische Soldaten als mögliche Gegner wahrnahm, und das war alles andere als angenehm. Sie sprachen fließend Englisch. Als Lestrade sie auf arabisch ansprach, wurden sie mit einemmal finster und unfreundlich.

»Wieso haben Sie angenommen, daß sie Arabisch sprechen?« fragte er.

»Weil sie es sprechen«, antwortete Lestrade gutgelaunt. »Der Große ist aus dem Irak.«

»Sind Sie sicher?«

»Ich sehe es ihnen an«, sagte Lestrade.

Sie folgten der al-Wad in Richtung des moslemischen Viertels. Die Straßen waren still und dunkel, die Rolläden der Geschäfte waren heruntergelassen. Den ganzen Tag über hatte es antiisraelische Demonstrationen gegeben.

Lestrades kleine Wohnung in der Via Dolorosa hatte dem Hausmeister des österreichischen Hospizes gehört. Sie bestand aus zwei Zimmern und einem kleinen, von Weinranken überwucherten Dachgarten mit einem Mandelbäumchen in einem Kübel. Der größere Raum hatte eine Kuppeldecke. Lestrade hatte die Wohnung mit russischen Ikonen, gerahmten Koranversen und tscherkessischen Dolchen geschmückt. In den Regalen standen zahlreiche Bücher in verschiedenen Sprachen.

Sie saßen im Wohnzimmer, das nach Sandelholz roch. Lestrade öffnete die Fensterläden und schenkte zwei Gläser Grappa ein.

»Wie ist Ihr Leben, Lukaš?« Lucas war ziemlich überrascht, daß Lestrade sich an seinen Namen erinnerte, und empfand die zischende ungarische Aussprache als herablassende Stichelei. Sein Vater stammte jedenfalls aus Wien und hatte seinen Namen nie ungarisch ausgesprochen. »Was macht das Buch?«

»Es läuft ganz gut.« Die gemütliche Einrichtung und der Drink flößten ihm Vertrauen ein. »Was macht die Rekonstruktion des Tempels?«

»Oje«, sagte Lestrade, »jemand hat geplaudert. Geredet. Gesungen.«

»Ich glaube nicht, daß Ihre Arbeit in dieser Stadt ein großes Geheimnis ist. Eine Menge Leute verfolgen die Aktivitäten des ›Hauses des Galiläers‹ mit Interesse.«

»Ja«, sagte Lestrade. »Zum Beispiel Ihr Freund Obermann. Der große Jungianer. Ein lächerlicher Quacksalber.«

»Wir schreiben dieses Buch zusammen. Vielleicht kommen Sie auch darin vor.«

»Soll das eine Drohung sein, Lukaš?«

»Ich dachte, Sie wären geschmeichelt.«

»Die amerikanisch-jüdische Presse kümmert mich nicht. Und die Zusammenarbeit mit Bruder Otis bereitet mir keine Probleme. Ich bin Archäologe. Wenn ich keine Universität finde, die meine Arbeit finanziert, muß ich mir jemand anders suchen.«

»Warum«, fragte Lucas, »will keine Universität Ihre Arbeit finanzieren?«

»Das tun sie ja«, sagte Lestrade. »Sie haben es schon getan. Aber ich ich ertrage keine Dummköpfe in meiner Umgebung und will mit unüberwindlicher Geistesarmut nichts zu tun haben. Das führt dazu, daß ich jede Unterstützung annehme, die ich kriegen kann. Innerhalb vernünftiger Grenzen, versteht sich.«

»Vernünftiger Grenzen?«

»Sie wissen schon, was ich meine«, sagte Lestrade.

»Kennen Sie wirklich die Abmessungen des Allerheiligsten und die Stelle, wo es gestanden hat?«

»Die Abmessungen stehen im Talmud. Ein fähiger Archäologe kann sie in moderne Maßeinheiten umrechnen.«

»Ist das denn geschehen?« fragte Lucas.

»Ja. Ich habe sie umgerechnet.«

»Und die genaue Lage?«

»Kann jetzt berechnet werden. Und zwar aufgrund meiner Forschungsergebnisse, die ich aber hier nicht zur Diskussion stellen werde.«

Der Engländer schaltete einen Plattenspieler aus den sechziger Jahren ein, legte Orffs *Carmina Burana* auf und drehte die Lautstärke auf. Dann schenkte er nach.

»Ein unbefangener Beobachter«, sagte Lucas, »würde sich wahrscheinlich fragen, warum Sie Ihre Arbeit von einer amerikanischen fundamentalchristlichen Gruppe finanzieren lassen.«

»Würde er das?«

»Ja. Anstatt von einer Universität oder dem Ministerium für Altertümer. Oder dem Vatikan.«

Er sprach jetzt sehr laut, allerdings nicht aus Aggressivität, sondern um die Musik zu übertönen. Er nahm an, daß Lestrade eine Orff-Platte aufgelegt hatte, weil das Werk dieses Komponisten in Israel gesetzlich verboten war. Ein Blick auf Lestrades Plattenregal zeigte ihm, daß ähnlich problematische Musik dort stark vertreten war: Er sah Ausschnitte aus dem *Rosenkavalier* und ziemlich viel Wagner.

»Die Leute im ›HdG.‹«, sagte Lestrade, »lassen mich in Ruhe arbeiten. Da sie amerikanische Fundamentalchristen sind, haben sie gute Beziehungen zur Likud-Regierung und können gewisse Bedenken zerstreuen. Und ich selbst habe Beziehungen zur Waqf. Ich habe alles, was ich brauche.«

»Die Bezahlung ist wahrscheinlich ebenfalls zufriedenstellend. Übrigens habe ich in der Zeitung gelesen, daß Sie Ihren Wohnungsgenossen verloren haben.«

»Meinen Wohnungsgenossen?« fragte Lestrade verwirrt.

»Sagen Sie nicht, daß Sie ihn schon vergessen haben. Ich meine den Reverend Ericksen.«

»Ach, Ericksen«, sagte Lestrade. »Selbstverständlich habe ich ihn nicht vergessen. Ich habe ihn bloß nie als Wohnungsgenossen betrachtet. Er ist hier eingezogen, als das kleine Flittchen ihn rausgeschmissen hat.«

»War das der Grund, warum er sich umgebracht hat?«

»Er hatte sehr viel Angst, Lukaš. Er hatte Angst vor der unsichtbaren Welt. Vor den himmlischen Heerscharen und ihren Fürsten. Er hatte Angst vor Gott. Er glaubte, verdammt zu sein. Er glaubte, zuviel zu wissen.«

»Wußte er denn von der Rekonstruktion des Allerheiligsten?«

»Verdammt«, sagte Lestrade ärgerlich, »ich hab das nicht melodramatisch gemeint. Er dachte, Jahwe sei sein Feind. Daß Gott ihn als Edomiter verachtete und seine Frau einem Israeliten gegeben hatte und ihn verderben wollte. Und natürlich hat er Jahwe immer sehr geliebt. Und seine Frau vermutlich ebenfalls.«

»Aber wußte er von den Plänen?«

»Man hat ihn herumgeführt. Er wußte mehr als die meisten. Sie wollten ihn als Spendensammler in Amerika einsetzen, und darum mußte er imstande sein, Diavorträge und so weiter zu halten.«

»Ich verstehe«, sagte Lucas. »Und Sie bekommen inzwischen alles, was Sie brauchen.«

»Alles, was ich brauche«, wiederholte Lestrade langsam und übertönte den expressionistischen Gesang.

Lucas hatte den Eindruck, daß Lestrade ein labiler und daher journalistisch interessanter Mensch war. Man konnte auch zu dem Schluß kommen, daß jemand, der lauthals erklärte, er könne keine Dummköpfe ertragen, ein Mann war, der zuviel redete. Lucas' Strategie würde sich also darauf beschränken, einen Dummkopf zu spielen. Unerträglich genug, damit Lestrade ein paar innere Dämonen von der Leine ließ, aber nicht so unerträglich, daß er Lucas ohne Drink hinauswarf.

»Was mich verwirrt«, sagte Lucas, »ist die Tatsache, daß eine amerikanische fundamentalchristliche Gruppe ein so großes Interesse daran hat, den zweiten Tempel wiederzuerrichten.«

»Haben Sie noch nie was von Chiliasmus gehört? Sind Sie so tief gesunken, daß Sie sich von Leuten wie mir die banalsten Elemente amerikanischer Bibelgläubigkeit erklären lassen müssen?«

»Sieht so aus«, sagte Lucas.

»Offenbarung«, sagte Lestrade. »Die Apokalypse. Letztes Buch des Neuen Testaments. Schon mal davon gehört?«

»Natürlich«, sagte Lucas.

»Es gehört eigentlich nicht in den Kanon. Nicht ein Fitzchen Glaube, Hoffnung, Liebe in dem verdammten Ding. Eine lange, verschwiemelte, verrückte Halluzination nach der anderen, aber insgesamt typisch für die schriftlich überlieferten jüdischen Prophezeiungen zur Zeit von Jesus. Und typisch für das frühe jüdische Christentum.

Hinter all diesen flammenden Schwertern und funkensprühenden Wirbeln und fallenden Sternen steht eine Prophezeiung, die so aberwitzig und unsinnig ist, daß selbst der verrückteste Mönch sich daran die Zähne ausbeißt. Übrigens haben sich die Mönche nicht groß damit befaßt, denn der heilige Augustinus hielt nicht viel von der Offenbarung, und die mittelalterliche Kirche wollte nicht, daß der Pöbel sie zu sehen kriegte und auf dumme Gedanken kam.«

Auf der Platte beklagte der Schwan, der für das Festmahl gebraten werden sollte, sein Schicksal in gelehrtem Latein.

»Aber nach der Reformation konnte jeder hinterwäldlerische Einfaltspinsel und Schweinehirt das Zeug lesen und vor lauter Erleuchtungen, die nur auf ihn gewartet hatten, außer Rand und Band geraten. Ganz besonders in Ihrem Gastland, Lukaš.«

»Die Vereinigten Staaten sind nicht mein Gastland, Lestrade. Ich bin dort geboren.«

»Gut für Sie. Jedenfalls geht es in unserer Geschichte um

eine Zeit der Trübsal. Und gemeint ist große Trübsal: Hunger,
Pest, Atomkrieg. Die Mächte des Guten kämpfen gegen die
Mächte des Bösen. Worauf ein tausendjähriges Reich errichtet
wird. Die Bösen sind vernichtet, die Guten frohlocken. Christus kehrt zurück – die vielzitierte Wiederkehr Christi.«

»Klingt irgendwie vertraut«, sagte Lucas.

»Die einzige Frage ist: Kehrt Christus vor oder nach der gro-
ßen Trübsal zurück? Wenn Sie daran glauben, daß er *vor* der
Trübsal kommt, sind Sie ein Prächiliast. Dann glauben Sie an
Entrückung. Wissen Sie, was das ist?«

»Ich hab das Wort mal auf einem Aufkleber gelesen. Man
soll bereit sein, wenn sie kommt.«

»Ja-ha«, sagte Lestrade, »ein guter Rat. Aber schwer zu be-
herzigen in der Lawine von Merkwürdigkeiten, die nieder-
gehen wird.«

Lucas wußte mehr über Entrückung, als er zugeben wollte.
Zuerst hatte er auf langen Nachtfahrten durch die Wüste in
Radiosendungen davon gehört. Dann war sie in christlichen
Fernsehsendungen aufgetaucht, und es gab Videokassetten,
von denen er einige bestellt hatte. Sie waren atemberaubend
sensationell und langweilig zugleich. Seit seinem Gespräch mit
Otis und Darletta hatte er weitergeforscht

Nach seinem Verständnis würde die Entrückung, wenn es
soweit war, eindeutig kinematischen Charakter haben. Der
wiedergekehrte Christus würde die Seinen versammeln. Dieses Versammeln war durchaus wörtlich zu verstehen. Eines
Morgens würden die Wiedergeborenen sozusagen singend er-
wachen, die Flügel breiten und fliegen, auf daß sie beim folgen-
den Strafgericht verschont würden. Sie würden wie kosmische
Murmeltiere in den Fängen ihres Heilands entrückt und unwiderstehlich gen Himmel, in den Ewigen Bergenden Arm, gehoben werden. Fromme Autofahrer würden ihren nunmehr
führerlosen Wagen entschweben.

Da die wiedergeborenen Christen hauptsächlich in Bundes-
staaten mit hoher Geschwindigkeitsbegrenzung lebten, würden einige häßliche Dinge passieren. Eben noch hätte Mr.
Schlaumeier auf dem Beifahrersitz zynische, oberflächliche
Bemerkungen gemacht, doch im nächsten Augenblick würde
sein Fahrgemeinschaftskumpel, ein frommer Christ, einer der

Auserwählten, vom Steuer verschwunden sein, unter Zurücklassung eines Paars weißer Slipper, einer karierten Hose und eines Sporthemds aus Polyester – jener Dinge, die er im Paradies nicht brauchen würde.

Entsetzt und verwirrt würde Mr. Schlaumeier auf das sich wild drehende Lenkrad starren wie Steward Granger auf Anna-Maria Pierangeli, die in *Sodom und Gomorrha* in eine Salzsäule verwandelt wurde. Kurz darauf würden der Wagen und Mr. Schlaumeier führerlos in eine Wand aus alles verzehrenden Flammen schleudern. Und das würde erst der Anfang sein.

»Krieg«, sagte Lestrade. »Harmageddon droben in Megiddo. Der Kaiser aus dem Norden, blabla. Tja, irgend jemand muß ja den gerechten Krieg führen. Und für die Prächiliasten sind das die Juden, deren spirituelles Zentrum der Tempel sein wird. Die Wiedererrichtung des Tempels ist ein Zeichen dafür, daß die Entrückung unmittelbar bevorsteht, und er wird im letzten Kampf das Hauptquartier der Mächte des Guten sein. Wenn der Krieg vorüber ist, werden die überlebenden siegreichen Juden Christus anerkennen. Das tausendjährige Reich der Heiligen wird anbrechen.«

»Und wie sehen das die frommen Juden?«

»Manche von ihnen glauben, daß der Messias vielleicht erscheinen wird, wenn sie den Tempel wiedererrichten. Die Militanteren würden am liebsten alle Moscheen auf dem Berg Morija abreißen und anfangen, Beton zu mischen.«

»Und die Beziehungen zwischen den messianischen Juden und denen, die Sie die Prächiliasten nennen, sind gut?«

»Oberflächlich betrachtet sehr freundlich und herzlich. Und die Prächiliasten scheffeln Geld, indem sie diesen Mist in Amerika an den Mann bringen.«

»Ihre Arbeitgeber?«

»Es gibt auch eine Reihe frommer jüdischer Unternehmer. Aber in erster Linie sind es jüdische Extremisten, die sich in Amerika eine politische Basis schaffen. Bis die Metaphysik zuschlägt, arbeitet man zusammen. Man sammelt Geld. Man sucht Unterstützung.«

»Tolle Geschichte«, sagte Lucas. »Und wenn ich darüber schreibe?«

»Nur zu, schreiben Sie darüber. Es ist schon einiges zu diesem Thema erschienen, aber irgendwie scheint es nie so recht durchzudringen. Jeder weiß von der Verbindung zwischen jüdischen Extremisten und amerikanischen Fundamentalchristen, aber niemand nimmt sie ernst.«

Lestrade legte *Götterdämmerung* auf.

»Schreiben Sie darüber, Lukaš. Es ist eine Story für Amerika. Sie sind allesamt Amerikaner, die Prächiliasten ebenso wie die meisten jüdischen Tempelbauer. Die israelische Presse nennt sie Angelsachsen.« Sein Gesicht war gerötet von Alkohol, Wut oder Heiterkeit.

»Irgend jemand hat mal gesagt, daß es hier keine Altertümer gibt«, sagte Lucas und trank seinen Grappa aus. »Keine Vergangenheit. Alles ist Gegenwart oder Zukunft.« Lestrade schenkte ihm nach. »Ich schätze, das Ganze ist bloß ein weiteres Kapitel in der unvollendeten Geschichte dieser Stadt.«

»Es gehört jetzt zu dieser Geschichte. Seit ihr hergekommen seid.«

Meint er die Amerikaner? fragte sich Lucas. Oder die Juden? Meint er mich? Er beschloß zu fragen.

»Wen meinen Sie mit ›ihr‹, Gordon?«

»Schmeckt Ihnen der Grappa?«

»Ausgezeichnet. Meinen Sie die Amerikaner oder die Juden? Die Juden waren schon immer hier.«

»Ach, Sie wissen schon«, sagte Lestrade. »Es ist ein Kontinuum. Die einen sind praktisch identisch mit den anderen, wenn Sie verstehen, was ich meine.«

»Nicht ganz.«

Ein wenig benebelt von dem Grappa musterte Lestrade ihn. »Ach, Scheiße. Jetzt werden Sie politisch so scheißkorrekt, wie es die amerikanische Art ist.« Eine merkwürdige Wut schien ihn zu überkommen. »Gleich werden Sie sich in ein verdammtes Winkeladvokaten-Arschloch verwandeln.«

»Wer?« fragte Lucas. »Ich?«

»Ja, Sie, Sie Scheißer. Sie können nur moralisieren. Darum gibt es unter Ihren Leuten auch so viele Heuchler. Anwesende natürlich ausgeschlossen.«

»*Meine* Leute?« fragte Lucas. »Ich wollte, Sie würden mir nicht ständig irgendwelche Etiketten anhängen. Ich meine, das ist doch Blödsinn. Ich bin bloß *einer*.«

»Ja, natürlich«, sagte Lestrade verächtlich. »Tut mir leid. Übrigens: Wer sind eigentlich die Leute, die jetzt in Bergers Wohnung eingezogen sind? Der alte Jude und seine Jünger. Und dieses hübsche Chichi-Mädchen, das Ihnen so gefällt. Die Leute dachten, sie wäre Bergers Frau.«

»Nein«, sagte Lucas. »Sie ist nicht verheiratet. Und die Leute sind so was wie jüdische Sufis.« Er ließ sich von Lestrade nachschenken. »Was meinen Sie mit ›Chichi‹?«

»Sie sind nicht zufällig Ultrazionisten, die das Haus übernehmen wollen? Anhänger von diesem Rabbi Kach, die im Moslemviertel eine Jeschiwa aufmachen wollen?«

Lucas begann sich zu fragen, ob Lestrade aus eigener Neugier oder im Auftrag seiner moslemischen Kontaktleute fragte.

»Sie sind harmlos. Ich glaube, das meiste von dem, was sie glauben, geht auf Scheich Berger al-Tarik zurück. Es sind hauptsächlich Amerikaner.«

Lestrade legte die Hand an die Brust. »Ist das nicht herzzerreißend?« fragte er. »Da ist sie wieder, die amerikanische Unschuld.«

»Ich halte sie für New-Age-Typen.«

»Bezaubernd«, sagte Lestrade. »Ich mag sie jetzt schon.«

Das Siegfried-Motiv erklang. Lucas hatte es schon immer ergreifend gefunden: diese Verheißung menschlicher Transzendenz, der großen Dinge, die da kommen sollten.

»Ob Sie sie mögen oder nicht – sie haben ein Recht, hierzusein.«

»Aber klar«, sagte Lestrade. »Und eine ganze Armee, um sie zu beschützen. Zwei ganze Armeen.« Er schenkte noch einmal nach. »Nur: Warum können sie ›ihr Ding‹ nicht in Kalifornien tun?«

»Sie sind Juden«, sagte Lucas. »Und dies hier ist Judäa.«

»Das sagen die Siedler auch. Scheiß auf die Einheimischen, nicht?«

Lucas wußte, daß sein Job darin bestand, etwas über Lestrades Forschungen bezüglich des Tempelbergs herauszufinden. Doch dieser Mann war die personifizierte Ablenkung.

»Sie sind aber keine Siedler«, sagte er. »Was haben Sie übrigens mit dem ›Kontinuum‹ gemeint?«

Lestrade schien seine Bemerkung vergessen zu haben.

234

»Sie sprachen von einem Kontinuum«, erklärte Lucas. »Die einen seien praktisch identisch mit den anderen. Die Amerikaner mit den Juden.«

»Ach, das. Das rationalistische Kontinuum. Das ist eine lange Geschichte. Eine Art privater Theorie.«

»Erklären Sie sie mir«, bat Lucas, »damit ich auf dem Heimweg darüber nachdenken kann.«

»Es sind Völker, die gern etwas ausklügeln«, sagte Lestrade. »Sie tüfteln. Sie fummeln gedanklich ständig an etwas herum. Lassen wir das.«

Lucas ging zum Plattenspieler und stellte ihn ab.

»Na los, Mann. Schließlich schreibe ich ein Buch darüber.«

»Diese Völker haben«, sagte Lestrade, »eine bestimmte schreckliche Energie. Einen gewissen Instinkt für freundliche Einmischung, die sie zweifellos für hilfreich halten. Sie helfen anderen Menschen, das Joch ihrer Illusionen abzuschütteln. Selbst wenn diese Illusionen Tausende von Jahren alt sind und viel Schönes hervorgebracht haben. Selbst wenn sie die Quelle der kreativen Kraft der jeweiligen Rasse sind.« Er trank den letzten Schluck Grappa und verzog das Gesicht. »Ich darf doch annehmen, daß ich damit nicht zitiert werde?«

»Das dürfen Sie annehmen.«

»Tja«, sagte Lestrade, »ich will mich trotzdem vorsichtig ausdrücken. Mich innerhalb der Grenzen meines berühmten Taktes bewegen.«

»Unbedingt.«

»Es ist eine gewisse Verachtung für die Vortrefflichkeit anderer Völker. Der Wunsch, ihre Kultur und ihre Führer zu diskreditieren. Ein lärmendes, selbstbewußtes Triumphieren, das man, wäre man böswillig, vulgär nennen könnte. Und an einem bestimmten Punkt wird das alles durch und durch ... durch und durch feindselig.«

»Nur damit es keine Verwirrung gibt«, sagte Lucas. »Von wem sprechen wir hier eigentlich?«

»Von den Amerikanern und den Juden. Zwei Völkern, von denen wir nicht genau wissen, ob es sie wirklich gibt. Wir müssen uns auf ihr Wort verlassen. Sie reden ständig von Traditionen, Traditionen, Traditionen, aber eigentlich haben sie keine sehr tiefreichenden Wurzeln. Sie moralisieren. Ein Licht für die Heiden. Die Stadt auf dem Hügel. Wir reden von zwei Völkern, die sich sehr verwandt sind.

Aber was sie nicht ausstehen können, ist die gesellschaftliche Ordnung anderer Völker. Bindungen, Glauben, Blutsbande – das alles hassen sie. Sie wollen alle befreien. Sie wollen rationalisieren. Sie wollen uns helfen, diese guten Menschen mit ihren Baumwollsocken. Diese idealistischen, optimistischen Menschen.

Es ist also kein Zufall, daß es diese tapfere kleine Kolonie gibt, diesen entfernten Außenposten, den sie gemeinsam errichtet haben. Damit meine ich natürlich nicht Sie persönlich.«

»Ach«, sagte Lucas, »wer weiß? Jedenfalls bin ich hier.«

»Und so«, fuhr Lestrade fort, »entsteht in der Welt langsam eine Feindseligkeit. Eine Feindseligkeit gegenüber diesem Kontinuum, die Sie vielleicht nicht verstehen. Es gibt beispielsweise ein Lied – ich habe es mal in Nicaragua gehört –, in dem es um den Yanqui geht, den Feind der Menschheit. Das ist natürlich sehr unfair, aber das Lied gibt es. Und aus sehr realen Gründen.«

»Und welche Lieder singt man in Nicaragua über Juden?« fragte Lucas.

»Sie sind ironisch, Lukaš. Gut für Sie. Ach, Scheiße, ich sag Ihnen was: Man singt Lieder über *La Compañía*. Und damit sind nicht die Jesuiten gemeint, sondern United Fruit. Uncle Sam, der Banana Man. Mr. Eli Black.« Er biß sich auf die Lippe. »Was ich damit sagen will, ist: Diese energetische Zusammenarbeit wird von vielen Völkern auf einer fundamentalen Ebene als feindselig empfunden. Von einem breiten Spektrum von Angehörigen der menschlichen Rasse, die nicht das erlauchte Privileg genießen, Amerikaner oder Juden zu sein.«

»Das mag eine naive Frage sein«, warf Lucas ein, »aber ist das nicht im Grunde das, was Hitler glaubte?«

»Ich bin froh, daß Sie mich das fragen«, antwortete Lestrade. »Haben Sie *Mein Kampf* gelesen?«

»Nein.«

»Nein. Haben Sie Rosenbergs *Mythus des 20. Jahrhunderts* gelesen?«

Lucas schüttelte den Kopf.

»Ich schon«, sagte Lestrade. »Und ich bin kein Anhänger der

Theorien, die in diesen Werken vorgestellt werden. Ich will keinen Mord rechtfertigen, ebensowenig wie ich ein Mörder bin. Ein bißchen gesunder Widerstand gegen den amerikanischen philosemitischen Kreuzzug macht einen noch nicht zum Nazi. Oder zu einem Verteidiger des Massenmords. Und auch nicht zu einem sogenannten Antiamerikaner. Das Selbstmitleid der Mächtigen ist etwas Jämmerliches.«

Lucas dachte über eine Antwort nach.

»Sie sollten andere Leute nicht ›chichi‹ nennen«, sagte er dann. »Ganz gleich, was Sie von ihnen halten. Und gewiß nicht gegenüber ihren Freunden.«

»Tut mir leid. Ich wollte Sie nicht verletzen.«

»Gut«, sagte Lucas. Er sah auf seine Uhr und stellte fest, daß es fast eins war. Zwischen ihm und dem Jaffator lag ein langes Stück Weges durch dunkle Straßen. »Ich muß jetzt gehen.«

»Trinken Sie noch einen. Wenn Sie wollen, begleite ich Sie bis zum Tor.«

»Nein, danke«, sagte Lucas. Unter keinen Umständen würde er sich wie ein kleines Kind an die Hand nehmen lassen. Den angebotenen Drink nahm er jedoch an, um sich für den einsamen Heimweg zu rüsten. Der Grappa war ausgezeichnet und so weich wie Likör – kein Vergleich zu dem scharfen Zeug, das er sonst trank. Lestrade war ein Genießer.

»Wußten Sie«, sagte Lestrade, als sie in der würzig duftenden Nachtluft auf den Stufen standen, »daß Ihre jüdischen Sufi-Freunde irgendwas mit Otis und Darletta vom HdG aushecken? Ich habe mindestens einen von ihnen dort gesehen.«

»Tatsächlich?« fragte Lucas. »Ich frage mich, was das sein könnte.« Er wußte nicht, was er glauben sollte, und beschloß, Sonia danach zu fragen.

»Das ist nur ein Tip«, sagte Lestrade. »Als Geste des guten Willens.«

»Danke«, sagte Lucas. »Beim nächstenmal müssen Sie mir mehr über den Tempel erzählen.«

Lestrade klopfte sich an die Stirn. »Aber klar«, sagte er in knappem Amerikanisch. »Soll ich Sie bis zum Tor begleiten?«

»Nein, danke«, sagte Lucas.

Nachdem sie sich verabschiedet hatten, ging er auf der dunklen, mit Kopfsteinen gepflasterten Straße bergauf. An einem Draht über einer mit Flaschenscherben gekrönten Mauer hing eine nackte Glühbirne. Außerhalb ihres matten Scheins herrschte mittelalterliche Finsternis, durch die er sich an den Hauswänden entlangtastete. Rechts und links wölbten sich Bogen über dunklen Gassen, die nach Urin und Hinterhalten rochen. Aus einer hörte er ein halb unterdrücktes, krankes Lachen und roch den Duft von Haschisch. Der Himmel über ihm war so lichtlos wie die Straße.

Lucas zitterte vor Wut. Er reckte das Kinn und biß die Zähne zusammen. Obwohl er einen großen Teil seines Lebens damit verbracht hatte, über Kriege und Unruhen zu berichten, kam er mit Konflikten auf persönlicher Ebene nicht zurecht. Er fand keinen Gefallen an Wut.

Einigermaßen erleichtert erreichte er die Arkaden an der al-Wad, wo in Abständen trübe Lampen schimmerten. Er wandte sich in nördlicher Richtung und ging zum Damaskustor. Überall hinter den geschlossenen Fensterläden des Viertels war Licht zu sehen.

Als er in die schmale Gasse einbog, die zum Khan al-Zait führte, kam er an dem Laden vorbei, in dem er vor ein paar Wochen Tamarindensaft getrunken hatte. Er erinnerte sich an den pockennarbigen Sohn des Besitzers. Nun war der Eingang mit einem Rolladen verschlossen, die Straße war leer, und ihr Ende lag im Dunkeln. Als Lucas sich dem Laden näherte, traten zwei Männer aus den Schatten. Sein Puls beschleunigte sich. Die Vorsicht verlangsamte seine Schritte. Irgend etwas an diesem Ort und der Haltung der beiden Männer versprach nichts Gutes.

Trotzdem ging er weiter und warf den beiden seinen besten beiläufigen Blick zu, einen Blick, den er in heiklen Situationen geübt hatte und der einerseits zwar Selbstvertrauen vermittelte, andererseits aber direkten Kontakt vermied. Natürlich waren die Augen im Dunkeln nicht zu sehen. Er registrierte, daß sie Palästinenser waren und daß der eine einen Anzug trug, während der andere in Hemdsärmeln war. Die beiden gingen vorbei, und er atmete einen Augenblick lang auf. Plötzlich hörte er Schritte hinter sich. Die Erleichterung war verfrüht gewesen.

»Oh, Sir«, sagte eine falsche, einschmeichelnde Stimme, deren Bedrohlichkeit mit Sarkasmus übertüncht war.

Lucas drehte sich nicht um.

»Willkommen, Sir«, sagte der Mann hinter ihm.

Er blieb stehen und wandte sich um. Es war der Mann in Hemdsärmeln. Lucas hatte das Gefühl, daß sie sich schon einmal begegnet waren, aber es war so dunkel, daß er nicht sicher war. Der zweite war zurückgeblieben und stand am Rand der Arkade.

»Hallo«, sagte Lucas.

»Hallo, Sir«, sagte der Palästinenser. »Seien Sie willkommen.«

Er konnte sich das unverschämte Grinsen des Mannes vorstellen, auch wenn er es nicht sehen konnte. Eine Hand wurde ausgestreckt, und als er sie nahm, legten sich Daumen und Zeigefinger des Mannes leicht um sein Handgelenk.

»Nach was suchen Sie, Sir? So spät.«

»Nach nichts. Ich bin auf dem Heimweg.«

»Sie wohnen hier? Von wo kommen Sie her?«

»Ich lebe hier«, sagte Lucas.

»Bitte, was ist hier?«

»Al-Quds«, sagte Lucas. Die Heilige. Er wollte nicht Jerusalem sagen.

»Und von wo sind Sie gekommen?«

»Ich bin amerikanischer Journalist. Ich bin auf dem Heimweg vom Haus eines Freundes. Dr. Lestrades Haus.«

»Willkommen, Sir.« Der Mann ließ seine Hand nicht los.

»Danke«, sagte Lucas und wandte sich zum Gehen.

»Willkommen, Sir. Sie haben getrunken?«

Er hatte Lestrades Grappa also gerochen.

»Danke«, sagte Lucas noch einmal. »Gute Nacht.«

»Willkommen«, sagte der Mann. »Willkommen in Al-Quds. Alle Häuser, in denen man trinken konnte, sind geschlossen.«

»Das sehe ich«, sagte Lucas. Als er weiterging, hielt der andere mit ihm Schritt.

»Willkommen in Al-Quds.«

»Nochmals danke.«

»Warum kommen Sie her und trinken Alkohol?« fragte der Mann. Sein Ton – eine Mischung aus Schmierigkeit und Verachtung – war unverändert.

»Ich habe einem Freund Gesellschaft geleistet«, sagte Lucas, obgleich er fand, es könne ein Fehler sein zu versuchen, die Sache zu erklären.

»Welchem Freund?«

Diesmal gab Lucas keine Antwort. Der Mann ging neben ihm her. Lucas lauschte angestrengt, um festzustellen, ob der zweite ihnen folgte. Vielleicht hatte er die Aufgabe, nach Patrouillen Ausschau zu halten.

»Willkommen, Sir. Aber alle Häuser, in denen man trinken konnte, sind geschlossen.«

Wenn sie es taten, dachte Lucas, benutzten sie meistens ein Messer. Zuletzt war es ein niederländischer Tourist gewesen, den man mit einem gewöhnlichen Küchenmesser erstochen hatte. Er war entweder irrtümlich für einen Israeli gehalten worden oder einfach der nächste verfügbare Ungläubige gewesen. Möglicherweise, dachte Lucas, hatte er nach Alkohol gerochen.

»Willkommen, Sir«, sagte der Mann und lachte. Die Straße wurde dunkler. Ohne irgendeine vernünftige Reihenfolge gingen Lucas verschiedene Fragen durch den Kopf. War diese Farce von einem Gespräch gut oder schlecht, ein Auftakt oder eine Alternative zum Mord? Wenn der andere zustach, würde die Klinge die Lunge durchbohren? Sollte er antworten oder einfach weitergehen?

»Ich glaube, Sie sind ein mutiger Mann«, sagte der Mann auf der dunklen Straße. »Hier ist es sehr schön. Am Tag ist es sehr schön. Aber in der Nacht sehr gefährlich.«

»Was soll ich tun?« fragte Lucas. »Ihre Hand halten?«

Es war unüberlegt, sich über den Mann lustig zu machen; er hatte vergessen, daß er betrunken war. Aber er war noch immer wütend und fühlte sich durch seine Angst gedemütigt. Der Mann war jedoch, zunächst jedenfalls, zu selbstzufrieden, um zu merken, daß Lucas unhöflich gewesen war.

»Sie sind willkommen, Sir. Ich werde Sie begleiten.«

»Wie Sie wollen«, antwortete Lucas.

»Was?« fragte der andere, jetzt weniger schmierig. »Soll ich Ihre Hand halten? Als Freund?«

»Hervorragend«, sagte Lucas. »Wir werden Hand in Hand gehen. Haben Sie mal was von Shakespeare gehört? Mögen Sie ihn? Ein großer amerikanischer Schriftsteller.«

240

»Oh, Sir«, sagte der Mann nach kurzem Nachdenken. »Sie lachen. Sie scherzen.«

Am Ende der schmalen Straße, etwa fünfzig Meter entfernt, sah Lucas blendend helle Scheinwerfer auf Ständern und die Umrisse eines Jeeps, der die Straße blockierte. Es war eine der mobilen Polizeistationen, die die Israelis seit dem Beginn der Intifada überall in der Altstadt errichtet hatten: Ein paar Grenzsoldaten besetzten einen kleinen Marktstand, der freies Schußfeld bot, verbarrikadierten ihn mit Sandsäcken und stellten eine Funkverbindung mit der Kommandozentrale her.

Lucas ging auf die Scheinwerfer zu. Er gab sich große Mühe, den Eindruck von Eile zu vermeiden. Der Mann neben ihn hielt ihn am Handgelenk, und als sie sich dem Posten näherten, verstärkte er seinen Griff und zog ihn am Arm.

»Wir gehen woandershin«, sagte er. »Wir trinken. Wir finden Mädchen.«

»Wie wär's, wenn Sie mich loslassen würden?« fragte Lucas.

»Wohin gehen Sie?« fragte der Mann wütend. »Willkommen. Wir sind Freunde.«

Er blieb stehen, und Lucas riß sich los. Der Mann wollte dem Polizeiposten offenbar nicht zu nahe kommen. Er war bloß ein Großmaul, ein Schlaumeier, der vor seinem Freund angeben wollte, indem er gegenüber einem Fremden seine Aggressivität, seinen Patriotismus, seine Unverschämtheit demonstrierte. Indem er mit seinem Englisch protzte.

»Es hat großen Spaß gemacht«, sagte Lucas. »Danke für die Gesellschaft. Und danke für das Willkommen.«

Am Posten waren keine Grenzpolizisten, sondern zwei reguläre, sehr junge Soldaten. Beide waren neugierig auf Lucas und seinen nächtlichen Spaziergang. Der eine war freundlich und höflich, der andere nicht. Der Freundliche war blond und sprach mit französischem Akzent. Der Unfreundliche fragte Lucas nach seinem Paß und seinem Hotelschlüssel, bevor er ihn in Richtung David Street schickte. Lucas mußte ihm erst erklären, daß er in der Stadt wohnte.

Auf halber Höhe der ansteigenden Straße blieb er stehen, um zu verschnaufen. Als er sich nach dem Polizeiposten umsah, beobachtete einer der Soldaten ihn durch das Fernglas und sprach dabei in ein Funkgerät. Die Polizisten am Jaffator ließen ihn mit routinierter Geringschätzung passieren.

Das Taxi, das er vor dem Tor anhielt, kam aus Ost-Jerusalem; der Fahrer war ein Araber, der eine rotkarierte Kafiye auf das Armaturenbrett gelegt hatte.

»Wohin gehen?« fragte er. »Welches Land ist Ihr Heimat? Woher kommen?«

»Aus der Kirche«, sagte Lucas.

Seine Bücher und Habseligkeiten waren größtenteils noch in Kartons verpackt. Er hatte die Wohnung möbliert gemietet – sie war mit einem algenfarbenen Teppich, ein paar mit Segeltuch bezogenen Stühlen und einigen abgewetzten Kiefernholztischen ausgestattet und zutiefst deprimierend.

Er setzte sich auf das ungemachte Bett und hörte den Anrufbeantworter ab. Obermann hatte eine Nachricht hinterlassen, ebenso wie Ernest von der Menschenrechtskoalition und, zu seiner Überraschung, Sonia, die ihm eine Fahrt in den Gazastreifen vorschlug. Er war zu müde und niedergeschlagen, um sich zu fragen, was das zu bedeuten haben mochte. Oder um über Lestrades Behauptung nachzudenken, einer von Sonias religiösen Freunden sei im »Haus des Galiläers« aufgetaucht.

Während des Restes der Nacht träumte er von belebten Straßen, deren Namen hebräische Buchstaben waren. Diese waren nirgends angeschrieben, doch um sich zurechtzufinden, mußte man die Vokalpunkte kennen. Dann war er von Menschen umgeben, doch obwohl es in seinem Traum heller Tag war, hätte er nicht sagen können, wie die Leute aussahen.

Nach einigen Stunden hörte er den Muezzin von Silwan und dann die Kirchenglocken.

27 An diesem Abend erschien im Mister Stanley's in Tel Aviv ein Pulk ausgelassener amerikanischer Matrosen, die für Sonia ein ideales Publikum waren. Sie blieben einigermaßen nüchtern, hörten ihren Songs mit stiller Bewunderung zu und sparten nicht mit Applaus. Gleichzeitig hatte Sonia das Gefühl, daß sie genau wußten, was ihnen gefiel.

Es waren etwa ein Dutzend, und ihre Getränke wurden von zwei wohlhabenden südafrikanischen Israelis bezahlt, die für reiche Investoren Apartments an der Strandpromenade entwarfen und nach einer Art geistigem Kalifornien strebten. Die Matrosen waren Vorstadtbewohner mit verfeinertem Geschmack und hartgesottene Innenstadtveteranen mit Aknenarben und zischender Aussprache. Ein hellhäutiger, bebrillter Afroamerikaner namens Portis gefiel Sonia besonders: Er war ein Diskjockey der Sechsten Flotte, der gute Vorschläge für Songs machte und jede Zeile kannte, sich aber nicht berufen fühlte, mitzusingen.

Stanley war entzückt. Wie sich herausstellte, hatte er einen persönlichen Gast, nämlich Maria Clara aus Kolumbien, die Israel einen ihrer Kurzbesuche abstattete. Die beiden saßen an einem der hinteren Tische und applaudierten begeistert. Maria Clara strahlte und lächelte unaufhörlich. Mitten im zweiten Set kam Nuala Rice herein und setzte sich allein an die Bar. In der nächsten Pause leistete Sonia ihr Gesellschaft. Die Südafrikaner schickten ihnen Kapsekt.

»Bist du allein hier, Nuala?«

»Ich bin unterwegs nach Lod, zum Flughafen. Nur ein kleiner Boxenstopp. Übrigens«, fragte sie, »bleibt es dabei, daß du nächste Woche mitfährst in den Gazastreifen?«

»Ja, gern. Suchst du immer noch nach diesen Soldaten?«

»Aber ja«, sagte Nuala.

»Ich will runter nach Zawaydah. Berger sagte, daß es dort Sufis gibt. Die Nawar.«

»Die Nawar sind Zigeuner. Kesselflicker. Wenn du Sufis willst, sind sie Sufis.«

»Na ja, ich werde sie mir trotzdem mal ansehen. Und ich will mit dir in Verbindung bleiben. Und außerdem«, fügte sie hinzu, »will ich einen Freund von mir mitnehmen. Er ist Reporter.«

Nuala lachte. »Christopher? Ich kenne ihn gut. Ich dachte, er will was über Religion schreiben.«

»Will er auch. Aber ich möchte ihn trotzdem mitnehmen.«

Während des nächsten Sets verschwand Nuala. Sonia sang eine an Sarah Vaughan orientierte Version von *Over the Rainbow*, gefolgt von *Something for the Boys*. Dann kamen ein paar Gershwin-Nummern und zum Schluß die Fields/McHugh-Version von *I Loves You, Porgy*. Das Lokal hatte sich gefüllt, und sie war heute abend ziemlich gut.

Als Zugaben sang sie *Bill* und *Can't Help Loving That Man*. Portis hatte *The Man That Got Away* vorgeschlagen, doch das überstieg ihre Fähigkeiten. Nach dem letzten Stück stand sie fast eine halbe Stunde auf der Tanzfläche, damit die Matrosen ihren Arm um sie legen und sich fotografieren lassen konnten.

Ihr Auftritt und die Begeisterung der Matrosen hoben ihre Stimmung. Seit einer Woche schlief sie wenig oder gar nicht. Nacht für Nacht gingen ihr die Gespräche mit Raziel durch den Kopf. Es war unmöglich, ihn festzunageln, es war buchstäblich unmöglich, seine verbalen Entrechats zu stoppen.

Und jede Nacht dachte sie auch an den alten De Kuff, der am Bethesda-Teich stand und mit seiner weichen Louisiana-Stimme seine Offenbarungen über die Thora und die Welt predigte. Sie war nicht so überzeugt, wie sie es Lucas gegenüber dargestellt hatte. Je genauer sie die Dinge untersuchen wollte, die ihre Gedanken bedrängten, desto mehr schienen sie sich ihr zu entziehen. Es fiel ihr schwer, den Maggid zu beschwören.

Auf dem Weg zu Stanleys Büro, wo sie sich ihre Gage abholen wollte, traf sie Raziel. Er hatte sich stadtfein gemacht, trug eine Sonnenbrille und saß mit einem von Stanleys Musikern, einem Bassisten aus Winnipeg, an einem der vorderen Tische.

»Willst du dir was besorgen?« fragte der Bassist.

»Ich bin clean und nüchtern«, sagte Raziel. »Stimmt's, Sonia?«

»So ist es gut«, sagte sie.

»Da kann man ja richtig Angst kriegen«, sagte der Bassist.

Im Hinterzimmer gab Stanley ihr das Geld. Nuala und Maria Clara waren bei ihm.

»Ich nenne mich jetzt Sky«, verkündete Stanley den Anwesenden.

Sonia betrachtete die vom Muskelspiel erzeugten Bewegungen seiner schwarzen Gefängnistätowierungen, während er knisternde neue Dollarscheine abzählte. Er erklärte, er werde ihr einen Bonus zahlen, und gab ihr ein paar hundert mehr als vereinbart. Sie war nicht in der Stimmung, ihm zu widersprechen. »Na, was meint ihr? Sky! Himmel! Himmel lächelt mir. Himmel ist überall. Der blaue Himmel wölbt über mir.«

»Wirklich cool«, sagte Sonia und steckte das Geld ein. »Wer hat dich darauf gebracht?«

»Ist ein Typ in *Guys and Dolls* – du weißt schon: Musical. Ein cooler Typ. Spieler. Gefällt mir. Ein Typ wie ich.«

»Wir haben uns in New York *Guys and Dolls* angesehen«, schwärmte Maria Clara. »Es war so typisch. Wir haben an Sie gedacht.«

»Luck be a la-dy!« sang Stanley. »Außerdem wir sind gegangen auf das Rainbow Roof.« Er pfiff leise. »Das ist ein Ding, wovon ich geträumt habe, als ich kleiner Junge war.«

»Amerika ist so problematisch«, sagte Maria Clara. »Sie kennen keine Höflichkeit, und darum weiß man nie, womit man zu rechnen hat. Die Männer haben keinen Charme, aber die Frauen sind nett. Aber sie sind so stark, und die Männer sind schwach.«

»Kanntet ihr in der Sowjetunion denn den Rainbow Room, Stanley? Als du ein Kind warst?«

»Was?« rief Stanley. »Jeder kennt Rainbow Roof! Jeder kennt ihn immer! Außerdem: Sky! Ich. Und diese Bar hier ... Sky's Bar!«

»Der Rainbow Room East«, sagte Sonia. Sie wußte, daß Stanleys Humor, wenn es um seine Würde ging, sehr schnell an seine Grenzen kam. Sie hatte einmal gesehen, wie er einen Gepäckträger mit einem Besenstiel bewußtlos geschlagen hatte, weil sich der Mann zu große Freiheiten herausgenommen hatte.

»Ich mag die Schwarzen am liebsten«, sagte Maria Clara. »Wir haben an Sie gedacht, Sonia. Wie sie sich bewegen. Und

245

die anderen, die Yanquis, sind so unbeholfen. Was für ein Land! Sie verstehen es selbst nicht, ist es nicht so? Wie große Kinder.«

»Mir gefällt es«, sagte Stanley. »Sie haben tolle Sachen. Und sind nicht so hart wie in den Filmen.«

»Ja«, sagte Sonia. »Man kann nicht mit ihnen leben, aber auch nicht ohne sie, wenn ihr versteht, was ich meine.«

»Genau!« Stanley Sky war begeistert. »Absolut richtig!«

Auf hochhackigen Schuhen und in der hautengen, paillettenbesetzten Hose eines Pariser Modeschöpfers kam Maria Clara mit unsicheren Schritten auf Sonia zu und legte die Hand unter ihr Kinn. »Ihre Augen sagen, Sie sind tiefgründig. Ich weiß, Sie sind tiefgründig. Aber nicht so, wie du denkst, Stanley.«

»Ist meine Sonia«, sagte Stanley Sky. »Meine Sonitschka.«

Als Sonia aufbrechen wollte, hielt Stanley sie zurück. Raziel stand in der Tür.

»Sonitschka! Du fährst nach Gaza?«

»Das habe ich vor, ja.«

»Vielleicht in einem UN-Wagen? Weil ich etwas habe, das ich hinbringen will. Aber ich kann nicht hin, weil ich jüdischer Mensch bin. Sie würden mich töten, nicht? Und ich kenne niemand. Aber du könntest für mich bringen. In einem UN-Wagen.«

»Ich kann keinen UN-Wagen kriegen, Stanley«, sagte Sonia. Sie wollte noch sagen, sie habe keine Lust, Päckchen für Stanley auszuliefern, überlegte es sich aber anders. »Ich fahre mit Nuala. Sie hat einen Wagen der Children's Foundation.«

Stanley verzog das Gesicht. »Nuala ...«

Maria Clara verzog ebenfalls das Gesicht. »Nuala. Ich mag sie nicht.«

»Nuala streitet immer mit Soldaten«, sagte Stanley. »Schimpft auf sie immer. Ich will nicht, daß sie etwas für mich mitnimmt.«

»Ich würde dir gern helfen«, sagte Sonia, »aber ich glaube, ich kann nicht.«

Befremdet über diesen Affront, sah Maria Clara sie mit großen Augen an. Stanley lächelte weiter. »Keine Sorge«, sagte er. »Schon gut.«

Draußen wartete Nuala auf sie. Hier, nicht weit vom Meer, waren noch immer ein paar rastlose Nachtschwärmer auf der Suche nach einem gemütlichen Plätzchen unterwegs. Die beiden Frauen setzten sich an einen der Tische auf dem Bürgersteig vor dem Café Orion.

»Triffst du dich regelmäßig mit Christopher?«

»Eigentlich nicht. Und du?«

Nuala schüttelte den Kopf.

»Du bist oft bei Stanley's. Wirst du jetzt zum Jazzfan?«

»Es ist mal was anderes als der Gazastreifen.«

»Du fehlst mir«, sagte Sonia, als der Kaffee kam. »Und Somalia fehlt mir. Was für ein schrecklicher Satz.«

»Das finde ich nicht«, sagte Nuala. »Wir haben etwas Sinnvolles getan. Was ist mit der Revolution?« fragte sie dann. »Fehlt sie dir auch?«

»Ich dachte, das wäre vorbei.«

»Niemals.« Nuala sah die verlassene Straße hinauf und hinunter, als könnte sie jemand belauschen. »Niemals«, flüsterte sie. »Für mich nicht.«

Sonia starrte stirnrunzelnd auf ihren lauwarmen Espresso. »Das klingt jetzt vielleicht ein bißchen pathetisch«, sagte sie, »aber ich glaube, daß in Jerusalem im Augenblick etwas sehr Wichtiges geschieht.«

»Und was könnte das sein? Etwa die Wiederkehr Christi?«

»Jerusalem bedeutet für mich etwas anderes als für dich«, sagte Sonia. »Ich glaube daran, daß diese Stadt etwas Besonderes ist. Und es könnte sein, daß ich gefunden habe, weswegen ich hierhergekommen bin.«

»Ach, Sonia«, seufzte Nuala. »Na ja«, sagte sie dann, »jeder nach seiner Fasson. So bist du eben.«

»Hast du denn nie geglaubt, Nuala?«

»Ich? Natürlich. Ich wollte Nonne werden, wie alle anderen kleinen Mädel im County Clare.«

»Und jetzt glaubst du nicht mehr?«

»Ich hatte einen kranken, egoistischen Glauben. Einen Kleinmädchenglauben. Jetzt bin ich erwachsen, hoffe ich jedenfalls. Ich glaube an Befreiung. Ich glaube, wenn ich es geschafft habe, kann jeder andere es auch schaffen. Und ich werde nicht ruhen und meine Freiheit genießen, bis alle befreit sind.«

»Ich verstehe«, sagte Sonia.

Nuala begleitete sie zum Sherut-Stand und erklärte ihr den Weg zu der Jeckes-Pension in Herzliya, wo sie übernachten würde.

»Übrigens«, fragte sie, »wie sind deine Kontakte zum Hill of Evil Counsel? Glaubst du, du könntest uns einen weißen UN-Wagen besorgen?«

»Herrje«, sagte Sonia. »Dasselbe hat mich Stanley vorhin auch gefragt. Was ist los?«

»Ich weiß nicht, was Stanley vorhat«, sagte Nuala. »Aber mich hat die Armee auf ihrer Liste. An bestimmten Tagen halten sie mich stundenlang fest. Wenn man in einem weißen Wagen sitzt und sie viel zu tun haben, winken sie einen manchmal einfach durch.«

»Ich habe dorthin keine Kontakte mehr«, sagte Sonia. »Und du hast doch deinen NGO-Ausweis.«

»Stimmt«, sagte Nuala. »Kein Problem. Aber wir brauchen vielleicht deine Hilfe. Wie in alten Zeiten.«

»Nuala, ich kann keinen Wagen besorgen.«

»Aber vielleicht kannst du mit mir durch die Kontrolle fahren. Bring noch jemand mit. Ich meine, je mehr wir sind, desto besser.«

»Ich weiß nicht, Nuala. Du schmuggelst doch keine Waffen, oder?«

»Du wirst immer wissen, was wir tun und was wir mitnehmen.«

»Und du hast kein Geschäft mit Stanley laufen, oder? Irgendein Drogendeal?«

»Stanley ist nicht mein Typ«, sagte Nuala. »Auch wenn mir seine Tätowierungen gefallen.«

»Na gut«, sagte Sonia. »Ich werde dir helfen, so gut ich kann, solange niemand dabei verletzt wird. Ruf mich an.«

Nuala lächelte, beugte sich vor und küßte sie.

28 In einem der Gästehäuser des »Hauses des Galiläers«
saßen Janusz Zimmer und Linda Ericksen nebeneinander auf der karierten Tagesdecke, die Linda sorgfältig über das
Bett gebreitet hatte, auf dem sie und Zimmer soeben miteinander geschlafen hatten. Es war dasselbe Haus, in das Lucas einen
Monat zuvor einen Blick geworfen hatte, das Haus, in dem ein
Druck von Holman Hunts »Der Sündenbock« hing.

Die Häuser entlang der Mauer waren jetzt für durchreisende Prediger und ihre finanziellen Unterstützer reserviert,
für Handaufleger und Aramäisch-Übersetzer, für Charismatiker, die ihr Charisma auffrischen wollten, und alle anderen
Freunde und Mitarbeiter des Hauses. Sowohl Zimmer als auch
Linda fielen in diese Kategorie.

»Es wäre besser für uns, mein Herz«, sagte Zimmer, »wenn
wir in einer weniger turbulenten Zeit leben würden.«

»Angeblich«, sagte Linda, »gibt es einen chinesischen Fluch,
der lautet: ›Mögest du in interessanten Zeiten leben.‹«

»Tja, diesen Fluch habe ich geerbt«, sagte Zimmer. »Ich
wurde vor dem Holocaust geboren, gegen jede Vernunft. Und
jetzt bleibt mir nichts anderes. Die einzige Gnade ist, daß ich
dich an meiner Seite habe.«

»Ich bin für niemanden eine Gnade«, sagte die demütige
Linda. »Für den armen Ted jedenfalls ganz bestimmt nicht. Er
brauchte mich hier, und ich habe ihn verlassen. Ich weiß, daß
ich zum Teil schuld bin an dem, was passiert ist.«

Zimmer brummte beruhigend. Er brachte es nicht über sich,
ihr zu widersprechen.

»Aber er gehörte nicht hierher«, sagte sie, »und ich schon.«

»Ja«, sagte Zimmer.

»Ich habe kaum studiert. Und ich bin nicht in die Glaubensgemeinschaft aufgenommen worden.«

»Wenn wir von Taufe sprechen«, sagte Zimmer, »würde es in
deinem Fall eine Feuertaufe sein.«

Linda stand auf, ging zur Mitte des Raums und verschränkte

die Arme: Ruth unter den fremden Schnittern. »Na gut«, sagte sie, »was soll ich tun?«

»Nur soviel, mein Herz: Nuala Rice fährt regelmäßig in den Gazastreifen, um Drogen abzuholen. Auf dem Hinweg nimmt sie Waffen mit.«

»Und das weißt du?« sagte Linda entsetzt. »Warum sagst du es nicht der Polizei?«

»Du meinst, dem Schabak? Wir haben Kontakte zum Schabak. Ich kann dir sagen, daß die dort über diese Sache genau im Bilde sind. Es ist ihre Methode, eine Fraktion der PLO zu bewaffnen, von der man annimmt, daß man sie im Griff hat und daß sie imstande ist, da unten für Ordnung zu sorgen.«

Linda war zutiefst schockiert.

»Aber diese Drogen sind für Juden bestimmt.«

»Nur für ein paar kriminelle Elemente. Das meiste wird in Nazareth und Haifa verkauft. Das sagen sie jedenfalls. Dein Job besteht im Grunde darin, deinen Status als Mitarbeiterin der Menschenrechtskoalition zu nutzen, um in den Gazastreifen zu fahren. Du sollst Sonia Barnes so oft wie möglich mitnehmen und versuchen, dafür zu sorgen, daß sie als Begleiterin von Nuala Rice vermerkt wird.

Wir wollen, daß die Verbindung zwischen den beiden deutlich wird. Zum Beispiel könntest du ihr sagen, daß es Informationen über die Leute gibt, die sich die Steinewerfer in Jabalia vorgeknöpft haben, daß ihr aber im Augenblick nicht selbst hinfahren könnt. Bitte sie, die Informationen für die Menschenrechtskoalition zu besorgen. Um dir einen Gefallen zu tun.

Wenn möglich, sollte sie über Nacht dort bleiben. Das wird nicht allzu schwer zu bewerkstelligen sein, denn Nualas arabischer Freund lebt in Jabalia. Wenn sie Schwierigkeiten mit der Armee kriegen, mit irgend jemand, der nicht eingeweiht ist, schicken wir dich hin, um sie rauszuholen.«

»Wann soll das stattfinden?«

»Das wissen wir noch nicht genau. Aber bald.«

»Und der Zweck der Aktion ist, diesen Schmuggel zu unterbinden?« erkundigte sich Linda.

»Der Zweck der Aktion ist, die feindlichen Tempel auf dem Tempelberg zu zerstören. Sie auszulöschen und den Tempel des Allmächtigen wiederzuerrichten.«

»Mein Gott«, sagte Linda. »Es wird einen Aufstand geben. Es wird einen Krieg geben.«

»Um es religiös auszudrücken: Manchmal will der Allmächtige, daß wir in Frieden leben«, sagte Zimmer, »und manchmal will Er, daß wir Krieg führen.«

»Wie?« fragte Linda. »Wie soll das geschehen?«

»Das wirst du erfahren, wenn es soweit ist.« Er lachte. »Ich habe dir schon mehr gesagt, als ich sollte.«

»Alles«, sagte Linda zitternd, »alles, was du willst.«

»Ja, ich weiß, mein Herz«, sagte Zimmer und strich ihr über das Haar. »Ich erwarte sehr viel und habe nicht den leisesten Zweifel an dir. Aber von jetzt an werden wir es so halten wie früher. Du wirst die Einzelheiten erfahren, wenn die Zeit gekommen ist. Bis dahin kannst du deine Studien fortsetzen.«

»Das werde ich. Ich werde alles tun, was du von mir verlangst«, sagte Linda. »Für dieses Land. Für dich.«

»Du kannst sicher sein, daß du an dem, was kommt, teilhaben wirst.«

»Zusammen mit dir«, sagte Linda.

Zimmer lachte. »Ja, soweit ich es in der Hand habe.«

Linda, deren Sinn für Humor nicht sehr hoch entwickelt war, starrte ihn kurz an. Doch gleich darauf wurde ihr Blick wieder weicher. »Es ist schon komisch, daß ich bei Pinchas Obermann, einem Spötter, einem Kosmopoliten, zum Glauben gefunden habe. Ohne dich hätte ich das nicht geschafft, Janusz.«

»Vielleicht«, sagte Zimmer und zündete sich eine Zigarette an. »Vielleicht hat es auch so sein sollen.«

TEIL ZWEI

29 Am Morgen seiner Fahrt in den Gazastreifen beschloß Lucas, Yad Vashem zu besuchen. Bevor er sich auf den Weg machte, ging er in eine Bäckerei in der Ben Yehuda Street, trank einen Kaffee und aß einen runden Apfelkuchen, dessen halb erinnertes Rezept der Besitzer aus Mitteleuropa mitgebracht hatte. Es war ein sonniger Tag, und die Menschen auf den Straßen wirkten fröhlich. Er ließ seinen Wagen in der Garage und nahm ein Taxi.

Später konnte Lucas sich an alle Einzelheiten erinnern. Bestimmte Dinge schienen ihn an diesem Morgen anzuspringen. Eines davon war ein Foto – das größte im historischen Museum –, das den Großmufti von Jerusalem bei der Inspektion von bosnischen SS-Männern mit Fez und Quasten zeigte. Das Foto paßte zu den Schlagzeilen, die Lucas auf dem Weg zur Gedenkstätte gesehen hatte.

Die schlimmsten Zeugnisse stammten von den Kindern in den Lagern. Einige von ihnen hatten versucht, sich mit bunten Farben kleine Bilderbücher zu malen, mit Feen und Prinzessinnen, als wären sie sicher und geborgen und nicht eingesperrt, um von ihren Feinden abgeschlachtet zu werden. Lucas war vor allem schockiert und verwirrt, und es beruhigte ihn zu sehen, daß es den anderen Besuchern ebenso erging. Man vermied jeden Blickkontakt. Er hatte Sonia gebeten, ihn zu begleiten, und sie hatte ihm erklärt, daß man allein dorthin gehen müsse. Er begriff recht bald, daß sie recht gehabt hatte. Auf dem Platz vor dem Museum weinte er.

In der Halle der Erinnerung sprach er vor den unbehauenen Steinen und der ewigen Flamme ein Gebet aus einem Buch, das er einem ungekämmten Mann für sechs Schekel abgekauft hatte. »O Beherrscher der Welt, Schöpfer all dieser Seelen, erhalte sie für immer im Gedächtnis Deines Volkes.«

Lucas sah sich mit unvermeidlichen Fragen konfrontiert. Wo wäre er gewesen? Was hätte er getan? Wie hätte er sich verhalten, und was wäre aus ihm geworden? War er ein Halbjude ersten oder zweiten Grades, und was war das überhaupt? Er konnte es sich nie merken. Was war aus der Familie seines Vaters geworden? Carl Lucas hatte es ihm nie erzählt, ja er hatte seine Familie nicht einmal erwähnt.

Es war möglich, dachte er, daß die Welt entlang dieser Linie geteilt war: in die Rasse derer, die irgendwie verantwortlich waren, und die, die es irgendwie nicht waren. Es war eine Unterteilung, die ihm persönliche Schwierigkeiten bereitete. Doch die Trennungslinie war die Achse einer verderbten Welt voller Scham. Jeder würde immer so tief in die Finsternis hineinsehen, wie er es vermochte, so tief, wie er es wagte. Jeder wollte eine Antwort, einen Wegweiser aus der Verwirrung. Jeder wollte, daß Leiden und Tod einen Sinn hatten.

Nuala saß am Steuer, Sonia auf dem Rücksitz, mit einem Buch auf dem Schoß, das sie vorhin gekauft hatte: *Und ihre Augen schauten Gott*, von Zora Neale Hurston. Sie hatte es geschafft, einen UN-Kleinbus zu beschaffen.

»Und dann bin ich hingefahren«, sagte Lucas.

»Du bist in Yad Vashem gewesen?« fragte Sonia. »Du willst dir an ein und demselben Tag Yad Vashem und den Gazastreifen ansehen? Möchtest du gern lebensmüde werden?«

»Ich hatte Zeit.«

»Und darum bist du mal eben nach Yad Vashem gefahren«, sagte Sonia. »Und hast keine Überraschungen erlebt, nehme ich an.«

»Oh, das würde ich nicht sagen.«

Nuala sagte nichts.

»Ich habe gehört, in Gaza gibt es ein gutes Fischlokal«, sagte Lucas.

»Es gibt guten Fisch«, sagte Sonia. »Aber kein Bier.«

»Was steht auf unserem Programm?« fragte Lucas.

»Die Foundation unterstützt ein paar örtliche Selbsthilfegruppen in Al-Amal«, sagte Nuala. »Sie haben eine eigene Schule und ein Krankenhaus aufgebaut, und wir helfen ihnen. Wir bringen ihnen Zahnbürsten – die sind dort schwer zu bekommen. Seife. Alles ist überteuert. Aus israelischer Produktion. Ein bißchen wie Amerika und Kuba. Jedenfalls hab ich mir gedacht, du würdest dir das gern mal ansehen. Wir wollen über Nacht dortbleiben.«

»Was ist mit dieser Bande von Schlägern, von der du mir erzählt hast? Sind die Burschen noch immer aktiv?«

»Abu und seine Bande waren letzte Woche in Rafah. Natürlich können sie jederzeit auftauchen. Zu schade, daß du dich gegen diese Story entschieden hast.«

»Man kann nicht alle Stories schreiben.«

»Wir haben hier jedenfalls mehr als genug«, sagte Nuala.

Während sie dahinfuhren, wurde Lucas wieder einmal bewußt, daß das Verhältnis zwischen ihm und Nuala Rice immer komplizierter sein würde. Da war das Problem mit der starken, unsentimentalen Zuneigung, die er für sie empfand und die sich mit einer Art Wut und wehmütiger Widersinnigkeit vermischte. Darüber hinaus besaß sie den Snobismus der Abenteurerin und keine Spur von Mitleid für die Zaghaften, Nachdenklichen oder Zerrissenen. Sie rief sämtliche Versagensängste in ihm wach – moralische, sexuelle und berufliche.

Aus Gründen, die nicht ganz klar wurden, hielt Nuala südlich von Aschkelon an. Sie parkte vor einem braunen, nichtssagenden Lagerhaus und sprach kurz mit einem kleinen, kräftigen Mann, der wie ein orientalischer Jude aussah. Sie gab ihm einen großen braunen Umschlag.

»Wer ist der Typ?« fragte Lucas Sonia, während sie im Bus warteten. »Er sieht aus wie ein Schläger.«

Sonia zuckte die Schultern.

»Wer war das?« fragte er Nuala, als sie wieder am Steuer saß.

»Ach«, sagte sie, »er ist Großhändler für Obst und Gemüse. Er kauft bei einer palästinensischen Kooperative. Wir überbringen Nachrichten und vermitteln beim Aushandeln der Preise.«

»Ist er Musikliebhaber?« fragte Lucas. »Ich glaube, ich habe ihn bei Stanley's gesehen.«

»Unwahrscheinlich«, sagte Nuala.

Lucas sah nach hinten zu Sonia, die seinen besorgten Blick erwiderte.

»Manchmal«, erklärte Nuala, »sind unsere Wagen die einzigen, die durchgelassen werden. Die Grenzübergänge bleiben wochenlang geschlossen. Wir bringen ein bißchen von jedem mit.«

Sonia sah Lucas an und hob die Augenbrauen. Es war mit einemmal schwierig, sich vorzustellen, daß die Ladung in den unbeschrifteten Kisten unter der Abdeckung lediglich aus Zahnbürsten und Aspirin bestand.

»Natürlich«, sagte Lucas.

Die Grenze zwischen Israel und dem besetzten Gazastreifen hatte ihn immer an die zwischen Tijuana und San Diego erinnert. Auch dort hatten zerlumpte Männer in Erdfarben mit der mystischen Geduld der Bettelarmen auf die Gewogenheit wohlgenährter Beamter in gestärkten und gebügelten Uniformen gehofft. Vor Monaten war Lucas hiergewesen, um die frühmorgendlichen Kontrollen zu sehen, und er hatte die angespannten Gesichter im Dämmerlicht nicht vergessen, das furchtbare Lächeln der Schwachen, die versuchten, die Gunst der Starken zu erlangen. Im Gegensatz zu Tijuana war die brutale Dynamik der Machtverhältnisse im Gazastreifen durch keinerlei Rücksichtnahmen auf die gegenseitige Souveränität gemildert. Man sah automatische Gewehre, Stacheldraht und Straßensperren, man sah Machthaber, Bittsteller und Subversive.

Wie die meisten israelischen Soldaten hegten die Männer und Frauen der Grenztruppen keine Sympathien für UN-Fahrzeuge und die Leute, die darin saßen. Sie ließen sich bei der Begutachtung von Nualas und Lucas' Pässen viel Zeit.

»Johnny-Walker-Irin«, fühlte sich der Soldat, der in Nualas Paß blätterte, bemüßigt zu sagen. »Mögen Sie Johnny Walker?«

In diesem Krieg war eine besondere Gehässigkeit für attraktive Frauen reserviert, die augenscheinlich zur anderen Seite gehörten. Hübsche jüdische Mädchen trieben manche Palästinenser zur Weißglut und manchmal sogar zum Mord. Einen halben Block von Lucas' Wohnung entfernt hatte ein palästinensischer Bauarbeiter mit einer messerscharf geschliffenen Kelle eine junge, schöne Soldatin umgebracht. Und israelische Soldaten stießen oft wüste Beschimpfungen gegen Frauen aus, die sie im Verdacht hatten, Araber liebende und Araber vögelnde Schicksen im Dienst der UN oder der NGO zu sein.

258

»Anscheinend halten sie Johnny Walker für einen irischen Whiskey«, sagte Nuala, als sie schließlich weiterfahren durften. »Im Libanon haben sie auch andauernd von ›Johnny-Walker-Iren‹ geredet. Sie sind dort mit der Friedenstruppe aneinandergeraten.«

»Ich erinnere mich. Es sind ein paar Granaten hin und her geflogen.«

»Sie haben auf UN-Stellungen gefeuert, und ein Ire wurde getötet«, sagte Nuala. »Die israelische Armee hat behauptet, er sei betrunken gewesen. Sie nannten die UN-Friedenstruppe ›Johnny-Walker-Iren‹.«

»Wie lange warst du im Libanon?« fragte Lucas. »Du hast nie viel davon erzählt.«

»Ein paar Monate«, sagte sie. »Jeder Tag war anders, wenn du verstehst, was ich meine.«

»Ich nehme an, es hat dir gefallen.«

»Ich war in den Bergen, als euer Schlachtschiff die drusischen Dörfer beschossen hat. Die USS *New Jersey*. Das hat mir nicht besonders gefallen.«

Sie fuhren durch ein Niemandsland voll niedrigem, dürrem Gras und Plastikabfall. Rechts von ihnen, in einiger Entfernung, standen in ordentlichen Reihen die weißen Schachteln der israelischen Siedlung Eretz. Die Zufahrtswege waren mit Sandsackunterständen gesichert, und an einem Mast wehte die Fahne mit dem Davidstern.

»Hast du rausgekriegt, worum es im Libanon eigentlich ging?« fragte Lucas.

»Um den kalten Krieg«, sagte Nuala fröhlich. »Amerika verteidigt die freie Welt gegen den Kommunismus. Israel hilft dabei, wie gewöhnlich. Die Berge sind voller Drusen und moslemischer Bolschewiken, die die Börse oder so verstaatlichen wollen. Also schickt man ein Schlachtschiff.«

»Jetzt fällt es mir wieder ein«, sagte Lucas. »Und die Marines.«

»Es war glatter Mord«, sagte Nuala.

Er war sicher, daß sich das nicht auf den Anschlag auf die amerikanische Friedenstruppe in der Nähe des Flughafens von Beirut bezog. Die Bergdörfer des Libanon waren von der amerikanischen Marine beschossen worden, weil man ihre Bewohner für Verbündete der Syrer gehalten hatte, die wiederum Verbündete der Sowjetunion gewesen waren, eines Reichs des Bösen, das damals noch die Weltherrschaft hatte erringen wollen. Die meisten Granaten hatte das Schlachtschiff *New Jersey* abgefeuert. Später war einigen libanesischen Schiiten bei einer Flugzeugentführung ein junger amerikanischer Matrose in die Hände gefallen; nachdem sie herausgefunden hatten, daß er aus New Jersey stammte, hatten sie ihn stundenlang mit der Glut ihrer Zigaretten verbrannt und schließlich umgebracht. Vielleicht hatten sie den Bundesstaat mit dem Schlachtschiff verwechselt, so wie sie ihre Begeisterung für Folter mit Männlichkeit verwechselt hatten. Als der Mann schließlich tot war, hatten sie einander in allerlei maskulinen Posen fotografiert, mit schwellenden Muskeln und Amphetamin-Lächeln, und den Film zurückgelassen. Diese Art von entwaffnender Unverschämtheit hatte ihnen die besondere Aufmerksamkeit des Mossad und der CIA gesichert, deren Mordkommandos es allerdings geschafft hatten, als Rache für die Rache erst einmal ein paar Araber umzubringen, die mit der Sache nicht das geringste zu tun gehabt hatten.

»Und hast du außerdem noch was gelernt?« fragte Lucas.

Nuala reagierte gereizt. »Über die Naivität amerikanischer Einmischung? Mir hat's gereicht.«

Die Dörfer waren auf Bitten einer libanesischen Gruppe beschossen worden, die damals als »prowestlich« gegolten hatte. Inzwischen war dieser Ausdruck vollkommen bedeutungslos geworden; schon damals hatte er nicht viel bedeutet. Zu jener Zeit hatte Lucas ungefähr gewußt, wer die »prowestliche« Gruppe gewesen war und warum sie als »prowestlich« galt. Jetzt konnte er sich nicht mehr genau erinnern, ebensowenig wie wahrscheinlich die meisten Amerikaner, allen voran der damalige Präsident, der den Beschuß vermutlich angeordnet hatte.

»Was soll das überhaupt heißen: ›außerdem noch was‹?« fragte sie zurück.

»Ach, du weißt schon«, sagte Lucas. »Zum Beispiel, ob Khalil Gibran wirklich ein guter Dichter war.«

»Oh, bitte«, sagte Sonia.

»Khalil Gibran?« fragte Nuala. Obwohl sie den Verdacht hatte, daß das nur ein Köder war, konnte sie dem Thema kaum

260

widerstehen: ihr Eintreten für die dritte Welt und ihre Dichter. »Natürlich war er ein guter Dichter. Ein großer Dichter. Und ein großer Mann.«

»Tatsächlich? Ich fand sein Zeug immer kitschig.«

Nuala wandte sich zu ihm um und hätte den Wagen um ein Haar in den Graben gesteuert. »Wie kannst du nur so verdammt herablassend sein? Wie kannst du es wagen?«

»Bitte«, sagte Sonia, »keinen Streit.«

»Ich fand *Der Prophet* immer ziemlich kitschig«, sagte Lucas. »Aber vielleicht liege ich damit falsch.«

»O Gott«, stöhnte Nuala leise. Es war keine Reaktion auf das, was Lucas gesagt hatte. Sie alle sahen die schwarze Rauchsäule, die dort stand, wo das Zentrum von Gaza sein mußte.

»Sollen wir einen Bogen schlagen?« fragte Lucas.

»Ja, das ist besser«, sagte Nuala. »Vielleicht können wir über Beit Hanoun fahren.«

»Sollten wir nicht nachsehen, was da los ist?« fragte Sonia. »Deswegen sind wir doch eigentlich hier.«

»Ich habe etwas für Al-Amal dabei«, sagte Nuala, »und das muß ich abliefern.«

»Ich finde, wir sollten durch die Stadt fahren«, sagte Sonia. »Wenn sie die Straßen sperren, ist es besser, wir sind im Hauptquartier der UNRWA.«

Nuala seufzte und wischte sich den Schweiß von der Stirn.

»Na gut«, sagte sie. Es klang ein wenig verzagt. »Willst du fahren, Chris?«

Lucas wußte selbst nicht, warum er ausstieg, um den Wagen herumging und sich ans Steuer setzte. Er fuhr nicht gern im Gazastreifen, doch er hatte das Gefühl, er müßte sich nützlich machen.

Sie folgten der Hauptstraße. Unter Wäscheleinen und dem Rauch von Kochfeuern erstreckten sich zu ihrer Rechten, jenseits einer aufgegebenen Bahnstrecke, häßliche Baracken aus Lehmziegeln, Beton und Wellblech, so weit das Auge reichte. Gruppen von grimmigen Kindern starrten dem Wagen nach.

»Wo sind wir hier?« fragte Lucas.

»Jabalia«, sagte Nuala.

»Es gibt hier irgendwo einen Armeekontrollposten«, sagte Sonia. »Fahr lieber langsamer.«

Der Kontrollposten lag hinter einer Kurve und bestand aus aufgetürmten Sandsäcken, Stacheldraht und zwei Jeeps mit drehbar montierten Maschinengewehren. Lucas' plötzliches Bremsmanöver und das damit verbundene Reifenquietschen brachte die Soldaten in Kampfstellung. Als der Wagen zum Stehen gekommen war, sah Lucas einen Panzerwagen und in einiger Entfernung, in den Dünen, von wo man freies Schußfeld auf den Kontrollposten hatte, einen weiteren Jeep. Die Soldaten in den Wagen zielten auf den Kleinbus – eine kleine Bewegung der Zeigefinger, und Lucas und seine Begleiterinnen würden an die Sitze genagelt werden. Er holte tief Luft und schloß die Augen.

Einen Augenblick lang rührte sich nichts. Dann trat ein junger, blonder Soldat aus dem Unterstand. Er trug keinen Helm, aber eine Kampfjacke, und hielt seine Waffe in Brusthöhe. Seine Kameraden beobachteten ihn mit schußbereiten Gewehren. Er warf einen kurzen, wütenden Blick auf das UN-Zeichen und die Insassen des Wagens.

»Habt ihr irgendwelche Probleme, daß ihr so schnell fahrt?« Er hatte einen leichten slawischen Akzent.

Ein zweiter Soldat kam herbei, ein Offizier, dachte Lucas, auch wenn das bei den Israelis immer schwer zu sagen war. Der Soldat trat, das Gewehr im Anschlag, zurück, während der Offizier brüsk die Hand ausstreckte, um die Ausweise in Empfang zu nehmen.

»Wohin?« fragte er, nachdem er einen Blick in die Papiere geworfen hatte.

»Al-Amal«, sagte Nuala.

Der Offizier musterte sie forschend und sah dann auf eine Liste, die an seinem Gürtel hing. Es war, als hätte er Nuala erwartet. Dann sah er die beiden anderen an.

»Lukaš?« Er studierte den Presseausweis. »Sonia Barness?«

»Barnes«, sagte sie. Es folgte ein kurzer Wortwechsel auf hebräisch, und dann winkte er sie durch. Der Panzerwagen machte die Straße frei.

»Wenn ich einen Vorschlag machen darf: Fahr langsamer«, sagte Sonia zu Lucas.

»Klingt gut«, sagte er. »Was hat er gesagt?«

»›Einen schönen Tag noch.‹ So was in der Art.«

»Was glaubst du, wie er das gemeint hat?« fragte Nuala.

»Schwer zu sagen.« Als Lucas sich nach ihr umdrehte, zwinkerte sie ihm zu. Wie cool sie ist, dachte er. »Ich glaube, er hat uns Glück gewünscht.«

Jabalia war eine Ansammlung von unförmigen Steingebäuden mit einem Marktplatz neben der Straße. An der Hauptkreuzung stand eine Gruppe palästinensischer Frauen, die beim Anblick des Wagens in Jubelrufe ausbrachen. Lucas war erstaunt.

»Wir scheinen hier die Guten zu sein«, sagte er.

»Die Guten!« sagte Nuala verächtlich.

»Es liegt am Wagen«, sagte Sonia.

Und tatsächlich: Auf dem Weg nach Gaza kamen sie an Gruppen von Menschen vorbei – verhüllten Frauen mit Babies auf dem Arm, Markthändlern, Schulkindern –, die sich kurz von der schwarzen Rauchsäule, die den Wüstenhimmel immer mehr verhüllte, abwandten und ihnen winkten und zujubelten.

»Am Wagen?« fragte er.

»Es ist ein UN-Wagen.«

»Ach ja.«

Durch eine jubelnde Menge zu fahren gab Lucas Auftrieb. Ihr harmloser, nüchterner Kleinbus zeigte zwei Bilder der Welt aus der neutralen Polperspektive, umkränzt von zwei Ölzweigen, den Symbolen des Friedens. Und die Menschen winkten ihnen zu. Wir tragen die Last der Guten, dachte er. Mal was Neues.

»Fahr langsamer«, sagte Nuala. »Jetzt wird es ernst.« Sie sprach langsam und mit Bedacht. »Wenn die Soldaten dich fragen, wohin wir fahren, sag ihnen: zur Al-Azhar Road.«

Der Wagen kroch vorwärts. Es waren viele Menschen auf den Straßen, doch hier jubelte niemand. Lucas roch den Gestank von brennendem Gummi und einen anderen, süßlich-scharfen Geruch, der zunächst nicht einmal unangenehm war, in dem aber etwas Blindwütiges, Gefährliches lag. Reizgas. Es erinnerte ihn an Ostern im Regen.

»Halt nicht an«, sagte Nuala. »Vielleicht schaffen wir es bis zur Al-Azhar.«

»Alles in Ordnung?« fragte Lucas.

»Alles in Ordnung«, sagten die beiden Frauen.

Hinter der nächsten Ecke reckte sich das eckige Minarett einer schäbigen Betonmoschee aus dem Meer der armseligen Häuser. Eine verstärkte, sich vor Wut überschlagende Stimme ertönte von dem Turm und hallte zwischen den Häusern wider. Sie hörten jetzt auch Schreie, das Splittern von Glas und das Klappern von Steinen, die gegen pockennarbige Mauern prallten, sie hörten ganz in der Nähe die dumpfen Explosionen der abgefeuerten Granaten. Der mit dem bitteren Gas vermischte Rauch zog vor der Windschutzscheibe vorbei. Lucas kurbelte die Seitenfenster hinauf.

An einer Kreuzung stand eine Gruppe von Frauen in blauen Gewändern. Sie schrien, klagten und reckten die Fäuste gen Himmel. Einige hatten einen Zipfel ihres Kopftuches vor das Gesicht gezogen, weniger aus Frömmigkeit, wie es schien, als wegen des beißenden Rauchs. Als sie den UN-Wagen sahen, rannten sie auf ihn zu.

Lucas fuhr im Schrittempo. Die Frauen schlugen auf das Dach, die Kühlerhaube, die Fenster.

»Halt an«, sagte Sonia. Sie und Nuala stiegen aus und wurden von schreienden Frauen umringt. Einige von ihnen kamen zur Fahrerseite und schrien auf Lucas ein. Der Rauch wurde immer dichter, doch aus Höflichkeit kurbelte Lucas das Fenster hinunter. Eine Frau reckte die Hand hinein und zerkratzte ihm das Gesicht. Ihre nackte Wut machte ihn schwindeln und ließ vor seinen Augen alles verschwimmen. Er war fassungslos, wie vor den Kopf geschlagen, naß von ihren Tränen.

»Fahr weiter«, sagte Sonia, als Nuala und sie wieder einstiegen. »Sie haben auf einen Jungen geschossen, glaube ich.«

Das Zentrum des Aufruhrs war einen Block entfernt. Aus den Rauchschwaden tauchte eine Menge skandierender, heulender Jugendlicher in zerrissenen Sweatshirts auf, in löchrigen Pullovern und Khakihosen. Es waren drei oder vier Dutzend. Der jüngste mochte zwölf sein, der älteste siebzehn. Sie trugen den schlanken, hingestreckten Körper eines Jungen. Er hatte einen spärlichen Bart und war leichenblaß, seine Augen waren milchig und starrten ins Leere. Sein Mund war verzerrt, die Zähne waren zusammengebissen. Er blutete aus einem Ohr.

»Sollten wir ihn nicht lieber zu einem Arzt bringen?« fragte Sonia leise.

»Er ist tot, Sonia«, sagte Nuala.

Die Stimme aus dem Minarettlautsprecher am Ende der Straße schrie weiter, außer sich vor Wut, und beschwor das himmlische Strafgericht. In Konkurrenz zu ihren wilden Verwünschungen trat jetzt eine zweite lautsprecherverstärkte Stimme, eine kalte, gelangweilte Stimme, die auf arabisch etwas verlas, was, wie Lucas vermutete, eine letzte Aufforderung war, die Straße zu räumen.

Sie verloren den erschossenen Jungen aus den Augen. Weiter vorn hatten sich die Jugendlichen zurückgezogen und waren um eine Biegung der Straße verschwunden. Der Rauch wurde dichter, ebenso der Steinregen. CS-Gas war wie Stinktiersekret: Wer es noch nie abgekriegt hatte, genoß einen Augenblick lang eine gewisse psychologische Immunität, aber wenn das Zeug einen erst einmal richtig erwischt hatte, konnte man nichts mehr tun. Hinter ihnen knallten Gewehrschüsse.

»Wir sind zwischen den Fronten«, sagte Sonia ruhig. »Wie beschissen!«

Plötzlich waren sie von Soldaten umgeben; ein Offizier trat vor und gebot ihnen mit ausgestreckter Hand zu halten. Als Lucas gehorchte, rückten die Soldaten am Wagen vorbei vor, mit vorsichtigen Bewegungen und dicht an die fleckigen, stinkenden Mauern gedrückt. Sie deckten einander und behielten die Dächer und das hinter ihnen liegende Stück Straße im Auge. Zwei Soldaten traten direkt vor den Wagen und hoben ihre Gewehre, um weitere Gasgranaten auf die zurückweichende Menge der Jugendlichen zu feuern. Als sie in die untergehende Sonne blinzelten und zielten, wirkten sie wie Bogenschützen auf einem alten Fries. Mit mächtigem, dumpfem Knallen, als wäre irgendwo eine Niete geplatzt, wurden die Granaten abgefeuert. Einige wurden zusammen mit einem Steinhagel aus den Schatten am Ende der Straße zurückgeworfen – sie qualmten und spuckten und wirbelten über den blauen Himmel. Weitere Soldaten rückten vor, knieten nieder und schossen in Richtung der Menge. Lucas nahm an, daß es sich um Gummigeschosse handelte, aber es war nicht genau zu sagen.

»Wir sollten sehen, daß wir von hier wegkommen«, sagte Nuala.

»Richtig«, sagte Sonia. Sie zog ein paar Papiertaschentücher aus ihrer Tasche, benetzte sie mit Wasser aus der Flasche und reichte sie herum.

An der nächsten Kreuzung machte ihnen ein am geschlossenen Rollaten eines Cafés kauernder Offizier Zeichen, sie sollten anhalten.

»Fahr weiter«, sagte Nuala. Lucas gab Gas und überquerte, verfolgt von wütenden Rufen, die Kreuzung. Ganz in der Nähe knallten Schüsse.

Einen halben Block weiter empfing sie ein Hagel aus großen Steinen. Als Lucas am Straßenrand anhielt, hörte der Steinhagel auf, doch der Rauch war dichter als zuvor.

»Sollten wir vielleicht lieber umkehren?« fragte Lucas.

Weder Sonia noch Nuala sagten etwas.

»Ich kenne mich hier nicht aus«, sagte Lucas und wandte sich um. »Deswegen die Frage.«

»Wir müssen weiter«, sagte Nuala.

»Richtig«, sagte Lucas und legte den Gang ein.

Am Ende der Straße, von Rauchschwaden halb verhüllt, bot sich ein Anblick, aus dem Lucas zunächst nicht recht schlau wurde. Ein Trupp Soldaten hatte die Einmündung einer schmalen Seitengasse besetzt und verschoß Gasgranaten und andere Munition. In ihrem Rücken war ein anderer, größerer Trupp mit Gasmasken und Schilden damit beschäftigt, die altehrwürdige Taktik des Rennens und Verharrens zu üben. Vor der Linie der feuernden Soldaten parkte ein kleiner weißer Jeep, an dessen Antenne die blauweiße UN-Flagge hing. Neben dem Jeep stand ein großer, schwitzender Mann, der eine einfache Khakiuniform und ein blaues Barett trug. Am Oberarm war ein Abzeichen mit einem weißen Kreuz auf rotem Grund aufgenäht: ein Däne. Er stand breitbeinig, die Arme verschränkt, da und sah stirnrunzelnd und mit gespitzten Lippen zu Boden. Seine ganze Haltung drückte Unnachgiebigkeit aus.

Die Soldaten in Kampfjacken und Helmen feuerten an ihm vorbei. Zwei israelische Offiziere schrien auf ihn ein. Der eine schien vernünftig, der andere nicht.

»Sie wollen durch die Wüste nach Hause laufen?« fragte ihn der vernünftige Offizier. »Sehr gut. Wir werden Ihren Jeep nämlich mit dem Bulldozer beiseite räumen.«

»Ein Verstoß!« brüllte der andere und hob die Augen anklagend zum Himmel. »Behinderung der Sicherheitskräfte!« Er fluchte auf arabisch; im Hebräischen gab es offenbar keine angemessenen Worte.

Der Däne verlagerte sein Gewicht auf das andere Bein und zuckte die Schultern.

»Wie können Sie so was tun?« wollte der unvernünftige Offizier wissen. »Wie? Wie?«

»Wir wehren uns gegen einen kriminellen Angriff«, erklärte der vernünftige Offizier. »Wir wehren uns gegen Kriminelle, und Sie beschwören diplomatische Verwicklungen herauf. Halten Sie sich aus dieser Sache raus, Captain.«

Von Zeit zu Zeit rief einer der Soldaten des größeren Trupps dem Dänen etwas zu, doch die meisten musterten ihn bloß ausdruckslos. Einige wirkten amüsiert. Nachdem er eine Weile angeschrien worden war, ließ sich der dänische Hauptmann zu einer ruhigen Antwort herbei. Lucas und die Frauen im Kleinbus konnten nicht hören, was er sagte. Von irgendwo aus der belagerten Gasse kamen noch immer hin und wieder Steine geflogen. Der Däne und die Offiziere, die ihn anschrien, ignorierten sie mit soldatischem Gleichmut. Es roch nach verbranntem Gummi.

»Ich rede mal mit ihnen«, sagte Sonia. »Ich glaube, ich kenne diesen UN-Typen.«

Lucas stieg ebenfalls aus.

»Nein«, sagte Sonia, »einer muß beim Wagen bleiben, sonst schieben die Soldaten ihn einfach von der Straße.«

»Ich bleibe hier«, sagte Nuala.

Lucas und Sonia gingen die rauchverhangene Straße hinunter zu der Gasse, wo die Offiziere standen. Die beiden Israelis waren nicht erfreut. Der unvernünftige hob verzweifelt die Arme.

»Was ist?« fragte der vernünftige.

»Hallo«, sagte der Däne zu Sonia und Lucas. »Seid ihr meine Verstärkung?« Das sollte anscheinend ein Witz sein.

»Wir sind unterwegs zum Lager Al-Amal«, sagte Sonia,

»aber wir werden am Hauptquartier in der Stadt anhalten. Was ist hier los?«

»Ich habe dargelegt, daß ich hierbleiben muß«, sagte der Däne, »aber diese Herrschaften sind anderer Ansicht.«

»Sie haben hier nichts zu suchen«, sagte der vernünftige Offizier. Der unvernünftige nickte energisch.

»Was ist passiert?« fragte Lucas.

»Dazu gibt es verschiedene Versionen«, antwortete der Däne.

»Wollen Sie, daß wir bleiben?« fragte Sonia.

Der Hauptmann musterte erst den Wagen, in dem Nuala saß, und dann Sonia und Lucas.

»Nein«, sagte er. »Mir ist es lieber, wenn Sie weiterfahren. Das Hauptquartier weiß, daß ich hier bin.«

»Lassen Sie uns durch?« fragte Sonia die beiden israelischen Offiziere.

»Nein!« schrie der unvernünftige Offizier.

»Aber natürlich«, sagte der vernünftige. Mit einer höflichen Geste wies er auf die verrauchte, mit Steinen übersäte Straße. »Bitte sehr.«

Sie stiegen wieder in den Wagen und fuhren unbehelligt an der Einmündung der Gasse vorbei. Einige Soldaten murmelten etwas vor sich hin.

»Was ist hier los?« fragte Lucas, als sie den Rauch hinter sich ließen.

»Sie ermorden Palästinenser«, erklärte Nuala.

»Hier ist folgendes los«, sagte Sonia. »Sie haben eine Gruppe der Schebab in der Gasse eingeschlossen und wollen reingehen und sie fertigmachen. Darum möchten sie, daß Captain Angstrom verschwindet. Aber der gute Angstrom hat beschlossen, ein unkooperatives Arschloch zu sein.«

Nach einem Kilometer hatte sich der Rauch aufgelöst, und die Straßen von Gaza lagen verlassen da. Mehr als ein halbes Dutzend Rauchsäulen stiegen an verschiedenen Punkten der Stadt auf.

Die Armee hatte ihre Kräfte rings um die Universität konzentriert. Diese lag in der Nähe des UN-Hauptquartiers, so daß der Wagen noch einige Kontrollposten passieren mußte. Das Hauptquartier befand sich im Alarmzustand. Auf dem staubigen Hof stand ein alter Laredo mit gelben israelischen Nummernschildern und einem Aufkleber, auf dem STUDY ARSE ME stand.

»The Rose ist hier«, sagte Sonia.

Drinnen fanden sie Helen Henderson, The Rose of Saskatoon, im Gespräch mit einem Kanadier namens Owens. Er war der Leiter des Sozialen Dienstes in der Außenstelle der United Nations Relief and Works Agency for Palestine.

Sonia stellte Lucas vor und fragte, was in Daradsch im Südosten von Gaza, wo die Unruhen ausgebrochen waren, geschehen war. Aus einem Funkgerät drangen Rauschen und eine leise Stimme, die Englisch sprach.

»Jemand hat eine palästinensische Fahne gehißt«, sagte The Rose. »Die Armee ist gekommen. Die Schebab hat Steine geworfen. Mehr wissen wir nicht. Captain Angstrom ist vor Ort.«

»Wir haben ihn getroffen«, sagte Sonia. »Ich glaube, es hat einen Toten gegeben. Wir haben einen Jungen gesehen, der anscheinend tot war.«

»Mehr als einen«, sagte Owens. »Wir haben Meldungen bekommen, die von drei Toten sprechen.«

»Wir müssen nach Al-Amal«, sagte Nuala zu Owens. »Ist der Weg frei?«

»Ich würde nicht die Straße nehmen, die mitten durch den Gazastreifen führt. Die Palästinenser sind in Aufruhr, und es wird bald dunkel sein. Es wird eine Ausgangssperre geben, und alle werden paranoid sein. Vielleicht läßt die Armee Sie auf der Küstenstraße passieren. Vielleicht aber auch nicht.«

»Sie müssen uns durchlassen«, sagte Nuala. »Sie sind dazu verpflichtet.«

»Ja«, sagte Owens. »Tja, viel Glück. Haben Sie ein Funkgerät?«

Sie hatten kein Funkgerät. Owens riet ihnen, vorsichtig zu sein.

Die Armee ließ sie tatsächlich den Kontrollposten am Strand passieren, und während der Fahrt von Gaza nach Khan Yunis konnten sie die Sonne im Meer untergehen sehen. Eine halbe Meile vor Deir al-Balah tauchte der Strahl eines Hubschrauberscheinwerfers einige Krabbenfischerboote in gleißendes Licht und tanzte theatralisch über die dunkle Dünung. Das

Meer war ruhig, und sie konnten das leise Plätschern der Wellen am nahe gelegenen Strand hören. Nicht weit von der Küste gab es ein weiteres Lager; die Dunkelheit milderte den Eindruck von Armut und Bedrohlichkeit und nährte die Illusion von Ruhe und Frieden. Der Ruf zum Abendgebet, der aus den Lautsprechern drang, klang schicksalhaft und tragisch, resigniert und entrückt.

Über den Hütten aus Lehmziegeln erklang noch der Name des Allmächtigen und Barmherzigen, als sie das erste von jüdischen Siedlern betriebene Urlaubshotel sahen. Jenseits der Sandsäcke und Stacheldrahtverhaue leuchtete die Vegetation rings um den Swimmingpool grün und üppig, und am Strand waren bunte Lichterketten aufgehängt.

»Wer will da schon Urlaub machen«, fragte Lucas, »so nahe am Lager?«

Doch es gab Gäste. Langbeinige blonde Frauen in Bikinis und dünnen Tüchern schlenderten durch die Schatten der Bäume und Büsche. Ein junger Mann mit schulterlangem blondem Haar trug eine junge Frau zum Swimmingpool und warf sie hinein.

»Die meisten hier sind Europäer«, sagte Sonia, »weil das Hotelmanagement nicht strenggläubig ist. Die Israelis gehen in andere Hotels. Die Preise sind günstig.«

»Aber man kann die Lager von hier aus sehen.«

»Und riechen«, sagte Nuala. »Aber es stört keinen.«

Lucas sah von den umhertollenden jungen Ariern jenseits des Stacheldrahtes zu den dunklen Umrissen des Lagers und mußte daran denken, was er morgens gesehen hatte. Die Bilder von Yad Vashem und Gaza vermischten sich auch später immer wieder, obgleich er begriff, daß das eine unzulässige Gleichsetzung war, ein billiges Klischee, das von allen ehrgeizigen Empfindsamkeitskünstlern, die das Land mal eben bereisten, breitgetreten wurde. Doch die Kette von Ursache und Wirkung, die Yad Vashem und Gaza miteinander verband, bestimmte die Realität, die dem allem zugrunde lag. Blinde Kämpfer würden das Rad in Bewegung halten – ein endloser Kreislauf von Empörung und Vergeltung, von Schuld und Trauer. Nicht Gerechtigkeit, sondern fortwährende Finsternis.

Ihm wurde bewußt, daß Sonia recht gehabt hatte: Man sollte nicht beide Orte am selben Tag aufsuchen. Er hatte versucht, eine imaginäre Waage ins Gleichgewicht zu bringen, und zweifellos konnte jeder, der Yad Vashem besucht hatte, die Notwendigkeit des Gazastreifens einsehen. Andererseits jedoch gab es keinerlei Verbindung zwischen den beiden, denn die Geschichte war auf verrückte Weise rein und bestand aus lauter Einzelfällen. Die Geschehnisse folgten keiner Moral. Wenn man sich schon für eine Seite entscheiden mußte, war es besser, ausschließlich diese zu sehen – man entschied sich gemäß der eigenen Bedürfnisse und ignorierte einfach alles andere. Alle Vergleiche, alle Versuche einer moralischen Bewertung konnten nur zu einer tiefen Erschöpfung führen.

»Aber es muß sehr eigenartig sein«, sagte er, »an diesen Strand da drüben zu gehen. Mit diesem Lager im Hintergrund.«

»Wahrscheinlich mögen es manche dramatisch«, sagte Sonia.

»Dramatisch ist das richtige Wort«, sagte Nuala streng. Lucas und Sonia wechselten verstohlen einen Blick.

»Ich bin sicher, daß einige dieser Touristen sehr moralisch empfinden«, sagte Sonia. »Sie kommen hierher und springen am Strand herum, und dann fahren sie nach Hause und schwingen Reden über die grausamen Israelis.«

»Das könnte stimmen«, sagte Lucas.

»In Kuba gab es Touristen«, fuhr sie fort, »Linke, du weißt schon. *Gente de la izquierda, socialistas.* Man sah sie auf dem Malecón, wo sie nach Mädchen oder Jungen suchten, die sie für Dollars vögeln konnten. Und dann fuhren sie nach Hause und sagten: Seht mich an, ich habe Urlaub auf Kuba gemacht. *Para solidaridad.*«

»Manche Touristinnen verlieben sich in Siedler«, sagte Nuala. »Sie kommen immer wieder.«

»Sollen wir morgen im Meer baden?« sagte Sonia zu Lucas. »Damit du was zu erzählen hast? Vielleicht können wir es einrichten.«

»Mir kommt das frivol vor«, sagte Lucas.

»Du wirst es dir verdienen. Wir gehen alle zusammen. Ja, Nuala?«

»Vielleicht«, sagte Nuala. »Wenn es in Gaza keine Ausgangssperre gibt.«

»Es ist eigentlich nicht ganz das, weswegen ich gekommen bin. Ist es überhaupt erlaubt?«

»Du meinst vom Koran?« fragte Sonia. »Oder von der Thora? Man muß die Feste feiern, wie sie fallen, Lucas. Wenn dir jemand ein Bad im Meer anbietet, dann bade doch im Meer.«

»Na gut«, sagte Lucas.

Am Rand der überwachten Küstenstraße stand ein Kontrollposten. Sie näherten sich ihm sehr vorsichtig.

Der diensthabende Unteroffizier überprüfte ihre Papiere und sprach sie in amerikanischem Englisch an. Er war ein ernster Mann mit Brille und wirkte wie ein junger Arzt oder ein Universitätsdozent.

»Sie sollten hier nicht unterwegs sein. Ich hoffe, Ihnen ist klar, daß Sie die Nacht in dieser Gegend werden verbringen müssen.«

In den Außenbezirken von Khan Yunis kontrollierte die Armee die Stromzufuhr. Vorsichtig lenkte Lucas den Wagen durch enge Gassen, versuchte nicht schneller zu fahren, als das Standlicht es zuließ, und orientierte sich am gelegentlichen Aufblitzen einer Kerosinlampe hinter einem Fensterladen. Hubschrauber kreuzten durch die Dunkelheit über ihnen und streuten gleißendes Licht über die Szenerie. Die Scheinwerfer strichen im Zickzack über das Lager und beleuchteten Rauchsäulen und manchmal den Weg eines Fliehenden. Funkgeräte krächzten, Sirenen jaulten. Über der Wüste südlich des Lagers ging eine Leuchtrakete an einem Fallschirm nieder. Man hörte Schüsse.

»Heute nacht ist ja richtig was los«, sagte Sonia grimmig.

Sie parkten hinter einer verputzten, verfallenden Mauer, die die Überreste eines Gartens umschloß, welcher im Zweiten Weltkrieg zu einem britischen Armeehospital gehört hatte. Über dem Tor hing schlaff eine UN-Fahne, beleuchtet von einem halben Dutzend nackter Glühbirnen. Rechts und links des Tors waren Plakate in Arabisch und Englisch angeklebt.

Es dauerte eine Weile, bis schließlich geöffnet wurde. Sie mußten an das schwere Holztor klopfen und auf einen Knopf drücken, woraufhin in Abständen eine kleine Glocke läutete. Dann schwang das Tor auf, und ein junger Palästinenser in einem weißen Arztkittel sah heraus.

»Rashid«, sagte Nuala.

Bei ihrem Anblick und beim Klang ihrer Stimme breitete sich auf dem Gesicht des Arztes ein strahlendes Lächeln aus. Sie tat einen Schritt und blieb vor ihm stehen. Einen Augenblick lang rührten sie sich nicht. Dann warf Rashid einen kurzen Blick über die Schulter, als sei er besorgt, man könnte sie sehen, und legte die rechte Hand auf sein Herz. Lucas sah, wie sein Gesichtsausdruck sich von formeller Höflichkeit zu etwas Leidenschaftlichem und Schicksalhaftem veränderte, das allein für Nuala bestimmt war. Er trug ein Stethoskop um den Hals, und in der Brusttasche seines weißen Kittels steckten zahlreiche Kugelschreiber, von denen einige leck waren und bläuliche Flecken hinterlassen hatten. Seine Hände waren verschmiert.

»Du bist gekommen«, sagte er.

»Ja«, antwortete Nuala. »Und ich habe alles mitgebracht. Und außerdem ein paar Freunde. Oh«, sagte sie, als sie die Flecken auf dem Kittel sah, »du wirst deine Jacke ruinieren. Einer deiner Kugelschreiber ist leck.«

Er lachte über ihre Ermahnung, ein liebevolles, jungenhaftes Lachen. Freundlich hieß er Sonia und Lucas willkommen und führte sie mit herzlichen Worten in die trübe beleuchtete Eingangshalle, wobei er darauf achtete, sie nicht mit seinen verschmierten Händen zu berühren. In einem Flügel des alten Gebäudes schrien Babies. Lucas bemerkte zwei andere Palästinenser, die am anderen Ende des Raums bei einem Tisch standen, als wagten sie es nicht, sie zu begrüßen.

»Sie arbeiten also für die Children's Foundation?« fragte Sonia Rashid.

Rashid war noch immer hoch erfreut, doch die Frage schien ihn zu verwirren. Er sah Nuala an.

»Er ist der neue stellvertretende Bürovorsteher«, sagte sie zu Sonia. »Er ist vor ein paar Wochen von Hebron hierher versetzt worden.«

»Ich habe gerade meine Assistenzzeit hinter mir«, sagte Rashid. »In Amerika. In Louisville, Kentucky.«

273

»Wie schön«, sagte Sonia. »Ich gratuliere. Ich wußte gar nicht, daß die Children's Foundation und die UNRWA gemeinsame Büros betreiben.«

»Tun wir auch nicht«, sagte Nuala. Sie sprach schnell, und ihr Blick war abgewandt. »Unser Büro ist gleich drüben in Al-Amal.«

Sie standen etwas verlegen in der Eingangshalle, als sie von draußen den Motor des Kleinbusses hörten.

»Ist das unser Wagen?« fragte Lucas.

Rashid lächelte ihn schweigend an und wandte sich zu Nuala.

»Ja, es ist zu gefährlich, ihn auf der Straße stehenzulassen. Sie fahren ihn auf den Hof. Morgen«, sagte sie, »führe ich euch herum.«

»Gut«, sagte Sonia. »Wir sollten schlafen gehen.«

Nuala und Rashid gingen mit steifen Schritten hinaus in die umkämpfte Nacht. In der Dunkelheit begannen junge Palästinenserinnen die Ladung des Kleinbusses ins Haus zu tragen.

»Sie laden unser Zeug aus«, sagte Lucas. »Ist das in Ordnung?«

»Laß sie«, sagte Sonia. »Es ist ja schließlich für sie bestimmt.«

Schweigend gingen sie zu dem Tisch, an dem ein zweiter palästinensischer Arzt stand, ein älterer Mann mit einem blauen Blazer unter dem weißen Kittel. Sonia kannte ihn: Es war Dr. Naguib von der UNRWA. Sie stellte Lucas als einen Freund und Journalisten vor. Lucas und er tauschten einen sachten Händedruck.

»Ich hoffe, Sie haben Platz für uns«, sagte Sonia zu Dr. Naguib.

»Wir können Ihnen nur die Bürobetten anbieten. Vielleicht können wir eins in die Eingangshalle stellen.«

Die Bürobetten erwiesen sich als zwei Feldbetten mit schwedischen Schlafsäcken, die unter einem Schreibtisch im Büro der Abteilung für Unterricht und Erziehung verstaut waren. Als Dr. Naguib sich erbot, ihnen zu helfen, lehnten Lucas und Sonia dankend ab.

»Die Latrine ist gleich dort draußen«, sagte Naguib und zeigte den Gang entlang. »Aber das Wasser ist nicht gut. Und Sie müssen sich vor den Patrouillen in acht nehmen.«

»Wir haben eigenes Wasser«, sagte Sonia. »Danke, Dr. Naguib.«

Als er gegangen war, sagte sie: »Wir brauchen nicht alles in die Halle zu schleppen. Dem Doktor ist das egal.«

»Ich hätte eine Flasche Scotch mitbringen sollen«, sagte Lucas.

»Nicht sehr angemessen.«

»Trotzdem«, sagte er. »Das wird mich wach halten.« Er streckte sich sich auf einem Feldbett aus und verschränkte die Hände hinter dem Kopf. Sonia setzte sich auf einen der Bürostühle.

»Es gab mal eine Zeit«, sagte sie, »da hätte ich Percodan mitgenommen.«

»Ist das die Droge deiner Wahl?«

»War es mal. Ich nehm's nicht mehr.«

»Warum hast du aufgehört?«

»Der Rev hat mir gesagt, ich soll es lassen.«

»De Kuff? Und das war Grund genug?«

»Für mich schon«, sagte Sonia.

Er wollte gerade De Kuffs Rolle in Sonias Leben erörtern, als ihm etwas Näherliegenderes einfiel. »Sag mal, was ist eigentlich mit Nuala los?«

»Ich schätze, sie hat irgendwas mit dem jungen Dr. Rashid laufen.«

»Oh.«

»Tjaja«, sagte Sonia und lachte leise. »Er ist ja auch ein süßer Junge. Ein anständiger Junge. Er wird ihr guttun.«

»Sie hätte uns was sagen können. Was sollen wir hier? Sind wir die Alibi-Begleitung oder was?«

»Gute Frage«, sagte sie, stand auf und schaltete das Licht aus. »Wer weiß?«

Etwas später tastete er sich durch den Gang zu der Tür, auf die Dr. Naguib gezeigt hatte, trat hinaus in die Nacht und suchte die Latrine. Er ließ einen Schuh im Türspalt zurück, um zu verhindern, daß sie zufiel, und ging vorsichtig in Richtung des kleinen Häuschens. Das Röhren eines Motorrads zerriß die Stille. Als es an den nackten Glühbirnen über dem Tor vorbeifuhr, sah Lucas, daß zwei Leute darauf saßen: vorn ein Mann, auf dem Sozius eine Frau. Nuala.

Innerhalb von Sekunden erschien unter brüllendem Geknatter und begleitet von einem heftigen Windstoß ein Hubschrauber. Die Wellblechdächer der Häuser klapperten, der Straßenschmutz wurde aufgewirbelt. Der Staub brannte Lucas in den Augen. Hunde heulten. Eine große Säule aus Licht fuhr herab, und als Lucas aufsah, schwebten die Positionslichter des Hubschraubers nur ein paar Meter über ihm. Atemlos verbarg er sich in der feuchten Finsternis der Latrine und wartete darauf, daß die Maschine weiterflog.

In der Dunkelheit des Büros der Abteilung für Unterricht und Erziehung blieb er an Sonias Bett stehen. Sicher war sie noch wach.

»Ich hab gerade Nuala mit Rashid wegfahren sehen«, sagte er.

»Sie fahren wahrscheinlich nach Al-Amal, um gemeinsam die Nacht zu verbringen. Und um seinen Leuten zu sagen, daß sie die Sachen, die sie brauchen, mitgebracht hat.«

»Ich hoffe, sie schaffen es.«

»Sie werden's schon schaffen«, sagte sie, ohne die Augen zu öffnen.

Er legte sich schweigend auf sein Feldbett. Dann stand er wieder auf.

»Ich glaube«, sagte er zu Sonia, die mit geschlossenen Augen dalag, »ich glaube, ich möchte deine Hand halten.«

»Und ich möchte, daß du sie hältst«, sagte sie. Ihre Augen blieben geschlossen.

Er ging zu ihr, nahm ihre Hand und küßte sie.

»Und jetzt muß ich dich daran erinnern«, sagte sie, »daß wir hier mitten in islamischem Territorium sind und nichts tun dürfen, was einen Skandal verursachen könnte.« Sie drehte sich um, so daß ihr Gesicht an seinem Arm lag. »Falls du irgendwelche ungehörigen Impulse verspürst, solltest du sie also gleich wieder vergessen.«

»Und ich nehme an, es gibt viele böse Kinder, die nichtislamisches Verhalten sofort melden«, sagte Lucas.

»Genau. Auf untreue Frauen sind sie besonders scharf. Und sie schleichen an Fenstern vorbei und sehen hinein.«

»Was sollen wir also tun? Willst du für mich singen?«

»Auf keinen Fall. Nicht um diese Nachtzeit.«

»Dann erzähle ich dir eine Geschichte«, sagte Lucas. »Wie wär's?«

»Gut.«

»Irgendwann vor dem Zweiten Weltkrieg«, sagte Lucas, »besucht ein Tourist Notre-Dame in Paris. Jemand spielt Bachs *Phantasie* und *Fuge in G*. Er spielt überirdisch schön. Der Tourist geht also hinauf auf die Chorempore, um den Organisten zu sehen, und was meinst du, wer da sitzt?«

»Fats Waller?«

»Verdammt«, sagte Lucas. »Du kennst die Geschichte?«

»Ja.«

»Und Fats sagt: ›Ich wollte bloß mal diese Kiste ausprobieren.‹«

Sonia begann zu weinen.

»Armer Thomas Waller«, sagte sie. »Er hat Bach geliebt. Und die Orgel. Wenn seine Radioshow vorbei war, spielte er in seinem Sender stundenlang Bach. Umsonst. Ohne Sponsor.« Tränen liefen ihr über die Wangen, und sie öffnete die Augen, um sie abzuwischen.

Lucas streichelte ihre Schulter. Es war ein merkwürdiger Tag gewesen. Er hatte Yad Vashem besucht. In Gaza hatten ihn Rauchschwaden eingehüllt. Und jetzt war er in Gottes ältester Wüste und hörte einer Frau zu, die um Fats Waller weinte.

»Ich finde es großartig«, sagte er, »daß du um ihn weinst.«

»Ich weine immer um ihn«, sagte sie. »Er war eine Art Vater für mich. Als mein Vater jung war, kannten sie sich. Ich weine um sie beide.«

Lucas küßte sie sanft, legte sich auf sein Feldbett und schlief sogleich ein.

30 Vor langer Zeit, in den Jahren der britischen Mandatsherrschaft, war ein Teil des Kellers des Gebäudes, das
nun zum »Haus des Galiläers« geworden war, von einem der
Söhne des arabischen Kaufmanns als Funkraum benutzt worden. Der Junge war Amateurfunker gewesen. Mit erheblichen
finanziellen Mitteln hatte er den Keller großzügig ausgestattet
und in eine Mischung aus einer amerikanischen Radiostation
und dem Funkraum eines Passagierdampfers verwandelt. Zusammen mit seinen Brüdern und Schwestern hatte er Live-
Darbietungen, selbstgesungene arabische Lieder und europäische Balladen sowie eigene Hörspiele gesendet.

Die Geräte gab es schon lange nicht mehr. Während eines
der vielen Ausnahmezustände hatten die Briten die Sende-
station geschlossen und 1939 sämtliche Apparate beschlag-
nahmt. Doch die Überreste des einstigen Studios waren noch
zu erkennen: schallisolierte Wände, tweedbezogene Sofas mit
geschwungenen Formen, kantige modernistische Tischchen
und zylindrische Lampen.

Im Raum stand ein langer, hufeisenförmiger Tisch, der an
das Büro des Chefredakteurs einer Zeitung erinnerte, und an
diesem hatten Janusz Zimmer und einige andere eine Besprechung.

Der Vertreter der wichtigsten Organisation am Tisch war
ein Rabbi aus Kalifornien, der einen Sohn an Drogen verloren,
den anderen jedoch für einen militanten religiösen Zionismus
gewonnen hatte. Seine Gruppe hatte sich der Gewalt gegen
Palästinenser und, wenn es sein mußte, gegen den Staat Israel
verschrieben.

Während die Jugendabteilung mit modernen Feuerwaffen
übte, studierten die Weisen die Schriften und waren zu dem
Schluß gekommen, daß nur die strikte und buchstabengetreue
Einhaltung der militantesten Bestimmungen in der Thora das
Kommen des Messias herbeiführen konnte. Die Hauptbedin-
gung für diese Wiederkehr waren, so glaubten sie, die Vertrei-

bung der Fremden und Götzendiener – gemäß 4. Mose 33, 52–55 – sowie die Wiedererrichtung des Tempels und die Einsetzung der Priesterschaft.

Die Organisation Yakov Millers betrachtete sich als den einzigen ernstzunehmenden Beteiligten an Zimmers Vorhaben, und Zimmer sah das ebenso. Sie hatte einige Zellen in der Armee, in der Verwaltung und vor allem unter den Pionieren in den unwirtlicheren Gegenden im Gazastreifen und auf der West Bank, wo es viele Araber und wenige Annehmlichkeiten gab. Sowohl Zimmer als auch der amerikanische Rabbi betrachteten die anderen Gruppen, deren Vertreter sich eingefunden hatten, als potentiell nützliche Idioten.

Eine dieser Gruppen – auch sie gegründet von einem Amerikaner, in diesem Fall von einem abtrünnigen Chassid – führte sich auf die Essener und auf die Bücher Jubilees und Enoch zurück und missionierte unter äthiopischen Juden, für die diese Texte von großer Bedeutung waren. Ihr Ziel war es, die Zeiteinteilung wiederherzustellen, die Moses vom Engel Uriel offenbart worden war, damit die Feste wieder so gefeiert werden konnten, wie der Allmächtige es befohlen hatte. Die Einführung des Sonnenkalenders hatte die Zerstörung von zehntausend falschen Sternen bewirkt, die nun unter Qualen an irgendeinem Himmel jenseits des Himmels umherwirbelten. Auch diese Gruppe wollte den Tempel wiedererrichten, denn dann würde, wie sie glaubte, der Sonnenkalender abgeschafft werden, so daß die Feste nach Gottes Gebot begangen werden konnten.

Eine andere Sekte war hier durch ihren Gründer Mike Glass vertreten, einen Junior-College-Professor jüdischer Herkunft. Er war in einem Städtchen in Neuengland aufgewachsen, dessen Einwohner latent antisemitisch waren, und hatte ein weltliches Leben geführt. Er unterrichtete Polytechnik, trainierte die Football-Mannschaft und hatte sich nach dem Scheitern seiner Ehe jüdischen Studien zugewandt.

Die Schriften sowie Wendell Berrys bäuerlicher Pessimismus und Larry Woiwodes prädestinatorische Lyrik hatten ihn zur Apokalypse geführt. Er hatte das Gefühl, daß die Geschichte Israels ein Beweis für die Auserwähltheit dieses Volkes und die Verworfenheit der Menschen war, aus der sie nur von Gott erlöst werden konnten.

Auch Raziel Melker war da und vertrat in gewisser Weise die Jünger von Adam De Kuff. Weder De Kuff noch Sonia oder sonst jemand, der ihnen nahestand, wußten von Raziels Verbindung zu Zimmer oder seiner Teilnahme an dieser Besprechung.

Die Leiter des »Hauses des Galiläers« kannten den Zweck der Besprechung und die Ziele der Teilnehmer, zogen es jedoch vor, nicht weiter in Erscheinung zu treten.

Als die anderen Delegierten gegangen waren, blieben Zimmer, Linda Ericksen, Raziel und der Rabbi aus Kalifornien am hufeisenförmigen Tisch sitzen. Es war offensichtlich, daß Raziels und Lindas Anwesenheit den Rabbi störte. Nach einigen Minuten bat Zimmer die beiden zu gehen.

»Sie sollten sich an Linda gewöhnen«, sagte Zimmer barsch zu Yakov Miller. »Sie will uns helfen. Aber sie ist letztlich doch eine amerikanische Frau und mag es nicht, wenn man sie bittet, den Raum zu verlassen.«

»Wir halten nicht viel vom Leitbild der ›amerikanischen Frau‹«, antwortete Rabbi Miller. »Offenbar vertrauen Sie ihr vollkommen.«

»Ich gehe sparsam mit meinem Vertrauen um«, sagte Zimmer. »Wenn ich das nicht täte, wäre ich jetzt tot und könnte nicht hiersein. Sie besitzt eine seltene Hingabe. Eine große Rechtschaffenheit.«

»Ich hoffe, Sie nehmen mir den Hinweis nicht übel, daß sie eine mehrfache Ehebrecherin ist. Angeblich ist sie ein religiöser Mensch, und doch hat sie sich mit diesem Obermann eingelassen. Und jetzt«, sagte der Rabbi im Verhörton eines eifernden Disputanten, »kommt sie zu uns?«

»Auch Sie sind angeblich ein religiöser Mensch«, sagte Zimmer. »Verstehen Sie denn nicht die Suche der Seele? Verstehen Sie denn nicht das weibliche Temperament?«

Miller sah ihn nur ungeduldig an.

»Haben Sie nie gehört«, fragte Zimmer, »daß die Macht des Din nach Seelen von der anderen Seite sucht?«

Miller warf den Kopf zurück und errötete. »Die Kabbala interessiert mich nicht. Das ist mittelalterlicher Aberglaube. Und ich mißtraue diesem – wie soll ich sagen? – Kauderwelsch.«

»Tja, Sie haben es hier nicht mit dem Vorsteher Ihrer Gemeinde und seiner Frau zu tun, die friedlich in der Vorstadt leben«, sagte Zimmer. »Wenn Sie etwas erreichen wollen, müssen Sie sich darauf einstellen, ein paar interessante Leute kennenzulernen.«

»Wie zum Beispiel diesen Melker?«

»Sie mögen Melker nicht?« fragte Zimmer. »Schade. Ich mag ihn viel lieber als Sie. Und doch kommen Sie und ich miteinander aus.«

»Ich bin mir über ihn nicht im klaren«, sagte der Rabbi, dessen Gesicht jetzt hochrot war. »Ich mißtraue ihm.«

Zimmer fixierte Miller mit seinem Falkenblick. »Sie wollen die Erlösung durch Gewalt. Sie sind bereit, Krieg zu führen, zu töten und zu verstümmeln. Haben Sie das denn schon mal erlebt?«

Miller gab keine Antwort.

»Haben Sie?«

»Ich habe nie an Kampfhandlungen teilgenommen«, sagte Miller. »Aber viele Mitglieder unserer Gruppe haben Kampferfahrung.«

»Ich habe nicht nach Ihrer Gruppe gefragt.« Zimmers Gesicht war eine Maske. Er beugte sich vor und sah den wütenden Miller an. »Ich habe es erlebt. Überall in der Welt. Menschen, die an Straßensperren bei lebendigem Leib verbrannt wurden. Hunger. Die Tropfenfolter. Käfigratten, die das Gehirn von Menschen fraßen. Jungen und Mädchen, die verbluteten und verdursteten. Man bekommt Durst, wenn man in der Wüste blutet. Wußten Sie das? Mußten Sie jemals aus Fanatikern Informationen herauspressen?«

»Ich glaube daran, daß Gott die Hand über sein Volk halten wird«, sagte Miller.

»Ein Krieg, in dem nur eine Seite leiden und sterben muß – ist es das, was Sie erwarten?«

»Ich weiß nicht, was ich erwarte«, sagte Miller. »Ich habe den Glauben.«

»An Wunder.«

»Ja«, rief Miller. »An Wunder! An was sonst?«

»An das Wunder von Dynamit«, sagte Zimmer. »Der Junge hat Zugang zu Sprengstoff. Er wird ihn besorgen. Wenn der Versuch scheitert, wird seine Gruppe die Verantwortung übernehmen.«

281

»Warum?« fragte Miller. »Das klingt verrückt.«

»Falls die Sache schiefgeht«, sagte Zimmer, »werden die Untersuchungen, die Vorwürfe, die Anschuldigungen kein Ende nehmen. Es werden alle möglichen Namen genannt werden. Wenn die Sache klappt, wird das Land zusammenstehen. Wenn nötig, gegen die ganze Welt.«

»Aber warum? Warum sollte er das tun, dieser Hippie? Ich frage ja gar nicht nach dem Wie.«

»Sie fragen nicht, Rabbi? Haben Sie den Verdacht, daß dabei Drogen im Spiel sind? Sie könnten recht haben.«

»Man braucht ihn sich nur anzusehen, um auf diesen Gedanken zu kommen«, sagte Miller. »Mr. Hip mit der Sonnenbrille. Aber was ist mit der Übernahme der Verantwortung? Warum sollte er das tun?«

»Weil er jemand ist, auf den Sie herabsehen: ein Mystiker. Ich nehme an, er glaubt, wenn es soweit ist, wird auf beiden Seiten niemandem ein Haar gekrümmt werden. Wie Sie schon sagten: ein Wunder.«

Miller verzog höhnisch das Gesicht. »Wie kann man so etwas glauben?«

»Sie verachten ihn, Rabbi? Sie, der an ein Blutvergießen glaubt, bei dem Gott dafür sorgt, daß nur das richtige Blut vergossen wird? An einen einseitigen Krieg? Gott mit uns! Ich rate Ihnen, ihn nicht zu verachten. Mag sein, daß er sich etwas vormacht, daß die Drogen Schäden hinterlassen haben – aber er besitzt mehr Menschlichkeit als Sie.«

Miller dachte nach.

»Gut«, sagte er schließlich. »Okay, Sie haben gewonnen. Ich werde ihn nicht verachten. Was mich, um ehrlich zu sein, viel mehr beschäftigt, ist die Frage, was Sie eigentlich treibt, Zimmer. Welche Hoffnungen haben Sie?«

»Ich kann von Ihnen nicht erwarten, daß Sie sie verstehen.«

»Lassen Sie sich herab«, sagte Miller. »Stellen Sie mich auf die Probe.«

Zimmer stand abrupt auf und ging zu den Wandschränken, in denen der größte Teil der Geräte stand, die von der Sendeanlage übriggeblieben waren. »Ich würde zu gerne wissen, ob sie uns belauschen«, sagte er.

»Die Gojim da oben?«

»Ich schätze, es interessiert sie nicht, solange das Geld regelmäßig kommt.«

»Das meine ich auch«, sagte Miller. »Aber Sie haben meine Frage nicht beantwortet.« Er blieb am Ende des hufeisenförmigen Tisches sitzen und sah Zimmer zu, der auf und ab ging.

»Mein Vater glaubte an die Gemeinschaft der Menschen«, sagte Zimmer unvermittelt. »Er hatte sein Leben der kommunistischen Partei Polens verschrieben. Zwei Jahre vor dem Krieg säuberte Stalin die Partei und ließ ihre Führer, unter anderem auch meinen Vater, erschießen. Dann kamen die Nazis. Alles mußte neu aufgebaut werden.«

»Und ich nehme an, Sie waren von Anfang an dabei. Zusammen mit Ihren polnischen Brüdern, die Sie so lieben.«

»Wir mußten immer wieder von vorn anfangen«, sagte Zimmer. »Wenn eine Struktur, die wir errichtet hatten, zerschlagen wurde, bauten wir sie wieder auf. Immer wieder sind unsere Pläne am menschlichen Wesen gescheitert. Nicht am polnischen oder jüdischen Wesen, sondern an der Mittelmäßigkeit des menschlichen Wesens, das seine bessere Hälfte und seine höchsten Ideale verrät und sich überall seiner selbst als unwürdig erweist ...«

»Immer wieder«, sagte Miller, »verraten die Menschen den Bund mit Gott. Selbst wir, denen so viel gegeben wird. Bis zum Erscheinen des Verheißenen werden wir immer wieder versagen.« Er hörte nicht auf zu erröten, und es war schwer zu sagen, ob sein beherrschendes Gefühl Wut oder Verlegenheit war. »Das mit Ihrem Vater tut mir leid«, fuhr Miller fort. »Aber das ist eine alte Geschichte. Und Sie selbst tun mir ebenfalls leid.«

»Tatsächlich?« fragte Zimmer. »Wie nett von Ihnen. Aber nun sagen Sie mir, Rabbi: Sie sind jetzt im Gelobten Land – ist es so, wie Sie es sich erhofft haben?«

»Es wird so sein«, sagte Miller. »Daran arbeiten wir doch gerade.«

»Es ist schockierend, wie mittelmäßig alles ist, nicht? Das Land eines Volkes mit solchen Gaben. Ohne den Genius der Juden wäre die europäische Zivilisation – und nicht nur die europäische – undenkbar. Und doch gibt es hier eine korrupte Bürokratie, häßliche Städte und Vulgarität. Schlechte Boulevardzeitungen, schlechte Kunst. Alles, was von Menschen gemacht ist, wirkt irgendwie zweitklassig. Es ist nicht gerade das strahlende Licht für andere Nationen, das wir uns vorgestellt hatten. Oder ist Ihnen das noch gar nicht aufgefallen?«

Miller zitterte vor Wut. »Entschuldigen Sie – ich bin kein europäischer Ästhet wie Sie. Zu dumm, daß wir nicht die Muße finden, eine künstlerische und kulturelle Renaissance zur Erbauung einer Welt einzuleiten, die damit beschäftigt ist, uns umzubringen. Dann könnten die Gojim, wenn sie uns erst vernichtet hätten, zerknirscht sein: ›Die armen Juden – sie waren so talentiert. Schade, daß wir sie vom Angesicht der Erde tilgen mußten.‹« Er stand auf, um Zimmer sozusagen auf seiner Ebene zu antworten.

»Die Mittelmäßigkeit, die mir Sorgen macht, ist eine moralische. Eine Weigerung, den Bund mit Gott zu akzeptieren und eine jüdische Nation zu erschaffen, die tatsächlich ein Licht für die Welt ist. Dann könnten wir vielleicht die hübschen Bilder malen, die Ihnen so fehlen.«

»Ist Ihnen schon mal der Gedanke gekommen«, fragte Zimmer, »daß das eine vielleicht das andere bedingt?«

»Der einzige Gedanke, den ich habe«, erwiderte der Rabbi, »ist, daß nicht alles Land, das jüdisch sein sollte, jüdisch ist. Noch nicht.«

»Sie sind ein intelligenter Mann«, sagte Zimmer. Er knipste einen Schalter an der Wand an und aus. Ein rotes Licht leuchtete auf und erlosch. »Sie zweifeln an meinen Motiven? Darauf habe ich eine Antwort. Ich stehe vor einer Wahl, der ich mich nicht entziehen kann. Das heißt, ich kann mich ihr nicht entziehen und weiterleben. Ich habe viele Menschen sterben sehen, mein Freund. Ich kenne den Unterschied zwischen Leben und Tod, und für mich gibt es nur das eine oder das andere. Ich habe nicht vor, mit dem Leben aufzuhören, bevor ich tot bin.«

»Aha«, sagte Miller. »Eine sehr persönliche Aussage.«

»Ja«, stimmte Zimmer ihm zu, »sehr persönlich. Und jetzt habe ich die Wahl: Ich könnte für den Rest meines Lebens über das meditieren, was ich gesehen und gelernt habe. Was meinen Sie: Ob es mir gelingt, es durch Einsicht zu transzendieren?«

Miller sah ihn nur an.

»Oder ich könnte mich am Entstehungsprozeß beteiligen.

Die Beziehung zwischen dem Land und dem Allmächtigen überlasse ich Ihnen, Rabbi. Aber ich habe nicht vor, tatenlos zuzusehen, während dieses Land, das Land, dem mein Herz gehört, ein Spielball westlicher Heuchler oder ein Zufluchtsort der Mittelmäßigkeit bleibt. Entweder wir beteiligen uns am Entstehungsprozeß oder wir sterben. Vor uns liegt ein Abenteuer und ein historisches Schicksal – sofern wir imstande sind, die Gelegenheit zu ergreifen. Und in diesem Entstehungsprozeß kann und werde ich ein Anführer sein.«

»In diesem Entstehungsprozeß«, sagte Miller mit einem schmalen Lächeln, »wird man mit Sicherheit ein Urteil über Sie sprechen. Wer weiß? Vielleicht sind Sie auserwählt.«

»Nicht ich allein, Rabbi. Dummköpfe, die glauben, daß Gott für sie kämpfen und sterben wird, werden enttäuscht sein. Die Kraft, die hier am Werk ist, heißt Geschichte. Die Geschichte wird ein Urteil über uns als Menschen und als Nation sprechen. Wenn wir siegen, werden Sie Ihr Zion vielleicht bekommen.«

»Sie sind ein seltsamer Jude«, sagte Miller. »Ich nehme an, Wladimir Jabotinsky war wie Sie.«

»Ich bin nicht Jabotinsky, Rabbi Miller. Aber ich bin sicher, wenn es nach Jabotinsky gegangen wäre, dann hätten die Geistlichen sich herausgehalten und auf das Kommen des Messias gewartet. Daß die Religiösen hinzugezogen wurden, war nicht so klug, wie manche dachten. Meiner bescheidenen Meinung nach.«

»Mr. Zimmer«, sagte Miller und steckte die Notizblätter ein, auf denen er herumgekritzelt hatte, »wer hat je behauptet, Ihre Meinung sei bescheiden?«

31 In der Nacht zuvor war die Al-Aziz-Klinik in Khan Yunis ein Ort der Dunkelheit und Schatten gewesen, doch am Morgen schien sie erfüllt von beharrlichem Leben. Aus der Säuglingsstation im anderen Flügel des Hauses erscholl Babygeschrei. Bei einem kurzen Ausflug zur Latrine bemerkte Lucas, daß die Gassen hinter dem Krankenhausgelände friedlich waren. Der Rauch von Frühstücksfeuern trieb in den versmogten Himmel, doch es waren nur wenige Menschen zu sehen.

Nachdem Sonia und er die Feldbetten weggeräumt hatten, führte Dr. Naguib sie durch die Klinik. Unter selbstgemachten Dekorationen lagen schüchterne Palästinenserinnen mit ihren Babies, verborgen hinter Unmengen von Laken, Vorhängen und Schleiern. Einige der Frauen lächelten die Besucher an, die meisten aber sahen starr geradeaus oder wandten den Blick ab. Überall waren Säuglinge.

Lucas verneigte sich freundlich und versuchte vergeblich, den guten Willen zu empfinden, den er pflichtschuldig ausstrahlte. Die rundlichen, blassen, stereotyp von Kopftüchern eingerahmten Gesichter der Frauen erschienen ihm austauschbar. Die roten, reizlosen Säuglinge schrien. Während er mit einem Politikerlächeln durch die Station ging, empfand Lucas Mitleid und eine unbestimmte Verzweiflung. Das lag wohl an seiner Verlegenheit, sagte er sich, an der Befangenheit des Fremden.

Neben der Entbindungsstation befand sich die Kinderstation. Hier waren hauptsächlich Kleinkinder untergebracht, und an ein oder zwei Krankenbetten saßen müde Mütter auf Klappstühlen. An der Decke hing das klinikeigene Spielzeug: Stofftiere oder lächelnde Gummipuppen mit Kleidern in grellen, häßlichen Farben.

»Unser Wasser ist nicht gut«, sagte Dr. Naguib, als sie wieder in der Eingangshalle standen. »Das ist das Hauptproblem hier in Gaza. Von der Politik mal abgesehen«, fügte er hinzu.

Auf dem Hof konnte Lucas ihren Kleinbus nirgends entdecken. Dr. Naguib, der im Gesicht zahlreiche kleine Narben hatte, begleitete sie hinaus.

»Vor Jahren haben wir viele verloren. Exsikkose, Typhus. Wir hatten Malaria und Diphtherie. Trachoma war sehr verbreitet.«

»Und jetzt?« fragte Lucas.

»Jetzt ist es besser«, sagte Dr. Naguib. »Und jetzt werden die USA ihre Schulden bei der UN bezahlen, und dann wird alles noch besser werden.« Er lachte freundlich.

»Glauben Sie das?«

»Natürlich nicht. Aber ich finde, die USA sollten trotzdem für alles zahlen.« Er wies in Richtung Meer. »Ja, für alles. Warum nicht?« Er war Christ und in Gaza geboren. Er hatte in Iowa studiert. »Das ist meine Meinung«, sagte er lächelnd. »Ich finde, die Amerikaner sollten zahlen. Jetzt, wo sie die Welt so haben, wie sie sie wollten.«

Lucas dankte ihm für die Führung und gratulierte ihm zu seiner Klinik.

»Die Entbindungsstation gehört uns«, sagte Dr. Naguib. »Der UN. Aber die Kinderstation wird von der Children's Foundation finanziert. Das hat Nuala auf die Beine gestellt.«

»Die können froh sein, sie zu haben«, sagte Sonia.

»Sie ist ein Engel«, sagte Dr. Naguib und ging wieder ins Haus.

Lucas und Sonia standen im Schatten einer Dattelpalme – das einzige Grün, das vom Garten des britischen Armeekrankenhauses übriggeblieben war. Sonia hockte sich am Fuß des Baumes hin. Lucas setzte sich neben sie.

»Erinnert dich das an Somalia?«

»In Somalia war es viel schlimmer. Dort hatten wir natürlich auch schlechtes Wasser. Aber es war sehr, sehr schlechtes Wasser. Alle Kinder sind gestorben.«

»Doch sicher nicht alle?«

»O doch, alle. Praktisch jedes verdammte Kind. Oder fast jedes. Es ist nur wenig übertrieben. Sie waren kaum geboren, als sie auch schon starben.« Sie sah ihn von der Seite an. »Wie in deinem Gedicht. Sie sangen, bevor sie sprechen konnten.«

»Und dort hast du gelernt, dir die Füße zu bemalen.«

Sie lachte. »Ja. Weil man etwas Krasses tun mußte, wenn du verstehst, was ich meine. Zum Beispiel sich die Füße bemalen wie die Somalierinnen. Ich mußte etwas in der Art tun.«

Para solidaridad, dachte er, war aber klug genug, es nicht auszusprechen.

»Manchmal trafen untaugliche Lebensmittel ein. Nutzloses Zeug, das die Kinder nicht essen konnten. Kaviar! Also haben wir die Dosen geöffnet und eine Party gefeiert. Wir haben Kassetten aufgelegt und getanzt.« Sie schüttelte den Kopf. »Wir haben versucht, uns nicht geschlagen zu geben.«

»Ich verstehe«, sagte Lucas.

»Du warst gestern also tatsächlich in Yad Vashem.«

»Es kommt mir vor, als wäre es viel länger her.«

»Ich hab's dir ja gesagt.«

»Ja, hast du. Du hast gesagt, ich soll nicht dorthin und dann hierher fahren.«

»Nicht am selben Tag, habe ich gesagt.«

»Vielleicht ist das aber gar keine schlechte Idee«, sagte Lucas. »Wir sollten es zu einem Bestandteil der Moraltour machen.«

»Moraltour?«

»Für die Presse. Und die Presse wird sie dann für den Leser am Frühstückstisch wiederkäuen. Wir setzen die Leute in Busse und zeigen ihnen beide Seiten. Damit alle alles verstehen.«

»Glaubst du, das würde was bringen?«

»Ich finde, ich muß es glauben. Das ist mein Job.«

»Warum machst du dann Witze darüber?«

»Was sonst?« fragte Lucas. Sie standen auf. »Was ist mit Nuala, Sonia? Was hat sie vor?«

»Ich nehme an, sie ist verliebt.«

»Das wissen wir schon. Was noch?«

Sonia wandte sich nur ab.

»Na gut«, sagte Lucas, »dann wollen wir sie mal suchen.«

In einem Zelt neben der Kinderstation stand ein junger Mullah an einem mit weißen Vorhängen abgeteilten Bett. Bei ihm waren zwei andere, wesentlich ältere Geistliche. Eine Moslime mittleren Alters lag mit geschlossenen Augen da, während einer der Assistenten des Mullahs eine Infusionsflasche hochhielt. Der Mullah las laut aus dem Koran vor. Auf Bänken vor dem Zelt saßen weitere Frauen und warteten darauf, an die Reihe zu kommen.

»Was machen die da?« fragte Lucas. »Können wir reingehen?«

»Lieber nicht«, sagte Sonia.

»Was tut er?«

»Er ist ein Exorzist«, sagte Sonia. »Er treibt Dämonen aus.«

»Mit einer Infusion?«

»Ich glaube, so wird es gemacht.«

Nuala und Rashid tranken Tee vor einer kleinen, mit Wellblech gedeckten Hütte aus Lehmziegeln am Rand des Geländes. Sie saßen an einem riesigen ramponierten Holztisch, der aussah, als hätte er hundert Jahre lang in irgendeinem Salon gestanden. Nuala brachte eilig noch zwei Tassen, und Rashid, der einen frisch gewaschenen weißen Kittel trug, erklärte, wie die Austreibung von Dämonen funktionierte.

»In die Infusionsflasche wird ein Loch gemacht. Durch dieses Loch werden Verse aus dem Koran gesprochen. Der Dschinn verläßt daraufhin den Körper durch den großen Zeh.«

»Immer?« fragte Lucas.

»Ja«, antwortete Rashid. »Wenn er ein Moslem ist.«

Lucas lachte höflich und merkte dann, daß keiner der anderen auch nur lächelte.

»Es ist wahr«, sagte Rashid. Er sprach ruhig und freundlich und schien nicht gekränkt.

»Und sind die Betroffenen immer Frauen?« fragte Sonia.

»Oft«, sagte Rashid. »Das ist der Normalfall.«

»Und woran, glauben Sie, liegt das?« fragte Sonia.

Nuala lachte warnend. Lucas bemerkte, daß sie Rashids Handgelenk berührte und ihre Hand sogleich wieder zurückzog.

»So sind sie eben«, sagte Rashid leichthin. Lucas fand, daß man diese Worte durchaus ironisch verstehen konnte, wenn man wollte. Oder auch nicht, wenn man nicht wollte.

»So sind die Frauen«, fragte Sonia, »oder die Dschinn?«

»Vielleicht beide«, sagte Rashid. »Aber im Westen ist es doch auch so, oder nicht? Die Besessenen sind meistens Frauen.«

»Und was ist, wenn der Dschinn kein Moslem ist?« fragte Lucas.

»Dann muß er bekehrt werden.«

»Ich glaube, in Somalia habe ich mal gehört, daß besessene Frauen zu Tode geprügelt wurden«, sagte Sonia.

»Hier nicht«, sagte Nuala. »Das lassen wir nicht zu.«

»Im Somalia schlägt man die Dschinn«, sagte Rashid. »Daß die Frauen leiden, ist nicht beabsichtigt. Aber wir schlagen hier keine Dschinn, weil Miss Rice dagegen ist.« Er sprach die modische Anrede *Miss* mit einem humorvollen, selbstironischen Unterton aus.

»Wollt ihr euch unseren Laden mal ansehen?« fragte Nuala.

»Ja«, sagte Lucas. »Gern.«

»Laß dich von Rashid herumführen«, sagte Sonia. »Ich bleibe hier und schwatze mit Nuala.«

Rashid ging mit Lucas zum Zelt des Exorzisten, wo sie der Behandlung eine Weile zusahen. Die Mullahs und die wartenden Frauen beachteten sie nicht.

»Reporter wollen meistens Fotos machen«, sagte Rashid, »aber Sie haben gar keine Kamera.«

»Ich benutze nicht oft eine.«

»Gut«, sagte Rashid. »Sonst müßten Sie dem Exorzisten nämlich Geld geben. Und Fotos sind im Westen oft mißbraucht worden.« Sie verließen das Zelt und traten auf die Straße. »Worte sind besser, glaube ich.«

»Für manche Dinge«, sagte Lucas. »Welchen anderen Glauben können Dschinn haben?«

»Sie können Ungläubige sein. Sie können Christen oder Juden sein. Die Israelis schicken uns viele jüdische Dschinn. Um uns zu verhexen.«

»Und wie sind die?«

»Wie in den Romanen von Isaac Singer«, sagte Rashid. »Sie sind genau so, wie er sie beschrieben hat.«

Am großen Tisch im Garten schenkte Nuala Sonia Tee nach.

»Es ist alles ganz sauber«, sagte sie. »Ich hoffe, Rashid weist ihn darauf hin. Wir geben ihnen Desinfektionsmittel und sterile Infusionsflaschen. Die Leute glauben daran, und man darf sich nicht gegen den Glauben des Volkes stellen.«

»Sagt Rashid das?«

Nuala lachte. »Ja. Und Connolly hat es 1916 gesagt. Und genau das gleiche passiert jetzt in Lateinamerika.«

»Dann ist Rashid also Säkularist?«

»Rashid ist wie ich«, sagte Nuala. »Er ist Kommunist.«

Sonia lachte und wischte sich die Augen. »Du liebe Zeit«, sagte sie, »du brichst mir das Herz.«

»Hört sich das denn so altmodisch an?«

»Ja, ein bißchen. Ich meine, es läßt mein Herz schneller schlagen. Aber du weißt doch wohl, daß Kommunismus nicht mehr so im Schwange ist.«

Nuala machte ein düsteres Gesicht.

»Du lieber Himmel, Nuala. Glaubst du, daß sie fünfmal am Tag zum dialektischen Materialismus beten werden? Siehst du hier irgendwo die Speerspitze der Arbeiterklasse?« Sie wandte den Kopf suchend nach rechts und links. »Siehst du überhaupt eine Arbeiterklasse?«

»Du bist doch selbst religiös«, sagte Nuala bitter.

»Bin ich immer gewesen.«

»Aber aus dir wird nie eine richtige Moslime werden.«

»Ich bin auch eigentlich keine Moslime«, sagte Sonia. »Ich schätze, ich bin eine Art Jüdin.« Sie glaubte zu hören, wie Nualas Atem einen Moment stockte. »Was ist?« fragte Sonia. »Magst du keine Juden?«

»In meinem Tätigkeitsbereich hatte ich bisher nicht viel Gelegenheit zum geselligen Beisammensein mit Juden«, sagte Nuala.

»Vielleicht solltest du es mal mit jemand anders als Stanley versuchen«, schlug Sonia vor. »Meinst du nicht auch?«

Nuala schwieg.

»Was tust du, Nuala?«

»Du darfst mir nicht zu viele Fragen stellen.«

»Was hast du im Wagen hierhergebracht?«

»Das werde ich dir ein andermal erklären.«

»Daß es ein UN-Wagen ist, bedeutet nicht, daß er nicht durchsucht werden kann«, sagte Sonia. »Und dann landen die Leute, die dir einen Gefallen tun wollten, in der Scheiße. Ich zum Beispiel.«

»Wenn genug Zeit gewesen wäre, hätte ich es dir erklärt«, sagte Nuala aufgebracht. »Und ich werde es dir auch erklären.«

»Nuala, es gibt überall Spitzel.«

»Genau«, sagte Nuala. »Also muß ich dir vertrauen. Kann ich das?«

»Was war im Wagen?«

»Ach«, antwortete Nuala, »was glaubst du?«

»Waffen.«

»Ja, Waffen. Damit Menschen sich schützen können, die sonst schutzlos wären.«

»Und warum hast du uns mit hineingezogen?« fragte Sonia.

»Warum hast du Chris hineingezogen? Und mich? Ich bin gegen das Töten, ganz gleich, wer es tut.«

»Sprich gefälligst nicht so laut«, sagte Nuala. Dann fuhr sie leiser fort: »Ist es denn falsch? Willst du mir das damit sagen? Wir müssen unsere Kinder schützen. Wir müssen uns vor Fanatikern schützen, vor Moslems wie vor Juden.«

»Ich weiß nicht«, sagte Sonia.

»Dann entscheide dich. Entscheide dich jetzt, damit es ein für allemal erledigt ist.«

Sonia begann auf und ab zu gehen und zählte etwas an ihren Fingern ab. Sie war sich halb bewußt, daß das genau das war, was ihre Mutter getan hatte, wenn sie über die Säuberungen in der amerikanischen kommunistischen Partei oder den Volksaufstand in Ungarn oder Chruschtschows Geheimrede nachgedacht hatte.

»Es war falsch, mir nichts zu sagen. Und es war falsch, Chris da hineinzuziehen.«

»Er ist ein labiler Mensch«, sagte Nuala.

»Vielleicht«, gab Sonia zu und ging weiter auf und ab. Dann blieb sie stehen und schlug mit dem Rücken der einen Hand in die Fläche der anderen. »Rashids Miliz mit Waffen zu beliefern ist nicht von vornherein falsch. Aber es könnte ein Fehler sein.«

»Wir sind alles, was von der kommunistischen Bewegung hier noch übrig ist«, erklärte Nuala. »Wenn wir entwaffnet und neutralisiert sind, hat die Arbeiterklasse keine Stimme mehr. Mit Waffen können wir die Lager überwachen und für Ordnung sorgen. Ohne sie sind wir hilflos, und dann haben hier die Korrupten und die Fanatiker das Sagen. Das hier ist der verdammte Nahe Osten, wie deine Freunde, die Israelis, immer betonen.«

»Ich ergreife nicht Partei in einem bewaffneten Kampf. Ich sage nicht, daß es falsch ist. Früher hätte ich das gesagt, jetzt nicht mehr.«

»Du versuchst, neutral zu bleiben, was?«

»Ich versuche es«, sagte Sonia. »Ich halte einen gewissen Frieden nicht für unmöglich.« Sie sah, wie Nuala sich das dunkle, zerzauste Haar aus der Stirn strich. Die Rebellin, dachte sie. Vielleicht beneide ich sie. »Sag mir: Wenn du Waffen hierherbringst – was bringst du dann zurück?«

»Geld«, sagte Nuala. »Oder Dope. Die Beduinen bringen manchmal was mit. Oder es wird mit Booten gebracht.«

»Und landet auf den Straßen von Jaffa.«

»Ach, erzähl mir doch nichts. Der Schin Bet arbeitet die ganze Zeit mit den Dealern zusammen. Hier und im Libanon. Und es gibt keine Sowjetunion mehr, die uns hilft.«

»Richtig«, sagte Sonia. »Also was fahre ich heute in meinem schönen weißen UN-Wagen herum? Sitze ich auf ein paar Kilo Gras, wenn die Jungs mit ihren Uzis auf mich zielen?«

»Nur Geld für Stanley«, antwortete Nuala. »Und das nehme ich.«

»Ich werde das nicht mehr tun, Nuala.«

»Aber du wirst nichts sagen.«

»Hältst du mich für eine Verräterin?« Sonia ging zu ihr und legte ihr einen Arm um die Schultern. Tja, dachte sie, das war's dann also. »Paß auf dich auf, Baby.«

»Es ist ja bloß ein bißchen Aufrührertum und Königsmord«, sagte Nuala. Es war ein halbherziger Witz. »Damit bin ich groß geworden.«

Sie gingen in Richtung Lager.

»Weißt du, was die Sklaven in Kuba gesagt haben?« fragte Sonia ihre frühere Freundin. »*Que tienen que hacer, para no tener morir.*«

»Und das heißt?«

»Das heißt: ›Was du tun mußt, ist, nicht sterben.‹«

»Ein guter Rat«, sagte Nuala.

Als Lucas von seinem Rundgang mit Rashid zurückgekehrt war, machten Nuala, Sonia und er sich auf die Rückfahrt. Unterwegs sahen sie Feuer in Nuseirat und Scheich Eilin. Am UN-Strandclub hielten sie an, um ein Bier zu trinken; man kannte hier sowohl Sonia als auch Nuala. Der dänische Offizier, den sie am Vortag in Gaza gesehen hatten, saß allein an einem Tisch, trank Bier und sah aufs Meer. Er war betrunken, sonnenverbrannt und blond, und seine rosige Fremdartigkeit leuchtete wie die Tugend selbst. Lucas wollte ihn zu einem Bier einladen, aber der Offizier war zu benebelt für eine Unterhaltung.

Danach gingen sie zu einem Fischrestaurant, um sich mit einem palästinensischen Rechtsanwalt namens Majoub zu treffen. Er war in Begleitung von Ernest Gross und Linda Ericksen, die noch immer ehrenamtlich für die Israelische Menschenrechtskoalition arbeitete.

»Du lieber Himmel«, sagte Lucas zu Gross, »wie sind Sie denn hierhergekommen?«

»Auf die übliche Art: Wir haben uns am Grenzposten ein Taxi genommen. Der Fahrer kennt mich. Ich fahre immer mit ihm.«

»Er ist willkommen«, sagte Majoub. »Jeder kennt ihn.«

Doch Majoub war nur höflich. Ernest war für jeden Palästinenser als Israeli zu erkennen und ging ein kalkuliertes Risiko ein, wenn er in den Gazastreifen fuhr, besonders wenn der Tag sich dem Ende zuneigte. Majoub hatte einiges zu tun, um die Modalitäten seines Kommens und Gehens zu regeln, und Gross' Sicherheit hing in gewissem Maße von dem Einfluß ab, über den der Anwalt in der Gemeinschaft verfügte. Auch waren nicht alle seine Feinde Palästinenser, selbst wenn nur diese ihn körperlich angegriffen hätten. Es gab jedoch auch viele, die die Ironie eines solchen Angriffs zu würdigen gewußt hätten.

»Ich will, daß sie sich an Lindas Anblick gewöhnen«, sagte Ernest. »Darum stelle ich sie allen möglichen Leuten vor.«

»Sind Sie zum erstenmal im Gazastreifen?« fragte Sonia Linda.

»Na ja, ich habe ein paar Siedlungen besucht und Interviews gemacht«, sagte Linda. »Aber in Gaza bin ich zum erstenmal.«

»Eine etwas andere Perspektive«, sagte Lucas.

»Ja. Die Straßen könnten in besserem Zustand sein.«

Eine Weile sagte niemand etwas. Lucas warf einen verstohlenen Blick auf Majoub, der weiteraß, als hätte er nichts gehört.

»Linda«, sagte Sonia, »es gibt hier ein Wasserproblem. Und ein Besatzungsproblem. Es gibt nicht viele Abwasserkanäle. Die Leute leben von vierzig Cents am Tag.«

»Ich wette, Weiße, die nach Harlem kommen, sagen das gleiche«, bemerkte Nuala. »Oder, Sonia?«

»So was in der Art, ja«, antwortete Sonia. »In Soweto auch, soviel ich weiß.«

»Wir waren heute bei Gericht«, sagte Ernest, »Majoub und ich. Eigentlich bei der Zivilbehörde.«

»Und wie üblich«, warf Majoub ein, »haben wir verloren. Wir verlieren immer. Ich habe noch nie einen Fall gewonnen.«

»Worum ging es denn?« fragte Nuala. Sie und Sonia hatten während der Fahrt kein Wort gesprochen.

»Wir haben eine Verhandlung über die Konfiszierung eines Personalausweises beantragt«, sagte Ernest. »Ein Soldat hat ihn dem Mann aus irgendeinem Grund abgenommen. Ohne Grund, sagt der Mann. Er weiß weder den Namen des Soldaten noch den seiner Einheit. Und jetzt kann er nicht mehr in Aschkelon arbeiten.«

»Du bist den ganzen Weg von Jerusalem hierher gefahren, um eine Verhandlung über einen Personalausweis zu beantragen?« fragte Lucas.

»Wir hatten über vieles zu sprechen«, sagte Majoub. »Der Bericht an Amnesty ist fällig.«

»Überfällig«, sagte Ernest. »Habt ihr irgendwas von Abu Baraka gesehen oder gehört?«

»Eigentlich nicht«, sagte Lucas. »Aber ich glaube, daß es ihn gibt.«

»Wir müssen alle glauben, daß es ihn gibt«, sagte Ernest.

»Stimmt«, sagte Sonia. Die Hafenlichter gingen an, und der Scheinwerfer eines israelischen Patrouillenbootes strich über die Hafenanlagen. »Besonders an einem Abend wie diesem.«

Die Krabben waren ausgezeichnet. Man war sich einig, daß es jammerschade sei, daß es dazu weder Bier noch Wein gab.

»Eines Tages«, sagte Majoub, »fahren wir nach Alexandria. Dort kann man noch Wein trinken.«

»Vorläufig«, sagte Sonia.

»In dem letzten Fall, bei dem es um einen Personalausweis ging«, sagte Majoub, »hat der arme Kerl behauptet, der Soldat hätte den Ausweis aufgegessen. Der ganze Saal hat gelacht. Aber wir haben uns umgehört, und was meint ihr, was dabei herausgekommen ist?«

»Der Soldat hat ihn wirklich gegessen?«

»Genau. Er hat das Ding aufgefressen, mit Plastikbeschichtung und allem. Und so hat mein Mandant seinen Job verloren.«

»Komisch«, sagte Nuala bissig.

»Ja, es ist wirklich komisch«, sagte Lucas, »auf eine schreckliche Art.«

»Es ist immer nur so lange witzig, wie es einen nicht selbst betrifft«, sagte Nuala.

Lucas hob sein Glas zu einem Toast. »Irgendwann, irgendwie und irgendwo«, sagte er mit feierlicher Stimme, »wird alles für alle komisch sein.«

32 De Kuff und die anderen waren in der sicheren Abge-
schiedenheit von Ein Karem untergebracht, und Sonia
putzte Bergers ehemalige Wohnung im Moslemviertel, als
zwei junge Männer erschienen, die behaupteten, im Auftrag
der Waqf zu kommen. Sonia bot ihnen Kaffee an, den sie jedoch entschieden ablehnten. Beide trugen Dschallabas und
weiße Käppchen. Der eine war klein und dunkelhäutig, der
andere war bleich und hatte einen schmalen, schütteren, das
Gesicht einrahmenden Bart, ausdrucksvolle Augen und eine
große Nase. Alles in allem war er eine ungewöhnliche und
auf eine leicht groteske Art faszinierende Erscheinung. Sonia
fühlte sich sofort an Fotos des jungen Frank Sinatra erinnert.
Möglicherweise hatte er sein altmodisches Englisch in Indien
oder Pakistan gelernt.

»In diesem Gebäude war früher eine Medresse«, erklärte er.
»Hier hat al-Husseini gelebt, der Geliebte. Und Scheich Berger
al-Tarik, der jetzt in Allahs Obhut ist und Ihr Freund war. Wir
dachten, Sie seien eine Gläubige wie wir.«

»Wir haben das berücksichtigt«, sagte der Dunkelhäutige.

»Wir sind hier, um zu lernen«, sagte Sonia. »Um zu beten
und zu studieren. Darum bin ich hierhergekommen. Darum
habe ich meine Freunde eingeladen.«

»Welcher von ihnen«, fragte der Dunkelhäutige, »ist Ihr
Mann?«

Bevor ihr eine Sitte und Anstand entsprechende Antwort
einfiel, fuhr er fort: »Wenn Sie hierhergekommen sind, um zu
lernen und zu studieren, Sie, eine Freundin des geliebten Berger al-Tarik, wissen Sie sicher, daß das Ziel allen Lernens und
Strebens der Islam ist.«

Alle schwiegen. Der andere sprach einen kurzen Segen.

»Ich habe keinen Mann«, sage Sonia. »Ich lebe nicht bei
meiner Familie. Auch ich habe Berger al-Tarik, den Gesegne-
ten, geliebt, aber er war nicht mein Mann. Ich ehre den Islam,
ebenso wie meine Freunde.«

Die beiden Männer musterten sie.

»Was erzählt der alte Mann den Christen?« fragte der dunkelhäutige Mann. »Warum scharen sie sich um ihn?«

»Sie kommen sogar hierher«, sagte der Blasse.

»Er hat eine Vision«, sagte Sonia. »Er spricht zu allen Menschen, nicht nur zu Christen.«

»Zu Juden?«

»Ja.«

»Zu Gläubigen?«

»Er ehrt jeden Glauben. Er fügt nichts hinzu. Er fördert den moslemischen Glauben.«

»Aber er ist Jude«, sagte der Mann mit dem Gesicht des jungen Sinatra. »Das haben wir gehört. Und Sie«, sagte er zu Sonia, »sind auch Jüdin.«

»Abdullah Walter war gebürtiger Jude. Er war ein großer Scheich, ein Freund von al-Husseini. Dies war sein Haus. Ich bin seine Schülerin. Meine Freunde sind ebenso gläubig wie ich.«

»Als Haus des al-Husseini sollte es der Waqf gehören«, sagte der Dunkelhäutige, »doch es gehört einem Christen, einem Armenier, der dem Papst der Franken gehorcht. Und es wird von Juden bewohnt.«

»Für mich ist es Bergers Haus«, sagte Sonia. »Alles hier erinnert an ihn.«

»Der alte Mann spricht vor der christlichen Kirche, die einst Saladins Moschee war. Wir haben ihn dort gesehen.«

»Wir haben den Eindruck, daß es hier Gottlosigkeit gibt«, sagte Frank Sinatra. »Gottlosigkeit im Haus von al-Husseini. Und wir haben den Eindruck, daß die Juden versuchen, das Haus zu übernehmen.«

Seine Stimme war ruhig, aber Sonia bemerkte, daß er vor Wut leise zitterte, und wußte, daß der Kampf bereits verloren war. Die Waqf war eigentlich gemäßigt und unterstand den Jordaniern, doch es war offensichtlich, daß es bald Schwierigkeiten geben würde.

Als es dunkel wurde, schaltete sie das Licht an und sortierte die Dinge aus, die sie bei einem Umzug unter keinen Umständen zurücklassen wollte. Vieles würde hierbleiben müssen, auch wenn sie ihr Bestes getan hatte, Bergers Hinterlassenschaft unter seinen Verwandten zu verteilen, und behalten hatte, soviel sie konnte.

Nach neun Uhr, als es schon vollkommen dunkel war, läutete das Telefon. Sie war dabei, Bergers unvollendete Manuskripte durchzusehen, und hörte mit halbem Ohr dem Gesang und der Tanzmusik bei einer Bar-Mizwa-Feier zu, die von fern an ihr Ohr drangen, über das dichte Netz aus Treppen und Mauern, die diese Wohnung im alten Palast des Muftis von dem Platz vor dem Kothel trennten.

»Hallo?«

Es war Chris Lucas. Er wollte sie sehen.

»Macht es dir was aus, herzukommen? Wenn du glaubst, daß es zu unsicher ist, können wir uns auch woanders treffen.«

»Ich bin in vierzig Minuten da«, sagte er. »Ich komme zu Fuß.«

Er legte auf, bevor sie ihm sagen konnte, er solle nicht aus der Richtung der Klagemauer kommen. Das war jedoch genau der Weg, den er nahm, denn er fand, wenn Lestrade durch den Cardo gehen konnte, konnte er es auch.

Als er die Treppe hinaufging, sah er, daß sich die afrikanischen Jungen im Hof um eine Lampe versammelt hatten. Einer von ihnen hielt einen Gameboy in der Hand.

»Ist dir jemand gefolgt?« fragte sie Lucas.

»Nicht mehr als sonst«, sagte er. Er hatte noch nie daran gedacht, daß man ihm in dieser Stadt folgen könnte.

»Das ist vielleicht das letzte Mal, daß du mich hier besuchen kannst, Chris.«

Sie erzählte ihm von den Abgesandten der Waqf und ihrer Vermutung, daß sie vielleicht nicht mehr lange hier werde bleiben können.

»Ich hätte Champagner mitbringen sollen«, sagte er. »Damit wir später schöne Erinnerungen haben.«

»Ich habe genug Erinnerungen«, sagte sie. Aus der Art, wie sie ihn ansah, schloß er, daß sie wütend auf ihn war. »Ich hatte eine Phantasie. Ich dachte, wir könnten hier leben.«

»Du meinst, du und deine wachsende Zahl von Pilgern? Gefährlich, Sonia. Und außerdem ein bißchen eng.«

»Ich dachte an dich und mich, Chris. Nur wir beide. Wenn die Dinge in Bewegung kommen.«

»Ach«, sagte er, »du meinst, in der Zeit der Wunder. Wenn die neue Zeitordnung angebrochen ist. Die auf den Dollarscheinen.«

»Lach nicht über meine Phantasien«, sagte sie. »Nicht, wenn du darin vorkommen willst.«

Er zog sie an sich und küßte sie. »Ich bin nicht in der Position, lachen zu können«, sagte er. Er streichelte sie, drückte sie an sich und wollte sie nicht loslassen. Er fühlte sich hoffnungslos und verzweifelt, denn er sah keine Möglichkeit, mit ihr zusammenzusein. »Wenn ich könnte, würde ich lachen.«

»Oje«, sagte sie. »Das muß wohl Liebe sein.«

»So sehe ich das auch«, sagte Lucas.

Sie stand vor ihm, legte die Hände auf seine Schultern und trommelte mit den Fingern einen Rhythmus. »Chris«, sagte sie, »der Rev sagt sogar, daß wir uns nicht sehen sollten.«

»Dann soll er mich mal.«

»Das sagt jedenfalls Raziel. Er sagt, der Rev findet, wenn du nicht mit uns zusammen warten willst, hast du unsere Gesellschaft auch nicht verdient.«

»Wenn ich nicht Halleluja singe, kriege ich auch keinen Granatapfel. Und du läßt diese Leute natürlich über dein Leben bestimmen.«

»So sind religiöse Gemeinschaften eben manchmal. Wenn ich zu einer Sufi-Gemeinschaft in New York gehören würde, wäre es nicht anders.«

»Also gut«, sagte Lucas. »Wenn du mit mir kommst, trete ich einem Verein bei. Ich schlage das Tamburin, ich verkleide mich als Weihnachtsmann, ich behalte beim Essen den Hut auf – alles, was du willst. Aber auch ich stelle Bedingungen.«

»Wie zum Beispiel?«

»Zum Beispiel, daß du ab und zu für mich singst. Und daß ich weiter an meinem Buch arbeiten kann. Wenn es fertig ist, fahren wir zurück nach New York.«

»Ich will nicht, daß du nur so tust, als ob, Chris. Ich will, daß du dich öffnest. Dann können wir zusammensein. Wirklich zusammensein.«

»Ach, Sonia.« Er lachte und fuhr sich mit der Hand durch das schüttere Haar. »Was sollen wir nur tun? Ich liebe dich nämlich wirklich. Vielleicht sollten wir nicht weiter denken als bis morgen.«

Er wollte sie umarmen, aber sie entzog sich ihm.

»Ich glaube, wir beide haben leere Stellen in unserem Leben. Meinst du nicht auch?«

»Was das betrifft, könnten wir einander helfen.«

»Das glaube ich auch. Wirklich. Aber es gibt noch anderes außer dir und mir.«

»Ich bin es nicht gewöhnt, vor dem Frühstück allzu viele Dinge zu glauben, Sonia. Das ist der Unterschied zwischen dir und mir.«

»Aber du warst mal religiös. Das hast du mir erzählt.«

»Ich war noch ein Kind. Damals hab ich auch an den Weihnachtsmann geglaubt.«

»Ich wollte, ich könnte dich packen und mit der Nase darauf stoßen«, sagte Sonia. »Dann würdest du schon sehen.«

Lucas setzte sich auf den schmutzigen Teppich, der auf Bergers Bett lag, und schenkte sich ein Glas Pflaumenschnaps aus der Flasche des verstorbenen Meisters ein.

»Dann laß mal hören, Schwester Sonia. Wie siehst du das? Was wird geschehen? Was muß ich tun, um erlöst zu werden?«

»Ganz einfach«, sagte Sonia. »Na ja, nicht ganz so einfach. Das zwanzigste Jahrhundert ist beinahe vorbei. Wir haben alles versucht – Philosophie, das Leben als Kunstform. Aber das alles hat uns nur immer weiter von dem entfernt, wie das Leben eigentlich sein sollte.«

»Du meinst, es gab die ganze Zeit einen Plan? Alles sollte eigentlich viel besser sein? Dann hat irgend jemand offenbar Mist gebaut, und zwar in großem Stil.«

»Ja, und zwar wir. Natürlich gab es einen Plan. Warum sonst gibt es nicht nichts, sondern etwas?«

»Weil es eben so passiert ist.«

»Manche Dinge sind besser als andere«, sagte Sonia. »Manche Dinge geben einem ein gutes Gefühl, andere nicht. Sag mir nicht, daß du damit Probleme hast.«

»Hab ich nicht.«

»Es gibt einem ein gutes Gefühl, wenn man näher an Dingen ist, die so sind, wie sie erschaffen wurden. Sie sind als Gottes Worte erschaffen worden. Er ist beiseite getreten und hat für sie und für uns Platz gemacht. Dieses Geheimnis steht in der Thora. Es ist in den Worten selbst, nicht nur in ihren Bedeutungen.«

»Das glauben viele«, sagte Lucas. »Und es muß nicht zwischen uns stehen.«

»Im Lauf der Zeit sind Männer erschienen, die die Worte der Thora gesprochen und unser Leben dahin verändert haben, wie es sein sollte. Moses ist gekommen. Jesus ist gekommen. Sabbatai Zwi. Viele andere. Und jetzt ist De Kuff gekommen.«

»Ach komm«, sagte Lucas. »De Kuff ist manisch-depressiv. Er wird von Raziel gelenkt.«

»Nein, mein Lieber. Raziel hat ihn nur gefunden. Männer wie De Kuff sind immer Menschen, die viel leiden. Sie werden immer verachtet. Sie müssen immer kämpfen.«

»Und jetzt?«

»Jetzt muß der Rev kämpfen wie Jesus am Kreuz. Die Propheten sagen, daß dieser Kampf ein Krieg sein wird, aber es wird ein Krieg ohne Waffen sein. Wenn er vorüber ist, werden wir zu Hause angekommen sein. Die ganze Welt wird unser Zuhause sein. Meine Eltern wußten das. Sie wußten nur nicht, wie man es erreichen kann.«

»Ich sage ja nicht, daß du das nicht glauben darfst, Sonia. Ich will doch nur mit dir zusammensein.«

»Aber vorerst brauchen sie mich hier. Damit ich Zeugnis ablege.«

Schließlich gelang es ihm, sie in die Arme zu nehmen.

»Wir werden nicht weiter denken als bis morgen«, sagte er. »Wenn du mich brauchst, werde ich dasein.«

»Du glaubst noch immer, daß ich verrückt bin.«

»Ich weiß nicht, was ›verrückt‹ ist und was nicht. Aber ich mache dir einen Vorschlag«, sagte er. »Ich höre mir den Rev an, wenn du mit Obermann sprichst. Versuch mal, die Dinge von seinem Standpunkt aus zu sehen.«

»Obermann?« Sie lachte. »Obermann ist bloß ein billiger Verführer. Der größte Stecher der Stadt. Was sollte ich von ihm schon lernen können, außer das, was sowieso offensichtlich ist?«

»Na ja, er ist Jungianer«, sagte Lucas sanft. »Und außerdem ist Jerusalem die Stadt der Verführung. Jeder hier versucht es.«

»Und in der Zwischenzeit schreibt ihr beiden euer Buch?«

»Das wird doch nicht zwischen uns stehen, oder?«

»Ich weiß nicht.«

»Außerdem könnte sich dieses Buch ganz anders entwikkeln, als ich es erwartet habe«, sagte Lucas. »Vielleicht sehe ich die Dinge am Ende so, wie du sie siehst.«

»Du willst mich mit Hoffnung bestechen.«

»Ich besteche mich selbst. Ich versuche, die Hoffnung nicht sinken zu lassen.«

Und das war alles, dachte er. Es war wie eine Reihe von Räumen, aus denen man nie hinausfand. Man mußte sich damit abfinden oder sterben oder vollkommen verrückt werden.

Sie waren gerade ins Bett gegangen, als die Tür mit einem Schlüssel geöffnet wurde und eine dunkelhäutige, amerikanisch gekleidete junge Frau die Wohnung betrat. Jemand folgte ihr, doch sie konnten nicht sehen, wer es war.

»Was für eine hübsche Wohnung«, sagte die Frau. »Sehr nett.«

Als sie im Schlafzimmer Sonia und Lucas sah, zeigte sie keinerlei Befangenheit. Sie hatte ein breites, unfreundliches Lächeln.

»Und was ist das?« sagte sie zu jemandem im anderen Zimmer. »Die Privatgemächer des Großmuftis. Ich bin enorm beeindruckt.«

»Nur ein kleiner Teil davon«, sagte Lucas. »Würden Sie mir bitte sagen, wer Sie eigentlich sind und was Sie hier wollen?«

Der Begleiter der Frau war ein junger Mann, der eine Baumwollhose, eine Kippa und eine Uzi trug.

»Wir sind Mietinteressenten«, sagte er. »Wir interessieren uns für die Wohnung.« Er hatte das gleiche Lächeln wie die Frau. »Wir hätten Verwendung für sie und wollen ein bißchen schneller sein als die Konkurrenz. Uns die Wohnung mal ansehen, bevor Sie sie an Ihre arabischen Freunde zurückgeben. Oder an Ihre christlich-hebräischen oder hebräisch-christlichen Freunde oder was sie auch sind.«

»Das nächste Mal«, sagte Lucas, »rufen Sie vorher an.«

»Das nächste Mal«, antwortete der junge Mann, »werden Sie nicht mehr hiersein, Sie Schlaumeier.«

Die beiden sahen sich wirklich sehr ähnlich, fand Lucas. Sie hätten Geschwister sein können.

Die Frau ging umher und schrieb in ein Notizbuch, als nähme sie eine Inventarliste auf.

»Hübsche Wohnung«, sagte sie noch einmal, steckte den Kopf durch die Schlafzimmertür und lächelte unfreundlich. »Herzlichen Dank, daß wir sie besichtigen durften.«

»Ja«, sagte der junge Mann im Hinausgehen, »vielen, vielen Dank, Leute. Und viel Spaß.«

Nach den Geräuschen auf der Treppe zu schließen, waren sie nicht allein. Sie waren nur ein bewaffneter Spähtrupp gewesen.

»Offenbar sitzen wir auf einem äußerst wertvollen Stück Grund und Boden«, sagte Sonia.

»Und ich habe das Gefühl«, sagte Lucas, »sein Wert ist eben so gestiegen, daß wir es uns nicht mehr werden leisten können.«

»Wir sollten lieber nicht hiersein, wenn diese Leute und die Waqf anfangen, sich darum zu streiten.« Sie drehte sich auf den Bauch. »Armer Mardikian. Ich frage mich, ob er seinen Preis bekommen wird.«

»Er wird wahrscheinlich die Stadt verlassen«, sagte Lucas. Er schaltete die altmodische Lampe mit den Perlenbehängen aus. »Aber wie auch immer – ›es ist genug, daß ein jeglicher Tag seine eigene Plage habe‹.«

Doch so einfach war es nicht. Er stellte fest, daß er trotz aller Leidenschaft nicht imstande war, mit Sonia zu schlafen. Er hatte es mehr gewollt als alles andere, und nun konnte er es nicht. Natürlich gab es tausend Erklärungen: die Verwirrung zwischen ihnen, der mitternächtliche Besuch. Es war verzeihlich. Doch aus irgendeinem Grund nahm Sonia es persönlich. Sie weinte und schlug ihn und versteckte sich unter der Decke. Er stand auf und begann sich anzuziehen.

»Nein, nein, bitte«, sagte sie. »Bitte geh nicht. Ich weiß nicht, was in mich gefahren ist.«

»Es tut mir leid. Das passiert mir manchmal.«

»Es ist passiert, weil –«

»Ja, wahrscheinlich. Diese beiden Gestalten. Dieses Tauziehen.«

»Nein, nein«, widersprach sie. »Es ist genau wie mit allem anderen. Was der Rev über uns gesagt hat, ist wahr: Es ist unmöglich.«

Eine eiskalte Verzweiflung legte sich auf Lucas' Herz. Er war erfüllt von Panik und kindlicher Enttäuschung zugleich. Seine kindlichen Enttäuschungen waren schmerzhaft gewesen.

»Ach, Schätzchen«, sagte er, »es liegt nur daran, daß alles so ein Durcheinander ist. Es hat nichts zu bedeuten.«

»Doch, es hat etwas zu bedeuten. Es behindert den Kampf des Rev.«

»Ach Gott«, sagte Lucas.

Doch sie reagierte nicht. Schließlich sagte sie: »Es kann jetzt nicht passieren. Vielleicht kann es nie passieren. Ich weiß nicht. Ich sollte nicht mit dir zusammensein.«

»Aber ich will mit dir zusammensein«, sagte Lucas. »Zu deinen Bedingungen.«

»Ich weiß nicht. Ich will einfach nicht.«

Er ging ins andere Zimmer, nahm die Flasche Pflaumenschnaps, stellte sie neben sich auf den Boden und trank, bis der erste Ruf zum Gebet erklang.

33 Als Lucas auf dem Weg durch das Jaffator nach Hause ging, herrschte auf den Marktstraßen bereits frühmorgendliche Geschäftigkeit. Am späten Vormittag rief er Sonia an.

»Ich finde, wir sollten uns nicht sehen«, sagte sie. »Ich glaube, es wird jedesmal das gleiche sein.«

Er verweigerte sich diesem Satz, indem er den Hörer an die Brust preßte. Acht Stockwerke unter ihm raste hin und wieder ein Fahrzeug durch die halbverlassene Straße. Am liebsten hätte er vor Schmerz und Scham geweint. Sie war nicht Herr ihrer selbst, sie befand sich in den Klauen von Verrückten, und er war nicht Manns genug, sie zu retten.

»Ich muß wissen, wie es dir geht«, sagte er. »Und wo du bist.«

»Für dein Buch?«

»Ja«, sagte er bitter, »für mein Buch.«

»Gut«, sagte sie, »ich werde versuchen, dich auf dem laufenden zu halten.«

»Du solltest mal mit Obermann reden.«

»Nein, danke. Aber du solltest mit ihm reden.«

Als er sich dann tatsächlich mit Obermann traf und ihm einen gekürzten Bericht der Ereignisse gab, sagte dieser, Sonia werde manipuliert.

»Und zwar von Melker«, präzisierte er seine Vermutung. »Er ist gerissen. Er will sie zu seiner Jüngerin machen. Geben Sie nicht auf.«

»Ich brauche ein bißchen Abstand von ihnen«, sagte Lucas. »Ich habe mich in meinem ganzen Leben noch nie so schlecht gefühlt.«

Obermann gab ihm ein Rezept für Prozac. »Arbeiten Sie weiter«, sagte er. Es war ein guter, wenn auch selbstsüchtiger Rat.

Also setzte Lucas die Arbeit an dem Buch fort. Er las Scholems Buch über Sabbatai Zwi, er las im *Sohar*, er las Berichte über Jacob Franks orgiastische Rituale. Alle paar Tage hinterließ er eine Nachricht auf Sonias Anrufbeantworter. In der letzten Sommerwoche bekam er einen Anruf von einer amerikanischen Zeitschrift, die ihn bat, über eine Konferenz auf Zypern zu berichten. Das Thema der Konferenz lautete: »Religiöse Minderheiten im Nahen Osten«.

Er brauchte dringend Abstand zu Jerusalem und seinen Syndromen, obgleich sich die De-Kuff-Geschichte höchst interessant entwickelte. Der alte Mann war inzwischen stadtbekannt, und seine Predigten wurden immer provozierender. Die Zahl seiner Anhänger nahm zu.

Die Polizei verhinderte inzwischen alle Auftritte in der Altstadt, und den Platz vor der St.-Annen-Kirche durfte er nicht mehr betreten. Deshalb lud er zu Versammlungen in verschiedenen Parks der Neustadt ein. Offiziell handelte es sich um Konzerte. Jedesmal spielten De Kuff und Raziel sephardische Musik.

Als Lucas am Vorabend seiner Abreise nach Zypern durch Yemin Moshe ging, drückte ihm ein junger Mann, den er noch nie zuvor gesehen hatte, ein englischsprachiges Flugblatt in die Hand, auf dem eine solche Versammlung für denselben Abend angekündigt wurde. Unter dieser Ankündigung stand so etwas wie eine Bemerkung zum Programm. Lucas vermutete, daß sie von Raziel Melker stammte.

»Wenn alle Kunst nach dem Zustand der Musik strebt«, stand da, »dann strebt alle wahre Musik nach dem Tikkun und gibt voll Ehrerbietung den Prozeß des Zimzum und der Schevirah wieder.«

In dem englischen Text waren diese Wörter hebräisch geschrieben, aber Lucas hatte genug gelernt, um sie erkennen zu können. Zimzum: das Pulsieren des göttlichen Wesens, das dem einer Seeanemone in einem Tidebecken oder vielmehr dem Tidebecken selbst glich. Schevirah: der Prozeß, der der Schöpfung zugrunde lag, das Zerbrechen der Gefäße, die das göttliche Wesen hatten enthalten sollen, das Ergebnis des menschlichen Versagens. Und Tikkun: das Heilen der Dinge, das Ende des Exils für Gott und die Menschen.

Die seltsame Ankündigung erfüllte ihn mit Sehnsucht und Trauer. Es war eindeutig an der Zeit, fand er, die Stadt für eine Weile zu verlassen.

Anstatt von Lod nach Larnaca zu fliegen, nahm er einen Bus nach Haifa und fuhr mit einer langsamen, stinkenden Fähre nach Limassol. Zwischen ungewaschenen Teutonen mit Rucksäcken las er die Vorabinformationen über die Konferenz. Sie waren in einem französisch gefärbten Dolmetscherenglisch gehalten.

»Es ist eine Gelegenheit vorgesehen«, hieß es da, »Gesprächen und Vorträgen beizuwohnen, die die aktuellen Situationen der Minderheiten der Region beleuchten.«

Drollig, dachte Lucas und steckte die Unterlagen ein, um sie später für seinen Artikel zu verwenden. Der Nacht war mondhell, und die Wellen klatschten gegen den rostigen Rumpf des Schiffes. Die Teutonen rauchten Haschisch, tranken Arrak, sangen, kotzten, halluzinierten und rauchten noch mehr Haschisch.

»Prima Shit«, riefen sie unter Tränen.

Und so ging es weiter bis zum Morgen, als Limassol in Sicht kam. An der Stelle, wo Aphrodite zum erstenmal festen Boden betreten hatte, stand eine Reihe häßlicher, pastellfarbener Hotels unter einem gleißenden Himmel. Die Göttin war noch immer überall; Muschelschale und Venusgürtel – ganz zu schweigen vom nackten göttlichen Hintern – waren Motive, die sich in vielen Hotels und Restaurants fanden. Zwielichtige Gestalten mit Sonnenbrillen standen am Kai, aber es war schön, dem strikten Monotheismus für ein paar Tage entronnen zu sein.

An der Promenade sah Lucas krebsrote, kurzhaarige junge Engländer: Soldaten vom Luftwaffenstützpunkt vor der Stadt. Sie erinnerten ihn an die britischen Offiziere, die für die Grenada-Invasion abgestellt gewesen waren und karibische Truppen befehligt hatten, inoffiziell natürlich. Die Briten hatten sich nicht mal die Mühe gemacht, die Angaben in Lucas' Buch zu dementieren, wahrscheinlich weil sie es nie gelesen hatten. Am späten Nachmittag war er in einem Minibus zu einem Hotel in der Nähe von Larnaca gefahren worden, wo die Pressevertreter untergebracht waren, und nun stand er auf dem winzigen, rissigen Balkon seines Hotelzimmers, roch Jod und Abwässer und sah auf das weindunkle Meer hinaus.

Die Konferenz war schon seit Jahren geplant gewesen. Das Thema war mehrfach geändert worden, um weder schießwütigen Fanatikern noch übernervösen Geheimdienstlern irgendwelche Angriffspunkte zu bieten. Ursprünglich hatte sie in Kairo stattfinden sollen, doch dann war der Konferenzort nach Malta, nach Antalya, nach Izmir und schließlich – die Türken schäumten vor Wut – in den griechischen Teil von Zypern verlegt worden. Sie fand in einem düsteren Hotel oberhalb des Klosters Stavrovouni statt, mit Blick auf die Straße von Larnaca nach Limassol. Doch die mit Pinien und Olivenbäumen bewachsenen Hügel waren ein schöner Anblick, und weit unten konnte man das Meer blau schimmern sehen.

Minderheiten im Nahen Osten – dieses Thema, fand Lucas, war so ironiegetränkt, daß es auf schreckliche Weise geradezu lächerlich war. Die Ironien waren allerdings kraß: Giftgas, Geier auf den Hausdächern, Autobomben.

Dennoch hatte irgendein der Vernunft verpflichteter, umtriebiger Mensch das unwahrscheinliche Unternehmen bewerkstelligt. Jeder war gern auf Spesen unterwegs, es gab Flüge erster Klasse und teure Hotels, und Zypern hatte auch sonst einiges zu bieten: Mädchen, Alkohol, einen kurzen Erholungsurlaub für die Gottesfürchtigen, auch wenn diese Genf vorgezogen hätten.

Am nächsten Tag sollten sich also die verschiedensten Experten im Stavrovouni Palace einfinden. Das Kloster war offenbar das einzige Gebäude auf der ganzen Insel, das nicht der Aphrodite geweiht war, und daher ein würdiger Aufbewahrungsort für einen Splitter vom Wahren Kreuz.

Es waren in der Mehrzahl ältere, franko- oder anglophile Intellektuelle, von denen sich jedoch ein paar durch ihren Mut hervorgetan hatten. Einige vertraten tatsächlich Minderheiten. Außerdem, nahm Lucas an, würden ihre Geliebten dasein sowie die Spitzel, Spione und Doppelagenten, die mit glatter Höflichkeit getarnten Waffenhändler und die Berufsapologeten, die im Auftrag ihrer Regierungen hier waren. Einige von diesen hatten Koffer voll Geld in harten Währungen dabei – die Ersparnisse eines ganzen Lebens –, Koffer, die erst in der Schweiz, hinter den doppelt verschlossenen Türen ihrer Suiten im Beau Rivage geöffnet werden würden. Dort, am Genfer See, hofften sie den Staub der Wüste für immer von den spitzen italienischen Schuhen zu schütteln – sofern es ihnen gelang, Zypern lebend zu verlassen.

Mit Rücksicht auf religiös motivierte Vorbehalte war die Lobby-Bar des Stavrovouni geschlossen, doch auf der Terrasse wurden Bier und Wein serviert. Nach der ersten Sitzung war Lucas dort Stammgast.

Das Programm des ersten Vormittags bestand aus den üblichen Reden: Professoren leierten ihre Vorträge herunter, man zitierte arabische Lyrik, es gab verbale Angriffe gegen die Imperialisten und ihre Handlanger und Agenten, die dafür verantwortlich waren, daß in den friedliebenden Königreichen des Nahen Ostens solche Not herrschte. Eine Minderheit war toleranter als die andere. Das perfide Albion wurde angeprangert, ebenso das Pentagon und die Weisen von Zion. Die Dolmetscher, die sonst bei geschäftlichen Verhandlungen eingesetzt wurden, verirrten sich im Dickicht der bedeutungslosen Phrasen, Komplimente und Höflichkeitsfloskeln.

Beim Abendessen im Café, hoch über dem schimmernden, abwasserverschmutzten Meer, saß Lucas am selben Tisch wie ein nach Rasierwasser duftender alter Professor, der eine antinomische Sekte aus dem Kaukasus vertrat. Gnostiker? Sabäer? Assassinen? Jedenfalls trank er Wein. Sie teilten sich eine Flasche Retsina.

»Die Situation der Minderheiten in den USA ist gut dokumentiert«, sagte der alte Professor. »Aber im Gegensatz zu Ihnen haben wir im Nahen Osten nie Sklaven gehabt.«

»Tatsächlich?«

»In unserem Teil der Welt war Knechtschaft nie etwas Schändliches, sondern im Gegenteil etwas Wohltätiges.«

Lucas hatte schon eine Weile getrunken.

»Irgend jemand hat mir mal erzählt«, sagte er, »daß es in Darfur ein Haus gab, in dem afrikanische Kinder kastriert wurden, damit man sie als Eunuchen verkaufen konnte.«

Der alte Mann zuckte geduldig die Schultern.

»Und das war nicht irgendein Schuppen«, fuhr Lucas fort, »sondern ein riesiges Lagerhaus, in dem die Kinder regelrecht verarbeitet wurden. Auf jedes Kind, das die Operation überlebte, kamen fünfzig, die starben. Und trotzdem warf der Laden einen Gewinn ab.«

»Eine Praxis, die man von den Byzantinern übernommen hatte«, sagte der Professor.

»Vielleicht, vielleicht auch nicht«, sagte Lucas. »Jedenfalls
wurde sie übernommen wie verrückt. Als wäre es die beste Idee
seit der Erfindung des geschnittenen Brotes, wenn Sie den
Ausdruck gestatten. Man bejagte halb Afrika. Koptische Mönche spezialisierten sich auf diese Operationen. Derwische
ebenfalls. Regionale Minderheiten. Die mußten eben irgendwie über die Runden kommen, nicht?«

Er hatte noch mehr dazu zu sagen.

»Was glauben Sie eigentlich, wer Sie sind?« fragte ihn der
würdige alte Mann schließlich.

»Ah«, sagte Lucas, »Sie haben den Finger in eine Wunde gelegt.«

Bei den nächsten Sitzungen und auf den Gängen flüsterte
man, er sei ein Agent der CIA. Er fand, daß das ein schlechtes
Licht auf den Geheimdienst warf.

An seinem dritten Abend – das von den Dolmetschern de-
konstruierte Gebrabbel klang ihm noch in den Ohren – entdeckte er eine Wahrheit: tölpelhaftes, betrunkenes, taktloses
Benehmen war im Fruchtbaren Halbmond nicht hoch angesehen, und er hatte sich nicht mehr im Griff. In seinem Zimmer
gab es sogar ein Telefon, mit dem er sich weitere Schwierigkeiten einhandeln konnte. Außerdem hatte er bereits alles, was
er für einen Artikel brauchte.

Im Reisebüro stellte er fest, daß die Flüge nach Lod und
Haifa ausgebucht waren, und beschloß, noch einmal eine Fahrt
mit der Fähre auf sich zu nehmen. Um Zeit totzuschlagen, ging
er in Limassol an der Kaimauer spazieren, und als er um eine
Ecke bog, sah er Nuala Rice. Er blieb stehen, doch sie ging einfach an ihm vorbei. Kein Blick. Routiniertes Ignorieren.

Er schlenderte weiter und wünschte, er wäre cooler gewesen
und nicht stehengeblieben. Noch besser wäre es gewesen,
wenn er ihr gar nicht begegnet wäre. An der nächsten Kreuzung bog er ab und stellte fest, daß die Straße an der Lande-
brücke für die Luftkissenfähre aus Beirut endete.

War Nuala vielleicht aus Beirut gekommen? Sicher war
diese Stadt auf ihrer Abenteuerkarte verzeichnet. Eine Irin,
alleinstehend und mit den richtigen Verbindungen, hätte keinen Grund, sich von ihr fernzuhalten. Sofern sie dort etwas zu
erledigen hatte.

Auf der Fähre nach Haifa sah er Rashid, ihren Freund aus Gaza. Nuala war nirgends zu sehen. Er und Rashid gingen sich geflissentlich aus dem Weg, doch Lucas war verwirrt. Schin Bet oder Mossad oder beide hatten sicher Agenten in Limassol und in Beirut natürlich ebenfalls. Bestimmt wurde die Fähre überwacht. Die Welt war so klein, und es gab so viele Geheimnisse.

Spät in der Nacht ging er in ein winziges Hotel in der Unterstadt von Haifa und sah seine Konferenznotizen durch, bis sie ihm zum Hals heraushingen. Dann nahm er Zuflucht zur Bibel und blätterte wahllos darin. Irgendwo in der Nacht, nicht weit von seinem geöffneten Fenster, gab es ein paar Deadheads. Er hörte *Box of Rain, Friend of the Devil, Sugar Magnolia*. Das Album »American Beauty« war mittlerweile 22 Jahre alt. Er hatte damals mit einer Frau, die an der New York University studierte, in der East Fourth Street gewohnt.

Psalm 102, der mit dem Sperling, war trauriges Zeug und sogar mit einer warnenden Vorbemerkung versehen: »Ein Gebet für den Elenden, wenn er verzagt ist und seine Klage vor dem Herrn ausschüttet.«

»Ich bin wie die Eule in der Einöde, wie das Käuzchen in den Trümmern. Ich wache und klage wie ein einsamer Vogel auf dem Dache.«

Lucas fühlte sich elend genug und wäre bereit gewesen, seine Klage auszuschütten, wenn es jemanden gegeben hätte, mit dem er sie hätte trinken können. Die Heuchelei und Seichtheit der Leute, mit denen er in Zypern gesprochen hatte, ließ seine Nerven pochen wie ein sich ankündigender Zahnschmerz. In der Nacht fielen ihm zwei Dinge ein, die er in Haifa erledigen konnte und die seine Minoritäten-Geschichte vielleicht hübsch abrunden würden. Das eine war das Hauptquartier der Baha'i am Hang des Berges Karmel, das andere war Pater Jonas Herzog. Dieser war französisch-jüdischer Abstammung und hatte gemäß dem Heimkehrergesetz einen Antrag auf israelische Staatsbürgerschaft gestellt, der jedoch abgelehnt worden war. Er lebte und arbeitete in einem Benediktinerkloster über der Stadt.

Kurz nach Sonnenaufgang fuhr Lucas mit der Zahnradbahn zur obersten Station und schlenderte auf die persischen Kuppeln des Baha'i-Heiligtums zu. Auf den Zweigen der Olivenbäume und der üppig blühenden Bougainvilleen lag Tau. Gurrende Tauben saßen auf den weißgekalkten Mauern, und tief unten glitzerte das Meer.

Die Welt am Morgen, dachte er. So ermutigend. Verzweiflung war Torheit. Doch er war töricht.

Das Heiligtum und das Mausoleum des Bab umgab ein verkrampfter Orientalismus. »Orientalismus« war ein auf der Konferenz in Zypern oft gebrauchtes Wort gewesen. Offenbar sollte dieser Ort an die großen Schia-Schreine Persiens erinnern. Warum auch nicht? Immerhin lauerten gleich unter der Oberfläche des normativen Schiismus eine arische Lust an der Spekulation, eine paradoxe Symbolik und ein Drang zum Universalismus, der sich manchmal in Häresien Bahn brach.

Die Einheit Gottes und die Bruderschaft der Menschen – was für eine Befreiung lag in dieser Knappheit! Unwillkürlich fragte man sich, wie es wohl gewesen sein mochte, der Bab zu sein und den Zusammenfluß zu sehen. Tausend Jahre vor ihm war der karäische Jude Abu Issa al-Isfahani, auch er ein Perser, für eine Auflösung und Verschmelzung der monotheistischen Religionen von Moses, Jesus und Mohammed eingetreten. Und mit diesen wäre dann natürlich auch seine Doktrin verschmolzen. Mit ein bißchen Phantasie sah man die Verbindung zu De Kuff.

Er zog die Schuhe aus und betrat, begleitet von einem Angestellten, das Mausoleum des Märtyrers. Die Stille, das Halbdunkel, das schräg einfallende Licht – ein Hauch von Isfahan, ein Hauch von Forest Lawn.

Sein Begleiter war ein schwarzer Amerikaner mit einem blauen Polyesteranzug und einer Narbe im Gesicht, die aussah, als stammte sie von einem Rasiermesser. Vielleicht hatte er gesessen, dachte Lucas, und war im Knast religiös geworden. Er hatte eine angenehme, gute Stimme und einen leichten Südstaaten-Akzent, und er erzählte die Geschichte des Bab, die Geschichte seines Glaubens. Lucas achtete mehr auf die Stimme als auf die Worte.

»Friede, Bruder«, sagte der Mann, als Lucas seine Spende deponiert hatte und sich zum Gehen wandte.

Ein harter Bursche. Wer den Krieg nicht erlebt hat, dem bedeutet der Friede nichts. Aus dem Mund dieses Mannes klang das Wort grün und golden. Nichts war umsonst zu haben.

»Friede auch mit dir«, sagte Lucas.

Vielleicht hatten die Baha'is auch eine dunkle, verrückte Seite, dachte er, als er den Hügel hinunterging. Intrigen um Macht und Geld, kultische Verschwörungen. Doch an einem so strahlenden Morgen war es schöner, sich vorzustellen, daß es hier nichts dergleichen gab. Er ging auf gewundenen Straßen durch die Wohngebiete der Oberstadt zu den tiefer gelegenen Vierteln am Meer, setzte sich in ein Café und sah hinaus auf das Wasser. Am Nachmittag rief er bei den Benediktinern an, um zu fragen, ob er ein Interview mit Pater Jonas Herzog machen dürfe. Der Mönch am anderen Ende teilte ihm mit, daß Pater Jonas keine Interviews mehr gebe.

»Es wäre eigentlich gar kein Interview«, sagte Lucas. »Ich möchte ihn nur um einen Kommentar zu einer kürzlich abgehaltenen Konferenz bitten. Und«, fügte er hinzu, »ich habe einige persönliche Fragen.«

Der Mönch klang mißtrauisch. Er sagte, an Freitagen habe Pater Jonas immer viel zu tun, denn er habe administrative Pflichten und müsse außerdem die Beichte hören. Lucas bedankte sich und beschloß, es mit der Beichte zu versuchen.

Das Kloster stand, umgeben von Pappeln, etwa achthundert Meter vom Baha'i-Schrein entfernt, war jedoch von dort aus nicht zu sehen. Es war nicht besonders alt: ein neuromanisches Gebäude, das ein wenig an Saint-Germain-des-Prés erinnerte und wohl ein weiteres Zugeständnis der Osmanen an die Franzosen darstellte. Eine vielbefahrene Straße führte daran vorbei, auf der der Verkehr mit dem Nahen des Sabbats nur wenig nachließ. Haifa war eine weltliche Stadt mit einer gemischten Bevölkerung.

Am Tor fragte ihn ein Palästinenser in einem geflickten Kittel höflich nach dem Grund seines Kommens.

»Ich wollte mich nur mal umsehen«, antwortete Lucas.

Das schien als Begründung auszureichen. Er hatte es nicht über sich gebracht, nach den Beichtzeiten zu fragen, doch drinnen sah er, daß er gerade zur rechten Zeit gekommen war. An den beiden Seitenwänden der Kirche warteten palästinensische Jugendliche in Familiengruppen darauf, daß die Reihe an sie kam, die Jungen zur Rechten, die Mädchen zur Linken. Auf Plastikschildchen über den Türen der Beichtstühle standen die

Namen der Priester und die Sprachen, die sie sprachen: Pater Bakenhuis hörte die Beichte in Holländisch, Französisch, Deutsch und Arabisch, Pater Leclerc erteilte seinen Rat auf französisch und arabisch, Pater Wakba verstand Französisch, Englisch, Arabisch und Koptisch.

Jonas Herzogs Beichtstuhl stand rechts, auf halbem Weg zum Altar, doch dort wartete keiner der Jugendlichen. Über seiner Tür war kein Schildchen, und der Beichtstuhl war leer. Entlang der Wand warteten einige Ausländer. Lucas wandte sich an den Küster.

»Welche Sprachen spricht Pater Jonas?«

»Alle«, antwortete der Küster.

Wie der Teufel selbst, dachte Lucas und setzte sich in eine der Bänke vor dem Beichtstuhl. Die Kirche mochte nicht alt sein, aber sie roch nach alten, kalten Steinen, nach Weihrauch und Bußübungen.

Dann näherte sich ein Mann, der Herzog sein mußte. Lucas hatte gelesen, daß er sechzig sei, doch er wirkte älter. Aus dem gleißenden Licht des Heiligen Landes trat er in das Halbdunkel der Apostasie, beugte das Knie vor dem Sakrament und verneigte sich vor dem Kreuz. In seinem schwarzen benediktinischen Habit sah er verkrampft und bucklig aus.

Herzog brachte sein eigenes Schildchen mit und hängte es über die Tür des Beichtstuhls. Sein Name stand in hebräischen, arabischen und lateinischen Buchstaben darauf: Yonah Herzog – Jonas Herzog, OSB.

Man mußte lange warten. Als der letzte Sünder gebeichtet hatte und Lucas aufstand, erschien plötzlich eine junge Europäerin. Sie war schlicht gekleidet, eine hübsche Blondine in einem weißen Sommerkleid und einem Baumwollpullover, den sie über die Schultern gelegt hatte. Sie trug ein weißes Kopftuch. Eine Deutsche? Sie wirkte angespannt.

Sie war verheiratet, beschloß Lucas, eine junge Ehefrau, die untreue Ehefrau eines Konsulatsbeamten oder eine untreue Konsulatsbeamtin. Es gab hier so viele Gelegenheiten zur Untreue, so viele unverzeihliche Beziehungen, so viele Bünde, die man brechen konnte. Vielleicht hatte sie mit einem verheirateten Kollegen geschlafen oder mit einem schneidigen palästinensischen Aktivisten wie Rashid oder mit ihrem Beschatter vom

Schin Bet. Und natürlich ging sie zu Herzog, denn er kannte nicht nur den Preis, sondern auch die Faszination des Verrats.

Ihre Beichte dauerte lange. Lucas hörte nur ein Gemurmel, das irgendwie französisch klang. Dann trat die junge Frau aus dem Beichtstuhl und ging zum Altar, um ihre Bußgebete nach der alten Liturgie zu sagen.

Lucas erhob sich und hatte einen Stein im Magen, als wäre er wieder ein kleiner Junge. Er kniete im Beichtstuhl nieder, allein mit dem Kruzifix. Pater Jonas öffnete das Schiebefenster. Im Halbdunkel sah Lucas das scharfe Profil und das Blitzen der Nickelbrille. Plötzlich hatte er keine Ahnung, wo er beginnen sollte. Obwohl er nicht die Absicht gehabt hatte zu beichten, versuchte er sich zu erinnern, wie die Beichtformel auf französisch lautete.

»Ich habe zuletzt vor fünfundzwanzig Jahren gebeichtet«, hörte er sich schließlich sagen.

»Vor fünfundzwanzig Jahren?« fragte Pater Jonas mit ganz leichter Verwunderung. »Und Sie wollen jetzt beichten?«

Lucas mußte sich die Worte erst aus dem Französischen übersetzen, um dann die Frage zu entschlüsseln.

»Haben Sie sich eines Verbrechens schuldig gemacht?« fragte der Priester.

Un crime. Es erinnerte ihn an Balzac.

»Nein, Vater. Kein großes Verbrechen. Nicht im landläufigen Sinne.«

»Wollen Sie das Sakrament empfangen?«

Die richtige Antwort konnte nur »Ja« lauten, doch Lucas sagte auf englisch: »Nein. Aber ich will mit Ihnen sprechen.«

»Ich stehe Ihnen nicht als Person zur Verfügung«, sagte Pater Jonas auf englisch. »Ich bin als Priester hier.«

»Meine Fragen sind religiöser Natur.«

»Ich kann Ihnen nur das Sakrament anbieten. Und auch das nur, wenn Sie getauft sind.«

»Das bin ich«, sagte Lucas. »Und ich bin ... wie Sie selbst ... von zwei verschiedenen Glaubensrichtungen beeinflußt.«

Herzog seufzte.

»Wenn Sie ein paar Minuten Zeit hätten«, sagte Lucas. »Ich glaube, es würde mir helfen. Ich werde warten. Wir können einen Termin vereinbaren.«

»Sind Sie Journalist?«

»Zufällig ja«, sagte Lucas.

»Und Ihr Spezialgebiet ist Religion?«

»Nein, eigentlich Krieg.«

»Seit der Gerichtsentscheidung gebe ich keine Interviews mehr.«

»Dann bitte ich Sie nicht um ein Interview. Ich möchte nur einen Rat. Privat. Inoffiziell.«

»Wollen Sie mir schaden?« fragte Herzog in beinahe scherzhaftem Ton.

»Nein.«

»Ich verstehe. Tja, ich muß diese Frage stellen. Wenn Sie warten wollen, kann ich nach der Beichte mit Ihnen sprechen.«

»Ja«, sagte Lucas. »Ich werde warten.«

Wie ein braver Junge verließ er den Beichtstuhl und setzte sich in dieselbe Bank wie zuvor. Das Ganze war kindisch, aber anscheinend unvermeidlich.

Die junge blonde Frau stand noch immer vor dem Altar und sprach ihre Bußgebete, und Lucas beneidete sie darum. Als sie sich bekreuzigte und hinausging, wäre er ihr am liebsten gefolgt. Er wollte ihren Glauben und ihre Geheimnisse, ihr Leben. Er fühlte sich mutterseelenallein.

Es kam niemand sonst zu Pater Jonas. Lucas schlief auf der Kirchenbank ein, und als er erwachte, war die Kirche leer, und der Priester stand im Mittelgang und sah auf ihn herab. Das Licht, das durch das Portal fiel, war schwächer geworden.

»Tut mir leid«, sagte Lucas.

»*Bien.*«

»Sollen wir irgendwo anders hingehen?«

Der Priester setzte sich neben ihn.

»Hier ist es gut. Wenn es Ihnen recht ist.«

Er wirkte sehr französisch – höflich und ironisch.

»Natürlich«, sagte Lucas und rückte ein wenig beiseite.

»Sie haben von zwei verschiedenen Glaubensrichtungen gesprochen. Ist das für Sie ein Problem?«

»Ich war Katholik«, sagte Lucas. »Ich habe geglaubt. Ich sollte eigentlich wissen, was Glauben ist, aber ich kann mich nicht mehr daran erinnern.«

Der Priester zuckte kaum merklich die Schultern. »Eines Tages werden Sie es vielleicht verstehen.«

»Ich fühle mich versucht zu glauben«, sagte Lucas, »aber ich kann mich einfach nicht erinnern, wie es geht.«

Das war ganz und gar nicht das, was er hatte sagen wollen. Er hatte sich mit seiner eigenen Interviewtechnik in die Klemme gebracht. Manchmal, hatte ein Redakteur ihm einmal gesagt, muß man ihnen seine Lebensgeschichte erzählen. Aber dies hier ging darüber hinaus, und wieder hatte er es nicht im Griff.

»Dann müssen Sie beten.«

»Ich finde Gebete absurd«, sagte Lucas. »Geht es Ihnen nicht so?«

»Es ist kindisch, wie ein Kind zu beten, wenn man kein Kind ist«, sagte Pater Jonas.

»Erzählen Sie mir, wie es ist, ein Jude zu sein«, bat Lucas. »Hat es eine spirituelle Dimension?«

»›Hier ist nicht Jude noch Grieche, hier ist nicht Knecht noch Freier, hier ist nicht Mann noch Weib; denn ihr seid allzumal *einer* in Jesus Christus‹«, zitierte Pater Jonas.

»Das weiß ich«, sagte Lucas. »Aber Jude zu sein muß doch etwas zu bedeuten haben. Die Juden waren immer schon die Vermittler zwischen Gott und der Menschheit.«

»Was Paulus uns damit sagen will«, erklärte Pater Jonas, »ist, daß wir mit Gott allein sind. Was nicht bedeutet, daß wir den Menschen gegenüber keine Verantwortung haben. Unsere moralische Landschaft ist die der Menschen. Aber letztlich sind wir alle einzelne menschliche Wesen, die auf die Gnade warten. Wir können an unserer Einsamkeit nichts ändern. Sie fragen mich, warum Gott sich durch Juden offenbart hat? Ich nehme an, man könnte historische oder gesellschaftliche Gründe dafür finden. Dennoch bleibt es eine Tatsache, daß wir den Grund nicht kennen.«

»Fühlen Sie sich als Jude?« fragte Lucas.

»Ja. Und Sie?«

Lucas dachte lange nach. »Ich glaube nicht.«

»Gut«, sagte Pater Jonas, »denn Sie sind keiner. Sie sind Amerikaner, nicht?«

Lucas fühlte sich abgewertet. Die Tatsache, daß ich Amerikaner bin, wollte er dem Pater sagen, macht meinen Zustand nicht unbedingt trivialer. »Aber ich habe das Gefühl«, sagte er, »daß ein Teil von mir früher schon einmal gelebt hat.«

Nach kurzem Nachdenken sagte Pater Jonas: »Nicht alles, was wir fühlen, ist eine Offenbarung.«

Verlegen beschloß Lucas, eine Demütigung zu riskieren. Der rasende Reporter, dachte er. Er besaß einen Presseausweis, er konnte überallhin gehen, er konnte alles aussprechen. Ihre Stimmen hallten von den Mauern wider.

»Bei den kabbalistischen Rabbis«, sagte er, »habe ich die hellsichtigsten Interpretationen des Lebens und der Wahrheit gefunden, die ich je gelesen habe. Und ich stelle fest, daß ich dadurch religiöse Gefühle empfinde, wie ich sie nicht gehabt habe, seit ...«

»Seit Sie ein Kind waren?«

»Ja. Und ich frage mich, ob ich diese Dinge nicht schon immer gewußt habe. Ich meine: immer.«

»Sind Sie zum erstenmal in Israel? Sie können sich entscheiden, ein Jude zu sein. Das läßt sich regeln. Allerdings nicht von mir.«

»Ich begreife das eine mit den Mitteln des anderen«, sagte Lucas.

»Ich rate Ihnen davon ab, einem Rabbi zu sagen, daß Bücher, die Sie nicht verstehen können und die in einer Sprache geschrieben sind, die Sie nicht beherrschen, Sie derart bewegt haben. Er würde Sie hinauswerfen.«

»Stimmt es«, fragte Lucas, »daß wir ein Leben verlieren müssen, um ein anderes zu gewinnen?«

»Leider.«

»Aber Sie bestehen darauf, weiterhin Jude zu sein.«

»Weil ich Jude bin. Das ist mein Zustand. Mein Problem, mein Weg zur Gnade.«

»Und ich?«

»Und Sie? Sie sind Amerikaner in einer Welt voller Armut und Qual. Was wollen Sie mehr?«

»Ich will glauben. Manchmal.«

»Sehen Sie«, sagte Pater Jonas, »alles, was ich Ihnen ehrlicherweise sagen kann, ist das, was jeder Priester – selbst der bigotteste, verblendetste – Ihnen sagen würde: Vertrauen Sie auf Gott. Versuchen Sie zu beten. Versuchen Sie zu glauben, und vielleicht wird es Ihnen gelingen. Manche sagen: Wenn man Gott sucht, hat man Ihn schon gefunden.«

Sie saßen schweigend da. Der Priester räusperte sich und wollte sich erheben.

»Als Journalist möchte ich Sie fragen, was Sie dem Gericht gesagt haben – nur als Hintergrundinformation. Ich will es nicht veröffentlichen.«

Der Priester legte die Hände auf die Lehne der Bank vor ihnen. »Nur das: daß ich in Israel das Recht auf die israelische Staatsbürgerschaft habe.«

»Das war ... mutig. Sie müssen gewußt haben, daß sie das empören würde.«

»Ja, natürlich. Ich bin ein Melamed. Und ein Jude, der christlicher Mönch geworden ist, war schon immer ein Feind. Der mißratene Sohn, das böse Kind, der Rächer, der die Juden verrät und öffentliche Verurteilungen und die Verbrennung des Talmuds erwirkt. Die Verbrennung der Kabbala, die Sie so fasziniert.«

»Hatten Sie das nicht erwartet?« Oder gewollt, dachte Lucas.

»Ich habe den Fall verloren.«

»Als ich darüber gelesen habe, mußte ich an Simone Weil denken«, sagte Lucas. »Was hätte sie wohl getan?«

»Ach ja«, sagte Pater Jonas.

Aber er wußte, dachte Lucas, was Simone Weil getan hätte. Sie hätte sich in Gaza niedergelassen und dort gelebt, zur allgemeinen Empörung.

»Sie hat die Taufe verweigert«, sagte Lucas, »und darum ist sie in gewisser Hinsicht Jüdin geblieben. Gibt es in der Welt, die sein wird, einen Platz für sie?«

»Ja, als Heilige. Hier gab es jedenfalls keinen Platz für sie.«

»Es ist schade«, sagte Lucas, »daß es in unserer Religion keine Bodhisattwas gibt. Ganz gleich, welche Religion das ist.«

Pater Jonas begleitete ihn zum Portal.

»Es tut mir leid, daß ich Ihnen nicht helfen kann, aber wie Sie sehen, übersteigt das mein Vermögen. Ich kann Ihnen keinen Glauben anbieten, in dem es Raum für Bodhisattwas und die Kabbala und den Herrn gibt. Zweifellos gibt es in Amerika einen solchen Glauben.«

Sie standen neben dem Kruzifix, das in der Nähe des Portals über dem Weihwasserbecken angebracht war.

»Und die Kabbala«, fuhr der Pater fort, »ist tatsächlich wunderschön. Die Christen haben sie ja schließlich auch übernommen. Reuchlin und Pico und die Spanier, selbst in den Zeiten der Inquisition. Wenn Sie die nötige Disziplin haben, werden Sie sie eines Tages vielleicht verstehen, und vielleicht wird sie Ihnen helfen.«

»Warum sind Sie hierhergekommen?« fragte Lucas. »Warum sind Sie vor Gericht gegangen?«

»Weil dieses Land heilig ist. Weil ich im Land meiner Eltern für sie beten wollte. Auch wenn sie nicht religiös waren.«

»Sie würden sich im Grab umdrehen«, sagte Lucas.

»Sie haben kein Grab.«

»Entschuldigung«, sagte Lucas. »Stimmt es, daß Sie sich in einer katholischen Schule versteckt haben?«

»In Vence«, sagte Pater Jonas. »Meine Eltern ließen mich zu Füßen des Kruzifixes zurück. ›Was ist mit ihm passiert?‹ fragte ich sie und meinte den Mann am Kreuz, Christus. Ich war damals zehn Jahre alt und hatte keine Ahnung, was ein Kruzifix war. Wir lebten in Paris. Nach der Befreiung war ich noch keine vierzehn. Der Schuldirektor sagte mir, was ich war. Daß ich ein Jude war. Daß meine Eltern, meine ganze Familie an die Deutschen ausgeliefert und von ihnen ermordet worden waren. Und es war – wie soll ich sagen? – wie ein Wiedererkennen.«

»Aber Sie konnten der Kirche nicht den Rücken kehren?«

»Ach«, sagte Pater Jonas mit einem kleinen Schulterzucken, »die Kirche war mir ziemlich gleichgültig. Die Kirche, das waren Menschen. Manche waren gut, manche waren schlecht.« Er sah zu Boden.

»Warum dann?«

»Weil ich wartete. Ich wartete dort, wo man mich zurückgelassen hatte: unter dem Kreuz. Ob aus Trotz oder aus Hingabe, weiß ich nicht.« Er lachte und legte Lucas die Hand auf die Schulter. »Pascal sagt, daß wir nichts begreifen, solange wir nicht das Prinzip begriffen haben, aus dem es erwächst. Sind Sie nicht auch dieser Meinung? Darum begreife ich sehr wenig.«

»Wir sollen glauben, daß Christus weiterlebt und in Herrlichkeit regiert«, sagte Lucas.

»Nein«, sagte Pater Jonas. »Jesus Christus leidet bis zum Ende der Welt. Am Kreuz. Er leidet, bis der letzte Mensch gestorben ist.«

»Und das«, fragte Lucas, »ist der Grund, warum Sie hier sind?«

»Ja«, sagte Pater Jonas. »Um zu dienen. Um zu warten.«

Sie standen auf den Stufen, die zum Portal führten. Die Abendluft roch nach Abgasen und Jasmin.

»Ich weiß«, sagte Lucas, »daß ich in dieser Welt kein Recht habe, so unglücklich zu sein. Ich weiß auch, daß ich in religiöser Hinsicht immer ein Kind bleiben werde. Es ist absurd, und es tut mir leid.«

Zum erstenmal lächelte der Pater.

»Es sollte Ihnen nicht leid tun. Kennen Sie Malraux' *Anti-Memoiren*? Darin sagt sein Priester, daß die Menschen viel unglücklicher sind, als man meinen sollte.« Er reichte Lucas die Hand. »Und daß es so etwas wie Erwachsene nicht gibt.«

34 Wie in Zefat gingen die verschiedensten von Gott Berufenen und anderweitig Berauschten in dem Bungalow in Ein Karem ein und aus. Einige blieben, zum Beispiel eine ehemalige holländische Nonne namens Maria van Witte, deren Ordensname »Schwester Johann Nepomuk« gewesen war. Auch zwei Brüder aus der Slowakei hielten sich oft dort auf; sie hatten lange Arme und schlaffe Kinne und hießen Horst und Charlie Walsing. Lucas dachte, sie seien Deutsche, doch es stellte sich heraus, daß sie Juden waren – deutschstämmige ungarische Juden. Der eine war ein offenbar recht bekannter Musiker, der andere schien geistig behindert oder autistisch. Trotz des Unterschiedes in ihrer geistigen Kompetenz waren sie praktisch ununterscheidbar – allerdings hatte im Kreis um De Kuff niemand einen Grund, sie voneinander zu unterscheiden. Eigenartigerweise erschien von Zeit zu Zeit auch Ian Fotheringill, der Schöpfer der kosheren Sauce l'ancienne, und gelegentlich kam Helen Henderson, The Rose of Saskatoon, mit Sonia. Sie stammte aus einer Pfingstgemeinde, doch der Grund ihres Kommens war einzig und allein ihre Bewunderung für Sonia.

Weltraumveteranen, die mehrfach von Außerirdischen entführt worden waren, reinkarnierte Priesterinnen der Isis, angebliche Kumpel des Dalai Lama – sie alle tauchten hier auf und machten es sich unter den Tamarisken im Garten des Hauses in Ein Karem bequem.

Unter den bemerkenswerteren Besuchern waren auch ein Vater und Sohn namens Marshall. Der Vater war zwischen sechzig und achtzig Jahre alt, der Sohn ebenfalls. Der ältere Marshall war zwar Jude, kannte jedoch lange Passagen aus dem Neuen Testament auswendig. Wenn die Marshalls da waren, erschienen auch Privatdetektive und stellten Fragen. Der jüngere Marshall hatte alle finanziellen Transaktionen der Familie und eigentlich alles übernommen, was mit Berechnungen zu tun hatte, da sein Vater, ein Kabbalist, von Zahlen geradezu besessen war. Lucas, der sich fast jeden zweiten Tag dort aufhielt, erfuhr von Obermann, daß Marshall senior irgendein Krimineller war, der in Amerika gesucht wurde und entweder tatsächlich verrückt geworden war oder so tat, als wäre er es.

De Kuff sprach nur mit Sonia und Raziel, und dieser ließ jeden, der nach Ein Karem kam, auf De Kuffs Kosten dort bleiben.

Eines Abends versammelten sich diese und viele andere in einem nahe gelegenen Garten der Schwestern von Notre-Dame-de-Liesse, um etwas zu hören, was als Konzert angekündigt war.

Am Nachmittag vor dem Konzert kam Sonia aus Rehavia und fand Raziel im Garten hinter dem Bungalow, wo er, die Augen hinter seiner Sonnenbrille verborgen, meditierte. Sie wollte ihn nicht stören und setzte sich in den Schatten der Mauer unter einen Olivenbaum.

»Große Sache«, sagte Raziel.

»Heute abend?«

»Du wirst für uns singen.«

»Moment mal – wer sagt das?«

»Der Rev sagt, du mußt singen.«

»Aha. Krieg ich dafür auch was?«

»Sorget nicht für den andern Morgen«, sagte Raziel, die Augen noch immer geschlossen.

»Dürfen es Standards sein? Rogers und Hart?«

»Der Rev will Ladino-Lieder. Er will *Meliselda*.«

»Razz, sag nicht immer: ›Der Rev will‹. *Du* willst. Das weiß ich. Und ich kann kein Ladino.«

»Dann tu einfach so, als ob«, sagte er. »Mache es klingen wie alte Esp.«

»Du bist schlimm«, sagte sie. »Ich weiß nicht, was ich von dir halten soll.«

»Das Konzert heute abend ist eine große Sache«, sagte Raziel und setzte sich auf. »Ist es wirklich. Es ist nämlich nicht nur ein Konzert. Heute abend wird er über das Mysterium sprechen. Über das vierte.«

»Ich dachte, das würde er in Bethesda tun.«

»Das ist zu gefährlich. Es ist hier schon gefährlich genug.«

»Welches ist das vierte Mysterium?«

324

»Ach, komm schon, Sonia. Das weißt du doch.«

»Das erste lautet: ›Alles ist Thora‹, das zweite: ›Die Zeit ist gekommen‹, das dritte ist der ›Tod durch den Kuß‹. Aber wie lautet das vierte?«

»Das weißt du so gut wie ich. Und er hat es mir auch noch nicht verraten. Aber es ist etwas, was du sowieso schon glaubst.«

»Na gut«, sagte sie. »Welche Lieder willst du hören?«

An diesem Abend fuhr Lucas mit Obermann nach Ein Karem. Er hatte den Artikel über die Konferenz in Zypern mit Hilfe von Khat geschrieben und war müde und deprimiert.

»In letzter Zeit vermischt er seine Predigten mit Musik«, sagte Obermann. Sie parkten in einer Seitenstraße nicht weit von dem Garten, in dem das Konzert stattfinden sollte. Das kleine arabische Dorf Ein Karem war von Jerusalem geschluckt und in eine Art eigentümliches binnenländisches Sausalito verwandelt worden. Manchmal trieb der Smog gegen Abend davon, und die Luft roch wieder würzig. »Sein Publikum ist erheblich größer geworden. Er ist eine Attraktion.«

»Ich hab ihn früher öfters in Bethesda gesehen«, sagte Lucas. »Was macht er jetzt?«

»Er webt seinen Zauber. Seine neuplatonische Version der Thora. Kabbalistische Mystik. Er hat eine gute Stimme. Und die Musik kann betörend sein.«

»Gibt es noch keine Beschwerden?«

»Doch, doch. Auch Zwischenrufer. Wahrscheinlich wird er eines Tages zu weit gehen. Und sie lassen nie den Hut herumgehen. Ich frage mich, wie er das alles finanziert.«

»Er hat Geld«, sagte Lucas. »Ihm gehört anscheinend ein Stück von Louisiana.«

Wie gewöhnlich kostete das Konzert keinen Eintritt. Im Garten der Schwestern von Notre-Dame-de-Liesse waren unter Zedern eine Behelfsbühne und eine Konzertmuschel aufgebaut worden. Auf dem gegenüberliegenden Hang hatte man hölzerne Bankreihen aufgestellt, auf denen die Zuhörer einigermaßen bequem sitzen konnten, sofern sie Kissen mitgebracht hatten und sich vor Splittern in acht nahmen. Es gab keine Absperrungen, so daß jeder, der wollte, in Hörweite der Bühne sein konnte.

Während sich die Reihen füllten, ging Lucas umher und spürte jene schwache, aber aufreizende Atmosphäre der Seligkeit, die offenbar alle öffentlichen Auftritte De Kuffs umgab. Die meisten Zuhörer waren jung. Viele waren ausländische Christen, aber Lucas sah auch etliche junge Israelis und amerikanische Juden. Eine Gruppe schwarzer Juden aus Dimona im Negev bildete einen Block.

Es roch nach Patschuli, ein Duft, den Lucas seit seiner Jugend nicht mehr gerochen hatte. Einige Paare bestanden aus älteren Leuten, die den Eindruck machten, als wären sie hier zum erstenmal miteinander verabredet, und hier und da sah man einen, der wegen der Musik gekommen zu sein schien. Und unter ein paar Johannisbrotbäumen neben der Bühne standen ein paar Rowdies mit Kippa, die, dachte Lucas, vielleicht hier waren, um Zwischenrufe zu machen.

Als es dunkel war und die Nachtvögel sangen und die Sterne funkelten, kamen Horst und Charlie Walsing, Raziel, De Kuff und Sonia mit ihren Instrumenten auf die Bühne. De Kuff spielte Baß und Oud, Raziel Klarinette. Horst Walsing hatte eine Violine, sein behinderter Bruder hielt ein Tamburin.

Die Rowdies unter den Bäumen begannen auf englisch Beleidigungen zu rufen.

»Haut ab! Geht nach Hause!«

»Entschuldigung!« rief einer der Jungen mit Cockney-Akzent. »Entschuldigung! Entschuldigung! Irgendeiner von euch vielleicht Jude? Entschuldigung!«

Sie begannen mit einer sephardischen Melodie, der Raziel einen leichten Klezmer-Unterton gab. Nach und nach verstummten die Zwischenrufer, alle bis auf den Cockney.

»Entschuldigung!« rief er immer wieder.

Lucas wehrte sich gegen die Musik, bekam sie aber nachher nicht mehr aus dem Kopf. Die Melodien waren der Hintergrund für Worte, die er nicht verstand. Die ersten Lieder waren ironisch, witzig und voller komischer Doppeldeutigkeiten. Es folgten andere, die unendlich traurig waren, als wären sie auf der Suche nach einem Refrain, der sie vollendete – wie der Gesang des einsamen Vogels auf dem Dach. Sein Lied sehnte sich nach einer Antwort; ohne sie würde es unvollständig über den Wäldern und Wiesen erklingen. Im nahe gelegenen Wald gab es noch einige Nachtigallen, und ihr Gesang füllte die Pausen.

Alles in allem waren die Melodien süß und sehnsuchtsvoll, so süß und leidenschaftlich wie die von Bruch, an die sie entfernt erinnerten, doch oft klangen sie nackt und bloß und schockierend – das waren die Worte, die Lucas dazu einfielen. Manchmal waren sie symmetrisch aufgebaut, doch meist war ihr Verlauf unvorhersehbar. Charlie Walsing schlug den Rhythmus ungleichmäßig, doch irgendwie schien das bei dieser Musik zu funktionieren. Es war etwas Verrücktes darin, fand Lucas, ein Lärm. Es war die Art von Musik, die eine bestimmte Art von Geist unterwandern, seine Zweifel bloßlegen, seine Schlangen wecken konnte. Zum Beispiel die seines eigenen Geistes.

Lucas versuchte, die Musik als etwas zu betrachten, über das er schreiben könnte. Doch das war schwierig, denn es war sie, es war Sonia, an deren Stelle die Musik trat. Woher die Lieder auch stammten – Raziel hatte sie für diesen Auftritt bearbeitet und in die gewünschte narrative Reihenfolge gebracht, und vor allem hatte er sie für Sonias Stimme arrangiert. Lucas sah immer nur die Verbindung zu ihr, und darum schien ihm, daß es bei diesen Melodien um Glauben ging, um Unterwerfung, um Engel und gefallene Sterne und ruhelose Geister. Um wilde Hoffnungen und die Gußform der Träume. Die Melodien verkörperten sich in Sonia und nahmen ihren Platz ein, bis es schien, als wäre sie ein Instrument, das kaum noch zu beherrschen war. Innerhalb ein und derselben Passage zwangen sie ihre Stimme mit Trillern und schmachtenden Seufzern von der Kehle in die Brust und wieder in die Kehle. Lucas konnte sehen, daß die langen Lieder Sonia körperlich anstrengten und mit ihren Gefühlen spielten. Das merkte er daran, daß sie auch mit seinen eigenen Gefühlen spielten.

In allen Liedern schienen die gleichen Worte vorzukommen, einerlei, ob sie von Meliselda, einem metaphorischen König, zerbrochenen Gefäßen oder standhafter Liebe handelten. Zwei Zeilen konnte er verstehen:

Ich singe dieses Lied nur dem,
der mit mir geht.

Er konnte der Versuchung nicht widerstehen, sich vorzustellen, daß sie es für ihn sang. Er dachte, daß er sich nie von ihr würde befreien können. Doch zugleich war sie auf der anderen Seite der Finsternis, unerreichbar für ihn und seine Fähigkeit zu glauben, unerreichbar für jeden wie ihn, für jeden, der für Zauberei so unbegabt war wie er. Der nicht einmal für den morgigen Tag bereit war, geschweige denn für die Welt, die da kommen sollte.

Wenn er zu ihr gehen sollte, würde es dort, wo sie stand, keinen Boden geben, auf den er seine Füße setzen konnte. Sie war der Sprung, zu dem er nicht imstande war. Wenn das Ende der Welt bevorstand, war sie das Schicksal, das ihn ereilen würde, der Sturz von der Brücke über das Hinnom-Tal, den er erleiden würde. Er konnte die Brücke nicht überqueren, doch ebensowenig konnte er ganz in den Abgrund stürzen. Er würde schweben, gefangen in einer irregeleiteten Liebe. Halb glaubend, halb seiend. Wußte sie, daß er dort draußen in der Finsternis war? Oder war sie durch die Musik in den steinernen Himmel der Juden gehoben worden, in den aus einem Saphir geschnittenen Saal eines vorsitzenden Engels, wo Liebe sich auflöste und alles mit einem anderen Namen benannt wurde? Sie hatte seine Anrufe aus Zypern und Haifa nicht beantwortet.

Yo no digo esta canción,
sino a quien conmigo va.

Lucas war wie gebannt. Selbst Obermann, der neben ihm saß, gab sich der Musik hin und wiegte den rundlichen, unmusikalischen Körper hin und her.

Als Lucas sich umsah, wurde ihm bewußt, welche Macht diese Musik über die Zuhörer hatte. Viele trugen das Uroboros-Medaillon um den Hals. Obermann war das ebenfalls aufgefallen.

»Irgendein Silberschmied macht gute Geschäfte«, bemerkte er. »Wissen diese Leute überhaupt, was es bedeutet?«

Darüber konnte Lucas keine Auskunft geben.

»Es steht im *Sohar*«, sagte Obermann. »Bei den hellenisierten Synkretisten war die Schlange ein Symbol für Serapis. Man könnte noch mehr dazu sagen.«

Daran wurde er jedoch von den Leuten neben ihm gehindert, die entrüstet zischten. Die Zwischenrufer waren nicht verstummt – Lucas hatte sie während seiner Meditation über Sonia lediglich ausgeblendet.

Dann traten De Kuff und Raziel an den Rand der Bühne. De Kuff hatte die Arme hoch erhoben. Sonia hatte Charlie Walsings Tamburin genommen und folgte De Kuff.

»Zirkus!« schrie einer der Jungen. »Clowns!«

De Kuff rezitierte Verse, möglicherweise aus dem *Sohar*. Was immer es war, es paßte hervorragend zu seiner Stimme. Es war jedoch schwierig, ihn zu verstehen, weil die Zwischenrufer unter den Bäumen, die sich während der Darbietung zurückgehalten hatten, jetzt wieder lauter wurden.

»Die Worte ändern sich, doch das Lied ist unvergänglich«, rief De Kuff. Sein Gesicht war gerötet und glänzte vor Schweiß. »Die Worte sind nur eine Chiffre für die Wahrheit, die hinter ihnen verborgen ist. Eine Abdeckung über dem heiligen Licht, wo es die Finsternis dieser Welt bedroht.«

Die Zwischenrufer begann *Onward, Christian Soldiers* zu singen, ein Lied, dessen Text offenbar viele kannten. »Entschuldigung«, rief der Cockney unverdrossen.

Das Publikum raunte, lachte, zischte.

»Ein Mysterium!« rief De Kuff.

Am seitlichen Rand der Bühne sagte Raziel zu Sonia: »Jetzt kommt es. Jetzt kommt Nummer vier.«

Raziel und Sonia grinsten sich an. Sie schlug das Tamburin viermal und schüttelte es zu silbrigen Scherben.

»Entschuldigung!« rief der Junge unter den Johannisbrotbäumen.

»Alle Mysterien sind in Wahrheit ein und dasselbe Mysterium!« rief De Kuff. »Ob wir den allmächtigen Gott verehren oder die Zefirot – wir sind doch dieselben. Es gibt die eine Wahrheit! Es gibt den einen Glauben! Es gibt die eine Heiligkeit! Und wenn die Welt, die da kommen soll, anbricht, werden wir alle durch unsere Geburt, durch die Parzufim, auf dem Berge Sinai gestanden haben. Es gibt kein Israel! Es gibt nichts anderes als Israel! Es gibt nur das *eine* Mysterium! Ihr seid *eines* Glaubens! Ihr alle glaubt an das *eine* Herz! Wer diesen gemeinsamen Glauben aufgibt, gibt das Leben auf!«

Sogar die Zwischenrufer verstummten und versuchten, diese Doktrin zu durchdenken. Als sie fortfuhren zu schreien, hatte ihre Wut sich vervielfacht.

»Das ist es, was zum Vorschein kommt, wenn die Schlange ihre Haut abstreift!« rief De Kuff.

Sonia schlug das Tamburin.

»Es steht geschrieben, daß ich euch aufrütteln werde. In der Ödnis der leeren Hüllen zeige ich euch das Unerschaffene Licht, das Leinen und die Wolle.«

Raziel flüsterte dem alten Mann etwas zu. De Kuff wandte sich Sonia zu, nahm ihre Hand und präsentierte sie dem Publikum.

»Dies ist Rachel«, sagte er. »Dies ist Leah.«

Ein Wind erhob sich und schüttelte die Pinien. Sonia sah auf zu den Sternen.

»Verdammter Wichser!« schrie der religiöse Junge aus London, der zuvor immer »Entschuldigung!« gerufen hatte.

Raziel trat vor.

»Danke, daß ihr gekommen seid, um mit uns eins zu sein. Seht in eure Herzen.«

Jubelrufe wurden laut. Wut- und Freudenschreie erklangen. Im Garten entstand Unruhe.

De Kuff, Raziel und Charlie Walsing begannen wieder zu spielen. Sonia summte leise mit. Vor der Bühne bildete sich eine Traube von Menschen, die treue Anhänger zu sein schienen.

Lucas drängte sich durch die Menge in Richtung Sonia. Er dachte daran, daß es ihm immer gelungen war, aus seinem Leben alle Menschen zu entfernen, von denen er geglaubt hatte, daß sie ihn mit Wahnsinn oder Zerstörung bedrohten. Sein eigener Halt war, fand er, so schwach, daß ihm keine andere Wahl blieb, als rigoros zu sein. Als er Sonia nun auf der Bühne sah, verwandelt in den Derwisch, der sie sein wollte, glaubte er, sie nie wieder loslassen zu können.

Und die Bühne, auf die er sich unter Mühen zubewegte, bot einen seltsamen Anblick. Der verrückte Walsing mit seinem Tamburin. Sein Bruder, der heute abend aussah, als hätte er sich auf dem Weg zum Lincoln Center verlaufen. De Kuff mit seinem krebsroten Gesicht und Raziel mit seiner Sonnenbrille und der schwarzen Hipsterkluft. Sonia als Rachel und Leah, mit leuchtenden Augen. Er konnte sich die Buchstaben der Thora als feurige Lettern am Nachthimmel vorstellen. Das war es, worum es in dieser Musik ging: um eine Art göttlich inspirierten Alptraum aus einer anderen Welt.

»Du hast den Glauben«, sagte Raziel zu Sonia. »Ich höre deinen Glauben.«

»Ja«, sagte sie.

»Die Macht, die hier am Werk ist, ist wie Musik«, sagte er. »Sie transzendiert die gewöhnliche Realität, so wie die Musik. Was auch geschieht, Sonia: Sing weiter. Du wirst uns zur Erlösung singen. Du wirst uns in die Welt, die da kommen soll, singen.«

»Lieder«, sagte sie. »Das ist alles, was ich kann.«

Lucas trat zu ihr.

»Warum hast du nicht zurückgerufen?« fragte er sie. »Sprichst du nicht mehr mit mir?«

»Jetzt schon«, sagte Raziel.

Lucas beachtete ihn nicht.

»Ich muß mit dir sprechen«, sagte er zu Sonia. »Wo du willst und wann du willst.«

»Ja, gut«, sagte sie. »Es tut mir leid, daß ich nicht zurückgerufen habe. Ich bin so durcheinander.«

»Schon in Ordnung«, sagte Lucas. »Ich rufe dich morgen hier an. Können wir uns dann treffen?«

Sie legte eine Hand auf seinen Ellbogen und zog sie gleich darauf wieder zurück. »Ja, natürlich.«

»Mehr will ich gar nicht.«

Ein paar Polizisten begannen, den Garten zu räumen. Lucas suchte nach Obermann und stand plötzlich vor Sylvia Chin vom amerikanischen Konsulat. Sie war schwarz gekleidet, trug ein Jade-Amulett, dessen Gestaltung auf eine heilige Geometrie hinzudeuten schien, und sah sehr zart und feenhaft aus. Ihr Begleiter war ein hochgewachsener Mann mit ergrauenden Haaren, offenbar ein Europäer.

»Hallo. Wie war Zypern?« fragte sie Lucas.

»Mies.«

»Und die Konferenz?«

»Erbaulich bis zum Erbrechen.«

»Und was halten Sie von dieser Darbietung?« fragte Sylvia.
»Auch ziemlich erbaulich, nicht? Diese Patschulidüfte. Diese Jugendlichen auf Ecstasy.«

»Die habe ich nicht gesehen. Meinen Sie die Zwischenrufer?«

»Nein, die natürlich nicht. Die sprechen jeden Morgen ihr Gebet. Ich meine die ganz vorn, vor der Bühne. Die mit den verdrehten Augen und den Tränen auf den Wangen.«

»Die sind mir nicht aufgefallen.«

»Ich hab die Marshalls bei De Kuff gesehen. Alle beide.«

»Wer sind sie?«

»Also, der eine Mr. Marshall ist ein Gauner aus New York, für den wir gerade einen Auslieferungsantrag gestellt haben. Ein Altkleiderhändler. Der andere Mr. Marshall ist sein Sohn. Sie sind zu Kuffisten geworden.«

»Sie werden wahrscheinlich auf Unzurechnungsfähigkeit plädieren«, sagte Lucas, »und suchen schon mal nach einer guten Begründung.«

»Könnte sein«, sagte sie. »Der Alte hat alles auf der Rennbahn verloren, also wurde ein Verwalter eingesetzt, und das endete dann damit, daß die Leute an ihn *und* den Verwalter bezahlt haben. Darum sind die Gläubiger dann vor den Kadi gegangen. Es geht um Millionen.« Sie verabschiedete sich und war verschwunden.

»Nun, was meinen Sie?« fragte Obermann, als sie gegangen war. »Fühlen Sie sich gesegnet?«

»Er zieht es bis zum Ende durch, was?«

»Sieht so aus. Gnostizismus. Synkretismus.«

»Was kommt als nächstes?«

»Ich glaube«, sagte Obermann, »ich glaube, ich weiß, was als nächstes kommt.«

»Was denn?«

»Warten wir ab«, sagte Obermann, »und sehen wir, ob ich recht behalte.«

»Aber das hier kann nirgendwohin führen«, sagte Lucas. »Es muß doch in sich zusammenbrechen, oder? Und es ist gefährlich. Besonders hier in Israel.«

»Für die Leute hier sind das keine abstrakten oder akademischen Fragen«, sagte Obermann. »Also ist es gefährlich. Und es ist auch gefährlich für das Ich. Diese Menschen sind nur Menschen. Sie können hinweggefegt werden.«

»Aber wenn das Ende tatsächlich nahe ist«, sagte Lucas, »muß es doch jemand geben, der sich dem Feuer nähert.«

»Sie klingen schon wie einer von denen«, sagte Obermann. »Vielleicht sollten Sie lieber auf Abstand gehen. Ich habe gesehen, daß Sie mit Sonia gesprochen haben.«

»Ich habe keine andere Wahl«, sagte Lucas. »Im Augenblick jedenfalls. Ich kann sie nicht hierlassen. Ich meine, bei diesen Leuten.«

»Schicken Sie sie zu mir«, sagte Obermann.

»Das halte ich für eine schlechte Idee.«

»Sagen Sie ihr, daß all diese Geschichten auch eine Warnung enthalten, dem Göttlichen nicht zu nahe zu kommen. Die Kundalini zerstört. Aktaion wird von seinen Hunden zerrissen. Usa starb bei der Lade Gottes. Auch Sie sollten das nicht vergessen.«

»Ich brauche keine Warnung«, sagte Lucas.

»Vielleicht. Aber versuchen Sie, einen kühlen Kopf zu bewahren. Wir haben ein Buch zu schreiben.«

»Ich werd's versuchen.«

»Für uns steht etwas auf dem Spiel«, sagte Obermann. »Und ich traue diesem verschlagenen Raziel nicht. Ich will nicht erleben, daß jemand wie Otis oder Darletta diese Leute auf die Reise schickt und mit dem Geld des alten Mannes abhaut.«

35 »Du mußt verstehen«, sagte Sonia am nächsten Tag zu ihm, »daß du dich entscheiden mußt. Und ich glaube nicht, daß du imstande bist, dich für mich zu entscheiden.«

»Du sprichst nur nach, was diese Leute dir vorsagen.«

»Wenn du mich wolltest, wäre ich deine Frau. Aber das ist nicht geschehen, weil es nicht geschehen konnte. Nicht solange du das, was ich glaube, verachtest.«

»Ich verachte nicht das, was du glaubst«, widersprach Lucas. »In gewisser Weise fühle ich mich wirklich dazu hingezogen. Und dich verachte ich ganz sicher nicht.«

»Ich glaube, das tust du doch. Raziel sagt, das ist es, was zwischen uns steht. Und immer zwischen uns stehen wird.«

»Mußt du diesem Arschloch über alles Bericht erstatten, was in deinem Leben passiert?«

»Er ist mein Führer.«

»Dein *Führer*! Lieber Himmel! Er ist ein Junkie, der Leute manipuliert. Er kann keinen Sex haben, weil er süchtig ist, und er will nicht, daß du welchen hast.«

»Er hat mit den Drogen aufgehört, Chris. Und du – tut mir leid, das sagen zu müssen –, du hast neulich nachts nicht gerade die Erde beben lassen. Das liegt daran, daß du dich nicht öffnen willst.«

»Danke, daß es dir leid tut, das sagen zu müssen«, sagte Lucas.

Sie war einverstanden, ihn am Abend zu einem Konzert in Mischkenot zu begleiten. Von dem Freilufttheater aus konnte man die beleuchteten Mauern der Altstadt sehen.

Das Streichquartett aus russischen Immigrantinnen beendete das Konzert mit Schostakowitschs Streichquartett in D-Dur, das er geschrieben hatte, nachdem er in Dresden gewesen war. Er hatte es den Opfern von Krieg und Faschismus gewidmet und insgeheim auch den Opfern des Regimes, das er zu preisen vorgab. Die Russinnen wirkten streng; die erste Geigerin besaß eine tragische Schlichtheit und einen Stil, der in seiner verhaltenen Leidenschaft beinah weihevoll war. Lucas fand sowohl sie als auch ihr Spiel unsagbar schön. Yad Vashem, der Gulag, Gaza, Exil, Grausamkeit, Mitleid. Manchmal schloß sie ihre Augen beim Spielen, dann wieder waren sie offen, als sähe sie etwas, das sie mit großer Trauer erfüllte. Wenn man sie hörte, dachte Lucas insgeheim, war man der Schechina nahe.

»Man kann so etwas nicht hören«, sagte Sonia, »ohne zu glauben, daß Gott durch die Menschen spricht. Und durch die Menschen bewirkt er Geschichte.«

»Nein«, sagte Lucas. »Aber es ist schöner, das zu glauben.«

»Ach, Chris«, sagte sie, »was könnte dich überzeugen?«

»Kunst ist nichts Übernatürliches. Sie ist nicht Religion. Sie ist noch nicht mal das wirkliche Leben. Sie ist nur schön.«

Er fuhr sie zurück nach Ein Karem. Sie stieg aus und blieb neben dem Wagen stehen.

»Ich könnte dich glücklich machen, wenn du mich nur lassen würdest«, sagte sie.

»Das glaube ich, Sonia. Mit dir zusammenzusein macht mich glücklich.«

Es war nicht ganz das, was er hatte sagen wollen, und es war auch nicht ganz die Wahrheit. Sie war das Ziel seiner Wünsche und seiner Einsamkeit.

»Unsere Seelen haben dieselbe Wurzel. Wir verlieben uns immer wieder. Aber solange du nicht glaubst und nicht verstehst, wirst du unglücklich sein. So wie jetzt.«

»Vielleicht hast du recht«, sagte er.

Er fuhr zu der Garage an der Jaffa Road, die er gemietet hatte. Sein Apartment erschien ihm besonders häßlich und kalt, und er sehnte sich sehr nach Tsillas Wohnung im deutschen Viertel mit den angrenzenden Gärten. Er stand am Fenster und sah auf die leeren Straßen von Jerusalems moderner Innenstadt. Es hatte begonnen zu regnen.

Am nächsten Tag war das Wetter so schön, daß vor dem Atara Tische und Stühle aufgestellt waren, doch Obermann saß am selben Tisch wie gewöhnlich: drinnen, neben der Espressomaschine.

»Ich werde etwas über Herzog schreiben«, sagte Lucas zu seinem Koautor.

335

»Er leidet eigentlich nicht am Syndrom«, sagte Obermann.
»Aber er ist ein interessanter Fall.«

»Ein interessanter Mensch.«

»Identifizieren Sie sich mit ihm?«

»Ich maße mir nicht den Status eines Holocaust-Überleben-den an«, sagte Lucas. »Und ich weiß nicht, ob ›identifizieren‹ das richtige Wort ist. Etwas in ihm wartet vor dem Kreuz auf seine Eltern. Dort, wo sie ihn verlassen haben.«

»Ja, ich verstehe.«

»Etwas Kurzes«, sagte Lucas. »Weil er, als er hierherkam, auf der Suche war. Aus einer Loyalität heraus, die zurückgewiesen worden ist.«

»Verachtet und zurückgewiesen«, sagte Obermann. »Gute Idee. Tun Sie das.« Über seinen türkischen Kaffee hinweg musterte er Lucas kritisch. »Sie sehen nicht gut aus. Alles in Ordnung?«

»Ich glaube schon«, sagte Lucas. Er hielt kurz inne und fuhr fort: »Gestern abend war ich mit Sonia in einem Konzert.«

»Gut«, sagte Obermann. »Wenigstens schirmen die sie nicht von der Außenwelt ab. Noch nicht.«

»Das würde ich nicht zulassen.«

»Mein lieber Freund«, sagte Obermann, »sie werden ihr Holz und Nägel geben, und dann wird sie sich ihr eigenes Gefängnis bauen. Schade, daß Sie persönlich betroffen sind. Aber glauben Sie mir: Ich verstehe Ihre Situation.«

»Wegen Linda?« Lucas schüttelte den Kopf. »Komisch, aber ich habe Schwierigkeiten, mir Sie als schmachtenden Lieben-den vorzustellen.«

»Glauben Sie, weil ich Arzt bin, habe ich keine Gefühle?«

»Tut mir leid«, sagte Lucas. »Außerdem habe ich, wenn ich das sagen darf, für Linda Ericksen nicht viel übrig. Die Vorstellung, daß jemand bei ihr emotional wird, fällt mir schwer.«

»Sie ist eine Schickse«, sagte Obermann. »Eine kleine amerikanische Schickse. Aber man kann eine Vorliebe für Schicksen entwickeln.« Er tat ein Zuckerstück in seinen pechschwarzen Kaffee und rührte um. »Und ich frage mich, über was sie sich mit Zimmer unterhält. Ich denke viel über Zimmer nach. Hat Sonia übrigens mal irgendwas über die Ebioniten gesagt?

Oder über die klementinischen *Recognitiones*? Wissen Sie etwas darüber?«

»Ich hab mal irgendwas darüber gehört. Ist schon lange her. Ich glaube, in der Schule. Sonia hat sie nie erwähnt.«

»Nein? Hat sie Ihnen nicht gesagt, daß Sie beide in einem früheren Leben Ebioniten waren?«

»Sie hat gesagt, unsere Seelen hätten dieselbe Wurzel. Und sie behauptet, meinen Tikkun zu kennen.«

»Die Ebioniten sind eine fixe Idee von Raziel. Wenn ich mich nicht irre, wird Sonia Ihnen bald von ihnen erzählen.«

»Das ist ein deprimierender Gedanke.«

»Die Ebioniten«, sagte Obermann, »waren jüdische Christen – ich meine, ganz früher, in den Tagen der jüdischen Kirche, der Kirche Jakobs. Die *Recognitiones* gehörten zum Kanon ihrer Schriften. Raziel glaubt, daß De Kuff und Sonia die Seelen von Ebioniten in sich tragen. Von Ihnen scheint er das ebenfalls zu glauben. Er glaubt, daß der Messias von dieser Wurzel kommen wird. Darum ist er so auf De Kuff fixiert. So sehe ich das jedenfalls.«

»Meinen Sie wirklich, daß sie so stark unter Raziels Einfluß steht?«

»Ich fürchte, ja. Im Augenblick. Aber ich glaube, sie mag Sie. Immerhin sagt sie, daß Sie beide eine gemeinsame Seele haben.«

»Aber ja«, sagte Lucas.

Am Nachmittag fuhr er zur Bibliothek der Hebräischen Universität, um etwas über die Ebioniten und die Klementinen herauszufinden. Alles, was es über diese Themen gab, war, soweit er dem Katalog entnehmen konnte, auf deutsch. Es gab nur eine einzige englische Monographie, eine Zusammenfassung, die Christus als jüdisch-gnostischen Äon beschrieb, der Adam als Schlange und später auch Moses erschienen war. Jesu Seele war es bestimmt, sich immer wieder auf Erden zu verkörpern, bis sie schließlich, am Ende der Zeiten und manifestiert in einem anderen Menschen, als Messias zurückkehren würde.

Lucas sah unter dem Katalogeintrag »Jüdische Christen« nach und entdeckte, daß Walter Benjamin über Pico della Mirandolas mystische Ableitung der Dreieinigkeit aus dem *be-*

reschit, dem ersten Wort der Genesis, geschrieben hatte. Er war von diesem Verweis merkwürdig berührt: Benjamin war ein Mentor seines Vaters gewesen, jemand, der für ihn zum Kreis seines Vaters gehört hatte.

Als es Abend wurde, machte er einen Spaziergang durch die Altstadt. Vor dem Portal der anglikanischen Herberge und des Christian Information Service standen viele Ausländer. Straßenjungen kamen aus den Schatten und verwirrten sie mit falschen Informationen und Wegbeschreibungen. Der blinde Bettler, den alle Mansour nannten, tastete sich zwischen ihnen hindurch, packte sie an den Aufschlägen und verlangte Bakschisch. Mansour war eine Legende. Es hieß, er sei mit einer Ahle geblendet worden, von einer verrückten Amerikanerin, die er angesprochen hatte. Viele Palästinenser glaubten, das Ganze sei geplant gewesen, ein brutaler Akt der Bestrafung, der auf das Selbstbewußtsein der palästinensischen Männer gezielt habe, und die Frau sei, unbehelligt durch die israelische Regierung, in ihr Heimatland gebracht worden. Im Souk fand Lucas seinen palästinensischen Bekannten Charles Habib hinter der Theke in seinem Café.

»Kein Bier«, sagte er sogleich zu Lucas.

»Kein Bier?«

»Kein Bier. Aus Respekt vor den Märtyrern.«

»Ich verstehe«, sagte Lucas. »Aber immerhin sind Sie geblieben. Dann trinke ich eben einen türkischen Kaffee.«

»Arabischen Kaffee«, korrigierte Charles ihn. »Was macht die Schriftstellerei? Schreiben Sie über Woody Allen oder die Madschnunim?«

»Die Madschnunim.«

»Gut«, sagte Charles. »Habe ich Ihnen schon erzählt, daß meine Nichte aus Watertown, Massachusetts, herkommt? Sie kann mir die neuesten amerikanischen Moden beibringen. Und ich muß ein Auge auf sie haben, damit sie nicht in Schwierigkeiten gerät.«

»Warum kommt sie her?«

»Meine Schwester will, daß sie sieht, wie es hier ist. Ich hab ihr gesagt, sie soll es vergessen. Es ist besser, wenn sie nichts davon weiß.«

Im Spiegel an der Rückwand des Cafés sah Lucas für einen

Augenblick eine junge blonde Frau. Er hätte schwören können, daß es dieselbe war, die er in Haifa, in Jonas Herzogs Benediktinerkloster, gesehen hatte. Er fuhr herum und sah sie von hinten – ihr offenes blondes Haar war in der Menge gut zu erkennen. Sie schien auf die Biegung in der Via Dolorosa zuzugehen, die zu dem Platz vor der Grabeskirche führte. Gleich darauf glaubte er, auch Sonia zu sehen, ihren Schal und das Grübchen auf ihrer Wange zu erkennen.

»Ich muß gehen«, verabschiedete er sich abrupt von Charles.

Er stand auf und folgte den Trugbildern, die er gesehen hatte. In der Menge vor der Kirche konnte er sie nicht entdecken. Während er seinen Blick schweifen ließ, hatte er den Verdacht, daß sowohl Sonia als auch die junge Sünderin aus Haifa Ausgeburten seiner Phantasie gewesen waren. Zu seiner eigenen Überraschung trat er mit den Touristen in die Kirche.

Sogleich sprach ihn ein junger Mann in schwarzem Anzug und schwarzer Krawatte an.

»Bleiben Sie zur Vigilie?« Er klang, als sei er aus dem Mittleren Westen, vielleicht aus Kanada.

Lucas sah über die Schulter des Mannes und versuchte, Sonia oder die andere Frau zu entdecken, doch sie waren in den Schatten und auf den verschiedenen Ebenen der Kirche verschwunden. Weihrauchschwaden schwebten, Kerzen flackerten. Die Atmosphäre war dazu angetan, den Geist der Menschen des zehnten Jahrhunderts zu betören.

»Vielleicht«, sagte Lucas.

»Dann müssen Sie um neun Uhr hiersein.«

»Gut«, sagte Lucas und ließ ihn stehen. Sollte Sonia – was allerdings unwahrscheinlich war – beschlossen haben, an einer Vigilie in der Grabeskirche teilzunehmen, dann würde sie sie, glaubte er, hoch oben unter dem Dach verbringen, wo die Äthiopier ihre Kapelle hatten. Doch als er die Stufen zum Dachkloster hinaufgestiegen war, stellte er fest, daß die Tür verriegelt war.

Er war seit Ostern, als der Madschnun in der Grabeskirche gewütet hatte, nicht mehr hiergewesen. Der halbdunkle Raum war voller Pilger aus dem Ausland, und er nahm an, daß das Bild der blonden Frau aus Haifa eine Projektion gewesen war, ausgelöst durch die Anwesenheit so vieler Fremder in der

Stadt. Oder ein Vorzeichen, dachte er. Der Engel der Einsamkeit, der ihn zu einem verschwundenen Zuhause rief. Irgendeine eigenartige Umkehrung. Und Sonia hatte er gesehen, weil er sie hatte sehen wollen.

Die Pilger wanderten umher, verwirrt, erdrückt vom Dämmerlicht, innerlich hin und her geworfen von der Kielwelle der ehrfurchtgebietenden Ereignisse, an die zu glauben sie sich mühten. Als Lucas zum Portal ging, stellte sich ihm der junge Mann, der ihn zuvor angesprochen hatte, in den Weg.

»Die Tür ist verschlossen.«

»Was?«

»Sie ist verschlossen. Wir halten eine Vigilie.«

Lucas sah ihn verständnislos an.

»Sie bleibt bis vier Uhr verschlossen«, sagte der Mann. Ein süßliches Grinsen breitete sich auf seinem schmalen, verkniffenen Gesicht aus. »Wir haben keinen Schlüssel, müssen Sie wissen.«

Zu seinem Entsetzen erkannte Lucas, daß heute eine jener Nächte war, in denen es Gruppen erlaubt war, bis zum Morgengrauen in der Kirche zu bleiben. Und es stimmte, daß niemand hier einen Schlüssel zur Kirchentür hatte. Dieser wurde jeden Abend von einer der beiden dazu berechtigten moslemischen Familien bis zum nächsten Morgen in Verwahrung genommen. Es gab keine Möglichkeit, hinauszukommen. Er war gefangen.

»Gott im Himmel!« sagte Lucas. »Scheiße!«

Der junge Mann fuhr entsetzt und voll Abscheu zurück. Eine Welle unsichtbarer Entrüstung ging durch das Halbdunkel.

»Sie können ja versuchen, den Küster zu finden«, sagte der Mann mit einem Anflug von christlicher Demut.

Lucas machte sich auf die Suche nach einem Aufseher, fand jedoch nur verwirrte Touristen und feuchte Kammern, in denen Kerzen flackerten. Es war, als versuchte er, den Weg aus dem Jenseits zu finden.

Schließlich stieß er auf eine Gruppe kniender Palästinenser in Arbeitskleidung, umgeben von einem Durcheinander aus Werkzeug. Auf dem Boden lag ein riesiger, schmutziggrauer Schlauch, der aussah wie ein Requisit für einen Science-fiction-Film aus Hollywood: »Die Riesenraupe aus dem Weltall«. Daneben einige Gebläse und Kupplungen. Die Araber waren jedoch so ins Gebet vertieft, daß Lucas sie nicht stören wollte. Er setzte sich auf die Treppe zur Krypta der heiligen Helena und dachte über die idiotische Situation nach. In der Nähe der Kapelle der Schmerzen versammelten sich die Pilger zum Gebet. Sie begannen mit der billigen Imitation eines Gregorianischen Chorals, und ihr verwaschener, nasaler, monotoner Gesang war erfüllt von einer schrecklichen Inbrunst, die, so war zu befürchten, bis zum Morgengrauen nicht nachlassen würde.

Lucas fiel der Madschnun ein. Wenn er überzeugend zu wüten begann, wenn er hüpfte, schrie und kreischte, würde er ihnen vielleicht so sehr auf die Nerven gehen, daß sie ihn freilassen würden. Andererseits, dachte er und sah sich um, befand er sich vermutlich unter der Jurisdiktion der sechs christlichen Gemeinschaften und nicht unter der des Staates Israel, jedenfalls bis zum Morgengrauen. Ungebührliches Verhalten zog womöglich schreckliche Sanktionen oder schwere mittelalterliche Strafen nach sich. Ketten. Die Streckbank.

Gott im Himmel. Scheiße.

Die Christen sangen inbrünstig. Mit einemmal ertönte ein Lärm, wie er ihn noch nie zuvor gehört hatte. Er klang, als würde ein schräger Akkord auf einer schlecht gestimmten transzendentalen Dampforgel gespielt, als hätten sich alle zur Hölle verdammten Preßlufthämmer zusammengetan, um das Universum zu pulverisieren.

Die klagenden Echos wurden von den Gewölben und Höhlungen der Kirche unvorstellbar verstärkt und in ein kakophonisches Lamento über die Geschichte oder vielleicht eine sehr laute Zwölfton-Messe verwandelt, in eine Art Apologie der Verbrechen und Torheiten der Religionen.

Lucas erhob sich. Er sah zwar, daß die Christen protestierten, doch ihre Stimmen wurden von dem großen heiligen Lärm übertönt.

Die palästinensischen Arbeiter, die vor dem Katholikon gebetet hatten, waren verschwunden und hatten ihr Werkzeug mitgenommen. Als Lucas sich der Kapelle der Schmerzen näherte, sah er den Grund für den Disput: Der orthodoxe Patriarch der Kirche hatte diese Nacht auserkoren, um seinen steinernen Besitz reinigen zu lassen – zur Hölle mit den Vigilien und Gebeten der Schismatiker. Die Organisatoren der Nachtwache machten den Arbeitern Vorhaltungen, doch das freundliche Lächeln der Araber, deren Dampfstrahler weiterhin auf Hochtouren liefen, ließ erkennen, daß Vorhaltungen ganz und gar zwecklos waren.

Der junge Mann, der am Portal gestanden hatte, sah Lucas und schrie ihn an.

»Ist das zu glauben? Mit Dampfstrahlern! Ausgerechnet heute nacht!«

Es war schwer, sich zu verständigen. Sie mußten sich sehr anstrengen.

»Vielleicht«, schrie Lucas, so laut er konnte, »wollen sie verkaufen.«

Dann machte er sich auf die Suche nach einem Ort, wo er sich verkriechen konnte.

36 An diesem Abend saßen Janusz Zimmer und Yakov Miller, der Anführer der militanten Siedlerorganisation, unter den Olivenbäumen im Garten des »Hauses des Galiläers«. Dov Kepler, der häretische Chassid, und Mike Glass, der Junior-College-Professor und Football-Trainer, waren ebenfalls anwesend. Um sich der christlichen Atmosphäre des Hauses anzupassen, hatten die frommen Juden ihre Käppchen abgenommen.

Auf den gleichen unbequemen Stühlen wie die anderen saßen abseits, etwa sechs Meter entfernt, Linda Ericksen und ein junger Mann namens Hal Morris. Hal wirkte sauber und anständig und nordamerikanisch, und er war so schüchtern, daß er in Lindas Gegenwart wenig mehr tat, als seine Schuhe zu betrachten.

»Der Rest unserer Ausrüstung müßte diese Woche kommen«, teilte Zimmer dem Kriegsrat mit. Er wandte sich dabei hauptsächlich an Rabbi Miller. »Alles, was wir für die Entfernung der Moschee brauchen. Lestrade wird Otis den Grundriß geben, und der gibt ihn an mich weiter. Wir haben ein paar Spezialisten, die das Material an den richtigen Stellen deponieren werden.«

»Was verwenden sie?« fragte der Mann von der West Bank. »Ich frage nur aus Neugier.«

»Plastiksprengstoff. Made in Iran.«

»Wird er auch explodieren?«

»Wollen Sie dabeisein und zusehen?«

»Ich will nicht, daß Menschenleben gefährdet werden«, sagte der exzentrische Chassid. »Unsere Soldaten sind rings um den Tempelberg stationiert. Der Platz am Kothel könnte beschädigt werden.«

»Die Schäden werden auf ein Minimum begrenzt bleiben. Für die Soldaten können wir nichts tun. Der Kothel wird unbeschädigt bleiben.«

»Bei dem Anschlag auf das Hotel King David sind auch Juden getötet worden«, sagte Yakov Miller.

Mike Glass zog die Augenbrauen zusammen und rieb sich die Stirn.

»Sehr richtig«, stimmte Zimmer zu. »Wenn Sie nichts dagegen haben«, sagte er zu Miller, »würde ich mich jetzt gern mit dem jungen Mann unterhalten, den Sie mitgebracht haben.«

Miller rief Hal Morris auf hebräisch zu sich. Der junge Mann, dessen Kenntnisse dieser Sprache begrenzt waren, sah erschrocken hoch und zeigte fragend auf sich selbst. Linda stieß ihn lachend an und sagte, er solle aufstehen und den Befehl befolgen.

»Du auch, Linda«, sagte Zimmer. »Setzt euch beide zu uns. Wir werden bald einige Gerätschaften aus dem Gazastreifen geliefert bekommen«, fuhr er fort. Er sah seine Mitverschwörer der Reihe nach an. Am längsten ruhte sein Blick auf Miller. »Der Zeitpunkt ist gekommen, euch ins Vertrauen zu ziehen«, sagte er zu Morris und Linda. »Linda weiß es schon, Sie vielleicht nicht: Wir wollen die Moscheen des Feindes auf dem Tempelberg zerstören.«

»Und den Tempel wiedererrichten«, sagte Morris mit brüchiger Stimme. »Das hat man mir gesagt.«

Miller betrachtete ihn mit einem Stolz, der wie Liebe war. »Ist schon ein Tag festgesetzt?«

»Das wollte ich auch fragen«, sagte Dov Kepler, der Chassid. »Manche Tage sind, wie Sie wissen, besonders glückverheißend.«

»Der neunte Aw wäre ein guter Tag«, sagte Mike Glass. Der neunte Aw war für die Juden ein Tag des Fastens und der Klage: Sowohl der erste als auch der zweite Tempel waren an diesem Tag zerstört worden.

»Tisha b'Aw wäre tatsächlich ein guter Zeitpunkt«, sagte Miller. »Aber in letzter Zeit sind die Sicherheitsmaßnahmen an diesem Tag besonders streng. Die Frommen werden allerdings den Fastentag einhalten. Das wäre ein Vorteil.«

»Immerhin ein Rosch Hodesch«, sagte Kepler.

Zimmer beobachtete sie nur.

»Tisha b'Aw ist bald«, sagte Miller. »Kann bis dahin alles bereit sein?«

»Das wäre wunderbar«, sagte Kepler glücklich.

»Wir werden keinen besonderen Tag auswählen«, sagte Zimmer. »An Feiertagen besteht immer die Möglichkeit, daß zusätzliche Sicherheitsvorkehrungen getroffen werden. Und es wird mehr geredet.«

»Stellt euch das vor«, sagte Miller. »Ein Feiertag des Herzens. Vielleicht ein neuer Feiertag für Juden in aller Welt. Und dann für alle Menschen auf der Welt. Vielleicht könnte man Tisha b'Aw mit der Wiedererrichtung des Tempels für alle Zeiten abschaffen.«

»Wie aufregend«, sagte Linda. »Es ist wunderbar, dabei helfen zu dürfen.«

»Baruch Hashem«, sagte der junge Morris.

»Deine schwarze Sufi-Freundin muß wieder in den Gazastreifen fahren«, sagte Zimmer zu Linda. »Sie muß dort gesehen werden. An dem Tag, an dem wir den Sprengstoff hierher transportieren, wirst du im Namen der Menschenrechtskoalition dorthin fahren. Wenn du kannst, holst du Ernest Gross' Einverständnis ein. Wenn nicht, fährst du trotzdem. Sind Sie jemals im Gazastreifen gewesen, Mr. Morris?«

»Nein«, sagte der und errötete. »Ist es schlimmer als Hebron? In Hebron bin ich gewesen. Ich habe den arabischen Haß gesehen.«

»Wissen Sie, was die israelische Menschenrechtskoalition ist?« fragte Zimmer ihn.

»Eine linksgerichtete, atheistische Organisation«, sagte der junge Mann, »die aus proarabischen Juden besteht.«

»Glauben Sie, Sie könnten einen guten IMK-Mitarbeiter abgeben? Das wird nämlich Ihre Aufgabe sein. So bringen wir deine Freundin dazu, nach Nuseirat zu fahren«, sagte er zu Linda. »Sag ihr, daß du eine Begleiterin brauchst und daß du Hal helfen willst, Zeugen der brutalen Behandlung zu befragen, der die armen unterdrückten arabischen Jungen unterzogen worden sind. Mit Tonbändern natürlich.«

»Wird es denn Befragungen geben?« fragte sie.

»Kfar Gottlieb wird ein paar kooperative Araber auftreiben.« Zimmer wandte sich an Hal Morris. »Das sollten Sie sich merken: Bei der IMK nennt man sie nicht Araber, sondern Palästinenser. Wie in der antisemitischen, linksgerichteten Presse. Das ist der politisch korrekte Ausdruck.«

345

Morris lachte. »Gut, ich werd's mir merken.«

Janusz Zimmer sah ihn an.

»Sind Sie sicher, daß Sie mitmachen wollen? Wie alt sind Sie?«

»Zwanzig.«

»Student?«

»Ich bin mit dem Vorstudium fertig. Im Herbst fange ich ein Medizinstudium an der Johns Hopkins University an. Ich habe das Gefühl, daß Ärzte gebraucht werden. Aber ich werde hier sein, sooft ich kann.«

»Sind Sie überzeugt, daß es richtig ist?«

»Medizin zu studieren?«

»Nein«, sagte Zimmer. »Das hier. Das, was wir vorhaben.«

»Er ist überzeugt«, sagte Yakov Miller. »Was wollen Sie von ihm?«

»Für mich ist es, als wäre ich ein Kämpfer in den Pionierzeiten«, sagte Hal Morris. »Im Unabhängigkeitskrieg. Das macht mich sehr glücklich.«

»Gut«, sagte Zimmer. »Solange Sie überzeugt sind ... Von jetzt an heißen Sie Lenny Ackermann. Haben Sie verstanden?«

»Lenny Ackermann«, sagte Hal. »In Ordnung.«

»Seien Sie nicht so sicher, daß Ihnen die alten Zeiten gefallen hätten, Lenny. Die Atmosphäre war sehr sozialistisch.«

Als die Besprechung vorbei war und Zimmer und Linda aufbrachen, trafen sie Dr. Otis Corey Butler.

»Schalom, Chaverim«, begrüßte er sie überschwenglich.

»Guten Abend, Dr. Butler«, sagte Zimmer.

»Ich wollte Ihnen nur etwas sagen«, begann Dr. Butler. »Ich weiß nicht, ob es wichtig ist. Sie kennen doch diesen amerikanischen Journalisten? Ich weiß nicht, ob er Jude ist oder nicht.«

»Er weiß es selbst nicht«, sagte Zimmer.

»Tja, jemand hat ihn auf uns aufmerksam gemacht. Er schreibt ein Buch über das Jerusalem-Syndrom, wie er es nennt, und zwar zusammen mit Pinchas Obermann.«

Linda sah Zimmer beunruhigt an, doch dieser blieb gelassen.

»Gut«, sagte er. »Er hat sich eine ereignisreiche Zeit ausgesucht. Für sein Jerusalem-Syndrom.«

346

»Ich dachte nur, Sie sollten es wissen.«

»Wir wußten es schon«, sagte Zimmer. »Stimmt's, Linda?«

»Ja«, sagte sie unsicher. »Ich glaube schon.«

»Wenn er noch einmal vorbeikommt«, sagte Zimmer freundlich, »lassen Sie es uns bitte wissen.«

Als Pinchas Obermann am nächsten Tag im Atara von seinem Kaffee aufblickte, stand Linda Ericksen vor ihm. Obgleich er am selben Tisch saß wie immer, schien sie überrascht, ihn zu sehen, und tat, als sei dieses Zusammentreffen ein reiner Zufall.

»Linda, meine Liebe«, sagte Obermann, »setz dich doch.«

Er winkte dem Ober, der zunächst allerdings nicht kam. Da jedoch die Neugier auf diese junge Ausländerin an Obermanns Tisch stärker war als sein Wunsch, mit seinen Gedanken allein zu sein, ließ er sich schließlich dazu herab, nach den Wünschen der Dame zu fragen. Linda bestellte einen Café au lait.

»Ich habe gehört«, sagte Linda, »daß du und Christopher Lucas etwas über eine Sache namens Jerusalem-Syndrom schreibt.«

»Ein Buch«, sagte Obermann. »Leider haben wir diesen Begriff nicht erfunden.«

»Ich muß dich fragen«, sagte Linda, »ob mein Mann und ich darin vorkommen.«

»Es werden keine Namen genannt werden.«

»Aber viele werden leicht zu identifizieren sein.«

»Wer mit diesem Thema, mit diesem Bereich vertraut ist, könnte den einen oder anderen erkennen.«

»Das ist in meinen Augen eine Verletzung der Privatsphäre, die meinem beruflichen Fortkommen schaden könnte.«

»Nein«, sagte Obermann.

»Was soll das heißen, nein? Natürlich ist es das.«

»Was du da sagst, ist: Leute, die andere Leute kennen, werden schwarz auf weiß lesen können, was sie ohnehin schon wissen. Leute, die diese Leute nicht kennen, werden nur Fallgeschichten sehen.«

»Ach, hör doch auf«, sagte sie. »Hier ist die Welt klein. Besonders in unserer Branche.«

»Ich verstehe nicht«, sagte Obermann, »inwiefern sich ein

347

solches Buch von all den anderen Büchern unterscheiden sollte, die über Menschen geschrieben werden.«

»Ich kenne dich zu gut«, sagte sie. »Zu gut, um auf deine rhetorischen Tricks reinzufallen.«

»Was für rhetorische Tricks?«

»Ach, komm schon, Pinchas.«

»Weder dein Mann noch irgendeiner deiner Freunde wird schlecht wegkommen. Du übrigens auch nicht. Also mach dir keine Sorgen.«

»Komisch, aber ich finde diese Versicherung nicht besonders beruhigend.«

»Ich war derjenige, für den du Ericksen verlassen hast. Glaubst du, ich würde mich herabsetzen?«

»Ehrlich gesagt: Du bist so sonderbar, daß ich es dir zutrauen würde.«

»Linda«, sagte Obermann, »mach dir keine Sorgen. Das Buch wird dir gefallen. Es wird dich immer an deine Jugend erinnern. An deine Suche.«

»Du bist der zynischste Mensch, der mir je begegnet ist.«

»Du solltest mich gut genug kennen, um zu wissen, daß ich nicht zynisch bin. Vielleicht glaubst du, ich hätte dich nicht gemocht.«

Linda rührte in ihrem Kaffee. »Ich mag dich immer noch, Pinchas. Natürlich lebe ich jetzt mit Janusz zusammen. Aber wir sind doch keine Feinde, oder?«

»Feinde? Ich weiß nicht. Ich schreibe keine verleumderischen Bücher. Du wirst sehen, daß ich mich nicht über dich lustig mache oder dich angreife.«

»Aber du magst mich nicht mehr.«

Obermann blickte auf. Sie sah ihn mit einem erwartungsvollen Lächeln an, als sollten sie beide ihrem unfehlbaren Charme erliegen.

»Nein. Mögen ist nicht das richtige Wort.«

Sie lächelte gezwungen. »Nicht? Welches ist denn dann das richtige?«

»Mögen ist nicht das richtige Wort«, wiederholte Obermann.

»Hör zu, Pinchas«, sagte sie, »ich will dir keinen Ärger machen. Aber Janusz ist ein Hitzkopf. Er ist nicht mehr jung,

aber er ist ein ziemlich harter Bursche. Du solltest dich vorsehen.«

»Du willst wissen, was ich weiß. Darum geht's, stimmt's?«

»Ich will nur nicht, daß du und dein Freund Schwierigkeiten
bekommen.«

»Wenn ich nicht wüßte, wie sehr du mich magst, Lindale,
könnte ich auf den Gedanken kommen, daß diese zufällige Begegnung in Wirklichkeit vielleicht eine Drohung ist.«

Linda lachte verächtlich. »Eine Drohung? Eine Drohung!
Also wirklich!«

»Was sollen wir nicht schreiben? Was sollen wir unter den
Teppich kehren?« fragte Obermann. »Daß die Typen im ›Haus
des Galiläers‹ Schwindler sind? Daß sie mit den ultrarechten
Siedlern und Schlimmeren zusammenarbeiten? Was geht das
Janusz überhaupt an? Oder dich?«

»Vielleicht haben wir das Gefühl, daß du dich von dem, was
dieses Land bedeutet, abkehrst. Und daß dieses Buch, das du
und dieser andere Mann schreiben, ein Teil dieser Abkehr
ist.«

»Vielleicht glaube ich, dieses Land bedeutet, daß ich hier sitzen und meinen Kaffee trinken kann, ohne daß mir irgendein
religiöser Fanatiker im Genick sitzt. Wie es die Leute in anderen Ländern tun, wo Religion praktiziert wird und persönliche
Freiheiten garantiert sind.«

»Freiheiten«, sagte sie verächtlich.

»Eine Sache sollte Israel mir garantieren: Ich sollte nicht mit
Schwedinnen über Theologie diskutieren müssen. Insbesondere nicht mit Schwedinnen aus Wisconsin. Vor Mittag. Übrigens«, fragte er sie, »wußtest du, daß Wladimir Jabotinsky Poe
ins Hebräische übersetzt hat? *Die Grube und das Pendel*. Weißt
du, was ›Nimmermehr‹ auf hebräisch heißt?«

»Wenn du aufhören würdest, ein solcher Schlaumeier zu
sein, Pinchas, hätten wir eine Story für dich und deinen
Freund, die den Feinden dieses Landes mal so richtig Zunder
geben würde. Eine ganz und gar weltliche Geschichte. Über die
UN, die NGO, über Waffen- und Drogenschmuggel. Und darüber, wie diese Organisationen dem Terror Vorschub leisten
und Israel die Schuld geben.«

»Wenn es eine weltliche Geschichte ist, können wir sie nicht gebrauchen. Aber was soll dieser Köder? Wovor hast du Angst? Warum drohst du mir?«

»Das ist keine Drohung«, sagte Linda mit zusammengebissenen Zähnen.

»Was dann? Ein Gruß? Ein freundliches Hallo?«

»Auf Wiedersehen, Pinchas«, sagte Linda.

37 Als Lucas erwachte, sah er im Licht der Kerzen der Kapelle, in der er eingeschlafen war, ein kleines Mädchen. Es hatte honigblondes Haar und eine helle Haut, die leicht gerötet war, als wäre ihm kalt. Die Augen waren hellblau, die Nase war schmal und an der Spitze ebenfalls gerötet. Der Gesamteindruck war der einer Elfe und keineswegs unattraktiv.

»Hast du all die Kerzen angezündet?« fragte Lucas verschlafen.

»Ja«, flüsterte sie. »Ist das gut?«

»Sehr hübsch«, sagte Lucas und setzte sich auf. »Donnerwetter, du hast ganz schön viele angezündet.« In der kleinen Kapelle brannten mehr als fünfzig Kerzen. Rauch kräuselte sich zur unebenen ockerfarbenen Decke empor. Das Brüllen des Dampfstrahlers, das ihn bis in den Schlaf verfolgt hatte, war verstummt.

»Es gab mal ein Feuer«, sagte sie. »Viele sind gestorben. Sie standen dicht gedrängt.«

Sie trug eine eigenartige Uniform: eine Bluse mit weiten Ärmeln, engen weißen Manschetten und einem Stehkragen, der mit drei Knöpfen geschlossen war, darüber einen ärmellosen, knöchellangen Kittel mit einer weißen Schürze. Auf ihrem Rücken hing, gehalten von einer Schnur um ihren Hals, ein breitkrempiger Strohhut mit einem blauen Band. In der Hand hatte sie ein Sträußchen aus Lupinen und Kornblumen.

»Das Feuer, das vom Himmel fällt«, sagte sie. Ihre oberen Schneidezähne waren lang und schmal. Perlweiß. Sie verriet Lucas ihren Namen: Diphtheria Steiner. Sie war Rudolf Steiners Tochter.

»Ja«, sagte Lucas. »Das Griechische Feuer. Es löste eine Panik aus. Vor vielen, vielen Jahren. In längst vergangenen Zeiten.« Diesen Ausdruck hatte seine Mutter immer gebraucht, wenn sie von der Vergangenheit gesprochen hatte.

»Viele sind gestorben, dicht aneinandergedrängt«, wiederholte Diphtheria. »Und viele sind bei lebendigem Leibe verbrannt. Sie türmten sich an den Toren.«

»Wer hat dir davon erzählt?« fragte Lucas. In den benachbarten Kapellen konnte er undeutlich Gestalten erkennen. Von weit entfernt ertönte Gesang. Er sah auf die Uhr und stellte fest, daß sie um zehn stehengeblieben war. Es war eine Timex für dreißig Dollar. Er fragte sich, ob die Frau, der er kurz entschlossen in die Kirche gefolgt war, ebenfalls eingesperrt war oder ob sie an der Vigilie teilnahm.

»Gottes Wille«, sagte Diphtheria. »Gottes Feuer.« Auf die Brust des Kittels war eine Art Wappen genäht, auf dem Lucas die Worte *Schmidt* und *Heiliges Land* erkennen konnte. »Und doch kam das Feuer nicht von Gott.«

Sie schien ihm ein Rätsel zu stellen, und Lucas hatte das Gefühl, als müßte er ihr eine Moral anbieten. Für Gespräche mit Kindern fehlte ihm jedes Talent.

»Wenn man mit Feuer umgeht, muß man immer gut achtgeben«, erklärte er. »Sogar in der Kirche. Wenn man Kerzen anzündet.«

»Die Propheten des Baal konnten kein Feuer herabbeschwören«, sagte sie. »Nicht einer ist entkommen.«

»Die Propheten des Baal?« fragte Lucas. »Denk nicht an die Propheten des Baal. Sei einfach ein braves Mädchen und benimm dich anständig.«

»Damit ich in den Himmel komme, wenn ich tot bin.«

»Genau. Du wirst sterben und in den Himmel kommen.« Er stand auf und reckte sich. »Was machst du eigentlich hier? Gehörst du zu einer Gruppe?«

»Es war ein falsches Wunder, nicht?« sagte sie.

»Alle Wunder sind falsch«, sagte Lucas. »Nein, so meine ich das nicht. Ich meine, wir wissen einfach nicht, was die Dinge geschehen läßt.«

»Gott hat die Griechen für das falsche Wunder bestraft.«

Lucas wurde ärgerlich. »Wer hat das gesagt? Das war nicht sehr christlich. Ich meine, ihr sollt doch alle gemeinsam Christen sein. Wir, meine ich. Niemand hat irgend jemand bestraft.«

»Ist es richtig, jemand zu bestrafen?«

Lucas sah sich nach einem anderen Platz um, wo er das Ende

der Nachtwache abwarten konnte. Das Mädchen ging ihm auf die Nerven, und er fühlte sich so erschöpft, daß er kaum einen Fuß vor den anderen setzen konnte. Die Müdigkeit ließ ihn nicht weit von dem verzierten Sarkophag niedersinken, neben dem er gelegen hatte. Die Verzierung stellte einen gefesselten Mann dar. Vielleicht Christus, den man gefesselt hatte, um ihn zu geißeln.

Es erinnerte ihn an einen verzierten Sarkophag, den er vor Jahren in einer Pfarrkirche gesehen hatte, als er mit seiner damaligen Verlobten durch England gefahren war. Ein gefesselter Teufel. Ein sehr gewöhnlicher kleiner Teufel, fast eine Witzfigur, gefesselt und von kleinen Flammen umzüngelt. Eine eigenartige Verzierung für einen Sarkophag, hatte er gedacht, es sei denn, der Tote, der darin lag, war zur Hölle gefahren.

Das Mädchen war groß und überragte Lucas, der sich nun an den Sarkophag lehnte, um Haupteslänge.

»Tja«, sagte er und schloß müde die Augen. »Ist es richtig, jemanden zu bestrafen?« Er mühte sich, den Sinn dieser Frage zu verstehen. »Ich schätze, man muß Menschen bestrafen, damit sie sich gut benehmen. Das ist die menschliche Natur. Aber«, fügte er hinzu, »man darf niemand bestrafen, bevor er etwas Falsches getan hat. Nur danach. Man darf niemand im voraus bestrafen.«

»Nicht ein einziger Priester des Baal ist entkommen«, erklärte das Mädchen, das zur Gruppe Schmidt gehörte.

»Das ist nur eine Geschichte«, sagte Lucas. »Die Menschen konnten damals nicht klar denken.« Das Kind sah ihn mit seinem höflichen Halblächeln an. Es wollte bei Erwachsenen einen guten Eindruck machen. »Im Gegensatz zu jetzt«, fuhr Lucas fort. »Jetzt wissen wir Bescheid.«

»Gott wollte Moses töten«, sagte Diphtheria. »An der Herberge wollte er ihn töten.«

»Äh, nein, wollte er nicht«, sagte Lucas.

»Aber Moses' Frau schnitt das Kind an seinem kleinen Pimmel und berührte mit dem Blut Moses' Pimmel.«

»Sag mal«, murmelte Lucas schläfrig, »so was lernt ihr doch wohl nicht in der Schule. Was machst du überhaupt hier?«

»Blut und Feuer«, sagte das Mädchen. »Eis und Orangen bei Diphtherie. Gott läßt seine Feinde sterben.«

»Gott läßt alle Menschen sterben. Darum ist er ja Gott.«

»Alles entsteht aus dem Geist«, sagte Diphtheria. »Das sagt Papa.«

»Sagt er das?«

»Was wir denken, ist das, was geschehen wird«, erklärte sie. »Im Geist ist die Zukunft.«

»Was für ein gräßlicher Gedanke«, sagte Lucas. »Ich nehme an, du hast vor langer Zeit Diphtherie gehabt.«

Doch sie war verschwunden. Es dauerte einen Augenblick, bis er sich die Möglichkeit eingestand, sie könnte vielleicht gar nicht dagewesen sein. Vielleicht war sie auch ein Dschinn gewesen. Sie hatte etwas Böses an sich gehabt, und der Gedanke, daß sie eigentlich nicht existierte, war angenehm.

Er ging an dem jämmerlichen kleinen Schrein und dem Kreuz vorbei, die von einem viktorianischen Engländer über dem angeblichen Grab Christi errichtet worden waren. Die gesungenen Gebete des Rosenkranzes wurden lauter. Er blickte durch den Bogen in den lateinischen Chor und sah ein halbes Dutzend Mönche, die vor einer Gruppe Pilger knieten. Einer von ihnen sprach das Gebet auf französisch vor, mit einem möglicherweise spanischen oder italienischen Akzent. Lucas trat an den Altar der Maria Magdalena und lauschte. Er erinnerte sich an die Schule, an den Kampf mit dem Jungen namens English, an diese Judengeschichte und seine eigenen glühenden, tränenreichen Gebete. Sein Glaube war absolut gewesen.

An den Wänden hingen Ikonen und westliche Bilder von Maria Magdalena, allesamt Kitsch, Schund. Mary M., dachte Lucas, halb hypnotisiert von dem Gesang nebenan. Mary Moe, Jane Doe, das Mädchen aus Migdal in Galiläa, das in der großen Stadt zur Hure geworden ist. Die archetypische Hure mit dem Herz aus Gold. Früher war sie ein nettes jüdisches Mädchen, aber dann hat sie sich mit den Hengsten der X. Legio Fratensis eingelassen oder mit den Pilgern, die im Tempel ihr Opfer dargebracht haben und bereit sind, die Puppen tanzen zu lassen. Hin und wieder auch mit einem Priester oder einem Leviten auf Abwegen.

Vielleicht ist sie intelligent und witzig. Bestimmt immer auf der Suche nach dem richtigen Mann, der sie von der Straße holt. Und dann kommt Jesus Christus, der RICHTIGE, der Mann, der alles wiedergutmacht. Er sieht sie mit seinen glühenden, verrückten Augen an, und sie sagt: Alles, ich tue alles für dich. Ich trockne deine Füße mit meinem Haar. Du brauchst mich nicht mal flachzulegen.

Man fragte sich unwillkürlich, was sie von diesen zahllosen Darstellungen der Maria M. halten würde. Es wäre amüsant, sie herumzuführen. Na, was sagst du jetzt? Gefällt's dir? Alle erinnern sich an dich und die alten Zeiten. Wir sprechen andauernd von dir.

Und andauernd erklangen nebenan die Gebete des Rosenkranzes.

»*Contemplez-vous, mes frères et mes sœurs, les mystères glorieux. Le premier mystère: la Résurrection de Notre Seigneur.*«

Sie sollten, *s'il vous plaît*, über die Auferstehung meditieren. Der Rosenkranz, die Schule, Magdalena. Er mußte an seine Mutter denken. Sie wäre über eine Auferstehung sicher entzückt gewesen.

Sie war eher jung gestorben, noch nicht einmal sechzig, und zwar an einem für sie unaussprechlichen Krebs. Sie hatte nie darüber sprechen wollen; nicht weil er tödlich gewesen war – sie hatte nie an den Tod geglaubt –, sondern weil es sich um Brustkrebs gehandelt hatte. Eine Mischung aus Aberglauben, Prüderie und Eitelkeit hatte sie daran gehindert, einen Arzt aufzusuchen, und sie letztlich umgebracht. Sie war der Typ für diese Krankheit: alleinstehend mit nur einem Kind und keiner sehr großen sexuellen Erfahrung. Nichtraucherin, weil sie seit ihrer Jugend Sängerin gewesen war, aber fleischlichen Genüssen nicht abgeneigt und mit einer Vorliebe für erlesene Weinbrände und Champagner, auch wenn sie sich ihre Figur – mit Ausnahme der Brüste – bis zum Ende bewahrt hatte.

Sie hatte in Europa Gesangsunterricht genommen, und sie hatte Gefallen an europäischen Männern gefunden und war unter ihren Komplimenten aufgeblüht. Dank ihres Gefühls für Maß und Takt hatte es ihr keine Schwierigkeiten bereitet, mit Förmlichkeiten umzugehen; sie hatte formelle Situationen und ihre Auflösung gemocht, denn das war ja das Beste daran. Sie war eine wundervolle Tänzerin gewesen.

Herr Professor Doktor Lucas, der in Mainz und an der Humboldt-Universität in Berlin und dann an der Columbia gelehrt hatte, war der richtige Mann für sie gewesen – natürlich ein verheirateter Mann. Es war falsch gewesen, aber sie hatte sich geweigert, darüber nachzudenken, und sie hatte sich so sehr ein Kind gewünscht. *Et voilà*, da saß er nun, dieser Homunkulus, größtenteils intakt, wenn auch innerlich ein wenig zerrissen, vor dem Altar der Maria Magdalena am Nabel der Welt. Er war weder Musiker wie seine Mutter noch Gelehrter wie sein Vater, glaubte aber, ein paar ihrer jeweiligen Eigenschaften geerbt zu haben: Selbstzweifel, Ungeduld, mangelndes Urteilsvermögen, einen Hang zum Luxus, ein Alkoholproblem, eine kahle Stelle auf dem Hinterkopf.

Ich sollte ein Gebet für sie sprechen, dachte er. Sie hatte, betrunken oder nüchtern, immer viel vom Beten gehalten.

Ein Freigeist, eine lebenslustige Frau voller düsterer Prophezeiungen und strenger Sprichwörter, die sie in Zeiten der Not zum besten gab: »Eine Woche Elend für eine Stunde Fröhlichkeit.« Das war einer ihrer Lieblingssprüche. Oder volkstümlicher: »Morgens gesungen ist abends bereut.«

Aber sie sagte auch (und schien dabei sehr mit sich zufrieden): »Viele intelligente Männer kochen gern.« Der Professor Doktor brachte auch in der Küche einiges zustande. Seine Frau kochte nie. Manchmal führte er Lucas' Mutter zu Voisin aus. Manchmal kam er und kochte für sie.

Und nie klangen ihre Lieder so schön wie die, mit denen sie ihn in Schlaf sang: von gälischen Volksliedern bis hin zu Schubert und Arien aus *Don Carlos*. Die beiden, Lucas und seine Mutter Gail Hynes, eine nicht unbekannte Mezzosopranistin, lagen im Dunkeln; sie sang, und er lag verzückt, ja, verzückt an ihrer Brust. Und sein einziger Rivale war der Professor Doktor, dessen Schritte vielleicht bereits auf der Treppe zu hören waren und der sie mit den Versuchungen seiner eigenen Generation zu sich locken würde. Und dann, in der vierten Klasse, die schlechte Schule und diese Judengeschichte.

Er konnte sich daran erinnern, wie sie im Sarg ausgesehen hatte. Sie hatte sehr glücklich ausgesehen, rosig, als wäre sie noch am Leben, unter dem Kreuz, dem Pater Jonas diente, in dem mit Satin ausgeschlagenen Sarg, zwischen all den Blumen, in dem goldfarbenen Kleid, das der Professor Doktor so liebte. Als hätte der Tod keine sichtbaren Spuren hinterlassen: ihre Haut so sanft und weiß wie die der Prinzessin Isolde, ihre zarten hohen Backenknochen betont, das leichte Doppelkinn – vom Trinken – nur eine Andeutung.

Nur um dann zum St. Raymond's Cemetary geschafft und in der verhaßten, schmutzigen schwarzen Erde begraben zu werden, die nach Erschöpfung und irischer Wut stank, umgeben von Mietskasernen voller Polizisten und prügelnder Schulhausmeister, neben ihren Eltern Grace und Charlie und ihrem jüngeren Bruder James John, einem Alkoholiker. Konnte sich irgend jemand den Professor Doktor an einem solchen Ort, zwischen all diesen Toten, vorstellen? Und doch war er gekommen, beäugt von der Familie. Ihr reicher jüdischer Geliebter, ein verdammter Magnat, ein Mogul, ein Bankier, ein Kaufmann. Sie musterten ihn mit ihren grauen Augen – den Augen seiner Mutter, den Augen, mit denen er nun Jerusalem sah –, sie lächelten das gewinnende Lächeln einer besiegten Rasse, gingen nach Hause und beklagten ihre Demütigung.

An jenem Abend lud ihn sein Vater, der lediglich ein auf großem Fuß lebender Professor war, in seinen Club ein.

»Wir haben beide einen schrecklichen Verlust erlitten. Ich habe sie sehr geliebt. Ich weiß nicht, ob du in deinem Alter schon wissen kannst, wie es war. Sie hat mir mehr bedeutet, als ich für möglich gehalten hätte.«

Wieviel hast du denn für möglich gehalten? wollte Lucas fragen, beschränkte sich jedoch darauf, den Blick seines Vaters mit dem gegebenen Ernst zu erwidern.

»Ich hoffe, daß du Liebe für mich empfindest. Du bist mein Sohn. Ich habe dich immer geliebt.«

Und Lucas, der von den Martinis, die im Club serviert wurden, betrunken war, sagte die Worte, die der Augenblick zu erfordern schien.

»Ich liebe dich auch, Carl.«

Es klang wie in einem Film, nur schlimmer. So peinlich und unpassend. Hatte der Ober ihn gehört? Sein Vater war so fürsorglich und behandelte Lucas nicht anders, als er seine Mutter behandelt hatte. Doch Lucas liebte seinen Vater, der zwar undurchsichtig, aber alles in allem irgendwie liebenswert war.

357

»Alles in Ordnung«, sagte Lucas. »Ich meine, ich bin ja schließlich erwachsen.« Und er dachte: Willst du den Claudius in meinem *Hamlet* spielen, Carl?

Bei ihrem nächsten Treffen sprachen sie über Shakespeare, den Carl über alles verehrte, aber, wie Lucas glaubte, nicht wirklich verstand. Lucas hatte die Theorie, daß Carl aufgrund der Tatsache, daß er so spät Englisch gelernt hatte, manchmal nicht alles verstand. Sein Vater dagegen war davon überzeugt, daß in ganz Amerika niemand so gut Englisch sprach wie er.

»Glaubst du, Claudius ist in Wirklichkeit Hamlets Vater?«

»Ein interessanter Gedanke«, sagte Carl. »Und auch der Geist aus der Hölle, nicht wahr? Aber das hätte Shakespeare uns wohl gesagt. Und außerdem: Mich darfst du nicht fragen, mein Junge – *Hamlet* ist ein Stück für junge Männer.«

Komisch, dachte Lucas jetzt, in der Grabeskirche. Hamlets Vaters Geist aus der Hölle? Das war wie die Schlange, die im Garten Eden die Befreiung predigte.

Erst gegen Ende seines Lebens gab Lucas' Vater – wenn auch nur widerwillig – die Theorie auf, daß eine Verschwörung von Homosexuellen, ausgebrütet von Senator Joseph McCarthy, nach der Weltherrschaft strebte. Auch Lee Harvey Oswald war ein Verschwörer gewesen.

»Ich nehme an, daß du nicht homosexuell bist«, sagte sein Vater. »Das stimmt doch, oder?«

Lucas lachte. »Du lieber Himmel – wenn ich schwul wäre, würdest du das doch wohl merken. Wie kommst du darauf? Durch meine Musicalplatten? Durch meinen Gang?«

Später erzählte ihm ein Mädchen, mit dem er ab und zu ins Bett ging, eine Studentin am Barnard College der Columbia University, die manchmal bei Mikal's bediente: »Übrigens hat dein Vater mich letztens heftig angemacht.«

»Dieser Schweinehund! Beschwer dich beim Geschäftsführer.«

»Was? Soll das ein Witz sein?«

»Schon gut«, sagte Lucas. »Er ist ein toller Typ. Aber schlaf nicht mit ihm.«

Für den Trauergottesdienst hatte man ein Foto von ihr aufgestellt, das von einem zwanzig Jahre alten Plakat stammte. Darauf hatte sie nicht nur schön ausgesehen, sondern war geradezu von einem inneren Licht erfüllt gewesen, den Blick nach oben gerichtet, als betrachtete sie die Sphären und würde gleich anheben, ihre Musik zu singen. Beim Anblick dieses Bildes hatte Lucas sogleich gewußt, welchen Augenblick es festgehalten hatte: Im nächsten Moment würde sie loskichern. Sie hatte immer am beseeltesten ausgesehen, wenn sie kurz davor gewesen war, loszukichern. Ihr Gekicher auf der Bühne war immer ein Problem gewesen. Bei der Trauerfeier hatte man *Das Lied der Erde* gespielt, gesungen von ihr. *Abschied.* Das Sterben des Herbstes, ihr trauriges, widerwilliges Aufgeben des Lebens. Mit leichtem Hall, als klänge es über einen melancholisch stillen Bergsee. *Abschied.* Verzückung. Nur Kathleen Ferrier hatte es kurz vor ihrem Tod besser gesungen. Carl hatte unbesonnen darauf bestanden, daß es gespielt wurde. Worauf natürlich jeder die Fassung verloren und hemmungslos geweint hatte. Eine Tränenorgie. Unter den Trauernden waren auch ein paar aufrichtige Verehrer gewesen – die Menschen hatten sie geliebt.

Die Auferstehung, dachte er im flackernden Licht der Kerzen am Heiligen Grab. Seine Mutter würde überrascht und entzückt sein. Mit welcher Fassung sie es tragen würde, mit kerzengerader Haltung und einem verklärten Lächeln, in ihrem goldfarbenen Kleid, und niemand würde ihren Kummer darüber bemerken, daß sie wieder in Queens war. Sie würde sich so sehr freuen, wieder lebendig zu sein.

Dann hörte er, während nebenan noch immer ein Rosenkranz gemurmelt wurde, das Klacken eines Riegels und das Knirschen von Holz auf Stein. Das Hauptportal wurde geöffnet, die Vigilie war vorüber. Er ging in Richtung des grauen Morgenlichts, das auf den Steinboden fiel und wirbelnden Staub und Rauchschwaden beleuchtete. Anstatt hinauszugehen, blieb er beim Salbungsstein stehen und sah zu den Kapellen am Kalvarienberg.

Die Gläubigen waren überzeugt, daß Christus auf diesem Berg gekreuzigt worden sei und man hier den Schädel Adams gefunden habe.

»Denn da durch *einen* Menschen der Tod gekommen ist, so kommt auch durch *einen* Menschen die Auferstehung der Toten ... Wie geschrieben steht: Der erste Mensch, Adam, ›ward zu einer lebendigen Seele‹, und der letzte Adam zum Geist, der da lebendig macht.« Es klang ein bißchen wie De Kuff.

Er ging hinaus auf die Straße, wo die Luft frisch und betaut war; Jerusalems kühle Bergluft war um diese Tageszeit noch nicht von Abgasen verschmutzt. Vom Tempelberg am Ende der Straße erklang der Ruf zum Gebet, und Lucas dachte: Ich werde es nie schaffen, von dieser verrückten Stadt loszukommen.

War er bereit, seine geistige Gesundheit gegen einen Glauben einzutauschen? Nur in Jerusalem. Überall sonst würde Glauben ihm kein Ticket für die Metro, den Vaporetto, den Monorail verschaffen. In Jerusalem war das anders. Hier konnte man alles zu Fuß erreichen, und man hatte genug Zeit – eigentlich eine ganze Ewigkeit. Wenn er blieb, dachte er, dann wußte er, was kam. Er hatte Anzeichen für ein gewisses Abgleiten festgestellt, für ein Nachlassen der kritischen Urteilsfähigkeit. Er hatte begonnen, über Phänomenologie zu meditieren, er war phantomhaften Verführerinnen nachgejagt und hatte mit deutschen Elfen gesprochen. Er trank zuviel. Er hatte Sonia singen hören: »Ich singe dieses Lied nur dem, der mit mir geht.«

Zu denen, die wie Lucas zum Bethesda-Teich gingen, gehörten Junkies und Verrückte jeden Alters und aus aller Herren Länder. Die Hälfte von ihnen hatte in der Grabeskirche gewacht und würde den Morgen am Bethesda-Teich verbringen und über die Mysterien des Rosenkranzes, die Attribute Allahs oder die Sefirot meditieren. Wie zuversichtlich sie waren. Wie zielgerichtet. Lucas stand am Portal der St.-Annen-Kirche und sah ihnen ehrfürchtig zu, als sie vorübergingen. Das Leuchten in ihren Augen war nicht ihr eigenes.

Mit einemmal schien die Luft aus seinem Körper gesaugt zu werden wie durch Napalm, das angeblich den Sauerstoff des Opfers verbrauchte. Er taumelte und lehnte sich an ein Tor nicht weit vom Kloster der Geißelung. Eine schreckliche Angst überkam ihn. Es war, als hätte er den Ausgang dieser gräßlichen Kirche nicht gefunden, als würde er ihn nie finden.

Wie? Wie konnte irgend jemand glauben, daß es einen Bund und eine Erlösung gab, daß dieses ausgedörrte Land, das man den Fruchtbaren Halbmond nannte, dieses Land voller elementarer Sehnsüchte und Mißerfolge, dieses Land von höchst fraglichem Wert, das Heilige zu nennen war? Dieses Monster von einem Gott hatte mühelos und liebevoll die flinke fleischfressende Echse geschaffen, deren Augen wie die Wimpern der Morgenröte waren und deren Zorn die unterseeische, blinde Wut des Behemoth war. Sein Symbol war das Krokodil. Er war das Krokodil.

Lucas war als abtrünniger, vom Weg abgeirrter Christ, als wandernder Jude in diese Stadt gekommen. Sie war von Gebeten verpestet – in den Moscheen, im Tempel, der wiedererrichtet werden sollte, im flackernden, an Drogenhöhlen gemahnenden Licht der Kirchen –, doch hinter diesen Gebeten und ihrem Gefasel von Gnade stand immer ein blutiger, aus Rachsucht gespeister Bund mit Gott. Die Herrschaft des Blutes und des Grabes. Die ersten werden die letzten sein, das Unebene wird gerade sein, die Rache wird allumfassend sein.

Das Land des lieben Gottes, der Wirbelstürme als Transportmittel bevorzugte. Und an all den sonnenlosen, von Vogelgesang erfüllten Morgen, wenn der Horizont aussah, als wäre ein Heuschreckenschwarm in Anzug, mußte man einfach an Ihn glauben, den alten Charmeur. Er tat das alles natürlich nur, um noch dem geringsten Seiner ergebenen Diener einen heilsamen Schrecken einzujagen. Und wenn Er sie in tiefste Verzweiflung gestürzt hatte, hatte Er noch nicht einmal soviel Klasse, sich nicht damit vor ihnen zu brüsten.

Doch an den unsichtbaren, brüllenden Riesen dieses Landes müssen wir glauben, an den gefürchteten uralten Gott. Geheiligt werde Sein Name, denn Er war das, was in diesem verdammten Universum der Liebe oder Gnade am nächsten kam. Diese Alice-im-Wunderland-Figur, die auf dem Thron des Seins saß, ein kosmischer Psychopath in einem wirbelnden, vielfarbigen Streitwagen, war alles, was wir in dieser Welt lieben, anbeten und verehren sollten, abgesehen von uns selbst, unseren Mündern und anderen Körperöffnungen.

Und auch an das Land selbst mußte man glauben. Es war berühmt dafür, daß es auserwählt war unter den Völkern, berühmt für hartes Brot, unerbittliche Rechtschaffenheit und die stummen steinernen Zeugen in der Wüste, die diese Rechtschaffenheit belegten. Aber Erlösung? Ehrwürdig? Heilig?

Ohne mich, dachte Lucas. *Non serviam.*

Nach einer Weile fühlte er sich ein wenig besser. Er hatte seinen Renault an der Saladin Street geparkt, auf dem Bürgersteig, wie es die Israelis taten. Als er nur noch wenige Meter vom Wagen entfernt war, sah er, daß das hintere Seitenfenster eingeschlagen und der Lack ringsum verrußt und blasig war. Jemand hatte ihn sich in der Nacht vorgenommen, vielleicht wegen der gelben israelischen Nummernschilder. Vielleicht hatte er Lucas aussteigen sehen und eine Beziehung zu ihm herstellen wollen.

»O Scheiße«, sagte Lucas. Er blickte sich um, doch die Straße war menschenleer. »Diphtheria, du kleine Ratte.« Diphtheria Steiner, Diphtheria vom Heiligen Land: ein Nazi-Dschinn.

»Diphtheria, du zwergenhaftes Ungeheuer, du widerwärtiges, böses Gör«, sagte er in die leere Luft. »Du hast meinen Wagen kaputtgemacht!«

38 »Kannten Sie die Black Panther?« fragte Linda, als sie den Kontrollposten bei Beit Hanoun passiert hatten.

»Ich war noch ein Kind, als die Panther aktiv waren«, sagte Sonia.

»Aber haben Sie sie nicht bewundert?«

Sonia war nervös. Ihr war nicht wohl dabei, mit Linda Ericksen in den Gazastreifen zu fahren. Sie kam sich vor wie eine Gefangene ihres Versprechens, für eine sichere Transportmöglichkeit zu sorgen.

»Die Panther waren nicht alle gleich, Linda. Es war ja nicht so wie bei der CIA oder der kommunistischen Partei. Die Jungs kamen von der Straße. Es gab manchmal sehr große Unterschiede. Unterschiedliche Gruppierungen gingen unterschiedliche Wege. Oft wurden sie unterwandert. Es gab Manipulationen, viele spielten ein doppeltes Spiel. Aber, ja«, sagte sie und lächelte, »ich habe sie bewundert. Sie sahen gut aus. Manche waren wirklich schlimm.«

»Sie meinen ›schlimme Jungs‹?« fragte Sonia in einem Ton fröhlicher Komplizenschaft.

»Das auch. Aber ich meine eigentlich wirklich schlimm. Wenn Sie das Tonband mit der Aufnahme von Alex Rackleys Verhör und Folter in New Haven hören würden, würde Ihnen das sicher nicht gefallen.«

»Aber man kann Spitzel nicht einfach gewähren lassen. Man muß doch solche Dinge tun, um nicht unterwandert zu werden, oder?«

Am Tag zuvor hatte Linda verkündet, einige Mitglieder von Abu Barakas Spezialtruppe seien bereit auszusagen und sie sei beauftragt worden, ein Treffen zu vereinbaren. Sonia hatte bei Ernest Gross angerufen, der jedoch auf einer Konferenz im Ausland war, und auch bei Lucas, den sie aber ebenfalls nicht hatte erreichen können. Sie hatte lediglich Nachrichten auf den jeweiligen Anrufbeantwortern hinterlassen. Doch die Aussicht, Aussagen von Abu Barakas Männern zu bekommen, schien das Risiko wert zu sein, und sie konnte wohl kaum jemanden, der so unbedarft war wie Linda, allein dorthin fahren lassen. Als sie nun an den schwelenden Abfallhaufen von Jabalia vorbeifuhren, bereute sie ihren Entschluß.

»Ich kann diese Entscheidungen nicht treffen. Darum bin ich keine Revolutionärin.«

»Ich dachte, Sie stünden den Kommunisten nahe.«

»Tatsächlich? Wer hat das gesagt?«

»Ich weiß es nicht mehr«, sagte Linda und rutschte auf ihrem Sitz hin und her. »Vielleicht habe ich es nur angenommen.«

»Ja«, sagte Sonia. »Ich bin als Kommunistin zur Welt gekommen.«

Sie bremste ab, um ein paar Kinder über die Straße zu lassen, und dachte an ihre kommunistische Kindheit, und plötzlich fiel ihr eine der Geschichten ihrer Mutter ein. Sie ertappte sich dabei, daß sie den Kindern, die sie unverwandt und neugierig anstarrten, zulächelte. An dem Abend, als die Rosenbergs hingerichtet wurden, hatte ihre Mutter Sonias ältere Schwester Fran in den Kinderwagen gelegt und war zum Union Square gegangen. Als sie dort eintraf, hatte die Polizei gerade die Verstärkeranlage der Kundgebung abgeschaltet. Es hatte ein Gedränge gegeben, denn die Polizisten trieben die Menge zurück zur Fifteenth Street, und Helen hatte Fran aus dem Wagen genommen, sie wie einen Football unter den Arm geklemmt und war in Richtung Fourteenth Street gerannt. Der Kinderwagen war von der Menge mitgerissen worden wie auf der Treppe in Odessa, sagte Fran immer. Und dann hatte sie ihn nicht mehr gesehen. Es war ein Fünfzig-Dollar-Kinderwagen von Macy's gewesen, und bestimmt hatte ihn sich irgendein Penner aus der Bowery unter den Nagel gerissen, um Pfandflaschen zu transportieren. Und später, als sie in der ersten Klasse gewesen war, hatte sie einmal gehört, wie sich ihre Eltern über die Geheimrede gestritten hatten, die Chruschtschow vor einigen Jahren gehalten hatte.

Als das letzte Kind die Straße überquert hatte, setzte sie den Landrover wieder in Bewegung. Aus irgendeinem Grund schien der Zauber des UN-Zeichens heute nicht zu wirken.

364

Alle, sogar die Kinder, kamen ihr angespannt und feindselig vor.

»Und Sie waren in Kuba«, sagte Linda.

»Ja.«

»Haben die Sie nicht nach Afrika geschickt? Wollten sie nicht aus Ihrer ... Herkunft Kapital schlagen?«

»Wie meinen Sie das?«

»Ach, ich weiß nicht. Ich will Sie nicht ins Kreuzverhör nehmen. Ich finde, alles, was Sie getan haben, ist bewundernswert.«

»Was habe ich denn zum Beispiel getan?«

Linda lachte wieder. »Ich habe den Eindruck, daß Sie Ihr Leben damit verbracht haben, anderen Menschen zu helfen. Und das tun Sie noch immer.«

»Menschen«, wiederholte Sonia. »Eigentlich eher: *dem Volk.* Aber ich tue das nicht mehr, Linda. Ich versuche bloß, einen klaren Kopf zu behalten.« Sie ließ ihren Blick in die Ferne schweifen, auf der Suche nach Rauchsäulen, die möglicherweise Unruhen anzeigten. Diesmal war der Wagen mit einem Funkgerät ausgestattet, und sie rief das UN-Hauptquartier in Gaza und fragte nach Unruhen und Verkehrsstörungen. Der diensthabende UN-Offizier war ein Kanadier, dessen Stimme sie nicht kannte.

»Ich will nach Nuseirat«, sagte Sonia ihm. »Ich habe Miss Ericksen dabei, eine amerikanische Mitarbeiterin der Israelischen Menschenrechtskoalition. Wie sieht es mit der Straße aus?«

»Sie könnten ein paar Probleme bekommen, aber im Augenblick tut sich auf Ihrer Route nicht viel. Auf der Inlandstraße müssen Sie einen Kontrollposten passieren. Melden Sie sich noch mal, wenn Sie an Deir al-Balah vorbei sind. Wer sind Sie übrigens?«

»Ich bin Sonia Barnes. Amerikanerin und Kommunistin.«

Sowohl der kanadische Offizier als auch Linda schienen zusammenzuzucken. Der Kanadier schien Sonias Bemerkung weniger witzig zu finden als Linda. »Was?« fragte er.

»Ich hoffe, Sie wissen, was Sie tun«, sagte Sonia zu Linda. »Ein paar Leute haben mir einen großen Gefallen getan, als sie mir den Wagen besorgt haben. Ich möchte nicht, daß sie Schwierigkeiten kriegen.«

»Es ist alles geregelt«, sagte Linda.

»Ich muß sagen, mir wäre es lieber, wenn ich Ernest hätte erreichen können.«

»Es ist eine einmalige Gelegenheit«, sagte Linda. »Unser Informant hat gesagt, daß er Fotos und alles mögliche andere hat. Ich habe eine Videokamera dabei.«

»Sie müssen wissen«, sagte Sonia, »daß ich in letzter Zeit auf diesem Gebiet nicht sehr aktiv gewesen bin. Ich habe hauptsächlich Freunden geholfen.«

»Ja, diesem Mr. De Kuff, der so toll aussieht. Er macht einen so spirituellen Eindruck. Das muß sehr erhebend sein.«

Sonia warf ihrer Beifahrerin einen kurzen Blick zu. Linda lächelte begeistert – sie schien die Baracken aus Fertigteilen und die schmutzigen Türvorhänge nicht zu sehen und den stinkenden Rauch und die Latrinen nicht zu riechen.

»Als Sie zu den Siedlungen gefahren sind, müssen Sie auch diese Straße benutzt haben«, sagte Sonia.

»Nein«, antwortete Linda, »wir sind am Meer entlanggefahren.«

»Wirklich? Haben Sie auch gebadet?«

»Ja, es war toll«, sagte Linda.

»Wo war das?«

»Ach, ich weiß nicht mehr. Bei einer der Siedlungen. Ziemlich nah am Meer.«

»Hat es nicht gestunken?«

»Was, das Wasser? Der Strand?« Sie schob ihr langes Kinn vor und spitzte die Lippen. »Nein, es war wirklich toll.«

»Hatten Sie nicht auch das Gefühl, daß dieser Kerl, der sich Abu Baraka nennt, aus einer dieser Siedlungen stammen könnte?«

Linda sah sie erschrocken an. »Absolut nicht«, sagte sie. »Die kommen doch prima mit den Einheimischen zurecht.«

»Das hat Ihnen ein Siedler gesagt, nicht?«

»Ja, aber ich sehe keinen Grund, daran zu zweifeln.«

»Ich glaube, Sie werden feststellen, daß die Siedler, wenn sie sagen, daß sie gut mit den Einheimischen zurechtkommen, in Wirklichkeit meinen, daß sie die Einheimischen terrorisieren. ›Gut zurechtkommen‹ heißt, daß die Palästinenser wissen, wer der Boss ist.«

»Tja«, sagte Linda, »die Einheimischen klauen manchmal.«

»Daran hatte ich gar nicht gedacht«, sagte Sonia. »Sie haben sicher recht. Natürlich.«

Aus irgendwelchen Gründen, an die Sonia sich im Augenblick nicht genau erinnern konnte, hatte das Lager Argentina einen schlechten Ruf. Es war umgeben von einem Stacheldrahtzaun und Maschinengewehrstellungen, und an den Eingängen waren Kontrollposten der Armee. Soweit Sonia sehen konnte, schien es aus den gleichen grauen Baracken und schmutzigen, mit Schlaglöchern übersäten Straßen zu bestehen wie die anderen Lager. Am Haupttor stand ein Wachhäuschen mit Armeesoldaten, und die Straße führte durch ein Zickzack aus Sandsäcken ins Lager. Ein paar Zivilisten in schicken, khakifarbenen Tropenanzügen sahen zu, als die Soldaten Sonia Zeichen machten, sie solle anhalten.

Ein Soldat trat an den Wagen und ließ sich die Papiere geben. Als er Lindas Ausweis sah, rief er: »Menschenrechtskoalition!« Einer der Zivilisten kam hinzu, studierte Lindas Ausweis und Paß und musterte dann sie.

»Angeblich eine israelische Organisation«, sagte er.

Ihre Antwort war ein hübsches Schulterzucken.

»Wenn Sie hierherkommen, müssen Sie vorher Bescheid geben«, sagte der Mann. »Auf Überraschungsbesuche sind wir nicht vorbereitet.«

»Aber ich dachte, wir hätten das getan.«

»Wir haben nichts gegen die IMRK. Wenn Sie uns im voraus Bescheid geben, ist alles in Ordnung. Aber heute hat uns niemand angerufen.«

»Und was sollen wir jetzt tun?« fragte Linda.

»Ich schlage vor, Sie fahren zurück und vereinbaren einen Termin. Dann können Sie kommen.«

Mit einem Lächeln, das seinem Sarkasmus durchaus ebenbürtig war, legte Sonia den Rückwärtsgang ein. Die Soldaten sahen gelangweilt zu. Ein Stück weiter die Straße hinunter trat ein junger Mann in einem weißen Hemd an den Zaun und winkte dem UN-Wagen. Er schien auf eine Abzweigung zu deuten.

»Oh, gut«, sagte Linda fröhlich. »Sie lassen uns rein.«

»Linda«, sagte Sonia, »der Typ war vom Schabak. Oder von

einer ähnlich unangenehmen Organisation. Das war kein Witz. Mit denen spielt man keine Spielchen.«

Doch der junge Mann in dem weißen Hemd zeigte tatsächlich auf eine Abzweigung. Sie führte zu einem Eingang, von dem man die Sandsäcke entfernt hatte. Der Mann schloß das Tor auf. Sonia hielt den Wagen an.

»Herrgott«, sagte sie, »mir gefällt das nicht. Irgendwas ist hier komisch. Lassen Sie uns lieber zurückfahren.«

Aber Linda widersprach heftig. »Nein, nein. Sehen Sie doch: Der Mann läßt uns ein.«

»Das sehe ich«, sagte Sonia. »Aber es gefällt mir nicht. Ich habe nicht viele Sympathien für die Armee, aber ich finde es besser, wenn die wissen, was ich vorhabe. Ich will mich nirgends hineinschleichen.«

»Es ist alles geregelt«, beharrte Linda. »Wir haben das geregelt.«

Sie kaute auf ihrer Unterlippe und wirkte nicht sehr überzeugend in der Rolle eines Menschen, der Dinge regelt.

»Sie haben das geregelt? Sie haben das geregelt, ohne den Armeeleuten was zu sagen?«

»Ja«, sagte Linda, die sich mit dieser Version anzufreunden schien, »das war ja der Sinn der Sache.«

Ein Soldat auf einem Wachturm beobachtete sie durch sein Fernglas. Er nahm ein Megaphon und rief ihnen etwas auf hebräisch zu. Von der nahe gelegenen Moschee ertönte der Ruf zum Gebet. Der junge Mann mit dem weißen Hemd winkte dem Soldaten auf dem Wachturm zu und öffnete das Tor aus Balken und Stacheldraht. Sonia fuhr hindurch und hielt an. Der Mann schloß das Tor. Sie versuchte sich zu erinnern, was man ihr über das Lager Argentina gesagt hatte.

»Er ist Amerikaner wie wir«, sagte der junge Mann zu Linda und schien den Soldaten auf dem Wachturm zu meinen. »Er drückt die Augen zu. Kommt, schnell.«

Sie ließen den Wagen stehen und folgten ihm durch das Lager. Sonia gefiel die Sache immer weniger. Die Straßen und Gassen sahen zumeist noch heruntergekommener aus als in den anderen Lagern im Gazastreifen, auch wenn hier und da ein ehrgeiziger Mensch seine Baracke zu einer Art Bungalow umgebaut hatte. Die Gebäude entsprachen nicht dem Standardmodell, das die UN 1948 aufgestellt hatte, und auf einigen standen Fernsehantennen. Es gab also Elektrizität, wahrscheinlich von einem Generator. Das Lager erschien schmutziger, zugleich aber auch besser versorgt als die anderen, die Sonia gesehen hatte. Anders als am Strand bemerkte Linda den Gestank. Sie rümpfte die Nase.

Der Mann, der jeden Blickkontakt zu vermeiden schien, führte sie zu einem kleinen Platz, wo ein paar mißmutige, bekiffte Jugendliche sie unverwandt und haßerfüllt anstarrten. Haß und Drogen ergaben immer eine besondere Mischung, dachte Sonia: Der Haß wurde unpersönlich, beinahe abstrakt, ja sogar philosophisch. Oberflächlich betrachtet wirkte er auf die, deren Aufgabe es war, ihm entgegenzuwirken, weniger bedrohlich, und darum war ihnen diese Spielart oft lieber. Der Nachteil war, daß er sich von den stumpfen Augen der Hassenden bis in Dimensionen zu erstrecken schien, die mit der unmittelbaren Situation nichts zu tun hatten – quer durch die sieben Sphären, von den Gipfeln der Berge bis zum Grund des Meeres. Und er war ganz und gar unversöhnlich, denn mit toten Seelen konnte man nicht diskutieren. Das war es, was mit dem Wort »Hölle« gemeint war.

Das Lager besaß eine Schule, an der ein Schild des israelischen Unterrichtsministeriums hing. Sie schien geschlossen zu sein, aber die meisten staatlichen Schulen waren seit dem Beginn der Intifada geschlossen. Es gab auch eine kleine Klinik für ambulante Behandlungen. Die beiden Frauen folgten dem jungen Mann hinein.

Die Klinik schien ebenfalls geschlossen zu sein, obgleich die Ausstattung neu und sauber und der Behandlungsraum aufgeräumt war. Es gab einen Metallstuhl und einen Tisch, auf dem eine nierenförmige Schale aus Aluminium stand. Neben dem Stuhl war eine Liege mit einem gebügelten grünen Laken. Über der Liege hing das gerahmte Bild eines stilisierten Beduinenlagers, das aussah, als sei es aus einer amerikanischen Kinderbibel ausgeschnitten.

An einer Wand des Raums stapelten sich Pappkartons bis zur Decke. Jeder war mit einem säuberlich in einer skandinavischen Sprache beschrifteten Etikett versehen. Sonia berührte einen der Stapel und merkte, daß die Kartons allesamt leer waren.

»Wer betreibt diese Klinik?« fragte sie.

»Früher wir«, sagte Linda. »Ich meine, das ›Haus des Galiläers‹. Jetzt gehört sie zum Lager.«

Der junge Mann, der groß und rothaarig und ziemlich nervös war, stellte sich Sonia als Lenny vor. Er wirkte amerikanisch.

»Und was sagten Sie, für wen Sie arbeiten?« fragte Sonia ihn.

»Menschenrechtskoalition«, sagte Lenny. »Middle East Watch.«

Er sah sie noch immer nicht an, und Sonia hatte die Erfahrung gemacht, daß das gewöhnlich etwas zu bedeuten hatte, auch wenn es oft schwierig war, herauszufinden, was. Schüchternheit, krankhafte Empfindlichkeit und mörderischer Rassismus konnten das gleiche Verhalten auslösen. Doch sie glaubte keine Sekunde lang, daß er irgend etwas mit Menschenrechten zu tun hatte oder für Middle East Watch arbeitete.

Wie sich herausstellte, stammte er angeblich aus Kalifornien. Er sagte irgend etwas von Long Beach. Alles in allem klang er wie ein Mann, der eine Aufgabe hatte und sich um Leute kümmern mußte und dafür gerade genug guten Willen aufbrachte, so daß nichts übrigblieb. Sonia war zu angespannt, um aufmerksam zuzuhören. Die ganze Sache war beunruhigend. Lenny schien Linda jedoch zu mögen, und sie ihn ebenso.

»Lenny arbeitet für uns in Tel Aviv«, erklärte Linda.

»Gut«, sagte Sonia, ging zur Tür und sah hinaus auf den kleinen Platz. Die verwahrlosten jungen Palästinenser beobachteten sie aus den Augenwinkeln. Trotz des Generators herrschte hier eine besonders heruntergekommene Atmosphäre.

»Haben Sie nicht gesagt, daß Sie eine Videokamera dabeihaben?« fragte sie Linda.

»Ja, im Wagen. Ich hole sie.«

»Auch unsere Wagen werden angegriffen«, sagte Sonia. »Und der Parkplatz ist nicht bewacht.«

»Lassen Sie mich gehen«, sagte Lenny hastig.

»Ich gehe«, sagte Sonia. »Ich muß noch was von meinen Sachen holen.«

370

Bevor sie sie aufhalten konnten, ging sie hinaus und die Straße zum Tor hinunter. In einer der Baracken sah jemand CNN – sie erkannte die Stimme von Bernard Shaw.

Ein paar Jugendliche schlenderten bereits um den Wagen herum. Lindas Videokamera lag gut sichtbar auf dem Beifahrersitz. Sonia stieg ein und rief das Hauptquartier der UNRWA im Zentrum von Gaza. Es meldete sich The Rose.

»Rose! Hier ist Sonia B.«

»He, Sonia!«

»Schalt um auf 311 Mike Hotel.«

Das Umschalten auf die Dienstfrequenz der Friedenstruppe war gegen die Vorschriften. Außerdem wurde diese Frequenz von der israelischen Armee abgehört. Es bestand jedoch die Möglichkeit, durch das Umschalten ein wenig Zeit zu gewinnen und etwas heilsame Verwirrung zu stiften.

»Hier ist die UNRWA auf 311 Mike Hotel«, sagte The Rose.

Ein unfreundlicher Offizier der Friedenstruppe wollte wissen, was sie auf einer Dienstfrequenz zu suchen hätten.

»Rose«, sagte Sonia, »wir sind im Lager Argentina. Kannst du herkommen?«

»Negativ«, sagte The Rose. »Ich bin im Augenblick allein.« Kurzes Schweigen, dann: »Vielleicht kann ich doch kommen. Warte.«

Sonia holte tief Luft und stellte die große, schwierige Frage. »Sollte heute jemand Aussagen zu Abu Baraka aufnehmen? Über die Jugendlichen, die von Armeeangehörigen zusammengeschlagen worden sind? Hat die IMRK irgendein Treffen im Lager Argentina arrangiert?«

»Nicht daß ich wüßte. Frag lieber Ernest.«

»Ernest ist im Ausland.«

»Du bist doch nicht etwa tatsächlich in Argentina?«

»Na ja«, sagte Sonia, »nicht weit vom Rand.«

»Das ist ein ekelhaftes Lager«, sagte The Rose. »Ein beschissenes Lager. Und sie lassen keinen rein.«

»Mich schon«, sagte Sonia. »Ich soll hier auf Abu warten. Oder auf Gott weiß was.«

»Das kommt mir komisch vor, Sonia. Halt dich fern von Argentina.«

»Ich bin mit Linda Ericksen hier.«

»Schwedin?«

»Nein, Amerikanerin. Sie hat angeblich ein Gespräch mit Abu arrangiert.«

»Dieses verdammte Rauschen! Wo bist du?«

»Auf der dem Meer zugewandten Seite. Nicht weit von einem Nebeneingang. Ich glaube, es ist gleich außerhalb von Nuseirat.«

»Oh, dieses Scheiß-Nuseirat«, sagte The Rose.

»Stimmt irgendwas nicht?«

»Warte auf mich«, sagte The Rose. »Ich komme so schnell wie möglich.«

39 Als Sonia mit Lindas Videokamera in der Klinik eintraf, standen drei eingeschüchterte junge Palästinenser in einer Reihe an der Wand des Behandlungsraums. Ein breitschultriger, lächelnder Mann mit riesigem Schnurrbart und einer billigen Sonnenbrille war ebenfalls da.

»Die hier sind verprügelt worden«, sagte der Mann mit dem riesigen Schnurrbart gutgelaunt. »Ich heiße Saladin. Ich habe sie verprügelt.«

Die verprügelten Palästinenser wirkten abgerissen und gedemütigt. Sie schienen sich an einer unsichtbaren Linie auf dem Boden ausgerichtet zu haben. Einer trug einen braunen Armeepullover, der vielfach gestopft und voller Löcher war. Die geflickten Stellen waren bereits ausgefranst; es war, als hätte jemand sich einst die Arbeit gemacht, seinen Pullover auszubessern, es dann aber irgendwann aufgegeben. Der Junge kratzte sich, als habe er Läuse, und zog an den Ärmeln, um sich zu wärmen. Der zweite stierte vor sich hin und schien kurz davor, in Ohnmacht zu fallen. Der dritte lächelte unbestimmt in sich hinein. Obwohl es ein warmer Tag war, trugen sie langärmlige Kleidung. Der mit dem Pullover hatte einen bösen Abszeß auf dem Handrücken.

Herrgott, dachte Sonia, das sind ja Junkies.

»Großartig!« sagte Linda. Sie filmte alles.

»Toll«, sagte Lenny.

»Wann können sie in die Stadt kommen?« fragte Sonia. »Chris Lucas wird unbedingt mit ihnen sprechen wollen. Eigentlich ist diese Geschichte genau das, was er sucht. Sie sollen doch sicher auch ins Fernsehen, oder? Die Regierung hat doch bis jetzt alles bestritten.«

»Wir werden sie niemals in die Stadt bringen können«, sagte Linda.

»Niemals«, bestätigte Lenny.

»Ja«, sagte Linda, »wir müssen uns mit dem hier zufriedengeben.«

373

»Mit dem hier?« sagte Sonia. »Das ist alles, was die Koalition braucht? Das kann doch wohl nicht sein.«

»Ich heiße Saladin«, wiederholte der mit dem riesigen Schnurrbart. »Ich habe sie verprügelt.«

»Dieser Mann war bei der Grenzpolizei«, erklärte Lenny. »Er ist ein Tscherkesse vom Berg Karmel.«

»Ich dachte, wir treffen uns hier, um ein richtiges Interview zu vereinbaren«, sagte Sonia und versuchte, die Ruhe zu bewahren. »Wollt ihr behaupten, das war alles?«

»Na ja«, sagte Linda, »immerhin haben wir jetzt genug Material für eine gemeinsame Erklärung im Namen der Menschenrechtskoalition, der UNRWA und sogar von Amnesty International.«

»Nein, haben wir nicht«, sagte Sonia. »Das hier ist gar nichts.«

»Chris kann sie ja später interviewen, wenn er will«, sagte Linda. »Ich bezweifle, daß wir sie heute mitnehmen können.«

Möglicherweise, dachte Sonia, wußten beide genau, daß Lucas die Story über den Gazastreifen aufgegeben hatte. Wahrscheinlich wäre es besser gewesen, ihn ins Vertrauen zu ziehen. Doch persönliche Erwägungen hatten eine Rolle gespielt, und sie hatte keine Verräterin sein wollen.

»Helen Henderson kommt hierher«, sagte Sonia. »Als Zeugin. Wir müssen auf sie warten.« Sie warf einen Blick durch die Eingangstür und sah die blassen, schmutzigen Gesichter von Kindern, die sie ohne Angst beobachteten. »Ich dachte, Sie wären nur eine freiwillige Helferin, Linda. Ich dachte, Sie erledigen Schreibarbeiten für die Koalition.«

»Tja«, sagte Linda fröhlich, »das ist eben meine große Chance.« Ein bißchen zu fröhlich, dachte Sonia. Mit ein bißchen zuviel Nachdruck und Boshaftigkeit. Etwas nahm seinen Lauf, wie in diesem berühmten Lied. Mein Name ist Sonia Ahnungslos, dachte sie.

»Seit wann wissen die UNRWA-Leute Bescheid?« fragte Lenny Linda.

»Sie wissen nicht Bescheid«, sagte Linda. »Sie muß sie angerufen haben.«

»Haben Sie sie angerufen?« fragte Lenny.

»Ja. Ich dachte, wir brauchen Zeugen.«

»Sie sind eine Zeugin«, sagte Lenny. »Linda und ich sind Zeugen.«

Saladin, der Tscherkesse vom Berg Karmel, salutierte und ließ die drei Junkies hinaus auf den Platz marschieren. Die Kinder standen aufgereiht da und sahen zu. Es war eine halbmilitärische Prozession, eine Parade.

»Wir sollten zum Wagen gehen«, sagte Sonia.

»Ja«, stimmte Linda ihr zu. »Zufällig erwarten auch wir jemand.«

Lenny ging hinter ihnen und trug einen Pappkarton mit einem Holzgriff. Als der Wagen in Sicht kam, rüttelten zwei Kinder bereits an den Türen. Sie schlenderten davon und schienen es nicht besonders eilig zu haben.

Der Soldat auf dem Wachturm machte ihnen Zeichen und zeigte auf seine Uhr. Lenny winkte mit erhobenem Daumen zurück und öffnete das Tor. Linda half ihm. Dann stieg Lenny mit seinem Pappkarton ein und setzte sich auf den Rücksitz. Sie fuhren den UN-Wagen auf die Straße und parkten.

Einen Augenblick später tauchte ein schwerer UN-Lastwagen auf, gefahren von einem großen, dunkelhäutigen Soldaten, dessen krauses Haar unter einem blauen Barett steckte.

»Seid ihr meine Leute?« fragte er. »Habt ihr was für mich?«

Wie sich herausstellte, hatten sie tatsächlich etwas für ihn, und zwar Lennys Karton. Der Soldat ließ den Motor laufen und stieg aus. Er lächelte Sonia breit an. Vielleicht war das der Grund, warum sie ihm half, den Karton vom Rücksitz des Landrovers zu laden. Er war sehr schwer.

»Wo bist du her, Süße?« fragte der Soldat. »Doch nicht von hier, oder? Aus Äthiopien?«

»Amerika«, sagte Sonia und übergab ihm den Karton.

»Kein Scheiß? Wer hätte das gedacht?«

»Und du?«

»Aus Fidschi. Weit weg von zu Hause.«

Am Straßenrand stand Linda und fingerte an der Kamera herum. Soweit Sonia das beurteilen konnte, filmte Linda sie.

»Was hältst du davon, daß diese Frau da dich filmt?« fragte Sonia den Soldaten aus Fidschi.

»Das ist schon in Ordnung. Hat sie schon öfters getan. He,

ich wußte doch, daß du aus Amerika oder Kanada bist. Wo wohnst du?«

»In Jerusalem«, sagte sie.

»Komm doch morgen nach Tel Aviv. Wir feiern eine Party. Wir haben Leute aus Fidschi, aus Kanada, von überall her.«

Sein Name war John Lautoka. Er war nicht indischer, sondern mikronesischer Abstammung und sah sehr gut aus.

Der Wachsoldat auf dem Turm rief ihnen durch sein Megaphon etwas zu. Er schien ungeduldig zu werden.

»Ich glaube, er will, daß wir verschwinden«, sagte Sonia.

»Dann wollen wir das tun«, sagte Lenny.

Vom Rand des Lagers Nuseirat hörten sie die verstärkten Stimmen der Muezzins.

»Ich will euch nicht auf die Nerven gehen«, sagte Sonia, »aber was war eigentlich in diesem Karton?«

»Ach«, sagte Linda leichthin, »alles mögliche Zeug für Ernest. Kassetten, Videos, Papier.«

Auf der anderen Seite des Zauns um das Lager Argentina tauchte ein Jeep auf. Die Buchstaben UN standen in weißen Klebestreifen auf den Türen. Er raste vorbei und blieb am Tor stehen. Es waren The Rose und Nuala. The Rose stieg aus; auf der Stoßstange klebte noch immer die Aufforderung STUDY ARSE ME, aber ihre Aufmachung war insgesamt dezenter. Nuala stieg auf der anderen Seite aus.

Sie musterten Linda kurz. Man war sich schon mehrmals begegnet.

»Ich bin Lenny«, sagte Lenny.

»Was haben Sie eigentlich hier in Argentina zu suchen, Linda?« The Rose formulierte ihre Frage auf jene freundliche, höfliche, hilfsbereite kanadische Art, die dem ganzen Gespräch einen inquisitorischen Unterton verlieh.

»Ich arbeite für die Israelische Menschenrechtskoalition«, sagte Linda. »Und in diesem Lager gibt es Jugendliche, die behaupten, verprügelt worden zu sein. Also haben wir ihre Aussagen aufgenommen.«

»Nie im Leben.« Nuala trat hinzu. »Ernest würde Sie nie hierherschicken. Gehören Sie nicht zu diesem amerikanischen Jesusverein?« Sie wandte sich an Lenny. »Und wer sind Sie? Was wollen Sie in Argentina?«

Sonia fand es eigenartig, daß Nuala Lenny nicht kannte. Angeblich war er doch einer der Verbindungsleute zur UNRWA.

»Wer hat Ihnen gesagt, daß Sie hier was abholen sollen?« fragte Nuala John Lautoka, der in den Zähnen gestochert und ihre strukturelle Dynamik mit der von The Rose verglichen hatte.

»Ich hab das gemacht, was man mir gesagt hat«, antwortete Lautoka.

Damit begannen drei verschiedene Gespräche. Nuala befragte Lautoka, Sonia nahm The Rose beiseite, und Lenny und Linda standen mitten auf der unasphaltierten Straße, sahen sich nach allen Seiten um und berieten sich.

Der angeblich aus Amerika stammende Soldat auf dem Wachturm pfiff durch die Zähne und zeigte auf seine Armbanduhr, um anzudeuten, daß die Zeit knapp werde. Lenny winkte ungeduldig. Der Soldat rief etwas.

»Weißt du, was für ein Lager das ist, Sonia?« fragte The Rose. »Nach Argentina schicken sie ihre Spitzel. Keiner von denen würde mit einem Reporter oder einer Menschenrechtsgruppe reden.«

»Sie hat diese Typen gefilmt«, sagte Sonia. »Ich dachte, wir sollten so was wie einen ersten Kontakt herstellen. Sie hat gesagt, Ernest hätte sie geschickt. Und daß ein Freund von Lenny Wachdienst hat.«

»Völliger Blödsinn«, sagte The Rose. »Sehr unwahrscheinlich. Ich wollte dir das eigentlich nicht sagen: Nuala bringt Drogen nach Tel Aviv. Als Bezahlung bekommen sie Waffen.«

»Ich weiß«, sagte Sonia. »Und ich nehme an, der Schabak weiß es auch.«

»Die machen das schon seit Jahren. Der Schabak spielt eine Fraktion gegen die andere aus, und diejenigen, die im Augenblick am nützlichsten sind, bekommen Geld und Waffen. Damit die Amerikaner das nicht rauskriegen, läuft das über Drogendealer wie Stanley. Die Armee hat Anweisung, sich nicht einzumischen.«

»Und jeder glaubt, daß er den besseren Deal macht.«

»Alle wissen es, nur wir nicht. Die UNRWA. Und selbst wir wissen es, wenn du verstehst, was ich meine. Die Amerikaner wissen es wahrscheinlich auch. Der Schabak hat die Hamas genauso manipuliert. Um die Moslembruderschaft fertigzumachen. Bis ihnen die Sache um die Ohren geflogen ist.«

»Und was hat Linda damit zu tun?« fragte Sonia.

»Daraus werde ich eben nicht schlau. Das alles wird zwischen der kommunistischen Fraktion der PLO und den Führungsoffizieren des Schabak ausgehandelt. Hier, vor Ort, wird alles von Nuala und Rashid geregelt. Die Israelische Menschenrechtskoalition würde niemals an einer solchen Aktion beteiligt werden.«

»Vielleicht wollen sie die Kommunisten fallenlassen.«

»Ich weiß nicht, Sonia. Es macht mir angst.«

Sonia sah schwarzen Rauch über den Baracken von Bureidsch aufsteigen. Brennendes Gummi.

Obwohl es nicht die Stunde des Gebets war, drangen aus den Lautsprechern der Moscheen Stimmen. Sie klangen wütend, beinahe hysterisch, gealterte Stimmen, verzerrt und schrill. Von den schäbigen Hütten von Argentina stieg ein jämmerliches Angstgeschrei wie ein widerwärtiges Gebet aus dem Schmutz und Gestank des Lagers auf – es war die Angst der jungen Männer, die ihren Kampfesmut, ihr eitles Stolzieren, ihr vorgetäuschtes Selbstbewußtsein, ihre Selbstachtung und schließlich sogar ihr Erwachsensein verloren hatten. Die israelischen Wachsoldaten riefen spöttische Beruhigungen hinunter. Alle wandten sich dem Rauch zu.

Nuala befragte John Lautoka.

»Sie sollten sie in der Stadt abholen«, sagte sie. »Wer hat Ihnen gesagt, Sie sollten sie hier abholen? Walid?« Walid war der Name, den einer der Führungsoffiziere gebrauchte, auch wenn er nicht Palästinenser, sondern Israeli war.

»Nein. Ein Armeesoldat, den ich noch nie gesehen hatte. Aber er hat die richtigen Codes benutzt.«

Der Soldat auf dem Wachturm pfiff noch einmal und zeigte auf den Horizont.

»Ich muß gehen«, sagte Lenny zu Linda. »Kommst du mit denen zurecht?«

»Mach dir um mich keine Sorgen«, sagte Linda. »Aber wohin willst du gehen, Lenny?«

»Nach Kfar Gottlieb. Ich gehe ins Lager und lasse mich vom

nächsten Armeejeep mitnehmen. Ich hab genug von diesen Leuten.«

»Du solltest mit uns kommen«, sagte Linda. »Man wird dich sehen, und dann kannst du nicht mehr hier arbeiten.«

Lenny lächelte. »Außer uns wird es hier niemand mehr geben.«

»Fahr doch mit dem Soldaten von der Friedenstruppe«, schlug Linda vor. »Er kann dich am Kontrollposten bei Nuseirat absetzen, und dort findest du leicht jemand, der nach Kfar Gottlieb fährt.«

»Nein«, sagte Lenny. »Mir ist es egal, ob die Araber mich sehen, und mit *diesem* Burschen fahre ich auf keinen Fall. Du kannst machen, was du willst, aber ich warte hier auf ein Armeefahrzeug.«

»Um Himmels willen«, sagte Linda, »laß dir nicht zuviel Zeit. Sieh dir den Rauch an.«

In allen Himmelsrichtungen erhoben sich Rauchwolken, schwarz und unwillkommen wie die von Kains Opfer.

Nuala rief den anderen zu, sie sollten fahren.

»Verdammt«, sagte sie und sog den Geruch von verbranntem Gummi ein, »es geht wieder los!«

40 Auf dem Weg von dem ausgebrannten Wagen zu seiner Wohnung ging Lucas zur Polizei und meldete einen Totalschaden durch Brandstiftung. Die israelischen Polizisten machten sich nicht über ihn lustig, waren aber auch nicht übermäßig mitfühlend. Der Tag hatte wenig verheißungsvoll begonnen – es war eine nicht sehr erhebende Steigerung der nächtlichen Vigilie.

Nicht weit von der Polizeiwache gab es eine billige Autovermietung, und so ging er hinein und füllte die nötigen Formulare für einen Ford Taurus aus. Mietwagen waren nicht immer sofort verfügbar, und da er wahrscheinlich bald einen brauchen würde, war es besser, gleich zu reservieren.

Müde und verärgert betrat er seine Wohnung, schaltete den Anrufbeantworter auf Wiedergabe und hörte Sonias Stimme. Sie habe vor, in den Gazastreifen zu fahren. Linda Ericksen habe sie gebeten, ein Geständnis von Abu Baraka auf Video aufzunehmen. Sie habe versucht, Ernest zu erreichen und ihn zu bitten, sie zu begleiten, aber er sei im Ausland. Sie werde Abu in einem Lager namens Argentina treffen, in der Nähe von Nuseirat.

Er setzte sich auf das Bett und dachte über Sonias Nachricht nach. Dann rief er im Büro der Israelischen Menschenrechtskoalition an. Ernest war nicht da, aber die amerikanisch klingende junge Frau, mit der er sprach, war über Abu Barakas Hobby im Bilde. Sie versicherte ihm jedoch, es handle sich gewiß nicht um ein Treffen mit Abu Baraka persönlich, sonst wäre nicht Linda Ericksen, eine freiwillige Helferin aus dem Ausland, die ihre Hilfsdienste immer seltener zur Verfügung stelle, mit dieser Sache betraut worden. Er dachte noch ein wenig nach und beschloß, seinen Mietwagen zu holen.

Zwei Stunden später stellte er ihn auf einem Parkplatz auf der israelischen Seite der Grünen Linie ab. Am Kontrollposten zeigte er seinen Presseausweis vor und nahm ein Scherut nach Argentina. Der Fahrer, ein junger Mann, der etwas Englisch sprach, war hin und her gerissen zwischen seinem Beharren, noch nie von einem Lager namens Argentina gehört zu haben, und seiner Entschlossenheit, sich diesen Fahrgast nicht durch die Lappen gehen zu lassen. Da es einen solchen Ort nicht gebe, versuchte er Lucas klarzumachen, werde es sehr teuer sein, dorthin zu fahren.

Unterwegs unterhielt er Lucas mit Shakespeare-Zitaten: »Sein oder Nichtsein ... Morgen und morgen und dann wieder morgen ... Reif sein ist alles ...«

Der Horizont vor ihnen wurde immer dunstiger. Aus dem Dunst wurde Rauch, und anfangs schien er von den fortwährend qualmenden Abfallhaufen zu stammen. Schließlich identifizierten sowohl Lucas als auch der Fahrer ihn als den Rauch von brennendem Gummi, jene Art von Rauch, die von brennenden Barrikaden kündete. Der Fahrer verlangsamte das Tempo.

Aus dem Rauch tauchte ein schwitzender, rußgeschwärzter Mann auf, der es eilig hatte und starr geradeaus sah. Er schwang die Arme wie ein marschierender Soldat und wirkte vollkommen fehl am Platz.

Der Fahrer wandte sich zu Lucas. Dieser war auf eine Diskussion über die weitere Vorgehensweise gefaßt und daher überrascht, als er das unangenehme Lächeln des Mannes sah.

»Ein Jude«, sagte er. Für den Bruchteil einer Sekunde dachte Lucas, der Mann spreche von *ihm*, doch dann wurde ihm bewußt, daß der eigenartige Fußgänger gemeint war, dem sie gerade begegnet waren. Sie fuhren noch ein paar Minuten weiter, und dann sah Lucas zu seiner großen Erleichterung zwei UN-Fahrzeuge hinter einem mit Stacheldraht bespannten Tor neben der Straße stehen. Bei den Wagen standen Sonia, Nuala, Linda Ericksen und The Rose.

»Ich hab deine Nachricht gehört«, sagte er zu Sonia.

»Danke, Chris. Aber du hättest lieber nicht kommen sollen.«

»Schon gut.« Er bezahlte den Fahrer und stieg aus. Sogleich wendete das Taxi und verschwand in die Richtung, aus der es gekommen war. Seine Abgase vermischten sich mit den Rauchschwaden.

»Wir kehren um«, sagte Nuala, die im ersten Wagen saß, zu ihm. »Wir fahren in die Richtung, in die dein Taxi gefahren ist. Ich will heim nach Deir al-Balah.«

»Ich glaube, dort geht es auch schon los«, sagte Lucas. »Vielleicht können wir die Küstenstraße nehmen. Wer war übrigens der Typ, der da die Straße entlanggegangen ist? Mir scheint, er könnte in Schwierigkeiten geraten.«

Linda Ericksen, die auf dem Beifahrersitz von Sonias Landrover saß und die Tür noch nicht geschlossen hatte, stieg wieder aus. »Oh«, sagte sie. »Lenny!«

»Wer ist Lenny?«

»Ich glaube, das wissen wir nicht«, sagte Sonia.

»Wir müssen ihm helfen«, rief Linda.

»Wenn man ihn hier nicht kennt, wird er ganz sicher in Schwierigkeiten geraten«, sagte Nuala.

Sie beschlossen, den Jeep im Schutz des bewachten Lagers zurückzulassen und in Sonias UN-Landrover nach Deir al-Balah zu fahren. Nuala machte sich Sorgen um Rashid.

Sie zwängten sich in den Wagen. Nuala saß am Steuer, The Rose und Linda neben ihr. Sonia und Lucas saßen hinten.

Während der Fahrt sah Nuala nach links und rechts und zählte die Orte auf, in denen es zu brennen schien. Bureidsch. Maghazi. Überall war Rauch. Sie hörten Pistolenschüsse.

Linda erzählte stockend, wie sie Abu Barakas Geständnis hatten aufnehmen wollen.

»Die sollten besser auf ihre Spitzel aufpassen«, sagte Nuala zu Linda. »Tut mir leid, aber ich glaube die Geschichte nicht.«

»Nein, warum sollten Sie auch?« fuhr Linda sie wütend an. »Sie halten doch zu den Fedajin. Sie gehören doch zu denen. Und Sie auch«, sagte sie zu The Rose. »Lenny ist kein Spitzel, sondern ein Mensch, der wirklich Anteil nimmt. Er arbeitet für die Menschenrechtskoalition.«

»Stimmt das?« fragte Sonia Lucas.

»Ich weiß nicht«, antwortete er. »Ich glaube nicht.«

Bis Bureidsch begegneten sie keinem einzigen Armeefahrzeug oder Soldaten. Die israelische Armee hatte vielleicht einige Einheiten an den Zugangsstraßen nach Argentina postiert, sich aber offenbar aus den Slums von Bureidsch zurückgezogen. Man hatte die Schnellstraße nach Norden gesperrt, den Kontrollposten doppelt besetzt und wartete auf Verstärkung, bevor man wieder hineinging. Im Augenblick hatte die Schebab in den lärmerfüllten Gassen freie Hand und war sogar bis zur Landstraße vorgedrungen.

Einige der Jugendlichen rannten neben dem Landrover her. Sie hatten ihre Gesichter hinter Kafiyes verborgen, deren Farben, wie Lucas gehört hatte, den politischen Standort des Trägers verrieten. Die Arafat-Leute trugen schwarze Karos. Die Kommunisten unter Nualas Freund Rashid bevorzugten natürlich Rot. Die Hamas trug Grün, die Farbe des Propheten. In Bureidsch herrschte Grün vor.

Es war das erste Mal, daß Lucas die Schebab in Aktion sah. Manche der Jungen wirbelten ekstatisch herum. Manche warfen den Kopf in den Nacken und schrien zum rauchverhangenen Himmel.

»*Allahu akbar!*«

Beim Anblick des UN-Fahrzeugs waren sie nicht so freundlich wie sonst. Einige der Männer, die ihre Gesichter nicht verhüllt hatten, zeigten ihnen ein furchterregendes Lächeln. Viele weinten. Was soll geschehn mit Königen und Reichen? dachte Lucas. Den Rest hatte er vergessen. Trotz des Rauchs kurbelte er das Fenster nicht hoch. Er wandte den Blick nicht ab.

»*Allahu akbar!*«

Die Verdammten dieser Erde, die Rächer der Unterdrückten, die Lieblinge Gottes, gepriesen sei Sein Name. Weiter vorn, jenseits von Rauch und Stacheldraht, konnte er den Kontrollposten der Armee und die Soldaten sehen, die sich dorthin zurückzogen, wobei immer eine Gruppe den Rückzug der anderen deckte. Steine und Reizgasgranaten flogen durch die Luft, und er hörte das leise Zischen von Gummi- und Stahlgeschossen.

»*Allahu akbar!*«

Und vielleicht war es für diese schlecht vorbereiteten Reservesoldaten, die im Augenblick in der Minderzahl waren, nicht anders als für die Legionäre in der Antonia-Festung in der Altstadt, als der jüdische Aufstand losgebrochen war und die Zeloten sie im Namen Zebaoths niedergemacht hatten. Es war derselbe Gott, der die Aufständischen beflügelte. Sein Beiname war »der Barmherzige« – außer zu bestimmten Gelegenheiten, bei Ausbrüchen bestimmter Leidenschaften.

»Du lieber Himmel«, sagte Lucas, »ist das der Ernstfall? Der

Aufstand?« Er meinte den Aufstand, den er bei Fink's im Fernsehen hatte sehen wollen, wenn sein französischer Kollege schon unterwegs nach Mekka war. Niemand gab eine Antwort.

Am Straßenrand wurde ein heulender Greis von einigen maskierten Jugendlichen geführt. Er schüttelte die Fäuste, und es sah so aus, als hätten die Jungen Mühe, mit ihm Schritt zu halten.

In den Moscheen, in den Gassen, auf der Hauptstraße: »*Allahu akbar!*«

Linda weinte.

Und plötzlich befanden sie sich in einem relativ ruhigen Abschnitt. Übereinandergetürmte Autoreifen brannten unbeaufsichtigt. Die Soldaten hatten sich in vorbereitete Stellungen zurückgezogen, und die meisten Palästinenser waren in der Ortsmitte. Ein Souk, in dem Obst und Gemüse auslagen, war verlassen. Nuala bremste an der Einmündung einer scheinbar menschenleeren Gasse.

Als sie in die Gasse einbogen, sahen sie zu ihrer Überraschung Jungen und Männer zwischen den Ständen umherrennen. Sie riefen keine Parolen und machten einen grimmig entschlossenen Eindruck. Die Intensität der Szene faszinierte Lucas. Im nächsten Augenblick wurde ein Stand am Rand der Gasse umgeworfen, und sie hörten einen unartikulierten Schrei. Dann rief eine Stimme:

»*Itbah al-Yahud!*«

Eine Art Stille trat ein. Dann wieder die Stimme.

»*Itbah al-Yahud!*«

Wieder und wieder wurde es geschrien, gebrüllt von Männern, gekreischt von unsichtbaren Frauen.

Lucas verstand instinktiv, was es bedeutete, auch wenn er es noch nie jemanden hatte sagen, schreien oder singen hören. Warum kannte er es? Er sah, daß auch Sonia es kannte. Bei dem umgestürzten Marktstand sprang ein Mann in mittleren Jahren grinsend auf und ab.

»*Itbah al-Yahud!*«

Tötet den Juden!

»Sie haben einen«, sagte Sonia.

Lucas wußte, daß sie recht hatte und daß dieser bestimmte *Yahud* keine Abstraktion war. Nicht der *Yahud*, der in seinem kleinen Stammcafé hockte, geschunden in Brüssel, ärmlich und abgerissen in Antwerpen. Weder der entwurzelte Kosmopolit noch der internationale Finanzmann. Er war allein, verfolgt von einem Mob, und er trug die ganze verdammte Sache auf seinen eigenen Schultern. Ein Judenschwein, wie der junge Lucas es gewesen war.

»*Allahu akbar! Itbah al-Yahud!*«

»Es ist Lenny!« schrie Linda. »Es ist Lenny!« Sie hatte vielleicht einen kurzen Blick auf ihn erhascht.

Nuala hielt an. Alle stiegen aus und blieben neben dem Wagen stehen. Herbeirennende Palästinenser musterten sie verwundert.

»Warum ist er hier allein und zu Fuß unterwegs?« fragte Sonia. »Ist er verrückt geworden?«

»Er wollte keine Schwierigkeiten bekommen«, schrie Linda.

Lucas und Sonia sahen einander an.

»Keine Schwierigkeiten bekommen?« fragte Lucas.

»Was haben die beiden hier eigentlich zu suchen?« fragte Nuala und meinte damit offenbar Lenny und Linda. »O Gott. Vielleicht können wir ihn raushauen. Setzt euch in den Wagen und folgt mir.«

Lucas setzte sich ans Steuer, Sonia saß neben ihm. Linda und The Rose stiegen hinten ein.

»Drück auf die Hupe«, rief Nuala. »Und fahr mich bitte nicht über den Haufen.« Lucas betätigte die Hupe. Nuala ging voraus, eine Hand auf den Kotflügel gelegt. Nach einigen Metern öffnete The Rose die Tür, stieg aus und ging neben Nuala. Absurd langsam bewegten sie sich durch die Gasse zu der Stelle, wo eine ekstatische Menge auf einen unsichtbaren Juden einschlug. Schließlich fand Lucas, daß sie nicht mehr weiterfahren konnten.

»Wir sollten auch aussteigen«, sagte er zu Sonia. Linda kauerte sich auf dem Rücksitz zusammen. Ihr Gesicht war aschfahl. »Kommen Sie mit«, sagte Lucas zu ihr, doch sie rührte sich nicht von der Stelle.

Jetzt zögerte er, den Wagen zu verlassen. Die Menge raste, und auch wenn er den Wagen abschloß, war es möglich, daß er, mit oder ohne Linda, verschwunden oder in Brand gesteckt sein würde, wenn sie zurückkehrten.

»Bleibt zusammen«, sagte Nuala. »Wir werden versuchen, ihn da rauszuholen.«

Und vielleicht würde es ihnen sogar gelingen, dachte Lucas. Nuala verstand sich auf Menschenmassen – schließlich war sie Kommunistin. Er blickte sich in der unbestimmten Hoffnung auf Barmherzigkeit, Vernunft, Vergebung, Verständnis um, doch er sah nichts als Beton und gehämmertes Blech und schmutziges Plastik, meilenweit, stinkend, von der Wüste bis zum Meer.

»*Itbah al-Yahud!*« schrie die Menge.

Linda verriegelte die Türen des Wagens.

»Lenny?« rief Lucas. Er versuchte sich zu erinnern, wer Lenny eigentlich war. Doch das spielte jetzt kaum eine Rolle. Hier war er der andere, das Opfer, der Verfolgte. Ein Mann wie er selbst, jedenfalls in jeder wichtigen Hinsicht.

Eine Gruppe Jugendlicher näherte sich und versperrte ihnen den Weg. Lucas dachte an den Dänen, den er vor einigen Wochen gesehen hatte und der sich schützend vor ein paar in die Enge getriebene Palästinenserjungen gestellt hatte. Er versuchte, sich zwischen den Jugendlichen hindurchzudrängen, doch sie ließen ihn nicht vorbei. Aus der nächsten Arkade des Souks ertönten Geschrei und Kampfgeräusche.

Sonia sprach die Jungen auf arabisch an, doch sie schüttelten die Köpfe und vermieden es, ihr in die Augen zu sehen.

»Bitte laßt uns durch!« sagte Lucas. »Wir haben hier etwas zu erledigen.«

Sie starrten ihn ausdruckslos an und ließen ihn darüber nachdenken, was das wohl sein mochte. Wahrscheinlich war es ja ohnehin bedeutungslos, selbst wenn diese Jungen ihn verstanden hätten. Als wären Lucas und seine Freunde hier, um die Straße zu asphaltieren.

Inzwischen drängten Nuala und The Rose sich durch die Menge; sie schrien, sie drängten vorwärts, sie ignorierten die verstohlenen Berührungen und schlugen nach den Händen, die sie an den Oberschenkeln oder den Säumen ihrer Shorts festhalten wollten, als wären es Fliegen. Es waren Eros und Thanatos in ihrer übelsten Inkarnation: Die Männer stellten ihre Männlichkeit zur Schau, indem sie vor den Gesichtern der Frauen die Zähne fletschten und ihnen die Masken verschwitzter, lächelnder Wut zeigten, die eine Hand zur Faust oder um einen Stein geballt, während die andere die Körper der Frauen abtastete. Lucas und Sonia bildeten eine zweite Front und drängten voran. Lucas drehte sich noch einmal um und sah Linda, die hysterisch weinend auf dem Rücksitz saß. Nuala war es inzwischen gelungen, das Ende der nächsten Arkade zu erreichen, und offenbar konnte sie sehen, was dort geschah. Sie runzelte die Stirn und biß sich auf die Lippen. Dann rief sie etwas und wollte sich weiter voranarbeiten.

»*Itbah al-Yahud!*« schrie die Menge. Gerade als Nuala um den letzten Marktstand herum zum Kern des Geschehens vordringen wollte, fuhr sie zurück und hielt sich mit einer Hand die Augen zu. Lucas zog bei einer Rempelei mit drei jungen Männern, die sich mit grünen Kafiyes maskiert hatten, den kürzeren. Jemand packte ihn von hinten und hielt ihn fest. Er sah Nuala zurückkommen. Diesmal machte die Menge ihr Platz.

Und dann sah Lucas die Waffen, die sie in Händen hielten: Maurerkellen, Hämmer, Sicheln. Von einigen tropfte Blut. Alle schrien und riefen Gott an. Gott, dachte Lucas. Er hatte schreckliche Angst zu stolpern und von dem wütenden Schwarm, der ihn umkreiste, zertreten zu werden. Er wollte beten. »O Gott«, hörte er sich sagen, doch das erfüllte ihn nur mit Abscheu, denn er rief ja Gott an, den Großen Scheißer, den Herrn der Opfer, den Aufgeber von Rätseln: »Speise geht aus vom Fresser.« Den Erfinder von Gleichnissen und Losungsworten. Den Vorhautsammler, den Fachmann für Demütigungen, den Mörder, der sich durch Tausende und Abertausende von Handlangern vertreten ließ. Nicht der Friede, sondern das Schwert. Der Verrückte Geist des Nahen Ostens, der Gekreuzigte und der Kreuziger, der Feind Seiner ganzen Schöpfung. Ihr gottverdammter Gott.

Ein alter Mann löste sich aus der Menge. Er trug die weiße Kappe eines Hadschis und stützte sich auf einen geschnitzten Stock. Er hatte das lange, ernste Gesicht eines Beduinen. Als er näher trat, ließen die Jungen Lucas los. War dieser Mann vielleicht der irdische Statthalter der allmächtigen, bärtigen, geflügelten himmlischen Nippesfigur?

Der alte Mann sprach leise und nickte höflich. Als Nuala

protestierte, hob er ruckartig das Kinn – die hierzulande am wenigsten zweideutige Geste: Keine Hoffnung.

»Er sagt, wenn wir hierbleiben, sind wir in Gefahr«, dolmetschte Nuala. »Er sagt, der Jude ist ein toter Mann. Die Soldaten werden kommen und wegen diesem Juden alle töten.«

»Der Jude ist ein Spion«, rief einer der Jungen auf englisch. Der alte Mann nickte.

»Tut mir leid«, sagte Nuala zu ihren Freunden. »Ich glaube, das war's.«

Sie hatte eine große Beule über dem Auge und blutete aus der Nase, und niemand widersprach ihr. Zu Lucas' großer Erleichterung waren sowohl der Wagen als auch Linda noch da.

Beim Einsteigen wandte Sonia sich um und fragte: »War es Lenny?«

Nuala warf einen vorsichtigen Blick in Lindas Richtung und nickte. The Rose weinte – große Tränen liefen ihr über die milchgenährten, gebräunten Wangen. Auf ihrem Hemd war Blut.

»War er noch am Leben?«

Nuala sah ihn nur grimmig an.

Als sie losfuhren, sank Linda weinend und würgend im hinteren Fußraum zusammen.

»Beug dich zum Fenster hinaus«, sagte Nuala. »Wir sollten jetzt lieber nicht anhalten.«

Schließlich sagte Linda: »Wir hätten ihn retten können. Wenn wir eine Waffe gehabt hätten.«

Einen Augenblick lang befürchtete Lucas, Nuala könnte etwas Unfreundliches über Amerikaner sagen.

»Wer war er?« fragte er.

»Herrgott!« sagte Nuala und rieb sich die verletzte Stirn. »Die verdammten Araber hätten mir fast das Bein gebrochen. Lenny? Ich weiß nicht, wer er war. Wer war er, Schätzchen?« fragte sie Linda. »Habt ihr Freunde hier? Arbeitet ihr für den Schabak? Oder die CIA?«

Linda schluchzte nur.

»Du blutest«, sagte Sonia zu Nuala.

»Tja, ich bin Bluterin. Dünne Haut.«

»Wie die weißen Boxer«, sagte Sonia.

Das war wohl der derbe Humor der Revolutionäre, dachte Lucas. Er konnte die Schreie noch leise hören.

388

»Itbah al-Yahud!«

Nach ein paar Kilometern sahen sie vor sich an der Straße einen erheblich verstärkten Kontrollposten der Armee. Gepanzerte Transporter und Zwölfeinhalbtonner fuhren heran, und Soldaten verteilten sich rechts und links der Straße und rückten vor.

»Wir müssen die Sache mit Lenny melden«, sagte Linda.

»Stopp!« sagte Nuala. »Halt an!«

Lucas gehorchte. Nuala und The Rose, die sich gefangen zu haben schien, stiegen aus.

»Sonia«, sagte Nuala, »sag du es ihr.«

»Sie muß es verstehen«, sagte The Rose.

Sonia drehte sich auf dem Beifahrersitz um und sagte zu Linda: »Linda, Lenny ist inzwischen tot. Leute, die im Gazastreifen arbeiten, können es sich nicht leisten, als Informanten der Armee betrachtet zu werden. Sie dürfen den Soldaten keine Informationen geben. Sie dürfen noch nicht mal den Verdacht aufkommen lassen, sie könnten Informanten sein.«

»Das könnt ihr doch nicht tun!« schrie Linda. »Ihr könnt doch nicht diese Tiere einen Juden umbringen lassen!«

»Es ist hart«, sagte Sonia und sah Lucas an.

»Ich verstehe«, sagte er.

»Wir haben versucht, Lenny zu retten«, sagte Sonia. »Wir haben es nicht geschafft. Wenn wir diese Soldaten da kennen und ihnen vertrauen würden, könnten wir ... Ich weiß nicht. Aber diese Typen« – sie nickte in Richtung des Kontrollpostens, wo sich Grenzpolizisten und Golani-Fallschirmjäger bereitmachten – »sind äußerst brutal. Spezialeinheiten. Wenn wir ihnen erzählen würden, was passiert ist, würden sie vielleicht uns dafür verantwortlich machen. Sie könnten sogar, versehentlich oder absichtlich – das kann man bei solchen Unruhen nie so ganz unterscheiden –, einen von uns erschießen.« Für den Fall, daß Lucas nicht verstand, wer das Opfer sein würde, warf sie ihm einen kurzen Blick zu. »So was kommt vor.«

»Aber das ist nicht der Punkt«, sagte Lucas.

»Nein, das ist nicht der Punkt«, sagte Nuala, die neben dem Wagen kniete. »Wenn wir ihnen sagen, was passiert ist, werden sie in dieses Dorf marschieren und zehn Leute töten, um den Tod eines Juden zu rächen. Sie werden Kinder foltern, um Namen zu erfahren, und nicht alle Namen werden die richtigen sein. Sie werden töten, und einige der Getöteten werden unschuldig sein. Das werden diese Soldaten tun. Sie halten es für gerecht.«

»Aber wir halten es nicht für gerecht«, sagte Sonia leise. »Denn wir glauben an ...« Sie senkte den Blick auf den braunen Sand und schüttelte den Kopf.

»Menschenrechte?« schlug Lucas hilfsbereit vor.

»Genau«, sagte Sonia. »Menschenrechte.«

»Richtig«, sagte Nuala, »und deswegen sind wir hier. Und darum werden wir mit Gottes Hilfe diesen Kontrollposten hinter uns bringen und kein Sterbenswörtchen sagen.«

»Ihr seid Schweine«, rief Linda. »Ich werde euch melden.«

»Nein«, sagte The Rose ernst, »du verstehst es einfach nicht.«

»Linda«, sagte Nuala und zeigte auf einen Punkt am Horizont, den Linda von ihrem Platz aus nicht sehen konnte, »sieh dir das an.«

Als Linda den Kopf zum Fenster hinausstreckte, um zu sehen, was sie vermutlich erhoffte – Hilfe, Trost, Entschlossenheit –, erwischte Nuala sie mit einem soliden, gut gezielten Uppercut. Lindas Augen tränten und wurden glasig.

»Ruh dich aus«, sagte Nuala sanft, »ruh dich aus, Schätzchen.«

Sie setzte sich neben Linda, und Lucas ließ den Wagen an.

»Mach schnell«, sagte Nuala. »Sie ist nicht ganz k. o.«

»Das sah für mich aber schon so aus«, antwortete Lucas.

Am Kontrollposten schob ein Hauptmann der Fallschirmjäger die jungen Reservisten, die ihre Papiere überprüften, beiseite.

»Was haben Sie da gemacht? Woher kommen Sie?«

»Wir hatten einen Notfall im Lager Argentina«, sagte Sonia. »Bureidsch ist in Aufruhr. Wir haben zwei Verletzte, und unser Funkgerät ist kaputt.«

»Und wohin wollen Sie jetzt?«

»Zurück nach Hause«, sagte Sonia. »Wenn wir es bis Gaza schaffen.«

Der Offizier schüttelte angewidert den Kopf. Ein zweiter Golani-Offizier trat hinzu. Er bemerkte, daß Sonia Amerikanerin und Schwarze war, und das machte sie ihm sympathisch.

»Wenn man Sie in Richtung Gaza nicht durchläßt«, sagte er, »sollten Sie die Küstenstraße zur Grenze nehmen. Besonders wenn Sie Verletzte haben.« Er sah nach den beiden Frauen auf dem Rücksitz. »Ist es schlimm?«

Der Hauptmann rief ihm einen Befehl zu, und er ging davon. Da sich niemand mehr um sie zu kümmern schien, fuhren sie weiter. Sie waren schon mehr als einen Kilometer gefahren, als Linda zu schreien begann. Ihr Kinn war geschwollen, und sie schrie und schrie.

»Halt sie fest!« sagte The Rose.

»Herrgott!« rief Nuala, denn Linda hatte sich aus der Umklammerung befreit und sprang aus dem Wagen. Die Straße war schlecht, und sie fuhren nur dreißig Kilometer pro Stunde. Bis sie angehalten hatten und ausgestiegen waren, hatte Linda sich bereits aufgerappelt.

»Linda, bitte«, sagte Sonia.

Doch sie sah sie nur mit wütenden Kinderaugen an, strich sich über die aufgeschürften Knie und rannte in Richtung des israelischen Postens, als wäre der Teufel hinter ihr her – was, dachte Lucas, wohl ihrer Sicht der Dinge entsprach –, während die vier Ungläubigen ratlos herumstanden.

»Sie ist auf der Straße nicht sicher«, sagte Sonia.

»Tja, aber was soll's?« sagte Nuala. »Wir können sie ja nicht gefangenhalten. Wir stecken jetzt jedenfalls ziemlich in der Scheiße.«

»Kennst du ein passendes Sufi-Gebet?« fragte Lucas Sonia.

»Dies ist eins«, antwortete sie. Doch dann sagte sie nichts mehr, und er nahm an, daß ihre Situation eine Art Sufi-Gebet darstellte. Offenbar handelte es sich um eine anspruchsvolle Religion.

Rechts und links der Straße brannten Feuer. Mit grünkarierten Kafiyes maskierte junge Männer tauchten auf. Plötzlich war hinter ihnen ein Armeejeep, mitten unter den rennenden Jugendlichen. Er drängte den UN-Landrover fast von der Straße. Auf dem Beifahrersitz saß der freundliche Golani-Offizier, der sich nach den Verletzten erkundigt hatte. Er sprang heraus.

»Ihr Schweine!« schrie er. »Ihr verdammten Nazischweine! Ihr habt tatenlos zugesehen, wie ein Jude ermordet wurde!«

»Aber –« sagte Lucas.

»Halt dein Maul«, schrie der Offizier, zitternd vor Wut. »Ihr habt die Frau aus dem Wagen geworfen. Ihr habt sie allein –«

Jemand rief ihm etwas zu. Einige Palästinenser waren auf den Armeejeep aufmerksam geworden. Bald würden sie bemerken, daß er allein und ungeschützt war. Trotz ihrer Wut war das dem Offizier und seinem Fahrer ebenfalls bewußt.

Bevor er davoneilte, um seine Aufmerksamkeit anderen Dingen zuzuwenden, musterte der Offizier sie mit einem Blick, in dem so viel Wut und Haß lagen, daß Lucas' Herz sich zusammenkrampfte. Dafür würde jemand sterben müssen, das war deutlich. Möglicherweise er selbst.

»Wir haben eure Namen«, sagte der Offizier, als der Jeep losfuhr. »Wir vergessen nicht.« Der Rest war nicht zu verstehen. Hatte er »Bastard« gesagt? Vielleicht. Vielleicht hatte Lucas es sich auch nur eingebildet. Weitere Armeefahrzeuge rasten vorbei. Die Soldaten, die darin saßen, betrachteten den UN-Wagen mit düsterer Feindseligkeit.

Sie fuhren auf Straßen voller Aufruhr durch Dörfer, in denen Reifen brannten und die Lautsprecher der Moscheen zum Dschihad aufriefen.

»Gott, er sah zum Fürchten aus«, sagte The Rose. Sie meinte den Offizier, der sie angehalten hatte.

»Allerdings«, sagte Lucas. »Ich meine ...« Er hatte sagen wollen: »... versetz dich in seine Lage.« Doch dann dachte er: Scheiß drauf. Er war es leid, sich ständig in die Lage anderer zu versetzen.

»Manchmal hasse ich sie alle«, sagte The Rose. »Beide Seiten.«

»Ich weiß, was du meinst«, sagte Lucas.

41 Als die ölig schwarze Nacht sich herabsenkte, war die Straße mit einemmal zu Ende. Sonia hatte mit dem Funkgerät das Hauptquartier in Gaza erreicht, und der holländische Offizier dort hatte ihnen empfohlen, zum UN-Versorgungslager in Scheich Eilin an der Küste zu fahren, doch nach einigen Kilometern mußten sie feststellen, daß die Straße mit vier ausgebrannten Autowracks blockiert war. Es gab keinen Randstreifen – direkt neben der Straße erhoben sich Maschendrahtzäune.

Sie stiegen aus und schoben sich am Draht entlang vorbei, bis sie die Barrikade aus geschwärztem Blech hinter sich hatten. Dann gingen sie weiter in Richtung Scheich Eilin. Die vergehende, durch die Feuer verstärkte Hitze des Tages erzeugte Trugbilder in der Dämmerung. Lucas glaubte immer wieder, das Meer zu sehen. Sie kamen in eine Art Dorf.

»Hier war mal eine orthodoxe Kirche«, sagte Nuala. »Wir haben mit den Leuten zusammengearbeitet. Der Priester war ein Grieche, der mit uns sympathisierte.«

Lucas wußte nicht, ob sie mit »uns« die Palästinenser oder die Kommunisten meinte.

»Was ist mit der Kirche geschehen?« fragte er.

»Die Hamas hat sie in Brand gesteckt.«

Das verlassene Dorf war eine christliche Siedlung gewesen. Die Kirche und das Haus des Priesters, das daneben stand, waren verwüstet worden. Die Wandbilder trauriger byzantinischer Heiliger waren mit Graffiti übermalt, die Leitungen und Rohre herausgerissen. Ein altes Foto einer Frau mit einem Sonnenschirm, die nach der Mode des frühen zwanzigsten Jahrhunderts gekleidet war, lag im roten Staub auf dem Boden. Nuala hob es auf.

Auf ihrem Weg zur Küste sahen sie vor dem bewölkten Abendhimmel Dutzende von Feuern. Wieder zählte Nuala Städte und Dörfer auf. Nuseirat. Deir al-Balah.

Hinter dem Notzrim-Zaun verschoß jemand mit einem Sturmgewehr Leuchtspurmunition. Ein anderer hatte eine Signalpistole und amüsierte sich damit, Signalkugeln abzufeuern, die an kleinen Fallschirmen zur Erde schwebten. Jede wurde mit Jubelrufen begrüßt. Kinder spielten ausgelassen im hellen Schein der hübschen Lichter.

»Sieht aus wie ein verdammter Jahrmarkt«, sagte Nuala.

Als es dunkel war, machten sie Rast am Straßenrand. Inzwischen wußten sie nicht mehr, was welche Lichter zu bedeuten hatten und wie sie Armeeposten von Dörfern in Aufruhr unterscheiden sollten.

»Wir sind auf uns selbst gestellt«, sagte Nuala. »Wir müssen uns irgendwie durchschlagen. Die Friedenstruppen werden wahrscheinlich alle Lager schließen.« Sie hatte die Karte aus dem Jeep mitgenommen und versuchte, sie im Licht ihrer winzigen Taschenlampe zu lesen. »Ein Stück weiter gibt es ein kleines Lager«, sagte sie. »Rashid hat dort ein paar Verwandte. Vielleicht erinnert sich jemand an mich.«

Lucas beugte sich über die Karte und sah, daß es sich um das Lager an der Küste handelte, in dem er bei seiner ersten Fahrt in den Gazastreifen gewesen war. Es war eines der ärmsten und verwahrlostesten.

Am Eingang des kleinen Lagers waren über Benzinfässern alte Autoreifen aufgetürmt – eine Barrikade, die sofort in Brand gesetzt werden konnte. Etwa dreißig Meter dahinter standen Jugendliche um brennende Mülltonnen herum. Im Licht der Flammen konnte man Gestalten sehen, die mit einer blauen Plastikplane zugedeckt waren. Es schien sich um Leichen zu handeln.

Sie gingen auf die Reifenbarrikade zu. Lucas nahm Nualas Karte. Falls sie die Nacht überlebten, würde er sie behalten, dachte er. Auf ihr war eine Gegend verzeichnet, wo siebenhunderttausend Menschen im Schein brennender Müllfeuer die Nächte damit verbrachten, um ihre eigene Rache und Schutz vor der Rache der anderen zu beten. Der Gazastreifen war vierzig Kilometer lang und sechs Kilometer breit und eine gewaltige Energiequelle: Hier gab es mehr als genug Angst und Wut, um die menschliche Natur für die nächsten tausend Jahre zu befeuern. Und obendrein schöne Strände.

Als sie auf die Gruppe zugingen, schrien die Jugendlichen sie an und zeigten auf Lucas.

»Was wollen die?« fragte er die anderen.

»Weiß ich auch nicht«, sagte Nuala. »Warte hier.«

Also wartete Lucas vor der Barrikade, während Sonia, Nuala und The Rose versuchten, mit den Jugendlichen zu verhandeln. Die Palästinenser schrien. Sie hoben die blaue Plane an, damit die Frauen sahen, wie viele Tote sie zu beklagen und zu rächen hatten. Immer wieder zeigte irgendeiner von ihnen auf Lucas. Offenbar wollten sie nicht hören, was Sonia und Nuala ihnen zu sagen hatten. Schließlich kehrten die Frauen vor die Barrikade zurück. Als sie hineingegangen waren, hatten ein paar Palästinenser Reifen und Fässer beiseite geräumt, um sie durchzulassen; nun half ihnen niemand.

»Und?« fragte Lucas.

»Laß uns hier verschwinden«, sagte Sonia.

In der Entfernung hörte man Sirenen und auch wieder die Stimmen der Muezzins.

»Haben die was gegen mich?« fragte Lucas.

Er drehte sich um und sah, daß jemand aus dem Lager ihnen nachschlich. Im Schein des Feuers konnte er erkennen, daß der Junge schielte – aus Bösartigkeit oder Wut oder weil er eben einfach schielte. Als er bemerkte, daß er entdeckt war, rannte er kichernd davon. Die Jugendlichen am Feuer schrien Sprechchöre.

»Sie mögen dich nicht«, sagte Nuala. »Wir gehen weiter. Nicht rennen.«

»Scheiße«, sagte The Rose.

Sie gingen zügig und mit hocherhobenen Köpfen.

»Soll ich etwas singen?« fragte Sonia.

»Nein«, antwortete Nuala. »Sonst denken sie, daß du eine Israelin bist. Die singen immer.«

Es schien Lucas, daß unter den gegebenen Umständen nicht einmal ein Israeli, der sich auf einer neuhegelianischen Wanderung befand, singen würde. Ein Hubschrauber jagte über sie hinweg; das Dröhnen erfüllte urplötzlich die Dunkelheit, und das Licht des Suchscheinwerfers tanzte theatralisch über den Boden.

»Die Leute dahinten glauben, daß du den bösen Blick hast«,

erklärte Nuala. »Und daß du ein Spion bist. Und ein Jude. Und daß wir dich schützen.«

»Aha«, sagte Lucas. »Und warum glauben sie das?«

»Das weiß ich nicht«, sagte Nuala. »Vielleicht sind sie verrückt. Der Mullah scheint jedenfalls verrückt zu sein.«

Das war offenbar alles, was sie ihm sagen konnte. Als Lucas den Blick zur Seite wandte, sah er, daß jenseits des Zauns ein paar Dutzend Menschen neben ihnen her liefen. Sie schienen erregt, und ihre Aufmerksamkeit war auf ihn gerichtet. Sie lachten und schrien, zeigten mit den Fingern auf ihn und freuten sich.

»Warum ich?« fragte Lucas. Sein Mund war trocken.

»Ach, es gibt da so Gerüchte«, sagte Sonia. »Ein paar von ihren Leuten sind erschossen worden, wahrscheinlich von Scharfschützen aus der Siedlung auf der anderen Seite der Straße. In den Lagern gibt es Provokateure.«

»Der Mullah sagt, du bist kein Mensch«, sagte Nuala ruhig. »Er sagt, du bist etwas anderes.«

»Was denn?«

»Ich weiß nicht. Kein Mensch jedenfalls. Ein Geist, ein Dschinn.«

»Aber immer noch jüdisch, stimmt's?«

»Genau«, sagte Sonia. »Dagegen gibt es kein Heilmittel.« Sie seufzte. »Vielleicht ist es ein Lager für Madschnunim. Jedenfalls werden wir nicht hierbleiben.«

»Gut«, sagte Lucas.

Als der Hubschrauber abermals vorüberflog, sagte Lucas: »Meint ihr, die Armee würde uns helfen?« Er begann einzusehen, daß die israelische Armee auch ihre guten Seiten hatte.

»Uns?« sagte Nuala. »Du meinst: *dir*. Ich würde mich nicht darauf verlassen. Wenn du ihnen deinen Presseausweis zeigst, werden sie denken, daß du hergekommen bist, um Material gegen sie zu sammeln. Und einer von ihnen ist gerade umgebracht worden. Sie könnten dich dafür verantwortlich machen.«

Vielleicht sind wir ja auch verantwortlich, dachte Lucas. Wenn wir die Soldaten benachrichtigt hätten, wäre Lenny vielleicht gerettet worden. Aber ausländische freiwillige Helfer im Gazastreifen liefen nicht mit Informationen zu den Soldaten.

396

»Du mußt das so sehen, Chris«, sagte Sonia. »Sie sind nicht hier, um dir zu helfen.«

»Ihr wißt doch, wie er es sieht«, sagte Nuala. »Er ist Amerikaner. Ihre Waffen sind mit seinem Geld bezahlt worden. Seine Spione arbeiten mit ihren zusammen. Er glaubt, daß sie ihm etwas schuldig sind.«

»Das hat er nicht gemeint«, widersprach Sonia.

»Nein«, sagte Lucas, »ich habe gemeint, daß sie mir letztlich ähnlicher sind als die anderen. Sie sind vielleicht nicht die Ritter der Tafelrunde, aber sie werden mich nicht umbringen, weil ich Jude oder ein Dschinn bin.«

Jenseits eines dunklen Feldes brannten weitere Feuer.

»Du kannst ihnen nicht trauen«, sagte Sonia. »Eigentlich kannst du keinem trauen. Manche Israelis würden dir helfen, manche nicht.«

»Ich hatte nicht vor, zur Armee zu rennen und euch hier sitzenzulassen«, sagte Lucas gereizt. »Ich wollte nur wissen, ob es einen Sinn hätte, sie um Hilfe zu bitten.«

»Tatsache ist«, sagte Nuala, »daß wir in verschiedenen Situationen sind. Jeder von uns ist in einer anderen Situation.«

Sie blieben wieder stehen, um die weit entfernten Feuer zu beobachten.

»Warum hat Linda uns hierhergebracht?« sagte Lucas. »Was hatte sie vor?«

»Das werden wir schon noch erfahren«, sagte Nuala. »Und zwar sehr bald.«

»Vielleicht schicken die Friedenstruppen Patrouillen aus«, sagte Sonia. »Das wäre schön.«

»Amen«, sagte Lucas. Inmitten all diesen religiösen Eifers sollte, fand er, irgend jemand mal ein Gebet für die armen Schweine dieser Welt sagen, die an den gottverlassenen, kaputten Straßen dieser Welt auf Hilfe in Form eines kleinen weißen UN-Fahrzeugs warteten. Und für die bedauernswerten Menschen, die darin saßen.

Aus dem Dorf der Madschnunim hörten sie Gesang. Die Melodie war nicht dazu angetan, ihre Stimmung zu heben.

Lucas drehte sich um und sah etwas, das nur eine Menge Palästinenser sein konnte, die in der Dunkelheit näher kam. Die Männer trugen Lichter aller Art: Taschenlampen, Kerosinlampen, Fackeln. Sie schienen Parolen zu schreien. In dieser Wüstennacht konnte man sich gut vorstellen, daß sie Gottes Armee waren oder Gideons Armee, die Auserwählten des Herrn, Seine Heerscharen. Und zweifellos sahen sie sich so: Sie waren ausgezogen, Gottes Feinde, ihre Feinde, zu suchen. Ihn.

»Sie denken, wir fliehen«, sagte Lucas. Sie beschleunigten ihre Schritte.

Sie trabten durch die Finsternis und folgten dem schwach leuchtenden Band der Straße. Lucas dachte an Halsbänder aus brennenden Reifen und daran, was feindselige Menschen mit Scheren und Hippen anstellen konnten. Er dachte an die Strafen, die für jene ersonnen waren, welche – wie er – nur vorgaben, menschliche Wesen zu sein, es in Wirklichkeit jedoch nicht waren. Er tastete nach Sonias Hand, und sie rannten gemeinsam zum Gipfel einer kleinen Anhöhe. Für einen Augenblick hob sich der Rauch. Über ihnen funkelten eine Million Sterne wie böse Engel.

Auf dem Gipfel des Hügels hoben sie sich gegen den Himmel ab. Hinter ihnen ertönte ein vielfaches Jubelgeschrei. Bergab ging es schneller. The Rose hatte die winzige Taschenlampe und versuchte, im Rennen ihre Karte zu lesen.

»Zwei Kilometer die Straße hinunter ist ein Lager namens Beit Adschani«, keuchte sie. »Es ist angeblich unter PLO-Kontrolle.«

»Was immer das heißt«, sagte Sonia.

»Tja, wir wissen nicht, was es heißt«, sagte Nuala, »aber wir sollten uns beeilen, dorthin zu kommen.«

Also rannten sie nach Beit Adschani, mit vierhundert Metern Vorsprung vor der gesamten Bevölkerung eines Lagers, das anscheinend aus Verrückten bestand. Die Männer schwenkten frohgemut ihre Fackeln und Benzinkanister. Sie waren jetzt so nahe, daß Lucas verstehen konnte, was sie riefen.

»*Itbah al-Yahud!*«

Er glaubte, eine Kettensäge zu hören.

In Beit Adschani war niemand zu sehen. Die Zufahrt von der Straße führte durch ein Tor, das offenstand, und so versuchten sie mit vereinten Kräften, es zu schließen. Obgleich es nur aus Holz und Maschendraht bestand, ließ es sich keinen Zentimeter bewegen. Irgend etwas, das man in der Dunkelheit nicht sehen konnte, hielt es fest.

Sie rannten an den Reihen der Baracken entlang. Beit Adschani war eines der ärmsten Lager; auch hier waren die Häuser Erweiterungen jener Baracken aus Fertigteilen, welche die UN 1948 errichtet hatte, als der Gazastreifen unter ägyptischer Herrschaft gestanden hatte.

»Wo zum Teufel sind die alle?« fragte Lucas. Im ganzen Lager war kein einziges Licht zu sehen. Die Männer aus dem Lager der Verrückten waren am offenen Tor stehengeblieben. Sie sangen ihre Parolen und schwenkten ihre Fackeln und furchterregenden Waffen.

»Hier sind Leute«, sagte Nuala. »Aber sie verstecken sich.«

»Ich rieche Bratfett«, flüsterte Sonia.

Sie duckten sich hinter eine Reihe von Baracken. Nuala blieb aufrecht stehen.

»*Salaam*«, sagte sie laut. »*Masar il kher. Kayfa bialik?*«

»Mit wem redet sie?« fragte Lucas.

Dann sah er, daß sie mit einer alten Frau sprach, die durch einen Spalt in einem aus Stoffstücken zusammengenähten Vorhang nach ihnen spähte. Die alte Frau antwortete etwas. Sie versuchte, Lucas' Gesicht in der Dunkelheit zu erkennen. Der Lärm des Mobs wurde lauter. Anscheinend war er jetzt ins Lager eingedrungen.

»*Itbah al-Yahud!*«

Die alte Frau trat beiseite und ließ Nuala, Sonia und The Rose eintreten. Als Lucas ihnen folgen wollte, streckte sie den Arm aus und versperrte ihm den Weg.

»Es ist die Hütte einer *daya*, einer Hebamme«, sagte Nuala. »Er darf hier nicht rein.«

Lucas hielt inne und blickte zum Tor. Die Leute, die sie verfolgt hatten, waren verschwunden – er sah nur den Widerschein ihrer Lichter und hörte ihren Schlachtruf. Offenbar waren sie in eine andere Gasse eingebogen.

»Da draußen kann er jedenfalls nicht bleiben«, sagte Sonia. »Hört sie euch an!«

Lucas warf einen Blick in den trübe beleuchteten Raum der *daya*. Die verputzten Wände waren ungelenk mit Weinblättern und fünffingrigen Palmwedeln bemalt, wie es in Nordafrika Brauch war. Auch die Hebamme sah aus, als stammte sie aus Nordafrika. Das einzige Licht kam von der Flamme ihres Herdes. Sie stand resolut in der Tür, hatte die Hände an seine Brust gelegt und stieß ihn zurück.

»La«, rief sie. »La, la.« Kein Zutritt.

Sie schien jedoch bereit, den fremden Frauen ohne weiteres Zuflucht zu gewähren, trotz der Unruhen, trotz des Belagerungszustands, trotz des Mobs in den Straßen. Die Frau hatte etwas an sich, das Lucas das Gefühl gab, Nuala, Sonia und The Rose würden bei ihr sicher sein.

»Ich glaube, hier wird euch nichts passieren«, sagte er zu Nuala.

»Und was ist mit dir?« fragte Sonia.

Nuala sagte etwas auf arabisch zu der alten Frau, doch diese schüttelte den Kopf.

»Ich weiß nicht«, sagte Lucas. »Vielleicht zeige ich ihnen meinen Presseausweis oder so.«

Mit einer eigenartig sanften Bewegung schloß die Frau die Tür.

»Itbah al-Yahud!« schrie die Menge.

Gehen oder rennen? dachte Lucas. Er konnte so tun, als machte er nur einen kleinen Spaziergang. Als die Gasse an einer Querstraße endete, wandte er sich in die Richtung, die ihm am sichersten erschien. Er begegnete einem alten Mann, der im Dunkeln mit einem Krug an einem Gemeinschaftswasserhahn stand und erschrocken aufschrie.

»Masa il kher«, sagte Lucas höflich.

Plötzlich war er sehr durstig. Der Vers an dem osmanischen Brunnen im Hinnom-Tal fiel ihm ein, einer der wenigen Koranverse, die er kannte, ein Stück aus dem winzigen Fundus von Kunstwerken aus diesem Teil der Welt, für den er sich selbst zum Experten erklärt hatte: »Allah erschuf alle Tiere aus Wasser.« Er war in der Wüste und hatte den ganzen Tag nichts getrunken, und die Thermosflasche hatten sie im Landrover gelassen. Er ging zurück und trank aus dem Wasserhahn, während der alte Mann dabeistand und zeterte.

Als der Lärm des Mobs sich wieder näherte, begann er zu rennen; sein Keuchen erschien ihm schrecklich laut. Wenn sie ihn verbrannten, war es dann besser zu schreien? Sofort loszubrüllen, in wilde Angstschreie auszubrechen, noch bevor es überhaupt weh tat? Vielleicht konnte man auf diese Weise Energie verbrauchen, so daß weniger übrigblieb, was in Schmerz umgewandelt werden konnte. Vielleicht würde dieses unwürdige Schauspiel sie beschämen. Nein, sie würden sich nur über seine Feigheit lustig machen.

Und wenn er versuchte, die Zähne zusammenzubeißen? Tapferkeit war so rühmlich, so transzendent. Er hatte sie bei anderen immer sehr bewundert. Ob er es mit Selbstbewußtsein versuchen sollte? Scheiß auf eure Autoreifen, Scheiß auf euer Benzin. Ich werde euch zeigen, wie ein Halbjude stirbt. Mit Klasse. Ein bißchen entfremdet vielleicht, aber mit Klasse. Wie Cary Grant in *Aufstand in Sidi Hakim* im Tempel der Thugs.

»Itbah al-Yahud!«

Am Ende der nächsten Gasse stand er vor einem Stacheldrahtzaun. Dahinter, jenseits eines großen Feldes, auf dem anscheinend Spinat angepflanzt war, sah er die Lichter einer Siedlung. Der Stacheldrahtzaun erschien ihm nicht unüberwindlich, doch er hatte keine große Lust, auf dem Höhepunkt der Unruhen in ein der Wüste abgerungenes Feld jüdischer Siedler einzudringen. Sie würden ihr Land vermutlich entschlossen verteidigen.

Schließlich hatte er jedoch das Ende des Lagers Beit Adschani erreicht. Auch die letzte Gasse war eine Sackgasse, und alle anderen Straßen schienen in die Richtung zu führen, wo die bewaffneten Madschnunim schrien. Ihm blieb also keine andere Wahl, als auf dem Bauch unter dem niedrigsten Stacheldraht hindurch aus Beit Adschani heraus und in das Spinatfeld zu kriechen. Die strenge Ausrichtung der Lichter jenseits des Feldes ließ an Minenfelder denken. Ob es Leute gab, die ihre Spinatfelder verminten? In Gaza vielleicht.

Trotzdem rannte er weiter. Weg vom Lager, weg von der Straße, weg von der Siedlung. Als ein zweiter Hubschrauber vorbeiflog, warf er sich zu Boden und verbarg den Kopf unter den Blättern. Vom Scheinwerferlicht aufgescheuchte Insekten krochen über seine geschlossenen Augen.

Ab und zu blieb er stehen, um zu Atem zu kommen. Er wünschte, er hätte eine Wasserflasche mitgenommen. Mehrmals dachte er, der Mob habe die Verfolgung aufgegeben; er beugte sich vor, lauschte hoffnungsvoll auf eine Art Stille hinter den Pistolenschüssen, den flammenden Reden der Muezzins, dem Dröhnen des Hubschraubers. Eine private Stille, in der ihn niemand verfolgte. Doch der Ruf erklang immer wieder; ganz gleich, wie lange er gerannt war – sie schienen immer hinter ihm zu sein, entschlossen, ihn zu ergreifen. Er begann daran zu zweifeln, daß er ein menschliches Wesen war. Wer, dachte er, würde schon ein menschliches Wesen sein wollen?

Als der Hubschrauber, der das Spinatfeld überflogen hatte, die Meute der Madschnunim entdeckte, rannte Lucas lachend weiter. Sollten die in der Luft doch die auf dem Boden vernichten! Sollten die auf dem Boden doch die in der Luft herunterziehen!

Vielleicht bildete er sich diesen Ruf schon seit Stunden nur ein – er hallte schon so lange in seinem Kopf wider. Doch nein, als er stehenblieb, hörte er ihn wieder.

»*Itbah al-Yahud!*«

Er war so durstig. Wie hieß es noch mal? »Und wer euch hier Bäche von Milch verspricht, bringt nur euch Verdruß.« Bäche von Milch – der amerikanische Traum. Lestrade wäre amüsiert.

Am Ende des Feldes sah er im Gegenlicht des aufgehenden Mondes und der Lampen in der Siedlung ein Minarett, an dessen Fuß er schwache Lichter erkennen konnte. Dahinter standen in regelmäßigen Abständen Laternenmasten aus Aluminium – möglicherweise die Küstenstraße. Wenn er es schaffte, die Nacht zu überstehen, ohne dem Mob in die Hände zu fallen, würde ihn vielleicht ein UN-Fahrzeug mitnehmen.

In diesem Augenblick wurde es rings um ihn her gleißend hell. Der Hubschrauber war wieder über ihm – er hörte, wie das Funkgerät Koordinaten und Befehle knarzte. Dann ertönte eine Lautsprecherstimme. Lucas wurde bewußt, daß sie Englisch sprach, und zwar zu ihm. Er blieb stehen und reckte die Arme, so hoch er konnte.

»Presse!« schrie er hinauf. Sand wirbelte in seine Augen, Zweige und kleine Steine wurden vom Wind des Rotors hochgeschleudert. »*Periodista! Journaliste!*«

Als er mit gereckten Armen inmitten des Wirbelwindes stand, stießen die palästinensischen Madschnunim in Beit Adschani ein lautes Geschrei aus. Sie hatten wohl im Dunkeln seine Spur verloren und entdeckten ihn jetzt im Lichtkegel des Suchscheinwerfers.

Einige Sekunden lang verharrte der Hubschrauber über ihm wie der Zorn Gottes. Er konnte die Erregung der Menge sehen, doch das Wummern des Motors übertönte alle anderen Geräusche.

»Reporter?« sagte ein Soldat durch den Lautsprecher. »Sind Sie der Reporter?«

Das klang nach Rettung.

»Ja, Sir!« rief Lucas seinem neuen fliegenden Freund zu. »Mein Name ist Lucas.« Er wollte erklären, daß sie ihn jagten und »*Itbah al-Yahud*« schrien. Er wollte alles erklären. Der Hubschrauber ging jetzt tiefer, und das heftige Wirbeln scharfer Steine und Erdbrocken wurde stärker.

»Bleiben Sie, wo Sie sind, Mr. Reporter! Rühren Sie sich nicht von der Stelle!«

»Okay«, sagte Lucas hustend. Obgleich er fast erstickte, wollte er zeigen, daß er mit allem einverstanden war. Der Lärm der Rotoren übertönte das Geschrei der Menge, doch sie wirkte noch erregter als zuvor.

»Warten Sie hier!« rief die Stimme aus dem Lautsprecher. Sie klang ein bißchen zu ernst und hilfsbereit. »Wir holen Sie gleich morgen früh ab. Haben Sie verstanden? Gehen Sie nicht weg!«

»Ja!« rief Lucas, so laut er konnte. Dann war es wieder dunkel, und er konnte die Palästinenser auf der Straße hören. Der Hubschrauber verschwand in Richtung der Siedlung. Innerhalb von Sekunden war er einen Kilometer entfernt, und Lucas begriff, daß er Opfer eines derben soldatischen Witzes war. Seine Verfolger standen jetzt am Stacheldrahtzaun, kletterten hinüber, krochen darunter hindurch, versuchten, die Drähte durchzuschneiden. Lucas zögerte einen Augenblick und rannte los. Am Zaun um die jüdische Siedlung fielen Schüsse, und von den Palästinensern ertönten Schreie des Schmerzes und der Wut.

Er rannte, bis er nicht mehr konnte. Er fiel hin, rollte weiter, rappelte sich wieder auf. Das Spinatfeld endete an einer hohen Ziegelmauer, hinter der einige mit Kuppeldächern versehene

Gebäude und das Minarett standen, das er gesehen hatte. Lucas lehnte sich an die Mauer, schloß die Augen und versuchte festzustellen, ob er tatsächlich noch immer das Geschrei des Mobs hörte. Nachdem er zu Atem gekommen war, kroch er an der Mauer entlang und spähte über das Feld, das er überquert hatte. Die Menge war noch da. Die Männer schwenkten Taschenlampen und Laternen und schlugen, dem Geräusch nach zu urteilen, auf Mülleimerdeckel. Sie hatten sich jetzt der Siedlung zugewandt und schrien ihre Sprechchöre in diese Richtung. Hin und wieder wurde am beleuchteten Zaun um die Siedlung am anderen Ende des Feldes ein Schuß abgefeuert, und dann ertönte Wehgeschrei, und die Lichter bewegten sich heftiger.

Wenigstens wußte er nun, was er von der Armee zu erwarten hatte. Mit etwas Glück würde er hierbleiben können – solange die Siedler und diese Verrückten miteinander beschäftigt waren. Die Küstenstraße war verlockend nahe, doch die Wahrscheinlichkeit, dort auf freundlich gesinnte Menschen zu stoßen, war gering. Er hatte das eigenartige Gefühl, daß er schon einmal hiergewesen war, und zwar bei einem seiner ersten Ausflüge in den Gazastreifen. Er glaubte sich zu erinnern, daß er damals ein Interview gemacht hatte; es war der Tag des wütenden Franzosen gewesen.

Er tastete sich an der Mauer entlang und stieg vorsichtig über den Schutt und Unrat, die dort lagen. Im schwachen Licht sah es so aus, als wäre das Minarett, das über ihm aufragte, von den Überresten eines metallenen Kreuzes gekrönt, das verbogen herabhing. Eine christliche Enklave, allerdings nicht die, an der sie zuvor haltgemacht hatten. Und diese hier wirkte auch nicht verlassen; er hatte einen schwachen Lichtschein gesehen.

Lucas erinnerte sich, daß er im Jahr zuvor auf der Fahrt mit dem militanten Franzosen die Überreste eines christlichen Ghettos gesehen hatte, das große Ähnlichkeit mit diesem gehabt hatte. Es war gleich außerhalb eines Dorfes namens Zawaydah gewesen. Er lehnte sich mit dem Rücken an die Mauer und versuchte, sich an die Einzelheiten zu erinnern. Auf der Straße neben dem Spinatfeld wurde noch immer geschrien und gelärmt; die Menge hatte sich noch nicht zerstreut. Offenbar war dies das Ereignis des Jahres. Plötzlich merkte er, daß auf der anderen Seite der Mauern Menschen waren.

Er stieg auf ein paar aus der Mauer gebrochene Ziegel und lauschte. Die Leute sprachen leise, fast im Flüsterton, als versteckten sie sich ebenfalls. Die Sprache klang weder arabisch noch hebräisch, doch er war sich nicht sicher.

Wer waren sie, und was hatte das zu bedeuten? Im Gazastreifen konnte man fast alles finden. Das meiste davon geschah – jedenfalls nach Meinung derer, die es geschehen ließen – besser ohne Zeugen. Der Hubschrauber war wieder da und kreiste jenseits des Spinatfeldes über dem Zaun der Siedlung.

Lucas zog sich zur Mauerkrone empor. Auf der anderen Seite waren die Überreste eines Klostergartens, der in einen Auto-Schrottplatz aus den Tagen von Laurel und Hardy verwandelt worden war. Fässer voller Ersatzteile standen herum, ausgebaute Motoren waren übereinandergestapelt, ein Dutzend Limousinen und Busse waren mehr oder weniger zerlegt. In der Mitte stand ein International-Harvester-Lastwagen, dessen Schnauze mittels eines Flaschenzugs an zwei kränklich wirkenden Palmen aufgehängt war. An einem Ende des Gartens war ein von Kerosinlampen beleuchteter offener Schuppen, in dem Werkbänke voller Werkzeug standen.

Der Garten war voller Menschen, die hier zu kampieren schienen. Familien schliefen in Schlafsäcken. Männer hatten es sich in Sesseln bequem gemacht, aus denen die Sprungfedern ragten, und die Beine auf Pappkartons gelegt. Frauen stillten Kinder. Über dem Ganzen lag eine Atmosphäre wachsamer Niedergeschlagenheit.

So leise wie möglich ließ Lucas sich wieder hinunter und versuchte, sich darüber klarzuwerden, was das für ihn bedeutete. Auf seinem letzten Ausflug in den Gazastreifen, fiel ihm ein, hatte ein alter Mann versucht, ihm ein Interview zu verkaufen. Der alte Mann hatte behauptet, ein Mukhtar der Nawar, des hier ansässigen Zigeunerstammes, zu sein. Ein selbsternannter Zigeuner. Lucas hatte ihn für einen Schwindler gehalten.

Nun, da auf der Straße noch immer ein Mob von Verrückten wütete und Hubschrauber voller Witzbolde herumflogen, fand Lucas, er tue vielleicht gut daran, einen Zigeuner aufzutreiben und ihm ein Interview abzukaufen.

42 Während draußen auf der Straße der Mob auf und ab lief und nach ihm rief, damit er sich stellte und sich die Gedärme herausreißen ließ, trank Lucas starken Tee und Arrak mit dem Mukhtar der Nawar, die Bektaschi-Sufis waren. Zu ihren nützlichen Beschäftigungen gehörte auch der Blick in die Zukunft. Lucas war gern bereit, sich Aufschlüsse über sein Schicksal geben zu lassen.

»Du mußt bezahlen«, erklärte der Mukhtar. Lucas erschrak, denn einen Augenblick lang dachte er, die Vergeltung für seine Taten sei die Summe dessen, was das Leben noch für ihn bereithielt. Er hatte immer erwartet, zur Rechenschaft gezogen zu werden. Doch der Mukhtar wollte lediglich darauf hinweisen, daß seine prophetischen Fähigkeiten eine Dienstleistung darstellten, die einer Entlohnung bedurften.

»Aber natürlich«, sagte Lucas.

»Wieviel wirst du bezahlen?« fragte der Mukhtar. Er hieß Khalif.

Lucas warf einen eher indiskreten Blick in seine Brieftasche. Er hatte etwas über zweihundert Dollar in amerikanischer und israelischer Währung.

»Fünfzig Dollar«, schlug er vor.

»Du wirst mir hundert Dollar geben«, sagte der Mukhtar mit der Autorität eines Mannes, für den die Zukunft ein offenes Buch war.

»Okay«, sagte Lucas.

Er streckte die Hand aus, und der Mukhtar fuhr mit dem Finger die Lebens- und Schicksalslinie nach. Dann legte er seine Hände an Lucas' Schläfen.

»Du wirst ein langes Leben haben«, sagte der alte Mann.

»Gut«, sagte Lucas. Die Geräusche draußen wurden allerdings nicht leiser.

»Du wirst noch fünf Jahre unglücklich sein. Du wirst durch die Welt wandern und unter Menschen sein, die dich nicht lieben. Doch Allah, gepriesen sei Sein Name, wird dich beschüt-

406

zen, wie Er andere gleich dir beschützt hat. Nach fünf Jahren wirst du dich zum Islam bekehren. Du wirst Derwisch der Bektaschi sein.«

»Das könnte möglich sein.«

»Ja. Du wirst eine Frau haben. Sie ist ein Derwisch. Sie wird dich unterweisen. Eine weise Frau mit einem großen Glauben.«

»Wie wird sie aussehen?«

»Sie ist schön. Wie eine Frau der Howitat. Ihre Haut ist dunkel. Sie bemalt ihre Augen mit Kajal.«

Eine nackte Glühbirne schwang über ihnen leise hin und her. Die Kafiyeh des Mukhtars war makellos, und sein Schnurrbart war gepflegt und gewachst wie der eines ungarischen Husaren.

Lucas brachte sein Erstaunen über die übernatürlichen Fähigkeiten des Mukhtars zum Ausdruck und gab zu, daß er mit einer solchen Frau bekannt war.

»Glaube«, sagte der alte Mann. »Ehre das, was heilig ist. Dann wird die Zeit deines Unglücks vorbei sein.«

Gegen ein zusätzliches Entgelt war der Mukhtar bereit, seinen besonderen, informativen, ausführlichen Vortrag über die Nawar, die Derwische des Bektaschi-Ordens, zu halten. Es war ein Vortrag, den er schon oft vor Journalisten gehalten hatte und der weitere hundert Dollar kosten würde. Da er durch den Lärm jenseits der Mauer etwas abgelenkt war, machte Lucas sich keine Notizen. Er versicherte dem Mukhtar jedoch, sein Gedächtnis sei ausgezeichnet.

»Nawar«, klärte Khalif ihn auf, »ist kein guter Name. Es ist ein schmutziger Name. In Wirklichkeit heißen wir nicht Nawar, sondern al-Firuli.«

Laut dem Mukhtar waren die al-Firuli und ihre Verwandten, die Zhillo, im neunzehnten Jahrhundert mit den Khediven aus Albanien gekommen. In Ägypten und Gaza war es ihnen gutgegangen, bis zur Absetzung König Faruks, der als Nachfahre der Khediven ihr Patron und Beschützer gewesen war. Die al-Firuli hatten schon in Gaza gelebt, als es dort noch keine Flüchtlingslager gegeben hatte. Die Palästinenser drangsalierten sie manchmal, wie sie selbst von den Israelis drangsaliert würden. Früher hätten die al-Firuli ihr Geld mit Musik und Tanz verdient. Ihre Männer und Frauen tanzten gemeinsam und sagten die Zukunft voraus. Seit der Rückbesinnung auf den Islam seien Wahrsagerei und gemischte Gesangs- und Tanzgruppen jedoch nicht mehr sehr gefragt. Und seit dem Beginn der Intifada befänden sich die Palästinenser im Kriegszustand. Aus Hochachtung vor den Märtyrern würden weder Hochzeiten noch Bihram mit Musik gefeiert. Es gebe nur noch Beerdigungen, und dabei träten die al-Firuli nicht auf.

Was der Mukhtar erzählte, ließ die Nawar sympathisch und aufgeschlossen wirken. Sie seien lebenslustig und tränken Wein und Arrak, wenn sie dazu Gelegenheit hätten. Sie verehrten Mohammed, Moses und Issa, die allesamt Propheten Gottes seien.

In Tel Aviv, erklärte Khalif, gebe es Leute, die eine Sprache sprächen, die die al-Firuli verstünden. Diese Sprache heiße Romani. Die Sprache der Nawar heiße Dumir. Viele der jüngeren Nawar beherrschten sie jedoch nicht mehr.

Lucas fragte Khalif, ob er schon einmal in Tel Aviv gewesen sei. Der Mukhtar antwortete ausweichend und erzählte von seinen Reisen. Doch viele Nawar, gab er zu, seien schon jenseits der Grenze gewesen, in Tel Aviv und Jerusalem. In Jerusalem suchten sie Kirchen, Moscheen und andere öffentliche Plätze auf, um den Menschen Einsichten über ihr Leben zu vermitteln. Lucas nahm an, daß damit Betteln gemeint war.

Wie sich herausstellte, hatte Khalif von Yad Vashem gehört. Dorthin gingen die al-Firuli ebenfalls. Lucas fragte ihn, ob er die Bedeutung dieses Ortes kenne.

»Die Juden wurden getötet«, sagte Khalif. »Viele starben, bevor sie hierherkamen.«

Er sagte, er habe gehört, daß es ein prächtiges Gebäude sei, aus Edelmetallen erbaut und so groß wie eine Moschee.

»Aber es ist eigentlich kein Gotteshaus«, sagte Lucas. »Eher ein Denkmal. Für jüdische Märtyrer. Zur Erinnerung.« Der Schrein sei nicht aus Edelmetallen, sondern aus unbehauenen Steinen erbaut.

Khalif sagte, er sehe den Zusammenhang. »Je größer die Trauer«, sagte er, »desto größer die Rache. Wenn ein Mann trauert, will er auch seine Feinde trauern sehen. Er denkt: ›Warum soll *ich* weinen? Warum nicht ein anderer?‹«

Er bemerkte, wie niedergeschlagen Lucas auf diese Erklärung reagierte.

»Du bist traurig? Bist du Jude?«

»Ich bin traurig«, sagte Lucas. Er habe, erklärte er, einen traurigen Tag und eine traurige Nacht hinter sich. Von Yad Vashem, Juden, Romani, al-Firuli sagte er nichts. Es war eine hoffnungslos lange Geschichte. Was bin ich? dachte er. Ein Missionar? Auf der Straße war es still geworden.

Lucas zahlte noch einmal und sagte, der wilde, hektische Westen habe viel von der uralten Weisheit gottesfürchtiger Völker zu lernen. Der Mukhtar beglückwünschte Lucas zu seiner Demut und seiner Bereitschaft zu lernen. Er, der Mukhtar, habe viele Menschen aus dem Westen kennengelernt. Lucas sei anders als sie, eine Ausnahme.

Kurz vor Tagesanbruch hallte der morgendliche Ruf zum Gebet durch das große Tal der Asche. Diesmal hörte Lucas nicht den Gesang wutschäumender Muezzins, nicht die Beschwörung göttlichen Zorns über die Lästerer, nicht *Itbah al-Yahud*, sondern nur die Schönheit der Aufforderung zum Gebet, der Ermahnung, des Versprechens an die Gläubigen, daß Beten besser sei als Schlafen. Natürlich war es nur eine Kassette. Doch als der Ruf erklang, warf die Sonne ihre ersten Strahlen über die Wüste, und die Straße war ruhig und friedlich.

Lucas döste, als Khalif zu ihm trat und sagte: »Heute ist ein besserer Tag.«

»Gut«, sagte Lucas.

Ein junger Nawar fuhr ihn ein Stück weit die Straße hinunter, dieselbe Straße, auf der die verrückten Dorfbewohner ihn gestern nacht gesucht hatten. Ein Militärhubschrauber tauchte auf und verharrte über ihnen. Vermutlich würde man sie gleich auffordern, von der Straße zu verschwinden.

Nach einer Weile sah Lucas die ersten Häuser von Scheich Eilin, wo sich angeblich das UN-Versorgungslager befand. Der Nawar setzte ihn ab, und er ging die Straße entlang weiter. Noch immer zogen Rauchschwaden über den Himmel. Lucas glaubte einen leisen Geruch nach Jod zu entdecken, der vielleicht vom Meer, vom Seegras und vom Strand kam.

Es war eine Stunde nach Sonnenaufgang und bereits sehr heiß. Lucas hatte keinen Hut und spürte, wie die Sonne auf die kahle Stelle auf seinem Kopf herunterbrannte. Über der Straße flimmerten Luftspiegelungen. Tagsüber wäre eine Wolke nicht unpraktisch, dachte Lucas. Und nachts eine Feuersäule.

Er hielt es für sinnlos, zurück nach Beit Adschani zu gehen, wo die Frauen im Haus der *daya* Zuflucht gefunden hatten. Lieber wollte er versuchen, einen Stützpunkt der UN oder einer anderen Organisation zu finden und von dort aus mit ihnen in Verbindung zu treten. Nach seiner Einschätzung befanden sie sich nicht in unmittelbarer Gefahr.

Als er die Straße entlangging, tauchten aus einer Luftspiegelung vor ihm vier magere Gestalten auf. Sie kamen näher, und er sah, daß es vier palästinensische Jungen waren. Ihre Kleider waren verrußt und schmutzig, als hätten sie zu nahe an einem Feuer gestanden. Einer hatte eine Kafiyeh mit einem schwarzen Band und trug einen Benzinkanister. Beim Anblick des Kanisters fühlte sich Lucas unbehaglich.

Die Jugendlichen starrten ihn unhöflich an. Er wußte nichts über sie. Es mochten Palästinenser aus dem Ort sein oder auch Beduinen oder Nawar.

»Du bist Jude«, sagte einer von ihnen, als sie vorbeigingen.

»Du bist Spion«, sagte ein anderer.

»Du bist Scheiße«, sagte der Junge mit der Kafiyeh, der den Kanister trug.

»Scheiße«, sagte der vierte, der vermutlich am wenigsten Englisch sprach.

Warum widersprechen? dachte Lucas. Sie gingen ihrer Wege, und Lucas sah sich nicht nach ihnen um. Die Begegnung war nicht schlimmer als ähnliche, die er in der Karibik gehabt hatte.

Die nächste Vision, die Gestalt annahm, war ein mit der weißblauen israelischen Fahne bemalter Schützenpanzer, der am Straßenrand stand. Er sah staubig und verlassen aus, war jedoch bemannt. Eine Luke wurde geöffnet, und ein junger Mann mit einem Panzerhelm steckte den Kopf heraus. Er setzte den Helm ab, zog eine Sonnenbrille aus der Brusttasche seines Sweatshirts und musterte Lucas blinzelnd.

Nach einem Augenblick der Verwirrung sagte er: »Papiere.«

Lucas reichte ihm Paß und Presseausweis.

»Sie hatten Schwierigkeiten?« fragte der Soldat trocken.

»Tja, ich mußte meinen Wagen gestern nacht an einer Barrikade stehenlassen.«

»Inzwischen ist er wahrscheinlich verbrannt«, sagte der Soldat. »Sie hatten Glück, daß Sie nicht darin saßen.«

Lucas lächelte über diesen Scherz. »Da könnten Sie recht haben.«

»Meinen Sie, ich mache Witze?« fragte der Soldat verärgert. »Gestern nacht wurde ein Zivilist ermordet. Überall im Gazastreifen waren Unruhen. Auch im Westjordanland. Sogar in unseren eigenen Städten. In Lod. In Nazareth. In Holon. Ein Mädchen haben sie getötet, die Schweine.«

»Im Gazastreifen?«

»Nein, in Tel Aviv«, sagte der Soldat.

»Tja«, sagte Lucas, »wie Sie sehen, bin ich Ausländer und habe mich verlaufen. Ich würde gern mein Büro in Jerusalem anrufen. Könnten Sie mich bis zu einem UN-Stützpunkt mitnehmen?«

Der Mann machte ein besorgtes Gesicht. Ein zweiter Soldat tauchte in der Luke auf und fächelte sich mit seinem Barett Luft zu. Die offene Luke machte alle Anstrengungen der Klimaanlage des Fahrzeugs zunichte.

»Ich würde Ihnen ja gern helfen«, sagte der erste Soldat. »Aber wenn irgendwas passiert und wir Sie dabeihaben, sind wir im Nu im Libanon.« Er sah sich um. »Da drüben«, sagte er und zeigte auf die nächstgelegene Siedlung, »ist Kfar Gottlieb. Die haben Telefon. Die werden Ihnen helfen.«

Der zweite Soldat machte eine Bemerkung auf hebräisch. Lucas konnte sie nicht verstehen, doch der andere schien sich zu amüsieren.

»Wir *glauben*, daß sie Telefon haben«, übersetzte er. »Bei manchen Sachen wissen wir nicht so genau, ob sie die haben dürfen.«

Sie legten eine von der Klimaanlage gekühlte Armeedecke auf das glühendheiße Metall des Fahrzeugs, Lucas setzte sich darauf, und dann fuhren sie nach Kfar Gottlieb. Am Tor der Siedlung erklärte der Kommandant des Schützenpanzers den bewaffneten Wachen Lucas' Situation. Sie öffneten das Tor. Bis auf die Kippot waren ihre khakifarbenen Uniformen identisch mit denen der Soldaten. Sie waren grimmig und schweigsam.

411

Lucas schüttelte den beiden Soldaten die Hand und ging durch das Tor.

»Ich dachte schon, ich würde es nicht schaffen«, sagte er zu den Wachen. Es waren drei. Zwei waren Mitte Zwanzig, der dritte war Mitte Fünfzig. Sie reagierten nicht auf Lucas' Versuche, ein Gespräch anzufangen. Bald traf ein über Funk angeforderter Jeep vom Hauptquartier der Siedlung ein. Am Steuer saß eine hübsche, dunkelhaarige Frau mit einem khakifarbenen Halstuch. Der ältere Mann bedeutete Lucas mit einer Geste einzusteigen und setzte sich neben ihn. Schweigend fuhren sie durch Spinatfelder. Jenseits der Spinatfelder waren Tomatenfelder und jenseits davon Reihen von Grapefruitbäumen und Bananenstauden.

Lucas versuchte erneut, ein Gespräch anzuknüpfen. »Das ist also Kfar Gottlieb«, sagte er.

Der Mann sah ihn ausdruckslos an. »Stimmt«, sagte er. Seine Stimme war ohne Akzent.

Nach fast einer halben Stunde fuhren sie durch ordentliche Reihen verputzter Häuser zum Hauptquartier der Siedlung. Mit derselben Geste wie zuvor ließ der Mann Lucas aussteigen. Obwohl er seine Maschinenpistole nicht schußbereit, sondern nur umgehängt hatte, kam Lucas sich vor wie ein Gefangener. Die Frau mit dem khakifarbenen Halstuch fuhr weiter, ohne sich umzusehen.

»Ich würde gern Kontakt mit den Leuten aufnehmen, mit denen ich in den Gazastreifen gefahren bin«, sagte Lucas, als sie zu dem klimatisierten Container gingen, in dem sich die Verwaltung der Siedlung zu befinden schien. »Sie arbeiten für die International Children's Foundation.«

Der Mann mit der Maschinenpistole blieb wie angewurzelt stehen und starrte ihn wie vorhin an, nur daß jetzt eine heimliche Wut in seinem Blick lag.

»Eine Stiftung, die sich um Kinder kümmert?«

»Ja, ich –«

»Sie sind Reporter? Wir haben Kinder hier. Wollen Sie was über unsere Kinder schreiben?«

»Ich habe mich in den Lagern umgesehen.«

»Ach so, in den Lagern«, sagte der Mann. »Ich verstehe. Klar. Deren Kinder.«

412

»Es war ein harter Tag«, sagte Lucas, der noch immer hoffte, eine freundliche Atmosphäre herstellen zu können. »Gefährlich für alle.«

»Ja«, sagte der Mann. »Wir haben einen unserer Brüder verloren. Eines unserer Kinder.«

»Das tut mir leid.«

»Er war kein Kind«, sagte der Mann. »Er war ein schöner junger Mann. Ich hoffe, Sie denken nicht, daß ich schwul bin.«

Lucas hielt es für das beste, nicht zu antworten. Er war offenbar schon wieder in Schwierigkeiten.

»Wenn Sie schwul sind, möchte ich Sie natürlich nicht beleidigen«, fügte der Mann hinzu. »Ich möchte, daß Sie Gutes von uns denken. Was die Welt von uns hält, ist uns sehr wichtig.«

»Sie haben ...« Lucas ließ den Blick über die grünen Felder schweifen, auf der Suche nach etwas, über das er eine höfliche Bemerkung machen könnte. An mobilen Wasserrohren befestigte Sprinkler erzeugten Reihen blasser Regenbogen, die sich bis zum dunstigen Horizont erstreckten. »Sie haben eine Menge Spinat angebaut.« Er war sehr müde und hatte Angst.

Der Mann lachte anerkennend – ein herzhaftes, falsches Lachen. »Eine Menge Spinat. Das ist gut. Ja«, sagte er, »wir haben die Wüste erblühen lassen.« Er hielt kurz inne. »Der junge Mann, der jetzt tot ist, der von diesem Abschaum ermordet worden ist ... Er war neu hier. Und gleichzeitig war er eins von unseren Kindern. Ihnen fällt es vielleicht schwer, das zu verstehen.«

»Natürlich verstehe ich das«, sagte Lucas. Er hatte das Gefühl, daß er leichtfertig einen Ton der Verärgerung in seine Stimme hatte einfließen lassen. »Warum sollte ich das nicht verstehen?«

»Sie sollten es verstehen«, sagte der Mann. »Und das werden Sie auch.«

Lucas überging die Prophezeiung und fragte den Mann mit der Maschinenpistole: »Und wie ist das passiert?«

»Das«, sagte der Mann, »wollen wir von Ihnen hören, Mister.«

43 Während er auf den Kacheln in dem kühlen, hellerleuchteten Raum lag, hatte Lucas Gelegenheit, darüber
nachzudenken, daß sich bis vor wenigen Augenblicken keiner
der Beteiligten die Mühe gemacht hatte, ihm weh zu tun. Die
Geraden des rothaarigen Mannes mit dem gutmütigen Gesicht
waren die härtesten, die er je hatte einstecken müssen – das
hier war weit schlimmer als damals, als er betrunken durch den
Morningside Park gegangen und überfallen worden war. Er
hatte nicht die Absicht zurückzuschlagen, aber der Mann hatte
trotzdem einen guten Rat für ihn.

»Du wirst niemals einen Juden schlagen«, sagte er. »Wenn
du die Hand gegen einen Juden erhebst, wenn du auch nur versuchst, einen Juden zu verletzen, erhebst du die Hand gegen
den allmächtigen Gott.«

»Das habe ich noch nie gehört«, sagte Lucas und kam mühsam auf die Beine.

Der rothaarige Mann hatte einen Kollegen.

»Jetzt hast du es gehört«, sagte der Kollege, der viel kleiner
war und nicht so umgänglich wirkte wie der andere. Er hatte
eine gedrungene Statur, einen harten Blick, dunkle Haare und
einen kleinen Schmerbauch, und er schien sich der Wirkung,
die von ihm ausging, bewußt zu sein.

Lucas setzte sich auf den Hocker, den man ihm hingestellt
hatte. Auf einem solchen dreibeinigen Schemel ruhte sich ein
Boxer zwischen den Runden aus. Auf so etwas mußte der Klas-
sen-Dummkopf sitzen, den man dem Gespött seiner Mit-
schüler preisgeben wollte. Lucas konnte sich vorstellen, daß
dieses Möbelstück in Kfar Gottlieb beiden Zwecken diente. Als
er den Kopf hob, sah er, daß der rothaarige Mann, der ihn geschlagen hatte, knallrote Boxhandschuhe angezogen hatte. Der
andere bemerkte seine Verwunderung.

»Er ist Sportler«, erklärte der dunkelhaarige Mann, der hier
das Kommando zu führen schien. »Darum muß er seine Hände
schützen.«

»Ich dachte, er spielt vielleicht Geige«, sagte Lucas. Das erwies sich als die falsche Antwort. Schon lag er wieder da. Seine Nase fühlte sich taub an, er schmeckte Knorpel und sah sein Blut auf dem Boden.

»Tu ich auch«, sagte der Rothaarige. »Ich suche eine Geige. Willst du meine Geige sein?«

Lucas setzte sich wieder auf den Schemel, dachte über Atmung nach und fragte sich, wann seine wieder normal funktionieren würde. Ihm fiel ein, wie ihm bei einem Nachttauchgang bei Scharm el-Scheich die Luft ausgegangen war. Im letzten Moment war er an die Oberfläche gekommen und hatte den schwarzen Himmel und die riesigen Sterne über der Wüste gesehen. Dann hatte er das Mundstück ausgespuckt und sich im Tauchanzug treiben lassen. Er hatte die süße Luft einatmen wollen, doch aus irgendeinem geheimnisvollen Grund war keine Luft dagewesen. Er hatte keuchend auf der schwarzen Wasseroberfläche getrieben, aber das, was er da einsog, verschaffte seiner Lunge so wenig Erleichterung, daß es ebensogut die Atmosphäre des Uranus hätte sein können.

Der Raum, in dem sie sich befanden, war, als sie eingetreten waren, stockdunkel gewesen und hatte muffig gerochen. Im Licht der Neonröhre an der Decke hatte er gesehen, daß es sich um einen gekachelten Schutzraum, eine Art Bunker, handelte. Sosehr Lucas sich auch anstrengte – es schien zwanzig Sekunden zu dauern, bis er wieder Luft bekam.

»Also«, sagte der rothaarige Mann, »warum habe ich dich geschlagen?«

Die Antwort lautete vermutlich »wegen Lenny«, aber das sagte Lucas lieber nicht. Zurückhaltung fiel ihm, der es gewohnt war, langsam und laut zu denken, nicht leicht, doch offenbar war es an der Zeit, sich ein wenig mehr darum zu bemühen.

»Ihr habt mir das Leben gerettet«, sagte er zu den beiden Männern. »Wenn ihr mich nicht eingelassen hättet, wäre ich vielleicht getötet worden. Also weiß ich eigentlich nicht, warum ihr mich schlagt. Ich bin amerikanischer Journalist, das steht ja auch in meinem Paß.«

»Jude?« fragte der Rothaarige.

Es fiel Lucas schwer, nicht zu lachen. In den wenigen Jahren, die er in diesem Land verbracht hatte, war ihm diese Frage von Dan bis Gilead auf jede erdenkliche Weise und mit jedem erdenklichen Unterton gestellt worden. Und immer wenn er dachte, nun kenne er alle Variationen in Hinblick auf Tonfall, Modulation und unterschwellige Bedeutung, lernte er eine neue kennen.

Die Version des rothaarigen Mannes hatte nicht sonderlich feindselig geklungen, sondern eher unbestimmt freundlich.

»Zum Teil«, sagte Lucas. »Mein Vater war kein strenggläubiger Jude. Er war ein Verfechter der Ethical Culture. Meine Mutter war Katholikin.«

Warum erzähle ich diesen Arschlöchern meine Lebensgeschichte? fragte er sich unwillkürlich. Angst zu haben war in Ordnung, doch diese Unterwerfung unter eine moralische Autorität empfand er als demütigend. Dennoch begriff er die Logik, der er dabei folgte: Solange er an ihre relative Rechtschaffenheit glaubte, konnte er erwarten, daß sie ihn nicht töten würden. Diese Erwartung war im Augenblick alles, was er hatte. Er war sich allerdings bewußt, daß die revisionistischen Untergrundgruppen während der britischen Mandatszeit weit bessere Juden als ihn umgebracht hatten. Echte Juden.

»Wie kommt's, daß du nicht für die Regierung arbeitest?« fragte der Rothaarige. Das schien ein Witz zwischen ihm und seinem Kollegen zu sein, und Lucas hielt es für klüger, nicht zu lächeln. Außerdem wollte er nicht wieder geschlagen werden.

Ich wäre Jude genug, um unter die Nürnberger Gesetze zu fallen, dachte er. Und wenn ich Jude genug wäre, um vergast zu werden, bin ich Jude genug für euch. Aber er sagte nichts. Wenn er am Leben blieb, würde er eines Tages vielleicht Gelegenheit haben, diesen Satz zu sagen. Er hatte das Gefühl, daß er keinen weiteren Schlag verkraften konnte.

Die beiden Männer berieten sich auf hebräisch, und Lucas blendete sich kurz aus dem Geschehen aus. Als sein Kopf wieder klar wurde, merkte er, daß er die roten Boxhandschuhe fixierte. Er erinnerte sich an die Schlägereien, die ihm als Kind, das auf die falsche Schule ging, aufgezwungen worden waren. Er hatte sich mit jedem erklärten Antisemiten prügeln müssen, angefangen mit Kevin English. Nach ihm hatte es noch ein Dutzend andere gegeben.

Wie eigenartig, dachte er, wie unheimlich, daß ihm das alles ausgerechnet hier wieder einfiel. Daß er sich an einem Ort wie Kfar Gottlieb an diesen Dschungel seiner Kindheit mit seinen öligen Gerüchen und seinem frommen jansenistischen Zwielicht erinnerte. Aber gab es da nicht eine Gemeinsamkeit? Religion. Das Herz einer herzlosen Welt. Wie sentimental dieses Wort von Marx war. Und hier, in Kfar Gottlieb, hatten sie nicht nur Religion, sondern auch Nationalismus, automatische Waffen und Spinat. Lucas suchte nach dem Sinn darin. Der Gedanke, daß es vielleicht keinen gab, machte ihn wütend.

»Was hast du eigentlich in unserem Land zu suchen?« fragte der dunkelhaarige Mann.

»Ich bin Journalist«, sagte Lucas. »Ihr habt ja meinen Presseausweis.«

»Ja, und du bist wie die anderen«, sagte der Rothaarige. »Du bist hier, weil du die religiöse Gemeinschaft in den Schmutz ziehen willst. Darum brauchen wir uns vielleicht nicht zu kümmern. Aber wenn du den Tod eines Juden verursachst, lädst du eine Blutschuld auf dich. Und darum werden wir uns kümmern.«

»Wir haben alles getan, um das Leben dieses Mannes zu retten«, sagte Lucas. »Er wollte unbedingt allein gehen. Der Mob hat ihn erwischt, und wir konnten ihn nicht rausholen.«

»Linda Ericksen erzählt es anders. Sie sagt, ihr seid durch einen Kontrollposten der Armee gefahren und habt nichts gesagt. Ihr habt sie bewußtlos geschlagen, damit sie den Soldaten nichts sagen konnte.«

»Es war ein bißchen anders«, sagte Lucas.

Also wurde Linda geholt. Sie hatte verweinte Augen und war posthysterisch.

»Sie haben mich geschlagen, weil ich es den Soldaten sagen wollte«, sagte sie erbittert. »Sie sind verantwortlich für seinen Tod.«

»Linda«, begann Lucas, »du weißt, daß es nicht so war.« Aber er spürte, daß es keinen Zweck hatte, sie überzeugen zu wollen. Er wußte selbst nicht genau, was passiert war. Wahrscheinlich würde sich immer jemand finden, dessen Gerechtigkeitsgefühl verletzt wäre.

»Also«, sagte Lucas zu den beiden Männern, als Linda hinausgeführt worden war, »ich weiß nicht, wer Lenny war und was er vorhatte, aber ich habe mein Bestes getan, um ihn zu retten, wie alle anderen in der Gruppe. Er ist allein in dieses Lager gegangen.«

»Was soll das heißen: ›Ich weiß nicht, was er vorhatte‹?« fragte der dunkelhaarige Mann. »Was hattet *ihr* denn vor?«

»Soviel ich weiß, hat er Linda Ericksen und Sonia Barnes zu einem Treffen mit einigen Palästinensern im Lager Argentina gebracht. Linda Ericksen ist freiwillige Helferin bei der Menschenrechtskoalition. Sonia Barnes hat sie in einem UN-Wagen zum Lager gefahren.«

»Und?« fragte der Rothaarige.

»Als es brenzlig wurde – als die Unruhen begannen –, bin ich mit einem Taxi in den Gazastreifen gefahren, um Sonia zu suchen. Und dann sind wir in die Scheiße geraten.«

»Und warum bist du hingefahren?«

»Weil ich Sonias Freund bin. Ich schreibe über sie.«

»Was?«

»Ich schreibe über religiöse Gruppen in Jerusalem. Sonia hat Freunde, die zu einer davon gehören.«

»Zu einer Sekte«, sagte der rothaarige Mann.

Lucas zuckte die Schultern. »Das ist ein dehnbarer Begriff.« Das solltest du eigentlich wissen, dachte er.

»Und darüber schreibst du?« fragte der dunkelhaarige Mann. »Über Sekten in unserem Land? Wie Ethical Culture zum Beispiel?«

»Über religiösen Wahn.«

»Und wer ist hier von religiösem Wahn besessen?« fragte der kleine, dunkelhaarige Mann. »Nicht wir, hoffe ich.«

»Anwesende ausgenommen«, sagte Lucas. Er fühlte sich wieder ziemlich schwach. »Kann ich etwas Wasser haben?«

Sie gaben ihm einen Becher mit stark gechlortem Wasser. An der Wand hinter ihnen bemerkte er ein Banner mit einer gekrönten Palme und den Buchstaben Bet, Dalet und Gimel.

»Warum interessierst du dich so für Linda?« fragte der Rothaarige. »Sie kommt hierher, und schon tauchst du ebenfalls hier auf.«

»Ich habe monatelang immer wieder mit Linda und ihrem

Ex-Mann gesprochen«, sagte Lucas. »Und gestern bin ich in den Gazastreifen gefahren, weil Sonia mich angerufen hatte.«

»Und warum interessiert Sonia sich für Linda?«

»Wir drehen uns im Kreis«, sagte Lucas. »Sonia hat Zugang zu UN-Fahrzeugen, und Linda hat sie gebeten, sie in den Gazastreifen zu fahren. Weil sie angeblich mit palästinensischen Jugendlichen sprechen wollte, die die Bekanntschaft eines Typen namens Abu Baraka gemacht haben.«

Lucas versuchte, so schnell und unauffällig wie möglich herauszufinden, was diese beiden jungen Löwen von ihm wollten. Anfangs hatte er gedacht, er werde zusammengeschlagen, weil Lenny tot war, doch nun hatte er den Eindruck, daß es etwas gab, was sie von ihm erfahren wollten.

»Mit wem warst du gestern noch zusammen?« fragte der Dunkelhaarige. »Außer mit Arabern, meine ich.«

Lucas dachte nach. Es war anzunehmen, daß sie wußten, mit wem er zusammengewesen war.

»Mit Nuala Rice von der International Children's Foundation. Mit Helen Henderson von UNRWA. Mit Lenny. Mit Linda und Sonia.«

»Jemand hat dich auf Linda angesetzt«, sagte der Dunkelhaarige. »Du hast ihren Ex-Mann befragt. Du hast sie durch Pinchas Obermann kennengelernt.«

»Israel ist ein kleines Land.«

»Glaubst du, daß du eine Quelle im Schabak hast?« fragte der Rothaarige. »Ich sage dir: Beim Schabak oder beim Mossad oder irgendwo sonst passiert nichts, ohne daß wir davon erfahren. Wieso hast du übrigens deinen Zeitungsjob gekündigt?«

»Ach, das«, sagte Lucas. »Das war aus persönlichen Gründen. Und ich habe keine Quelle im Schabak.«

»Du wirst manipuliert«, sagte der rothaarige Mann. »Wir bieten dir eine bessere Story. Und die Gelegenheit, diesem Land einen Dienst zu erweisen. Wir können dich aber auch aus dem Verkehr ziehen.«

Lucas fand es einleuchtend, daß sie die Story über Abu Baraka sterben lassen wollten. Abu Baraka war sicher einer von ihnen. Oder – wahrscheinlicher – mehrere von ihnen. Ihre Schlägertruppe. Aber wie lautete die versprochene bessere Geschichte?

»Dieser Typ«, sagte der Rothaarige glucksend, »ist vom Mossad. Eine zwielichtige Gestalt. Was meinst du?«

Der andere ging nicht darauf ein.

»Du behauptest, ein anständiger Journalist zu sein. Gut, wir werden sehen, wie anständig du bist. Wir geben dir eine Story über eine Verschwörung gegen den Staat Israel«, sagte der Rothaarige. »Über einen Plan, die religiöse Gemeinschaft zu verleumden.«

Lucas gab keine Antwort.

»Was ist? Kein Interesse?« Er fluchte auf arabisch. »Wenn Juden gegen Terroristen vorgehen, wenn sie sich gegen Mörder wehren, sind sie für die Schweine von der ach so freien Presse nicht besser als Nazis. Die Juden haben gefälligst Opfer zu sein, sonst gerät die Welt aus den Fugen, stimmt's?«

»So sehe ich das nicht«, sagte Lucas.

»Deine Freunde bei dieser Sekte, diese ausländischen Frauen und die Männer, die sie steuern, sind ein Haufen Drogenschmuggler und Terroristen.«

»Das glaube ich erst, wenn ich Beweise sehe«, sagte Lucas ernst. Zugleich hatte er das ungute Gefühl, daß man ihm gleich Beweise vorlegen würde. Es klang besorgniserregend – als hätte Nuala schließlich das Glück verlassen.

»Das ist genau das, was du sehen wirst«, sagte der Dunkelhaarige. »Und dann erwarten wir Gerechtigkeit von dir, ist das klar? Du behauptest, daß du am Tod unseres Bruders unschuldig bist. Wir könnten uns dazu durchringen, im Zweifel für den Angeklagten zu entscheiden. Aber wir erwarten von dir, dafür zu sorgen, daß die Wahrheit ans Licht kommt. Man hat dich für eine Schmutzkampagne programmiert, aber du wirst die Wahrheit schreiben.«

»Denn«, sagte der rothaarige Mann, »die Wahrheit ist wunderbar. Aber du schuldest uns mehr als die Wahrheit – du schuldest uns ein Leben.«

»Nein«, sagte Lucas. »Ich habe niemanden getötet.«

»Tut mir leid, mein Freund. Ein Mann ist ermordet worden, und du warst verantwortlich. Dieser eine Tod könnte andere nach sich ziehen. An deinen Händen klebt Blut.« Er machte eine Kopfbewegung, die das trockene, flache Land außerhalb des Zauns um Kfar Gottlieb, jenseits der Obstplantagen und

Spinatfelder, einbezog. »Es gibt hier keinen, der nicht bereit wäre, dafür zu sterben, daß das, was uns gehört, heilig bleibt.«

»Wir geben dir also die Story und die Gelegenheit, sie als erster zu bringen«, sagte der andere. »Von jetzt an ist es wichtig, daß du mit uns zusammenarbeitest, bis die Sache abgeschlossen ist. Was sagst du dazu?«

»Ich weiß nicht«, antwortete Lucas. Also ließen sie Linda noch einmal kommen. Sie erzählte ihm von dem Haschisch und erklärte, daß Nuala und Sonia es einmal pro Woche holten. Im Tausch dafür brächten sie Waffen für die Palästinensergruppen, die hin und wieder mit dem Schin Bet zusammenarbeiteten, wie zum Beispiel die Kommunisten oder die »Schwarzen Falken«. Manchmal hätten sie auch kolumbianisches Kokain von Mister Stanley für die Anführer dieser Gruppen dabei. Kürzlich hätten sie Sprengstoff aus dem Iran an De Kuffs Synkretisten geliefert, die damit irgendeine Wahnsinnstat auf dem Tempelberg vorhätten. Linda behauptete, sie habe das durch Zufall entdeckt, und Sonia habe ihr alles gestanden.

Aber, dachte Lucas und rieb sich sein schmerzendes Kinn, wenn irgend jemand den Plan hatte, den Haram zu zerstören, dann waren es die militanten Siedler in Kfar Gottlieb, die fanatischen Patrioten, die Abu Baraka von der Leine ließen, und nicht De Kuff und Raziels Gruppe kabbalistisch orientierter Ästheten. In diesem Punkt war er sich ziemlich sicher.

Lucas war nicht in der Stimmung, darüber zu diskutieren, und beschloß, sich später Gedanken darüber zu machen. Inzwischen war Linda wieder in heftige Tränen ausgebrochen, und Lucas nickte zu allem, was sie ihm sagten.

Irgendwann in der Nacht erschien Ernest von der Menschenrechtskoalition am Tor der Siedlung. Er war mit einem nervösen palästinensischen Fahrer gekommen, um Linda abzuholen. Die Chaverim erlaubten Lucas mitzufahren.

»Wie bist du denn bei *denen* gelandet?« fragte Ernest Lucas.

»Das ist eine lange Geschichte. Ich dachte, du wärst im Ausland.«

»Ich war auf einer Konferenz in Prag. Als ich gestern zurückkam, sagte man mir, Linda sei hier.«

»Wer hat dir das erzählt?«

»Wir haben hier einige Kontaktleute«, sagte Ernest. »Nicht

jeder in Kfar Gottlieb ist ein Anhänger dieser Ideologie. Aber ich mußte persönlich kommen.«

Er drehte sich um und warf einen Blick auf Linda, die so tat, als schliefe sie. Ernest war persönlich gekommen, weil er einer der wenigen war, die, wenn auch unter zunehmenden Risiken, zwischen Gaza und den Siedlungen hin und her fahren konnten.

Er und Lucas wechselten einen Blick.

»Hat jemand die Frauen abgeholt?« fragte Lucas. »Sonia?«

»Nuala und Miss Henderson sind wieder im Haus der Children's Foundation. Sonia ist am Strand.«

»Am Strand«, wiederholte Lucas langsam.

»Du wirst schon sehen«, sagte Ernest. »Und was sagen die Siedler? Du siehst aus, als hätten sie dich in die Mangel genommen. Wenn wir am Strand sind, bekommst du Erste Hilfe.«

»Wir brauchen nicht mehr nach Abu Baraka zu suchen. Die Leute aus Kfar Gottlieb sind Abu Baraka. Was für ein Strand?«

»Hab ich mir gedacht«, sagte Ernest. Linda bewegte sich, als würde sie schlafen.

»Sie sagen, daß Gott auf ihrer Seite ist. Und sie versuchen, mir eine Story anzudrehen.«

»Sie sind die linke Hand Gottes«, sagte Ernest. »Und manchmal auch die rechte.«

»Weißt du, was ich glaube?« fragte Lucas. »Ich glaube, eines Tages wird man Gott die verdammte Hand abhacken.« Ein Aufschrei von Linda ließ ihn zusammenzucken. Er sah sie an. Sie hielt sich die Ohren mit den Händen zu.

»Ich nehme an, es wird ein Tribunal geben«, fuhr er fort. Er war selbst kurz davor einzuschlafen. »Nach der gnostischen Revolution, wenn der Tikkun wiederhergestellt ist, werden wir den alten Knacker in Pisa in einen Käfig stecken und auf Seinen Geisteszustand untersuchen. Meine persönliche Prognose ist, daß Er dabei nicht sehr gut abschneiden wird.«

»Man könnte Ihn fragen, wo er die ganze Zeit gewesen ist«, schlug Ernest vor.

»In Pisa in einen Käfig«, wiederholte Lucas. »Wir werden Ihn fragen, wo Er die ganze Zeit gewesen ist und was der Scheiß mit Seinen Bomben und Seinen Kanonen und Seinem

Donner eigentlich soll, während wir uns hier vor Angst in die Hosen machen und Er uns auf die Köpfe haut. Er soll doch mal ein Gedicht machen. Er hat den Leviathan erschaffen, aber kriegt Er auch einen guten Reim hin? Ich meine, tut mir leid, aber Sonnenuntergänge in der Wüste und so sind nun mal keine Lyrik.«

»Aber Er ist Lyrik, Chris«, sagte Ernest. »Und die Bomben haben wir gemacht, nicht Er. Jedenfalls kann Er nur besser sein als Ezra Pound.«

»Zwei bärtige alte Penner«, erklärte Lucas, »die beide in Käfige gehören.«

»Was ist mit den Siedlern in Kfar Gottlieb?« fragte Ernest. »Glauben sie, daß Gott Krieg oder Frieden will.«

»Wenn ich sie recht verstanden habe, will Er beides. Meistens allerdings zu verschiedenen Zeiten.«

»Wie könnt ihr nur darüber lachen?« fragte Linda aufgebracht, obgleich eigentlich niemand gelacht hatte. »Das ist historisch erwiesen.«

44 Dem Zorn der Propheten entronnen, fand Lucas sich an der dunstigen Küste des kalten Mittelmeers unter klassisch proportionierten jungen Menschen in winzigen, engen Badeanzügen wieder. Er hatte seinen Mietwagen abgeholt, geduscht und ein frisches Hemd und ausgebeulte Khakishorts aus seiner Reisetasche angezogen. Nun suchte er nach Sonia, die irgendwo hier am Strand sein mußte.

Die klassisch proportionierten Leute erwiesen sich als Soldaten der israelischen Marine, die dienstfrei hatten. Ihre Basis lag genau auf der Grünen Linie, teils in Israel, teils im Gazastreifen. Schließlich entdeckte Lucas Sonia, die mit einigen der Soldaten Volleyball spielte. Als sie das Spielfeld verließ und zu ihm kam, nahm eine andere junge Frau ihren Platz ein.

»Betreibst du hier eine Art Fraternisierung mit dem Feind?« fragte Lucas sie.

»Mit wem? Mit diesen Leuten da? Das sind nicht meine Feinde. Ich mache oft hier halt, wenn ich in den Gazastreifen fahre. Die haben immer einen Extrapaß für mich.«

»Vermutlich eine von vielen Absurditäten in diesem Krieg.«

»Chris, ich führe keinen Krieg mit irgend jemand. Was ist mit deinem Gesicht passiert? Es ist ja ganz geschwollen.«

»Ich glaube, außer dem Nasenbein ist nichts gebrochen. Ich werde versuchen, es wieder in die alte Form zu bringen. Außerdem wackelt ein Zahn.«

»Bist du verprügelt worden?«

»Ja, in Kfar Gottlieb. Ernest sagt, ich bin nicht der erste Reporter, den sie in die Mangel genommen haben.«

»Wir sollten eine desinfizierende Salbe oder so besorgen.«

»Ist schon gut.«

Er nahm ihren Arm und ging mit ihr am Meer entlang. Die kleinen Wellen umspülten ihre Knöchel.

»Man hat mir gesagt, daß du Hasch vom Gazastreifen nach Tel Aviv bringst.«

»Wer hat dir das erzählt?«

»Verdammt«, sagte Lucas, »ich hatte gehofft, du würdest es bestreiten. Ich konnte es nicht glauben.«

»Ich bestreite es ja«, sagte sie. »Natürlich bestreite ich das. Glaubst du wirklich, ich bin eine Art ausgeflippte Drogendealerin?«

»Eigentlich nicht«, sagte Lucas. »Aber die Siedler behaupten es. Was meinen sie damit?«

»Sie meinen Nuala.«

»Scheiße!« sagte Lucas. »Ich wußte es! Und du bist mit ihr im selben Wagen gefahren.«

»Bis vorgestern wußte ich es ja selbst nicht. Sie tut das nicht, um daran zu verdienen. Es ist irgendein Deal zwischen Rashid und der örtlichen KP und dem Schin Bet. Was geht das die Siedler an? Die müssen doch wissen, daß hier solche Sachen laufen.«

»Aber wenn du hinter Abu Baraka her bist«, sagte Lucas, »können sie dich damit in Schwierigkeiten bringen. Sie sind nämlich Abu Baraka – die Siedler in Kfar Gottlieb. Und das gleiche gilt für Nuala. Sie kann sich nicht auf schmutzige Deals einlassen und gleichzeitig die Siedler bekämpfen. Das bestätigt nur deren Vorurteile.«

»Wer hat es ihnen überhaupt gesagt?« fragte Sonia.

»Linda. Sie gehört zu ihnen. Sie war dabei, als sie mich verprügelt haben. Sie sagt, daß sie große Mengen Hasch gesehen hat und daß Nuala diejenige war, die es transportiert hat.«

»Diese verdammte kleine weiße Schnepfe«, sagte Sonia ohne viel Nachdruck. »Wer hätte das gedacht? Aber sie hat nichts gesehen. Das glaube ich nicht. Jemand muß es ihr erzählt haben.«

»Es kommt noch mehr. Sie machen uns für Lennys Tod verantwortlich. Sie sagen auch, daß Nuala Sprengstoff geschmuggelt hat. Und sie scheinen zu glauben, daß du etwas damit zu tun hast und daß der Sprengstoff für Raziel und De Kuff bestimmt war. Für deine Freunde.«

Sonia lachte. »Sprengstoff? Das kann nicht ihr Ernst sein.«

»Ich weiß nicht, was ihr Ernst ist. Aber sie wollen mir eine Story aufdrängen. Eine aktuelle Story. Über einen Plan, den Haram in die Luft zu sprengen. Eine Art Willie-Ludlum-Anschlag.«

Sie standen vor dem Stacheldrahtverhau am Ende des Stran-
des, betrachteten ihn, machten kehrt und gingen zurück.
Plötzlich rannte Sonia ins Meer, verlor den Boden unter den
Füßen, kam wieder hoch, stürzte sich kopfüber in eine heran-
nahende Welle, verschwand und tauchte dahinter wieder auf.
Ein paar Minuten lang schwamm sie parallel zum Strand, dann
ließ sie sich von einer Welle ans Ufer tragen, kam taumelnd aus
dem Wasser und gesellte sich wieder zu Lucas, der weiterge-
gangen war.

»Wie oft bist du mit Nuala gefahren?«

»Ich weiß es nicht mehr.«

»Wie oft?«

»Im Lauf der Zeit ein halbes dutzendmal. Mehr nicht.«

»Genug, um erkannt worden zu sein. Wahrscheinlich haben
sie auch Fotos. Warum hast du mir nicht gesagt, daß sie Drogen
schmuggelt.«

»Wie hätte ich dir das sagen können?«

»Ich weiß nicht. Du bist mit ihr gefahren. Du hättest mir
einen Hinweis geben können.«

»Ich dachte, du wärst ein guter Freund von Nuala.«

»Eigentlich nicht.«

»Tja, wenn sie mich haben, haben sie dich auch. Besonders
nach dem, was gestern passiert ist.«

Sie gingen weiter. »Du hättest mir vertrauen sollen«, sagte
er.

»Was wollen sie von dir?«

»Es läuft wohl darauf hinaus, daß ich etwas schreiben soll.
Eine Version von irgendwas.«

»Eine wahre Version?«

»Ihre Version der Wahrheit. In ihrer Version stehe ich wahrscheinlich mit einer weißen Weste da. Wenn ich sie schreibe.«

Sie kehrten dem Meer den Rücken, und Sonia ging durch die
Sicherheitssperre in den Umkleideraum für Damen.

Als sie auf halbem Weg nach Jerusalem von der Küstenstraße abbogen, sagte Lucas: »Es muß etwas mit dieser Abu-
Baraka-Sache zu tun haben. Du und ich und Nuala haben was
damit zu tun. Wir sind das schwache Glied.«

Eine Zeitlang fuhren sie schweigend weiter.

»Ich hatte einen Traum«, sagte Lucas. »Ich glaube jedenfalls, daß es ein Traum war. Vielleicht war es auch eine Halluzination. Ich habe mit Rudolf Steiners Tochter Diphtheria gesprochen.«

»Es ist eine Menge gepanschtes Ecstasy im Umlauf«, sagte Sonia. »Wirklich. In Tel Aviv. Überall. Irgend jemand tut es in die Falafels. Vielleicht auch ins Hasch. Was hat Diphtheria zu dir gesagt?«

»Sie dachte anscheinend ähnlich wie Linda Ericksen. Einen Satz habe ich mir gemerkt: ›Was wir denken, ist das, was geschehen wird.‹«

»Herrgott«, sagte Sonia. »Weißt du noch, daß wir mal dachten, das wäre gut? Wie bist du an das gepanschte Zeug geraten?«

»Keine Ahnung. Den Traum hatte ich in der Grabeskirche.«

»Das ist ein gruseliger Ort«, sagte sie. »Da solltest du nicht hingehen.«

Sie schwiegen eine Zeitlang.

»Vor einer Weile hatte ich eine seltsame Unterhaltung mit Janusz Zimmer«, sagte Sonia. »Es war, als wollte er mich vor dieser Sache warnen. Vor irgendeiner Untergrundbewegung.«

»Ich werde ihn anrufen«, sagte Lucas.

»Sei lieber vorsichtig. Ich habe den Eindruck, daß er gefährlich ist. Und er ist mit Linda zusammen.«

»Herrje«, sagte Lucas. »Wer ist eigentlich wer? Und was wollen die Leute?«

Es war schwer zu sagen, wer einer war und was er wollte, denn der Ausnahmezustand, in dem sich dieser Staat befand, erforderte ständig Improvisationen und Verschleierungen. Nichtstaatliche Organe stellten sich dar, als wären sie staatlich. Staatliche Organe taten, als wären sie nichtstaatlich oder antistaatlich oder die Organe anderer, unter Umständen feindlicher Staaten. Viele, die über genaue Kenntnisse der Abläufe in Militär und Sicherheitsdiensten verfügten, hatten sich von den jeweiligen Organisationen getrennt oder teilweise getrennt oder taten, als hätten sie sich von ihnen getrennt, oder wendeten sich militant gegen diese Organisationen, während sie so taten, als arbeiteten sie für sie, oder arbeiteten für die jeweiligen Organisation, während sie so taten, als hätten sie sich militant gegen sie gewendet, oder wußten nicht genau, wohin

427

sie sich eigentlich gewendet hatten. Manche arbeiteten einfach, weil sie Geld brauchten und es ihnen Spaß machte. Aber es gab auch die Frommen und die Patrioten.

»Glaubst du wirklich, die geben etwas darauf, ob man weiß, daß sie junge Palästinenser verprügeln?« fragte Sonia. »Leute wie diese Siedler in Kfar Gottlieb scheren sich einen Dreck darum, was die Welt von ihnen hält.«

»Ich glaube, daß dir jemand was anhängen will, Sonia. Du solltest mit Ernest reden. Mir gefällt diese Sache mit dem Haram nicht. Wenn irgend jemand ein Interesse daran hat, das Ding in die Luft zu sprengen, dann sie. Damit sie den Tempel wiedererrichten können, stimmt's?«

»Am neunten Aw ist eine Demonstration«, sagte sie. »Im Sommer, an dem Tag, an dem beide Tempel zerstört worden sind. Es gibt jedes Jahr eine Demonstration. Die Frommen demonstrieren. Die Palästinenser demonstrieren. Menschen sterben, meistens Palästinenser. Ich sollte lieber mit Nuala reden.«

»Wenn du schon mal dabei bist, könntest du gleich auch mit Raziel sprechen«, sagte Lucas.

45 In Jerusalem fuhr Lucas Sonia zu dem Bungalow in Ein Karem. Es war alles ruhig, der Garten war verlassen. »Ich komme später noch einmal«, sagte er. »Ruh dich aus.«

Er stellte den Mietwagen in der Garage des Apartmenthauses ab und ging hinauf, um zu duschen, sich umzuziehen und sich mit Pflastern und Aspirin zu behandeln. Ihm kam der Gedanke, er könnte diesen politischen Schwierigkeiten entgehen, indem er seine Nationalität ins Spiel brachte.

Entgegen der in dieser Region vorherrschenden Meinung und trotz Amerikas Patronatspolitik gegenüber Israel war es oft schwierig, sein Heimatland dazu zu bewegen, seinen übermächtigen Einfluß zugunsten gewöhnlicher amerikanischer Bürger geltend zu machen. Es war hilfreich, wenn man eine bedeutende Persönlichkeit war, aber da es in Israel von Leuten wimmelte, deren Namen und Organisationen zu Hause einen guten Klang hatten, war die Konkurrenz groß. Wer Einfluß hatte, wurde bedient – billige Journalisten und farbige Ex-Fidelistas konnten sehen, wo sie blieben.

Angesichts dieser Situation blieb Lucas nichts anderes übrig, als an die Hilfsbereitschaft seiner alten Freundin Sylvia Chin zu appellieren. Obgleich sie nur ein winziges Rädchen in der gewaltigen Informationsmaschinerie des amerikanischen diplomatischen Dienstes war, hatte sie sich als außergewöhnlich findig, diskret und kenntnisreich erwiesen. Er rief sie in ihrem Büro an und verabredete sich mit ihr in einem Café am Rand des Mahane-Yehuda-Marktes.

Sie trug ein schlichtes Seidenkleid und um den schlanken Hals eine Bernsteinkette. Mehrere fachmännisch aufgetragene Schichten von Salben verbargen die winzige Narbe, die der Nasenring hinterlassen hatte. Den hatte sie in Palo Alto getragen und am Tag ihrer Aufnahmeprüfung für den diplomatischen Dienst entfernt. Die Straßenhändler auf dem Markt sangen ruritanische Volkslieder für sie.

»Christopher«, sagte sie sofort, »ich glaube, Sie sind in

Schwierigkeiten.« Sie betrachtete stirnrunzelnd sein verschwollenes Gesicht.

»Ich bin vor kurzem im Gazastreifen gewesen und habe ein paar üble Sachen erlebt.«

Sylvia sah sich kühl im Café um.

»Hab ich Ihnen von unserer großen Drogenaktion hier erzählt? Nicht bloß unten in Tel Aviv, sondern auch hier oben.«

»Ich glaube, Sie haben es erwähnt.«

»Ich sage Ihnen, Chris, wenn die Latin Lovers von der Drogenbehörde erst mal ihre großen Plattfüße in der Tür haben, kriegt nichts in der Welt sie wieder raus. Im Augenblick werden sie von Mossad und Schabak umworben, was, wenn man es recht bedenkt, eigentlich ziemlich ironisch ist.«

»Warum?«

»Tja, das letzte Mal, daß der Mossad der DEA geholfen hat, war in Thailand, wo er ein größeres Heroingeschäft unterwandert hat – als besondere Gefälligkeit für Uncle Sam. Der Mossad hat das Geschäft einfach übernommen und führt es jetzt selbst, um ein bißchen Geld in die Portokasse zu bekommen. Man sollte meinen, die DEA hätte daraus gelernt.«

»Wenn die DEA jemals etwas lernen würde«, sagte Lucas, »würde der internationale Drogenhandel zusammenbrechen.«

»Genau«, sagte Sylvia. »Also, hören Sie zu: Ihre Freundin von der International Children's Foundation, die Irin, und ihr Freund, der palästinensische Arzt, sind gestern zu uns gekommen und haben Visa beantragt. Sie schien der Meinung zu sein, daß wir ihnen eins schulden. Ich nehme an, ihr Führungsoffizier vom Schabak hat ihr gesagt, wir würden uns um sie kümmern. Sie nennt Ihren Namen ziemlich oft. Sie sollten sich vorsehen. Einige wichtige Leute haben Sie auf ihrer Liste.«

»Großartig«, sagte Lucas.

Sylvia beugte sich ein wenig vor und senkte die Stimme. »Bei meinem Gespräch mit Nuala ist mir was aufgefallen. Als wir über ihr Visum gesprochen haben. Wissen Sie, was?«

Lucas dachte einen Augenblick nach. »Wenn man ihr wirklich helfen wollte«, sagte er dann, »würde man ihr –«

Sylvia legte den Finger an die Lippen und vollendete den Satz sehr leise: »– einen falschen Paß geben. Gefälschte Papiere. Man würde sie nicht zu uns schicken, um Visa zu schnorren.«

»Sie lassen sie fallen«, sagte er.

»Früher hätten sich vielleicht die Sowjets darum gekümmert. Aber diese Zeiten sind vorbei.« Sie lächelte breit, hauptsächlich wohl, um etwaige Beobachter zu täuschen. »Sie will sich heute abend in Tel Aviv mit Ihnen treffen. Ich würde Ihnen raten, vielleicht lieber nicht hinzugehen.«

»Und was ist mit Sonia Barnes?«

Sylvia zupfte sich ein winziges Pfefferminzblatt von der Oberlippe.

»Es ist nicht sehr hilfreich, daß Nuala Rice und ihr Freund in der KP sind. Es ist auch nicht sehr hilfreich, daß Sonia Barnes aus einer Kommunistenfamilie stammt und viele Jahre in Kuba verbracht hat.«

»Vielleicht können Sie das hinbiegen«, sagte Lucas. »Wenn Sie den Eindruck haben, daß man sie benutzt hat.«

»Vielleicht«, sagte sie. »Aber manchmal sind die Dinge so verdreht, daß man sie nicht mehr hinbiegen kann, Chris. Niemand wägt mehr irgendwelche Informationen ab. Es gibt mehr Informationen als Dinge, über die man informiert sein müßte, wenn Sie verstehen, was ich meine.«

»Natürlich«, sagte Lucas. Ihm schien, als wisse er das so gut wie jeder andere.

»Maschinen sind dumm«, sagte Sylvia, »aber sie vergessen nie etwas. Wie Elefanten. Wer wem Feuer unterm Hintern gemacht hat. Wer wann Kommunist war. Wer in Kuba gelebt hat.«

»Dann wollen die Sonia also den Wölfen vorwerfen?«

»Ich werde Ihnen was sagen – Sie können es dann weitergeben: Nuala und ihr palästinensischer Arzt sind geliefert. Ich will nicht hartherzig erscheinen, aber sie gehen mich wirklich nichts an. Und wenn wir uns für sie einsetzen, könnte man auf die Idee kommen, sie hätten für uns gearbeitet.«

»Gibt es auch gute Nachrichten?« fragte Lucas.

»Vielleicht. Sonia könnte von ihrer Verbindung zu Raziel profitieren. Sein Alter Herr will, daß er heil nach Hause zurückkommt, und wir sind diejenigen, die dafür sorgen sollen.«

»Wie?«

»Tja, das wird nicht leicht sein, denn die DEA-Heinis sehen ihm den Junkie auf hundert Meter Entfernung an. Aber wir versuchen, am Ball zu bleiben. Sein Vater hat einen privaten Sicherheitsdienst namens Ayin beauftragt, ein Auge auf ihn zu haben. Zufällig denselben, den die New Yorker Kautionssteller angeheuert haben, um die Marshalls, *père et fils*, zu verfolgen.«

»Wie klein die Welt doch ist«, sagte Lucas. Er dachte an den gekachelten Raum, in dem er verhört worden war, und es schien ihm, als bestehe sein neuentdecktes Universum aus einer endlosen Abfolge solcher Räume – aus Äonen, überwacht von ihren Demiurgen.

»Dieser Sicherheitsdienst namens Ayin erzählt uns gern, wie gute Verbindungen er hat«, fuhr Sylvia fort. »Damit meinen sie, daß sie dem Schabak nahestehen und einige politische Rückendeckung haben. Ich weiß nicht, was Raziel vorhat oder was die Israelis gegen ihn in der Hand haben, aber ich bezweifle sehr, daß sie ihm wirklich ans Leder gehen würden, und zwar wegen seines Vaters. Sonia tut gut daran, sich an Raziel zu halten. Und Sie vielleicht ebenfalls. Seien Sie ein umtriebiger amerikanischer Reporter. Ein nicht allzugut informierter Reporter.«

»Ich verstehe, was Sie meinen«, sagte Lucas. »Aber was diese Sache ins Rollen und Sonia und mich in Schwierigkeiten gebracht hat, war, soweit ich weiß, die Tatsache, daß ein paar Siedler palästinensische Jugendliche im Gazastreifen verprügelt haben. Eine Story, die ich nicht mal weiter verfolgt habe. Macht sich irgend jemand so große Sorgen über eine schlechte Presse? Ich meine, gibt es wirklich irgendwelche wichtigen Leute, denen es nicht im Grunde egal ist, wenn ein Siedler oder ein Soldat einen Jugendlichen verprügelt oder sogar tötet und die Welt es erfährt?«

Sylvia zuckte ganz leicht die Schultern, zog die Augenbrauen hoch und hob die Finger von der Tischplatte. »Ich hätte es nicht gedacht. Aber Sonia hat was mit dieser Drogenconnection zu tun. Außerdem haben wir Informationen, daß es mal wieder einen Plan gibt, den Tempelberg in die Luft zu sprengen. Wenn Raziel oder Sonia irgendwas damit zu tun haben, gibt es wahrscheinlich keinen, der ihnen helfen kann. Denn Sie wissen ja, was dann passieren könnte, oder?«

»Das ist doch lächerlich«, sagte Lucas. »Sie sind so was wie

Sufis. Sie glauben, daß alle Religionen eins sind. Sie glauben nicht an Gewalt.«

»Gut«, sagte Sylvia. »Ich hoffe, Sie haben recht. Aber kommen Sie nicht zum amerikanischen Konsulat gerannt, wenn der Tempelberg in die Luft fliegt, denn dann wird es kein amerikanisches Konsulat mehr geben.«

»Und wo finde ich Sie dann?«

»Das ist kein Witz. Ich hab eine Zimmergenossin von früher, eine Freundin aus meiner Studentenverbindung, bei dem Anschlag in Riad verloren. Sie haben sie in kleinen Stücken zurück nach Iowa gebracht. Wenn ich den heiligen Donner höre, werde ich dem Mob der Märtyrer einen Schritt voraus sein. Mein Englisch wird mich verlassen. Ich weiß genau, wie weit es von hier bis zum nächsten koscheren chinesischen Restaurant ist und wie lange man braucht, um zu Fuß dorthin zu kommen. Dort werden Sie mich finden. Als Nudelverkäuferin.«

»Mit etwas wie einem Bombenanschlag haben die nichts zu tun«, sagte Lucas. »Das ist nicht ihre Linie. Sie folgen diesem alten Guru.«

Sie sah ihn mit einem Blick an, den man nur als undurchdringlich bezeichnen konnte, und sagte: »Okay, Christopher. Wenn Sie meinen.«

Er fuhr sofort zurück nach Ein Karem. In dem Bungalow war niemand außer Sonia, die gerade eine Tasche packte.

»Willst du verreisen?« fragte er.

»Ich hab Stanley wegen ein paar Gigs angerufen. Ich brauche ein bißchen Geld.«

»Glaubst du noch immer, daß die Welt kurz vor der Erlösung steht? Vielleicht wird man kein Geld mehr brauchen. Vielleicht wird der Zahlungsverkehr bargeldlos abgewickelt werden.«

»Lach mich nicht aus«, sagte sie. »Wenn ich mir die ganze Zeit was vorgemacht habe ... dann habe ich eben die ganze Zeit falsch gelegen. Es wäre nicht das erste Mal. Aber was ist, wenn ich recht habe?« Sie holte tief Luft – ob vor Anstrengung oder aus Erschöpfung oder um nicht in Tränen auszubrechen, wußte Lucas nicht. »Jeder Tag ist anders. Manchmal wache ich morgens auf und bin mir der Dinge so sicher wie meiner rechten Hand. An anderen Tagen denke ich, daß ich verrückt sein muß. Du weißt, wie das ist, nicht?«

433

»Ich glaube schon«, sagte er. »Aber ich finde, wenn es nicht unbedingt sein muß, solltest du nicht nach Tel Aviv fahren. Vielleicht solltest du sogar lieber das Land verlassen.«

»Nein«, sagte sie. »Das werde ich nicht. Ich habe Stanley versprochen, daß ich morgen auftrete. Nuala wird auch dasein. Sie wartet auf irgendwelche Papiere und will sich mit mir treffen. Danach will der Rev zum Meditieren nach Galiläa gehen. Irgendwo in die Berge.«

»Ich nehme an, es ist an der Zeit für das letzte Mysterium. Das Mysterium, das alles verändern wird.«

Sie nickte nur müde.

»Und du gehst mit nach Galiläa?«

»Ich bin bis hierhin mitgegangen, und ich glaube, ich werde weitergehen bis zum Ende. Du solltest auch mitkommen. Für dein Buch.«

»Ist das eine persönliche Einladung?«

»Ja«, sagte sie. »Ich möchte, daß du mitkommst. Ich möchte, daß du bei mir bist. Aber hier ist niemand, und ich weiß nicht, wann wir aufbrechen werden.«

»Morgen fahre ich nach Tel Aviv, um mit Ernest zu sprechen. Ich werde bei Stanley's vorbeischauen.«

»Gut«, sagte sie.

Sie begleitete ihn in den Garten.

»Hat irgend jemand in eurer Gruppe – Raziel oder vielleicht auch einer von denen, die nur kurz hier waren – mal was über die Zerstörung der Moscheen auf dem Tempelberg gesagt?« fragte er. »Damit der Tempel wiedererrichtet werden kann? So was in der Art?«

»Nein, nie. Wie kommst du auf diese Idee?«

»Sylvia Chin vom amerikanischen Konsulat hat mir diese Frage gestellt. Es gibt da so Gerüchte. Man könnte euch damit in Verbindung bringen.«

»Uns? Raziel? Der könnte nicht mal einen Knallfrosch anzünden. Er hat in seinem ganzen Leben noch nichts Gewalttätiges getan. Wir hatten eine Menge Verrückte hier, aber etwas so Verrücktes habe ich nie gehört.«

»Das dachte ich auch«, sagte Lucas. »Ich hab ihr das gleiche gesagt.«

46 Am nächsten Tag packte Lucas ein paar Sachen in den Ford Taurus und traf Vorbereitungen, durch das Hügelland nach Tel Aviv zu fahren. Zunächst rief er jedoch bei Obermann an, um zu erfahren, ob er Raziel zutraue, in einen Bombenanschlag verwickelt zu sein. Er wollte am Telefon allerdings sowenig wie möglich sagen und lieber ein Treffen verabreden.

Zu seiner Enttäuschung teilte ihm der Anrufbeantworter mit, Dr. Obermann sei für eine Woche verreist, und zwar in die Türkei, wo er in dringenden Notfällen zwischen 12 und 13 Uhr sowie nach 19 Uhr unter einer Nummer in Bodrum erreicht werden könne. Dann kamen der Name und die Telefonnummer des Kollegen, der Obermann in seiner Abwesenheit vertrat.

Lucas war ziemlich beunruhigt. Er mußte mit Obermann persönlich sprechen. Also rief er in Bodrum an.

»Was machen Sie in der Türkei?«

»Ach«, sagte Obermann, »ich vertrete einen Kollegen, einen Anthropologen. Ich führe eine deutsche Reisegruppe durch die Ruinen von Ephesus.« Der Doktor wurde lyrisch. »Ephesus, die Heimat der Diana. Nicht die kraftstrotzende Jägerin der attischen Griechen, sondern die orientalische Variante –«

»Hören Sie«, unterbrach ihn Lucas, »ich muß Ihnen ein paar Fragen über einige von unseren Freunden stellen.« Er versuchte, sie so zu formulieren, daß er nicht zuviel preisgab. Lucas hatte festgestellt, daß echte Diskretion am Telefon für jeden, der nicht damit aufgewachsen war, seine Tücken hatte. Die Gespräche bestanden dann nur noch aus kindischen, durchsichtigen Chiffren.

»Was wollen Sie wissen?«

»Ihre frühere Freundin, die Pastorin – hängt sie vielleicht einem messianischen Glauben an? Mit feuriger, explosiver Inbrunst?«

»Wenn Sie Linda meinen«, sagte Obermann, »kann ich nur sagen, daß sie einen Hang zum Apokalyptischen hat. Sie neigt allerdings mehr zum Implodieren.«

»Ich verstehe«, sagte Lucas. »Und Raziel?«

»Raziel«, sagte Obermann, »ist zu allem fähig.«

»Scheiße«, sagte Lucas.

»Haben Sie irgendwelche Sorgen?« fragte Obermann.

»So könnte man es ausdrücken.«

»Hier in Ephesus kriegt man wieder die richtige Perspektive. Die Tempel der großen Göttin, der zeitlosen, heidnischen Schwester der Kybele, deren Anhänger sich verstümmelten.«

»Ich fühle mich ein bißchen allein gelassen«, sagte Lucas. »Könnte es sein, daß Sie etwas wissen, was ich nicht weiß? Gibt es einen bestimmten Grund, warum Sie sich rar machen?«

»Bleiben Sie ein Beobachter«, sagte Obermann. »Vergessen Sie die Liebe.«

»Herzlichen Dank.«

»Sie brauchen nicht sarkastisch zu werden. Befolgen Sie meinen Rat, und alles wird gut sein. Denken Sie darüber nach, und Sie werden verstehen, was ich meine. Sind Sie schon mal in Ephesus gewesen?«

»Nein.«

»Paulus hat hier den Juden gepredigt«, sagte Obermann. »Er sagte, es sei besser, zu heiraten als zu verbrennen. Es gibt hier eine Synagoge – vielleicht ist es die, in der er gesprochen hat.«

»Ich mache mir Sorgen um Raziel«, sagte Lucas. »Es könnte sein, daß er eine größere religiöse Krise durchmacht.«

»Transportieren Sie keine Päckchen, geben Sie keine Nachrichten weiter, halten Sie sich nicht allein an einsamen Orten auf. Begrenzen Sie Ihre Verantwortlichkeiten, bis es Ihnen wieder bessergeht.«

Besonders der letzte Satz gefiel Lucas. Doch bevor er seine Wohnung verlassen und sich auf den Weg machen konnte, läutete es, und Linda Ericksen, die Pastorin, stand vor der Tür. Zu seiner Verärgerung hatte sie das amerikanische Pärchen mitgebracht, das in Sonias Wohnung in der Altstadt geplatzt war. Die Frau trug ihr strahlendes, unfreundliches Lächeln und der Mann seine Uzi.

»Chris«, sagte Linda, »ich möchte, daß du dir anhörst, was Gerri und Tom dir zu sagen haben. Du erinnerst dich an sie?«

»Dunkel. Ich war noch im Bett.«

»Was würden Sie von einer Exklusivstory halten, Mr. Lucas?« fragte der Mann freundlich. Er wandte sich an die Frau, die vielleicht seine Ehefrau war. »Sagt man eigentlich immer noch ›Exklusivstory‹?« fragte er sie.

»Ich glaube schon«, antwortete sie. »Ich kenne mich da nicht mehr so gut aus.«

»Sie werden einen Anruf bekommen und sich mit einem Mann treffen, den Sie kennen. Er wird Ihnen ein paar Entwicklungen erklären. Danach wird werden Faxe verschickt werden, aber nur Sie werden bestimmte Schlüsselinformationen erhalten.«

»Ist das nicht aufregend?« fragte die Frau lächelnd.

»Ja«, sagte Lucas. »Sehr aufregend.« Er fragte sich, wer der »Mann, den Sie kennen« sein würde.

»Wenn Sie keine Schwierigkeiten bekommen wollen«, fuhr der Mann fort, »verhalten Sie sich kooperativ und bestätigen Sie den Inhalt der Faxe. Nehmen Sie keinerlei Veränderungen am Wortlaut irgendeines der Dokumente vor, die Sie erhalten werden.«

»Eigentlich«, sagte Lucas, »arbeite ich an einem Buch. Ich mache keinen Tagesjournalismus. Wem soll ich diese Schlüsselinformationen denn andrehen?«

»Glauben Sie mir«, sagte der Mann, »Sie werden keine Schwierigkeiten haben, diese Informationen an den Mann zu bringen, wenn es soweit ist. Man wird Ihnen die Tür einrennen.«

Lucas glaubte zu sehen, wie die Frau ihrem Begleiter einen warnenden Blick zuwarf.

Lucas versuchte einen Vorstoß. »Mit etwas mehr Hintergrundinformationen könnte ich der Welt vielleicht sogar ein bißchen mehr helfen. Wollen Sie mir nicht sagen, worum es dabei eigentlich geht?«

»Ehrlich gesagt, nein«, antwortete die freundliche Frau mit dem Nußknackerlächeln. »Schließlich sind Sie äußerst kompromittiert. Ich brauche Ihnen nicht zu erklären, wodurch.«

»Mit anderen Worten: Tun Sie, was man Ihnen sagt, und Sie werden keine Schwierigkeiten bekommen«, fügte der Mann hinzu. »Und lassen Sie sich nicht mit den falschen Leuten ein.«

»Man weiß nie, wer richtig und wer falsch ist«, gab Lucas zu bedenken.

»Fragen Sie uns«, sagte der Mann. »Wir werden es Ihnen dann schon sagen.«

»Also wirklich«, sagte die Frau. »Was glauben Sie eigentlich, wer Sie sind?«

Glücklicherweise schien niemand zu erwarten, daß Lucas eine Antwort auf diese Frage formulierte. Linda warf ihm einen Blick triumphierender Rechtschaffenheit zu, und dann ließen die drei ihn wieder allein.

47 Am Meer war es heiß und dunstig. Für einen Werktag waren die Strände ungewöhnlich voll, und der Straßenverkehr war mehr oder weniger zusammengebrochen. Lucas saß mit Ernest Gross in einem nachgebauten englischen Pub in der Nähe der britischen Botschaft. Abgesehen von der auf Hochtouren laufenden Klimaanlage war das Ambiente einigermaßen überzeugend, und der Biergeruch und das lauwarme Bitter kontrastierten eigenartig mit der Temperatur des Raumes, die der einer Kühlkammer entsprach. An den meisten Werktagen kamen englischsprechende junge Israelis hierher, um mit den modebewußten Mitarbeiterinnen der Botschaft zu flirten, aber an diesem Nachmittag saßen hier hauptsächlich Touristenpaare, die vor der Hitze Zuflucht gesucht hatten.

»Tja«, sagte Ernest, »irgend jemand wird für Hal Morris' Tod büßen müssen.«

»Hal Morris? Ich dachte, er hieß Lenny Soundso.«

»Nein, er hieß Hal Morris. ›Lenny‹ war offenbar ein Deckname.«

Lucas beschloß, Ernest von den Ereignissen im Gazastreifen und seinen Gesprächen mit Sylvia Chin und Lindas Freunden Gerri und Tom zu erzählen. Irgend jemandem mußte man vertrauen – jedenfalls Lucas mußte es.

»Tatsache ist«, sagte er, »daß er geradewegs hineinspaziert ist. Buchstäblich. Weiß der Himmel, was er vorhatte.«

»Was hätte denn deiner Meinung nach passieren sollen?«

»Ich habe keine Ahnung. Nuala behauptet, daß ihre Freunde eine Absprache mit dem Schabak hatten. Man wollte eine Palästinenserfraktion gegen die andere ausspielen. Ich glaube nicht, daß irgend jemand dabei ums Leben kommen sollte.«

»Es wird eine Vergeltungsaktion geben«, erklärte Ernest. »Normalerweise greifen sie sich einen aus dem Ort, in dem es passiert ist. Jemanden mit Verbindungen zur PLO.«

»Aber man wird nie herausfinden, wer Lenny – oder vielmehr Hal – getötet hat.«

»Ob sie den Richtigen erwischen oder nicht, ist ihnen ziemlich egal«, sagte Ernest. »Ihrer Meinung nach ist jeder, den sie töten, wahrscheinlich irgendeines Vergehens schuldig. Oder wäre es irgendwann geworden. Und wenn er noch nichts getan hat, dann wollte er bestimmt irgendwas tun.«

»Eine schreckliche Politik.«

»Kurzsichtig. Das sagen wir ja schon immer.«

Lucas trank sein Bier und hörte zu, wie Elton John gegen das Brausen der Klimaanlage ansang.

»Ich will dafür nicht den Kopf hinhalten«, sagte Lucas. »Und ich will auch nicht, daß Sonia ihren Kopf hinhalten muß. Wir waren nicht dafür verantwortlich.«

»Und du meinst, ich kann das regeln?« fragte Ernest.

»Ich glaube, daß du ein paar Verbindungen hast. Vielleicht könntest du bei den richtigen Leuten ein gutes Wort für uns einlegen.«

Ernest sagte nichts.

»Auch Nuala hat keine Schuld«, sagte Lucas. »Sie hat getan, was sie konnte.«

»Ich kann mit ihnen nicht über Nuala sprechen«, sagte Ernest. »Wenn ihre Leute einen Deal mit dem Schabak hatten, werden sich diejenigen darum kümmern müssen, die sie da hineingebracht haben.«

»Es liegt etwas in der Luft«, sagte Lucas.

»Ja, und es wird bald passieren. Vielleicht eine Demonstration mit einer Gegendemonstration. Irgendeine Provokation. Irgendwas.«

»Glaubst du, daß Sonias Leute was damit zu tun haben?«

»Hast du sie gefragt?«

»Ja.«

»Natürlich muß sie nicht über alles im Bilde sein«, sagte Ernest.

»Und Pinchas Obermann haut ab und läßt mich hängen.«

»Er hat dich geleitet, stimmt's? Durch die Mysterien?«

»Wir schreiben ein Buch«, sagte Lucas.

Nach einigen Minuten sah Ernest sich angewidert in dem eiskalten Pub um.

»Komm, mein Freund. Ich weiß was Authentischeres.«

Sie gingen hinaus und fuhren in Lucas' Mietwagen am Strand entlang in Richtung Jaffa.

»Halt da vorn an«, sagte Ernest.

Das Café hieß Vercors und lag an der Trumpeldor. Obwohl die Sonne gerade erst unterging, herrschte im Hauptraum reger Betrieb, und die Tische mit Ausblick auf das Meer waren allesamt besetzt. Ernest und Lucas setzten sich an einen der hinteren Tische.

»Mein Lieblingsort in Tel Aviv«, sagte Ernest. »Ich gehe oft hierhin.«

Als Lucas sich umsah, fiel ihm auf, daß Ernest und er mit Abstand die jüngsten Gäste waren.

»Ich mag auch diese Stadt«, sagte Ernest. »Es ist vielleicht nicht die schönste am Mittelmeer, aber sie ist echt. Hier ist wirklich Israel.«

»Ich kenne Tel Aviv nicht gut genug«, sagte Lucas.

»Nein, du bist ein Ästhet. Religiöse Fanatiker und Ästheten leben oben in Jerusalem.«

»Du lebst auch dort«, erinnerte Lucas ihn. »Was ist deine Ausrede dafür?«

»Näher an der Action.«

»Wir sollten lieber die Aussicht genießen«, sagte Lucas, »solange noch nicht alles zugepflastert ist.«

Einige Gäste tanzten eine Polka. Sie waren beneidenswert lebhaft. Die Frauen trugen auffälligen Schmuck, tief ausgeschnittene Blusen und Zigeunerröcke und wirkten bohemienhaft. Fast alle Männer trugen schlichte weiße Hemden. Lucas sah keine Kippa, wohl aber ein paar griechische Fischermützen. Sie tanzten im mitteleuropäischen Stil, mit Verneigungen und Bogen, und die Männer beugten hin und wieder steif das Knie. Alle schienen sich prächtig zu amüsieren. Es roch nach Gitanes und Gauloises.

Als die Polka verklungen war, trat eine attraktive, weit über sechzigjährige Frau auf die Tanzfläche und begann zu singen: »Non, je ne regrette rien ...«

»Wer sind diese Leute?« fragte Lucas.

»Bist du noch nie hiergewesen? Hat Sonia dich nie hierher mitgenommen?«

Lucas schüttelte den Kopf.

»Schon mal was von der Roten Kapelle gehört?«

»Ich glaube schon. War das nicht das Spionagenetz der russischen Widerstandsbewegung im Zweiten Weltkrieg?«

»Genau. Und die meisten, die davon noch übrig sind, leben hier«, sagte Ernest. »Die Leute, die der Gestapo entronnen sind und die nach dem Krieg nicht von Stalin erschossen worden sind. An den meisten Abenden sind sie hier. Die Männer, die in den weißrussischen Wäldern gekämpft haben. Oder die, die 1946 Haftminen an britischen Patrouillenbooten befestigt haben. Sie sind alle hier.«

Lucas lachte. »*Non, je ne regrette rien*«, sang er. »Trotzdem glaube ich, daß sie das eine oder andere bereuen.«

»Bevor ich hierherkam, habe ich mir Israel immer so vorgestellt«, sagte Ernest. »Das hier und die Kibbuzim. Ich dachte, nach dem Arbeitstag in der Orangenplantage würden sich alle versammeln und die *Internationale* oder *La Bandiera rossa* oder *If I Had a Hammer* singen. Ich war damals in Südafrika und wurde von den Buren herumgestoßen, erst ins Gefängnis geworfen, dann mit Hausarrest belegt. Was wußte ich schon?«

»Tja«, sagte Lucas, »und hier war es und wartete auf dich.«

»Ich dachte, das ganze Land wäre wie das Café Vercors, mit derselben Art von Leuten. Manchmal denke ich, es gab eine Zeit, als es so war.«

»Es muß schwer sein, einen Staat aufzubauen. Es ist ja schon schwer genug, sich ein Café aufzubauen. Ein Café, wie man es sich immer vorgestellt hat. Wenn man nicht bloß bestimmte Leute reinlassen und alle anderen ausschließen will.«

»Richtig«, sagte Ernest. »Und was für ein Café wäre das dann?« Er sah sich zufrieden um. »Angeblich war James Angleton hier, als er Israel besucht hat. Er hatte von diesem Café gehört und wollte es unbedingt sehen.«

Lucas blickte sich um und entdeckte Janusz Zimmer, der in einer Ecke am Fenster saß und auf das Meer sah. Auf seinem Tisch standen eine halbe Flasche israelischer Wodka und ein Teller mit Brot und Zitronenscheiben. »Sieh mal«, sagte Lucas, »da ist Zimmer. Sollen wir ihn einladen?«

Er hatte noch nicht daran gedacht, mit Zimmer zu sprechen, doch auf einmal erschien ihm das ein guter Gedanke, vorausgesetzt, es gelang ihm, strategisch vorzugehen, ohne zugleich allzuviel preiszugeben. Dann fiel ihm ein, daß Zimmer mit Linda Ericksen zusammen war.

»Wir lassen ihn lieber in Ruhe«, sagte Ernest. »Jan und ich – manchmal fliegen zwischen uns die Fetzen.«

»Tatsächlich? Kritisiert er deine Arbeit?«

»Ich glaube nicht, daß er wirklich gegen uns ist. Für mich war er immer ein Linker. In letzter Zeit geraten wir über die Frage aneinander, was es mit diesem Land eigentlich auf sich hat.«

»Ich habe das Gefühl, das ist eine nationale Leidenschaft.«

»Ja«, sagte Ernest nur.

»Was ist mit Linda Ericksen?« fragte Lucas. »Sie leistet bei euch freiwillige Hilfsdienste. Sie ist mit Zimmer zusammen. Und sie hat ein paar sehr ... eigenartige Freunde.«

»In welcher Hinsicht eigenartig?«

»Tja«, sagte Lucas nachdenklich, »wie sagt man da? Militant? Reaktionär? Faschistoid?«

»Ich wußte, daß sie uns für irgend jemand ausspioniert. Übrigens hat sie die Geschichte von dir und Sonia und dem angeblichen Drogenschmuggel herumerzählt.«

»Sie war mit Lenny im Gazastreifen und hat behauptet, sie sei im Auftrag eurer Organisation unterwegs.«

»Wenn sie das behauptet, muß ich sie rausschmeißen«, sagte Ernest. »Ich kann dieses Segeln unter fremder Flagge nicht ausstehen. Aber in gewisser Weise würde es mir schwerfallen. Ein Kanal weniger – wenn du verstehst, was ich meine.«

»Glaubst du, hinter ihr könnte Zimmer stehen?«

»Ob von hinten oder nicht – ich glaube, ehrlich gesagt, daß er nur mit ihr vögelt. Aber wer weiß? Die politische Landschaft verändert sich ständig. Janusz ist ehrgeizig. Und sehr politisch.«

»Wenn ihr euch darüber streitet, was es mit diesem Land eigentlich auf sich hat – wer sagt dann was?« fragte Lucas.

Ernest zuckte nur die Schultern. Offenbar wollte er nicht darüber sprechen, jedenfalls nicht hier und jetzt.

»Noch eine Frage: Was fällt dir zu ›Anschlag auf den Tempelberg‹ ein?«

»Das ist eine immer wiederkehrende Phantasie. Ein immer

wiederkehrender Plan. Irgendwelche Leute machen Pläne für einen Anschlag, und die Regierung macht Pläne, um das zu verhindern – jedenfalls bisher.«

»Würde Janusz bei so etwas mitmachen?«

»Janusz ist kein bißchen religiös«, sagte Ernest.

»Ist die Frage damit beantwortet?«

»Eigentlich ja.«

Sie sahen zu Janusz Zimmer, der seinen Wodka trank und auf das Meer starrte.

»Was ist mit dir?« fragte Ernest. »Warum bist du hergekommen?«

»Ich weiß es nicht«, sagte Lucas. »Vielleicht weil ich als Hauptfach Religionswissenschaft hatte.«

»Gefällt's dir?«

»Ob es mir gefällt?« Diese Wort war in seinen Gedanken nicht vorgekommen. »Ich weiß nicht. Es ist ein Training.«

»Du wirst es wahrscheinlich schwer haben, irgendwo anders zu leben«, sagte Ernest. »Wart's nur ab.«

Draußen, wo die Dämmerung von Rätseln wimmelte, war die Sonne im Mittelmeer untergegangen. Eine Frau auf der Tanzfläche, dieselbe Frau, die mit zeitloser Verführungskraft Piaf gesungen hatte, sang auf spanisch ein Lied über einen Mauren mit einer Granate.

»Speise geht aus vom Fresser«, zitierte Lucas in Gedanken, »und Süßigkeit vom Starken.«

»Ich kenne ein paar Leute mit Geheimdienstverbindungen«, sagte Ernest. »Wir versuchen, einander gelegentlich zu helfen. Im Dienst der guten Sache. Ich werde für Sonia und dich ein Wort bei ihnen einlegen. Für den Fall, daß es Pläne gibt, von denen wir nichts wissen, solltest du in der Zwischenzeit einen ausgedehnten Ausflug machen. Geh tauchen. Mach eine Wanderung durch die Wüste.«

»Komisch«, sagte Lucas. »Das hab ich gerade erst gemacht.«

Als sie aufbrachen, sang die Chanteuse *Golden Earrings* auf jiddisch. Jeder Mann im Vercors war mit einemmal dreißig Jahre jünger.

48 Sonia ging auf der Allenby Street in Richtung Meer, als ein blitzender schwarzer Saab wendete und neben ihr hielt. Am Steuer saß Janusz Zimmer.

»Kann ich dich mitnehmen?«

»Okay«, sagte sie. »Ich will zu Stanley's.«

»Mister Stanley's«, sagte er mit gespieltem Tadel. »Steig ein.« Als sie neben ihm saß, fragte er: »Singst du heute abend?«

»Ich bin angekündigt«, sagte sie, »aber ich kann nicht. Ich will es dem Boss persönlich sagen und mich seiner Gnade ausliefern.«

Raziel hatte sie in Ein Karem angerufen. De Kuffs Rückzug in die Berge von Galiläa sollte sofort stattfinden. Die Jünger sollten sich in dem Hotel in Herzliya einfinden, in dem Fotheringill Küchenchef war, am nächsten Tag zu einem Kibbuz fahren, der ein Hotel unterhielt und in der Nähe des Sees Genezareth lag, und von dort nach Norden wandern.

»Wie kommt es«, fragte Janusz, als sie auf der Hayarkon am Meer entlangfuhren, »daß du nie auf meinen Rat hörst? Ich habe dir doch gesagt, du sollst nicht in den Gazastreifen fahren.«

»Und dann bin ich doch gefahren«, sagte sie, »und jetzt bin ich in Schwierigkeiten. Gibt es da irgendeine Verbindung?«

»Schon gut«, sagte er. »Du solltest dir keine Sorgen machen. Du hast etwas Nützliches getan.«

»Nützlich für wen?«

»Für das Land. Für seine höheren Interessen.«

»Ich weiß nicht, wie du darauf kommst, Jan.«

»Warum kannst du nicht singen? Ich hatte gehofft, dich heute abend zu hören.«

»Wir gehen nach Galiläa. Um uns die Berge anzusehen.«

»Es wird kalt sein in den Bergen. Fährt De Kuff auch nach Galiläa?«

»Für eine Weile.«

445

»Ich gebe dir noch einen Rat. Mal sehen, ob du inzwischen klüger geworden bist. Bleib in Galiläa. Wenn Mr. De Kuff zurückfahren will, laß ihn fahren. Bleib in Galiläa und pflück Blumen.«

»Hör zu, Jan, ich muß dich etwas fragen. Mir geht dieses seltsame Gespräch, das wir hatten, nicht aus dem Kopf. Du hast gesagt, ich solle nicht in den Gazastreifen fahren. Und etwas von ... einer Kapelle.«

»Was ist damit?«

»Du weißt nicht zufällig etwas von einem Plan, den Tempelberg in die Luft zu sprengen? Damit die Religiösen den Tempel wiedererrichten können?«

»Weißt *du* etwas von einem solchen Plan?« fragte Janusz.

»Nicht das geringste«, sagte sie. »Deswegen frage ich dich.«

Janusz hielt an der Gasse, die zu der Straße führte, in der Mister Stanley's lag.

»Viel Spaß in Galiläa«, sagte er. »Gönn dir eine lange, wohlverdiente Ruhe.«

Dann setzte sich der Wagen in Bewegung, bog um die Ecke in die Hayarkon und verschwand.

49 Als Lucas bei Mister Stanley's eintraf, spielte ein Mann, dessen Haar in Kaskaden graumelierter Locken über seine Schultern fiel, Thelonius Monks *Bolivar Blues* für das halbbesetzte Lokal. Stanley stand unglücklich an der Bar, nippte an einem Wodka Tonic und aß Pistazien.

»Hallo, Schreiber«, begrüßte er Lucas. »Was tust du mit meiner Sonia? Sie will nicht für mich singen.«

»Sie ist religiös, Stanley. Hat sie dir das nicht erzählt?«

»Ich muß sie überreden, daß sie singt. Maria Clara kommt aus Kolumbien. Sie hat ein Geschenk für sie. Und jedesmal, wenn Sonia geht, die Gäste werden verrückt, schreien: ›Sonia! Sonia!‹«

»Kann ich mir vorstellen.«

»Weißt du was?« fragte Stanley in vertraulichem Ton. »Die Amerikaner kaufen Leute. Sie schicken einen Detektiv, der soll Razz Melker finden – ein Mensch, der mal Klarinette gespielt hat für mich. Und außerdem wollen sie einen alten Mann aus New York. Marshall. Sie haben eine Belohnung.«

»Eine hohe Belohnung?«

»Hoch für Razz. Für den alten Mann ...« Er zuckte die Schultern. »Peanuts.«

»Ich nehme an, mich will keiner kaufen?«

Stanley betrachtete ihn mit neuerwachtem Interesse.

»War nur ein Witz«, sagte Lucas.

»Die Welt ist voll mit Sachen und Menschen, die Amerikaner kaufen wollen«, bemerkte Stanley. »Eines Tages geht ihnen das Geld aus.«

»Und dann bleibt alles stehen«, sagte Lucas. »Das Ende der Geschichte.«

Nuala Rice saß an einem Tisch vor Stanleys Büro. Lucas setzte sich zu ihr.

»Christopher!« rief sie, als sie ihn sah. »Ich habe immer wieder versucht, dich zu erreichen. Wir müssen hier raus.«

»Wo ist Sonia?«

»Sie kommt heute abend nicht. Sie ist zu ihren Freunden nach Herzliya gefahren, aber sie hat das hier für dich dagelassen.«

Auf dem Zettel, den sie ihm gab, standen nur der Name eines Kibbuz und zwei Daten, und zwar das des morgigen Tages und des Tages danach. Der Kibbuz hieß Nikolaiewitsch Alef und lag an der Straße nach Yarmouk, südlich von Tiberias.

»Danke«, sagte Lucas und steckte den Zettel ein. Tsililla und Gigi Prinzer waren im Kibbuz Nikolaiewitsch Alef aufgewachsen.

»Und du?« fragte er Nuala. »Ist Rashid auch hier?«

»Er schläft«, sagte sie. »Wir waren gestern beim amerikanischen Konsulat. Die wollten uns nicht kennen.«

»Überrascht dich das?«

»Ich weiß nicht«, antwortete sie. Für Nualas Verhältnisse klang das ein bißchen zu hilflos. »Unser Führungsoffizier hat angedeutet, daß die Amerikaner uns Visa geben würden.« Sie senkte die Stimme. »Er hat uns gesagt, wir sollen abhauen. Und daß er uns helfen wird.«

»Gut«, sagte Lucas. »Aber wo ist er jetzt?«

»Er besorgt uns die richtigen Papiere. Sie wollen uns hier rausbringen.«

»Was haben die Leute im amerikanischen Konsulat gesagt?«

»Daß wir auf die Visa warten müssen wie alle anderen.«

»Das Außenministerium gibt PLO-Leuten nicht gerne Visa«, erklärte Lucas. »Das ist politisch nicht korrekt.«

»Der Schabak kann das regeln.«

Für eine Revolutionärin besaß sie, fand er, ein rührendes Vertrauen in die Fähigkeiten und den guten Willen des Geheimdienstes.

»Nur so aus Neugier: Wie rechtfertigst du eigentlich die Zusammenarbeit mit denen?«

»Wie können sie die Zusammenarbeit mit uns rechtfertigen? Manchmal gibt es eben eine Übereinstimmung von Interessen.«

Eine Übereinstimmung von Interessen war in diesem Teil der Welt ein äußerst dünnes Eis, aber das wußte sie wahrscheinlich ebensogut wie er.

50 Sie hielten an dem Vier-Sterne-Hotel in Herzliya, in dem Fotheringill als Küchenchef arbeitete. Unter den befremdeten Blicken bejahrter Diamantenhändler führte Raziel sie durch die Lobby.

Zuerst Raziel, in schwarzer Hose, schwarzem Hemd und mit seiner Rapper-Sonnenbrille. Er hatte De Kuffs Arm genommen und stützte ihn. Dann Miss van Witte, die ehemalige Nonne, in einem adretten Seersuckerkostüm. Die Brüder Walsing mit ihren hängenden Schultern. Vater und Sohn Marshall in ihren zunehmend zerknitterten 2000-Dollar-Anzügen. Sonia in Sandalen und Jeans. Helen Henderson, The Rose of Saskatoon, mit Khakishorts, Wanderstiefeln, einem kurzärmligen, zur Hose passenden Hemd und einem Rucksack mit Metallgestell, offenbar fest entschlossen, Sonias Schicksal zu teilen, komme, was da wolle. Gigi Panzer war ebenfalls zu ihnen gestoßen, wohnte aber bei Freunden in Ein Hod, ein Stück weit die Küste hinauf.

»Ein Zirkus«, murmelte einer der Gäste.

Man gab ihnen eine schäbige, aber geräumige Suite auf der Rückseite des Hauses, wo De Kuff wie gewöhnlich ein Zimmer für sich allein haben konnte. Die Aussicht ging nicht auf das Meer, sondern auf eine Saftfabrik inmitten einer im Dunst liegenden Grapefruitplantage.

Kurz nach ihrer Ankunft entbrannte zwischen den beiden Marshalls ein Streit um einige schwarz eingebundene Bücher, die wie die Kassenbücher einer zweitklassigen Spedition oder einer New Yorker Bodega aussahen. Schließlich setzte sich der jüngere Marshall mittels purer Kraft durch und entriß dem älteren die Bücher.

Die Walsings zogen ihre Badehosen an und gingen zum Swimmingpool, wo sie die ruhenden Diamantenhändler sicher noch weiter in Erstaunen setzen würden. Sie sahen aus wie zwei riesige, bleiche teutonische Geister, die aus Walhall geschickt worden waren, um Wiedergutmachung oder Rache zu üben.

Helen Henderson hatte eine Erkältung, die sie mit Vitamin-
pillen und Meditationsversuchen bekämpfte.

Später, als sein Sohn schlief, kroch Marshall der Ältere über
den Teppich ihrer Suite und holte sich eines der Bücher zurück.
Ein Aspekt seiner religiösen Obsessionen kreiste um die Zahl
36 sowie ihre Varianten und ihr Vielfaches. Er setzte sich, nahm
das Buch auf den Schoß, verdrehte die Augen und versuchte,
den Namen De Kuff in Beziehung zu der Zahl des aktuellen
Jahres und diese in Beziehung zum neunten Aw zu setzen, so
daß dieser neunte Aw in die falsche Jahreszeit zu fallen schien.
Sein Buch stellte die Abstraktion einer liebevollen Beschäftigung mit der Zahl 36 dar, und die verschlüsselten Notizen
waren das Ergebnis des Nachdenkens über die mystischen
Eigenschaften der hebräischen Wörter für 36 – Lamed-Waw –
sowie für die Zahlen 3, 9 und 18.

Auf anderen Seiten hatte er Anrufungen wörtlich niederge-
schrieben oder zusammengefaßt, die Bezeichnungen der Fir-
mamente, Lager und Throne, die Namen der befehlsgewalti-
gen Engel, denen man seine Feinde und Verfolger ausliefern
konnte. Eine der Beschwörungen, die er oft gegen verschiedene
Beamte und Buchprüfer des Southern District von New York
gebraucht hatte, war ein Fluch, den man gegen seine Gläubiger
richtete.

»Daß ihr seinen Mund verschließen und seine Pläne zunichte machen möget«, wurden die tödlichen Engel gebeten,
»und daß er weder an mich denken noch von mir sprechen
möge und daß er mich nicht sehen möge, wenn ich an ihm vor-
beigehe.«

Der ältere Mr. Marshall konnte – wie sein Sohn – komplexe
Berechnungen im Kopf ausführen. Die beiden konnten sich
auch merken, welche Karten beim Blackjack schon gefallen waren, und hatten in mehreren Spielkasinos Hausverbot. Der jüngere Mr. Marshall hatte verschiedene Computerprogramme
geschrieben.

In der winzigen Küche brühte die ehemalige Schwester Maria Johann Nepomuk van Witte sich ihren Kräutertee; Elaine
Pagels' *Gnostic Gospels* hatte sie aufgeschlagen mit dem Rük-
ken nach oben auf einem Schemel gelegt. Darunter lag ein
Brief einer ehemaligen Mitschwester im Orden vom Einfachen

Leben, die jetzt bekennende Lesbierin und Mitglied des niederländischen Parlaments war.

»In Gottes Garten gibt es seltsame Tiere«, schrieb sie – ein Sprichwort, das auf sie beide zutraf.

Sonia lehnte am Fenster, sang vor sich hin und sah hinaus auf die dunstverhangenen Grapefruitbäume. Bestand der Dunst aus Bodennebel oder Pestizidwolken? Und spielte das eine Rolle angesichts des Zustandes, in dem die Welt sich inzwischen befand?

Raziel verbrachte den Tag damit, mit jedem Jünger des Rev zu sprechen. Er las Helen Henderson aus dem *Sohar* vor und wies sie an, über die Buchstaben des Tetragrammatons – Jod-He-Waw-He – zu meditieren. Er erklärte ihr, wie man das schwarze Feuer vor dem weißen Feuer visualisierte und die Gedanken auf die heiligen Buchstaben richtete, lautlos das Jod einatmete, das He ausatmete, das Waw einatmete, das He ausatmete und so eine tiefe Stille erzeugte, einen Raum, in dem nichts zwischen dem Suchenden und das namenlose Objekt seiner Verehrung treten konnte. Er diskutierte Feinheiten der Thora mit dem jüngeren Marshall und prophezeite für die neue Zeit, die bald anbrechen werde, neue und überraschende Interpretationen. Er sprach mit Maria van Witte über die Schriften von Hildegard von Bingen.

»Yo, Sonia«, sagte er, als er sie traurig am Fenster stehen sah. »Was ist? Heimweh?«

»Bist du müde, Razz?«

»Wir haben's fast geschafft.«

»Hoffentlich«, sagte sie. Sie sah ihn an. »Ich glaube noch immer. Ist das vernünftig?«

»Sonia, mach dir keine Sorgen. Binnen kurzem wird die Welt nicht wiederzuerkennen sein. Die Welt, wie wir sie kennen, wird Geschichte sein.«

Sie schloß die Augen und öffnete sie wieder.

»Muß das Kind in mir sein«, sagte sie. »Ich muß dir einfach glauben.«

Er verließ sie und ging zu dem alten Mann. De Kuff lag auf einer Bettcouch. Er trug Socken und hatte sich mit seinem Mantel zugedeckt. Darunter hatte er die Arme auf der Brust gekreuzt.

»Wie geht es dir, Adam?« fragte Raziel.

»Ich werde immer schwächer«, antwortete De Kuff. »Ich glaube, ich sterbe. Ich glaube, ich würde gern sterben.«

»Das verstehe ich«, sagte Raziel. »Besser, als du denkst. Aber wir müssen noch ein Stück weitergehen. Es gibt ein letztes Mysterium, das offenbart werden muß.«

»Glaubst du das wirklich?« fragte De Kuff. »Könnte es nicht sein, daß wir uns geirrt haben?«

Raziel lächelte. »Wir haben dieser Sache unser Leben verschrieben. Etwas anderes haben wir nicht.«

»Das bedeutet aber nicht, daß wir recht haben«, sagte De Kuff. »Es bedeutet nur, daß wir selbst verloren sind.«

»Gib nicht auf, Rev. Warte auf den richtigen Zeitpunkt für das letzte Mysterium. Du weißt doch: Wartet auf das Taw.«

»Ich wollte, wir könnten verschont bleiben«, sagte der alte Mann.

Raziel ging zu ihm und nahm seine Hand.

»Wünschst du das auch für mich? Du bist gütig, Adam. Aber wir sind nicht verschont worden, und du bist wirklich, was du bist. Warte nur noch ein Weilchen.«

De Kuff schloß die Augen und nickte.

Es läutete an der Tür, und alle in der Suite erstarrten und sahen einander an. Raziel öffnete die Tür. Draußen stand Ian Fotheringill in weißem Kittel und Kochmütze. Raziel ließ die Tür offen und trat hinaus auf den Korridor.

»Hast du es?« fragte er den Schotten.

Fotheringill gab ihm ein in Ölpapier gewickeltes Päckchen, das Raziel in die Tasche steckte. Die beiden gingen zurück ins Zimmer.

»Wir werden nur ein paar Stunden fort sein«, verkündete Raziel. »Möchte irgend jemand hierbleiben, wenn wir in die Berge gehen?«

Niemand meldete sich. Jeder wollte so weit hinauf, wie es nur ging.

»Er braucht jemand«, sagte Raziel zu Sonia. »Er braucht zur Abwechslung dich. Sag ihm, was er hören muß.«

»Ich wollte, ich wüßte, was das ist.«

»Du weißt, was es ist, Sonia. Du wußtest es immer schon.«

Sonia stand auf und ging in das Zimmer, in dem De Kuff sich ausruhte. Er lag auf der Seite und weinte.

»Leiden Sie?« fragte sie und nahm seine alte, kühle Hand, wie Raziel es getan hatte.

»Sehr«, sagte er.

»Dies ist der Kampf ohne Waffen«, sagte sie.

»Ich könnte versagen. Wenn ich versage, werde ich sterben. Aber das ist in Ordnung.« Er drehte sich auf den Rücken und sah bang zu ihr auf. »Du mußt dich um diese Kinder kümmern.« Es hatte wirklich den Anschein, fand sie, als wäre nur noch wenig Leben in ihm.

»Natürlich«, sagte sie. Sie setzte sich neben ihn auf das Bett.

»Bei den Sufis«, sagte sie, »heißt der Kampf ohne Waffen Dschihad. Es ist nicht der Dschihad der Hamas und auch nicht das, was der Schabak als Dschihad bezeichnen würde. Aber es ist trotzdem der Dschihad.«

Sie sah ein Licht in seine Augen treten.

»Können wir irgend etwas für Sie tun?«

»Wir müssen aufbrechen«, sagte er mit plötzlicher Dringlichkeit. »Nach Galiläa, in die Berge. Und dann nach Jerusalem. Du siehst, ich werde alles tun, was erforderlich ist. Wenn es nicht geschieht ...«

»Wenn es nicht geschieht, geschieht es eben nicht«, sagte sie. »Eines Tages wird es geschehen.«

Raziel ging in sein Zimmer, schloß die Tür ab und kochte das Heroin, das Fotheringill ihm gebracht hatte, auf. Er band sich den Arm ab, fand eine Vene und drückte ab. Eine kindliche Dankbarkeit überkam ihn; im selben Augenblick wurde die Schöpfung zu einem Ort des Trostes, und er befand sich in einem Winkel einer gütigen, fürsorglichen Welt.

Die Anforderungen seiner Aufgabe hatten ihn zurück zu der Droge gebracht. Er lebte in der ständigen Angst, De Kuff könnte für ihn verloren sein oder er selbst könnte keinen Platz in der Entwicklung haben, an die zu glauben er beschlossen hatte. Diese Entwicklung und sein Perfektionismus hatten ihn, wie einst die Musik, dazu getrieben, wieder beim Heroin Erleichterung zu suchen.

Er war nicht imstande gewesen, die Widersprüche auszuhalten, die divergierenden Kräfte, die er hatte bändigen müssen, als er sich zum Bindeglied zwischen der frommen Verfolgung des rechten Weges und einer Verschwörung von Schwindlern und Männern, die über Leichen gingen, gemacht hatte. Ohne Hilfe und Führung war er zu schwach gewesen.

Jeden Tag hatte er formelhafte Gebete in die Leere des Unerforschlichen gesandt. Jede Minute eines jeden Tages war von dem Paradox überschattet gewesen. Um sich von traditionellen Interpretationen zu befreien, hatte er verbotene Texte von Sabbatai Zwi gelesen, in denen die Bedeutung der Thora umgekehrt wurde. Er hatte die Paläste der Erinnerung des uralten Min aufgesucht und über die Sterntabellen und astralen Metaphern von Elisha ben Abouya, dem verfluchten gnostischen Pharisäer, meditiert. Er hatte Tarot und I Ging befragt und nach Parallelen zur Kabbala gesucht. Sein Motto, sein Alibi, sein Leitmotiv waren die Worte gewesen, die auf einer der Qumran-Rollen standen, aufgeschrieben vom Lehrer der Gerechtigkeit: Das Mysterium der Schöpfung ist das Böse. Um die Welt zu erlösen und der unendlichen Güte Gottes und des Menschen teilhaftig werden zu lassen, war es nötig, in die tiefste Tiefe des Labyrinths vorzudringen.

Manchmal, dachte er, wenn ihn Mitleid mit dem alten Mann, sich selbst und dem zusammengewürfelten Kreis von Jüngern überkam, war es so schwer zu glauben, daß es unter dem Himmel über Jerusalem jemals so etwas wie eine Erlösung gegeben hatte oder geben würde. Hier gab es nur dieses tiefe, indifferente Blau des ersten und heiligsten der schweigenden Himmel. Doch dahinter hatten die Weisen das Ayin entdeckt, die Substanz, in der das Heilige an sich verborgen war und an die Raziel trotz aller Verwirrung freudig und unerschütterlich glaubte.

Doch letztlich hatte er die Droge gebraucht, um sich dessen bewußt zu werden und um zu glauben – um Jude und zugleich Christ, Moslem, Zoroastrer, Gnostiker und Manichäer zu sein. Der Glaube, den er ausgearbeitet hatte, war antinomisch, und er selbst war im Grunde seines Herzens nicht Antinomiker genug, um der Priester eines so widersprüchlichen Opfers zu sein, nicht böse genug oder Magier genug, um die Früchte dieses Prozesses reifen zu lassen. Und er mußte die gewalttätigen Aspekte des Plans ständig vor De Kuff und

Sonia und in den Stunden um Mitternacht auch vor sich selbst verbergen.

Wie die kämpfenden Zionisten hatte er daran geglaubt, daß die ewige Erlösung kurz bevorstand. Die Zeichen waren da. Selbst die Scharlatane im »Haus des Galiläers« glaubten das oder taten jedenfalls so. Raziel hatte nicht geglaubt, daß es zu Gewalttaten kommen würde. Er hatte geglaubt, es werde einen göttlichen Eingriff geben, auch wenn eine gewisse Form von Gewalt unvermeidlich war. Jetzt spürte er, daß sich dies alles als Illusion erwies.

Was er letztlich verehrte und anbetete, war, dachte er, wohl nur der Schmetterling, der wunderschöne Schmetterling aus Blut, der im Fenster der Spritze seine beschützenden Flügel ausbreitete. Das war das einzige, was sein elendes, armes, eingeschnürtes Herz zu beleben vermochte. Er hatte versagt und besaß nicht den Mut, es ihnen zu sagen. Vor allem De Kuff konnte er es nicht sagen. Er betrachtete sein Blut in dem Glaskolben.

Wie wunderschön, wie symmetrisch, die wunderschöne Sprache, die Thora, die Träume der Nazarener. Er hatte Heldentaten der Erkenntnis vollbracht. Doch jetzt war es vielleicht beinahe vorbei.

51 Müde und erschöpft, am Steuer seines gemieteten Wagens, holte Lucas sie an dem vom Kibbuz Nikolaiewitsch Alef betriebenen Hotel ein. Es war einer der ältesten Kibbuzim des Landes, gegründet noch zu Zeiten des Osmanischen Reiches. Bis 1967 hatte er praktisch zur Hälfte auf jordanischem Gebiet gelegen und war regelmäßig angegriffen worden. Widerstreitende Ideologien waren hier aufeinandergeprallt, doch der Kibbuz hatte alle Schwierigkeiten überstanden und sich zu einer Art Kleinstadt entwickelt. Man wirtschaftete nach den alten Kibbuz-Prinzipien, wenn auch ein Teil des Landes sich in Privatbesitz befand.

Nikolaiewitsch Alef war von Obstplantagen und Zuckerrohrfeldern umgeben und durchflossen von Bächen, an deren Ufer Papyrus wuchs. Lucas war froh, vom Toten Meer abbiegen zu können und hier Schatten und Vogelgezwitscher zu finden. De Kuff und seine Anhänger saßen an einem Tisch für sich im Speisesaal des Kibbuz. Eine Gruppe von Mädchen im Teenageralter saß an einem der benachbarten Tische und beobachtete sie. Die Mädchen machten flüsternd Bemerkungen über die Pilger und bemühten sich verzweifelt, ihre Heiterkeit zu verbergen: Sie bissen sich auf die Lippen und beugten sich tief über die Resopal-Tischplatte, damit man nicht sah, daß sie lachten.

De Kuff und seine Anhänger waren wirklich ein ungewöhnlicher Anblick, doch nur wenige in dem riesigen Speisesaal mit Selbstbedienungstheke nahmen von ihnen Notiz. Die meisten Einwohner waren Pendler, die in Jerusalem oder Tiberias arbeiteten – leitende Angestellte oder Beamte, alleinstehende Männer oder verheiratete Paare, die ihre Aktentaschen neben sich abgestellt hatten.

Der Kibbuz unterhielt keinen koscheren Speisesaal, und die Spezialität des Tages waren Garnelen. Lucas fand, daß sie weichgekocht aussahen und vermutlich tiefgekühlt gewesen waren. De Kuff und Raziel aßen ihre Portionen mit Genuß. Sonia nahm sich einen Salat. Die Marshalls aßen ebenfalls Garnelen.

Sie behielten ihre Hüte auf und blickten grimmig drein. Sie aßen auch die gebratenen Schwänze.

Man hätte sagen können, daß die Gruppe weder aus Juden noch aus Nichtjuden bestand, weder aus Männern noch aus Frauen, weder aus Freien noch aus Unfreien. Es war ein Zirkus. Doch im Kibbuz Nikolaiewitsch Alef war ein Zirkus nicht skandalös, sondern komisch. Am einen Ende des Tisches saß Schwester van Witte, die langsam und mit arthritischen Händen aß; neben ihr schneuzte sich Helen Henderson, The Rose of Saskatoon, in ein Papiertaschentuch; dann kamen die beiden schrecklichen Walsings und der deplaziert wirkende Fotheringill, der Brot und Käse für alle mitgebracht hatte. Am anderen Ende saßen Sonia, Raziel, De Kuff und die traurige Gigi Prinzer, die an einem Orangensaft nippte.

Lucas stand in der Tür des Speisesaals und war bei ihrem Anblick gerührt. Er rechnete nach, wie lange er sie nun schon kannte. Nur ein paar Monate.

Raziel blickte auf und bemerkte ihn. Er sagte etwas zu Sonia. Sie schob ihren Teller fort und ging zu ihm.

»Du hast meine Nachricht bekommen«, sagte sie. »Du warst bei Stanley.«

»Ja. Wir müssen reden.«

Sie sah ihn besorgt an. »Weißt du eigentlich, daß du ziemlich fertig bist? Du siehst krank und müde aus.«

»Ich habe Angst«, sagte er.

»Komm rein und iß etwas.«

»Ich mag kein Kantinenessen«, sagte Lucas. »Nicht, seit das Belmont zugemacht hat.«

»Wo war das?«

»In der 28. Straße, glaube ich. Es ist schon eine Weile her.«

Sie gingen hinaus in den süß duftenden Garten. Die Azaleen blühten.

»Wir sind in Schwierigkeiten. Ich habe mit Ernest und Sylvia gesprochen.«

»Das hatte ich befürchtet«, sagte sie. Sie erschien Lucas zu ruhig und gefaßt. »Wegen der Geschichte im Gazastreifen? Oder wegen der Sache mit dem Felsenberg?«

»Ich weiß es noch immer nicht genau.«

»Was sagen sie?«

»Daß Nuala und Rashid tief in der Scheiße sitzen. Und daß wir nur deshalb besser dran sind, weil wir in Raziels Nähe sind. Hast du unseren jungen Propheten übrigens schon gefragt, ob zu seiner Offenbarung auch ein ... Mißgeschick auf dem Tempelberg gehört?«

Sie lachte unsicher.

»Nein. Aber das wäre auch ganz unmöglich, oder? Ich meine, Raziel ist ein ehemaliger Junkie und so, aber auf jeden Fall ein sanftmütiger Mensch. Und du glaubst doch wohl nicht, daß der Rev eine Art Bombenleger ist.«

»Nein«, sagte Lucas. »Aber ich glaube, es könnte sich lohnen, mal zu fragen. Es ist nur so ein abwegiger Gedanke.«

»Willst du, daß ich ihn frage?«

»Ja«, sagte Lucas. »Weil mir scheint ... wenn die Geschichte der Menschheit ihre Erfüllung finden soll, muß die Wiedererrichtung des Tempels dabei eine Rolle spielen.«

»So denken wir nicht, Chris. So sehen wir die Dinge nicht.«

»Frag ihn trotzdem«, sagte Lucas. Er setzte sich auf die Stufen zum Speisesaal. »Kann ich hier irgendwo schlafen?«

»Ich teile mir einen Bungalow mit Schwester van Witte«, sagte sie. »Ich glaube, du kannst bei uns schlafen.«

»Okay«, sagte er. Als sie wieder hineingehen wollte, rief er sie zurück. »Sonia! Was hat er zu dir gesagt, als ich hereingekommen bin?«

»Wer? Raziel? Wann?«

»Als ich hereinkam und ihr gegessen habt. Er hat etwas zu dir gesagt, als er mich gesehen hat.«

»Ach«, sagte sie, »du weißt doch, wie er ist. Er verfolgt immer irgendwelche Pläne. Er hat gesagt, ich soll dich überreden, mitzukommen. In die Berge.«

»Genau«, sagte Lucas. »Er verfolgt immer irgendwelche Pläne.«

Während Lucas seine Sachen in den Bungalow brachte, ging Sonia zu Raziel, der vor dem Speisesaal stand.

»Razz?«

»Yo«, sagte Bruder Raziel.

»Nur so nebenbei: Du hast nicht zufällig irgendwas über, na ja, über einen Plan gehört, die Moscheen auf dem Tempelberg in die Luft zu sprengen?«

Raziel schien nicht überrascht. »Hat Chris dich gebeten, mich das zu fragen?«

»Ja. Anscheinend brütet irgend jemand einen solchen Plan aus.«

»Das war schon immer so«, sagte Raziel. »Hat eine lange Tradition. In Jerusalem reißt man ständig irgend etwas ab, um etwas Neues zu bauen. Seit den Babyloniern. Der neunte Aw. Wir reißen einen Tempel ab und errichten einen anderen. Wir stürzen euren Gott und verehren unseren Gott. Wir reißen den Tempel ab und bauen eine Kirche. Wir reißen die Kirche ab und bauen eine Moschee. Wir entweihen das Heilige und heiligen das Profane. Es geht immer so weiter.«

»Aber wir haben damit nichts zu tun, stimmt's? Wir kommen in diesen Plänen nicht vor, oder?«

»Sonia«, sagte Raziel, »wir haben nicht vor, etwas Stoffliches zu zerstören. Die Veränderung, um die es uns geht, ist spiritueller Art. Es ist wie ein Übergang in einen anderen Aggregatzustand. Ein Wunder. Ganz gleich, was die Leute sich erzählen. Oder was sie denken.«

»Das heißt also«, sagte sie, »daß ich recht habe, nicht? Wir haben mit der Zerstörung der Moscheen nichts zu tun.«

»Ich gebe dir mein Wort, Sonia. Niemand von uns wird irgend jemand etwas zuleide tun. Ich schwöre es. Reicht dir das?«

Es wurde dunkel. Sie hörten die Teenager, die am Swimmingpool saßen und über sie lachten.

»Ja«, sagte sie. »Natürlich reicht mir das.«

52 In Zypern wurden Nuala und Rashid am Flughafen von dem Mann abgeholt, den man ihnen angekündigt hatte. Er hieß Dmitri, und weil Stanleys russische Freunde beteiligt gewesen waren, hatten sie einen Russen erwartet. Doch Dmitri war griechischer Zypriot, ein kleiner, runzliger Mann mit einer langen, wie gerieften Nase. Außerdem wirkte er weniger kosmopolitisch, als sie erwartet hatten. Er war wie ein dörflicher Handwerker gekleidet und trug eine fleckige, altmodische englische Tweedkappe.

Dmitri nahm Rashids Reisetasche; Nuala trug ihren Rucksack. Anfangs schien ihr Führer kein Englisch zu verstehen, was für einen griechischen Zyprioten geradezu absurd war.

Sie durchquerten die Stadt, verließen die Küstenstraße, fuhren in Richtung Norden und bogen abermals ab.

»Moment mal, Dmitri«, sagte Nuala. »Dürften wir erfahren, wo wir uns mit unseren Freunden treffen? Ich dachte, in Larnaca.«

Nach ihren Kenntnissen der Geographie Zyperns fuhren sie in Richtung der Berge und der Grenze des türkischen Teils der Insel.

»Straße nach Troulli, Madame«, sagte Dmitri. »Aber nicht bis ganz da. Freunde warten im Kloster.«

Nuala sah hinaus in die Dunkelheit. Im Scheinwerferlicht standen Reihen blühender Kakteen am Straßenrand.

»In Irland nennt man das eine Straße nach nirgendwo«, sagte sie zu Rashid.

»Sie sind diskret und wissen, was sie tun. Es ist gut so.« Er klang zwar nicht übermäßig zuversichtlich, aber auch nicht besorgt. Sie beschloß, ein wachsames Auge auf Dmitri zu haben.

Sie bogen nach links ab, und bald war der Fahrweg kaum mehr zu erkennen. Vor einem Gatter hielt Dmitri an. Er ging um den Wagen herum und öffnete Nualas Tür wie ein Chauffeur. Nach kurzem Zögern stiegen sie aus. Der matschige Weg unter ihren Füßen war im Dunkeln nicht zu erkennen.

460

»Das ist *ekklesia. Temenos.* Ist *Agios Giorgios.*«

Etwa hundert Meter vor ihnen erschien ein Licht auf dem bergauf führenden Weg, verschwand und erschien wieder. Nuala drehte sich um und sah Dmitri neben dem Wagen stehen. Der Motor lief, und die Scheinwerfer bohrten zwei vertrauenerweckende Lichtsäulen in die Nacht, die sich tapfer weiteten, bis sich die Strahlen im Flirren der winzigen Nachtinsekten verloren, die gegen Nualas Wangen flatterten. Man hörte Zikaden, und es roch nach Kühen und ihrem Dung. Es war ein Landgeruch, der sie trotz der harzigen Bitterkeit des Duftes von Salbei und Eichen an ihre Heimat erinnerte.

»Sie warten«, sagte Dmitri. »Russki.«

»Es ist okay«, sagte Rashid. »Ja! Ich sehe es.«

Sie blickte ihn im Dunkeln an. Er reckte das Kinn und hob die Arme. Als er ihre Hand nahm, spürte sie seine demonstrative Männlichkeit, das Anspannen der Muskeln, mit dem er seinen Mut zusammennahm. Als sie sich in Bewegung setzten, wußte sie plötzlich, daß sie in der Dunkelheit, die vor ihnen lag, sterben würden. Einen Augenblick lang wollte sie fliehen – sie war schnell, sie hatte gelernt, in staubigen Stiefeln auf der ausgedörrten Erde des Nahen Ostens zu rennen. Sie hatte für die Revolution gekämpft, sie hatte gelebt, um auch morgen wieder zu kämpfen. Aber sie floh nicht.

»Gut«, sagte sie. »Wir sind zusammen.«

»Ja. Siehst du? Es ist okay.«

Sie näherten sich den dunklen Gebäuden, und der Strahl der Taschenlampe durchbohrte die Finsternis und wurde zu einem rötlichen Schein, in dem eine Gruppe Männer stand.

»*Salaam aleikum*«, sagte eine Stimme.

Rashid erwiderte erleichtert: »*Wa aleikum salaam.*« Er verschränkte seine Finger mit ihren. »Ja. Es sind Russen.«

Er schien sich so sicher zu sein. Und doch fand sie es irgendwie seltsam, daß dieser alte, vertraute Gruß von Russen gesprochen wurde, von Männern, die Freunde von Stanley oder Parteigenossen waren.

»Madame«, sagte die russische Stimme, »kommen Sie bitte mit.«

Kommen Sie bitte mit, aber hier war keine Kirche, kein *temenos*. Es war nur ein Stall. Wie in Trance hielt sie Rashids

Hand und folgte dem schwankenden rötlichen Schimmer der Lampe in der Hand des Mannes, der vor ihnen ging. Dann waren sie unter einem Dach aus Steinen, und sie sah einen Augenblick lang die Sterne durch ein Spitzbogenfenster, und in die anderen Gerüche mischten sich die nach Weihrauch und alten Steinen – dieses Gebäude war vielleicht doch einmal eine Kirche gewesen, vor langer Zeit.

Dann zog Rashid seine Hand fort, und sie stand allein da und verstand nicht. Plötzlich die Geräusche eines Handgemenges. Noch immer stand sie allein, unberührt. Und dann schrie sie und dachte: Heute nacht wird es regnen. Soll es doch.

Und als einer ihr sein Knie in den Rücken stieß und die Hand auf den Mund legte, hörte sie noch immer Rashids jungenhafte, prahlerische Drohungen und Verwünschungen und wußte, daß er das zum Teil für sie tat. Er war Arzt, ein Kommunist, ein Anführer seines Volkes, die Liebe ihres Lebens, und doch war er auch ein verwöhnter Sohn, ein Junge, der selbst in extremen Situationen nicht aufhören konnte, sich darzustellen.

Es waren mehrere Männer, und sie beleuchteten sie mit ihren Taschenlampen. Sie zogen ihre Arme nach hinten und stülpten ihr eine Art Segeltuchsack über, der ein Loch für den Kopf hatte. Als sie sich wehrte, verdrehten sie ihr gnadenlos die Arme, bis sie sich nicht mehr rühren konnte.

»Nuala!« rief Rashid. Er hatte nie gelernt, ihren Namen richtig auszusprechen.

»Ja«, rief sie. »Ich bin hier, Liebster!« Sie warf den Kopf zurück und schrie: »Rashid!«

Während sie einander riefen, wurde sie eigenartig sanft an den Ellbogen hochgehoben. Es waren zwei Männer; jeder hatte einen Arm gepackt. Sie trugen sie eine Steintreppe hinauf, und durch das Spitzbogenfenster sah sie noch einmal kurz die Sterne. Dann drehten die Männer, die sie festhielten, um, und sie sah, daß sie auf einer Art Empore stand. Auf dem Steinboden schien Heu zu liegen. Vielleicht war dies wirklich einmal eine Kirche mit einer Empore gewesen.

»Rashid!« rief sie. Er antwortete ihr. Einen Augenblick lang wollte sie die unsichtbaren Männer, die sie gefangen hatten, ansprechen – ermuntert vielleicht durch die Sanftheit, mit der sie hochgehoben worden war. Doch als sie ihr die Schlinge um den Hals legten, erkannte sie, daß es die Sanftheit der Henker gewesen war, die Liebenswürdigkeit der Scharfrichter. Sie fesselten ihr die Füße.

Es war ein schmutziger, schrecklicher Ort zum Sterben. Einer der Männer sagte etwas zu ihr, doch sie hatte zuviel Angst, um ihn zu verstehen. Sie hörte Rashid noch einmal ihren Namen rufen, und nun klang auch er ängstlich.

»Rashid!« rief sie. Sie brachte die Laute kaum heraus. Ihre Kehle war ausgetrocknet, und die Schlinge wurde zugezogen. Sie wehrte sich gegen die Angst, wie sie sich gegen den Sack über ihrem Kopf gewehrt hatte. Jetzt ist es soweit, Liebster, dachte sie. Sie konnte ihm nicht sagen, daß es vorbei war. Mehr als alles andere wollte sie, daß er bei ihr war und daß sein Mut ihn an diesem schrecklichen Ort nicht verließ. Denn sie gehörten beide zu besiegten Völkern, und der Galgen, an dem sie hängen sollten, hatte die ganze Geschichte dieser Völker überschattet. »Sei stark, Liebster!«

Er rief Gott an.

»Alle Macht dem Volk!« sagte sie, auch wenn sie wußte, daß die letzten Worte ihres Lebens zu einem Witz geworden waren. »Ihr seid nichts gewesen und werdet alles sein!« Sie versuchte, es zu sagen, es zu denken.

Ein so schmutziger, angsteinflößender Ort. Dann hing sie am Seil, und Luft war das einzige, was sie wollte, das einzige, so schien es, das sie je gewollt hatte – diese nach Schmutz riechende Luft –, doch es gab keine. Und mit der Luft entschwanden auch alle Gedanken an ihre Liebe. Die zornigen Männer sahen im Licht ihrer Lampen zu, und sie fragte sich, ob der Tod je kommen würde, und dann senkte sich eine tiefere Finsternis gnädig über sie.

TEIL DREI

53 Er lag unter einem Federbett und erwachte, als die Sonne durch die Spitzenvorhänge schien und Grasmücken in dem Eukalyptushain neben dem Hotel sangen.

Der Bungalow war leer, die anderen Betten waren gemacht. Er fand Sonia auf einer Kinderschaukel in dem Eukalyptushain. Sie sah ihm entgegen und beschattete die Augen mit der Hand gegen die Morgensonne.

»Willst du frühstücken?« fragte sie.

Er schüttelte den Kopf. »Wo sind die anderen?«

»Raziel und der Rev sind mit Rose zu den Golan-Höhen gefahren. Sie ist jung und stark und kann ihnen helfen, und vielleicht bleibt sie so ein bißchen aus der Schußlinie. Der Rest ist hiergeblieben. Wir haben ein paar Bungalows für sie gemietet. Ich habe auf dich gewartet.«

»Und was machen wir jetzt?«

»Wir gehen auf den Berg.«

»Tatsächlich? Und was machen wir, wenn wir oben sind?«

»Ich singe, du hörst zu. Du bist doch Reporter, oder? Du beschützt mich. Und dann, wenn alles gutgelaufen ist, fahren wir nach Jerusalem.«

Er drehte sich um und sah Fotheringill, der sich über den Motor eines Volvos aus den sechziger Jahren beugte und vor sich hin murmelte.

»Du bist nicht gerade begeistert«, sagte Sonia und nahm Lucas' Hand. »Hast du einen anderen Vorschlag?«

»Ich glaube nicht.«

Als sie in seinem Wagen saßen, fragte er: »Was will er eigentlich in den Bergen?«

»Er muß meditieren, bevor er die letzte ...«

»Prophezeiung macht? Die letzte Offenbarung?«

»Ja, genau. Und dann geht er nach Jerusalem, weil geschrieben steht, daß er aus Dan kommen wird.«

Er warf ihr einen Blick zu. In ihren Worten war keine Ironie; sie glaubte noch immer. Früher oder später würde es enden müssen, dachte er. Und was würde dann, wenn das Licht im Saal anging, von ihr bleiben? Was ihn betraf, so wollte er inzwischen gar nicht mehr, daß es endete. Er wollte, daß sie beide eingeschlossen blieben in einem immerwährenden Mysterium.

»Wahrnehmung ist funktional«, sagte er. »Das stimmt doch, oder? Die Dinge sind nicht durch das definiert, was wir täglich sehen, stimmt's? Was wir täglich sehen, könnte auf einem falschen Bewußtsein beruhen.«

»Das ist die richtige Einstellung«, sagte Sonia. »Langsam kommst du darauf. Jedenfalls braucht der Rev mich. Das hat er gesagt. Und ich will, daß du mitkommst.«

Nach kurzer Zeit fuhren sie an den Geschäften und Hotels von Tiberias vorbei. Am See Genezareth war ein kleiner Vergnügungspark. Schüchterne arabische Familien gingen unsicher zwischen den Fahrgeschäften umher. Lucas bemerkte, daß die Frauen keine Tschadors, sondern Kopf- und Schultertücher trugen.

»Christen«, sagte Sonia.

»Hier machen die Soldaten von der südlibanesischen Armee Urlaub.«

Als sie an Migdal vorbeifuhren, wo Maria Magdalena, das Mädel vom Lande, gelebt hatte, bevor sie in der Stadt auf die schiefe Bahn geraten war, hörten sie vom See her eine leise Glocke.

Feldwege führten, gesäumt von Tamarisken und Eukalyptusbäumen, zwischen brachliegenden Feldern zum Wasser. Einige Kilometer vor ihnen sah Lucas die Kirche am Seeufer.

»Was ist das?« fragte er.

»Irgendeine Kirche. Ich hab vergessen, was für eine.«

Die Kirche und das angrenzende Kloster waren aus rosigem Jerusalemstein gebaut, schienen aber nicht sehr alt zu sein. Sie waren neuromanisch, mit roten Ziegeldächern, einem säuberlich gefegten Hof und einem Springbrunnen vor dem Portal. Lucas bog von der Landstraße auf einen Feldweg ab und fuhr in Richtung des Sees. Als sie am Ufer standen, sah er, daß er den falschen Weg genommen hatte; die Kirche und das Kloster lagen jenseits einer holprigen, eingezäunten Wiese.

Glocken erklangen, Glocken jeder Größe und Tonlage, von

der dunklen Totenglocke bis zum bimmelnden Wandlungsglöckchen. Der Klang wurde vom Wind über dem See verwirbelt, stieg zum Himmel auf und kündigte träge, schwere Wolken an, die sich vom anderen Ufer heranschoben.

Ein hochgewachsener Mönch in einem weißen Habit schloß die hölzerne Kirchentür.

»Benediktiner. Ich will hin«, sagte Lucas. »Ich will zur Messe gehen.«

»Wenn du das willst«, sagte sie, »komme ich mit.«

Lucas zerrte an dem Drahtzaun und zerkratzte sich Arme und Handgelenke.

»Paß auf«, sagte Sonia.

Er kämpfte mit den Drähten, als wären es Schlangen, bis er sie niedergerungen hatte und den untersten Draht für sie hochhalten konnte.

»Immer schön langsam«, sagte sie und wand sich auf dem Rücken knapp unter dem Draht hindurch. »Vielleicht sollten wir lieber den Wagen nehmen und zurück zur Hauptstraße fahren.«

»Nein«, sagte Lucas. »Dann schaffen wir es nicht mehr.« Er wurde immer aufgeregter. »Wir müssen querfeldein gehen.«

Sonia klopfte ihre Kleider ab. Sie hatte sich das Knie am Stacheldraht aufgerissen. »Und du hast wirklich das Bedürfnis, Chris?«

»Du brauchst nicht mitzukommen«, sagte er. »Bleib hier. Oder nimm den Wagen und fahr außen herum. Wir treffen uns an der Kirche.«

»Nein«, sagte sie. »Ich komme mit.«

Sie stapften über rote Erdklumpen und durch hohes, hartes Gras und Dornenranken. Es war unwegsames Gelände, und ihre Haut bekam noch mehr Kratzer. Lucas keuchte.

»Chris, was ist los mit dir?« fragte sie besorgt.

»Hier war das mit den Broten und den Fischen«, sagte er. »Wo die Fünftausend gespeist wurden.«

»Ja«, sagte sie, »die Geschichte kenne ich.«

»Ich muß zur Messe«, sagte Lucas. »Ich muß unbedingt zur Messe.«

»Du siehst aus ... als wärst du ganz außer dir«, sagte sie und versuchte schnaufend, mit ihm Schritt zu halten.

»Vielleicht bin ich das auch.«

Doch als sie vor dem Gebäude standen, war die große Tür fest verschlossen. Lucas zog an dem schweren Ring. Nichts. Er zog fester. Dann versuchte er, die Tür aufzustoßen. Auf einem Schild stand: RUHE, und darunter: WEGEN GOTTESDIENST GE-SCHLOSSEN.

Er ging zu der anderen Tür. Dort hing das gleiche Schild.

»Sie müssen mich reinlassen«, sagte Lucas.

»Nein, das müssen sie nicht, Chris.«

»Natürlich müssen sie«, schrie er. Von drinnen hörten sie leise Gregorianische Choräle. Die Türen mußten sehr dick sein, dachte er. Er begann, mit beiden Fäusten darauf einzuhämmern.

»Laßt mich rein, ihr deutschen Schweinehunde!«

Sein Blick fiel auf die Jahreszahl auf dem Grundstein der Kirche: 1936.

»Gott im Himmel!« kreischte er. »1936! Laßt mich rein, ihr Schweine! Laßt mich rein! Sie sperren mich aus«, sagte er zu Sonia. »Sie wollen mich nicht reinlassen.« Er schlug auf die Tür ein, bis seine Handgelenke schmerzten und seine Hände sich taub anfühlten.

»Ihr habt kein Recht!« schrie er. »Ihr habt kein Recht, mich auszusperren! Hier, siehst du?« fragte er Sonia. »1936!« Er schlug weiter an die Tür, bis es unmöglich schien, daß man ihn nicht gehört hatte. Drinnen ertönte weiter der leise Gesang. Er begann, gegen die Tür zu treten.

»Chris«, sagte sie, »bitte hör auf.«

»Diese verdammten Hurensöhne!« Seine Flüche hallten über den friedlichen See Genezareth.

»Verdammte Deutsche!« schrie er. »Sie sollten in diesem Land von morgens bis abends auf den Knien liegen! Man stelle sich vor: Sie wollen mich nicht reinlassen!«

Er fiel auf die Knie.

»Ich bin in Nöten. Ich brauche Hilfe.«

»Ja«, sagte sie und half ihm auf. »Das sehe ich. Ich sehe, daß du Hilfe brauchst.«

Sie stolperten über den harten Boden zurück zum Wagen. »Du kannst ruhig weinen, wenn du willst«, sagte sie. Doch er biß sich bloß auf die Lippen und sah starr geradeaus.

Sie fuhren zu der Franziskanerkapelle bei Kapernaum. Ein Mönch fegte die Stufen, die zu den Ruinen führten. Sie nickten einander zu. Lucas und Sonia gingen am Ufer entlang und setzten sich in die Nähe der Überreste einer alten Synagoge.

»Was war eigentlich los?« fragte sie, als er sich beruhigt hatte.

»Weiß ich auch nicht.«

»Du hast gesagt, daß *ich* glauben muß. Was ist mit dir?«

»Ich weiß nicht. Ich habe zuviel getrunken. Ich habe kein Prozac mehr. Und ich habe eine Erkältung.«

»Du Armer. Aber wir kriegen dich schon wieder hin.«

»Es ist alles nur ein unverdautes Stück Fleisch«, sagte er.

»Was?«

»Ein unverdautes Stück Fleisch. Wie bei Jacob Marleys Geist.«

»Jacob Marley?«

»Du kennst Jacob Marley nicht? Aus Dickens' *Weihnachtslied*?«

»Ach so«, sagte sie. »Der.«

Er füllte die leere Wasserflasche, die sie mitgenommen hatten, im See.

»Was willst du damit?« fragte sie ihn.

»Wasser«, sagte er. »›Über dessen Weiten die heiligen Füße wandelten, die vor vierzehnhundert Jahren zu unserm Frommen wurden an das bitt're Kreuz geschlagen.‹«

»Ich würde es nicht trinken«, sagte sie. »Ganz egal, wer darauf gewandelt ist.«

Sie fuhren in das Bergland nördlich des Sees.

»Du mußt darauf gefaßt sein, daß es schiefgeht«, riet er ihr. »Dann muß dein Leben weitergehen.«

»Es wird nicht schiefgehen«, sagte sie. »Aber vielleicht wird es umgekehrt sein: *Wir* könnten versagen. Es ist schwer, alles zu Musik zu machen. Aber die Musik wird immer dasein.«

»Ist es so? Man macht alles zu Musik?«

»Man macht alles *wieder* zu Musik«, sagte sie. »So, wie es am Anfang war.«

»Aller Kummer des zwanzigsten Jahrhunderts rührt daher, daß man versucht hat, das Leben in Kunst zu verwandeln«, sagte er. »Denk mal darüber nach.«

»Wir können versuchen, die Dinge so zu machen, wie sie einmal waren, denn so sollen sie sein. Darum haben wir die Kunst. Um uns zu erinnern.«

Er konnte diesem schwachen Flattern einer sinnlosen Hoffnung nicht widerstehen. Einer Hoffnung auf was? Auf etwas, das er nicht einmal annähernd begreifen konnte. Machte es denn nichts, daß Raziel ein durchgeknallter Spinner, De Kuff ein sterbendes Schilfrohr und Sonia vor lauter Güte und Klugheit töricht geworden war? Daß sie mitten in einer nahöstlichen Verschwörung steckten, die von verrückten Anführern angezettelt worden war? Doch, es machte etwas. Aber dennoch konnte er dem schwachen Flattern nicht widerstehen.

Am Nachmittag holten sie De Kuff, Raziel und The Rose ein. Ihr Dodge-Bus stand auf einem Campingplatz im Hula-Tal. Dort konnte man Zelte mieten, und The Rose half ihnen, eins aufzuschlagen. Sie kannte sich mit Zelten aus und war überhaupt eine praktisch veranlagte junge Frau – was, wie Lucas vermutete, der Grund gewesen war, warum Raziel sie mitgenommen hatte.

»Ich wollte, er wäre nicht so unglücklich«, sagte The Rose. Sie meinte De Kuff.

»Das hat chemische Gründe«, sagte Lucas. Er sah sie an, während sie darüber nachdachte. »Warum bist du hier?« fragte er sie.

»Um Sonia zu helfen. Und jetzt vielleicht auch, um bei ihm zu sein. Ich glaube, ich kann hier etwas lernen. Und ich will sagen können, daß ich dabei war.«

Mit der Dunkelheit wurde es kühler. Er hatte eine Flasche Macallan mitgebracht und tröstete sich hin und wieder mit einem Schluck. Das Zelt war riesig, aus Segeltuch und von jener altmodischen Sorte, in der man Feldbetten und Campingtische aufstellen konnte. Sonia hatte es mit einer gemieteten Luftmatratze und ein paar Fellen und Beduinenkissen ausgestattet – Relikte aus Bergers Wohnung.

Sie lag auf einen Ellbogen gestützt auf der Luftmatratze und schien ganz entspannt. Trockene Eichenblätter hatten sich in ihren gekräuselten Haaren verfangen.

»Da wären wir also wieder«, sagte er.

»Da wären wir also wieder. Eine himmlische Liebe.«

»Und«, fragte er sie an der Campinglampe vorbei, die zwischen ihnen hing, »was wird das hier? Was tun wir hier?« Wir sind die Armee von Peter von Amiens, dachte er. Eine lange Reihe von Idioten war ihnen auf diesem Weg vorangeschritten.

»Du arbeitest«, sagte sie. »Du bist der rasende Reporter. Du berichtest über religiösen Wahn.«

»Richtig. Und hier spielt er sich ab, der Primärprozeß.«

»Soll ich *Michael, Row the Boat Ashore* singen?«

»Dann glaubst du also das alles? Jetzt? In diesem Augenblick?«

»Mh-hm. Und du – du staunst. Du gehst herum und staunst. Was ist wirklich? Was ist nicht wirklich? Bist du wirklich?«

»Ich betrinke mich jeden Abend«, sagte Lucas. »Ich habe Halluzinationen, in denen Rudolf Steiners Tochter Diphtheria mit mir spricht. Sie sagt –«

»Was wir denken, ist das, was geschehen wird«, half Sonia ihm. »Sie hat recht. Sie ist nur ein kleiner Dschinn, ein kleiner Dämon. Aber du weißt doch, was Theodor Herzl gesagt hat: ›Wenn ihr wollt, ist es kein Traum.‹ Also hat sie recht. Sprich mir nach: Die Kraft des menschlichen Willens. Na los, sprich mir nach.«

»Nein«, sagte Lucas.

»Wo will man aber die Weisheit finden?« fragte sie ihn. »Und wo ist die Stätte der Einsicht?« Sie streckte ihre Hand aus.

»Du weißt es, nicht?«

»Ja«, sagte sie. »Ich weiß es für mich.«

Im Zelt roch es nach Äpfeln. Die Lampe zwischen ihnen flackerte.

Sie trug eine mit Sternen verzierte Dschallaba – ihre Robe, wie er sie nannte. Als sie sie abstreifte, sah er den Uroboros an der Kette zwischen ihren Brüsten hängen. Sie kroch unter eines der Felle und streckte die Arme nach ihm aus. Er setzte sich neben sie.

»Komm, Chris. Du bist wirklich. Ich werde dir helfen, es zu glauben.«

»Ich glaube nicht, daß du das kannst«, sagte er. Doch er streckte sich auf der Matratze aus – sie lag nackt unter dem Fell, er lag angezogen darauf.

»Doch, das werde ich«, sagte sie. »Es ist gut. Es ist richtig.«

Als er sein Jackett auszog und bedrückt das Hemd aufknöpfte, hatte er das Gefühl, ein altes, vertrautes Verliererblatt in der Hand zu haben. Doch das Ziegenfell, von dem er gedacht hatte, es werde hart und schmutzig sein, war weich und roch angenehm, und die Berührung ihres Körpers ließ seinen Mund trocken werden. In erregter Verzweiflung zog er sich weiter aus und legte sich nackt neben sie. Weisheit. Die Stätte der Einsicht. Die Tiefe spricht: »In mir ist sie nicht.« Und das Meer spricht: »Bei mir ist sie auch nicht.«

Sie trug noch immer ihren Slip und die Kette. Sie wandte sich ihm zu, hob die Kette mit dem Anhänger über ihren Kopf und legte sie neben die Matratze. Unter dem Fell nahm sie seine Hände und führte sie zu den warmen, seidigen Rundungen ihres Hinterns. Er strich über ihre Taille und über den Bauch unter ihrem Nabel, beugte sich über sie, zog ihr den weißen Slip aus und preßte den Mund zwischen ihre Schenkel.

Er richtete sich kurz auf und sagte: »Du mußt Geduld mit mir haben.« Er sagte diese Worte nicht zum erstenmal. Sie hatten ihm so weh getan, daß es ihn ganz krank machte, sie abermals aus seinem eigenen Mund zu hören. »Ich bin langsam.«

Langsam. Manchmal so langsam, daß man gar nicht merkte, ob er da war oder nicht.

»Eine himmlische Liebe«, sang sie. Als er sie mit dem Mund feucht gemacht hatte, beugte er die Knie und stieß nach oben in sie hinein, feurig, wild, wie der Junge mit seiner Sulamith, krank vor Liebe. *Wende dich hin, wende dich her, daß wir dich schauen.*

Und sie sang und schrie, und danach weinte Lucas die Tränen eines Glücks, das er nicht zu ermessen oder zu analysieren oder sonstwie mit Selbstreflexionen zu belästigen vermochte. Es war, als sei sie tatsächlich die Herrin der Tiefe, in der die Weisheit zu finden war.

»Verstehst du jetzt, was ich meine?« sagte sie.

Als sie eingeschlafen war, ging er hinaus, um die Sterne über den entfernten Bergen zu betrachten. Die Lampe brannte auf kleiner Flamme. Über dem Golan hatte der Himmel aufgeklart. Dort standen Andromeda und ihre Galaxie und ihre Sterne Alpheraz, Mirach und Almach im makellosen Schwarz. Die arabischen Namen erinnerten ihn an den *Sohar*, an die Juwelen auf dem Vorhang unter dem Thron der Herrlichkeit.

Warum also nicht, dachte er. Und unter diesen Sternen, als ihr astraler Korrespondent, der Stern meiner Geliebten, meiner Schwester, meiner Gemahlin, in deren Tiefen die Stätte der Weisheit ist.

Wer an nichts glaubt, endet damit, daß er an alles glaubt. Das hatte Chesterton gesagt, sein früherer katholischer Mentor. Soll es so kommen, wie sie gesagt hat, dachte er. Sie war die Seele der Wahrheit; sie verdiente es. Er fühlte sich, als sei er dem Tod nahe gewesen und wieder zum Leben erwacht. Ja, es soll so sein, wie sie sagt. Laß mich glauben. Im Spiegel über dem Waschbecken im Badehaus sah er zum erstenmal den Uroboros an seinem Hals hängen.

Am Morgen brachen sie auf, nachdem The Rose Raziels und De Kuffs Sachen eingepackt und mit ihnen eilig in Richtung Norden verschwunden war. Sie fuhren auf halber Höhe der Berge am Hula-Tal entlang. In der Nähe des Sees sahen sie Wildschweine und einen kreisenden Fischadler. Die Berge des Golan rückten näher. Um Ufer wuchs Papyrus. Pelikane machten ihre geometrischen, blitzschnellen, pterodaktylischen Sturzflüge.

Weiter als bis hier reichte die Paz-Straßenkarte, nach der sie sich bisher gerichtet hatten, nicht. Die Ecken waren abgerissen und zerfleddert.

»Haben wir noch eine gute Karte?« fragte Lucas.

»Nur die hier«, sagte Sonia. Sie reichte ihm eine nicht sehr detaillierte Straßenkarte der Mietwagengesellschaft.

»Das ist die Art von Karte, mit der Bischof Pike in den Tod gefahren ist.«

»Genau richtig für uns«, sagte Sonia.

54 Raziel und De Kuff standen am Rand eines drusischen Dorfes. Ein dungfleckiger Weg führte von den Steinhäusern zu den mit schwarzen Steinen übersäten Weiden, auf denen ein paar Ziegen und Schafe grasten. Am Fuß des Berges, fast direkt unterhalb von ihnen, hatten die Drusen ihre Obstgärten.

Der Dorfvorsteher und sein Sohn waren gekommen, um mit ihnen zu sprechen. Das Morgengrauen über den Bergen gab ein kühles Licht.

Der ältere Druse sprach ein wenig Französisch. Sein Sohn arbeitete im Hula-Tal und konnte ein paar Worte Hebräisch. Raziel versuchte, sie zu überreden, die Pilgergruppe passieren zu lassen. Die Drusen des Golan waren hin und her gerissen zwischen ihrer natürlichen Gastfreundlichkeit, ihrem Haß auf Israel und ihrer Angst vor Armee- und Polizeispitzeln, die für Israel oder Syrien oder beide arbeiteten.

»Sag ihnen, daß wir Wissenschaftler sind«, riet Raziel De Kuff, der französisch mit dem älteren Mann sprach. »Sag ihm, daß wir vom Ministerium geschickt worden sind. Um die Quellen des Jordan zu untersuchen.«

»In der Heiligen Stadt«, sagte De Kuff zu dem Dorfvorsteher, »haben wir gehört, daß in den Bergen Stimmen sprechen.« Er gebrauchte den arabischen Namen für Jerusalem: Al-Quds.

Der Vorsteher sah ihn ausdruckslos an. Dann sagte er: »*Privé.*«

»Nur bis zum Fluß«, sagte De Kuff. »Wir wollen nur über den Fluß.«

Der ältere Druse sah zu dem Wagen. The Rose war auf dem Rücksitz eingeschlafen.

»Freunde werden den Wagen auf die andere Seite des Berges fahren«, sagte De Kuff. Er zog seine Brieftasche hervor. »Wir bezahlen.«

Vater und Sohn beäugten die Brieftasche. Der Alte sagte etwas zu seinem Sohn, und dieser wandte sich um und ging zurück zum Dorf. Raziel lehnte sich an den Wagen und beschattete mit der Hand seine Rapper-Sonnenbrille gegen das Gleißen des grauen Himmels. De Kuff stand in der Haltung eines betenden Moslems da und hatte den Blick auf den Berg Hermon gerichtet. Nach einigen Minuten kam der Sohn des Dorfvorstehers mit drei anderen Männern im Alter seines Vaters zurück.

»Wir geben ihnen, was wir haben«, sagte De Kuff leise. »Was soll's?«

»Immer langsam, Rev. Wenn du ihnen zuviel gibst, kriegen sie Angst und rufen die Grenzpolizei.«

»Es sind ehrliche Menschen«, sagte De Kuff und sah die Männer freundlich an.

»Dann sorg dafür, daß sie ehrlich bleiben«, sagte Raziel. »Wink nicht mit Geldscheinen – das macht sie nur verrückt.«

Doch De Kuff gab jedem einen 50-Dollar-Schein. Raziel hatte keine Ahnung, woher er das Bargeld hatte. Die Drusen musterten es voll Hoffnung, Angst und Mißtrauen. Im Nahen Osten waren viele gefälschte 50-Dollar-Scheine im Umlauf – das wußte man sogar am Berg Hermon.

Als der Vorsteher sich einverstanden erklärt hatte, sie passieren zu lassen, gab De Kuff Raziel ein Zeichen, er solle The Rose wecken. Seine Gebärde war majestätisch; es war einer seiner überschwenglichen Tage. Sie stieg aus, blinzelte wie ein kleines Mädchen und sog die Bergluft ein.

Sie standen neben dem Bus, als Fotheringill im Volvo angefahren kam und anhielt. Er winkte Raziel zu sich in den Wagen und gab ihm einen mit einer Schnur verschlossenen braunen Umschlag.

»Das sind ein paar von Lestrades Karten der Tunnel«, sagte der Schotte.

»Okay«, sagte Raziel. »Hast du noch was für mich?«

Fotheringill reichte ihm ein kleines, in Ölpapier gewickeltes Päckchen, und Raziel gab ihm die Wagenschlüssel.

»Gut«, sagte Fotheringill. »Die Parkverwaltung ist auf der anderen Seite des Tals. Der Park ist seit dem Golfkrieg geschlossen, aber ich kann euren Wagen dort abstellen, mit ein paar von diesen Karten im Handschuhfach. Die anderen lasse ich im Volvo, damit die Polizei sie findet.« Er stieg in den Bus und grinste Raziel kalt an. »Nehmt euch vor den Minen in acht. Die meisten sind markiert.«

»Gut«, sagte Raziel.

Als Fotheringill davongefahren war, half Raziel De Kuff, über den Zaun der Schafweide zu steigen. Sie gingen zu einer Reihe von Oleandern und Ziegenbarteichen, die einen Bach anzeigten. Auf den höher gelegenen Hängen standen kleine Olivenbäume und zwei gewaltige Terebinthen, von denen eine von einem Blitz gezeichnet war.

Auf dem Gipfel des Berges Hermon lag Schnee. Die Hügel des Golan umschlossen das kleine Tal, in dem sie sich befanden. Im Norden erhoben sich neben dem Hermon die Berge Sion und Habetarim, und in Richtung der syrischen Grenze und Tel Hamina lagen die Berge Schezif und Alon.

De Kuff atmete tief. Sein Gesicht strahlte, und in seinen Augen standen Tränen.

»›Naphtali ist ein schneller Hirsch‹«, sagte er zu Raziel. »Dies ist sein Königreich.«

»Ich hab dir doch gesagt, Rev, daß die Zeit nahe ist. Du mußt mir vertrauen.«

Sie würden nun von Naphtalis Hochland nach Dan und dann bis nach Gilead gehen und jeden Stamm aufsuchen, und was geschrieben stand, würde sich erfüllen.

Raziel dachte, daß sein nächster Name vielleicht Naphtali sein würde. Es spielte keine Rolle, fand er. Der Kreis schloß sich, die Schlange biß sich in den Schwanz, die Noosphäre löste sich auf. Die Dinge entwickelten ein eigenes Bewußtsein. Hier, in den Bergen, fiel es leicht zu glauben. Der Glaube erforderte eine kongeniale Landschaft. Bei Raziel erforderte der Glaube nun allerdings auch eine innere Landschaft.

»Hier ist es«, sagte De Kuff. »Dies ist die Quelle des Flusses.«

Sie hockten sich hin und tranken, wobei jeder die rechte Hand benutzte, auch Raziel, der eigentlich Linkshänder war.

»Ja«, sagte Raziel lachend. »Das Wasser von Merom.«

Ringsumher wuchsen hüfthoch Minze und blühende Nesseln, wilde Feigen und Farne, die wie in einem Regenwald einen Teppich zu bilden schienen.

»Wir werden hinaufgehen«, sagte De Kuff und sah zu den

Schneefeldern hoch über ihnen. »Wir werden hinaufgehen und sie treffen.«

Von der Kuppe aus konnten sie einen syrischen Beobachtungsposten am Fuß des nächsten Hügels sehen. Sie kamen an einen Weg, der auf hebräisch, arabisch und englisch als Militärstraße bezeichnet wurde. Ein kurzes Stück weiter fanden sie auf dem Boden zwischen den Büschen ein Schild, das vor Minen warnte. Es war so verwittert, daß die Schrift kaum noch zu entziffern war.

Raziel suchte nach einem Platz, wo sie über Nacht bleiben konnten, ohne ein Lager aufschlagen zu müssen, wo sie ein Stück Fluß für sich allein hatten, ein Feuer machen und die Nacht wachend verbringen konnten.

Er brauchte nicht lange, um eine geeignete Stelle zu finden. Sie war nicht weit von der syrischen Grenze entfernt, doch sie hatten ja die stillschweigende Erlaubnis der Drusen. Der nahe gelegene Park war tatsächlich geschlossen. Eigentlich eignete sich jeder Platz, wo es trockene Äste gab, um ein Feuer zu machen, und wo man das Murmeln schnell fließenden Wassers hören konnte. Außerdem würde er sich dort bequem einen Schuß setzen können.

55 Nachdem die Straßenkarte sie im Stich gelassen hatte, versuchte Lucas, den Ford Taurus so zu fahren, als wäre er ein Geländewagen.

»Wenn ich gewußt hätte, daß wir eine Bergrallye machen würden, hätte ich einen Wagen mit Allradantrieb gemietet«, sagte er zu Sonia.

Sie fuhren durch mit Rauhreif überzogene Wadis und machten Umwege, um Hochwasser führenden Bächen und Sandsteinschluchten auszuweichen. Lucas ließ sich von Sonia ablösen, um ein wenig zu schlafen, und als er aufwachte, waren sie auf einer asphaltierten Landstraße, die am Berg Hermon vorbei nach Norden führte.

»Ich liebe diese Militärstraßen«, sagte sie.

»Wahrscheinlich sind wir schon in Syrien«, erwiderte Lucas.

Nach eineinhalb Stunden kamen sie an eine eigenartige Gruppe von Kiosken im alpenländischen Chaletstil. Im größten der Gebäude befanden sich eine bewirtschaftete Snackbar und ein Souvenirladen, der allerdings geschlossen war. Ein paar Artikel aus dem Sortiment lagen noch auf der abgenutzten Holztheke: ein billiger Druck, der Jesus, auf dem Wasser wandelnd, darstellte, und ein Foto eines Rabbis einer chassidischen Sekte.

Ein kalter Wind wehte unablässig vom Berg und rüttelte an den nicht sehr solide gebauten Häusern. Sonia hatte vom Kibbuz Brot und Zutaten für Falafel mitgenommen, und so hatten sie etwas zu essen.

Sie aßen gerade die letzten Bissen, als der unvermeidliche Fotheringill mit dem Dodge auf den verlassenen Parkplatz fuhr. Sonia sah ihn als erste, über Lucas' Schulter hinweg. Sie kaute auf ihrer trockenen Falafel und zeigte auf den Wagen.

Fotheringill trug einen Kampfanzug, und sein Haar schien noch kürzer als sonst. Er parkte den Wagen und schlenderte zu ihnen.

»Wo ist der Rev?« fragte Sonia.

»Ein Stück flußabwärts. Wenn ihr dem Weg folgt, findet ihr ihn auf dieser Seite des Flusses.«

Lucas trat an das zerbrochene Geländer und sah über das Tal. Ein paar Kilometer flußabwärts stieg weißer Rauch auf.

»Sie überraschen mich«, sagte er zu Fotheringill. »Ich hatte Sie nicht als religiösen Menschen eingeschätzt.«

»Das liegt nur an ihm«, antwortete Fotheringill. »Wie er ist. Ein toller Typ.«

Das klang wie eine äußerst lahme Begründung – aber wer konnte wissen, wie Ernst es ihm war?

»Und ich will auf ihn aufpassen«, fuhr Fotheringill fort. »Ein so netter, zarter Mann wie er braucht jemand, der ihn beschützt. Vor dem Bösen. Vor dem verdammten Bösen. Also werde ich ihn beschützen. Als Ausgleich für die schlimmen Sachen, die ich gemacht habe.«

»Wie zum Beispiel zusammengefallene Soufflés«, vermutete Lucas.

»Genau. Und Angola«, sagte Fotheringill. »Ist Ihnen übrigens das Gedicht wieder eingefallen? Über die *Rillettes de Tours*?«

»Nein«, sagte Lucas.

Sie kletterten den matschigen Weg hinunter und hielten sich dabei an Grasbüscheln und den Ranken von Trichterwinden fest. Am jenseitigen Ufer war der Hang von Weingärten bedeckt, die, wie Lucas annahm, zu einem der Golan-Kibbuzim gehörten. Am Fluß roch es nach Minze. Die Steine waren schlüpfrig und mit Moos und zertretenem Nabelkraut bedeckt. Der Wind wehte unablässig von den Bergen.

Sie folgten lange dem Fluß, und das entfernte Rauschen von Stromschnellen wurde lauter. Schließlich kamen sie an einen zwei Meter hohen Wasserfall, an dessen Fuß sich eine Gumpe befand, die tief genug war, um darin schwimmen zu können. Daneben war eine kleine Wiese, und auf der Wiese saß allein, gleichgültig gegen Wind und Matsch, De Kuff, der seinen Kopf auf eine Schulter hatte sinken lassen.

Einige Meter flußabwärts tauchte Raziel aus einem Gebüsch auf.

»Mögt ihr Wintercamping?« fragte er.

»Es ist nicht Winter«, sagte Sonia.

»Na ja, fast. Aber es wird nie wieder Winter sein.«

Sie folgten ihm zum nächsten, kleineren Wasserfall, wo The Rose in einem rußgeschwärzten Topf über einem offenen Feuer Teewasser kochte.

»In dieser Höhe dauert es, bis das Wasser kocht«, sagte sie.

Als das Wasser lange genug gekocht hatte, goß sie es in eine Reihe von Gefäßen: Armeegeschirr, angeschlagene Souvenirbecher und Marmeladengläser. Es schien sich um eine Art Kräutertee zu handeln.

Sie brachten den Tee zu der Wiese, und Raziel setzte sich in respektvollem Abstand zu dem alten Mann, der den Kopf zwischen die Knie hatte sinken lassen. Die anderen folgten Raziels Beispiel. Lucas betrachtete den Fluß und fragte sich, was er hier eigentlich tat. In der Hoffnung auf eine Antwort sah er Sonia an. Sie setzte sich neben ihn.

»Was soll ich tun, Chris? Willst du, daß ich für dich singe?«

Ohne den Kopf zu heben, sagte Raziel: »Sing, Sonia. Sing für ihn.«

Sonia sang ein *Converso*-Lied über die Seele, die wie Musik durch die sieben Sphären der unteren Sefirot zu ihrer unendlich weit entfernten Heimat aufstieg:

> *Traspasa el aire todo*
> *Hasta llegar a la más alta esfera,*
> *Y oye allí otro modo*
> *De no perecedera*
> *Música, que es de la fuente y la primera.«*

Dicht über ihnen trieben Wolken dahin. Es war feucht und kalt.

»Ich hätte meine Gitarre mitnehmen sollen«, sagte sie zitternd.

»Du brauchst keine Gitarre«, sagte Raziel und hob noch immer nicht den Kopf.

Sie ließ sich auf die Seite sinken, legte die Wange auf das Gras und nahm Lucas' Hand. Sie sang nicht mehr, sondern sagte leise, beinahe im Flüsterton:

> *Cuando contemplo el cielo*
> *De innumerables luces adornado,*

Y miro hacia el suelo
De noche rodeado,
En sueño y en olvido sepultado ...«

»Ich kann die Worte beinahe verstehen«, sagte Lucas. »Aber natürlich nicht wirklich. Das ist bloß eine Illusion.«

»Natürlich, Baby. Ich bin eine Idiotin, und du bist ein Idiot.

El amor y la pena,
Despiertan en mi pecho un ansia ardiente;
Despiden larga vena
Los ojos hechos fuente.«

»Was heißt das?«

»Ach, na ja«, sagte sie, »es handelt davon, daß Liebe und Kummer und Sehnsucht einen zum Weinen bringen. Und das stimmt ja auch, oder?«

»Klar. Ich weine viel«, sagte Lucas. »Mehr, als ich sollte.«

»Kann man zuviel weinen?«

»Hast du in Somalia geweint?« fragte Lucas. »Ich wette, du hast nicht geweint.«

»Es war kein Ort zum Weinen. Aber später habe ich geweint. Ich habe sie alle betrauert. Und es waren so viele.«

»Aber du bist nicht so eine Heulsuse wie ich, Sonia. Mich bringt alles mögliche zum Weinen. *Unsere kleine Stadt. Madame Butterfly.* Ein guter Single Malt Whisky.«

»Ich dachte, du würdest weinen, als diese Deutschen dich nicht in die Messe lassen wollten«, sagte sie. »Du hast ein Gesicht gemacht, als wolltest du jemand umbringen.«

»Angst und Wut«, sagte Lucas. »Etwas anderes kenne ich nicht.«

»Du bist ein guter Liebhaber.«

»Vielen Dank. Das hat noch nie jemand zu mir gesagt.«

»Komisch«, sagte Sonia. »Mein Vater hat sein ganzes Leben in Angst und Wut verbracht. In echter Angst und echter Wut.«

»Bei mir ist es auch echt«, sagte Lucas. »Weniger gerechtfertigt vielleicht, aber echt. Ich bin auch echt. Irgendwie.«

»Das glaube ich dir«, sagte sie. »Du bist verängstigt und wütend und echt.«

Lucas zog seine Flasche hervor.

»Das Leben deines Vaters war bestimmt ein ganzes Stück schwerer als meins«, sagte er. »Ich bin sicher, es hätte mich in kürzester Zeit fertiggemacht.«

»Er hat auch viel geweint. Für ihn war es nicht anders. Ich meine, es war für ihn nicht anders, bloß weil er schwarz war.«

»Ich weiß«, sagte Lucas. »Glaube ich.«

»Aber ich war für ihn nicht da. Ich war zu dumm und eingebildet und ihm gegenüber zu schüchtern.« Sie hielt Lucas' Hand und drehte sich auf den Rücken. Die Wolken waren aufgerissen. »Es gibt ein Sprichwort aus der Kabbala: ›Die Wahrheit ohne Kummer zu betrachten ist die größte Gabe.‹«

Raziel hatte zugehört. »Das ist es, was ich euch geben will«, sagte er. »Was auch immer geschieht – das wollte ich euch allen ermöglichen.«

Lucas sah ihn an und wurde sich zweier Dinge bewußt. Das erste war, daß es nicht den Hauch einer Chance gab, dieser Hipster-Geiger könnte irgend jemandem eine Möglichkeit bieten, die Wahrheit oder auch nur einen Schatten der Wahrheit zu betrachten, es sei denn in Form von Musik. Das zweite war, daß sein Tee etwas Starkes, möglicherweise Halluzinogenes enthielt.

De Kuff kam mühsam auf die Beine.

»Ein Gefängnis«, rief er. »Ja, ein Gefängnis!« Er kniete nieder und riß dort, wo er gesessen hatte, Minze und Klee, Astern und Pilze aus. »Wunderschön!« rief er. »Aber das ist gar nichts.«

Er erhob sich wieder. »Es ist nicht heilig«, rief er seiner kleinen Schar von Anhängern zu. »Kein Land ist heilig. Die ganze Welt ist ein Exil. Die Erlösung findet im Kopf statt. Das Tikkun ist im Geist.« Er ging auf sie zu. »Was ist los?« Er legte die Hände an Raziels Kopf und sah ihm in die Augen.

»Was ist in deinen Augen?« Er ging zu Sonia, legte seine Finger unter ihr Kinn und starrte sie an. »Sieh nicht weg«, sagte er streng. »Und du«, sagte er zu Lucas, der es zuließ, daß der alte Mann seinen Kopf in die Hände nahm, und in De Kuffs müde Augen sah. »Funken«, rief er und lachte. »Funken. Sie sind schön. Bei jedem von euch. Wer könnte es leugnen? Wer könnte in eure wunderschönen Augen sehen und es leugnen?«

»Oder in Ihre«, sagte Sonia.

»Sie sind ein Werk des Allmächtigen«, sagte De Kuff.

»Macht, Weisheit. Die Funken, selbst in den Niedrigsten von euch. Sie leuchten.« Er hatte seine Kraft verausgabt und ließ sich wieder ins Gras sinken.

»Wovon redet er?« fragte Lucas Sonia.

»Ich glaube, er redet davon, was es bedeutet, Jude zu sein.«

»Aha.«

Er sah, wie der alte Mann in seiner Verzückung Gras vom Ufer des Jordan in den Fluß warf, und einen Augenblick lang gelang es ihm zu glauben. Es gab etwas. Es gab die Möglichkeit, daß bestimmte Menschen – sogar gegen ihren Willen – an dem Licht, das am Ursprung der Schöpfung erstrahlte, teilhatten.

Hier, am Flußufer, wußte er nicht mehr, was er glaubte oder leugnete. Dann fiel ihm der Tee wieder ein. Er versuchte, sich an das Schema zu erinnern. Das Gebet war sehr kurz und mächtig, wie das Vaterunser. Er hatte es nie gelernt, sondern es nur oftmals gehört: »Höre, Israel: Der Herr ist dein Gott, und der Herr ist Einer.«

De Kuff lachte. Es war ein gewinnendes, wissendes Südstaatenlachen. »Nichts ist vergeudet«, sagte er. »Die Erlösung kommt ohne Waffen. Der Kampf findet im Ich statt. Das Land ist im Herzen.«

»Ist die Zeit gekommen?« fragte Raziel. »Hier sind die Berge.« Er wies auf den Gipfel des Berges Hermon. »Die Berge Naphtalis. Bist du bereit?«

Mit einer Energie, die Lucas nicht für möglich gehalten hätte, erhob sich De Kuff und richtete sich zu voller Größe auf. Der Fluß zu seinen Füßen schien an Kraft und Geschwindigkeit zuzunehmen, und Regenbogen schimmerten im Wasser.

»Laßt sie den Tempel für das Opfer vorbereiten«, rief er. »Es ist mir gegeben. Gelobt sei der allmächtige Gott.«

Sonia, Raziel und The Rose of Saskatoon sahen ihn verzückt an. Lucas stellte zu seiner Verblüffung fest, daß der Fluß seine Gestalt veränderte.

Raziel stellte sich neben seinen Meister.

»Er, der den Königen Sieg und den Fürsten Gewalt gibt und dessen Reich ein ewiges Reich ist und der seinen Knecht David vom mörderischen Schwert erlöst hat und der im Meer einen

Weg und in starken Wassern Bahn macht, möge Er unseren Herrn und Messias segnen, erhalten, beschützen und für immer erhöhen, den Gesalbten des Gottes Jakobs, den himmlischen Hirsch, den Messias der Gerechtigkeit, den König der Könige. Seht ihn an!«

»Er hat mich erhöht, auf daß ich das wiedergekehrte Lamm Gottes sein möge, wie es von Yeshu prophezeit wurde«, erklärte De Kuff. »Und Er hat mich zum Mahdi des Gnädigen und Barmherzigen gemacht, auf daß die Wahrheit wieder eins sei! Denn wie der Allmächtige Einer ist, so sollen auch die Gläubigen wieder eins sein! Die Könige sind auferstanden! Die Gefäße sind wieder ganz! Der Tikkun ist wiederhergestellt!«

»Halleluja!« rief The Rose of Saskatoon.

Lucas dachte, daß er alles geben würde, um daran zu glauben.

»Wir werden nun in die Stadt gehen«, sagte Raziel. Seine Stimme zitterte. »Wir haben keine andere Wahl. Alle sollen es verstehen. Dieser Mann ist das Tor, das Bab. Er ist der Moschiach. Er ist der Erlöser und der Mahdi der Gläubigen.«

»Dann bin ich froh, daß ich gekommen bin«, sagte Lucas. »Aber du solltest ihm nicht zuviel auf die Schultern laden. Er wirkt nicht allzu stark.«

»Nein?« sagte Raziel. »Trotzdem.«

»Und du?« fragte Lucas. »Was bist dann du?«

»Das wollte ich auch gerade fragen«, sagte Sonia.

Raziel lachte und zeigte mit dem Finger auf sie, als hätte er sie bei einem Rechenfehler ertappt.

»Ich? Wir gehen ein Stück flußaufwärts und reden. Wir drei.«

Lucas fiel plötzlich etwas ein, das er hatte zur Sprache bringen wollen.

»Du hast etwas in den Tee getan, stimmt's?« sagte er zu Raziel.

»O Gott!« rief Sonia. »Seht euch den Fluß an!«

Der Jordan kehrte um. Er floß mit derselben unnatürlichen Geschwindigkeit, mit der er bergab geflossen war, zurück zu dem hoch in den Bergen gelegenen See, der sein Ursprung war. Je länger sie ihn betrachteten, desto unbestreitbarer war es so. Der Fluß strömte bergauf – zunächst nur an den Ufern, doch

486

dann erfaßte die Bewegung auch die Flußmitte, bis das gesamte Wasser ungestüm die Fälle hinauf und in Richtung der Berge drängte.

»Er ist mächtig«, rief De Kuff. »Er ist der Herr des Universums. Er ist Einer. Er ist die drei großen Sefirot. Er spricht unablässig in der Finsternis.« Er schien den Faden zu verlieren.

»Die Bedeutung Hiobs«, sagte Raziel wie ein Souffleur.

Irgendwo blökte ein einsames Schaf.

»Die Bedeutung Hiobs«, rief De Kuff, »ist, daß der Herr des Universums Hiob an das Königreich Satans abgetreten hat. Und das Königreich Satans ist die Welt der Form, die Welt der Dinge.

Denn alles Fleisch ist Gras«, schrie De Kuff den Bergen zu, »und die Schönheit der Lilien ist Täuschung. Die einzige wahre Schönheit ist unsichtbar. Die einzige wahre Welt ist die unsichtbare Welt. Das war die Welt des ersten Adam. Und daß der Jordan in seinem Lauf umkehrt, bedeutet, daß das Ende der Täuschungen gekommen ist.«

»Raziel«, sagte Sonia leise, »hast du etwas in den Tee getan?«

»Verdirb nicht alles«, antwortete Raziel. »Er braucht die Nährstoffe.«

»Raziel«, sagte sie. »Ralph, was hast du in den Tee getan?«

»Kräuter. Bergkräuter. Vom Ufer des Jordan.«

»Halt«, rief De Kuff. Er hielt Grasbüschel in beiden Händen. »Wartet. Sorgst du dich um mich, mein Junge?« fragte er Lucas. Seine Stimme war ganz sanft. Er schien amüsiert und entspannt, ein charmanter, freundlicher alter Mann.

Lucas dachte, daß er sich nichts so sehr wünschte wie dies: daß dieser Mann die Widersprüche des Lebens auflösen, seine Wunden heilen und alle Zweifel ausräumen möge. Aber es war nur der Tee.

»Was tust du?« fragte Sonia Raziel. »Für wen hältst du dich eigentlich?«

»Kommt«, sagte Raziel. Er winkte ihnen, ihm flußaufwärts zu folgen, und legte die Hand unter De Kuffs Arm. Sie lächelten beide.

Auf der nächsten Wiese wandte er sich zu Lucas und Sonia.

»Du willst wissen, für wen ich mich halte, Sonia?«

»Was hat er vor?« fragte Lucas Sonia. »Uns taufen? Denn was mich betrifft –«

»Ich tu's«, sagte The Rose und knöpfte ihr Hemd auf. »Ich bin bereit. Mit dem Tee war alles in Ordnung«, sagte sie zu Sonia. »Ich hab ihn selbst aufgebrüht.«

Sonia sah Raziel an. »Warum hast du uns dieses Zeug in den Tee getan?« wollte sie wissen. »Bist du ein verdammter Idiot oder was?«

»Betrachte mich als Din. Die Linke Hand. Den Verderber.«

»Du?« sagte Sonia. »Du?«

»Ach, komm schon«, sagte Raziel. »Ich hab bloß etwas Ex in den Tee getan, um der Kraft ein bißchen nachzuhelfen. Für diejenigen von uns, die mit Olam Hademut nicht vertraut sind. Für unsere Nichtsufis, die den Alam al-Mithal noch nie gesehen haben. Für die Unwissenden, die die *mundus tertius, mundus marginalis* nicht kennen.«

»Du hast es dem Rev gegeben. Du wirst ihn umbringen.«

»Ach was«, sagte Raziel. »Hab ich nicht.«

»Hast du doch«, sagte sie. »Du hast es ihm gegeben. Und Chris auch.«

»Für ihn bloß einen kleinen Treibsatz.«

»Das glaube ich dir nicht. Und was ist mit mir?«

»Abulafia hat gesagt: ›Frauen sind eine Welt für sich.‹ Aber in deinem Tee war auch nichts.«

»Ich störe diese kleine ländliche Gebetsversammlung nur ungern«, sagte Lucas, »aber es ist kalt, und wir sind auf Droge, und das ist meistens ein guter Zeitpunkt, um sich zu verabschieden. Wie wär's also, wenn wir uns jetzt verdrücken würden? Denn alles in allem –«

»Es war bloß eine Droge«, sagte Sonia tonlos. »Wie konntest du mir das antun?« schrie sie Raziel an. »Du hast mich verseucht, du Schwein!«

»Sonia, Süße, in deinem Tee war nichts als ein bißchen Minze. Manche Leute haben Schwierigkeiten, die mittlere Welt zu sehen. Damit«, erklärte er Lucas kühl, »meine ich das, was zwischen der materiellen und der spirituellen Welt liegt.«

»Ich habe in letzter Zeit Schwierigkeiten, sie *nicht* zu sehen«, erwiderte Lucas.

»Das ist unverzeihlich«, sagte Sonia zu Raziel. »Es zerstört alles.«

»Weil alles zerstört werden muß«, sagte Raziel.

Lucas hatte den Eindruck, daß die Droge bei allen immer stärker wirkte, doch er war nicht sicher, ob Raziel sie auch genommen hatte oder nicht. Der Fluß schien schneller und schneller zu fließen. Gab es nicht eine Theorie, der zufolge Jesus psychedelische Pilze gegessen hatte? Oder war das nur ein Witz? Oder war es eine Theorie *und* ein Witz?

»Warum regst ausgerechnet du dich so auf, Sonia?« sagte Raziel. »Wie war das voriges Jahr und im Jahr davor? Haben wir uns nicht so manche *line* reingezogen? Sag nicht, du hättest es nicht in der Musik hören können. Die Synergie. Du hast Drogen genommen. Du hast Opiate in die fünf Welten gebracht. Dein Sufi-Zeug und deine Tabletten.«

»Ich hab damit aufgehört. Die Umstände haben mich aufhören lassen.«

»Eine himmlische Liebe«, sang Raziel spöttisch – das Lied, das sie gestern nacht gesungen hatte. Es bestätigte etwas, was Lucas schon lange vermutet hatte. »Eine himmlische Liebe.«

»Was willst du von uns, Raziel?« fragte Sonia.

Alle verstummten.

»Ich meine, wenn es bloß darum geht, sich Drogen reinzupfeifen, wo soll das dann hinführen?«

»Wir müssen wieder zurück in die Stadt«, sagte Raziel. »Das muß als nächstes geschehen. Ihr müßt mir vertrauen.«

»Tut mir leid«, sagte Sonia.

»Das letztemal, als ich so high war«, sagte Lucas, als sie den Hang hinaufstiegen, »hab ich Miles Davis gehört. *In a Silent Way*. Ich wünschte, ich könnte ihn auch jetzt hören.«

Unterhalb von ihnen fiel Helen Henderson auf die Knie.

»Bitte«, rief sie, »ich brauche Hilfe! Ich habe Angst!«

»Erst kommen die Plagen, dann kommt die Erlösung«, sagte Raziel. »Oder wie habt ihr euch das vorgestellt?« Er erhob die Stimme. »Wollt ihr den Streitwagen sehen? Ihr werdet ihn sehen. Wollt ihr den Tempel zum Himmel auffahren sehen? Auch das werdet ihr sehen.«

»Glaubst du ihm?« fragte Lucas und hielt sich an einem kleinen Mandelbaum fest.

»Sie glaubt mir«, sagte Raziel und sah Sonia an. »Sie weiß, daß alles die Auflösung der Gegensätze erfordert. Sie ist mit Dialektik großgeworden. Das Gesetz verändert sich nicht. Nur die Oberfläche verändert sich, das Gewand.«

»Glaubst du ihm?« wiederholte Lucas. Sonia sah unverwandt auf den Fluß. »Glaubst du ihm?«

»Aus diesen Hüllen werden wir etwas Neues bauen«, sagte Raziel. »Vertraut denen, die wissen. Aus dieser Verwirrung, dieser Häßlichkeit, wird eine himmlische Liebe, Sonia.«

»Ich wollte es«, sagte sie zu Lucas. »Ich wollte es so sehr. Aber es ist schlecht. Es ist unrein.«

»Vergiß es«, sagte Lucas.

»Also werdet ihr den Engel Sandalfon sehen«, sagte Raziel. »Wir haben es studiert. Die Welt der Hüllen, nichtjüdische Frauen, Götzenverehrung, den Mann, der in Rom gewesen ist. Den Tod der Hure. Gewalt.«

»Der Tod der ...? Was für eine Gewalt?« fragte Lucas. »Du hörst dich an wie die Burschen in Kfar Gottlieb. Bist du einer von ihnen?«

»Von denen?« Raziel lachte. »Sie haben keinen Anteil an der Welt, die da kommen wird. Genausowenig wie die Dummköpfe im ›Haus des Galiläers‹. Die Prächiliasten. Die Postchiliasten. Aber sie sind nötig, und sie werden tun, was nötig ist.«

»Und was jetzt?« fragte Sonia.

»Unser König geht in die Stadt, und wir werden ihm folgen.«

»Beinahe rechtzeitig zu Weihnachten«, sagte Lucas. Sonia klammerte sich an ihn.

Der Fluß schien noch immer kurz davor, eine große Heiligkeit zu offenbaren. Es war etwas, dessen Lucas sich für unwürdig erachtete. Etwas Schreckliches, was er brauchte. Er hatte Schwierigkeiten, das alles loszulassen. Er wollte so sehr glauben.

»Fürchtet euch nicht«, sagte Raziel.

»Ach, der Fluß«, sagte Sonia. »O Gott, ich wollte, er könnte uns wieder zurückbringen.«

»Es ist der Jordan«, sagte Lucas. Ich sehe den Gott aus der Erde steigen, dachte er. Als hätte Raziel den Propheten Samuel beschworen. Wenn es so war, würde er dafür bestraft werden. Doch Lucas vermochte nicht, die eigene Furcht abzuschütteln. Die Furcht vor dem Heiligen.

Als er zum oberen Rand der Uferböschung sah, glaubte er einen Jeschiwa-Schüler mit Schläfenlocken zu sehen, der ihm mit einer kleinen, blassen Faust drohte und ausspuckte. Ein jüdischer Dschinn?

»Wie könnt ihr es wagen, dieses Schlachtfeld zu betreten?« rief der Junge zu ihnen hinunter.

»Ich höre den Fluß sprechen«, sagte Sonia.

De Kuff hatte jetzt Schwierigkeiten beim Klettern und rutschte auf der nassen Erde und den spitzen Steinen der Böschung aus. Helen Henderson war weinend und verängstigt zurückgeblieben.

»War es so schlimm?« fragte De Kuff Raziel. »Als ich zum erstenmal gekommen bin, war es da auch so?«

»Ja, mein König«, antwortete Raziel. »Wir müssen jetzt hinauf.«

»Einmal«, sagte der alte Mann in einem plötzlichen klaren Moment, »hatte ich einen Zusammenbruch.«

»Es war etwas in Ihrem Tee«, sagte Lucas. »Legen Sie sich ein bißchen hin.«

De Kuff ließ sich von Raziel auf die Uferböschung helfen. Es wurde stürmisch, und der Abend rückte näher. Ein Regenschauer ging nieder. Lucas und Sonia hielten sich noch immer an den Händen.

»Wir werden warten. Bis in die Nacht. Vielleicht bis zum Morgen«, sagte Raziel. »Dann fahren wir in die Stadt.«

»Wenn es bis zum Wagen nicht so weit wäre«, sagte Lucas, »könnten wir den alten Mann ins Trockene bringen.« Im Licht des grauen Himmels versuchte er, die kleine Straßenkarte zu lesen. Vielleicht, dachte er, waren sie ja schon wieder in ihrem Bereich. »Diese Straße«, sagte er und zeigte mit dem Finger, »führt durch das Nachbartal. Wenn es eine Straße ist. Wenn es kein Fluß oder ausgetrocknetes Flußbett ist. Wir könnten den Wagen näher hierherbringen.«

»Ich brauche dich«, sagte Raziel zu Sonia. »Ich brauche dich, um mir zu helfen, den Rev zum Wagen zu bringen. Ganz gleich, was du jetzt von mir denkst – ich brauche dich.«

»Geh mit ihm«, sagte Lucas. »Ich bleibe hier bei The Rose.«

»Es wird nicht funktionieren«, sagte Raziel. »Ich habe es schon seit einer Weile gewußt. Es wird wieder schiefgehen.«

»Wenn wir über diesen Hügel da gehen«, sagte Lucas und versuchte, das Zittern der Karte in den Griff zu bekommen, »stoßen wir vielleicht auf die Straße. Dann könnten wir den Wagen holen. Das sieht aus, als wäre es näher. Obwohl man das nach diesen Karten immer schwer abschätzen kann.«

»Ich will nicht, daß ihr uns hier allein laßt«, sagte Raziel.

»Na gut, na gut«, sagte Sonia. »Ich helfe dir, ihn wieder in die Stadt zu bringen. Chris kann The Rose helfen.«

»Wir treffen uns am Wagen«, sagte Lucas zu ihr. »Warte dort auf mich.«

»Nein, wir sehen uns in der Stadt. Ich will mich darum kümmern.«

De Kuff murmelte vor sich hin. Lucas stieg die Böschung zum Fluß hinunter, wo The Rose sich, inzwischen nackt, zusammenkrümmte. »Paß auf dich auf«, sagte er zu Sonia. »Ich brauche dich auch.«

56 The Rose hatte sich ausgezogen – entweder aus einem
ekstatischen Impuls heraus oder aber in Erwartung
einer Taufe. Sie war eine große, starke Frau mit Engelsblick
und einem ausgeprägten Kinn. Lucas reichte ihr ein Klei-
dungsstück nach dem anderen, und sie zog sich wieder an.

»Ich glaube, ich will nicht auf dem Weg zurückgehen, den
wir gekommen sind«, sagte sie. »Ich möchte lieber dort ent-
langgehen. Wo das Gelände offen ist.«

Lucas sah wieder auf die Straßenkarte. Er war nicht sicher,
ob der Ausschnitt, auf den er sich konzentrierte, in irgendeiner Weise mit der Gegend korrespondierte, in der sie sich befanden.

»Na gut«, sagte er. »Vielleicht ist da drüben eine Straße. Die
müßte dann zum Parkeingang führen.«

Sie fanden eine Reihe teilweise trockener Steine, auf denen
sie den Fluß überqueren konnten. The Rose war trotz der In-
gredienzen in Raziels Tee trittsicher und behende. Auf der anderen Seite des Flusses hüpften sie von einem Grasbüschel zum
anderen durch sumpfiges Gelände, bis sie trockenen Boden erreicht hatten. Der Aufstieg zum nächsten Hügelrücken war
leicht – leichter für The Rose als für Lucas.

Vor ihnen lag ein Tal voller Knochen – in Wirklichkeit handelte es sich um Gruppen bemooster Felsen, die wie von Hexen-
kreisen eingefaßte Dolmen wirkten. In der Entfernung sahen
sie unterhalb einer Felswand, eines Ausläufers der Berge, ver-
krüppelte Olivenbäume und Tamarisken.

»Da sind Altäre im Fels«, sagte The Rose zu Lucas. »Und ein
Wasserfall.«

Zuerst dachte er, sie habe Halluzinationen, doch als er genauer hinsah, schien es ihm, als seien dort Nischen, helle Mar-
morflecken im dunkleren Gestein.

»Das hier ist angeblich der Geburtsort von Pan«, sagte er.
»Und das Quellgebiet des Jordan.«

»Nein!« rief The Rose. »Wie aufregend!«

Er freute sich, mit Informationen aufwarten zu können, die ihre Stimmung hoben. Die Quellen von Baniyas waren auf seiner Karte verzeichnet. Das fand er beruhigend, denn es bedeutete, daß sie noch in Israel und nicht in Syrien oder im Libanon waren.

»Meinst du, daß das die Altäre des Pan sind?« fragte The Rose. »*Des* Pan?«

»Ja«, antwortete Lucas. »Götzenverehrung und plötzliche Angst. Ganz nah am Jordan.«

Es waren tatsächlich viele Ziegen zu sehen.

»Vor langer Zeit, berichtet ein spätrömischer Dichter, ertönte überall auf der Welt eine mächtige Stimme: ›Der große Pan ist tot!‹« sagte Lucas im Ton eines bekifften Alleinunterhalters. »Oder so ähnlich.«

»O nein!« sagte The Rose. Die Nachricht schien sie zu erschüttern.

Also sagte Lucas: »Natürlich können Götter nicht sterben. Und hier lebte nicht unbedingt der Große Pan. Dies war die Heimat von Baniyas Pan.« Er glaubte sich zu erinnern, daß Baniyas in der Nähe einer Straße lag. Die Karte bestätigte das.

The Rose dachte über den Tod des Pan nach, während sie sich auf den Weg durch das Tal in Richtung der auf der Karte eingezeichneten Linie machten. Was vom Hügel aus wie Wüste ausgesehen hatte, erwies sich als Marschland – es gab kraterartige, mit Binsen bewachsene Vertiefungen, die vom Schmelzwasser, das im Frühjahr von den Hängen des Berges Hermon strömte, ausgewaschen worden waren. An anderen Stellen wuchsen Aloen und Kakteen, und das Land war so staubtrocken, daß es schien, als würde hier nie auch nur ein Tropfen Regen fallen.

Auf den grasbewachsenen Flächen weideten Schafe. Ihre langen, hageren Antilopengesichter waren eingerahmt von einer Unmenge dunkler, schmutziger Wolle. Alle Schafe, ganz gleich, ob männlich oder weiblich, trugen Hörner, die sich asymmetrisch aus den schmalen Schädeln wanden. Diese unregelmäßigen Hörner ließen die Tiere noch ungepflegter und herrenloser wirken. Es waren rudimentäre Hörner, nutzlos und spröde, die nur dazu zu dienen schienen, sich in Dornbüschen zu verfangen.

Müde marschierten Lucas und The Rose durch die Marsch, durch Senken und steinige Abschnitte.

»Wie hast du Raziel eigentlich kennengelernt?« fragte The Rose Lucas.

»Ich habe ihn interviewt, weil ich Material für ein Buch gesammelt habe.«

»Und glaubst du, was er sagt?«

»Nein. Und du?«

»Ich habe dem Rev gerne zugehört«, sagte sie. »Ich fand ihn weise und gütig, auch wenn ich das, was er sagte, nie ganz verstanden habe. Aber ich bin auch nicht besonders klug.«

»Dir wird alles vergeben werden«, sagte Lucas. »Bleib einfach in Bewegung.«

»Ich bereue nichts«, sagte sie.

»Kennst du die Geschichte von Usa und der Bundeslade? Habt ihr das in der Sonntagsschule gelernt?«

»Die Geschichte von dem Soldaten, der tot umfiel, weil er die Bundeslade berührt hatte? Ich kenne sie nicht genau.«

»Könntest du dir vorstellen«, sagte Lucas, als sie durch eine sumpfige Senke voller Erdbuckel gingen, auf denen baumwollartige Pflanzen wuchsen, »daß Gott Usa gesagt hat, er solle die Bundeslade vor Schaden bewahren? Könntest du dir vorstellen, daß Er ihn beiseite genommen hat, ihm in einem Ring aus Feuer erschienen ist und gesagt hat: ›Usa, heute, auf dem Weg nach Jerusalem, wird die Lade verrutschen, und du, mein geliebter Usa, mein Opferlamm, mußt sie vor dem Fallen bewahren, sonst wird eine schreckliche Scheiße über die ganze Welt hereinbrechen‹?«

»Du liebe Zeit«, sagte The Rose. »Ich hab keine Ahnung. Darüber habe ich noch nie nachgedacht.«

Nach etwa eineinhalb Stunden näherten sie sich den Bäumen am Rand des Hula-Tals und hörten das Rauschen schnell fließenden Wassers. Als sie durch weichen, von schwarzen Linien durchzogenen Sand bergauf gingen, sah Lucas auf einem kleinen Hügel eine Ziege, die, von einer Schlange gebissen, auf der Seite lag. Die Zunge hing ihr kraftlos aus dem Maul, die Augen waren glasig und blutunterlaufen, und sie blickte Lucas teilnahmslos an. Als er näher kam, sah er, daß eine Kamelspinne an einer halb von verfilzten Haaren bedeckten Wunde an ihrer Flanke fraß. Bienen krochen mit zum Schutz gegen den Regen zusammengelegten Flügeln über ihr Fell.

Der Anblick erinnerte Lucas an das Gemälde »Der Sündenbock« von Holman Hunt. Selbst die Landschaft war ähnlich.

Hier gibt es keine Metaphern, dachte er. Dies war der Ort, von wo alles heimkehrte, wo die Dinge sie selbst und die einzigen Symbole die heiligen Buchstaben eines Buches waren. Er dachte, daß all dies eine große Schwierigkeit barg. Er wollte mit Sonia darüber sprechen.

Von der nächsten Anhöhe erblickten sie einen weiteren braunen, angeschwollenen Fluß. Der Weg, der an ihm entlangführte, schien häufig benutzt zu werden: Es war ein deutlich erkennbarer, mit Steinen eingefaßter Feldweg, auf dem zahlreiche Stiefelabdrücke zu sehen waren. Auf Lucas' Karte war der Fluß nicht von der nahe gelegenen Straße zu unterscheiden.

Nach etwa einer Minute sahen sie die Scheinwerfer eines alten Kleinbusses, eines drusischen Scheruts vielleicht, der die kurvige Bergstraße hinauffuhr und dessen Motor sich nach jedem Gangwechsel stärker abmühte. Die Felswände auf der anderen Seite des Flusses waren über einen Kilometer entfernt. Auf der Karte stand bei der Schattierung, die ungefähr mit dem Verlauf des Höhenzuges übereinstimmte, das Wort »Baniyas« in winzigen, altertümlichen Buchstaben.

Die Sonne war tief über den bedrückenden Horizont gesunken, brach durch die schweren Wolken und überzog die Felswand vor ihnen mit einem vielfarbigen Schimmer.

Lucas und The Rose betrachteten den Berg mit Verwunderung. In der Wand befanden sich tatsächlich Altäre – ihre Konturen waren im Sonnenlicht deutlich zu erkennen.

Plötzlich rannte The Rose los.

»He!« rief Lucas. »Es ist schon spät. Es regnet.«

»Bitte«, antwortete sie, ohne im vollen Lauf innezuhalten, »ich bin noch nie hiergewesen. Ich muß mir das einfach ansehen.«

»Scheiße«, sagte Lucas, folgte ihr keuchend und sprang über nackte Felsen und umgestürzte Bäume. Hin und wieder sah er sie weit vor sich, ihr blondes Haar wippte im Regen. Sie war unterwegs zum Gott. Sie verschwand im Schatten der verkrüp-

pelten Zypressen und Tamarisken. Weg. In einen Baum verwandelt. Doch wenig später hörte er sie.

»Oh!«

Sie hatte eine Stelle gefunden, wo sie stehen konnte, eine
moosbewachsene Wurzel, von wo aus sie die Altäre in der Felswand sehen konnte.

»Oh!« sagte sie. »Ich höre es!« Sie sah panisch aus.

»Du hast wirklich Angst«, sagte Lucas. »Das ist wahrscheinlich nur der Tee.« Er fühlte sich selbst zunehmend unbehaglich.

»›Angst?‹« rief sie lachend. »›Angst? Vor *Ihm*?‹« Und was
war das in ihren Augen? Sie schien vollkommen verrückt zu
sein. »›Ach, niemals, niemals! Und doch ... und doch, Maulwurf, habe ich Angst!‹«

Lucas begriff sofort. Sie waren im *Wind in den Weiden*. Sie
dachte, sie sei die Ratte, die Pan begegnete, dem Pfeifer vor
dem Tor zur Dämmerung. Warum nicht? dachte er. Was in
ihren kornblumenblauen Augen leuchtete, war unsagbare
Liebe. Wenn er sich Mühe gab, würde er vielleicht Elfenmusik
hören.

The Rose faltete die Hände unter dem Kinn und zitierte:
»›Wenn Ehrfurcht euch packt – und die Freude gerann – hilft
Pans Macht in der Nacht – doch vergeßt ihr ihn dann.‹«

Sie sah Lucas an. »›Doch vergeßt ihr ihn dann.‹«

»Kann sein«, sagte Lucas.

»Das haben wir im Sommerlager gesungen«, erklärte sie.
»Bei den Pfadfinderinnen.«

»Toll«, sagte Lucas. »Und jetzt bist du hier.«

Israel hatte für jeden etwas zu bieten.

Als sie den bewaldeten Hang wieder hinaufstolperten,
staunte er, wie unwegsam das Gelände war. Daß weder sie noch
er sich ein Bein gebrochen hatte, war ein Wunder.

Auf der Straße näherte sich ein Reisebus. Als er angehalten
hatte und die Tür sich öffnete, sah Lucas, daß er nur halb besetzt war.

»Können Sie uns mitnehmen?« fragte Lucas den Fahrer.
»Nur bis zum Parkeingang.«

»Aber der Park ist geschlossen«, sagte der Fahrer. »Wegen
dem Krieg.«

Doch schließlich überwand er seine bürokratischen Bedenken und ließ sie einsteigen. Die Touristen waren meist ältere Nichtjuden. Der Mann, neben den The Rose sich setzte, sprach Englisch.

»Ganz schön naß da draußen, was?« sagte er. »Haben Sie die Burgen besichtigt?«

»Das haben wir vergessen.«

Als sie am Parkeingang ausstiegen, war niemand zu sehen. Neben dem geschlossenen Souvenirkiosk standen einige Wagen, darunter auch der Taurus und Raziels Dodge. Zu Lucas' Verwunderung war auch der gelbe Volvo noch da, mit dem Fotheringill am Morgen gekommen war.

Sie holten The Roses zweiten Rucksack aus dem Dodge, und dabei entdeckte Lucas einige Papiere unter dem Beifahrersitz. Im Licht der Innenbeleuchtung sah er, daß es sich um Grundrisse handelte, um Pläne, in denen Gänge und Kammern verzeichnet waren, mit Größenangaben und Anmerkungen in mehreren Sprachen. Anscheinend waren es Arbeitsunterlagen zu einer archäologischen Grabung. Auf allen Rändern der Pläne stand dasselbe hebräische Wort.

Kaddosch. Heilig.

»Weißt du, was das ist?« fragte er The Rose.

»Nein«, sagte sie. »Dieser Fotheringill hat sie mitgebracht.«

Es war dunkel geworden. Auf der Straße, die hinunter nach Katzrin führte, waren Lichter zu sehen.

Ein Fahrzeug näherte sich, ein Jeep der Grenzpolizei. Der Offizier hielt ihnen einen Vortrag über die Gefahren, denen sich jeder aussetzte, der ohne Begleitung den Park betrat. Dieser sei wegen des Ausnahmezustands gesperrt – nur einige amtlich geführte Reisegruppen hätten Zutritt.

»Ich weiß nicht, wie Sie es überhaupt geschafft haben, hineinzukommen«, sagte er. »Wir haben Sensoren und automatische Maschinengewehre installiert. Nach dem, was unsere Detektoren uns gemeldet haben, waren Sie schon am Litani.«

Einer der Polizisten richtete den Strahl seiner Taschenlampe auf ihre Ausweise und dann auf ihre Gesichter. Er verweilte auf The Roses Augen, deren Pupillen geweitet waren. Sie hob abwehrend die Hand.

In Lucas' Taurus ließen sie den pechschwarzen Berg Hermon

hinter sich. Lucas stellte fest, daß die Wirkung der Droge noch immer nicht nachgelassen hatte, und nahm an, daß es bei The Rose nicht anders war.

»Das Leben ist ein bißchen wie eine Kindergeschichte«, sagte er abgeklärt.

»Aber das Leben ist zu Kindern so hart.«

Darüber, dachte er, wußte sie wahrscheinlich besser Bescheid als er.

»Tja«, sagte er, »wenn es nicht *Der Wind in den Weiden* ist, dann vielleicht *Alice im Wunderland*.«

»Warum *Alice im Wunderland*?«

»Weil es komisch ist. Es ist eine komische Geschichte, aber es geht darin nicht um Gerechtigkeit oder Barmherzigkeit. Und auch nicht um irgendeine Bedeutung.«

»Stimmt«, sagte The Rose. »Aber sie ist logisch. Es geht darin um ein Schachspiel.«

Da hatte sie natürlich recht.

57 Sie machten am Kibbuz Nikolaiewitsch Alef halt, um einen Kaffee zu trinken. Niemand erwartete sie. Gigi Prinzer hatte den Rest der Gruppe offenbar nach Ein Karem gebracht. The Rose beschloß, mit Lucas zurückzufahren.

»Seien Sie in der Gegend von Jericho vorsichtig«, warnte die junge Frau an der Rezeption der Gästehäuser sie. »Es ist dunkel, und Ihre Nummernschilder haben die falsche Farbe.«

Kilometer hinter ihnen fuhr Sonia den Dodge auf der Straße, die am Jordan entlangführte. Raziel saß neben ihr, De Kuff schlief auf der Rückbank. Sonia hatte vorgeschlagen, er solle sich im Kibbuz ausruhen, doch er hatte darauf bestanden, sofort nach Jerusalem zurückzukehren. Langsam verließen ihn die Kräfte.

»Es ist uns fast aus der Hand genommen«, sagte Raziel.

»Was soll das heißen? Daß das alles bloß eine Phantasie ist, in die du uns hineingezogen hast?«

»Es ist keine Phantasie.«

»Ich will dir mal eine unangenehme Frage stellen: Bist du wieder auf der Nadel?«

»Treffer«, sagte er.

»Oh, Razz. Wie lange schon?«

»Auf jeden Fall will ich kein Gejammer hören, Baby. Das erinnert mich bloß an meine Mutter.«

»Weißt du, was komisch ist? Ich hab alles aufgegeben: Hasch, Martinis. Nur wegen ihm. Weil alles anders werden sollte.«

»Ich auch, Sonia. Als wir vor einer Woche in Tel Aviv miteinander gesprochen haben, war ich so clean wie du.«

»Weißt du, was ich gedacht habe, als du das Ex in den Tee getan hast?«

»Du dachtest, ich wäre ein Heroindealer.«

»Es ist mir wie Schuppen von den Augen gefallen. Du hattest den Rev, du hattest unbegrenzte Mittel. Dann stellt sich heraus, daß Nuala Drogen für Stanley schmuggelt. Und dann entdeckt Linda Ericksen die Religion.«

»Und zwar unsere Religion«, warf er ein.

»Unsere Religion, weil sie mit Religionen ins Bett geht wie Nuala mit dem Geist von Che Guevara. Dann höre ich etwas von einer Bombe und denke: Wer ist der Verbindungsmann? Natürlich der gute alte Razz, der sich eine Dröhnung nach der anderen gibt. Und wir sind ahnungslose Idioten.«

»Aber du hast falsch gedacht, Sonia. Mir war ein Wunder in den Schoß gefallen. Und ich hab genauso aufgehört wie du. Weil alles anders werden sollte.«

»Und was ist dann passiert?«

»Große Dinge, schlimme Dinge. Es hat gestimmt, Baby. Es hat alles gestimmt. Laß dir das nie ausreden.«

»Dann war es nicht bloß irgendein Trick?«

»Bloß irgendein Trick? Vielleicht ist das ganze Universum ein Trick. Was ist dieses Ding, das man Liebe nennt? Du verstehst, was ich meine? Ich sage dir, die Türen werden aufgetan werden. Ich spreche von der Erlösung.«

»Du hast gesagt, er würde fünf Mysterien offenbaren. Stimmt das noch?«

»Er hat alle fünf offenbart. Jetzt muß er sein Los in der Stadt auf sich nehmen. Aber die Zeit wird knapp.«

»Wie meinst du das?«

»Ich meine damit, daß ich gewisse Ereignisse in Gang gesetzt habe. Ich habe nicht geglaubt, daß wir versagen könnten, aber jetzt sehe ich, daß wir nicht anders sind als die anderen. Wir sind gefangen in der Geschichte. Verlierer verlieren eben, Baby. Das ist meine Lebensgeschichte. Ich hatte die Macht, aber nicht die Kraft. Verstehst du den Unterschied?«

»Die Macht«, wiederholte sie und versuchte zu begreifen. Als würde das einen Unterschied machen. »Die Macht, aber nicht die Kraft?«

Sie hob einen der Pläne auf, die im ganzen Kleinbus verstreut waren: auf den Sitzen, auf den Fußmatten, hinter den Sonnenblenden. »Das sind die Pläne, die dein Freund vom Tempelberg gezeichnet hat, stimmt's?«

»Stimmt.«

»Dann gibt es also wirklich eine Bombe.«

»Es steht alles geschrieben, Sonia. Dies ist ein spiritueller Kampf. Ein Kampf ohne Waffen. Aber ein Kampf ist ein Konflikt, und Konflikte sind gefährlich. Darum hab ich ihm etwas in den Tee gegeben. Ich hatte Angst, er könnte versagen. Er mußte sich und seine Aufgabe offenbaren.«

»Du mußt mir alles sagen. Ich will wissen, wo sie sie legen werden.«

»Sonia, Sonia«, sagte er ungeduldig, »wenn wir Erfolg haben, wird es keine Waffen mehr geben. Diese Typen denken, sie legen eine Bombe, aber es wird keine Bomben mehr geben.«

»Genau«, sagte sie. »Sondern nur noch Blumen.«

»Ich habe gesagt, daß niemand ein Haar gekrümmt werden wird. Das ist mein Ernst. Ich bin völlig sicher.«

»Wieso hast du wieder angefangen zu drücken?«

»Ich hab die Nerven verloren. Im letzten Augenblick. Ich dachte: Wenn wir spirituell versagen, werden nur historische Dinge geschehen. Nur noch mehr beschissene historische Dinge. Nicht das, was wir erträumt haben.«

»Und was *wird* geschehen, Razz? Was hast du getan?«

»Ich weiß nicht. Mehr Kummer, mehr Geschichte. Der Prozeß ist nicht moralisch, nur das Ergebnis.«

»Du hättest nicht hierbleiben sollen, Razz. Warum hast du's trotzdem getan?«

»Weil ich der einzige war, der wußte, was los war. Weil ich den Rev gefunden hatte. Warum ich? Frag mich nicht. Aber er ist mir offenbart worden.«

»Es muß deine Musik gewesen sein.«

»Vielleicht. Und du warst ja auch bei mir. Ich bin ein schwaches Werkzeug«, sagte er, »aber ich hatte die Macht. Und ich hatte dich. Du hast mir geglaubt. Du hast mich sogar ein bißchen geliebt, nicht?«

»Ich habe dich geliebt«, sagte sie. »Alle haben dich geliebt, Raziel. Du warst unser Prinz.«

Und sie konnte die Tränen nicht zurückhalten, die Tränen über den Glauben, die Hoffnung und die Liebe, die sie verlor. Niemand würde ihre Seele erlösen – sie würde sich wieder einmal, wie immer, um alle anderen kümmern müssen. Es war alles ein Nichts gewesen. Ein kurzes gutes Gefühl. Ein kleiner Traum und dann gute Nacht.

»Die Welt ist komisch«, sagte sie. »Die Dinge wiederholen sich immer und immer wieder. Und wie sollen wir das merken?«

»Die Welt ist komisch«, sagte er.

Plötzlich konnte, wollte sie es nicht wahrhaben.

»Razz?«

»Ja?«

»Razz, vielleicht können wir's noch hinkriegen. Wenn du alles richtig machst. Den Prozeß.«

»Ich hab dir gesagt, wie der Prozeß aussehen soll, und du hast mich ausgelacht.«

»Ich lache nicht. Vielleicht können wir es zuwege bringen. Vielleicht! Wenn du alles richtig machst.«

Nun mußte Raziel selbst lachen. »Sonia, du bist wunderbar. Wenn du die ganze Zeit bei mir gewesen wärst, hätten wir es schaffen können.«

»Ich war bei dir.«

»Du wirst die Welt retten, Sonia.« Wieder lachte er. »Was für eine Frau! Man erzählt ihr, daß man's vermasselt hat, und sie sagt: Vielleicht nicht. Du bist wirklich eine verrückte Mischung, Baby. Wenn du die ganze Zeit bei mir gewesen wärst, hätten wir es geschafft, das schwöre ich dir. Wir wären einfach aus den Mechanismen der Geschichte ausgestiegen.«

»Ich muß nirgendwohin, Razz. Ich bin immer noch hier.«

»Du nimmst mich nicht auf den Arm, oder?«

»Ich fürchte nein«, sagte sie.

»Die Sache ist die, Sonia: Wir stehen zwischen den Welten, und ich weiß nicht, ob ich uns da herausholen kann.«

»Wir werden es so machen: Du holst uns heraus, und ich fahre.«

»Bis jetzt hat jeder versagt«, erklärte er kurz darauf. »Aber eines Tages kommt einer, der nicht versagt. Der Prozeß ...«

»Genau«, sagte sie. »Der Prozeß.«

»Ich konnte es kaum glauben«, sagte er. »In seinen Augen war ... der Ausweg. Die Welt, auf die wir alle gewartet haben.«

»Freiheit?«

»Musik. Es war alles Musik.«

»Na gut, also Musik.«

»Fahr schneller«, bat er sie. »Ich will nicht, daß du siehst, wie ich mir einen Schuß mache.«

58 Bei Nacht war das Dorf Ein Karem von den Lichtern der Apartmenthäuser der Neustadt eingekreist, die sich dichter und dichter herangeschoben hatten. Die Bewohner der Wohnungen, die eine Aussicht auf das Tal boten, machten sich oft nicht die Mühe, die Vorhänge zu schließen. Wer zu den erleuchteten Fenstern aufsah, bekam einen Eindruck von dem zivilisierten, behaglichen Leben, das dort gelebt wurde. Man konnte Bücherregale und Bilder an den Wänden erkennen.

Die Gebäude selbst waren nicht schön. Nachts, wenn sie den großbürgerlichen Geschmack und die Ehrbarkeit ihrer Bewohner zur Schau stellten, präsentierten sie sich von ihrer besten Seite. Im nahe gelegenen Wald gab es noch Nachtigallen. Ihre Triller und die wiederholten komplizierten Melodien konnten das Herz anrühren und beruhigen. Der Wald war ein guter Ort voller angenehmer Möglichkeiten.

In den Hochhäusern brannten nur wenige Lichter, als Lucas mit The Rose am Bungalow eintraf. Am östlichen Horizont zeigte sich ein Lichtschimmer von der Farbe des rötlichen Jerusalemsteins, und aus einem Lautsprecher im Dorf ertönte der Ruf zum Morgengebet.

Er ging leise von einem Zimmer zum anderen, konnte jedoch keine Spur von De Kuff, Raziel oder Sonia entdecken. Die anderen schliefen noch. Nur Schwester Johann Nepomuk van Witte war wach und las in einem Bildband über Sulawesi, wo sie lange gelebt hatte.

Als Lucas in Sonias Wohnung in Rehavia anrief, meldete sich niemand.

»Ich lege die Verantwortung in deine Hände«, sagte er zu The Rose, »aber ich schlage vor, daß alle auf Tauchstation bleiben, bis die Dinge geklärt sind.«

The Rose war wieder die alte. Während ihrer Fahrt nach Süden war sie schweigsam und in Gedanken versunken gewesen.

»Was für Dinge?«

»Dinge eben«, sagte Lucas. Nachdem sie gebadet hatte und zu Bett gegangen war, versuchte er mehrere Male vergeblich,

Sonia zu erreichen. Dann legte er sich auf den Wohnzimmer-
boden und schlief unruhig bis zum Morgen. Um acht Uhr rief
er, noch immer unausgeschlafen, Obermann an, der inzwischen aus der Türkei zurück war, und fragte ihn, ob er nach Ein
Karem kommen könne. Obermann verneinte – er müsse in
Schaul Petak Visite machen. Sie einigten sich darauf, daß Lucas
ihn in der Klinik aufsuchen würde. Lucas nahm einen der
Grundrisse mit, die er im Kleinbus gefunden hatte.

»Sie sehen schrecklich aus«, sagte Obermann, als Lucas in
sein Zimmer trat.

Lucas erklärte, er habe an den Quellen des Jordan Ecstasy
genommen, das erste und zweite Kommen des Messias gesehen
und mit Ratte und Maulwurf den Gott Pan besucht.

»Ecstasy? Und wie sind Sie zurückgefahren?«

»Mit Mühe. Aber ich hab's geschafft.« Er reichte Obermann
den Plan. »Fällt Ihnen dazu etwas ein?«

Obermann machte seinen Schreibtisch frei, und sie breite-
ten die zerknitterte Kopie darauf aus. Für Lucas' völlig ungeüb-
tes Auge sah sie noch immer wie eine Art Grundriß eines drei-
stöckigen Gebäudes aus. Die Abmessungen waren in Metern
angegeben.

Mit einer Ausnahme waren die Worte auf dem Plan in Englisch oder transkribiertem Arabisch. Ein Rechteck markierte
das Bab al-Ghawanima, das Obermann als ein altes Tor in der
Mauer um den Haram identifizierte. Das einzige hebräische
Wort war das, welches Lucas als *kaddosch* entziffert und mit
»heilig« übersetzt hatte. Auf dem rauhen Papier wirkten die
schroffen, flammenzüngigen Buchstaben der Sprache, in der
Gott zu Adam gesprochen hatte, einschüchternd. *Mysterium
terribile et fascinans.*

Auf einem anderen Teil des Plans stand in griechischen
Buchstaben: *Sabazios.*

»Es ist ein Plan der Mauer um den Haram«, sagte Obermann. »Vermutlich sind darauf die neuesten Ausgrabungen
eingetragen.«

»Was ist mit dem Wort *kaddosch*?«

»Eine heilige Stätte. Vielleicht hat jemand vermutet, hier
habe sich das Allerheiligste befunden.«

»Und Sabazios?«

»Ein phrygischer Gott. Einzelheiten fallen mir im Augenblick nicht ein.«

»Glauben Sie, daß das hier etwas mit einer Bombe zu tun hat?« fragte Lucas.

»Das«, antwortete Obermann, »wäre vorstellbar. Dem, was Sie am Telefon gesagt haben, entnehme ich, daß Sie eine Auseinandersetzung mit unserer Linda hatten.«

»Das stimmt. Ich glaube, daß sie etwas damit zu tun hat.«

»Offen gesagt glaube ich das auch. Sie läßt sich gern bekehren und ist ein bißchen verrückt. Und wenn sie einmal in Fahrt ist, ist sie nicht mehr aufzuhalten.«

»Ich habe mir ein paar Gedanken darüber gemacht, was ihrem Mann zugestoßen ist«, sagte Lucas. »An Ihrer Stelle würde ich das auch mal tun.«

Obermann seufzte. »Ich dachte, Janusz Zimmer würde ihre suchende Seele irgendwie beschäftigen. Aber vielleicht hat sie sich ja von ihm getrennt. Oder vielleicht ist irgend etwas mit Zimmer, von dem wir nichts wissen. Jedenfalls weiß sie von unserem Buch.«

»Und nicht nur das. Sie will es für uns schreiben.« Er gab Obermann einen kurzen Bericht über seine Abenteuer im Gazastreifen und in Kfar Gottlieb.

Obermann nahm den Plan, den Lucas mitgebracht hatte, in die Hand und studierte ihn.

»Klar«, sagte er, »das könnte der Plan für einen Bombenanschlag sein. Woher haben Sie das eigentlich?«

»Ich hab's im Golan in einem unserer Autos gefunden.«

»Diese Art von Vermessung haben die Leute vom ›Haus des Galiläers‹ finanziert«, sagte Obermann. »Das muß von Linda stammen.«

»Ich glaube, sie wollen De Kuff und seinen Leuten etwas anhängen«, sagte Lucas. »Und dazu dazu benutzen sie uns. Wir sollen ihnen das abkaufen und es dann weiterverkaufen.«

»Die Wiederkehr des Willie Ludlum.«

»Genau. Ich werde mal zum ›Haus des Galiläers‹ gehen. Vielleicht könnten Sie die Sache der Polizei melden? Vorausgesetzt, daß die nicht ohnehin Bescheid weiß.«

»Ich habe dort ein paar Freunde. Ich werde mich mal umhören.«

506

»Und versuchen Sie, Sonia zu erreichen, ja? Ich glaube, sie hat Raziel und den alten Mann in ihre Wohnung gebracht, und sie gehen nicht ans Telefon und sind auf Tauchstation. Sie soll sich unbedingt bald bei mir melden.«

»Gut«, sagte Obermann.

Vor seinem Besuch im »Haus des Galiläers« fuhr Lucas in seine Wohnung, um sich umzuziehen. Er rief noch einmal bei Sonia an, erreichte aber nur den Anrufbeantworter. Dann ließ er ein Bad einlaufen und wählte Sylvia Chins Nummer.

»Ich behellige Sie zu Hause nur ungern mit geschäftlichen Dingen«, sagte er, als sie sich meldete, »aber damit Sie – und die Leute, die Ihr Telefon abhören – Bescheid wissen: Jemand hat vor, am Haram eine Willie-Ludlum-Sache abzuziehen. Und zwar schon sehr bald. Haben Sie schon etwas darüber gehört?«

»Ich kann Ihnen nicht sagen, was wir gehört haben und was nicht, Chris. Aber etwas anderes kann ich Ihnen sagen: Ihre Freundin Nuala ist tot. Ebenso wie ihr Freund Rashid. Sie sind in einer Klosterruine auf Zypern aufgehängt worden. Nach zypriotischen Angaben wurde ein Seil verwendet, das noch aus der Zeit der britischen Mandatsherrschaft stammte. Ein amtliches britisches Seil. Es war eine Hinrichtung. Was werden Sie jetzt tun?«

»Ein Bad nehmen.«

Als er ins Badezimmer ging, wurden ihm die Knie weich. Er stand benommen an der Wanne und hielt die Hand unter das laufende Wasser. Er fühlte sich überfordert von der Aufgabe, die Wassertemperatur einzuschätzen – zu einem so differenzierten Urteil war er nicht imstande.

Nuala hatte sich nach verzehrender Leidenschaft gesehnt und sie in Jerusalem gefunden. Und dann hatte diese Leidenschaft sie verzehrt. Er erinnerte sich daran, wie er mit Rashid über Dschinn gesprochen hatte. Und daran, daß Ericksen behauptet hatte, er werde von etwas gehetzt, das ihn umbringen wolle. Vielleicht konnte man das, was er gerade erlebte, als Gottesfurcht bezeichnen, dachte er. Dieses Gefühl, so stand geschrieben, war der Beginn der Weisheit. Natürlich war es voreilig gewesen, den Allmächtigen als eine unsichtbare, geflügelte Nippesfigur zu bezeichnen. Er fragte sich, ob die Weisheit nicht vielleicht endlich dabei war, sich ihm zu offenbaren.

59 Lucas' nächster Besuch galt dem »Haus des Galiläers«. Es schien nichts mehr mit dem Leben oder der Persönlichkeit eines bestimmten Galiläers zu tun zu haben; außerdem war es geschlossen. Die Schilder waren entfernt worden. Palästinensische Arbeiter waren dabei, einen Voranstrich auf die Wände aufzutragen.

»Das ›Haus des Galiläers‹?« fragte Lucas.

Sie starrten ihn nur neugierig, aber furchtsam an. Er fuhr zurück zu seiner Wohnung und hörte erneut den Anrufbeantworter ab. Zu seiner Überraschung vernahm er die herzliche, feste Stimme seines alten Freundes Basil Thomas, den Hüter »streng geheimer Dossiers«. Thomas hatte sich bereits einmal vergeblich zu Fink's bemüht und würde heute abend wieder dort sein. Lucas beschloß, sich mit ihm zu treffen.

Zur Cocktailstunde, als die rosige Abenddämmerung sich über Jerusalem senkte, machte Lucas sich auf den Weg zu Fink's. Und tatsächlich saß dort Basil Thomas und sah in seinem Polizei-Ledermantel wie der Geist des zu Ende gehenden Jahrhunderts aus. Als er Lucas entdeckte, machte er ein gutinformiertes, Woll'n-mal-sehen-ob-dich-das-nicht-interessiert-Gesicht.

»Eine heiße Sache«, sagte er. »Streng geheim. Top-secret.«

Lucas bestellte zwei Biere.

»Es wird in der ganzen Stadt Unruhen geben.«

»Warum das?«

»Ach«, sagte Thomas, »irgendein Jahrestag. Aber erwähnen Sie die Unruhen in Ihrem Artikel. Und machen Sie sich auf etwas gefaßt.«

»Etwas, was mit dem Haram zu tun hat?«

»Wir sehen uns morgen«, sagte Thomas, »Sie und ich. Wir treffen uns hier, und dann gebe ich Ihnen Unterlagen, die Sie interessieren werden. Nur wenige in dieser Stadt werden besser informiert sein als Sie.«

Lucas war sofort klar, daß er wieder zum anderen Ende der

508

Stadt würde fahren müssen, um seine Informanten zu befragen. Nicht daß es sehr viele davon gegeben hätte. Da war Lestrade, sofern diese Christenseele noch in Jerusalem weilte. Mit einer Mischung aus Frustration und Angst dachte er daran, daß Ericksen tot war, ebenso wie Nuala und Rashid. Thomas schien nicht zu bluffen. Lucas war zum Medium ausersehen.

»Es hat nicht zufällig was mit einem Angriff auf den Haram zu tun?«

»Mister«, sagte Thomas, »noch nicht mal *ich* weiß, was ich Ihnen erzählen werde. Und wenn ich's wüßte, würde ich's nicht tun, wenn Sie verstehen, was ich meine. Es wäre voreilig, und ich hätte nichts davon.«

»Was meinen Sie dann mit ›Unruhen‹?«

»Eine Gratisprognose«, sagte Thomas. »Für das Bier.«

»Okay«, sagte Lucas. »Ich werde hiersein.«

Am Damaskustor herrschte abendliches Gedränge. Der Himmel verdunkelte sich, und zahlreiche Lampen erfüllten den Ort mit einem unbestimmt schimmernden Licht und beleuchteten die Mauernischen und Verkaufsstände. Neben dem Stand des Geldwechslers rief der Verkäufer von *Al-Jihar* aufgeregt die Schlagzeile einer Extra-Ausgabe aus. Er schien mit sich zu ringen, ob er Lucas eine Zeitung verkaufen sollte. Zunächst behauptete er, keine englische Ausgabe zu haben, doch schließlich stellte sich heraus, daß er sehr wohl eine hatte. Sie sah aus wie Altpapier, und die Nachrichten im Innenteil waren mehrere Tage alt. Doch auf der Titelseite stand grün auf weiß in zentimeterhohen Lettern: »Verteidigt die heiligen Stätten im Namen Gottes!«

Diese Worte erfüllten Lucas erneut mit theologischer Beklemmung jener Art, die als Tugend durchgehen konnte. Gottesfurcht. Passenderweise war die Stunde des Gebets gekommen. Die Lautsprecherstimmen der Muezzins, die durch die dunkler werdenden Gassen schallten, klangen tatsächlich wütend.

Am Tarik al-Wad war Charles Habib dabei, sein Café zu schließen. Es war Monate her, seit man im Caravan einem verirrten Touristen ein Heineken serviert hatte. Charles schien überrascht, Lucas zu sehen, und einen Augenblick lang hielt dieser es für möglich, daß sein alter Bekannter so tun könnte, als kenne er ihn nicht. Doch Charles winkte ihn herein und schloß die Rolläden. Sie gingen in den rückwärtigen Teil des Cafés, in dem Charles seine Stadtwohnung hatte.

Charles besaß einige Wohnungen in Jerusalem und Nazareth, in denen ständig irgendwelche Gruppen von Verwandten untergebracht waren, die ein modernes, urbanes, interkontinentales Nomadenleben führten und in Abständen aus Austin, Edinburgh oder Guadalajara anreisten. In dem am weitesten von der Straße entfernten Raum saßen einige ältere Palästinenserinnen in mit Blumen gemusterten Hausmänteln vor einem Fernseher. Vor ihnen stand eine große, nicht angeschlossene Badewanne, in der sie Decken einweichten. Lucas bemerkte, daß die Fensterläden geschlossen und mit Brettern vernagelt waren.

Unter den Frauen war ein hübsches Mädchen in einer Jeansjacke und mit einer umgekehrt aufgesetzten Boston-Red-Sox-Mütze. Als es Lucas sah, stand es auf und setzte sich, trotz der Ermahnungen der anderen Frauen, zu den beiden Männern. Charles hatte keine Einwände.

»Ich dachte, Sie wären heimgefahren«, sagte er zu Lucas. »Wissen Sie, was los ist?«

»Ich hatte gehofft, es von Ihnen zu erfahren«, antwortete Lucas.

Zerstreut stellte Charles das Mädchen vor. »Das ist meine Nichte Bernadette Habib, die Tochter meines Bruders Mike. Sie studiert in Beir Zeit. Sie ist aus Amerika.«

»Aus Watertown, Massachusetts«, sagte Bernadette und gab Lucas einen Watertown-Händedruck.

»Was meinen Sie, Bernadette?« fragte Lucas. »Was erzählt man sich in Beir Zeit?«

Bei den Wahlen zur Studentenvertretung hatte sich die laizistische PLO-Gruppe kürzlich gegen die moslemischen Fundamentalisten durchgesetzt. Das war allgemein begrüßt worden.

»Die islamischen Studenten sagen, daß die Israelis den Haram zerstören wollen«, sagte Bernadette. Sie trug winzige Ohrringe und ein Kreuz um den Hals, ähnlich wie Madonna – die Bedeutung dieses Schmucks war in Jerusalem jedoch eine ziemlich andere als in South Beach, Kalifornien. »Haben Sie

510

nicht die Predigten gehört, die schon den ganzen Tag gehalten werden?«

»Mr. Lucas kann kein Arabisch«, sagte Charles.

»Aha«, sagte Bernadette ungerührt. »Wie die meisten Amerikaner.«

»Haben die Predigten diese Unruhe ausgelöst?« fragte Lucas.

»Heute morgen haben Haredim am Damaskustor Verkaufsstände umgeworfen und Leute verprügelt, sogar Europäer. Sie haben gesagt, sie würden die heiligen Stätten der Moslems zerstören.«

»Das klingt nach einer Provokation«, sagte Lucas. Vielleicht wollten die militanten Juden die Palästinenser aufschrecken, um die Verwirrung auszunutzen. Draußen schienen diese Unruhen tatsächlich auszubrechen.

»Was wird Amerika tun?« fragte Charles Lucas. »Der Haram wird von den Juden besetzt werden. Das sagen alle. Und dann gibt es Krieg.«

»Ich weiß nicht«, sagte Lucas. »Im amerikanischen Konsulat weiß man nicht mehr als wir.«

»Das glaubt doch keiner«, sagte Bernadette.

»Keiner«, stimmte Charles zu.

»Und Sie?« fragte Lucas Bernadette.

Sie zuckte die Schultern. »Vielleicht will die Regierung das eine und die CIA das andere.«

Die Wunder eines Studienaufenthaltes im Ausland, dachte Lucas. Weltgewandtheit und Raffinesse. »Die amerikanische Botschaft ist noch immer in Tel Aviv«, sagte er. »Das bedeutet doch etwas.«

Bernadette bedachte ihn mit einem höflich nachsichtigen Blick. Sie studierte am Holy Cross College in Worcester und absolvierte ein Auslandsjahr in Beir Zeit, sofern die Universität nicht gerade geschlossen war. Lucas hatte festgestellt, daß es Hunderte arabisch-amerikanischer Studenten gab – das Gegenstück zu den jüdischen Studenten, die das Land besuchten.

»In der Uni – hier, in Jerusalem – lesen wir Leute wie Noam Chomsky«, sagte Bernadette. »Schon mal von ihm gehört?«

»Natürlich«, sagte Lucas.

»Tatsächlich? Die meisten Amerikaner haben nämlich noch

nie von ihm gehört. Wir haben sein Buch *Die fünfte Freiheit* gelesen. Das ist was, das man sonst nirgendwo zu sehen bekommt.«

»In Holy Cross wird Chomsky nicht gelesen?«

»In politischen Wissenschaften, glaube ich. Wenn es um Lateinamerika geht. Aber ich hatte keine Ahnung, daß er über den Nahen Osten geschrieben hat.«

»Haben Sie mal mit den jüdischen Studenten geredet?« fragte Lucas und zeigte mit der üblichen unbestimmten Geste in Richtung der anderen Hälfte der Stadt.

»Manchmal. Aber in Jerusalem ist alles anders«, sagte sie. »Alle haben Angst. Viele Studenten tragen Waffen. Sie halten uns für Bombenleger. Ich meine, wir sind Amerikaner, sie sind Amerikaner – aber eigentlich ist hier niemand Amerikaner.«

Lucas fand, daß ein einjähriger Aufenthalt als Nichtamerikaner in einem Land der dritten Welt für jeden jungen Amerikaner eine echte Bereicherung wäre. Um ein absurdes Gegengewicht zu schaffen, konnte man diese Erfahrung mit der Pflichtlektüre von *L'Amerique* verknüpfen, M. Bourguignons herausragendem Werk der Reiseliteratur, Soziologie und Gürteltier-Beobachtung.

»Sie sollten in den anderen Teil der Stadt gehen«, sagte Charles. Lucas hatte den Eindruck, daß Charles den Ausdruck »der andere Teil der Stadt« immer mit Verachtung aussprach. Er meinte den jüdischen Teil. »Sonst kann ich Ihnen nur einen Platz auf dem Boden anbieten.«

»Glauben Sie wirklich, daß es zu Unruhen kommen wird?« fragte Lucas.

Charles wies auf die nassen Decken in der Badewanne.

»Manche glauben«, sagte Bernadette, »daß sie kommen und uns alle umbringen werden.«

»Die alten Frauen sagen, daß es wie 1948 sein wird«, fügte Charles hinzu.

»Und da drüben«, sagte Lucas und zeigte nach Westen, »glauben sie, daß ihr kommen und sie alle umbringen werdet.«

»Behalt deinen Paß in Reichweite, wenn du schlafen gehst«, sagte Charles zu Bernadette. »Alle haben ihren Paß in Reichweite.«

»Schlafen?« fragte sie. »Soll das ein Witz sein?«

512

Charles brachte Lucas zur Tür, zog den Rolladen aus Stahlblech hoch und ließ ihn hinaus.

Lucas kam zu dem Schluß, daß der wichtigste Mann in der Stadt – der einzige, von dem er relevante Informationen bekommen konnte – der große Ausgräber Gordon Lestrade war.

Tiefer im Moslemviertel hörte er Sprechchöre. Gruppen junger Männer standen an den Enden der Straßen, die zu den Mauern und Toren des Haram führten. Es waren einige palästinensische Fahnen zu sehen, doch die meisten Männer hatten sich um große grüne Banner geschart. Auf einigen standen die Worte der Schahada: »Es gibt keinen Gott außer Allah, und Mohammed ist der Gesandte Gottes.«

Lucas ging weiter. Die Sprechchöre wurden lauter. Lachende Kinder rempelten ihn an, anscheinend absichtlich. Niemand schien nach Hause und ins Bett gehen zu wollen; obwohl die Läden geschlossen waren, herrschte Gedränge auf den Straßen. Überall waren Lichter, doch sie wirkten nicht tröstlich. Die Strahlen billiger Taschenlampen zuckten nervös; es gab Campinglaternen, ausgebaute Autoscheinwerfer, farbige Punktstrahler und Lichterketten an den Moscheen.

Israelische Patrouillen waren nirgends zu sehen. Lucas stellte fest, daß man ihn mit finsteren, drohenden Blicken musterte. Kleine Wurfgeschosse trafen ihn, meist von hinten, doch einige kamen auch aus der Dunkelheit vor ihm. Sie waren nicht spitz oder sonstwie gefährlich – es war nur ein Schauer aus kleinen, schmutzigen Dingen und unsichtbaren Beleidigungen. Er war in Jerusalem, doch er kam sich vor wie in Gaza.

Währenddessen schallten aus den Lautsprechern an den heiligen Stätten die Rufe der Muezzins – wütend, verzweifelt, beschwörend. Lucas hatte das Gefühl, als stehe der Augenblick, über den er so oft nachgedacht hatte, unmittelbar bevor: der Augenblick der bitteren Wahrheit, in dem er sich entscheiden mußte, ob er fliehen sollte und, wenn ja, wohin. Wie Herodes wußte er darauf keine rechte Antwort.

Am österreichischen Hospiz in der Via Dolorosa, an der Grenze zum Moslemviertel, angekommen, hörte er mit unbehaglicher Befriedigung leise Richard-Strauss-Klänge aus Gordon Lestrades Dachwohnung hoch über den unruhigen Straßen.

Der Haupteingang des Hospizes war fest verschlossen, ebenso

wie die Fensterläden im Erdgeschoß und im ersten Stock; die Holztür des Treppenaufgangs war zwar verriegelt, aber noch nicht mit Rolläden gesichert. Lucas begann zu klopfen, in einem Rhythmus, der ihm dringlich und diskret zugleich erschien. Die Leute auf den Straßen wurden immer erregter. Märtyrerbanden auf der Suche nach einem Auftrag rannten vorbei und schrien aus Leibeskräften.

Nach kurzer Zeit öffnete ein Palästinenser die Tür – aus Neugier, aus Eilfertigkeit oder aber aufgrund einer Anweisung.

»Sie wollen zu Dr. Lestrade?«

»Ganz recht«, sagte Lucas.

»Sie müssen sich beeilen«, sagte der Mann und trat beiseite.

In der Dachwohnung lief Lestrade hektisch hin und her. Es war ein Anblick, der eher zu *Till Eulenspiegel* als zum *Rosenkavalier* paßte, dessen Klänge den Raum erfüllten.

»Meine verdammten Pflanzen!« rief er. »Kann ich mich darauf verlassen, daß das Hospiz sich um sie kümmert?«

»Klar«, sagte Lucas. »Es sind ja immerhin Österreicher.«

Lestrade fuhr herum. Wen immer er erwartet hatte – Lucas war es nicht gewesen.

»Was zum Teufel wollen *Sie* denn hier?«

»Ich bin hinter einer Story her.«

»Sind Sie vollkommen verrückt oder was? Und überhaupt: Verlassen Sie sofort meine Wohnung!«

Dr. Lestrades Besitztümer – es waren nicht wenige – standen im Wohnzimmer zum Abtransport bereit, unter anderem Reisetaschen und altmodische Schrankkoffer, die aussahen, als müßten sie Aufkleber mit dem Vermerk »Erste Klasse« tragen. Außerdem gab es viele Holzkisten voller Bücher und ein paar Pappkartons.

»Ich kann kaum glauben, daß Sie vorhaben, Jerusalem zu verlassen«, sagte Lucas. »Ich dachte, es sei Ihre Heimat.«

»War es auch«, sagte Lestrade. Sein Blick sprach von großer Enttäuschung. »Hören Sie, mein Guter, würde es Ihnen etwas ausmachen zu gehen? Ich bin in ziemlicher Eile und nicht in der Stimmung, irgendwelche Fragen zu beantworten.«

»Tut mir leid«, sagte Lucas. »Was ist eigentlich mit dem ›Haus des Galiläers‹ passiert?«

»Geschlossen, aufgelöst, kaputt. Ich komme morgens zur Arbeit, um von diesem verdammten Araber zu erfahren, daß meine Dienste nicht mehr gefragt sind. Und die haben meine Unterlagen, meine ganze Arbeit. Ich durfte mir nicht mal Kopien machen.«

»Sie haben keine Kopien?«

»Na ja, doch, ein paar schon. Und ich bin nicht der einzige. Aber die Rechte an der Veröffentlichung hat das ›Haus des Galiläers‹. Die waren immerhin meine Auftraggeber.«

»Warum haben Sie ihnen die Rechte abgetreten?«

»Herrgott, Mann! Die haben einen Riesenverlag! Einen Fernsehsender! Sie wollten einen Bestseller daraus machen. Weltweit! So à la ›Geheimnisse des Tempels‹. Millionen Videokassetten.«

»In Amerika können Sie sie verklagen.«

»Und das heißt, daß ich nach Amerika fahren müßte«, sagte Lestrade bitter.

»Das ist jetzt nicht mehr so schlimm«, sagte Lucas. »Tausende von Engländern leben in New York und sehen so gut wie nie einen Amerikaner.«

»Jedenfalls«, sagte Lestrade, dessen Wut immer größer wurde, »geht Sie das überhaupt nichts an. Ich bin weg.«

»Wo wollen Sie hin?«

»Hören Sie, Lucas«, sagte Lestrade, »würde es Ihnen etwas ausmachen, mich in Ruhe zu lassen?«

Der Lärm in den Straßen wurde lauter. Lestrade trat auf die Dachterrasse und sah hinunter.

»Scheiße«, sagte er. Seine Ungeduld und Verachtung verliehen dem Wort eine besondere Bösartigkeit. »Hallo, auf Wiedersehen, verpiß dich, und alles ist in Butter – das ist alles, was ich von diesen Bastarden gekriegt habe.«

»Sie sind immerhin besser dran als Ericksen.«

»Wovon reden Sie?« knurrte Lestrade. »Ericksen ist tot.«

Es klopfte an der Wohnungstür, und der palästinensische Diener erschien. Er sah ängstlich und unglücklich aus und sagte auf arabisch etwas zu Lestrade, worauf dieser beiseite trat und zwei Männer einließ. Der eine war Fotheringill mit dem Raubvogelgesicht.

»Hallo«, sagte er zu Lucas.

»Hallo«, sagte Lucas. Beide überspielten mit dieser kleinen Begrüßung ihr Unbehagen über die Begegnung. Daß sie sich kannten, schien Lestrade zu irritieren. Überhaupt schien ihn alles zunehmend zu irritieren, was angesichts des Lärms, der von der Straße heraufdrang, allerdings verständlich war.

Der Mann in Fotheringills Begleitung hatte einen breiten Brustkorb und einen Schnurrbart – ein Bewohner des Nahen Ostens ohne erkennbare Nationalität. Weder sein Gesichtsausdruck noch seine Kleidung verrieten, auf wessen Seite er stand. Lucas musterte ihn und fragte sich, ob er ihn nicht vielleicht schon einmal im Gazastreifen gesehen hatte.

»Verdammt viel Zeug«, sagte Fotheringill und betrachtete Lestrades Gepäck mit gleichgültigem Blick. »Nie im Leben schaffen wir das alles runter.«

»Was?« rief Lestrade aufgebracht. »Nie im Leben schaffen wir das alles runter? Ihr schafft mein Gepäck nicht runter? Das will ich aber schwer hoffen!«

Doch Fotheringill starrte Lucas an.

»Ich muß einfach fragen«, sagte er. »Es quält mich. Ist Ihnen das Gedicht über *Rillons* und *Rillettes* wieder eingefallen?«

»Ach«, sagte Lucas, »richtig.« Er kratzte sich am Kinn. »*›Rillettes, Rillons*‹«, zitierte er, »*›Rillons, Rillettes* ... sie schmekken gleich, und doch ...‹«

Aber es war weg. Er hatte es vergessen.

60 Einige Stunden nachdem Pinchas Obermann seine Visite in Schaul Petak beendet hatte, gelang es ihm, Sonia in ihrer Wohnung in Rehavia zu erreichen. Sie klang, als hätte er sie aus tiefem Schlaf geweckt.

»Bleiben Sie, wo Sie sind«, sagte er. »Ich komme zu Ihnen.« Er brachte die eigenartige Zeichnung mit, die Lucas im Golan gefunden hatte. Als Sonia sie sah, verglich sie sie mit einer von denen, die sie in ihrem Wagen gefunden hatte.

»Es ist ein Grundriß der Felskammern im Tempelberg«, sagte Obermann. »Wahrscheinlich liegt jetzt dort eine Bombe.«

Raziel lag auf dem Sofa. Er versuchte, sich aufzurichten, mußte sich aber an der Armlehne aufstützen.

»Wo ist Chris?« fragte Sonia.

»Er wollte Dr. Lestrade im ›Haus des Galiläers‹ aufsuchen. Er versucht herauszufinden, wo die Bombe ist.«

»Linda!« rief Sonia.

»Ja«, sagte Obermann, »das glauben wir auch.«

»Wer ist Sabazios?« fragte sie ihn.

»Sabazios Sabaoth. Noch ein synkretistischer Gott. Wie der, den Sie und De Kuff und Ihre Freunde erschaffen wollten. Ein goldenes Kalb sozusagen.«

»Vielleicht will jemand ihn in die Luft sprengen.«

»Vielleicht. Wo ist Ihr vollendeter Meister?«

Sonia zeigte auf das Schlafzimmer. Obermann ging hinein.

»Sind Sie Moschiach, Mr. De Kuff?« fragte er.

»In meinen Augen war ich es nie«, sagte De Kuff. »Raziel hat meinen Tikkun gesehen. Ich dachte, was geschehen soll, soll geschehen.«

»Bitte: ja oder nein? Moschiach? Nicht Moschiach?«

»Wenn ich es nicht bin«, sagte De Kuff, »wenn es mir nicht gelingt, meine Aufgabe zu erfüllen, werde ich sterben.«

»Glauben Sie, daß Sie krank sind?«

»Die Seelen in mir leiden. Sie bahnen sich einen Weg durch

meinen Körper in die Welt. Sie weinen und schreien. Sie verlangen, daß ich meinen Platz unter ihnen einnehme.«

»Wer sind diese Seelen?«

»Yeshu, der der Christus war. Sabbatai von Smyrna. Elisha ben Abouya. Und andere.«

»Sehen Sie sie?«

»Ich höre sie. Vor allem spüre ich sie.«

»Und wenn sie sich einen Weg durch Ihren Körper bahnen, haben Sie dann Schmerzen?«

»Ja«, sagte De Kuff. »Große Schmerzen.«

Obermann notierte sich, wann De Kuff das letztemal Lithium genommen hatte; es war sechs Monate her.

»Haben Sie das Gefühl, daß Ralph Melker – Raziel – Ihr Vertrauen mißbraucht hat?«

»Er ist sehr jung für die Aufgaben, die ihm auferlegt sind.«

»Sie sprechen oft von Aufgaben«, bemerkte Obermann.

»Das Leben besteht aus nichts anderem«, sagte De Kuff.

Obermann beschloß, den alten Mann in die Klinik einzuweisen, bis eine dauerhaftere Lösung gefunden war.

»Ich werde Ihnen etwas geben, damit Sie länger schlafen können. Sie sind noch immer sehr erschöpft. Ich hole Ihnen jetzt etwas zu trinken und gebe Ihnen eine Schlaftablette.«

Als er hinausging, um Saft aus dem Kühlschrank zu holen, telefonierte Sonia. Ihre dänische Freundin Inge Rikker, die für eine NGO arbeitete, hatte aus Tel Aviv angerufen, um ihr zu sagen, daß Nuala und Rashid tot waren. Während Obermann ein Glas Tomatensaft aus der Dose einschenkte, erzählte Sonia ihm von der Hinrichtung.

»Sie brauchten Schuldige für den Tod eines Juden«, erklärte Obermann.

»Sie hätten die Schuld ebensogut mir zuschieben können«, sagte Sonia.

»Für Sie wird genug Schuld übrigbleiben.«

Im Schlafzimmer nahm De Kuff die Tablette, trank den Tomatensaft und war bald darauf eingeschlafen.

Obermann ging ins Wohnzimmer und warf einen Blick auf Raziel.

»Seine Pupillen sind erweitert. Er ist auf Heroin.«

»Er ist schon seit etwa einer Woche wieder drauf.«

»Vielleicht auch schon länger?«

»Nein«, sagte sie. »Erst seit einer Woche.«

»Wußten Sie es?«

»Nein. Ich weiß es erst seit gestern.«

»Entschuldigen Sie die Frage, aber Sie waren immer in seiner Nähe, er hat Ihnen Botschaften aus den Gärten der Cherubim überbracht, Sie sind eine New Yorker Musikerin – und Sie haben nicht gemerkt, daß er auf Heroin war?«

»Ich habe nicht nach Anzeichen für Heroin gesucht.«

»Nein«, sagte Obermann, »Sie haben nach Anzeichen für Magie gesucht.«

»So ungefähr.«

»Nach dem neuen Mond.«

»Dem neuen Mond«, sagte Sonia. »Genau das.«

Obermann rief in Schaul Petak an, gab Anweisungen, De Kuffs Aufnahme vorzubereiten, und machte sich daran zu gehen.

»Wenn es eine Bombe gibt und sie hochgeht, bleiben Sie besser hier.« Als Sonia keine Antwort gab, sah er sie an und schüttelte den Kopf. »Aber das werden Sie natürlich nicht tun, stimmt's? Sie werden hinaus auf die Straße gehen. Ich spreche mit der falschen Person.«

»Geht es dem Rev gut?« fragte sie.

»De Kuff? Ich glaube, körperlich fehlt ihm nichts. Ich will ihn in der Klinik haben. Wenn Sie ihn nicht mehr brauchen.«

»Schlaf jetzt nicht ein«, sagte Sonia zu Raziel, als Obermann gegangen war. »Ich dachte, es wäre ein Kampf ohne Waffen.«

Er hatte sein Besteck hervorgeholt und sich einen neuen Schuß gesetzt. Er sagte ihr, in Galiläa sei eine rote Kuh ohne jeden Makel geboren worden – das für das Reinigungsritual erforderliche Tempelopfer.

»Ich weiß nichts von dieser Bombe«, sagte er. »Ich weiß nicht, wo sie ist. Es hat mich nie gekümmert.«

»Warum nicht, Raziel? Warum hat es dich nicht gekümmert?«

Weil er, wie er ausführte, nicht daran geglaubt habe, daß diese Bombe gezündet werden und buchstäblich explodieren würde. Eine höhere Macht würde es verhindern.

Zugleich sei die Welt ein Chaos, und nur durch Chaos könne das Gleichgewicht wiederhergestellt werden. Durch eine Explosion, die ein Spiegelbild der Explosion zu Beginn der Zeiten sei.

Und so habe er es auf sich genommen, die Stadt dem Werkzeug der Vernichtung zu überantworten, dem Wirken von Din, der Linken Hand. Er habe auf die Transsubstantiation alles Stofflichen vertraut. Er habe darauf vertraut, daß alles in den stofflichen Zustand zu Zeiten Adams zurückkehren würde.

Es solle keine Toten geben, nur eine Veränderung, eine Befreiung vom Schein durch die Kraft der Liebe. Alle Kategorien sollten außer Kraft gesetzt werden. Die menschliche Natur und die Welt, die rings um sie her entstanden sei, solle aufgelöst werden, und nur ihre göttlichen Aspekte erhalten bleiben. Ohne es zu wissen, sollten die Zerstörer das Stoffliche in Licht verwandeln und alle Dinge aus ihrer niedrigen Unvollkommenheit befreien. Alle ungehörte Musik solle gehört werden, alles solle heilig sein, alles solle erlöst sein. Es solle enden, wie es begonnen habe: mit Lobpreisungen und Verzückung.

»Verzückung«, sagte Sonia. »Das klingt nach diesen fundamentalistischen Missionaren.«

»Eine Katastrophe«, antwortete er. »Eine Katastrophe ohne Opfer.«

Ein Kampf ohne Waffen, ein Opfer ohne Blut, ein Sturm ohne Regen. Die Vision habe Jahrhunderte überdauert. Sie sei prophezeit. Sie sei verheißen.

»Er wird alle Tränen trocknen«, sagte Raziel. »Der Tod und Jammern und Wehklagen und Schmerz werden nicht mehr sein, denn die alte Ordnung wird vergangen sein. Siehe, ich mache alles neu. Alles neu«, sagte er. »Sag mir, daß du das nie zuvor gehört hast. Sag mir, daß das Herz, das dies geglaubt hat, kein jüdisches Herz war.«

»Ich weiß es nicht, Razz. Könnte schon sein.«

»Ich konnte es nicht erwarten. Ich habe ihn erkannt, und dann habe ich versagt. Ich habe den Tarot befragt. Ich habe Geister beschworen. Und dann brauchte ich Drogen. Ich habe ihn versagen lassen. Aber ich habe mich nicht in ihm getäuscht, Sonia. Nur in mir.«

»Den Tarot und die Geisterbeschwörungen könnte ich dir verzeihen«, sagte Sonia. »Sogar die Drogen. Aber warum die Leute mit der Bombe?«

»Ich dachte, ich müßte sie mich benutzen lassen. Ich dachte, sie würden die negative Kraft sein. Und ich würde den Rest besorgen. Ein Plan im freien Fall.«

»Eine alte Geschichte.«

»Die Geschichte des Jahrhunderts«, sagte er. »Die Geschichte unseres Lebens. Das Leben in Kunst und die Kunst in etwas anderes verwandeln.«

»Wird sie sich wiederholen?« fragte sie.

»So lange, bis wir es hinkriegen.«

»Die Gewalt ist das Schwierigste.«

»Man braucht sie«, erklärte Raziel. »Aber sie ist der heikelste Schritt.«

Wie sich herausstellte, kannte er die Einzelheiten nicht. Er wußte so gut wie nichts über den Plastiksprengstoff und die Machart der Bombe. Er sagte ihr, was er wußte und an was er sich erinnern konnte. Die Angst hatte ihn zurück zu den Drogen getrieben. Jeder hatte jeden benutzt. Zimmer. Lenny. Linda.

»Und Nuala«, sagte Sonia. »Und mich. Wir wußten nie, was wir wirklich taten. Man hat uns beim Grenzübertritt gesehen. Wie konntest du uns das antun?«

»Ich war damit einverstanden, daß man uns die Schuld zuschieben würde. Wie man sie vorher Willie Ludlum zugeschoben hat.«

»Du meinst, Willie Ludlum wollte die Moscheen gar nicht anzünden?«

»Klar wollte er das«, sagte Raziel. »Keine Frage. Aber seitdem hat es noch andere Bomben gegeben. Nicht jeder, der wegging, hatte etwas damit zu tun. Und nicht jeder, der etwas damit zu tun hatte, ist weggegangen. Ich dachte, ich wüßte, wie es diesmal ausgehen würde. Ich ließ die Leute, die die Bombe legen wollten, denken, daß wir die Verantwortung auf uns nehmen würden. Es war unsere letzte Chance.«

Er ließ sich, das Spritzbesteck neben sich, auf den Rücken sinken und schlug sich an die Brust. Der reuige Junkie, dachte sie und sah zu. Das Zeug, das man irgendwo auf einem Buntglasfenster würde sehen können, in dem großen ökumenischen Tempel, der errichtet werden sollte – eine Figur aus dem Martyrologium des zwanzigsten Jahrhunderts.

Sie betrachtete die Zeichnung, die Obermann mitgebracht hatte, und die andere, die sie auf der Rückfahrt gefunden hatte. Sie war fast sicher, daß sie das Bab al-Ghawanima kannte: Es war der alte Name für ein Tor zum Haram, das in der Nähe von Bergers Wohnung lag, neben dem Gebäudeteil, den man zur Vergrößerung des Platzes vor der Klagemauer abgerissen hatte.

Linda Ericksens militante Freunde waren sehr darauf bedacht gewesen, dieses Haus zu besetzen, und vielleicht nicht nur, weil es herrenloser Besitz war. Möglicherweise gab es von hier aus einen Zugang zu den Fundamenten des Haram. Möglicherweise durch einen Gang unter der Straße.

Sie dachte, Raziel sei eingeschlafen, doch als sie aufstand, rief er nach ihr.

»Sonia, laß mich nicht allein.«

Sie ging zu ihm, nahm ihm die Rapper-Sonnenbrille ab und schaltete das Licht neben dem Sofa aus.

»Armer Razz«, sagte sie. »Du hättest bei der Musik bleiben sollen. Damit hättest du die Welt ein bißchen retten können. Du hättest rechtschaffen leben können. Du hättest die Barmherzigkeit lieben und dich selbst retten können – und vielleicht auch mich.«

»Ich hab's versprochen«, sagte er. »Es ist mir versprochen worden. Mehr als das.«

61 »Tut mir leid«, sagte Lucas zu Fotheringill. Das Gedicht war ihm vollkommen entfallen.

»Macht nichts. Sie kommen doch mit uns?«

»Ich nicht«, sagte Lucas. »Ich hab bloß ein Interview mit Dr. Lestrade gemacht.«

Fotheringill sah den Professor vorwurfsvoll an.

»Tatsächlich?« sagte er. »Tja, dann ist es vielleicht besser, wenn Sie uns doch begleiten.«

»Wohin?«

»Nach Kairo«, sagte Fotheringill. »Tolle Stadt. Kennen Sie sie? Wir haben unser eigenes Scherut. Stimmt's, Omar?«

Der Mann, den er mit diesem Namen angesprochen hatte, nickte. Er war kein guter Schauspieler, und obgleich es ihm gelang, den Eindruck eines Mannes zu erwecken, der jemanden in seinem Wagen mitnehmen will, war es schwer zu glauben, daß die Fahrt sehr lange dauern würde. Lucas war sicher, daß niemand nach Kairo fahren würde, ganz gleich, welchen Zufluchtsort Fotheringill Lestrade versprochen hatte. Außerdem würde der Gazastreifen gesperrt sein.

»Glauben Sie nicht, daß man den Gazastreifen abriegeln wird?« fragte er Fotheringill.

»Warum sollte man das tun?«

»Haben Sie etwa noch nicht gemerkt, daß da draußen Unruhen beginnen?«

»Dann fahren wir eben durch den Negev«, sagte Omar, »und in Nitzana über die Grenze. Oder in Taba.«

»Taba«, sagte Fotheringill. »Das wäre eine schöne Fahrt.« Er wandte sich an Lucas. »Professor Lestrade kann seine Studien in Kairo abschließen. Er hat bereits alles dafür vorbereitet.«

»Aber ich habe nicht vor, nach Kairo zu fahren«, sagte Lucas.

»Wirklich? Na ja, wir können Sie ja ein Stück mitnehmen. Bis wir aus der Gefahrenzone sind. Vielleicht fällt Ihnen das Gedicht wieder ein.«

»Vielleicht«, sagte Lucas.

Er versuchte, einen Ausweg zu finden. In den Straßen der Umgebung begann ein Heiliger Krieg, was bedeutete, daß jemand bereits die Worte ausgesprochen hatte, die den Krieg auslösten – den Heiligen Krieg, den Krieg am Ende der Welt.

Er hatte auch das Gefühl, daß Fotheringill und Omar im Begriff waren, sich Lestrades zu entledigen, der über den Bombenanschlag wahrscheinlich mehr wußte als jeder andere. Sicher waren sie bewaffnet. Und er war ihnen in die Arme gelaufen.

»Ich muß mal telefonieren«, sagte er freundlich.

»Das würde ich schön bleibenlassen«, sagte Fotheringill. »Ich meine«, fuhr er höflicher fort, »es wäre unklug.«

»Ich hoffe, wir müssen nicht über dieses Scheiß-Taba fahren«, sagte Lestrade. »Wenn ich einen Ort hasse, dann ist es Eilat.«

»Haben Sie nicht noch etwas im Hospiz untergestellt?« fragte Lucas. »Irgendwelche Geräte? Soll ich mal beim Pförtner nachfragen?« Als er aufstand, ließen Fotheringill und Omar ihn nicht aus den Augen.

Doch Lestrade war keine Hilfe. »Ich glaube nicht. Es ist alles hier.«

Lucas trat auf die Dachterrasse und rief über die schmale Gasse zwischen den beiden Gebäuden. Er war sich einigermaßen sicher, daß Lestrade den Pförtner mit »Boutros« angesprochen hatte.

»Boutros!« rief er aus Leibeskräften. Der Lärm hallte noch immer durch die Gassen. »Boutros, können Sie uns bitte helfen?«

Zu seiner Freude hörte er über dem Geschrei auf den Straßen eine mürrische Antwort. Fotheringill und Omar sahen einander an.

»Wir können es auch hier machen«, sagte Fotheringill sehr langsam, vielleicht um Omars Englischkenntnisse nicht zu überfordern. »Gleich hier, verstehst du?«

Doch bis Omar das in Gedanken übersetzt hatte, stand Boutros, der palästinensische Pförtner des österreichischen Hospizes, vor der Tür.

»Boutros, helfen Sie uns doch bitte, dieses Zeug nach unten zu schaffen. Es ist so viel. Ich hole inzwischen den Wagen.«

Boutros, der offenbar geschlafen hatte, machte ein entsetztes Gesicht. Dann verwandelte sich das Entsetzen in Wut.

»Hören Sie«, mischte sich Lestrade, abermals wenig hilfreich, ein, »das ist nicht sein Job.«

»Aber natürlich ist das sein Job«, sagte Lucas und fuhr in bester Kolonialistenmanier fort: »Omar, Sie und Boutros nehmen das Gepäck. Der Professor und ich werden den Wagen holen.« Er zerrte Lestrade hoch.

»Aber ich weiß doch gar nicht, wo der Wagen steht«, wandte Lestrade ein. Als Omar und Fotheringill aufstanden, schob Lucas den Professor auf die Dachterrasse. Einige Meter von ihnen entfernt landete klirrend eine Flasche. Auf den Straßen jenseits der Mauer ertönten Polizeisirenen.

»Sie werden Sie nicht nach Kairo bringen, Lestrade«, sagte Lucas. »Sie werden Sie umbringen. Entweder in Kfar Gottlieb oder in der Wüste.«

Fotheringill beobachtete sie amüsiert.

»Was?« sagte Lestrade. »Mich umbringen? Mich umbringen? Was?«

Omar und Boutros stritten sich über irgend etwas, vielleicht sogar darüber, wer welches Gepäckstück tragen würde.

»Sie umbringen«, wiederholte Lucas. »Und mich ebenfalls. So wie sie Ericksen umgebracht haben. Ericksen und ich sind Amerikaner, Lestrade, während Sie bloß Engländer sind. Engländer werden andauernd umgebracht, wie ganz normale Ausländer. Aber ein Mord an einem Amerikaner ist ein ganz anderes Kaliber. Wenn die Ericksen umgebracht haben und mich ebenfalls umbringen wollen, können Sie sich also denken, was sie mit Ihnen vorhaben.«

Natürlich bluffte Lucas: Amerikaner wurden jetzt beinahe ebenso häufig umgebracht wie die anderen ganz normalen Ausländer.

»Was?« fragte Lestrade immer noch. »Was?«

Lucas bemerkte, daß Fotheringill, der inzwischen neben ihnen stand, sich immer besser amüsierte. Er war entweder extrem dumm oder verrückt nach jeder Art von Unterhaltung. Vielleicht, dachte Lucas, war er überhaupt verrückt. Vielleicht gründete sich sein Amüsement auf die Schnelligkeit und Leichtigkeit, mit der er, ein ehemaliger SAS-Mann, sie alle umbringen konnte. Es war keine Zeit zu verlieren.

Lucas ging es vor allem darum, sich selbst zu retten. Es wäre jedoch nicht schlecht, dachte er, wenn er auch Lestrade retten könnte. Zum einen wußte dieser wohl, wo die Bombe lag, und konnte helfen, sie zu entschärfen. Zum anderen wäre es, obgleich er ein Schwein, ein Faschist und Antisemit war, christlich, ihn zu retten. Oder jüdisch. Oder jüdisch-christlich.

Von Lestrades Dachterrasse aus konnte er den Posten der Grenzpolizei am Damaskustor nicht sehen. Er war wahrscheinlich bemannt, aber verdunkelt. Wenn die Lage schlimm war, hatte sich die Armee vielleicht zeitweilig aus dem palästinensischen Teil der Stadt zurückgezogen, um die jüdischen Viertel zu schützen.

Doch die Armeedoktrin war nicht defensiv, nicht einmal kurzfristig. Wahrscheinlich würde die Armee die Positionen innerhalb der Mauern, in palästinensischen Vierteln, bald wieder besetzen, ganz gleich, wie heftig die Unruhen waren. Es gab dort einige jüdische Enklaven: Jeschiwas und beflaggte Kuriositäten wie General Sharons Wohnung. Diese würden bald belagert werden, und die Armee würde ihrem Ruf gerecht werden und einiges riskieren, um zu verhindern, daß Juden durch Angriffe von Palästinensern ums Leben kamen.

»Wie wollen Sie zu Ihrem Wagen gelangen?« fragte Lucas Fotheringill. Ein Hauch von Tarnung umgab Fotheringills angeblichen Plan, sie in Sicherheit zu bringen, und Lucas beschloß, ihn daran zu erinnern.

»Lassen Sie das nur meine Sorge sein.«

Omar war Boutros losgeworden und hatte ihn zurück zum österreichischen Hospiz geschickt. Aber wo, fragte sich Lucas, mochte Fotheringills Wagen sein? Es war unmöglich, durch die Gassen der Altstadt bis zum Hospiz zu fahren. Sie würden durch die aufgebrachte Menge gehen müssen. Und auch danach würde es nicht leicht sein, mit dem Wagen voranzukommen.

Es kam darauf an zu verhindern, daß Fotheringill und Omar sie hier, in Lestrades Wohnung, umbrachten. Sollten sie es für nötig halten, dann stand ihnen diese Möglichkeit allerdings offen. Der Lärm auf den Straßen würde alle verdächtigen Geräusche überdecken.

»Tja«, sagte Lestrade, »ich schätze, für meine armen Pflanzen gibt es keine Hoffnung. Dann bin ich also fertig, oder?«

Die alte Stadtmauer, dachte Lucas. Die Armee hatte sie bestimmt gesichert und im Schutz der Brustwehr Beobachter postiert. In der Ferne hörte er den Schlachtruf des Golani-Regiments.

Nach der Richtung zu urteilen, aus der die Rufe kamen, würden die Elitetruppen durch das Herodestor vorrücken. Sie würden entweder eine befestigte Stellung besetzen oder jemanden evakuieren. Vielleicht war der Vorstoß auch der Auftakt zu einem größeren Angriff. Wenn heute nacht irgend jemand Gummigeschosse verwendete, dann die nachrückenden Reserveeinheiten. Die Golanis bevorzugten Stahlmantelgeschosse.

»Golanis«, sagte Omar zu Fotheringill, der auf seine Uhr sah.

Was, fragte sich Lucas, wenn die Sturmtruppen in Hörweite kamen und er um Hilfe rief? Vielleicht würde man sie retten, vor Fotheringill retten. Die Rufe würden auch die Palästinenser auf sie aufmerksam machen, doch die waren das kleinere Übel. Dann fiel ihm ein, was in Nuseirat mit Hal Morris – Lenny – geschehen war.

Plötzlich hörte man von unten Holz splittern und Glas klirren, und einen Augenblick lang dachte Lucas, daß die Menge begonnen hatte, christliche Hospize, einschließlich des österreichischen, anzugreifen. Doch die Männer, die die Treppe hinauf- und in Lestrades Wohnung stürmten, sprachen Hebräisch und trugen Uniformen.

Golanis, dachte Lucas. Er würde nie wieder schlecht von ihnen denken. Jedenfalls nicht öffentlich.

Die Soldaten bezogen Positionen auf der Dachterrasse. Ihr Erscheinen schien weder Fotheringill noch Omar zu überraschen oder gar zu beunruhigen.

»He«, sagte Dr. Lestrade, »das ist ein christliches Haus.«

Er tut es schon wieder, dachte Lucas. Er wird formellen Protest dagegen einlegen, daß man seine Haut rettet. Lucas konnte den Marschtritt von Soldaten ein paar Blocks entfernt hören. Es wurde geschossen. Dann fiel ihm auf, daß mit den Soldaten in der Wohnung irgend etwas nicht stimmte.

Zum einen wirkten sie, obwohl mindestens einer das Regimentsabzeichen der Golanis trug, nicht so schneidig wie die

Fallschirmjäger. Sie mußten wohl eine Hilfstruppe zur Unterstützung des Angriffs sein, eine Art Rettungsmannschaft. Einige der Männer trugen Zizith. Andere sahen, selbst nach Armeestandards, vollkommen unmilitärisch aus. Ihre Ausrüstung, die Riemen und Schnallen schienen sie zu erdrücken, und sie hielten ihre Waffen unbeholfen. Vielleicht waren es Freiwillige, dachte Lucas, Gelehrte und städtische Siedler von außerhalb des jüdischen Viertels, die ihre Brüder und Kollegen retten wollten. In diesem Fall stellte sich die Frage, was sie hier eigentlich wollten. Es waren zehn.

»Ist der Wagen gesichert?« fragte Fotheringill einen der Soldaten.

»Folgt uns«, sagte einer der Männer in amerikanisch akzentuiertem Englisch.

Es waren also, erkannte Lucas, keine regulären Soldaten, sondern Reserve- und Guerillaeinheiten.

»Paßt auf die beiden auf«, sagte Fotheringill. Er meinte Lucas und den zutiefst verwirrten Lestrade. »Sie sind die Passagiere.«

Einer der Soldaten packte Lucas am Ärmel.

»Und diesen Schweinehund«, sagte Fotheringill und zeigte auf Lestrade.

Lucas kam ein Gedanke. »Sie wußten doch von der Bombe?« fragte er Lestrade.

»Von der Bombe?« antwortete Lestrade mit jener gereizten Empörung, die sein kulturelles Erbe war. »*Bombe?* Einer Bombe? Ganz gewiß nicht.«

Es war schwer, ihm nicht zu glauben.

62 Nachdem Raziel auf dem Sofa eingeschlafen war, studierte Sonia noch einmal den Plan, den sie gefunden hatte, und verfolgte die Gänge, die darauf eingezeichnet waren.

»*Kaddosch!*« sagte sie laut. Dann dachte sie an die Treppe, die von der Medresse, in der Berger gelebt hatte, hinunterführte. Möglicherweise stellten diese Gänge eine Verbindung zwischen dem Keller unter dem Gebäude und dem Haram dar. Immerhin hatte das Haus lange dem Großmufti gehört.

Sie glaubte sich zu erinnern, daß Berger einmal etwas von Verbindungsgängen gesagt hatte. Und die beiden aufdringlichen jungen Militanten – vermutlich die Leute, mit denen Raziel zusammengearbeitet hatte – hatten ein eigenartiges Interesse für dieses Gebäude gezeigt, ein Interesse, das durchaus technisch begründet sein mochte.

Sie konnte dem, was die Polizei wußte, das hinzufügen, was ihre Intuition ihr sagte. Doch wenn sie zum Hörer griff und dem diensthabenden Beamten erzählte, was sie vermutete, würde sie vielleicht nicht mehr als ihre eigene Verhaftung bewirken. Sie war zwar fest davon überzeugt, daß der Schin Bet mit den Bombenlegern zusammenarbeitete, aber man wußte nie, mit wem man gerade sprach. Sie beschloß, zur Medresse zu gehen und nachzusehen.

In den Fernsehnachrichten wurde von Unruhen in der Altstadt berichtet. Über bestimmte Teile der Stadt war eine Ausgangssperre verhängt worden, und einige Einheiten der Sicherheitskräfte wurden zum Dienst beordert. Sonia wußte, daß sie sich beeilen mußte, denn die Polizei würde bald die Straßen sperren.

Sie zog sich die Kleider an, die ihr Bewegungsfreiheit im Ostteil der Stadt garantierten, und fuhr mit dem Dodge zur Altstadt. Sie stellte ihn vor dem Jaffator, im Parkverbot bei einer Baustelle am Ende der Jaffa Road, ab. Es war gut möglich, daß sie ihn nie wiedersehen würde: Unruhen verschlangen Autos, wie Moloch seinerzeit Kinder verschlungen hatte. Sie öffnete die Schiebetür des Wagens, nahm eine Taschenlampe, einen Schraubenschlüssel und einen Hammer aus dem Werkzeugkasten und verbarg sie unter ihrer Dschallaba. Sie passierte ungehindert den Polizeiposten an der Stadtmauer und wandte sich nach rechts, wo das Viertel der Armenier lag.

Die Tore des Viertels waren verschlossen – die Armenier verbarrikadierten sich. Aus den Lautsprechern aller Moscheen der Stadt ergoß sich heiliger Zorn. Man hörte Gewehrschüsse, Wut- und Schmerzensschreie und das Klagegeheul von Frauen.

An der Biegung beim Zionstor war ein Armeeposten. Sonia hatte einen palästinensischen Ausweis, den sie von einem Geldwechsler am Damaskustor gekauft hatte, doch sie sprach nur gebrochen Hebräisch und Arabisch. Dem Ausweis zufolge wohnte sie in der Altstadt.

Der Soldat, der ihre Tasche durchsuchte, war ein blonder Aschkenase. Sie sagte ihm, sie arbeite in einem Hotel im Westteil der Stadt und sei auf dem Heimweg, und er ließ sie passieren. Auf den sauberen Plätzen des jüdischen Viertels standen Paare und hörten das anschwellende Gebrüll des Mobs. Hier und da sangen Gruppen patriotische Lieder. Es war ein »Niewieder«-Tableau: stille, bewaffnete Entschlossenheit. Alle sahen in die Richtung der Klagemauer und des Haram, wo Tempel und Schrein der Feinde standen und von wo diese mit Mordlust im Herzen kommen würden.

Es waren nicht viele Kinder zu sehen. Eines, ein etwa zehnjähriger Junge mit Bürstenschnitt und Schläfenlocken, spuckte nach Sonias Rock, als sie vorbeiging.

Der nächste Kontrollposten war im Tunnel, der von dem Platz vor der Klagemauer zum Basar al-Wad führte. Er war mit ganzen Busladungen von Soldaten gesichert. An den Tunnelwänden standen gepanzerte Truppentransporter.

Ein bärtiger Reservist mittleren Alters, der wie ein Rabbi aussah, warf einen kurzen Blick auf Sonias Ausweis und ließ sie in das menschenleere Labyrinth ein. Es war von widerhallenden, bedrohlichen Geräuschen erfüllt, und als sie auf der anderen Seite herauskam, sah sie Flammen. Aus irgendeinem unerfindlichen Grund – vielleicht weil sie eine Frau ohne Begleitung war, die aus dem jüdischen Viertel kam – warf jemand, der sich im Schatten des brennenden Hauses verbarg,

530

ein faustgroßes Stück Metall nach ihr; es prallte gegen eine Wand und rollte über die Pflastersteine.

Die al-Wad im moslemischen Viertel war belebt und von Taschenlampen und Campinglaternen erleuchtet. Sie hörte unangenehmes Gelächter und die beängstigenden Prahlereien junger Männer. Plötzlich erschien ein Hubschrauber. Sein Scheinwerfer beleuchtete die blassen, verzerrten Gesichter der Jugendlichen. Flüche stiegen auf wie ein Insektenschwarm, als hätten die Rotoren sie im Vorbeifliegen angesaugt.

Das hölzerne Tor des Gebäudes, in dem Berger und sie gewohnt hatten, war verriegelt. Vor einiger Zeit hatten Israelis das Haus übernommen und durch einige Verbindungsstege mit einer Seitenstraße der Jewish Quarter Lane verbunden, und soweit Sonia wußte, waren diese militanten Juden noch immer da. An einem der Balkone zum Innenhof hatte eine Fahne mit dem Davidstern gehangen. Jetzt war sie verschwunden.

Das Gebäude hatte etwas Unbewohntes, und sie fragte sich, ob man eine Verwendung dafür gefunden hatte. Sie pochte mit dem reichverzierten osmanischen Türklopfer an das Kutschentor. Nach etwa einer Minute wurde der Riegel zurückgezogen.

Das Tor öffnete sich, und vor ihr stand ein junger Mann, der entfernt an Christus erinnerte. Es schien unwahrscheinlich, daß er binnen kurzem erscheinen würde, zu richten die Lebenden und die Toten; sein schwaches Lächeln und der rote Umhang deuteten eher auf zeitgenössische, frivolere Interpretation des christlichen Heilands hin. Der Umhang schien vom Fenster eines Null-Sterne-Hotels zu stammen – die Gardinenringe hingen noch daran. Das Lächeln des jungen Mannes war zwar aufrichtig freundlich, zeugte aber von vernachlässigter Mundhygiene.

»Gelobt sei Jesus Christus«, sagte Sonia.

»Genau«, antwortete er und ließ sie ein. Von den sudanesischen Kindern, die zuvor hier gelebt hatten, war nichts zu sehen. Die Medresse schien ein Zufluchtsort für Obdachlose geworden zu sein: Überall im Innenhof lagen Matten und Bündel, manchmal bewacht von ihren Besitzern, die weinten, beteten oder schliefen. Es war eigenartig, daß die militanten Juden keinen anderen Verwendungszweck für dieses Gebäude im moslemischen Viertel zu haben schienen.

»Was ist mit den jungen Israelis, die das Haus übernommen haben?« fragte Sonia den Mann.

Sie seien verschwunden, sagte er. An ihrer Stelle seien Wissenschaftler gekommen, die sich für die alten Fundamente der Häuser auf der anderen Straßenseite interessiert hätten. Doch auch sie seien nicht mehr erschienen.

»Was macht ihr eigentlich hier?«

Der junge Gottsucher erklärte, er und seine Freunde würden dafür bezahlt, die Tunneleingänge zu bewachen, bis die Wissenschaftler sie wieder bräuchten.

»Tunneleingänge?«

Er führte sie in die Halle, durch die sie immer gegangen war, wenn sie Berger besucht hatte. Neben einer Säule führten drei schmale Stufen in die Mauer hinein und bildeten einen kleinen Alkoven, den die Kinder beim Versteckspiel benutzt hatten. Jetzt hing ein Stück Sackleinen über der Öffnung. Als Sonia den Stoff zurückschlug, sah sie, daß die drei Stufen den Anfang einer Treppe bildeten, die in einem Bogen in die feuchte Dunkelheit unter der Straße führte.

Nach zehn Stufen stand sie vor einer verschlossenen Holztür. Zusammen mit dem jungen Pseudo-Christus unternahm sie einige vergebliche Versuche, sie zu öffnen. Schließlich gelang es ihr mit der Hilfe einiger anderer junger Männer, sie aufzubrechen. Ein betäubender Geruch nach alten Steinen stieg von der Wendeltreppe auf.

Die Straße, die zum Bab al-Ghawanima führte, war etwa fünfzig Meter entfernt. Sonia richtete den Strahl ihrer Taschenlampe auf den Plan und sah, daß die Tunnel, die in der Medresse begannen, möglicherweise zu den Kellern der Häuser an der Mauer des Haram führten.

In der britischen Mandatszeit hatte das Anwesen al-Husseini gehört, und es gab allen Grund zu der Annahme, daß er ein Netz von Geheimgängen während der Kämpfe in jener Zeit recht nützlich gefunden hatte. Und wenn die militanten Juden, die jetzigen Besitzer des Gebäudes, ihre Arbeiten abgeschlossen hatten, war es nur sinnvoll, daß sie ihren geheimen Zugang zum Haram als heruntergekommene Herberge für religiöse Spinner tarnten und hinter verschlossenen Türen verbargen.

Sonia folgte dem Lichtstrahl ihrer Taschenlampe. Nach einigen Schritten merkte sie, daß die Besetzer der Medresse im Begriff waren, sich ihr anzuschließen.

»Nichts da«, rief sie. »Haut ab. Du nicht«, sagte sie zu dem Jesus-Imitator, der sich, wie die anderen, mit hängendem Kopf entfernen wollte. »Du kommst mit.«

Die schmaler werdenden Stufen führten in eine Tiefe von etwa dreißig Metern, tief genug, daß Sonia den Druck in ihren Ohren spürte. Am Anfang eines Gangs, der am Fuß der Treppe begann und langsam abwärts zu verlaufen schien, brannte eine Arbeitslampe. Von irgendwo in der Nähe hörte man, wenn auch durch die Höhlungen und Gewölbe verzerrt, Geräusche, die wie Gewehrschüsse und das Geschrei einer Menge klangen.

Sonia betrat den Gang und summte dabei »Makin' Whoopee« – vor sich hin. Nach etwa zehn Metern teilte sich der Gang. Sie leuchtete in beide Arme, doch das brachte sie nicht weiter. Der rechte schien in Richtung des Bab al-Ghawanima zu führen.

»Wie heißt du?« fragte sie ihren Begleiter.

Wie sich herausstellte, hieß er George.

»Würdest du bitte hierbleiben, George? Hier stehst du im Licht der Lampe, und wenn ich dich wiederfinde, finde ich auch wieder hinaus. Ist das okay?«

George beeilte sich, sein Einverständnis zu signalisieren.

Bald gabelte sich der Gang erneut, und wieder hielt sie sich rechts. Dann teilte er sich in drei und nach wenigen Metern erneut in zwei Arme. Durch den rechten kam sie in eine Kammer, die keinen zweiten Ausgang zu haben schien. Bei näherer Untersuchung entdeckte sie jedoch knapp über dem Boden eine Öffnung in der Wand, die zu dem Gang zu führen schien, aus dem sie eben gekommen war. Sie leuchtete hinein und stellte fest, daß dieser Stollen abwärts und unter der angrenzenden Kammer hindurch verlief. Überall war der Boden leicht geneigt, so daß jeder, der sich durch dieses Tunnelsystem bewegte, immer tiefer unter das Niveau der Straße gelangte.

Sie legte sich auf den Boden und kroch in den Stollen. Binnen kurzem merkte sie, daß er sich zusammenzuziehen schien und immer enger wurde. Das Gestein hatte etwas Organisches, als wäre es die Nachbildung eines lebenden Wesens.

Nach einer Weile wurde es zu eng für ihre klaustrophobischen Instinkte, und sie kroch zurück, stützte sich mit den Knien an den Wänden ab, wackelte mit dem Hintern und schob mit den Händen. Als sie wieder in der Kammer stand, roch der Staub, den sie einatmete, nach Jahrhunderten. Doch als sie die Lampe auf den Boden richtete, sah sie frische Fußspuren: die Abdrücke von Wander- oder Soldatenstiefeln, aber auch die von Straßenschuhen.

An der schwachbeleuchteten Gabelung, wo sie, wie sie glaubte, ihren Helfer zurückgelassen hatte, war niemand. Die Gänge waren absichtlich wie ein Labyrinth angelegt. Sie zögerte einen Augenblick, bevor sie Georges Namen rief; an diesem Ort tief unter der Erde war ihr der Klang ihrer eigenen Stimme unheimlich.

»George?«

Seine Antwort klang so weit entfernt und hallverzerrt, daß ihr ganz kalt ums Herz wurde. Es war eine akustische Eigenart dieses Tunnelsystems.

»Kannst du das Licht heller stellen?« rief sie.

Sie konnte seine Antwort nicht verstehen, aber das Licht wurde nicht heller. Die Batterien ihrer Taschenlampe würden bald leer sein; der Strahl wurde immer gelber und schwächer. Und in den Gängen, durch die sie, wie sie glaubte, gekommen war – sie war sich nicht mehr sicher –, hatte sie sich hoffnungslos verirrt.

63 Zwei Männer in Uniform packten Lestrade und stießen ihn zur Tür.

»Moment mal«, sagte Lestrade. »Und was ist mit meinem Gepäck?«

»Sein Gepäck«, sagte der amerikanische Anführer der Truppe ausdruckslos. »Was war mit dem Gepäck meines Großvaters, du Schwein?« fragte er. »Du machst dir Sorgen um dein Gepäck? Wir werden darauf aufpassen. Wir sind wie deine deutschen Freunde. Durch und durch ehrlich.«

»Vergiß nicht deine Zahnbürste«, sagte ein anderer. »Und warme Kleidung. Wir geben dir eine Postkarte. Dann kannst du nach Hause schreiben.«

»Hören Sie, ich bin Journalist«, sagte Lucas. Beinahe hätte er gesagt: Ich bin Jude. Um ein Haar hätte er es ausgesprochen. Er hatte überlegt, wie das Schema lautete.

Der Anführer sah Fotheringill an.

»Nehmt sie beide mit«, befahl Fotheringill. »Und dann nichts wie weg hier.«

Als er die hölzerne Treppe in dem uralten Turm hinuntergeschoben wurde, sah Lucas vor seinem geistigen Auge, wie er, ungefähr 1942, irgendwo in Europa von Soldaten irgendeine alte Treppe hätte hinuntergeschoben werden können.

Ich bin kein Jude, hätte er gesagt. Die Soldaten hätten es ignoriert.

Lestrade hatte ebenfalls etwas zu seiner Entlastung vorzubringen.

»Also bitte«, sagte er. Sein Ton war jetzt humorvoll, als wollte er alle einladen, in fröhliches Gelächter über die Absurdität des Ganzen einzustimmen. »Ich weiß nichts von irgendeiner Bombe.«

Die Straße, auf der zuvor so viele junge Männer lauthals ihre Sehnsucht nach dem Märtyrertod kundgetan hatten, war jetzt leer. Doch ganz in der Nähe hörte man Schüsse, Sirenen

535

und den Gesang von Soldaten und Palästinensern. Ein Heiliger Krieg, dachte Lucas. Und er war mitten darin.

Mit einemmal begann Lestrade auf arabisch zu rufen. Zwei junge Männer mit Taschenlampen erschienen an der Einmündung einer Gasse. Und plötzlich kam Boutros, der eben noch so schläfrig und widerwillig gewesen war, aus dem Hospiz gerannt, mit blutunterlaufenen Augen und außer sich vor Wut.

»*Itbah al-Yahud!*« schrie er, so laut er konnte.

Einer der Israelis feuerte auf ihn. Die Salve ging in die Luft, weil Fotheringill den Lauf des Gewehrs mit dem Unterarm nach oben geschlagen hatte. Die Patronenhülsen klirrten auf den Pflastersteinen. Fotheringill traf den Pförtner mit dem Kolben seiner Pistole am Kinn. Boutros stöhnte und sank auf das Pflaster der Via Dolorosa. Ein anderer Israeli schoß in die Gasse, in der die beiden Palästinenser aufgetaucht waren. Sie rannten, offenbar unverletzt, davon.

Die flackernden Lichter, die die Straße eben noch beleuchtet hatten, verschwanden, und die Umgebung lag in tiefer Finsternis. Lucas sah, wie Fotheringill einem der weniger trainiert wirkenden Männer der Abteilung das Sturmgewehr abnahm.

»Ich feuere eine Salve ab, und ihr lauft zum Tor«, sagte er. »Ich hoffe, ihr kennt den Weg.«

»Keine Sorge«, sagte der Amerikaner. »Es ist nicht weit.«

Fotheringill gab ein paar Schüsse aus seiner Pistole ab. Querschläger summten durch die schmale Gasse und zerschlugen Glas, Blumentöpfe und Spaliere. Katzen ergriffen die Flucht.

»Los!« befahl er.

Lestrade zeigte wenig Lust, bekam aber einen Nierenstoß mit einem Gewehrkolben, der ihn losrennen ließ. Lucas gehorchte seinem Instinkt und rannte ebenfalls.

An der ersten Kreuzung stellte sich heraus, daß irgend etwas schiefgegangen war. Dort, wo die beiden Straßen zusammentrafen, breitete sich ein wirrer Flickenteppich aus Lichtern aus, der die Aufrührer begleitete. Eine wütende Menge hatte sich versammelt, und Fotheringill feuerte über ihre Köpfe. Einige der Lichter erloschen, andere zogen sich zurück. Man hörte Schreie und Flüche in verschiedenen Sprachen, darunter auch Englisch. Andere Israelis schossen ebenfalls, manche über die Köpfe der Menge, manche nicht.

Lucas kauerte sich an eine Mauer.

»Wo sind sie?« rief Fotheringill. Er meinte Lestrade und Lucas. Für den Augenblick jedenfalls war ihm die Kontrolle entglitten. Das gute alte Schlachtgetümmel. Lucas sah sich nach Lestrade um. Die Männer hatten haltgemacht und suchten nach ihren Gefangenen, waren jedoch offenbar bereit, jederzeit ungezielt zu schießen.

»Halt!« rief eine Frau. Eine englische Stimme. »Wir sind von der Presse!« Die Antwort waren einige Gewehrsalven.

Es gab so viel Licht, daß Lucas sehen konnte, was passiert war. Eine Journalistengruppe war hinter der Armee in die Altstadt geschlüpft und hatte sich einer Menge von Aufrührern angeschlossen. Im unwirklichen Gleißen eines Kamerascheinwerfers erkannte Lucas einen etwa siebzigjährigen Palästinenser, der als Fremdenführer arbeitete und dessen Spezialität der Haram war. Er hieß Ibrahim. Er war gelehrt, sprach mehrere Sprachen, und seine Gier war schamlos. Er führte die Vertreter der ausländischen Presse durch die ersten Stunden des Heiligen Krieges.

»Oh, Scheiße!« rief die Engländerin. »Macht den Scheinwerfer aus, bevor sie uns alle zusammenschießen.«

»Hallo-ho!« rief Lestrade irgendwo in der Dunkelheit, die sich danach herabsenkte. »Sind Sie Briten? Ich bin Brite.«

In der uralten Finsternis wurden heilige Identitäten angeboten wie Junk Bonds. Ihr Wert schien allerdings begrenzt.

»Ja«, rief die tapfere Korrespondentin auf der Kreuzung. »Kommen Sie her! Hier sind Sie sicher.«

Als das letzte Licht erloschen war, rannte Lucas zur Ecke und stieß gegen Lestrade, der triumphierend mitten auf der Straße schlenderte, während Fotheringill und seine Israelis offenbar versuchten, ihn im Schutz der Dunkelheit umzubringen. Kugeln pfiffen in alle Richtungen.

Lucas riß den Professor zu Boden. Er hatte, wie Jack Kerouac, für kurze Zeit in der Football-Mannschaft der Columbia University gespielt, sich allerdings als nicht sehr talentiert erwiesen. Jetzt packte er Lestrade am Kragen und kroch über die unsichtbaren, schmutzigen Pflastersteine.

»Hallo-ho!« rief Lestrade. »Ich bin Brite!«

»Halten Sie verdammt noch mal den Mund!« riet ihm Lucas.

Hände erschienen in der Dunkelheit und zogen sie vorwärts, und im nächsten Augenblick waren sie um die Ecke. Am Ende der Straße waren noch mehr Lichter. Lucas sah palästinensische Fahnen, aber keine Spur von Soldaten.

»So«, sagte die Reporterin, die Lucas nicht erkennen konnte. »Wer ist hier Brite?«

»Ich«, sagte Lestrade. »Ich bin Wissenschaftler und habe ein gültiges Visum. Wir sind mißhandelt worden, und man hat versucht, uns zu ermorden.«

Lucas konnte mehr spüren als sehen, wie die anderen Reporter sich um sie drängten. Es war das, was George Bush einen »Aufruhr am Futtertrog« genannt hätte.

»Hören Sie«, sagte er, »wir müssen hier weg. Diese Männer sind nicht von der Armee. Es sind Killer.«

Nach dieser interessanten Information bewegte sich die Journalistengruppe in Richtung der Straße, in der Fotheringill noch immer wild drauflosfeuerte.

Lucas stand auf und zog Lestrade weiter.

»Sie sind hinter uns her«, sagte er zu der Engländerin, die stehengeblieben war. »Wir wissen etwas, das sie geheimhalten wollen. Sie werden uns umbringen.«

»Wie bitte?«

»Kommen Sie«, sagte Lucas zu Lestrade, »wenn Sie nicht umgebracht werden wollen. Die wissen von Ihnen und der Bombe.« Er packte Lestrade am Arm und rannte in Richtung Damaskustor, wo die nächsten Lichter waren.

»Was?« fragte Lestrade. »Bombe? Was?« Er klang ehrlich verwirrt, rannte aber mit.

»Moment mal«, rief die englische Reporterin hinter ihnen. »Moment mal.« Einen Augenblick lang sah es so aus, als wollte sie ihnen nachlaufen. Lucas wurde bewußt, daß es nützlich sein könnte, sie dabeizuhaben. Möglicherweise tödlich für sie, aber dennoch nützlich.

Als sie die nächste beleuchtete Ecke erreicht hatten, stellte er fest, daß die Frau ihnen nicht gefolgt war. Hier waren keine Reporter, und die jungen Palästinenser musterten Lucas unangenehm eingehend. Er begann sich zu fragen, ob er tatsächlich das umgekehrte Credo würde sagen müssen: Ich bin kein Jude. In einer einzigen Nacht zwei gültige Identitäten zu verleugnen, fiel selbst ihm schwer. Dennoch, so etwas tat man eben in einem Heiligen Krieg. Um dieser Art von Würdelosigkeit zu begegnen, hatte man Schibboleths erfunden. Irgendwo in dem Durcheinander krähte ein Hahn.

Zu den positiven Aspekten gehörte, daß Lestrade Arabisch sprach, und das nun auch ausgiebig tat. Leider wußte Lucas nicht, welche womöglich tödlichen Absurditäten der Mann von sich gab.

Während er auf die praktischen Auswirkungen von Lestrades Geschichte wartete, sah er die junge Frau von der Straße herbeikommen, wo Fotheringill und seine Männer sich gegenseitig beschossen. Sie war groß, dunkelhaarig und ziemlich hübsch.

Neben ihr schwenkte Ibrahim, der palästinensische Führer, den sie sich irgendwie gesichert hatte, seinen Stock. Lucas' erster Gedanke war, daß der alte Mann den Auftraggeber der Reporterin ein Vermögen kosten würde. Später – wenn es ein Später gab – würde er mindestens das Doppelte der vereinbarten Summe verlangen.

Die Frau blickte sich um. An der Ecke, wo sie eben gestanden hatten, war etwas im Gange. Man sah Lichter und Scheinwerfer der Armee.

»Golanis«, sagte sie. »Sie besetzen die Straße.«

Fotheringill und seine Truppe würden sich also zurückziehen müssen, und er und Lestrade waren, für den Augenblick jedenfalls, gerettet. Er würde wirklich etwas Nettes über die Golanis schreiben müssen. Eine freundliche Reportage.

»Gott sei Dank«, sagte er. *Baruch Hashem.*

Die englische Reporterin rümpfte mißbilligend die Nase. »Gott sei Dank für die Golanis? Sie scheinen eine Seite von ihnen zu kennen, die ich noch nie gesehen habe. Aber Sie sind ja auch Amerikaner, nicht?«

Nein, bin ich nicht, dachte Lucas. Er überlegte, ob er nicht etwas sein könnte, das weniger anstößig war.

»Da drüben sind israelische Terroristen, die Leute umbringen«, sagte er. »Sie wollten uns umbringen. Die Golanis sind wenigstens diszipliniert.«

Die Frau schien nicht überzeugt.

»Wenn Sie mir nicht glauben, fragen Sie doch Ihren Landsmann.«

Doch Lestrade war noch immer damit beschäftigt, den Palästinensern an dieser Ecke eine faszinierende Geschichte zu erzählen. Er war entweder ein Idiot oder ein exzentrischer, aber äußerst gerissener Drahtzieher. Es war durchaus möglich, beides zu sein, und jede dieser Rollen hatte zuzeiten ihre Vorteile.

»Ich würde sehr gerne mit ihm reden«, sagte die Frau. »Wo waren Sie, als das hier angefangen hat?«

»Ich habe Dr. Lestrade interviewt«, sagte Lucas. »Ich bin ebenfalls Journalist. Mein Name ist Chris Lucas.«

»Sally Conners«, sagte die junge Frau. Sie schüttelten sich nicht die Hand.

Er sah, daß sie eine Frage über Lestrade stellen wollte, dann aber beschloß, sie nicht zu stellen. Anscheinend wollte sie nicht einen Fremden – einen amerikanischen Bewunderer der Golanis noch dazu – über einen Landsmann ausfragen. Ehrenwert, fand Lucas, aber unprofessionell.

Inzwischen war Ibrahim sichtlich hin und her gerissen zwischen seiner Angst vor Lucas, den er als möglichen Rivalen betrachtete, und seinem Wunsch nach einem höheren Honorar. Es würde jedoch sehr nützlich sein, dachte Lucas, einen Palästinenser dabeizuhaben, besonders wenn er so bekannt war wie Maître Ibrahim. Er bot für das Geld, das er bekam, auch Sicherheit. Lucas fand es ärgerlich, die auf seiner Zeugenschaft beruhenden Aspekte der Story mit jemandem teilen zu müssen, und dann auch noch mit einer Engländerin. Andererseits waren seine »Exklusivinformationen« im Augenblick nicht so wichtig, und ihr Wert wog nicht die Schwierigkeiten auf, die er durch sie bekommen konnte. Ein bißchen Zusammenarbeit und tätige Hilfe waren ja nicht unbedingt schlecht. Je länger er darüber nachdachte, desto sicherer war er, daß es ihm ohne die Hilfe des palästinensischen Führers niemals gelingen würde, den Haram zu erreichen, und irgend jemand würde Ibrahim schließlich ein Vielfaches des ursprünglichen Preises bezahlen müssen.

Als Dr. Lestrade vor seinem palästinensischen Publikum die Schilderung seiner neuesten Abenteuer beendet hatte, war er bereit, sich von Sally Conners interviewen zu lassen.

»Also, ich mußte in großer Eile packen«, erklärte er. »Dann erschien dieser Mann« – er zeigte auf Lucas –, »und der Mann, der mich fahren sollte, erwies sich als ... tja, ich weiß nicht.«

»Dr. Lestrade ist ein Experte für die Anlage des Haram und der heiligen Stätten, die darunter liegen«, sagte Lucas. »Da so viele glauben, daß der Haram demnächst in die Luft gesprengt werden wird, wollte er wohl die Stadt verlassen, um etwaigen Anfeindungen aus dem Weg zu gehen. So war es doch, nicht, Lestrade?«

»Eigentlich nicht«, antwortete Lestrade. Er dachte einen Augenblick nach. »Eigentlich doch. Ich meine, niemand sprengt den Haram in die Luft. Das ist bloß Sensationsgeschwätz. Gerüchte der Einheimischen. Das Ganze war nur ein Projekt von ein paar amerikanischen Bibelfanatikern.«

»Die Sprengung des Haram?« fragte Sally Conners.

Sie nahm Lestrade in die Mangel, der unbeholfen eine Geschichte konstruierte, in der er nur eine arglose Randfigur war. Der alte Fremdenführer wartete ungeduldig und fürchtete wohl, seine Kundschaft könnte sich im allgemeinen Durcheinander einfach verflüchtigen. Es fielen noch mehr Schüsse, und über dem armenischen Viertel stieg wie ein himmlisches Zeichen eine Signalrakete in die Luft. Jemand hatte eine Signalpistole abgefeuert, weil er eine besaß und der Zeitpunkt richtig zu sein schien. Die Leute an Lucas' Ecke duckten sich.

Lucas nahm Ibrahim beiseite. »All diese Reporter suchen nach Salman Rushdie. Sie wissen, daß man ihn hergebracht hat, aber keiner weiß, wo er ist.«

Ibrahim sah Lucas ausdruckslos an; es war unmöglich, ihn mit einer Information zu überraschen, ganz gleich, wie unwahrscheinlich sie war. Er saugte alle Arten von Informationen sogleich auf, und sein erster Gedanke galt dabei nicht ihrer Richtigkeit, sondern ihrem Wiederverkaufswert.

»Man hat ihn am Flughafen gesehen«, fuhr Lucas hastig und in vertraulichem Flüsterton fort, »mit israelischen und amerikanischen Leibwächtern. Meinen Sie nicht auch, daß er wahrscheinlich dabeisein will, wenn die heiligen Stätten zerstört werden?«

Kein Zweifel, das gefiel Ibrahim. Seine blassen graublauen Augen leuchteten im Widerschein der vielen Lichter. Seine nächste Äußerung war orakelhaft.

»Er ist hier«, erklärte er. »Ich habe ihn gesehen.«

»Ich nehme an«, sagte Lucas, »die Israelis und die Amerikaner werden ihn zum Mufti oder so machen. Er wird den Felsendom und die Al-Aksa-Moschee in Mekka wiederaufbauen lassen.«

»Das stimmt«, sagte der gelehrte Alte. »Aber es geht noch um mehr.« Er erhob die Stimme. »Salman Rushdie!« schrie er. »Rushdie ist da!«

Nach einem Augenblick entsetzten Schweigens begannen die jungen Männer zu schreien und ihre Kleider zu zerreißen.

»Salman Rushdie?« fragte die junge Sally Conners. Es irritierte sie, ihre Bewertung der Ereignisse ständig revidieren zu müssen. »Völliger Unsinn!«

Diese Einschätzung wollte niemand teilen. Ihr eigener Führer wandte sich gegen sie.

»Er ist da!« rief er. »Er ist gekommen!«

64 Sonia versuchte, den Abdrücken zu folgen, die ihre Sandalen im Staub hinterlassen hatten, doch das erwies sich als unmöglich, denn es gab noch andere Spuren und feuchte Flecken auf den Steinen. Sie konnte sich nicht erinnern, ob der Boden der Stollen, durch die sie gegangen war, aus behauenen Steinen oder Erde bestanden hatte. Sie machte einen langsamen, vorsichtigen Versuch, ihren Weg zurückzuverfolgen, und traf dann eine Reihe spontaner, intuitiver Entscheidungen, doch beides brachte sie nicht zum Ausgang. Im Gegenteil: Sie hatte nun das Gefühl, weiter von dem verrückten George und seinem Licht entfernt zu sein als zuvor.

»George!«

Hörte sie da Gelächter? Die Geräusche, die durch die Wände und Gänge und Kammern drangen, waren eigenartig verzerrt. »George!«

In manchen Kammern gab es kaum eine Resonanz. In anderen wurde alles, was sie rief, in vielfachen Echos zurückgeworfen, die manchmal für ein paar Sekunden verstummten, dann wieder erklangen und, weiter und weiter entfernt, verhallten.

Nicht eine der Kammern, durch die sie kam, war so groß, daß sie die Arme vor sich ausstrecken konnte. Sie spürte Panik in der Kehle. Ihre Beine wurden schwach; das mußte Angst sein. Sie weinte.

Ihr Geist war bereits geschwächt. Immer wieder erschien der Gedanke, die Finsternis ringsum werde sie verschlingen und in das Nichts verwandeln, das diese Finsternis war, als wäre sie, Sonia, in irgendeiner uralten Ordnung der Dinge gelandet, wo das Chaos eben erst von Ursache und Wirkung getrennt wurde. Das Chaos war kalt.

Solange die Taschenlampe noch funktionierte, würde wahrscheinlich alles in Ordnung sein, dachte sie, aber in völliger Dunkelheit würde sie nach und nach zusammenbrechen. Hier herrschte eine Finsternis, die in einen Menschen hineinkriechen und ihn vor sich selbst verbergen konnte.

Weitergehen oder stehenbleiben? Sie beschloß, weiterzugehen und sich an den Geräuschen zu orientieren, die, wie sie glaubte, von draußen kommen mußten. Es waren häßliche Geräusche, nicht zu identifizieren – man konnte nicht einmal sagen, ob sie überhaupt menschlichen Ursprungs waren. Aber sie waren immer noch besser als die Stille in dieser Finsternis.

»George!«

Die Antwort, die sie hörte, kam nicht von dem jugendlichen Christus-Imitator. Die Beschaffenheit der Wände und Decken verlieh ihr einen Klang, der an die Stimme eines Mediums oder eines Zauberkünstlers erinnerte. Es war eine Stimme, die ihr entfernt bekannt vorkam.

»Was machst du hier unten, Sonia?« wollte die Stimme wissen. »Ich hoffe nicht, daß du uns suchst.«

»Ich habe mich verirrt«, rief sie. Die Resonanzen machten es unmöglich, die Stimme zu erkennen.

»Wer hat dich geschickt? Lucas?«

»Nein«, rief Sonia. »Wo bist du?«

»Eine Schlaumeierin«, sagte der Mann. Er sprach zu einem anderen. Es war, als sollte sie ihn nicht hören.

Plötzlich erklang in der Kammer, in der sie stand, ein warnendes, wispernd nachhallendes Zischen.

»Sonia!« Es klang nach Fotheringills Stimme. Er sprach leise, ohne Dentale, als bediene er sich einer eingeübten Sprechweise. »Bleib hier. Zurück an die Wand.«

Es war Fotheringill. Sie erstarrte und wußte nicht, ob sie antworten sollte.

»Ich hab mich verirrt«, sagte sie. Der unsichtbare Fotheringill zischte abermals, zum Zeichen, daß sie schweigen solle. Vorsichtig bewegte sie sich auf die nächste Wand zu.

Sie lieferte sich Fotheringills Gnade aus und fühlte sich dabei wie ein Lamm, das bei einem Raubtier Zuflucht suchte, doch die Panik, die schreckliche Einsamkeit und die blinde Hoffnung waren stärker als sie.

»Du hast dich nicht verirrt«, erklärte die andere Stimme von oben. »Du bist im Tempel des Sabazios.«

Aus der Entfernung, durch denselben steinernen Filter, hörte sie Gelächter und gemurmelte Zustimmung. Es waren noch andere Männer bei ihm. Es klang, als wären es mehr als ein Dutzend, doch sie war sich nicht sicher.

»Warum sind Sie hier?« flüsterte sie Fotheringill zu. »Wußten Sie, daß hier eine –«

Ein erneutes schlangenartiges Zischen unterbrach sie.

»Sonia?« fragte die Stimme von oben. »Ist jemand bei dir?«

Sie antwortete nicht, sondern wich an die Wand zurück.

»Dein König ist ein Moslem geworden, Sonia«, sagte die Stimme. Sie war näher gekommen. »Wußtest du das?«

»Für ihn ist alles dasselbe«, sagte sie.

Wieder gebot der unsichtbare Fotheringill ihr zu schweigen.

»Tatsächlich?« sagte der andere Mann. »Das mußt du mir genauer erklären.«

Als sie die staubige Wand hinter sich spürte, schob sie sich daran entlang und suchte einen Durchgang zur nächsten Kammer. Sie hatte furchtbare Angst, auf Fotheringill zu stoßen, und versuchte, beide Männer zu lokalisieren und einen Plan zu entwickeln. Das ging über ihre Kräfte.

Schließlich stieß sie auf eine Öffnung, einen Durchgang. Sie duckte sich und huschte hindurch.

»Aber du weißt doch, was er sagt«, rief sie dem Unbekannten zu. »Daß alles dasselbe ist.«

Sie beschloß, sich an der Wand entlang weiter voranzuarbeiten. Da sie die Taschenlampe nicht gebrauchen durfte, mußte sie jeden Schritt in vollkommener Dunkelheit tun. Sie hörte nur drohende, undeutliche Stimmen, die an diesem weitentrückten Ort dennoch so etwas wie Menschlichkeit versprachen.

»Wer seid ihr?« rief sie. Wieder ein Zischen von Fotheringill. Er verfolgte sie in der Dunkelheit wie ein Katze.

Dieses Labyrinth mußte irgendein System haben, und wer sich lange genug hier aufhielt, würde es vielleicht entdecken. Sie hatte keine Ahnung, ob Fotheringill sich hier auskannte oder nicht. Ihr wurde bewußt, wie wenig sie über ihn wußte. Und sie hatte das Gefühl, daß er ihr jetzt viel näher war als zuvor.

Von oben hörte sie ein Gemurmel aus Flüchen und Bemerkungen, offenbar die Begleiter des Unbekannten.

»Ich bin hier, um etwas zu lernen«, rief sie. Vielleicht, dachte sie, war sie ja dabei, etwas über sich selbst zu lernen: daß sie selbst in größter Gefahr nicht imstande war, sich der Stille und der Finsternis auszuliefern. Diesmal unterbrach Fotheringill sie nicht.

»Du bist bloß eine schwarze Junkie-Schlampe«, sagte die Stimme von oben. Sie klang jetzt ein bißchen deutlicher und hatte einen europäischen Akzent. »Leute wie dich gibt es hier überall. Im Negev. Ihr mit eurer verdammten ›Nahrung für die Seele‹! Ihr seid keine Juden.«

Unterdrücktes, wütendes Gemurmel. Es war, als würde eine Art Urteil über Sonia gesprochen. In dieser Finsternis voller unsichtbarer Männer war sie versucht, sich an Fotheringill zu wenden. Er war wenigstens nicht einer von ihnen.

»Ich habe genauso ein Recht, hierzusein, wie ihr«, rief sie. An diesem Ort war das eine Behauptung, die man bezweifeln konnte. Diesmal zischte Fotheringill wieder.

Jemand würde ihr weh tun, dachte Sonia. Sie wußte nicht mehr, wer wo stand und was der Plan gewesen war. Sie hatte mit der Polizei oder dem Schin Bet oder dem Mossad gerechnet. Mit irgend jemandem.

»Ist die Polizei nicht schon da?« rief sie. Sie schrie es, so laut sie konnte.

»Sonia!« hörte sie Fotheringill flüstern. Er war ihr ganz nah. »Nicht!«

Es klang, als wollte er ihr seine Hilfe anbieten, doch er gehörte bestimmt zu Raziels entsetzlichem Plan. Er war nicht allein, und er tat etwas Illegales und Verzweifeltes. Höchstwahrscheinlich, dachte sie, war er dabei, die Bombe zu legen.

Von irgendwo draußen hörte sie Geräusche, die sie nicht zu deuten vermochte. Eine Menschenmenge. Maschinen. Die Geräusche waren nicht zu lokalisieren – sie kamen mal von oben, mal von unten, sie kamen näher und entfernten sich wieder.

Sie werden mir weh tun, dachte sie.

Plötzlich war irgendwo in der Finsternis ein Scharren und Kratzen, ein Klirren von metallenen Gerätschaften und Waffen, leise, aber vernehmlich.

»Sonia«, rief Fotheringill, »bleiben Sie, wo Sie sind. Wir finden Sie.« In seinen Worten lag nicht nur eine Drohung, sondern auch eine schreckliche Zuversicht.

Sollte sie fliehen oder sich verstecken? Sie wollte ihre Taschenlampe nicht anschalten; sie wußte nicht, wie weit Fotheringill und die anderen entfernt waren. Andererseits konnte sie absolut nichts sehen, und die einzige Möglichkeit, in eine andere Kammer zu gelangen, bestand darin, sich an der Wand entlangzutasten.

Die Geräusche waren jetzt sehr verwirrend, und sie wußte nicht, ob sie sich auf sie zubewegte oder nicht. George und seine Lampe mochten – sofern sie nicht ohnehin ein Teil des Plans waren – meilenweit entfernt sein.

Sie hielt inne und beschloß, sich von dort, wo sie die Männer vermutete, wegzubewegen. Vermutlich kannten sie sich hier aus, und wenn sie blieb, wo sie war, würden sie sie finden.

Mit dem Gesicht zur Wand schob sie sich an der feuchten, unebenen Oberfläche entlang, bis sie eine Ecke oder Öffnung ertastete. Dann trat sie in die Kammer. Manchmal war es nur eine Nische, manchmal ein niedriger Durchgang zu einem angrenzenden Raum. Das Scharren der Stiefel, Waffen und Ausrüstungsgegenstände klang jetzt weiter entfernt. Von irgendwo draußen ertönte noch immer das leise Brummen. Sie dachte jetzt nur noch daran, wie sie von hier entkommen könnte.

Als sie etwa vier Kammern durchquert hatte, kam sie in eine, die ihr besonders erschien. Zum einen erzeugte das kleinste Geräusch ein unverhältnismäßig starkes Echo, so daß sie annahm, daß dieser Raum größer und höher war als die anderen. Zum anderen nahm sie einen eigenartigen Geruch wahr, der vollkommen anders war als der uralte Staub, den sie in der letzten Stunde oder halben Stunde, oder wie lange sie durch diese Labyrinth geirrt war, eingeatmet hatte. Sie hatte jedes Zeitgefühl verloren.

Es roch nach einer Mischung aus Metall, Chemikalien und Schweiß. Der Geruch ließ sie erstarren. Sie zögerte, sich weiter an der Wand entlangzutasten, doch dann schob sie sich langsam voran, bis sie eine Nische entdeckte. Sie streckte die Hand aus, bevor sie hineintrat. Ihre Finger strichen über etwas Glattes. Im Gegensatz zu den Wänden war es nicht mit Staub oder Sand bedeckt. Es schien eine Figur aus Metall zu sein, und ihre Haltung kam Sonia vertraut vor. Sie brauchte beide Hände, um sie zu erkunden.

Hinter der Figur ertastete sie Formen aus gebranntem Ton, die erkennbar menschlich waren. Sie fühlte den Faltenwurf eines Gewandes und einige eigenartige Auswüchse, aber was immer es war, es sollte eine menschliche Gestalt darstellen. Sie schaltete die Taschenlampe an.

Sie befand sich in einem Raum von etwa drei mal fünf Metern Größe. Die Wände waren mit Fresken bedeckt, die sie nicht genau erkennen konnte, die aber unermeßlich alt aussahen. Das erste Objekt, das sie betastet hatte, war eine menschliche Hand aus Metall. Die beiden letzten Finger drückten gegen die Handfläche, die ersten drei waren, wie bei einem Segen, erhoben.

Die Statue hinter der Hand ähnelte Hermes. In ihrer Linken hielt sie einen Stab, um den sich zwei Schlangen ringelten. Auf dem sorgfältig gearbeiteten Gesicht lag ein glückseliges Lächeln, das an einen Bodhisattwa erinnerte. Sie trug eine Kappe wie die Figur der Freiheit auf Delacroix' Revolutionsbild von 1830. Ihre rechte Hand war ausgestreckt, genau wie die Hand, die vor ihr stand. An der Wand hinter der Figur war eine griechische Inschrift.

»Hier«, sagte die Stimme von oben, die sanfte, kultivierte, europäische Stimme, »hier gehörst du hin.«

65 »Salman Rushdie!« intonierte der alte Ibrahim wie ein Muezzin. »Rushdie ist gekommen!«

»Aber das ist doch völliger Unsinn!« wiederholte Sally Conners.

»Blanker Blödsinn«, sagte Lestrade. Das Gefühl, in Sicherheit zu sein, beflügelte offenbar seine Bemühungen, auf die komischen Aspekte der Angelegenheit hinzuweisen. »Wilder Wahnwitz.«

»Ich glaube, Sie sind Salman Rushdie«, sagte Lucas zu ihm. »Ich glaube, die CIA hat Sie verkleidet. Die haben einen Peilsender in Ihren Socken versteckt. Ich glaube, Sie werden sterben. Sehen Sie sich diese schläfrigen Augen an«, sagte er zu Sally Conners und zog Lestrades dunkel geränderte Unterlider herunter. »Die Geheimratsecken. Den unsteten Blick. Sehet«, rief er der Menge zu. »Sehet . . .« Er wußte nicht, wie man »Sehet« auf arabisch sagte, aber es klang nicht schlecht.

»Schon gut, schon gut«, sagte Lestrade verängstigt.

»Wenn ich hier umgebracht werde«, erklärte Lucas, »dann sind Sie vor mir dran. Glauben Sie, ich finde es amüsant, ein Jude zu sein? Möchten Sie wissen, wie es ist, ein christlicher Märtyrer zu sein?«

»Lassen Sie ihn«, sagte Sally Conners. »Lassen Sie ihn in Ruhe.«

Ibrahim wurde mit Fragen bestürmt, wo Salman Rushdie sei. Er schien wie ein Wahrsager in eine Art Trancezustand zu verfallen, um den Verfluchten aufzuspüren.

»Vielleicht können wir ihn am Bab al-Hadid überraschen«, sagte Lucas zu dem mit seherischen Fähigkeiten begabten Alten. »Vielleicht haben seine Leibwächter ihn dorthin gebracht.«

»Nein!« verkündete der Führer. »Er ist auf dem Ölberg. Er kommt mit dem Hubschrauber.«

»Hören Sie«, meldete sich Sally Conners, »der Rest der Presse folgt der Armee, und das sollten wir auch tun. Es wird Schießereien geben. Greueltaten.«

»Er ist nicht auf dem Ölberg«, sagte Lucas zu Ibrahim. »Er ist am Bab al-Hadid. Wenn Sie bezahlt werden wollen, sollten Sie lieber dort nach ihm suchen.«

Ibrahim sah sich um, ob jemand in Hörweite war. »Aber die Bombe ...«

»Wir haben Professoren, die Bomben entschärfen können.«

Der alte Mann machte ein ernstes Gesicht.

»Wollen Sie heute nacht Geld verdienen oder in tausend Stücke gesprengt werden?« fragte Lucas ihn. »Wenn Sie uns nicht helfen, dorthin zu kommen, werden Sie es bereuen.«

»Ich habe keine Angst vor Drohungen«, sagte Ibrahim. »Ich bin alt.«

»Gut«, antwortete Lucas. »Dann tun Sie's für Geld. Und um die heiligen Stätten zu retten.«

Offensichtlich traute der alte Mann ihm nicht. Dennoch verkündete er, Salman Rushdie lauere am Bab al-Hadid.

Die Menge gierte nach Rushdies Blut. Außerhalb der Mauern schien eher mehr als weniger Unruhe zu herrschen, und in der Altstadt fielen immer öfter Schüsse. War die Hamas oder die PLO zum bewaffneten Widerstand übergegangen?

Ibrahim nahm Sally Conners beiseite. »Wenn wir zum Bab al-Hadid gehen, müssen Sie mir mehr bezahlen.«

»Ich will ja gar nicht zum Bab al-Hadid«, sagte sie. »Und auch nicht auf den verdammten Ölberg. Ich will das Vorgehen des Golani-Regiments aus der palästinensischen Perspektive beobachten.«

Lucas vergewisserte sich, daß Lestrade sich in der allgemeinen Verwirrung nicht abgesetzt hatte, doch der Professor folgte seinen Instinkten und hielt sich an seine Mit-Franken.

»Lestrade«, sagte Lucas, »sagen Sie ihr, daß sie zum Bab al-Hadid gehen will.«

»Tja, Sie müssen wissen«, sagte Lestrade, »daß da ein neuer Tunnel ist. Eine neue Ausgrabung.«

»Verstehen Sie nicht?« fragte Lucas Sally Conners. »Sie haben einen westlichen Strohmann geholt, der eine Ausgrabung durchgeführt hat, und dann haben sie eine Bombe gelegt. Es wird so sein wie bei dem verrückten Neuseeländer.«

Die junge Frau verdaute diese Information.

»Aber wird die Bombe nicht explodieren?« fragte sie dann. »Und wir mit ihr?«

»Wahrscheinlich«, sagte Lucas. »Aber Sie werden einen Blick auf den Tunnel werfen können. Und es arbeiten bereits Experten an der Sache. Der Professor hier ist beispielsweise ein Experte. Und ich ebenfalls.«

»Was sind Sie?« fragte sie. »Ein CIA-Agent oder so?«

»Ich habe Religion als Hauptfach studiert«, sagte Lucas.

»Tod dem Gotteslästerer!« rief der Führer. »Salman Rushdie muß sterben!«

Er brauchte keinen Widerspruch zu fürchten. Also rannten alle die al-Wad hinunter zum Bab al-Hadid: Lucas und Lestrade und der alte Führer Ibrahim und die junge englische Reporterin, die keinen Augenblick lang glaubte, daß Salman Rushdie nach Jerusalem gebracht worden war, um die heiligen Stätten explodieren zu sehen, und ihnen folgte eine Menge von beinah hundert schreienden palästinensischen Männern und Jungen.

In einer der Querstraßen tobte ein Krieg. Eilig hergestellte Molotowcocktails regneten von den Dächern wie Ravioli malfatti und explodierten in der Luft, auf der Straße oder in den Händen der Werfer. Auf den Dachgärten ertönten Schreie. Spaliere standen in Flammen, und es roch nach brennendem Zitronenholz. Golani-Soldaten feuerten auf die Mauern, während Scharfschützen versuchten, potentielle Davids zu erwischen. Ein junger Mann fiel schreiend auf die Straße – seine Kafiye und sein Oakland-Raiders-Sweatshirt brannten lichterloh.

Lucas und seine Gruppe versuchten es mit einer anderen Straße. Lucas zog Lestrade hinter sich her. Die englische Reporterin tat das gleiche mit Ibrahim, der sich dennoch bemühte, seine Würde zu wahren.

»Die Nord- und Westseite des heiligen Haram«, rief er, »bilden den am besten erhaltenen Komplex mittelalterlicher islamischer Kunst der Welt.«

Eine Salve wurde abgefeuert, und zwar aus etwas, das sich wie eine Thompson-Gun anhörte. Ibrahim warf sich zu Boden, drückte sein Gesicht auf das Pflaster und bedeckte den Kopf mit den Händen.

»Gott im Himmel«, sagte Sally Conners. »Eine Thompson-Gun. Das klang wie früher in Belfast.«

»Belfast ohne Guinness«, sagte Lucas.

»Oh, *bitte*«, seufzte sie mit kleinmädchenhafter Affektiertheit.

Die palästinensischen Jugendlichen folgten ihnen, und ihre Begeisterung wuchs. Einer schwenkte eine palästinensische Fahne. Wieder fühlte Lucas sich an Gaza erinnert.

»Hören Sie«, sagte er zu dem Führer, »wir müssen zum Bab al-Hadid. Es muß doch einen kürzeren Weg geben als durch die Straßen.«

Ohne den Kopf zu heben, krächzte der Alte: »Über die Dächer. Vom Bab al-Nazir.«

»Aber die Soldaten haben bestimmt die Hausdächer besetzt«, sagte Sally Conners. »Das ist immer das erste, was sie tun.«

»Die werden zuerst das jüdische Viertel verteidigen«, sagte Lucas. »Dann werden sie die israelischen Häuser rings um das moslemische Viertel sichern. Vielleicht beziehen sie an den Ausgrabungsorten Stellung.«

»Über die Dächer«, beharrte Ibrahim.

»Ja, er hat recht«, sagte Lestrade. »Über die Dächer kommen wir bis zur Mauer des Haram. Aber die Armee wird die Dächer aller Häuser am Platz vor der Klagemauer besetzt haben.«

»Und wie kommen wir da rauf?« fragte Sally Conners. »Sollen wir irgendwo anklopfen?«

»Wir folgen der Schebab«, sagte Lucas. »Meinen Sie nicht auch?« fragte er den Führer.

Ibrahim sah ins Halbdunkel vor ihnen, erhob sich und rief den Jugendlichen, die sich an die Wände der schmalen Straße drückten, etwas zu. Nirgendwo brannte Licht. Nur die Suchscheinwerfer der Hubschrauber, die über ihnen vorbeijagten, erleuchteten die Gassen und Torbogen der Altstadt.

»*Al-jihad!*« rief der Alte. »*Al-Haram. Itbah al-Yahud!*«

»*Itbah al-Yahud?*« fragte die Reporterin. »Was heißt das?«

»Sprechen Sie kein Arabisch?« fragte Lucas.

»Ein bißchen«, antwortete sie. »Aber ich erinnere mich nicht, diesen Ausdruck schon mal gehört zu haben.«

»Wir sprechen später darüber«, sagte Lucas. »Es ist ein pa-

552

triotisches Lied, so ähnlich wie *The March Of The Men Of Harlech* oder *The Wearing Of The Green.*«

»Was?«

»Tut mir leid«, sagte Lucas. »Es war ein harter Tag, und ich bin ein bißchen neben der Spur. Es heißt: ›Tötet die Juden!‹«

»Oh, ich verstehe«, sagte Sally Conners.

Eine Frau mit verhülltem Kopf öffnete ihnen, und alle traten in das Haus: ein paar Dutzend der Schebab, der Fremdenführer, Lucas, seine Kollegin und schließlich Dr. Lestrade. Sie rannten Treppen hinauf, auf deren Absätzen es nach Tahini und Parfüm roch, durchquerten ein Schlafzimmer und standen auf dem Dach. Ibrahim schwenkte seinen Stock und versuchte den Eindruck zu erwecken, als sei er der Anführer, doch die Schebab waren schneller als er und eilten voran. Er sah sich besorgt nach den Ausländern um, die sich bereit erklärt hatten, ihn zu bezahlen.

»Hier entlang«, rief er. Aus dem Nichts tauchte ein Hubschrauberscheinwerfer auf, und Gaswolken stiegen vom Nachbardach auf. Innerhalb von Sekunden verdichtete sich der zunächst schwache Geruch zu einem durchdringenden, die Schleimhäute verätzenden Gestank. Ein Gebäude weiter ging unter dem ohrenbetäubenden Stakkato der Hubschrauberrotoren klappernd ein Regen von explodierenden Gasbehältern nieder.

Lucas warf einen letzten Blick auf die Sterne – es war eine kühle, klare Nacht – und bedeckte mit dem Unterarm die Augen. Von Osten kam eine frische Brise – vielleicht wurde das Zeug ja weggeweht. Auf einem zweiten angrenzenden Dach in Richtung des Haram bekamen die Schebab abermals einen Treffer ab. Die Gasbehälter erwischten sie außerhalb der Deckung, und die Jungen wurden ganz und gar eingenebelt. Durch die Wucht der Geschosse trugen einige Verletzungen an Köpfen und Ellbogen davon. Sie schrien und fluchten; der Hubschrauber flog eine Kurve und kehrte für einen neuen Abwurf zurück. Lucas und seine Gruppe blieben in Deckung, bis der Hubschrauber abdrehte und andere Opfer zwischen den Ständen im Souk al-Quattanin fand.

Ibrahim begann, mit erhobener Stimme und in klassischem Arabisch vom Tag des Gerichts zu sprechen, vom bösen Engel Al-dschib und der Tötung der Juden und der Dschinn.

»Bitte, Sir«, fragte die englische Reporterin, »können wir jetzt weiter?«

Sprachlos vor Verwunderung und Ritterlichkeit, stützte Ibrahim sich auf seinen Stock, legte eine Hand auf sein Herz und verbeugte sich. Eine Kugel, ein tödliches Stahlmantelgeschoß, zischte in etwa einem halben Meter Entfernung vorbei.

»Mein Gott«, sagte Sally Conners. »Kein Wunder, daß sie während der Intifada sechs Leute am Tag töten.«

»Sechs«, erklärte Lucas, »ist eine starke Zahl.«

66 Sonia hörte über sich ein Geräusch und richtete den Strahl ihrer Taschenlampe auf ein Paar Armeestiefel, die in einem Loch in der Decke erschienen. Im selben Augenblick ließ sich der Besitzer der Stiefel hinunter und landete mit kraftvoller Eleganz und gebeugten Knien neben ihr. Sie leuchtete ihn an, doch der Mann hatte seine eigene Lampe mitgebracht und richtete ihren Strahl auf sie.

Flucht war zwecklos, und so blieb sie, wo sie war. Im Licht der Lampe des Mannes sah sie, daß zu Füßen der Statue der Rucksack eines Fallschirmjägers lag. Auf den ersten Blick sah er aus wie ein gepackter Fallschirm, doch die Deckklappe war nicht ganz geschlossen, und darunter konnte sie sperrige Batterien und ein Gewirr bunter Drähte erkennen. Sonia war ein Kind der Revolution und wußte, wie eine Bombe aussah.

Eine Gruppe bewaffneter Männer ließ sich durch die Deckenöffnung hinab, durch die der erste gekommen war. Einige landeten ebenso geschmeidig wie er, doch die meisten waren keine Berufssoldaten und verloren nach dem Aufkommen das Gleichgewicht.

»Nun hast du's also gefunden«, sagte der Anführer zu Sonia, während seine Männer sich aufrappelten. Es war Janusz Zimmer.

»Genau«, sagte sie. »Und ich hab dem Schabak Bescheid gesagt und die Grenzpolizei alarmiert, und sie werden gleich hiersein und euch einsacken.«

»Ist das wahr?« sagte Zimmer. »Und das findest du richtig?«

»Ja«, sagte sie. Sie blickte sich um, ob Fotheringill unter ihnen war, konnte ihn aber nirgends entdecken.

Nach einigen Sekunden ertönte ein gewaltiges metallisches Krachen und Rumpeln von Steinen. Es klang wie eine Welle, die über einen Kiesstrand zurück ins Meer strömte.

»Das sind sie«, sagte Sonia. »Blast die Sache ab.«

Doch sie glaubte nicht wirklich, daß es der Schin Bet oder die Grenzpolizei war. Und sie stellte zu ihrer Verwunderung fest,

daß sie ausgerechnet an den *Fall des Hauses Usher* dachte,
dem, wie sie einmal gelesen hatte, eine Geschichte zugrunde
lag, auf die Poe irgendwo gestoßen war: eine Geschichte über
einen ägyptischen Grabtempel auf einer Insel im Sumpf.

»Der Tunnel bricht zusammen«, sagte einer der Männer
ziemlich gleichgültig.

»Nein, tut er nicht«, sagte Zimmer. »Ihr, ihr brecht zusammen.«

Dann ertönte eine gewaltige Stimme, die nicht einen Hauch
von Transzendenz besaß. Es handelte sich offensichtlich um
ein Polizeimegaphon. Die Stimme verkündete zwei Nachrichten – die eine auf hebräisch, die andere auf englisch.

Sonia war zu verblüfft, um etwas zu sagen.

»Schabak«, sagte einer von Fotheringills Männern. »Sie
hat's tatsächlich getan.«

»Sie hat's tatsächlich getan«, sagte Zimmer ruhig.

»Juden gegen Juden«, sagte einer der Männer. »Juden töten
Juden. Das haben wir befürchtet.«

»Niemand wird irgend jemand töten«, rief Zimmer. »Legt
eure Waffen hin.« Er ließ den Strahl seiner Lampe durch die
Kammer wandern und rief acht oder neun Namen. »Geht zum
Tunneleingang.«

Die Männer zögerten.

Fotheringill erschien mit einer Taschenlampe, als wäre er
durch die Wand gekommen.

»Ihr habt gehört, was er gesagt hat«, rief er im Befehlston.
»Los, Bewegung!«

»Was ist mit Lestrade?« fragte ihn Zimmer.

Die Männer, die er mitgebracht hatte, liefen verwirrt durcheinander.

»Um den brauchen wir uns keine Sorgen zu machen«, sagte
Fotheringill. »Wir haben ihn nicht rausgefahren, aber es ist sowieso alles abgeriegelt. Er wird wohl bei Lucas und der Presse
sein.«

»Und da hast du dir gedacht, du schaust mal vorbei.«

»Ja. Vielleicht kann ich mich irgendwie nützlich machen.«

»Geht in Deckung«, sagte Zimmer zu den Männern. »Die
Armee ist fast durch. Nehmt euch vor Querschlägern in acht.
Wir wollen nicht, daß jemand zu Schaden kommt.«

Die meisten befolgten den Befehl.

»Wir sind verraten worden«, sagte einer von ihnen. Es war der Football-Trainer aus Neuengland. »Du bist ein Verräter«, sagte er zu Zimmer. »Ein Christ – ihr alle seid Christen.«

»Nicht ganz«, sagte Zimmer. »Diese Dame hier ist Sufi. Und dieser Herr«, sagte er und zeigte auf Fotheringill, »arbeitet für mich.«

»Die Soldaten Ahabs«, sagte der Football-Trainer. »Die Soldaten Manasses.« Er leuchtete Sonia an. »Die Soldaten unserer Isebel hier.«

»Ihr seid die Soldaten Sauls«, erklärte Sonia. »Und ich bin die Hexe von Endor, nicht? Ich glaube, sie war schwarz wie ich. Und ich kann den Propheten Samuel heraufbeschwören wie sie, und der Prophet Samuel würde euch Verräter an Gott und dem jüdischen Volk und dem Land Israel nennen. Ich stamme von einer langen Reihe von Rabbis ab.«

Fotheringill lachte. »Sie ist völlig übergeschnappt«, sagte er zu seinem Boss Zimmer. »Aber ich mag sie.«

67 Die Menge der Schebab, gefolgt von Lucas, Sally Conners und Ibrahim, wich Suchschweinwerfern aus und arbeitete sich geduckt über die Dächer des moslemischen Viertels in Richtung Bab al-Hadid vor. Auf einigen der Dächer befanden sich duftende Gärten, andere waren leer und wurden offenbar nicht benutzt. Es gab Ziehharmonikagitter zum Schutz von Kindern und manchmal Reihen von einzementierten abgebrochenen Flaschen, an denen sich etwaige Übeltäter verletzen sollten. Auf den Straßen herrschte zunehmende Erregung.

In einer Gasse sahen sie eine Abteilung berittene Polizei, die eine Menge in einer an Pamplona gemahnenden wilden Flucht vor sich her trieb. Junge Heißsporne rannten vor den Pferden davon oder suchten Schutz in Hauseingängen. Am Ende der Gasse machten die berittenen Polizisten kehrt, um nicht von den eigenen Linien abgeschnitten zu werden, und zogen denen, die sie auf dem Hinweg verpaßt hatten, ihre Knüppel über. An einer anderen Stelle hatten Soldaten einen Trupp der Schebab in eine Sackgasse getrieben und amüsierten sich damit, sie mit Reizgasgranaten zu beschießen. Hin und wieder kam eine leere Granate zurückgeflogen, doch insgesamt schienen die Aufrührer einen schlechten Zufluchtsort gewählt zu haben.

Obgleich Lucas zaghaft abriet, waren die jungen Männer, mit denen sie sich über die Dächer vorarbeiteten, nicht imstande, sich zu beherrschen, und warfen alles, was nicht niet- und nagelfest war, auf die Soldaten hinunter. Das zog den Angriff einer Sturmabteilung vom Ende der Gasse nach sich, die Haustüren aufbrach und die jungen Kämpfer über die Dächer verfolgte. Die Schebab verteilten sich. Lucas und Sally, die eine Art unkoordinierter Allianz eingegangen waren, blieben zusammen. Ibrahim, der an sein Geld dachte, hielt sich hinter ihnen, ebenso wie Dr. Lestrade, der es offensichtlich vorzog, nicht der einzige Repräsentant des westlichen Chri-

558

stentums in einer aufgebrachten Menge zu sein, die sich bereit machte, den Wein des Paradieses zu trinken.

Nicht alle Soldaten fanden sogleich den Weg auf die Dächer, und so kamen die vier ein Stück voran und überquerten das gewölbte Dach des Souks. Lucas spähte über die Kante eines Daches am östlichen Ende und sah, daß der Platz unter ihnen voller Soldaten und Polizisten war, die hier offenbar in Bereitschaft standen.

Sie hatten das Zentrum des Aufruhrs verlassen und befanden sich hinter den israelischen Linien, doch aus allen Richtungen drangen die durch die mitgeführten Lichter und ihre lauten Sprechchöre erkennbaren Trupps wütend auf dieses hellerleuchtete, strategisch bedeutsame Zentrum ein, das von Armee und Polizei gehalten wurde. Die Schüsse, das Klappern von Steinen, die Explosionen der Reizgasgranaten hörten nicht auf.

Als Ibrahim sah, wo er war, begann er zu klagen. Dafür besaß er – wie nicht anders zu erwarten von einem Mann, der es gewöhnt war, den ausgehandelten Preis in die Höhe zu treiben – ein großes Talent, was ihm hier und jetzt allerdings wenig Trost zu spenden schien.

»Sie zerstören den Haram«, erklärte er. »Ihr müßt mich bezahlen.«

Sally Conners verzog bei dieser Forderung das Gesicht. Sie hockte neben einem Kübel mit einem Granatapfelbäumchen, kramte in ihrem Rucksack und zog etwa hundert Dollar in Schekeln hervor.

Ibrahim stieß Verwünschungen hervor.

Lucas gab ihm drei 20-Dollar-Scheine. Wie ein junger Vogel kreischte Ibrahim nach mehr.

»Ich weiß nicht, ob ich Sie das tun lassen sollte«, sagte Sally. »Schließlich war ich es, die ihn angeheuert hat.«

»Gut«, sagte Lucas. »Dann bin ich es, der ihn feuert, und das ist mir jeden Penny wert.« Er wandte sich an Lestrade. »Möchten Sie ihm nicht auch etwas geben?«

»Ich?« fragte Lestrade. »Was? Was? Ich ihm etwas geben?«

Sogleich stürzte Ibrahim sich auf ihn. Sie stritten sich in erregtem Arabisch, bis Lucas den Professor am Arm nahm und zur Treppe zerrte. Sie stießen eine Tür auf und befanden sich in einem Raum voller weinender Kinder. Ein Dutzend, schätzte

Lucas, und keines von ihnen war älter als vier Jahre. Sie drängten sich auf riesigen, auf dem Boden ausgebreiteten Matratzen zusammen.

Eine in viele Lagen Stoff gehüllte Frau versteckte sich nicht sehr erfolgreich mit nach Vogel-Strauß-Manier abgewendetem Gesicht hinter einem Vorhang am Ende des Raums. Lucas, Sally und Lestrade traten auf die Straße. Sie waren nicht weit vom Bab al-Hadid. Abteilungen der Grenzpolizei rannten vorbei, ohne sie zu beachten. Vom Dach zischte Ibrahim wie ein lebendiger, von seinem angestammten Platz entfernter Wasserspeier auf sie hinab.

»Salman Rushdie ist *nicht* hier!« krächzte er böse, als wollte er sie enttäuschen. Eine große palästinensische Menge war nicht weit entfernt.

»Kennen Sie den Weg?« fragte Sally Lucas.

»Der Professor hier kennt ihn.«

Plötzlich war die palästinensische Menge durchgebrochen und riß sie mit sich. Die jungen Männer wollten anscheinend die Absperrungen am Bab al-Hadid überrennen, die Polizeilinien im Sprint umgehen und sich gegen die Mauer des Haram werfen.

In einem Ausbruch jugendlicher Fitness rannte Sally mit. Lucas und Lestrade eilten ihr nach. Sallys Anblick beflügelte die Menge. Einige der jungen Männer schienen entzückt, andere wütend, und viele waren abwechselnd oder gleichzeitig beides. Jedenfalls wurde der palästinensische Vorstoß von Soldaten abgefangen, die sich ihnen entgegenstellten und reichlich Gebrauch von ihren Gewehrkolben machten.

Lestrade, Lucas und Sally wurden zur Seite gedrängt. Lucas kauerte sich hin und schützte den Kopf mit den Armen. Lestrade bekreuzigte sich keuchend. Nur Sally Conners blieb aufrecht stehen wie Schwester Edith Cavell vor der deutschen Soldateska und erwartete ihr Schicksal.

Ein wütender Offizier und zwei Soldaten kämpften sich zu ihnen vor. Sie teilten keine Schläge aus, vielleicht wegen Sally.

»Wer sind Sie? Was machen Sie hier?«

Ein Stück weiter die Straße hinunter waren Soldaten hinter Metallabsperrungen und im Licht zahlreicher Scheinwerfer dabei, das Kopfsteinpflaster an der Mauer des Haram mit Planierraupen aufzureißen. Grauhaarige Männer in Zivil gaben Anweisungen.

»Presse«, sagte Lucas.

»Presse? Sie beteiligen sich an Unruhen. Ich habe Sie gesehen. Inszenieren Sie was, damit Sie darüber schreiben können?«

Der Offizier stolzierte davon und ließ sie unter Bewachung der beiden Soldaten zurück, die sie mit unverhohlener Feindseligkeit musterten. Wenig später kehrte der Offizier in Begleitung eines Zivilisten zurück.

»Keine Presse!« erklärte dieser. »Dieser Bereich ist gesperrt. Wie sind Sie überhaupt bis hierher vorgedrungen?«

Der Offizier sagte etwas auf hebräisch.

»Sie haben einen Trupp Aufrührer angeführt. Es könnte Tote gegeben haben. Sie sind festgenommen.«

»Warten Sie«, sagte Lucas. »Liegt im Tempelberg eine Bombe?«

Der Schabak-Mann musterte ihn. »Wer hat Ihnen das erzählt?«

»Wir nehmen an, daß da eine Bombe liegt«, sagte Lucas. »Dieser Mann«, fuhr er fort und zeigte auf Lestrade, »ist Archäologe und glaubt zu wissen, wo sie liegt.«

Der andere sah Lestrade zweifelnd an.

»Na ja«, sagte Lestrade, »ich habe so eine Vermutung.«

»Eine Vermutung«, wiederholte der Mann vom Schin Bet.

»Eine plausible Vermutung«, sagte Lestrade.

»Im Grunde«, sagte Lucas hilfsbereit, »weiß er, wo das Ding ist. Er kann Sie führen.«

»Mehr oder weniger«, sagte Lestrade. »Die Kammer des Sabazios. Das ist jedenfalls meine Theorie.«

Der Schabak-Mann ging wortlos davon.

»Das ist doch alles Unsinn, oder?« fragte Sally. »Die Sache mit Salman Rushdie, meine ich.«

»Ich muß zugeben«, antwortete Lucas, »daß ich ihn hier nirgends sehe.«

»Wissen Sie wirklich, daß eine Bombe im Tempelberg liegt und wo sie ist?« fragte sie Lestrade.

»Ja, ich glaube schon.«

»Donnerwetter«, sagte Sally Conners und freute sich so diskret wie möglich.

561

68 Die Bombe zu Füßen des Sabazios war von einem Typ, der Sonia entfernt bekannt vorkam. Sie hatte mal einen Freund gehabt, einen militanten Maoisten, der sein Studium am Long Beach State College abgebrochen hatte, um die Arbeiter der Marinewerft in San Diego zu organisieren. Damals waren sie die radikalsten und maoistischsten Werftarbeiter von ganz Amerika gewesen. Doch Bob Kellermann hatte das alles für Lachgas aufgegeben und war in seiner Badewanne ertrunken.

Bob Kellermann hatte ihr gezeigt, wie man aus Plastiksprengstoff, Autobatterien und Telefondraht eine Bombe baute. Sie und einige andere Adepten hatten dabei geholfen oder wenigstens zugesehen, und irgendwie war es ihnen gelungen, sich nicht in die Luft zu sprengen, wie einige Jahre zuvor die Genossen in Greenwich Village.

Dies war eine ähnliche Bombe. Der Zeitzünder war ein Wekker, der die falsche Uhrzeit zeigte.

»Wer hat das Ding gebaut?« fragte sie Fotheringill.

»Das geht dich nichts an«, sagte Zimmer.

»Und die Statue ist Sabazios?«

»Richtig.«

»Und ihr fandet, das sei der geeignete Ort? Hat einer der amerikanischen Chaverim sie gebaut? Ein Ex-Bulle oder so?«

»Das spielt jetzt keine Rolle mehr«, sagte Zimmer und sah auf den Wecker im Rucksack.

Das Geräusch der Baumaschinen wurde lauter und kam näher. Irgendwo in den Gängen fielen Schüsse, deren Echos endlos lange nachklangen. Etwas, das ein Reizgasbehälter sein mochte, klapperte auf dem steinernen Boden.

Zimmer nahm Sonia am Arm und führte sie in die Richtung des Lärms. Fotheringill hatte sich hingehockt und hielt die Männer in der Kammer mit seiner Pistole in Schach.

»Was ist mit dem Bombentrupp?« fragte Sonia. »Was ist mit den Soldaten, die hier hereinkommen?«

»Und was ist mit dem Tempel, der wiedererrichtet werden soll?« fragte Zimmer. »Mach dir keine Sorgen.«

Er rief etwas auf hebräisch in die Gänge. Die Geräusche verstummten abrupt. Zimmer rief noch einmal.

Wenige Sekunden später war die Kammer von blendendem Licht erfüllt, und behelmte Soldaten stürmten herein. Die Männer, die mit Zimmer gekommen waren, wichen in Richtung ihrer abgelegten Waffen zurück. Im gleißenden Licht sah Sonia Lestrade und Lucas.

»Hier ist es«, sagte Lestrade. »Passen Sie um Gottes willen auf die Statue auf.«

»Zurück!« befahlen die Soldaten. Sie schoben Lucas und Lestrade beiseite und schrien Sonia und Zimmers Männer an.

Lucas sah Fotheringill im Strahl eines Scheinwerfers stehen.

»Herrgott«, sagte er. »Jetzt fällt es mir wieder ein:

Rillons, Rillettes, sie schmecken gleich,
Ganz gleich, wie man sie nennt,
Sind gleichermaßen zart und weich,
Sagt jeder, der sie kennt.«

»Wovon, zum Teufel, reden Sie eigentlich?« fragte Sally Conners.

Lucas' Blick war in die Ferne gerichtet.

»Sie schmecken beide gleich, doch ißt
Rillettes man stolz in Tours,
Worüber man in Blois bloß lacht –
Dort speist *Rillons* man nur.

Fotheringill!« rief er. »Haben Sie das gehört?«

Doch im selben Augenblick sahen Sonia und er, daß Zimmer und Fotheringill verschwunden waren, und obgleich Sonia mit ihrer schwachen Taschenlampe alle Winkel ausleuchtete, war keine Spur von ihnen zu entdecken. Was Sonia jedoch sah, bevor sie die nun überflüssig gewordene Taschenlampe ausschaltete, war der Football-Trainer, der sich auf den Waffenhaufen stürzte.

Einer der Soldaten wollte ihn abfangen, doch bevor ihm

das gelang, packte der andere eine Uzi, zielte auf den Rucksack zu Füßen der Statue des Sabazios und feuerte im Fallen eine Salve ab.

Es gab eine helle Stichflamme, und der Raum füllte sich mit chemischem Qualm. Alle warfen sich zu Boden. Als der Blitz kam, überstrahlte er alle Scheinwerfer der Soldaten und blendete jedermann.

69 Nach einer Zeitspanne, deren Länge er nicht zu ermessen vermochte, kam Raziel auf Sonias Sofa zu sich. Er rappelte sich hoch und stolperte zwischen Fotos und Kelims umher. Es war noch immer dunkel. Als er in De Kuffs Zimmer trat, stellte er fest, daß es leer war.

Raziels Gang war noch immer unsicher. Manchmal schienen sich die Dinge am Rand seines Gesichtsfelds zu bewegen, und er war nicht immer ganz sicher, in welchem Zimmer er sich eigentlich befand. Doch schließlich war sein Kopf klar genug, um zu sehen, daß der alte Mann tatsächlich verschwunden war, daß er die Decke beiseite geschlagen hatte und gegangen war. Wahrscheinlich in die Altstadt, dachte Raziel. Zum Bethesda-Teich, der Quelle seiner Prophezeiungen. Es war die Nacht der Bombe, die Nacht, in der all ihre Pläne scheitern würden.

Raziel nahm sich so weit zusammen, daß er es bis zu einer Telefonzelle an einer Bushaltestelle nicht weit vom Bahnhof schaffte. Er kramte eine Telefonmünze hervor und rief die Taxizentrale an, sagte dem Mann in der Zentrale aber nicht, wohin er fahren wollte. Der Himmel über dem Berg Sion leuchtete im Widerschein von Feuern, und Raziel hörte Sirenen und Schüsse. Er stand neben dem Haltestellenhäuschen und starrte in den Himmel. Autofahrer bremsten ab und musterten ihn mit Angst und Mißtrauen.

Der Fahrer des Taxis war ein mißmutiger Mann Mitte Zwanzig. Er trug ein Hemd aus Kunstseide, das weit aufgeknöpft war, damit man sein Brusthaar und die zahlreichen goldfarbenen Kettchen um seinen Hals sehen konnte. Sein Fahrgast war ihm nicht geheuer, und als Raziel die Tür öffnete und einstieg, wich er zurück, als würde er angegriffen.

Auf dem Weg in die Innenstadt warf der Fahrer ängstliche Blicke auf die erregten jüdischen Menschenmengen. Es war, als hätte er sich in seiner eigenen Stadt verirrt. Wie sich herausstellte, war es tatsächlich nicht seine Stadt: Er war Nichtjude und stammte aus Rumänien.

»Ich möchte zum Löwentor«, sagte Raziel.

Der Rumäne widersprach wortreich. Als Raziel erkannte, daß es ihm nicht gelingen würde, den Fahrer umzustimmen, stieg er aus und setzte seinen Weg in die Altstadt zu Fuß fort.

Am Jaffator schien die Atmosphäre weniger gespannt als anderswo. Die Sicherheitskräfte hatten Sperren errichtet. Aus den anderen Stadtvierteln waren Schüsse und Schreie und das Klappern der Reizgasbehälter zu hören.

Er ging an Armeeposten vorbei die David Street hinunter und suchte nach einer Stelle, wo er leicht in ein anderes Viertel kommen konnte. Nicht weit vom Muristan entdeckte er ein paar unsicher wirkende junge Soldaten, zeigte ihnen seinen amerikanischen Paß und ließ sich von ihnen durchsuchen. Die Soldaten ließen ihn in das verlassen daliegende Viertel rings um die Cafés am Markt passieren.

Während er in Richtung des Bethesda-Teichs eilte, begegneten ihm hin und wieder Armeepatrouillen und Jeeps. Die Soldaten brüllten ihn an, er solle Platz machen und sich nicht auf der Straße herumtreiben, doch sie waren so sehr mit einem verbissenen Kampf beschäftigt, den er nicht sehen konnte, daß sie sich nicht weiter um ihn kümmerten.

Er konnte spüren, wie sich die Bewohner des christlichen Viertels hinter massiven Türen und dunklen, verbarrikadierten Fenstern zusammendrängten. Auch auf den Dächern waren Menschen. Einige riefen ihm Drohungen und Warnungen zu.

Am Ende der Via Dolorosa, fast am Löwentor, sah er eine lärmende Menge von Palästinensern und dahinter israelische Polizisten und Soldaten, die das Tor bewachten. Raziel stellte fest, daß er sich auf der falschen Seite befand: Zwischen ihm und dem Tor war die palästinensische Menge.

Unter dem Geschrei hörte er eine Stimme, die er kannte. Adam De Kuff schwebte in den höheren Regionen seines inneren Universums, und seine Worte waren kraftvoll, furchtlos, begeistert und durch und durch wahnhaft. Raziel drängte sich zwischen erstaunten Palästinensern hindurch, bis er ihn sehen konnte.

Die Tore zum Bethesda-Teich und dem Hof vor der St.-Annen-Kirche waren aufgebrochen worden, und dort standen De

Kuff und die ihn umgebende Menge. Etwa in der Mitte zwischen der alten Kreuzritterkirche und der Ruine des Tempels des Serapis war De Kuff auf eine Bank aus Beton gestiegen und sprach zu den aufgebrachten Palästinensern.

Er hatte etwas an, das wie eine Armeejacke aussah. Sie war so klein, daß die Ärmel kurz unter den Ellbogen endeten. Dazu trug er eine riesige, ausgebeulte Armeehose und schlammbespritzte Stiefel, die nicht zugeschnürt waren, so daß die Senkel sich um seine Knöchel ringelten, während er wie ein Tanzbär von einem Ende der Bank zur anderen ging. Er hatte eine Kippa aufgesetzt und ein weißes Tuch wie einen Turban um den Kopf geschlungen, und er predigte mit lauter Stimme.

Die Palästinenser gafften ihn an, als wäre er ein unerhörtes Spektakel. Es waren ausnahmslos Männer, über hundert. Manche lachten, andere machten erregte Zwischenrufe. Einige schienen in kalter Wut erstarrt.

An der Armeestellung sprach ein Polizeioffizier auf arabisch in ein Megaphon. Über ihnen schwebte ein Hubschrauber und warf sein zuckendes Scheinwerferlicht hierhin und dorthin. Wegen des Winkels, in dem die Mauern der angrenzenden Medresse und das aufgebrochene Tor des Hofes standen, befand sich De Kuff im Blickfeld der Soldaten und Polizisten am Stadttor.

Raziel versuchte, näher an den alten Mann heranzukommen. Er wollte ihn von hier fortbringen, bevor die Sache ganz und gar gescheitert und Zaubersprüche und Gnadenerweise unwirksam geworden waren, bevor der wie auch immer geartete Segen, der auf ihrer Pilgerfahrt geruht hatte, zurückgenommen wurde und die Gewalt und die ungezügelte Frömmigkeit der Stadt über ihnen zusammenschlugen.

Die Frömmigkeit holte bereits zum Schlag aus. Ein Mann – er trug den weißen Turban eines Hadschis, den De Kuffs weißer Turban zu verspotten schien – trat außer sich vor Wut vor die Menge.

»Mögen die Hände des Vaters der Flamme verdorren!« schrie der Hadschi in einer Sprache, die weder De Kuff noch Raziel verstanden. »Möge er verderben!«

De Kuff verstand nur, daß er an dem Ort war, den er am besten kannte und am meisten liebte, an dem Ort, wo er die größten Erfolge gehabt hatte: zwischen dem uralten Serapeion und dem Teich Israels. Den ganzen Tag über hatte er versucht, die Seelen zu erreichen, die innerhalb und außerhalb seines Bewußtseins irrlichterten. Er hatte begonnen zu erkennen, daß alles, was er über die Seele und den Geist geglaubt hatte, falsch war. Es gab keine Möglichkeit, sie zu lenken.

Doch hier, am Teich, offenbarten sich seine Seelen, und sein Herz war voll, und in der Fülle seiner Freude mußte er einfach davon erzählen. Er mußte allen, allen davon erzählen, ganz gleich, wie bekümmert oder abgelenkt sie durch die Politik oder die Illusionen des Abgetrenntseins oder die Bürde des Exils waren, die sie mit allen anderen teilten. Er fühlte sich von Gott auserwählt und beschützt und war bereit, die Bundeslade hier, am heiligsten aller Orte, zu stützen. Er gebrauchte die Metaphern, die in dieser Stadt gebraucht wurden, auch wenn dies alles in gewisser Weise überall hätte stattfinden können.

»Nennt mich, wie ihr wollt«, erklärte er der aufgebrachten Menge. »Ich bin der zwölfte Imam. Ich bin das Bab al-Ulema. Ich bin Jesus, Yeshu, Issa. Ich bin der Mahdi. Ich bin Moschiach. Ich bin gekommen, die Welt zu erlösen. Ich bin ihr alle. Ich bin niemand.«

Schreie von entsetzlicher Leidenschaft wurden laut. »Er möge verderben! Er soll sterben! *Itbah al-Yahud!*«

Einige Soldaten hatten ihn gesehen, und eine Sturmabteilung wurde ausgeschickt, um ihn zu retten. Die Männer setzten Schlagstöcke und Gewehrkolben ein. Sie kamen bis zum Tor, wurden aber eingekeilt und mußten sich zurückziehen. Ein paar Unbeteiligte blieben liegen. Wütende Schreie erklangen, und diejenigen, die De Kuff am nächsten standen, schienen ihm die Schuld für den Zwischenfall zu geben. Die ersten Steine flogen.

»Tod dem Gotteslästerer!«

De Kuff breitete die Arme aus. Einen Augenblick lang verharrten die auf ihn eindrängenden Männer. Raziel schrie und und versuchte, sich durchzudrängen.

»Ihr braucht ihm nicht zuzuhören«, rief er der Menge zu. »Es ist vorbei, Rev«, schrie er. »Es ist vorbei. Ein andermal. Mit einer anderen Seele. Woanders.«

Die Männer, die De Kuff packten und ihn von der Bank zerrten, auf der er hin- und hergetaumelt war, packten auch Raziel.

»Ein andermal!« rief er ihnen zu. »Auf einem anderen Berg!«

Die Soldaten am Tor versuchten einen zweiten Vorstoß. Doch sosehr sie sich auch mühten, so hart sie auch zuschlugen – es gelang ihnen nicht, durchzubrechen und De Kuff und Raziel herauszuholen.

Einige Reservesoldaten feuerten über die Köpfe der Menge. Das Gebiet um den Teich war christlicher Besitz. Deswegen hatten die Sicherheitskräfte sich zunächst nicht darum gekümmert, und nun hatte die Menge ihn zeitweilig besetzt.

»Ich sage euch«, sagte De Kuff in seinem langsamen Louisiana-Dialekt, »daß alles eins war und ist und sein wird. Daß Gott eins ist. Daß der Glaube an Ihn eins ist. Daß alle Glauben eins sind. Und daß alle, die an Ihn glauben, ganz gleich, zu welcher Sekte sie gehören, eins sind. Nur das Herz des Menschen trifft Unterscheidungen. So steht es geschrieben.

Seht ihr? Seht ihr es nicht?« fragte De Kuff den Mann, der ihn von der Bank zerrte. »Alle warten darauf. Und das Abgetrenntsein der Dinge ist falsch.«

Predigend ging er zu Boden. Er gebrauchte die Bilder, die Umkehrungen, die Metaphern, die allen vertraut waren, er erläuterte den Weg der Seelen und beschwor ihre Stimmen, bis die große Frömmigkeit wie eine Flamme aufloderte und er das Bewußtsein verlor.

70 Für abschließende Instruktionen fuhr Zimmer zu einem ehemaligen Kibbuz in der Wüste, einer Ansammlung von sandfarbenen Betonquadern unweit der Atomanlage von Dimona. Während der Fahrt fragte ihn Fotheringill: »Wer gibt jetzt eigentlich wem Instruktionen?«

»Gute Frage«, sagte Zimmer.

Der Kibbuz war zu einer Anlage für Luftwaffenpersonal umgebaut worden, die jeweils zur Hälfte von zivilen Technikern mit ihren Familien und aktiven Offizieren bewohnt wurde. Die Posten am Maschendrahtzaun waren über ihr Kommen informiert.

Fotheringill setzte Zimmer vor dem größten Gebäude ab und fuhr weiter nach Dimona, um ein kühles Bier zu trinken. Zimmer trotzte der glühenden Nachmittagssonne in demselben ausgebeulten Seersucker-Anzug, in dem er als Reporter in Zentralafrika gearbeitet hatte. Dazu trug er ein weißes Baumwollhemd, einen Strohhut aus Yukatan und eine Sonnenbrille. Er ging in das Gebäude und zu einem klimatisierten Aufenthaltsraum, einem karg ausgestatteten Salon, den die Bewohner des Gebäudes zu besonderen Gelegenheiten wie Geburtstags- oder Beförderungsfeiern mieten konnten.

Vor der Tür forderte ein Mann vom Sicherheitsdienst ihn auf, die Sonnenbrille abzusetzen, und musterte ihn kurz, bevor er ihn einließ. In dem staubigen, ungemütlichen Raum saßen zwei Männer auf einem von der Sonne ausgebleichten Sofa. Sie erhoben sich, als Zimmer eintrat, und schüttelten ihm die Hand.

»Etwas zu trinken?« fragte der eine. Er war ein kahlköpfiger, untersetzter Mann mit einem harten, pockennarbigen Gesicht. Er trug Khakishorts, ein kurzärmliges Hemd in derselben Farbe, beige Socken und Sandalen.

»Wasser«, sagte Zimmer.

Der Mann holte ein Tablett aus dem kleinen Kühlschrank

des Aufenthaltsraums. Darauf standen zwei Literflaschen Mineralwasser, ein Plastikteller mit Hommos und einer mit Gurkenstückchen, Peperoni und Fladenbrot.

»Hier unten muß man ständig Wasser trinken«, bemerkte der Mann. »Fünfzehn Liter am Tag, sagt Shaviv.«

»Zwanzig«, sagte Shaviv, der zweite Mann. »Selbst wenn man, wie ich, eine sitzende Tätigkeit ausübt.«

Naphtali Shaviv war groß und dünn und hatte helles Haar, hohe Backenknochen und eine vorspringende Nase, die aussah, als wäre sie einmal durch einen Boxhieb gebrochen worden. Der Mann, der Zimmer etwas zu trinken angeboten hatte, war Avram Lind, der ehemalige Minister.

Janusz Zimmer nahm ein Glas Wasser und setzte sich.

»So«, sagte er. »Erfolg?«

Lind wollte etwas sagen, doch Shaviv unterbrach ihn. »Überleben. Yossi ist zurückgetreten. Wir werden es in den Abendnachrichten hören.«

»Ich bin entzückt«, sagte Zimmer. »Und ich nehme an, das ist der Beginn Ihrer Rückkehr ins öffentliche Leben.«

»Der Premierminister«, sagte Lind, »war so freundlich, mich zu bitten, meinen früheren Platz im Kabinett wieder einzunehmen. Er hat eine Menge Sportsgeist, wie man in England sagen würde. Eine Menge Sportsgeist.«

Sie lachten leise.

»Der Alte hat geschwitzt, das kann ich Ihnen sagen«, bemerkte Naphtali Shaviv. Er trug ein Hemd mit einer schmalen blauen Krawatte, die er in den frühen sechziger Jahren in Stockholm gekauft hatte. Sie fiel Zimmer auf, und er konnte sich vorstellen, daß Shaviv damals sechs identische Krawatten gekauft hatte, um sie für den Rest seines Lebens zu tragen. »Man konnte am Telefon hören, wie er schwitzte.«

»Ja, das ist möglich«, sagte Zimmer. »Manchmal kann man keinen Schweiß sehen, aber man kann ihn hören.«

»Ich höre den Premierminister gerne schwitzen«, sagte Lind. »Ich besitze nicht so viel Sportsgeist.«

»Ich finde das eher bedrückend«, sagte Shaviv.

»Tja, du bist eben ein Bürokrat«, sagte Lind. »Und ich kann dir sagen, daß Yossi Zhidov ebenfalls kein bißchen Sportsgeist besitzt. Er ist außer sich, der *paskudnjak*. Schlägt seine arme

Schweizer Frau. Verprügelt seine arischen Kinderchen. Er ist fuchsteufelswild, der Schmock.«

»Es ist zwar unhöflich, aber ich muß sagen, daß ich hoch erfreut bin«, sagte Shaviv.

Zimmer nickte. »Ganz klar: Es mußte getan werden. Aber es war tollkühn.«

»Tja«, sagte Shaviv, »*l'audace, toujours.* Sie haben es gut gemacht, Pan Zimmer. Hut ab.«

»Hört, hört«, sagte Avram Lind.

Avram Lind und Naphtali Shaviv waren Luftwaffenpiloten gewesen, bevor sie ihre Karriere beim Mossad fortgesetzt hatten. Linds Gegner im Kabinett und in seinem eigenen Ministerium hatten im vergangenen Frühjahr seinen Rücktritt erzwungen, aber den beamteten Staatssekretär Shaviv, der im Jom-Kippur-Krieg Linds Flügelmann gewesen war, hatten sie nicht loswerden können. Durch ihn hatte Lind bei der Planung und Durchführung der Operation auf die Verbindungsleute des Geheimdienstes in seinem ehemaligen Ministerium zurückgreifen können.

Und so hatten sie Janusz Zimmers Dienste in Anspruch genommen. Yossi Zhidov, der Lind für eine so erstaunlich kurze Zeit ersetzt hatte, war von seinen Anhängern vor der aus Mossad- und Luftwaffenoffizieren bestehenden Mafia in seinem Ministerium gewarnt worden, hatte jedoch nichts gegen sie unternehmen können.

»Der Premierminister wird jetzt Schadensbegrenzung betreiben«, sagte Shaviv. »Wir wissen also, wie diese Sache der Presse präsentiert werden wird.«

Weil er ein überaus zurückhaltender Mensch war, erwähnte er nicht, daß die Öffentlichkeitsarbeit für den Premierminister in seinen, Naphtali Shavivs, Händen lag. Er würde also bestimmen können, wieviel Informationen über Linds und Zimmers Rollen als Drahtzieher und Ausführer der Aktion an die Öffentlichkeit gelangten.

»Uns glaubt sowieso niemand«, sagte Lind. »Es sind allesamt zynische Schweinehunde.«

»Ja«, sagte Shaviv, »und darum haben sie auch nicht allzu viele Informationen verdient. Information korrumpiert.«

»Da wir gerade davon sprechen«, sagte Zimmer, »ich habe

einen amerikanischen Freund, der an einem Buch schreibt. Es geht um religiösen Wahn in diesem Land und um Sekten und so weiter, aber er stand in enger Verbindung zu einigen Leuten, die wir ...« Er hielt inne und suchte nach dem passenden Wort für das, was man mit diesen Leuten gemacht hatte.

»Benutzt haben«, schlug Shaviv vor.

»Er stand in enger Verbindung zu einigen Leuten, die wir benutzt haben. Sicher wird in seinem Buch auch etwas über diese Ereignisse stehen. Wir könnten uns seiner bedienen, um ein paar Wahrheiten zu verbreiten. Irgendwann in der Zukunft.«

»Sie wollen ihn also nicht davon abbringen, das Buch zu schreiben?«

»Ich schlage vor«, sagte Zimmer, »durch ihn diskret auf das von uns Erreichte hinzuweisen. Zum Nutzen unserer Freunde. Sagen Sie mir, was wir erreicht haben, und ich werde es ihm ins Ohr flüstern.«

»Was wir erreicht haben«, sagte Lind nachdenklich. »Was meinst du, Chaver Shaviv? Was haben wir erreicht?«

»Ah«, sagte Shaviv, »wollen mal sehen.« Er stand auf, ging zum Fenster und begann, an den Fingern abzuzählen. Die kupferfarbene Landschaft hinter dem getönten Glas spiegelte sich in seinen blassen Augen.

»Erstens: Du, Chaver Lind, dienst wieder dem Volk.«

Lind verbeugte sich und unterbrach ihn mit gespielter Bescheidenheit: »Nicht so wichtig.«

»Zweitens: Wir haben den jüdischen Untergrund, die Tempelbomber, um fünf Jahre zurückgeworfen.« Er dachte einen Augenblick nach. »Na ja, um drei Jahre.«

»Zwei«, sagte Zimmer.

Shaviv fuhr fort, die erreichten Ziele aufzuzählen.

»Wir haben die gewalttätigsten Elemente der Moslembruderschaft und der Hamas aus ihren Löchern getrieben und sie gezwungen, unvorbereitet in Aktion zu treten. Wir haben einen Grund für eine Gesetzesinitiative gegen Sekten und christliche Missionare geliefert. Das wird gewisse Rabbis freuen, deren Unterstützung wir eines Tages brauchen werden.

Wir haben den Elementen geschadet, die mit rechtsgerichteten religiösen Amerikanern zusammenarbeiten. Ich glaube, wir haben demonstriert, daß diese Haltung entschiedene Nachteile hat. Wir haben den Drogenhandel mit Kolumbien gestört und wissen jetzt genauer, wie Yossi sich der Schmuggler bedient hat. Das alles steht auf der Habenseite.«

»Und was steht auf der anderen Seite?« fragte Lind. »Unter Verluste?«

»Die sind vertretbar«, sagte Zimmer. »Wir sind nicht verantwortlich für den Tod dieses Jungen im Gazastreifen. Er war kein Opfer unserer Operation. Die Terroristen haben gekriegt, was sie verdient haben.

Und die Kommunisten? Tja, die werden es schon verstehen. Wir haben sie wissen lassen, daß sie nicht mehr gebraucht werden, daß ihre Zeit vorbei ist und daß uns das Leben unserer Leute außerordentlich wichtig ist. Wogegen ich sicher bin, daß – wie heißt es in diesem Film? – die Probleme zweier unbedeutender Leute in dieser verrückten Welt keine Rolle spielen. Sie haben für ihre Sache gekämpft. Sind in den Stiefeln gestorben. In Erfüllung ihrer Pflicht und so weiter. Und diese Frau hatte hier nichts zu suchen.«

»Wie immer«, warf Shaviv ein, »ist die amerikanische Dimension heikel.«

»Ich hoffe doch sehr, daß mich niemand für den Tod irgendwelcher Amerikaner verantwortlich machen will«, sagte Zimmer. »Die Polizei hat mehrmals versucht, diesen De Kuff des Landes zu verweisen. Wir wissen noch immer nicht, wie er eigentlich dorthin gekommen ist. Wir haben versucht, auf ihn aufzupassen.«

»Wie geht's dem jungen Melker?« fragte Shaviv.

»Er liegt noch im Koma«, sagte Zimmer. »Aber er hatte an jenem Tag Heroin genommen. Also nehmen wir an, daß das Koma . . .« Er zuckte die Schultern.

»Die Folge einer Überdosis war?« schlug Shaviv vor.

»Genau«, sagte Zimmer. »Wir sind in Verbindung mit der amerikanischen Botschaft. Die Eltern werden vielleicht kommen.«

»Traurig«, sagte Lind.

»Wie sieht er aus?« fragte Shaviv.

»Als wäre er verprügelt worden«, sagte Zimmer. »Heroinsüchtige sehen oft so aus.«

Shaviv seufzte. »Es ist wirklich traurig. Ein junges Leben ...«

Zimmer schwieg. Er hatte für Raziel nichts übrig gehabt.

»Ich nehme an«, sagte Lind nach einer Weile, »daß Sie wieder zurück in die Stadt möchten.«

»Ja«, sagte Zimmer.

Sie baten den Mann vom Sicherheitsdienst, in dem Café in Dimona anzurufen, wo Fotheringill saß, und am Tor Bescheid zu sagen, damit man ihn einließ. Schließlich fuhr der Schotte mit dem Jeep vor.

»Wo zum Teufel«, sagte Shaviv, der durch das Fenster spähte, »haben Sie bloß diesen grotesken Menschen aufgetrieben?«

»Mr. Fotheringill?« Zimmer lächelte leicht. »Mr. Fotheringill und ich haben uns in Afrika kennengelernt. Wir arbeiten immer zusammen. Besonders wenn es sich um eine ... inoffizielle Operation handelt. Der Engländer – Sie wissen schon, Lestrade, dieser Idiot – war sich sicher, daß Fotheringill ihn umbringen wollte.«

»Kann ich ihm nicht verdenken«, sagte Shaviv.

Die Straße durch die Wüste führte zwischen zwei kantigen Höhenzügen hindurch, deren Grate wirkten, als wären sie aus Eisen. Zimmer blickte von einem Bergmassiv zum anderen, von den Granitbergen im Westen zu den Sandsteinbergen im Osten. Diese gewaltige, schicksalsschwangere Landschaft, die er erst ein- oder zweimal gesehen hatte, ließ seine Gedanken in die Vergangenheit schweifen.

Mit sechzehn – vielleicht war er auch erst fünfzehn gewesen – hatte er im Chaos der Nachkriegszeit bei den polnischen kommunistischen Partisanen gekämpft. Er erinnerte sich, wie er kurz nach den Pogromen von 1947 in Zielce angekommen war und mit den ehemaligen Widerstandskämpfern der Bricah zusammengearbeitet hatte, der zionistischen Gruppe, die für heimatlose Juden die Ausreise nach Palästina organisierte. Damals hatten das Joint Distribution Committee, die Bricah und die Kommunisten eng zusammengearbeitet. Ben Gurions Sozialisten hatten die jüdischen Geheimdienste noch nicht von Kommunisten gesäubert.

Im Winter 1947 hatte er eine Brücke über die Oder bewacht,

die die Bricah gebaut hatte, um Juden in die Tschechoslowakei und dann nach Österreich bringen zu können, von wo sie in das Land aufbrechen würden, das einmal Israel heißen sollte. Aber er selbst war nie mitgefahren. Er hatte seine rotweiße Partisanenarmbinde getragen und die Marschkolonnen müder Überlebender betrachtet. Sie hatten ihm einen kurzen Blick zugeworfen – in ihren Augen war er bloß ein Polack gewesen – und sich beeilt, den Staub Mitteleuropas von den Füßen zu schütteln.

Er war geblieben, um die Welt wiederaufzubauen, und hatte gesehen, wie seine Mitkämpfer die Trauer über den Verlust ihrer Überzeugung in Wodka ertränkten. Und schließlich war er ständig unterwegs gewesen und hatte allerlei Jobs erledigt, mit denen die Kommunisten ihren brutalen, korrupten Marionetten in der dritten Welt unter die Arme gegriffen hatten, damit diese über die brutalen, korrupten Marionetten der Amerikaner siegten.

Wenn er damals nach Israel gegangen wäre, hätte sein Leben natürlich anders ausgesehen. Er hätte die Ideologie früher überwunden. Er hätte sich vielleicht in der Sphäre eingerichtet, in der sich Lind und Shaviv befanden. Anstatt das zu sein, was er immer gewesen war: ein Geheimagent, ein Kämpfer hinter den Kulissen, ein Vertreter jenes Israels, von dem die Welt so wenig wie möglich wissen sollte. Gerade genug, um ein wenig Furcht in jedes antisemitische Herz zu säen.

Trotz all seiner Bemühungen würde es dem Untergrund bald gelingen, die Moscheen zu zerstören und den Krieg zu beginnen, der die Araber aus dem Land vertreiben würde. Und dann würde ein anderes Israel entstehen. Es würde weniger amerikanisch sein. Es würde vielleicht die Reinheit, die Zielstrebigkeit wiedergewinnen, die es verloren hatte.

Und obgleich es seine Aufgabe war, das zu vereiteln, mußte er einfach darüber spekulieren, welche Hoffnungen ein solcher reinigender Wind bringen würde. Er konnte dieses Land zu jenem einzigartigen Ort machen, der es schon immer hatte sein sollen. Er empfand gewisse Sympathien für die Kommunisten und konnte zugleich nicht leugnen, daß es ihm mit Rabbi Miller und dem Football-Trainer und den anderen, die bereit waren, ihr Leben in den Dienst der Sache zu stellen, ähnlich ging.

Lind und Shaviv und so viele der anderen Politiker, die jeden Tag in der Zeitung standen – der Premierminister, Sharon, Netanjahu –, waren wie die Männer, die zwischen den Kriegen die Länder in Mittel- und Osteuropa regiert hatten. Die Männer um Oberst Beck, König Carol und Admiral Horthy waren mediokre Opportunisten gewesen, die sich mit Brosamen zufriedengegeben hatten. Wie schwer es doch war, nicht nach mehr zu streben. Aber, dachte er, ich werde alt.

»Ist alles gut gelaufen, Chef?« fragte Fotheringill. »Wissen sie uns zu schätzen?«

»Ich glaube nicht, daß sie uns zu schätzen wissen, Ian. Aber ich bin sicher, daß wir bezahlt werden.«

Sie würden bezahlt werden. Fotheringill in Schweizer Franken, er selbst auf verschiedene komplizierte Weisen, die er sich ausgedacht hatte und bei denen Geld nicht unbedingt eine Rolle spielte. Davon hatte er, wie er fand, genug.

Er hatte die Hand des Sabazios nominell in die Obhut einiger Museumskuratoren gegeben, die ihm einiges schuldeten. De facto konnte er mit diesem Objekt machen, was er wollte.

Es war ein Teil des nationalen Erbes und konnte dienstbar gemacht werden – sowohl ihm selbst als auch dem Staat. Für Zimmer stellte das keinen ernsthaften Interessenkonflikt dar.

Aus Sicherheitsgründen wäre es am besten, das Original einzugipsen und zu bemalen, so daß es wie ein normaler Gipsverband aussehen würde. Dann würde man einige Abgüsse herstellen können. Wenn das Gewicht stimmte, würden sie bei oberflächlicher Betrachtung nicht vom Original zu unterscheiden sein. Als Tauschgüter und Objekte der Begierde würden sie sich vielleicht als unendlich nützlich erweisen. Die Hand des Sabazios und ihre Imitationen würden Sammler von Kairo bis Kalifornien aus dem Häuschen geraten lassen.

Die Wüstensonne sank den entfernten Bergen entgegen. Die schlimmste Hitze des Tages ließ langsam, zögernd nach, und das Gleißen verschwand. So wie der Untergrund eines Tages den Haram zerstören würde, würden radikale Moslems irgendwann eine Atombombe in Amerika zünden. Dieser Bumerang würde nach Amerika zurückkehren. Und wer konnte wissen, was dann geschah? Auf lange Sicht würden auch die Moslems feststellen, daß ihre Gewißheit, ihre Zielstrebigkeit nachließ.

Bald würde das keine Rolle mehr spielen. Vielleicht würde er nach Afrika gehen und die ehemalige Villa eines italienischen Faschisten im äthiopischen Hochland kaufen. In der Kühle des Morgens spazierengehen. Mittags im Schatten von Dornbüschen ruhen, den Sonnenuntergang betrachten, den Löwen lauschen.

»Zum Flughafen, Chef?« fragte Fotheringill.

Zimmers Reisetasche lag auf dem Rücksitz. Er zog eine Plastiktüte unter dem Sitz hervor, kramte in dem Dutzend Pässe, die er darin aufbewahrte, und entschied sich für einen kanadischen, in dem als Geburtsort Wilna und das Datum seiner Einbürgerung angegeben waren. An verschiedenen Grenzübergängen warteten Männer, die den Jeep und die Pässe in Verwahrung nehmen würden.

»Zur Allenby Bridge«, sagte Zimmer. »Über den Jordan.«

71 Es gab ein von nichtreligiösen rumänischen Juden ge-
führtes Restaurant, von dessen Terrasse aus man einen
Ausblick über das Hinnom-Tal und die Mauern der Altstadt
hatte. Lucas war oft mit Tsililla dort gewesen, wenn sie sich im
nahe gelegenen Kino einen Film angesehen hatten. Tsililla ging
am liebsten freitags abends ins Kino, um den Haredim, die vor
den Theatern hysterisch gegen die Entweihung des Sabbats
protestierten, ihren gereckten Mittelfinger zu zeigen.

Mehr als einmal hatte sie es so weit getrieben, daß sie um ein
Haar von riesigen, bärtigen Berserkern in Stücke gerissen worden wären. Wenn sie es geschafft hatten, sich unversehrt einen
Weg durch die Reihen der Demonstranten zu bahnen, war sie
immer zu dem rumänischen Restaurant gegangen, wohin die
keifenden, rabiaten Frommen ihnen folgen konnten, und hatte
einen Tisch gewählt, der so nah wie möglich am Bürgersteig
stand, damit sie den Haredim noch ein paarmal den Finger zeigen konnte.

Weil das Restaurant an Werktagen gewöhnlich ruhig war
und einen Ausblick auf die Stadt bot, hatte Lucas sich dort für
diesen Nachmittag mit Faith Melker, Raziels Mutter, verabredet.

Mrs. Melker war eine gutaussehende Frau mit freundlichen
braunen Augen, die die Trauer noch schöner gemacht hatte. Ihr
pechschwarzes und silbergraues Haar war sorgfältig frisiert,
und sie trug ein hervorragend geschnittenes Khakikostüm und
schlichten goldenen Schmuck. Eine selbstauferlegte Strenge
umgab sie und ihre Aufmachung, als hätte sie ihr auffallend
gutes Aussehen aus Gründen der Trauer unterdrückt. Lucas
sah jetzt, woher Raziels Leidenschaft und Attraktivität stammten. Mrs. Melzer erinnerte ihn auch entfernt an die Frau seines
Vaters.

»Eine sehr hilfsbereite Frau vom hiesigen Konsulat hat mir
empfohlen, mich an Sie zu wenden, Mr. Lucas. Ich fürchte, ich
habe ihren Namen vergessen. Hieß sie vielleicht Miss Chin?«

»Ja«, sagte Lucas. »Sylvia Chin.«

»Es ist sehr freundlich von Ihnen, daß Sie sich die Zeit nehmen, mit mir zu sprechen. Nach allem, was geschehen ist, sind Sie sicher sehr beschäftigt.«

»Es ist mir ein Vergnügen, Mrs. Melker. Und es tut mir leid wegen Raziel.« Sie sah ihn verständnislos an. »Wegen Ralph, meine ich.« Er war im Begriff, die Namensänderung zu erklären, tat es aber doch lieber nicht.

»Manchmal glaube ich, daß er mich hören kann«, sagte sie. »Manchmal scheint er zu antworten. Er bewegt die Finger.«

Ihre Trauer, unterlegt mit kühler Tapferkeit, war schwer zu ertragen. Ihr brillanter, witziger, mit so vielen Talenten ausgestatteter Sohn war unerreichbar, eingeschlossen in seinem verdunkelten Gehirn.

»So viele Familien«, sagte Lucas, »sind durch Drogen ins Unglück gestürzt worden.« Er bereute diese Banalität sogleich.

»Ich bemühe mich, nicht zu vergessen«, antwortete sie ebenso banal, »daß wir nicht allein sind. Daß viele der weniger vom Glück Begünstigten in unserem Land das gleiche durchmachen müssen.«

Tja, dachte Lucas, sie war eben die Frau eines Politikers. Dennoch standen die Aufrichtigkeit und die Fülle ihres Schmerzes außer Zweifel. Sie gefiel ihm sehr. Sie bewirkte, daß er sich wünschte, er hätte mehr Mitleid mit Raziel.

»Bei jemand, der so talentiert und intelligent ist ...« sagte Lucas. »Ich meine, je talentierter und intelligenter jemand ist, desto größer ist der Verlust.«

Als brauchte sie ihn, um das zu erkennen. Er konnte Sylvia keinen Vorwurf machen, daß sie seinen Namen genannt hatte. Aber Faith Melker war nicht auf den Kopf gefallen. Eine Frau aus Detroit, und sei sie noch so behütet aufgewachsen, würde jeden Vertuschungsversuch vermutlich im Handumdrehen durchschauen.

Die amerikanische Vertretung, die israelische Regierung und die unbekannten Verschwörer hatten ein gemeinsames Interesse daran, daß Faith Melker nicht vom verbotenen Apfel kostete und im Zustand der Gnade blieb. Irgendwo war in feurigen Lettern eine Geschichte von Gut und Böse geschrieben, und allen war daran gelegen, daß Mrs. Melker sie nicht zu sehen bekam.

Niemand wollte, daß Mr. Melker, der Abgeordnete und ehemalige Botschafter, in einem Zustand empörter Neugier in Lod eintraf. Außerdem, dachte Lucas, war es besser für sie beide, wenn sie nicht mehr als das Nötigste wußten. Besser für sie und alle Beteiligten. Wenigstens war das der Standpunkt, den viele dieser Beteiligten vertreten würden.

Seine eigene Beziehung zu Mrs. Melker würde jedoch ein wenig anders aussehen, jedenfalls wenn er das Buchprojekt weiter verfolgen wollte. Sie würden sich mehrmals treffen und natürlich Informationen austauschen. An irgendeinem Punkt würde er ihr, um ihr Vertrauen zu gewinnen, gewisse Einblicke geben müssen. Er hatte allen Grund zu der Annahme, daß man ihm weitere Facetten dieser Geschichte enthüllen würde. Er würde Informationen erhalten, die mit großer Diskretion würden gehandhabt werden müssen.

Diskretion war nicht seine Stärke und keine seiner angeborenen Tugenden. Das war auch der Grund gewesen, warum die Grenada-Story so sang- und klanglos untergegangen war.

»Wir wußten, daß Ralph Drogenprobleme hatte«, sagte Mrs. Melker.

»Er war« – Lucas berichtigte sich sofort –, »er ist ein Suchender. Er sucht nach dem Absoluten. Manchmal sind Drogen absolut genug.«

»Sie kannten ihn gut, nicht?«

Eine schwierige Frage. Schwierig zu beantworten. Problematisch in Hinblick auf die Auswirkungen der Antwort.

»Ich habe ihn nur kurz gekannt«, sagte er. »Aber ich war beeindruckt, wie sehr er sich nach einem Glauben sehnte. Ich glaube, die Drogen haben ihn von etwas viel Größerem abgelenkt. Von einer viel größeren Sehnsucht.«

»Sind Sie Jude, Mr. Lucas?«

Er begann zu stottern. »Ich b-bin jüdischer Abstammung«, brachte er schließlich heraus. »Zum Teil. Aber ich bin nicht jüdisch erzogen worden.«

»Ich verstehe«, sagte sie und lächelte beruhigend. Dann legte sich Trauer über ihr Gesicht, und sie schien um Jahre zu altern.

»Wir dachten, hier würde er ... weniger in Versuchung geraten, irgend etwas Extremes zu tun.«

Falsch, dachte Lucas. Hier nicht in Versuchung geraten, etwas Extremes zu tun? Hier, am Nabel der Welt, wo die Erde den Himmel berührte? Wo das Schicksal des Menschen aufgezeichnet worden war, wo Worte aus Feuer Fleisch geworden waren, wo jahrtausendealte Prophezeiungen den heutigen Tag bestimmten? An dem Ort, wo alles, was man von dem entrückten Gott wußte, Seine Rückkehr verhieß, Seine Rückkehr behauptete, Seine Boten verhieß, Seine Botschaften flüsterte? Wo der Unsichtbare das Schicksal in Stein meißelte? Und immer wieder Botschaften, Verheißungen. Nächstes Jahr. Am Anfang.

Wo das Oben das Unten berührte, wo sich das Vergangene und das Zukünftige trafen. In dem Garten mit den Marmorspringbrunnen, wo Tod, Wahnsinn, Ketzerei und Erlösung zu finden waren. Und hier sollte man weniger in Versuchung geraten, etwas Extremes zu tun?

»Natürlich«, sagte er.

72 An einem Abend kurz nach seinem Gespräch mit Mrs. Melker traf Lucas sich, wie versprochen, mit Basil Thomas, diesmal allerdings nicht im Fink's, ihrem Lieblingslokal, sondern in einem winzigen Café an der Hebron Road, zwischen dem Busbahnhof und dem Kibbuz Ramat Rahel. Es war so heiß, daß nicht einmal Thomas seinen Ledermantel trug. Er schien sehr nervös zu sein.

»Man hat mich gebeten, Ihnen mitzuteilen«, sagte Thomas, als hätte er es auswendig gelernt, »daß Sie, sofern Sie sich nicht indiskret verhalten, im Lauf der Zeit interessante Informationen erhalten werden. Man hat mich gebeten, Ihnen zu sagen, daß diese Informationen für ein ganzes Buch ausreichen werden. Man hat mich gebeten, Ihnen außerdem vorzuschlagen, das Land für eine längere Weile zu verlassen. Man wird Sie wissen lassen, wann eine Rückkehr ratsam ist – sofern Ihre Arbeit eine solche Rückkehr erforderlich macht.«

»Gehe ich recht in der Annahme«, fragte Lucas, »daß die Quelle Ihrer Informationen nicht mehr die Organisation ist, deren Vorschlag Sie mir bei unserer letzten Begegnung unterbreitet haben?«

Thomas sah ihn unverwandt an. Obwohl er nur ein weißes Sporthemd trug, schwitzte der massige Mann heftig. Schließlich nickte er bestätigend. Vielleicht, dachte Lucas, war irgendwo an seinem Körper ein Mikrophon befestigt. Lucas erschien es unwahrscheinlich, daß solche raffinierten High-Tech-Mittel eingesetzt wurden, doch der Gedanke hatte etwas Beängstigendes. Allerdings war Thomas so verschwitzt, daß er sich vermutlich selbst unter Strom gesetzt hätte.

»Und gehe ich recht in der Annahme«, fuhr Lucas fort, »daß die Mitglieder dieser Organisation –«

Thomas schüttelte heftig den Kopf, als wolle er von dieser Frage energisch abraten.

»Daß diese Organisation nicht mehr existiert?«

Auf Basil Thomas' Gesicht spiegelte sich die Frustration

eines Mannes, der mit Informationen handelt, der sie zu würdigen weiß und sich bemüht, die von seinen Auftraggebern gezogenen Grenzen nicht zu überschreiten. Er machte eine kleine, zweideutige Handbewegung und sagte: »Ja.«

»Hat es Festnahmen gegeben?«

Basil Thomas nickte langsam.

»Werden die Festnahmen bekanntgegeben werden?«

Thomas entspannte sich, wischte sich über die Stirn und sah auf die Uhr.

»So spät schon«, sagte er. »Entschuldigen Sie.« Er stand auf, verließ das Café, ohne ein Wort über das Honorar verloren zu haben, und überließ es Lucas, die Rechnung zu bezahlen.

Am nächsten Nachmittag hatte Lucas, nachdem er die Habseligkeiten in dem Bungalow in Ein Karem zusammengepackt hatte, Ernest Gross und Dr. Obermann zu Gast. Er servierte Wodka, Mineralwasser und Limonade, dazu Cracker und kleine, in Papier verpackte Stückchen französischen Käse.

»Hast du dich mit Thomas getroffen?« fragte Ernest.

»Ja«, sagte Lucas. »Er scheint nicht mehr für den Untergrund zu sprechen, sondern für gewisse Kräfte innerhalb der Regierung.«

Ernest machte ein besorgtes Gesicht.

»Und sind wir noch im Geschäft?« fragte Obermann.

»Anscheinend ja. Wer immer sie sind – sie wollen uns offenbar als Nachrichtenkanal benutzen.«

»So haben sie die Möglichkeit, die Sache zu steuern«, sagte Ernest. »Als würden sie Wasser aus einem Reservoir in ein Wadi laufen lassen. Sie formen die Geschichte.«

»Ich gebe zu, daß das ein bißchen demütigend ist«, sagte Lucas, »aber es ist alles, was wir haben. Außerdem wollen sie, daß ich für eine Weile das Land verlasse.«

»Vermutlich nehmen sie an, daß Sie genug wissen, um fürs erste beschäftigt zu sein«, sagte Obermann. Seine Miene hellte sich auf. »Sehen Sie, was ich hier habe: Fotos von der Ausgrabung.« Er zog eine Schachtel Dias und einen Diabetrachter aus der Aktentasche. »Werfen Sie mal einen Blick darauf.«

»Wie sind Sie an die gekommen?« fragte Ernest ihn.

»Ah!« sagte Obermann und strahlte zufrieden. »Ah!«

584

»Was heißt hier: ›Ah‹?« sagte Lucas. »Woher haben Sie sie?«

»Ein Kamerad aus meiner Reserveeinheit arbeitet beim Is-rael Museum«, sagte Obermann. »Ein Kamerad und Patient. Während man versucht, herauszubekommen, was eigentlich passiert ist, läßt man die Kammer des Sabazios durch ein paar Archäologen untersuchen. Alle tragen Uniform, und die Gola-nis haben alles abgesperrt, so daß es aussieht, als wäre es ein Teil der polizeilichen Untersuchung. Er hat mir diese Kopien gegeben.«

Lucas hielt den Diabetrachter so, daß Ernest die Fotos eben-falls sehen konnte. Sie zeigten eine Reihe von Fresken an den Wänden kurz unterhalb der Decke, die Lucas in jener Nacht nicht wahrgenommen hatte. Es gab auch einige Fotos der Sta-tue und einer Hand, die zu einer segnenden Geste erhoben war. Obermann stand hinter den beiden und kommentierte.

»Die Hand ist die des Gottes Sabazios. Die jüdischen Syn-kretisten nannten ihn Theos Hypostasis oder den Allmächti-gen oder Sabazios Sabaoth. In seinem Mysterienkult war er mit Zeus und Persephone oder mit Hermes Trismegistos und Isis verbunden. Für sich allein war er der Herr der himm-lischen Heerscharen.«

Fasziniert schob Lucas weitere Dias in den Betrachter.

»Bei den Zeremonien zu seinen Ehren aß man Brot und trank Wein. Der Segen symbolisierte die Dreieinigkeit und wurde später zur *Benedicta Latina*. Der Kult ging entweder im Gnostizismus oder im Christentum auf. Die Essener, die The-rapeuten und die Sabazäer – sie alle waren dabei, als es begann. Er trägt übrigens eine phrygische Mütze, denn er war ein phrygischer Gott, den wahrscheinlich Juden aus Phrygien und Armenien nach Jerusalem gebracht haben.«

Eines der Fresken zeigte einen Wagenlenker, der mit einem Viergespann über den Himmel fuhr. Ihm folgte ein zweiter Wagen, der voller Symbole des himmlischen Thrones war, welchen der Prophet Hesekiel beschrieben hatte.

»Könnte das ein Teil des Tempels gewesen sein?« fragte Lucas.

»Wenn, dann war es ein sehr geheimer, inoffizieller Teil«, sagte Obermann. »Aber wie man in der Bibel nachlesen kann, haben die Leute ständig versucht, der Staatsreligion ihren Lieblingskult aufzupfropfen. Diese zweifelhaften Schreine hießen Hammot. Das System aus Gängen und Kammern war ein klassisches Labyrinth. Man konnte sich sehr leicht rettungslos darin verlaufen.«

»Wie passend«, sagte Lucas und schob ein neues Dia in den Betrachter.

»Das alles stammt wahrscheinlich aus frühchristlicher Zeit«, sagte Obermann. »Vermutlich wurde es um siebzig nach Christus von gnostischen Minim angelegt.«

»Interessant«, sagte Lucas, »die Sache mit dem Brot und dem Wein.«

»Das bringt einen auf Gedanken, nicht?« sagte Obermann. »Natürlich könnte die Anlage auch zur Zeit der sassanidischen Herrschaft in den Trümmern des Tempels errichtet worden sein, aber das ist weniger wahrscheinlich.«

Die nächsten Fotos zeigten Darstellungen astronomischer Art.

Obermann beugte sich vor und wies mit dem Finger auf bestimmte Details. »Die Sonne«, sagte er. »Das große Licht. Rings um die Sonne die Konstellationen der Tierkreiszeichen mit ihren hebräischen Namen. Rings um diese die Tekuphot: menschliche Gestalten, die die Jahreszeiten verkörpern. Außerdem die Dioskuren Castor und Pollux. In Chorazin gibt es eine Synagoge mit den gleichen Wandmalereien.«

Auf dem nächsten Foto war etwas zu sehen, das Lucas an eine Kommunionfeier erinnerte.

»Ist das –«

»Das ist eine Kommunionfeier«, sagte Obermann. »Da ist Hermes Trismegistos. Außerdem Alkestis und der Erzengel Gabriel.«

»Unglaublich«, sagte Lucas.

»Für jeden etwas«, sagte Obermann.

»Und wer waren die Menschen, die dort gebetet haben?« fragte Lucas. »Juden?«

»Manche waren Juden, manche nicht. Es waren Nichtjuden auf der Suche nach dem einen Gott oder Juden, die der Strenge der Mizwot entkommen wollten. Oder die, wenn Sie so wollen, versuchten, dem Gesetz Allgemeingültigkeit zu verschaffen.«

»Der große Traum«, sagte Lucas.

»Sie waren die New-Age-Träumer ihrer Zeit«, sagte Obermann. »Menschen, die ihre Zuversicht verloren hatten und erlöst werden wollten. Und in ihrem Labyrinth«, sagte er mit großer Gebärde, »wurde das Christentum geboren.«

Lucas hatte den Eindruck, daß er schon für die Fernsehdokumentation übte.

»Wessen Idee war es, die Bombenattrappe dorthin zu legen?« fragte Ernest.

»Es ist ein idealer Ort«, sagte Obermann. »Als Protest gegen Hammot, gegen Götzendienst. Gegen den religiösen Tourismus, wenn man so will. Und ich bin sicher, die Struktur der Anlage war dem angestrebten Zweck förderlich. Die Frage ist, wer sie entdeckt hat. Die Tempelbauer und ihr Untergrund? Oder diejenigen, die schneller waren als sie?«

»Habt ihr die Zeitung gelesen?« fragte Ernest Gross. »Über den Wechsel im Kabinett? Zhidov ist raus, Lind ist wieder drin.«

»Hab ich gelesen«, sagte Lucas. »Glaubst du, das war der Grund für dieses abgekartete Spiel mit einer Bombenattrappe?«

»Nicht ganz«, sagte Ernest. »Ich glaube, daß es ursprünglich vielleicht eine echte Verschwörung – möglicherweise sogar mehrere – gegeben hat und daß es dem Schabak oder einer Sondereinheit gelungen ist, sie zu unterwandern. Aber dann haben sie die Kontrolle verloren, genau wie bei der Hamas.

Sie müssen angenommen haben, daß tatsächlich eine Bombe explodieren würde, wenn es ihnen nicht gelingen würde, den Verschwörern zuvorzukommen und die Hauptbeteiligten zu enttarnen. Sie mußten also wie gegen die Araber vorgehen und Feuer mit Feuer bekämpfen. Und Lind ist ein Meister der Intrige und könnte seinen Vorteil daraus gezogen haben. Wahrscheinlich werden wir es nie erfahren. Aber vielleicht«, sagte er zu Lucas, »wirst du eines Tages Avram Lind kennenlernen.«

»Ich kann's kaum erwarten«, antwortete Lucas.

»Das Problem ist«, fuhr Ernest fort, »daß die Palästinenser felsenfest davon überzeugt sein werden, daß es tatsächlich eine Bombe gab. Das Ding war so präpariert, daß es wie eine echte Bombe *aussah*. Bald werden die Leute sich an eine Explosion erinnern, die sie nie gehört haben.«

»Ich erinnere mich an eine Explosion«, sagte Lucas.

»Gab es denn eine?« fragte Ernest.

»Nein«, sagte Lucas. »Ich glaube nicht.«

»Na bitte«, sagte Ernest. »Bald werden die Europäer denken, daß wir es waren. Mit der Hilfe der CIA. Der Franzosen. Der Skandinavier.«

»Aber ihr wart es nicht«, wandte Lucas ein. »Obermann und ich werden das bestätigen.«

»Viel Glück«, sagte Ernest. »Die Aussage von ein paar Juden.«

Obermann legte die Dias beiseite.

»Ich habe neulich mit Mrs. Melker gesprochen«, sagte er zu Lucas.

»Ich dachte mir, daß sie Sie aufsuchen würde. Ist Raziels Zustand unverändert?«

Obermann nickte. »Aber was für eine schöne Frau«, sagte er. »Ich würde mich gern öfter mit ihr treffen. Vielleicht werde ich das auch.«

Lucas und Ernest wechselten einen Blick.

»Na klar, Obermann«, sagte Lucas. »Machen Sie sie an. Sie als Israeli sind sich das schuldig. Vergessen Sie einfach, daß ihr Sohn im Koma liegt und ihr Mann Abgeordneter und ehemaliger Botschafter ist. Machen Sie ihre Reise ins Heilige Land zu einem unvergeßlichen Erlebnis, Sie Arsch!«

Ernest erhob sich. »Ich kann diese Leute verstehen«, sagte er. »Wirklich. Ich kann mit ihnen sympathisieren.«

Jetzt wechselten Lucas und Obermann einen Blick.

»Mit wem, Ernest?« fragte Lucas.

»Mit den Leuten, die den Tempel wiedererrichten wollen. Weil sie wollen, daß dieses Land mehr bedeutet als rund um die Uhr geöffnete Falafel-Stände in Tel Aviv. Dafür bin ich nicht den weiten Weg von Durban hierhergekommen. Ich will auch, daß es etwas bedeutet.«

»Aber das tut es doch«, sagte Obermann, »und es wird auch weiterhin etwas bedeuten.«

Er sah wieder zu Lucas und wollte etwas sagen, doch dann, als hätte man ihn an etwas erinnert, fuhr er fort, seine Dias einzupacken.

73 Sonia hatte auf dem Sofa gelegen und sich im Fernsehen ein Tennisspiel angesehen, als Lucas in ihrer Wohnung in Rehavia eintraf. Eine Obstschale stand neben dem Sofa. Sonias Hände und ein Ohr waren verbunden, und sie trug ein Kopftuch, das die Stellen bedeckte, wo ihr Haar versengt war.

»Alles Verbrennungen ersten Grades«, sagte sie. »Ich kann mich also nicht beklagen.«

»Ersten Grades?« fragte Lucas. »Das klingt schlimm.«

»Ist es aber nicht. Es sind oberflächliche Verbrennungen. Von der Blendgranate. Dritten Grades ist schlimm.« Sie betrachtete sich im Wandspiegel. »Auch wenn ich aussehe wie ein gegrilltes Hühnchen.« Sie schenkte ihm das Lächeln, das sein Herz ein wenig schneller schlagen ließ. »Danke, daß du zum Krankenhaus mitgekommen bist. Und daß du gewartet hast.«

»Ach was«, sagte er. »Nicht der Rede wert.«

»Wie geht's Raziel?«

»Unverändert.«

»Was sagen die Ärzte? Gibt es Hoffnung?«

»Ich glaube, das wissen sie selbst nicht. Ich glaube, er ist nicht hirntot. Nur im Koma. Also gibt es wohl noch Hoffnung. Ich habe vor ein paar Tagen mit seiner Mutter gesprochen. Vielleicht meldet sie sich bei dir.«

»Wie ist sie?«

»Schön«, sagte er. »Sehr schön. Sehr traurig. Es geht einem zu Herzen.«

»Das glaube ich«, sagte Sonia. »Hast du mehr darüber herausfinden können, was eigentlich passiert ist?«

»Das meiste werden wir wahrscheinlich nie erfahren.« Er gab ihr einen kurzen Überblick über das, was er von den Dingen wußte, die sie gesehen und an denen sie teilgenommen hatten. Er erzählte ihr, was er über die in alle Winde verstreuten Jünger De Kuffs wußte. The Rose war auf Heimaturlaub in Kanada. Schwester Johann Nepomuk war in Holland.

»Ich denke oft an Nuala«, sagte Sonia. »An Nuala und Rashid. Das hätte ich sein können.«

»Wahrscheinlich«, sagte Lucas. »Zwei der letzten Opfer des kalten Krieges.«

»Aber man wird nie eine Straße nach ihnen benennen. Oder ein Studentenwohnheim der Lumumba-Universität. Ich glaube übrigens, die heißt auch nicht mehr Lumumba-Universität.«

»Aber wir werden uns an sie erinnern«, sagte Lucas. »Manchmal konnte sie eine schreckliche Nervensäge sein.«

»Das war ihre Aufgabe, Chris: selbstzufriedenen bourgeoisen Typen wie dir auf die Nerven zu gehen.«

»Das konnte sie jedenfalls sehr gut.«

Sie saßen schweigend da. Das Tennismatch lief ohne Ton.

»Ich muß das Land für eine Weile verlassen«, sagte er. »Hast du Lust mitzukommen?«

»Oje«, sagte sie. Ihm sank das Herz: Er sah, daß sie sich bemühen würde, es ihm schonend beizubringen. Er sah, wie es enden würde. Dennoch konnte ihn nichts davon abhalten, es zu versuchen. Er würde betteln, wenn das etwas nützen würde. Dabei wußte er, daß nichts nützen würde. »Wohin sollten wir gehen?«

»Ich dachte, wir könnten vielleicht etwas in der Upper West Side finden. In der Gegend der Columbia. Da bin ich aufgewachsen.«

»Ja, ich weiß«, sagte sie. »Das wäre schön.«

Er hatte nichts zu verlieren, und so erzählte er ihr von all seinen Hoffnungen, seinen Träumen.

»Wir könnten sogar heiraten, wenn wir wollen. Und ich dachte ... wir könnten diese hübschen milchkaffeebraunen Kinder haben, die es in dieser Gegend gibt. Und ich habe gehört, daß sie das Thalia wiedereröffnen wollen, und wer weiß, vielleicht zeigen sie dann wieder *Die Kinder des Paradieses*, wie früher, und wir könnten hingehen und uns den Film ansehen.«

Er zuckte die Schultern und verstummte.

»Nein, Chris.« Sie legte ihre verbundene Hand auf seine. »Nein, Baby. Ich bleibe hier. Ich bin daheim.«

»Na ja«, sagte er, »wir würden natürlich auch wieder hierherkommen. Ich habe hier Arbeit. Wir würden oft hierherkommen.«

»Ich will einwandern«, sagte sie. »Ich werde üben.«

»Üben?«

»Meinen Glauben üben. Hier. Und wo immer das Leben mich hinträgt. Aber hier wird mein Zuhause sein.«

»Das wäre kein Problem«, sagte er. »Ich könnte konvertieren. Ich bin sowieso schon ein halber Jude.«

Sie lachte traurig. »Erzähl mir keine Geschichten. Du wirst bis an dein Lebensende ein Katholik sein, ganz gleich, was du behauptest zu glauben. Oder was du glaubst zu glauben.«

»Wir haben so viel zusammen durchgemacht«, sagte er. »Wir kennen einander so gut. Und ich liebe dich so sehr. Ich habe so sehr gehofft, du würdest bei mir bleiben.«

»Ich liebe dich auch, Christopher. Wirklich. Aber ich will dir was sagen: Wenn ich nicht hier sein werde, um die beste Jüdin zu sein, die ich sein kann, werde ich in Liberia sein. In Ruanda. In Tansania. Im Sudan. In Kambodscha. Ich weiß nicht, vielleicht auch Tschetschenien. In irgendeiner Siedlung, einem Ghetto, einem Slum. Das willst du nicht. Du willst dein Buch schreiben und dann ein anderes Buch, und dann willst du eine Familie gründen. Ich kann kein Familienleben inmitten von Cholera und ungenießbarem Wasser und Wut führen. Aber genau das wird mein Leben sein. Du reist gern, aber du steigst auch gern im American Colony ab. Du gehst gern zu Fink's. Ich gehe nie dorthin. Die lassen mich da nicht rein.«

»Du magst Musik.«

»Chris, hast du schon mal gesehen, wie Menschen im Kot anderer Menschen stochern, weil sie unverdaute Getreidekörner suchen?«

»Ich weiß, wie die Welt der Hilfsorganisationen aussieht, Sonia. Ich würde auf die Parties gehen.«

»Das ist nicht das, was du willst, Herzchen. Glaubst du, ich hätte nicht darüber nachgedacht? Glaubst du, ich will dich nicht? Mach es mir nicht so schwer.«

»Ich soll es dir leichtmachen? Meinst du, für mich ist es leicht?«

Sie stand auf und setzte sich neben seinem Sessel auf den Boden.

»Ich liebe dich auch. Ich werde dich immer lieben. Aber in den wichtigen Dingen, Bruder, trennen sich hier unsere Wege. Wir werden immer Freunde sein.«

»Ich hatte gefürchtet, daß du das sagen würdest. ›She's gonna smile and say: Can't we be friends?‹« sang er. Ein altes Lied. Es gehörte zu ihrem Repertoire, mit vertauschten Pronomen.

»Wir werden Freunde sein. Wir werden uns immer wieder sehen. Aber wenn du mich fragst, ob ich dich heiraten will, muß ich dir sagen: Nein. Das will ich nicht. Ich will frei sein, und ich will hier sein und Jüdin sein und meinen kleinen, unwichtigen Beitrag zum Tikkun Olam leisten. Auch wenn mein Leben dafür draufgeht. Es tut mir leid, Liebster. Aber ich bin mir ganz sicher.«

»Ich muß es dir wohl glauben.«

»Das mußt du«, sagte sie. »Du mußt es mir glauben.«

Er stand auf und half ihr wieder auf das Sofa.

»Komm hoch«, sagte er. »Sitz nicht auf dem Boden.« Als er zurück zu seinem Sessel ging, warf er einen Blick auf den stummen Fernseher. »Vielleicht möchtest du das Spiel sehen. Ich sollte wirklich gehen.«

»Ach, hör auf. Ich sag dir was: Vielleicht sehen wir uns in drei Jahren im Floridita in Havanna – wenn sie uns reinlassen. Und laß dich von mir nicht mit einer Hure erwischen.«

»Ich werde *dir* mal was sagen: Wenn ich nicht im Floridita bin, bin ich vielleicht in Pnom Penh. Ich werde im Café No Problem sitzen. Das Café No Problem ist links vom Völkermord-Museum.«

»Christopher!«

»Kein Witz. Es ist wirklich links vom Völkermord-Museum. Glaubst du, ich mache über so etwas Witze?«

»Jetzt mal im Ernst«, sagte sie. »Was hast du als nächstes vor?«

»Ich weiß nicht. Ich muß das Land verlassen. Aber ich werde weiter mit Obermann an dem Buch arbeiten. Ich nehme an, die entscheidenden Leute haben dir nicht zu verstehen gegeben, daß du verschwinden sollst.«

»Nein«, sagte sie. »Sie haben mir gesagt, ich solle in der Öffentlichkeit meinen Mund halten. Das werde ich tun. Diesmal jedenfalls. Und so, wie ich es sehe, sind sie mir dafür etwas schuldig.«

»Bald wirst du für den Mossad arbeiten.«

»Ja? Glaube ich nicht. Ich glaube nicht, daß sie mich fragen werden. Ich werde ihnen so viele Schwierigkeiten machen, daß sie sich wünschen werden, sie hätten nie meine Bekanntschaft gemacht.«

»Ich habe kürzlich mit Ernest gesprochen«, sagte Lucas. »Er sagte, daß er mit den Leuten sympathisiert, die die Bombe legen wollten, um den Tempel wiederzuerrichten. Weil sie wollen, daß dieses Land etwas bedeutet, und dasselbe will er auch.«

Er spürte, daß er nicht aufhören durfte, mit ihr zu reden. Er wollte sie nicht verlassen, und er wollte nicht, daß sie ihm entglitt.

»Der Tempel ist innen«, sagte sie. »Der Tempel ist das Gesetz.«

»Viele Menschen finden, daß das schon zu lange so ist. Sie wollen den echten Tempel.«

»Klar«, sagte sie. »Und die Erfüllung der Prophezeiungen. Ich persönlich glaube, daß sie unrecht haben. Tempel gibt es an vielen Orten. In Utah. In Amritsar. In Kioto. Der Tempel muß im Herzen sein. Wenn alle Menschen den Tempel in ihrem Herzen errichtet haben, können sie vielleicht anfangen, über schöne Tore und das Allerheiligste nachzudenken.«

»Mit dieser Einstellung wirst du es nicht leicht haben.«

»Ja, ja. Aber ich bin ja hier, um Schwierigkeiten zu machen. Ich bin jemand aus der dritten Welt. Ich bin hier und habe ein Recht dazu.«

»Willst du wieder in den Gazastreifen gehen?«

»Wahrscheinlich. Jemand muß Nualas Platz einnehmen und sich um diese Kinder kümmern.«

»Die Leute werden dich eine Verräterin nennen.«

»Ich bin aber keine. Ich bin keine Verräterin.« Sie lachte ihn an. »Vergiß nicht: Ich liebe dich wirklich. Ich habe dich geliebt, seit du mir dieses Gedicht vorgetragen hast.«

»Welches Gedicht?«

»Das über die Kinder, die singen lernen, bevor sie sprechen lernen. Die durstigen Kinder.«

Aus Richtung Silwan erklang leise der Ruf zum Gebet.

»Ach so«, sagte Lucas, »diese Kinder.«

»Genau«, sagte sie. »Milch im Überfluß.«

593

74 Mit der Auflösung seiner Wohnung ließ Lucas sich Zeit. Hauptsächlich mußte er Bücher loswerden, und darum schenkte er viele den Hospizen in der Altstadt. Trauer und Angst ließen ihn nicht los.

Einen Teil des Tages verwendete er darauf, die englischsprachige Presse nach Anspielungen und versteckten Hinweisen zu durchsuchen. Er besprach sich beinahe täglich mit Obermann, der die hebräische Presse im Auge behielt. Die interessantesten Spekulationen standen in der linksorientierten, in Tel Aviv erscheinenden Zeitschrift *Ha'olam Hazeh,* doch die Drahtzieher innerhalb der Regierung machten ihre Andeutungen vorzugsweise gegenüber *Ma'ariv* und der *Jerusalem Post.*

Wie um Ernest Gross' Vermutung zu bestätigen, erwies sich Avram Lind als profilierter, oft zitierter Politiker, dessen Wort Gewicht hatte. Offenbar war er ein gewiegter Taktiker. Er deutete subtil an, daß extremistische Juden in die jüngsten Unruhen verwickelt seien, konzentrierte seine Angriffe jedoch auf die fundamentalistischen christlichen Prächiliasten. Die politischen Kräfte, die sich den Einfluß dieser Fundamentalisten hatten zunutze machen wollen, konnten nur mit den Zähnen knirschen. Die öffentliche Meinung war auf seiten Linds.

Alte Gesetze aus der britischen Mandatszeit über die Geheimhaltung von Regierungsdokumenten und die strafrechtlichen Ermittlungen wurden wieder in Kraft gesetzt. Infolgedessen drangen nur wenige konkrete Informationen über Verhaftungen an die Öffentlichkeit.

Dr. Lestrade war entlassen und des Landes verwiesen worden. Die Öffentlichkeit erfuhr von antisemitischen Äußerungen und seiner Vorliebe für Orff und Wagner. Man stieß auf einen palästinensischen Jugendlichen, dem Lestrade als Zeichen seiner Zuneigung eine Ausgabe von Alfred Rosenbergs *Der Mythus des 20. Jahrhunderts* geschenkt hatte.

Von Zeit zu Zeit machte Lucas einen Spaziergang durch die Altstadt. Manchmal kam es ihm so vor, als rieche es dort noch

immer nach brennendem Gummi und Reizgas. Die Armeeposten waren verstärkt worden, übten jedoch Zurückhaltung.
Er schlenderte zum Bab al-Hadid und trank ein Glas Granat-
apfelsaft an dem Stand, wo der behinderte Sohn des Besitzers
den Boden fegte. Man ließ ihn lange warten und servierte den
Saft schließlich mit grimmigem Gesicht. Nur der Junge lächelte und schüttelte ihm die Hand, wofür er von seinem Vater
und seinen Brüdern scharf zurechtgewiesen wurde.

Lucas kam oft an der ehemaligen Medresse vorbei, wo die
Palästinenser afrikanischer Abstammung gelebt hatten und
Bergers Wohnung gewesen war. Wie deutlich er sich an den
Tag erinnern konnte, als er Sonia zum erstenmal gesehen
hatte, mit ihrer Hennabemalung und dem exotischen eritrei-
schen Burnus. Die schwarzen Kinder waren wieder da und
spielten in den langen Schatten des Innenhofs Fußball.

Sally Conners verfügte über einen Mitarbeiter, der ihr die
arabischsprachige Presse ins Englische übersetzte, und gab Lucas Kopien ihrer Zusammenfassungen. Er ging einige Male mit
ihr aus und erfuhr ihre Lebensgeschichte, die angesichts ihres
Alters kurz, aber keineswegs ereignislos war. Sie hatte in York
studiert und als Redaktionsassistentin in Toronto und Boston
gearbeitet. Sie stieg gern auf Berge im Lake District und in
Nordwales.

Ein oder zwei Wochen vor seiner Abreise fuhr er mit ihr zum
Sinai. Sie wollten im Roten Meer tauchen. Um zur Außenseite
des großen Korallenriffs zu gelangen, mußten sie in Taucher-
anzügen über das mit Seeigeln übersäte, ausgebleichte Riff
kriechen. Dann ließen sie sich durch Säulen kühlen Sonnen-
lichts, durch Tang und Schwärme von Lippfischen in die bo-
denlose, türkisfarbene Tiefe gleiten.

Als sie an der Wand hinabtauchten, ließ das unbarmherzige
Wüstenlicht die Bewohner dieser Welt aufleuchten. Es gab
Fächerkorallen, Geweihkorallen und Federkorallen, Buntbar-
sche, die hörbar an den Korallen nagten, und riesige Seeane-
monen. Lucas stellte sich plötzlich vor, diese Korallenmauer sei
ein Gegenstück zum Kothel, der Mauer des Tempels für den
Herrn des Universums. Hin und wieder erschienen in den
Lichtbalken die dunklen Umrisse der Hammerhaie, die weit,
weit unter ihnen nach Beute suchten. All diese Wesen gehör-

ten zur Welt des Indo-Pazifik und erinnerten Lucas daran, daß in der blauen Ferne Indien und der Indische Ozean lagen.

Danach gingen sie aus purer animalischer Lust – oder jedenfalls Sallys purer animalischer Lust – miteinander ins Bett und wurden Freunde. Dieses Küstenstädtchen war voller Italiener und Restaurants, die sich auf die Wünsche dieser Gäste eingestellt hatten, und so tranken Lucas und Sally Sangiovese.

»Hmm«, sagte sie, »Spaghetti Bolognese.«

Sie fuhren zum Katharinenkloster und stiegen auf den Dschebel Musa, der angeblich der Berg Sinai war. Lucas hob eine Handvoll der roten Steine auf und steckte sie in die Tasche.

Sally war eine schöne, furchtlose Frau. Sie war belesen und besaß ein gewaltiges, unerschütterliches Vertrauen in ihre Bildung. Ihr Haar war schwarz und ihre Augen so blau wie der Indische Ozean. Er versuchte, sich in sie zu verlieben, doch im Grunde seines Herzens wollte er Sonia. Als Obermann wenige Tage vor dem Abreisetermin im Bixx versuchte, sich an sie heranzumachen, war Lucas dennoch insgeheim froh, daß sie ihn abblitzen ließ.

Eines Tages begegnete er am Russenplatz Mr. Majoub, dem Rechtsanwalt aus Gaza.

»Darf ich Sie zu einer Tasse Kaffee einladen?« fragte Lucas.

»Warum nicht?« sagte Majoub. Sie gingen ins Atara.

Lucas sagte, er spiele mit dem Gedanken, Mr. Majoub bei der Arbeit an seinem Buch regelmäßig zu konsultieren. Er finde, daß die palästinensische Seite ebenfalls zu Wort kommen solle. Majoub stimmte ihm zu.

»Sie haben sicher gehört«, sagte er, »daß während der Unruhen das Gerücht umging, Salman Rushdie sei in der Stadt.«

Lucas errötete. »Ja«, sagte er, »das ist mir zu Ohren gekommen.«

Majoub lächelte ganz leicht.

»Die ausländische Presse war amüsiert«, sagte er. »Und die Sicherheitskräfte wahrscheinlich ebenfalls.«

»Tja«, sagte Lucas, »aber diejenigen, die mitten im Geschehen steckten, hatten wahrscheinlich nicht allzuviel Gelegenheit, amüsiert zu sein. Über irgend etwas.«

»Waren Sie im Geschehen? Während der Unruhen?«

»Ja.«

»Natürlich war dieses Gerede über Rushdie absurd. Er ist hier nicht sehr verhaßt. Er ist nicht der Feind.«

»Das verstehe ich«, sagte Lucas. »Ich habe einmal gehört, Woody Allen sei in Jerusalem gewesen. Es war«, erklärte er, »keine bösartige Geschichte.«

Majoub lachte. »Ja, das habe ich auch gehört. Es ist schon eine Weile her, nicht?«

»Ja.«

»Wenn Menschen machtlos sind«, sagte Majoub, »wenn jede Macht weit außerhalb ihrer Reichweite ist und sie mit ohnmächtiger Wut zusehen müssen, wie ihr Leben von anderen bestimmt wird, dann klammern sie sich an Gerüchte. Wir sehen das täglich. Unser Volk ist in seinem Unglück von der Welt abgeschnitten. Die meisten haben weder Bildungsmöglichkeiten noch Zugang zu Informationen. Also werden sie leichtgläubig.«

»Ich verstehe«, sagte Lucas. Inzwischen gab er vor, alles zu verstehen, was irgend jemand sagte.

In der Nacht vor seiner Abreise hatte er einen Traum. Er begann in der Grabeskirche, doch der Schauplatz wechselte. Pinchas Obermann kam in dem Traum vor.

»Sonia war nur eine Sängerin aus Tel Aviv«, erklärte Obermann. »Sie haben sie nie wirklich gekannt. Sie haben sich alles nur eingebildet, und zwar aus Schuldgefühlen.«

Er sagte auch: »Ihre Mutter war nicht Ihre Mutter.«

»Und was ist mit meinem Vater?« fragte Lucas. Er und Obermann schienen auf den Gipfel des Berges Sinai gebracht worden zu sein. Man konnte in drei Richtungen den schimmernden Ozean sehen.

Obermann sagte: »Ihr Vater hat nichts mit Ihnen zu tun. Sie sind das Individuum. Das ist eine tiefe Wunde. Ihre Mutter hat Gott versprochen, daß Sie sterben werden.«

Er erwachte und dachte: Lilith. Lilith hatte Tausende geboren. Er hatte schreckliche Angst. Sein erster klarer, bewußter Gedanke galt seinem Alter. Er wurde älter und war noch immer allein. Ein Individuum. Der Sperling – fünf Stück für zwei Pfennig – auf dem Hausdach.

Sein Flug ging am Vormittag, und das Scherut, das ihn nach Lod brachte, überquerte die Bahnlinie nach Tel Aviv. Er sah das

Feld, auf dem der alte Mann an Ostern seinen Kohl bewässert hatte. Der Anblick weckte Erinnerungen, und der Traum fiel ihm wieder ein. Daran dachte er also auf dem Weg nach Lod: an den Traum und an Sonia.

Am Flughafen stellte ihm eine Sicherheitsbeamtin die üblichen endlosen und scheinbar sinnlosen Fragen. Es dauerte länger als sonst, so lange, daß man ihn beiseite nahm, damit die Reisenden in der Schlange hinter ihm nicht aufgehalten wurden.

Er fragte sich, ob man ihn in einen Raum bitten würde, damit der Schabak ihn verhören und in seinen Notizen wühlen könnte, doch nichts dergleichen geschah. Die junge Frau ließ ihn mehrmals für längere Zeit allein, offenbar um verschiedene Fragen mit ihren Vorgesetzten zu besprechen, doch niemand sonst sprach mit ihm.

Er ging gerade zum Flugsteig, als die junge Frau, die ihn befragt hatte, ihm nachrief: »Einen Augenblick, Sir!«

Ringsumher tauchten aus dem Nichts Sicherheitsleute in Uniform und Zivil auf.

»Darf ich Sie fragen, was Sie in Ihren Taschen haben?«

Sofort wurde er von einer oder mehreren Personen, die er nicht sehen konnte, abgetastet. Er griff in die Tasche und holte die roten Steine hervor, die er auf dem Berg Sinai eingesteckt hatte.

Die Frau sah ihn fragend an.

»Vom Berg Sinai«, sagte er. »Als Andenken.«

»Steine?«

»Weil sie von hier sind«, sagte er.

Sie starrte ihn einen Augenblick lang an und lächelte dann so strahlend, daß das Mißtrauen in ihrem Gesicht vollständig verschwand. Er mußte an den *Sohar* denken: »Das Licht ist das Licht des Auges.«

Als sie später noch einmal an ihm vorbeiging, zeigte sie ihm den erhobenen Daumen.

Aufgrund seiner Vielfliegermeilen konnte er in der Business Class fliegen. Er setzte sich auf seinen Platz am Mittelgang und bestellte Champagner. Wenige Augenblicke nach dem Abheben befand sich die Maschine über dem dunstig blauen Meer. Das braune Land blieb zurück.

Er hatte die Steine noch in der Hand, und als der Champagner kam, legte er sie auf das Klapptischchen. Die Stewardess fragte ihn, was für Steine das seien.

»Bloß Steine«, sagte er. »Vom Berg Sinai. Oder von dem Berg, der angeblich der Berg Sinai ist.«

»Oh«, sagte sie, »waren Sie dort?«

Er begann zu stottern. Vielleicht lag es daran, daß er im Begriff war, schon vormittags Champagner zu trinken. Hatte er tatsächlich auf dem Berg Sinai gestanden?

»Ja«, sagte er. »Ich glaube schon.«

Beim Anflug auf Frankfurt, wo er würde umsteigen müssen, überfiel ihn Panik. New York? Ihn erwartete kein Leben in New York. Er kannte dort keine Menschenseele. Doch das war ein lächerlicher Gedanke. Das Leben erwartete einen immer. Ganz gleich, was man tat und wo man es tat – es war das Leben.

Und doch dachte er unablässig an sein verlorenes Leben. Eine Frau verloren, einen Glauben verloren, einen Vater verloren, alles verloren. Er mußte sich das Credo eines amerikanischen Malers, dessen Bild er im Whitney Museum gesehen hatte, in Erinnerung rufen. Der Maler hatte es auf ein Schild neben seinem Werk geschrieben. Lucas hatte den Satz nie vergessen.

»Etwas zu verlieren ist ebensogut wie etwas zu besitzen.«

Es war ein schwerer, sehr subtiler Satz. Man brauchte die Pilpul, die analytischen Fähigkeiten eines Raziel, um ihn zu entschlüsseln.

Er bedeutet, dachte Lucas, daß eine Sache nur in der Sehnsucht wirklich wahrgenommen, gewürdigt oder definiert werden kann. Man sehnt sich nach einem Land, wenn man im Exil ist, nach Gott, wenn Er sich zurückgezogen hat, nach einem geliebten Menschen, wenn man ihn verloren hat. Und er bedeutet, daß jeder schließlich alles verliert, daß einem aber gewisse Dinge nicht genommen werden können, solange man lebt. Manches, das man auf eine bestimmte Art geliebt hat, kann einem nie ganz genommen werden.

Als er am Frankfurter Flughafen auf den Anschlußflug wartete, hatte sich die Welt verändert.

Glossar

Agnon, Samuel Josef (1888–1970): bedeutendster israelischer Erzähler des 20. Jhs. Erhielt 1966 zusammen mit Nelly Sachs den Nobelpreis.

Al-Aksa-Moschee: auf dem Tempelberg gelegene Moschee, eines der größten Heiligtümer des Islam.

Amoraim: sämtliche Lehrer von 219–500 n. Chr., deren Aufgabe es war, die Vorschriften der Mischna zu erklären.

Bar Mitzwa: die Zeremonie, durch die der dreizehnjährige Junge die religiöse Mündigkeit erlangt und in die Gemeinde aufgenommen wird.

Bubkes (jidd.): nichts.

Chassid (hebr. »der Fromme«): Anhänger der jüdisch-religiösen Bewegung, die von Israel Baalschem Tow um 1740 in der Ukraine und in Polen gegründet wurde und in Osteuropa weite Verbreitung fand (Chassidismus). Die Chassidim betonen das Gefühl in der Religion und – gegenüber dem Gesetzesglauben – die Offenbarung in der Natur.

Chaverim (Pl. von *Chaver*): Freunde, Genossen, in neuerer Zeit besonders für Mitglieder sozialistischer Organisationen gebräuchlich.

Conversos (span. »Bekehrte«): Bezeichnung für die nach der spanischen Reconquista zwangsgetauften Juden.

Devekut: in der jüdischen Mystik die Verbindung mit dem Göttlichen.

Dschihad (arab.): der Heilige Krieg.

Frank, Jacob (1726–1791): Begründer einer »kontratalmudischen« Sekte, der sich als Messias ausgab und sich schließlich taufen ließ.

Gemara (hebr. »vervollständigte Erklärung, Erläuterung«): Diskussion der babylonischen und palästinensischen Talmudisten über die Mischna, mit der zusammen die Gemara den Talmud bildet, die ursprünglich mündlich überlieferte Lehre. Gemara bezeichnet auch den Talmud überhaupt.

Gematrie: Deutung und geheime Vertauschung von Wörtern mit Hilfe des Zahlenwertes ihrer Buchstaben, besonders in der Kabbala.

Gush Emunim (hebr. »Block der Treugläubigen«): den radikal-religiösen Parteien nahestehende israelische Bewegung, deren Mitglieder in den besetzten Gebieten siedeln.

Gush Shalom (hebr. »Block des Friedens«): Zusammenschluß mehrerer linker Bewegungen.

Jecke: in Israel Spitzname für deutschstämmige Juden.

Hamas: fundamentalistische palästinensische Organisation, die in den besetzten Gebieten operiert.

Hamsin (arab.): trockenheißer Wüstenwind.

Haram al-Sharif: der Tempelberg in Jerusalem, auf dem sich der Felsendom und die Al-Aksa-Moschee befinden.

Haredim: die jüdischen Ultraorthodoxen.

Jabotinsky, Wladimir (1880–1940): aus Rußland stammender zionistischer Publizist und Politiker, für den der Gedanke der militärischen Organisation die zentrale Idee des Zionismus darstellte.

Jeschiwa (hebr. »Sitz«): höhere Lehranstalt, Hochschule für das Studium des Talmud.

Kavannah: in der jüdischen Mystik eine willenhaft gerichtete und mystisch wirkende Andachtsstimmung.

Kippa: die Kopfbedeckung der frommen Juden.

Kothel (hebr. *kotel ma'arawi,* Westmauer): die Klagemauer.

Lubawitscher: nach dem Brooklyner Rabbi J. J. Schneersohn benannte jüdische Sekte, die Anhänger wirbt.

Maggid (hebr. »Sprecher, Erzähler«): bei den Ostjuden Prediger, die ihre Vorträge volkstümlich und allgemeinverständlich hielten (im Unterschied zu den oft tiefgründigen Auslegungen der Rabbiner).

Madschnun (Pl. *Madschnunim;* aus dem Arabischen stammendes Wort, hier hebraisiert): Verrückter.

Mea Schearim: ausschließlich von orthodoxen Juden bewohntes Viertel in Jerusalem.

Medresse (arab.-türk.): islamische juristisch-theologische Hochschule, auch Koranschule.

Midrasch (hebr. »Schriftauslegung«): Vortrag im Anschluß an die Thora.Verlesung in der Synagoge sowie die daraus erwachsene Literatur.

Mischna (hebr. »Wiederholung«): Kern der (ursprünglich) mündlichen Lehre des Judentums, eines der beiden Teile des Talmud, ist ein Sammelwerk von Lehrsätzen und Ausführungsbestimmungen zum Pentateuch; um 200 n. Chr. entstanden.

Mitnag (Pl. *Mitnagdim;* hebr. »Gegner, Protestierer«): die orthodoxen Gegner der Chassidim.

Mossad: der israelische Auslandsgeheimdienst.

Mullah: Titel moslemischer Geistlicher und Gelehrter.

Nissan: siebter Monat des bürgerlichen Jahrs, erster Monat des Festjahrs im jüdischen Kalender (März/April), Monat des Passahfests.

Pilpul (hebr. »kritische Untersuchung«): dialektische Methode des Talmudstudiums, oft auch in tadelndem Sinn Spitzfindigkeit.

Qumran: Tal im Nordwesten des Toten Meers, wo ab den vierziger Jahren Handschriften einer jüdischen religiösen Gemeinschaft (wahrscheinlich der Essener) gefunden wurden, insbesondere Texte des Alten Testaments, die bedeutungsvoll sind für die Geschichte des Judentums und des Urchristentums.

Sabbatai Zwi (1626–1676): jüdischer Sektierer. Gab sich für den aufgrund kabbalistischer Verheißung 1648 erwarteten Messias aus. Trat später zum Islam über. Die von ihm ausgelöste Bewegung (Sabbatianismus) hatte noch im 18. Jh. Anhänger und reichte bis in die Zeit der Französischen Revolution.

Schabak: Kürzel für den israelischen Inlandsgeheimdienst.

Schebab: palästinensische Aktivisten.

Schin Bet: israelischer Inlandsgeheimdienst.

Schechina: die über dem Weltall »ruhende« Majestät Gottes.

Schechunat ha-Bucharim: Viertel der aus Buchara stammenden Juden in Jerusalem.

Scherut: Sammeltaxi.

Schma (hebr. »Höre«): »Höre, Israel, der Ewige ist unser Gott, der Ewige ist einzig.« Die im Mittelpunkt der Liturgie stehende Bekenntnisformel; im rabbinischen Judentum Ausdruck der monotheistischen Gotteserkenntnis.

Seder (hebr. »Ordnung«): Bezeichnung des mit zahlreichen Zeremonien und mit symbolischen Speisen verbundenen Familiengottesdiensts an den ersten beiden Abenden des Passahfestes.

Sefirot: kabbalistische Vorstellung von zehn schöpferischen Kräften des Göttlichen, dargelegt im Buch *Sefer Jezzira.*

Sohar (hebr. »Lichtglanz«): Hauptwerk der Kabbala; entwickelt in der Form einer Erläuterung zum Pentateuch ein System kabbalistischer Gotteserkenntnis. Wurde wahrscheinlich von Moses de Leon (gest. 1305) in Spanien verfaßt, galt zuerst als Werk des Rabbi Simon ben Jochai.

Sufismus: die Mystik im Islam.

Tallit: Gebetsmantel. Viereckiger weißer Überwurf aus Wolle, Baumwolle oder Seide mit Schaufäden an den Ecken.

Talmud (hebr. »Belehrung, Lehre, Studium«): nächst der Bibel Hauptwerk des Judentums, eine Zusammenfassung der Lehren, Vorschriften und Überlieferung der nachbiblischen Jahrhunderte (abgeschlossen im 5. Jh. n. Chr.). Die früheren Teile (Mischna) ordnen die biblischen Gesetze und kommentieren sie, die späteren Teile (Gemara) ergänzen, erklären und paraphrasieren die Mischna mit Sagen, Legenden und Erbaulichem.

Tannaim (aram.): Gesetzeslehrer, die in den ersten zwei Jahrhunderten christlicher Zeitrechnung lebten.

Tefillin: Gebetsriemen. Werden beim wochentäglichen Morgengebet am linken Arm, dem Herzen gegenüber, und an der Stirn angelegt.

Sie tragen Kapseln mit vier auf Pergament geschriebenen Texten aus dem Pentateuch.

Thora (hebr. »Lehre«): die fünf Bücher Mosis, der Pentateuch und dann allgemein das gesamte religiöse Schrifttum oder Wissen.

Tikkun (hebr. »Verbesserung, Ordnung«): in der kabbalistischen Literatur in verschiedenen Bedeutungen gebraucht. Nach dem Kabbalisten Isaak Luria (1534–1572) ist Olam hatikkun die Welt der verbesserten, göttlichen Ordnung, die eintreten wird, sobald alle Seelen durch Seelenwanderung gebessert sein werden.

Zimzum: nach kabbalistischer Lehre die Selbstkonzentration des göttlichen Wesens.

Zizith: Schaufäden (vgl. Tallit).

Yad Vashem: in Jerusalem gelegene Gedenkstätte zur Erinnerung an den Holocaust.

Zaddik (hebr. »Gerechter«): ein frommer Mann. Häufig auch Bezeichnung für chassidischen Wunderrabbi.

Amerikanische Literatur
im Paul Zsolnay Verlag

William Maxwell
Also dann bis morgen
Roman
Aus dem Amerikanischen von Benjamin Schwarz
1998. 168 Seiten

Maxwells Thema ist einfach und naheliegend. Es ist das schwierigste, dem Literatur sich zuwenden kann: Menschen ... Wie er sie beschreibt, geduldig, präzise, einfühlsam und nachsichtig bis zur Zärtlichkeit, unbarmherzig, wenn es darum geht, ihre Beweggründe zu verstehen, und geführt von dem Wissen, daß die menschlichen Abgründe niemals vollständig auszuloten sind – das macht Maxwell zu einem großen Autor.   Hubert Spiegel, *FAZ*

Es geht um die Tragödie zweier Familien in der Provinz, an die der Ich-Erzähler sich nach 50 Jahren zu erinnern versucht; ein Buch mit autobiographischer Tönung, das Maxwell, lange Jahre Redakteur beim *New Yorker*, schrieb, als er an die 70 war. Dieser Abstand gibt dem Roman seine besondere Stimmung: eine tiefe Skepsis gegenüber den Tücken der Erinnerung, eine leise Resignation.
                                   Peter Körte, *Frankfurter Rundschau*

William Maxwell beschreibt den Kummer der späten Jahre, die Sehnsucht nach der Leidenschaft, vor allem ist er aber ein Meister, wenn es um kindliche Seelen und Träume geht. Auf dem Umschlag wird mit einem Satz von Michael Ondaatje geworben: »Dies ist eines der bedeutendsten Bücher unserer Zeit. Es ist eine unerhört subtile Miniatur, und darin enthalten sind unsere tiefsten Kümmernisse und Wahrheiten und unsere größte Liebe.«
Schöneres gibt es zu dem Buch eigentlich nicht zu sagen, außer, daß es bei aller Melancholie, die einen bei der Lektüre überfällt, den Ton einer eindrucksvollen literarischen Könnerschaft und Gelassenheit hat, die wunderbar und auch tröstlich ist.
                                   Manuela Reichart, *Süddeutsche Zeitung*

Garrison Keillor
Das Buch der Kerle
Aus dem Amerikanischen von Angelika Kaps
1997. 345 Seiten

Zu Wort kommen die schrägen Bekenntnisse enttäuschter Männer, die nur im heimlichen Protest oder in der bierseligen Verschwörung noch einmal gegen die feminine Dominanz zu Felde ziehen. Zwischen Vermont, Louisiana und Minnesota erstrecken sich die Gefilde eines satirisch eingefärbten Alltagslebens, in dessen Schilderung Keillor aus ehelicher Tristesse und den Bewußtlosigkeiten des Life-Style-Terrors groteske Effekte konstruiert. Im undurchschauten Unsinn entdeckt er die tieferen Brüche und Kontinuitäten der nordamerikanischen Geschichte.(...) Garrison Keillor läßt sich nicht auf eine bestimmte Spielart der Kulturkritik festlegen. Er sammelt genießerisch Absurditäten und kondensiert aus seinen Beobachtungen treffsichere Anekdoten.   Wilhelm Kühlmann, *FAZ*

Die unterschiedlichsten Charaktere spielen im *Buch der Kerle* von Garrison Keillor eine Hauptrolle. In insgesamt 19 amüsanten Geschichten nimmt der Autor seine eigene Spezies aufs Korn. Seine Kerle sind trotzig, eitel, hintertrieben, unentschlossen und gierig, aber auch liebevoll und um Harmonie bemüht.(...) Doch geht es dem Autor nicht ausschließlich um die Irrungen und Wirrungen seiner Hauptdarsteller, auch gesellschaftliche Banalitäten, wie die nichtssagenden TV-Talkshows mit den immer wiederkehrenden Themen des amerikanischen Fernsehens, kriegen ihr Fett ab. Der Plauderton, mit dem Garrison Keillor seine Kerle beschreibt, macht das Buch lesenswert und übermittelt zudem das Gefühl: Trotz des tagtäglichen grauen Daseins ist doch das Leben gar nicht so schlimm.
                                    Stephan Loeffler, *Südwestpresse*

Richard Dooling
Watsons Brainstorm
Roman
Aus dem Amerikanischen von Giovanni und Ditte Bandini
1999. 552 Seiten

Richard Dooling, 45, hat nicht nur einen trickreichen und furiosen
Krimi geschrieben, er hat auch ein ziemlich vollständiges und intelli-
gentes Kompendium des modernen Amerika geliefert. Und ist dabei
auch noch ziemlich witzig.

Claes Cloppenburg, *Der Spiegel*

Man muß keine Chatterstrippe, kein Terminal-Junkie und auch kein
Anwalts-Jahrmarktskläffer wie Joe Watson sein, um die glänzende
Satire *Watsons Brainstorm* von Richard Dooling genießen zu können.
Denn jeder von uns hat sich wie Watson in einer vertrauten Welt hei-
misch eingerichtet, um im stillen von möglichen Heldentaten zu träumen. Die durch und durch spannende und aberwitzige Law-and-Or-
der-Satire besticht durch die brillante Ironisierung des juristischen
Jargons, einen überraschenden Plot und faszinierende neurologische
Reflexionen der Grundlagen der Rechtsprechung, letztlich der
Grundlagen der Willensfreiheit. Vor allem aber bläst der Brainstorm
die Aufforderung durch die Hirne der Leser, falsche Sicherheiten hinter sich zu lassen und dem Ruf der persönlichen Integrität zu folgen -
nach beendeter Lektüre.

Andreas Christian Bernhard, *Listen*

John Wessel
Bis hierher und nicht weiter
Roman
Aus dem Amerikanischen von Sophia Ruegen
1998. 400 Seiten

Man sieht ihn richtig vor sich, diesen Privatdetektiv Harding im Krimi-Debüt *Bis hierher und nicht weiter* des früheren Buchhändlers John Wessel. Schön cool, vom Leben ziemlich angeknautscht, Glimmstengel links unten in der Schnauze, Rauhreif auf dem Stimmband, nie um ein paar locker aus der Hüfte geschossene Schnodder-Zynismen verlegen.

Welt am Sonntag

Bis hierher und nicht weiter ist ein Roman, dessen Autor sich mit souveräner Intelligenz im Reich des Verbrechens bewegt, als sei er nicht Debütant, sondern Meister der krimischreibenden Zunft.
Ein klug eingefädelter Plot, mitreißend und bedrohlich in Szene gesetzt, realistische Darstellung der Charaktere und des Milieus, psychologische Vertiefung, ein sachlich-nüchterner Stil, gewürzt mit Witz und Ironie, und ein dramatisches Erzähltempo kennzeichnen diesen vielschichtigen Roman um »Lust und Tod, Liebe und Verrat«.

Natalie Conrad, *Berliner LeseZeichen*

John Wessel ist in seinem Debüt *Bis hierher und nicht weiter* gleich auf Anhieb eine wunderbar schillernde und ausbaufähige Figur gelungen, der man in weiteren Romanen gerne wiederbegegnen möchte ... Die Story entfaltet sich in atmosphärisch dichten Momentaufnahmen. Die Dialoge strotzen vor Sarkasmus.

Fitzgerald Kusz, *Nürnberger Nachrichten*

NORD- UND ZENTRAL- ISRAEL

S Y R I E N

L I B A N O N

Mt. Hermon

GOLAN HÖHEN

Katzrin

Hula-Tal

See Genezareth

Yarmuk

Bet Schean

Zefat

Mt. Meron

Kapernaum

Tiberias

GALILÄA

Nazareth

Jezreel-Tal

SAMARIA

Mt. Gerezim

Mt. Carmel

Megiddo

Haifa

Cäsarea

Herzliya

EN

M e e r